FVA

Meiner Mutter
Irene Bechtle

Aber dort, wo sie wohnen, im Tal, der Älteren eine, der Klagen,
nimmt sich des Jünglings an, wenn er fragt: – Wir waren,
sagt sie, ein Großes Geschlecht, einmal, wir Klagen. Die Väter
trieben den Bergbau dort in dem großen Gebirg; bei Menschen
findest du manchmal ein Stück geschliffenes Ur-Leid
oder, aus altem Vulkan, schlackig versteinerten Zorn.
Ja, der stammte von dort. Einst waren wir reich. –

Rainer Maria Rilke, Duineser Elegien

Teil I – 1945 bis 1947

Teil II – 1969 bis 1971

Teil III – 1996 bis 1999

I

1945 bis 1947

1.

Der Fürst

Seit Wochen hat er nicht einen einzigen Satz geschrieben. Er, der erfolgreichste Schriftsteller seiner Zeit. Weit mehr als sechs Millionen verkaufter Bücher, da hält keiner mit, auch der Thomas Mann nicht, niemand.

Warum er gerade jetzt an Mann denkt, den selbstgefälligen Intellektuellen? Der ihn und seine Romane, wenn überhaupt, dann nur herablassend, mit einer demütigenden Bemerkung abtun würde? Ihre gegensätzlichen Visionen von Deutschland: seine die des kaiserlich-nationalistisch geprägten Bürgertums, Manns die einer neuen Republik; seine mit dem Ersten Weltkrieg zerstört und später den neuen Gegebenheiten opportunistisch angepasst, die von Mann verkommen zu einer politischen Illusion angesichts des Erfolgs der Nationalsozialisten.

Dennoch begibt er sich, wie jeden Tag, gegen zehn Uhr morgens in sein Arbeitszimmer. Jeder weiß, dass es dann ruhig sein muss in der Oberen Burg, auf Zehenspitzen an seinem Zimmer vorbei, auch sonst allenfalls ein Flüstern, die lärmenden Enkel abgeschirmt im unteren Stock. Nur Bismarck, seinen rauhaarigen Deutsch Drahthaar, duldet er bei sich schläfrig in seiner Ecke.

Niemand fragt ihn, woran er gerade hinter verschlossener Tür arbeitet. Er ist niemandem Rechenschaft schuldig. Manchmal ertappt er sich dabei, gedankenlos in die Stille zu horchen, Gott weiß wie lange, vergeblich nach einer der Stimmen seiner Söhne suchend, die ihm früher oft wieder neuen Auftrieb gaben: er, der hoch über allem schwebende Adler, sie, seine drei ungestümen Falken. Jetzt sind sie draußen an den Kriegsfronten verstreut, nur spärlich dringen Nachrichten von ihnen zu ihm, seit Langem sind es keine guten mehr.

Die Tischlampe wirft ein blasses Licht über seine Schreibmatte auf dem schweren dunkelbraunen Eichentisch. Unentschlossen steht er hinter seinem Arbeitssessel, abwesend streichen seine Hände über die glatte Lehne. Die Leere der vergangenen Wochen. Unfähig hat er nach Worten, nach einem Sinn gesucht, etwas neu zu sagen oder etwas wieder und diesmal eindringlicher auszudrücken. Seine Augen streifen über die Andenken und Ehrungen, die Bilder und Fotografien, Preise und Würdigungen, die dicht gedrängt den Schreibtisch füllen. Sein Blick verweilt auf dem Bild seiner blonden Frau, der Opernsängerin. Ungewollt breitet sich ein Lächeln über sein Gesicht aus bei der Erinnerung an ihren triumphalen ersten Auftritt in Berlin in der Rolle des Evchens in Wagners *Die Meistersinger*. Welten und Ewigkeiten liegt das zurück. Er denkt an ihre gemeinsam gefochtenen Schlachten auf dem Weg zu seinem Ruhm, dem unsicheren Ruhm des Künstlers, über dessen Vergänglichkeit ihn die erfolgreichen Jahrzehnte getäuscht haben.

Und doch war es rückblickend ein glückliches Leben, er will sich nicht beklagen, angetrieben von einem zähen Arbeitswillen und geleitet von festen, untrüglichen Idealen. Es wurde ihm nichts geschenkt, die unzähligen Klippen, die es immer wieder zu überwinden gab. Aber sein Optimismus, der Glaube an sich und vor allen Dingen seine Lebensfreude halfen ihm aus noch so verzweifelten Situationen heraus. Diese Burg am Rhein ist der Lohn für alles, sein Märchenschloss, der ruhende Pol seines unstet tastenden Lebens, in der Öffnung der Rheinebene zwischen Honnef und Unkel gelegen, mit dem Blick auf das Siebengebirge und den Drachenfels, dem Rolandsbogen auf dem gegenüberliegenden Rheinufer, ein Leben im Herzen der deutschen Sagen.

Das hat er sich alles selbst erschaffen, mit Hilfe seiner Frau, ja, aber sonst schuldet er niemandem etwas. Das Glück hat dabei eine Rolle gespielt. Das sprichwörtliche Glück des Hermann Fürst. Aber es kam nie ohne harte Arbeit und Selbstzweifeln. Sein Glück musste erst verdient werden.

Er lässt die Stuhllehne los und begibt sich hinüber ans Fenster. Sein Blick fällt in den winterlich kahlen Park. Kein Schnee, nur silbern der Reif der vergangenen Nacht. Graue Nebelschwaden haben sich in den Ästen der Buchen und Kastanien verfangen, regenschwarze Rinde umwickelt die Bäume, kalter Frost liegt auf dem Dach der Terrasse, die er vom ersten Stock der Burg aus übersieht. Es ist Ende Januar. Das Jahr 1945 steht mit dem Zusammenbruch der deutschen Verteidigung in den Ardennen unter einem schlechten Omen. Unversehens hat dieser Krieg ein anderes Gesicht bekommen.

Er lehnt in der Fenstereinbuchtung und horcht angestrengt nach draußen. Aber nur stumpfe winterliche Stille, der Park liegt leblos, er hört keinen Laut. Und doch, wie eine Ahnung, auch wenn seine Ohren es noch nicht fassen können, das anrollende Getöse der fremden Armeen. Nur noch die Eifel dazwischen, bis der Krieg mit all seiner ehrlosen Barbarei wieder am gegenüberliegenden Rheinufer steht. Zum zweiten Mal in seinem Leben.

Wie er gealtert ist! Kein Verteidigungswille regt sich in ihm, kein wütendes Aufbäumen, allenfalls Resignation, aber auch das nicht einmal. Er hält den Atem an, um besser zu hören. Die Front ist über hundert Kilometer entfernt, und dennoch, der Lärm des Kriegs hat ihn erreicht. Zu trügerisch ist die Stille dieses winterlich vor sich hindämmernden Dorfs am Rhein. Er hat die Verwüstungen im vorigen Krieg erlebt, die aufgerissenen Körper, die erstickten Hoffnungen in den ausgebrannten Städten. Er weiß, dass es diesmal endgültig das Ende seiner Welt bedeuten wird.

Vergeblich sucht er den Drang in sich, der ihn zum Schreibtisch zwingen würde, endlich seine Feder zu ergreifen, seine Waffe, um mit seinen aufwühlenden Aufrufen einen letzten verzweifelten Widerstand in der Bevölkerung zu wecken. Wie anders war das, war er, im vorigen großen Krieg, in dem er unermüdlich in den Schützengräben oder hinter der Front, wohin immer er gerufen wurde, seine mitreißenden Verse über Vaterland, Familie und Freiheit vorgetragen hatte. Spontan verfasste er vor den einfachen Soldaten in vorderster Linie Gedichte über die Helden um ihn und ihre Heldentaten. In seinen erhabensten Stunden begleitete er den Kaiser an die Front und deklamierte seine Aufrufe. Damals wusste er, wofür er kämpfte, wofür all die ehrbaren Helden in seinen Büchern standen. Nichts davon ist geblieben, an das er sich jetzt noch klammern könnte.

Dass ihm gerade heute Thomas Mann nicht mehr aus dem Kopf gehen will! Er erinnert sich noch deutlich, wie er ihn damals im Jahre 1933 verurteilt hatte, als Mann Deutschland den Rücken kehrte. Hermann Fürst hatte ihm keine Träne nachgeweint, so anders in seiner schriftstellerischen Auffassung als er und dann dieser stechende Hochmut. Aber es lag auch eine Verunsicherung in der Aburteilung des anderen: Mann hatte sich bekannt und die Konsequenz daraus gezogen, er stand zu seinen Überzeugungen, genau wie die aufrechten Protagonisten in Hermann Fürsts Büchern ohne Zögern immer alles für die Verteidigung ihrer Werte einsetzten. Aber Hermann Fürst hatte in diesem Moment geschwankt, das weiß er, hatte sich dann die national-sozialistische Fahne übergestreift, übereifrig und laut. Vielleicht auch aus Sorge, und das war ihm so auch angedeutet worden, dass andernfalls seine Bücher, die das Hehre und Aufrichtige verteidigen sollten, auf die Liste der Verfemten gesetzt und öffentlich verbrannt werden würden. Er war sich erst sicher, dass man seiner Bekehrung Glauben geschenkt hatte, als ihm der Führer im Dezember 1934 zu seinem sechzigsten Geburtstag ein Glückwunschtelegramm sandte.

Aus dem holländischen Exil hatte ihm damals auch der Kaiser seine Glückwünsche übermittelt. Für Hermann Fürst bestand, trotz seiner äußeren Wendung, nie ein Zweifel, wo er hingehörte: Seine großen Romane waren während der Kaiserzeit entstanden, und er hielt diese Zeit später in seinen Büchern in der Person des energischen Industrieherrn oder des strebsamen Besitz-bürgers aufrecht. Dort gehörte er hin, das war sein Deutschland.

Er schüttelt langsam den Kopf. Seine Augen wandern ziellos über den frostigen Burgpark vor ihm. Als ob das, wofür er sich mit all seiner Energie eingesetzt hatte, brutal vor seinen Augen zerstört worden wäre.

Lange steht er so gedankenverloren am Fenster. Schließlich wendet er sich wieder dem Schreibtisch zu. Aber er wird auch an diesem Morgen kein Wort zu Papier bringen. Unentschlossen begibt er sich in seine in einer erkerartigen Ausbuchtung im rückwärtigen Teil des Raums gelegene Bibliothek. Seine Bücher, Gedicht-bände und Theaterstücke, mit Übersetzungen in vielen Sprachen, füllen eine ganze Regalwand. Liebevoll streichen seine Finger über die Buchrücken. *Die vom Rhein*, das erste Buch, mit dem er Aufsehen erregt hatte, *Die*

Burg und ihre Kinder, Das große Sehnen und *Die Wissenkamps*, sein größter Erfolg. Er nimmt sich die Prunkausgabe zur fünfhunderttausendsten Auflage von *Die Montenbrucks und ihre Frauen* heraus. Er hatte das Buch im Jahr 1916 noch in den Schützengräben begonnen, die Geschichte des deutschen Stahls, der Krupps und der Möglichkeiten menschlicher Leistung. Wenn es ihm gegeben gewesen wäre, nur ein einziges Buch zu schreiben, dann *Die Montenbrucks.*

Er setzt sich in einen der schweren schwarzen Ledersessel am Kaffeetisch in der Sitzecke linksseitlich in seinem Zimmer. In der Mitte des Tischs in einem silbernen Bilderrahmen das Porträt Adolf Hitlers, das ihm anlässlich eines Empfangs in Berlin vom Führer persönlich überreicht worden war. Es steht auf einer runden Häkeldecke, die, wie ihm erstmals auffällt, an den Fransen angegilbt ist. Die muss er schnellstens auswechseln lassen, bevor er die nächsten Besucher hier empfängt, denkt er, man kann heute nicht vorsichtig genug sein, um eventuellen Rückschlüssen vorzubeugen.

Er öffnet *Die Montenbrucks* und liest laut den ersten Satz: »Die Faust des Vierzehnjährigen saß dem scheltenden Mann mitten zwischen den Augen.« Er erinnert sich deutlich an das Gefühl, als er diese Zeilen damals formulierte, in der verworrenen Zeit nach dem Ersten Weltkrieg, in der Vorstellung, das Festgefahrene und Falsche zu zerschlagen. Der junge Faustschlag stand für einen Aufbruch in eine geordnete und bessere Welt. Der jugendliche Held, der sein Leben lang unermüdlich gegen dogmatische Bilder und Vorurteile kämpfen sollte!

Hermann Fürst lehnt sich in seinem Sessel zurück. Er hält die Augen geschlossen, als wolle er diese Gefühle von damals noch einmal tief nachempfinden und in sich wirken lassen. Plötzlich schnellt er auf und starrt auf das Hitlerbild, einige Sekunden, vielleicht auch länger, dann schmettert er seine geballte rechte Faust in das zerberstende Bild. Im Geist sieht er den Vierzehnjährigen vor sich, der ihm aufmunternd zunickt.

»Was ist denn hier für ein Krach?« Es dauert nicht lange, bis Minnie, seine Frau, ins Zimmer stürzt, sich über sein striktes Verbot hinwegsetzt, ihn unter keinen Umständen bei der Arbeit zu stören. »Du blutest ja!«

Erst jetzt bemerkt er das Blut an seiner Hand, die Glassplitter in den Fingern, die Blutflecken auf der Häkeldecke.

»Ich hole sofort den Arzt, bleib hier sitzen. Kann man dich denn selbst in deinem Arbeitszimmer nicht mehr unbeaufsichtigt lassen!«

Sie legt ein Handtuch unter die von Blut tropfende Hand. Ihr Blick eher besorgt als verärgert, er meint sogar, ein Lächeln darin zu entdecken, wie er es in ihren Augen seit Langem nicht mehr gesehen hat.

Dr. Westermann, der Hausarzt der Familie, blickt auf den aufrecht im Sessel vor ihm sitzenden Mann. Das volle, weiß gewellte Haar über der stolzen Denkerstirn, der schwungvolle Schnurrbart und die direkten, aufmerksamen Augen. Fürst, denkt der Arzt, dem Namen macht er alle Ehre.

»Das hat man davon, wenn man sich die falschen Gegner aussucht.« Dr. Westermann weist augenzwinkernd auf das zertrümmerte Führerporträt. »Zum Glück nur eine oberflächliche Verletzung. Ich muss sie mit Jod desinfizieren, das tut weh, aber ganz straflos darf das Ganze auch nicht ablaufen!«

Der alte Dichter verzieht keine Miene. »Schmerzen, was soll's! Nur sparen Sie am Verband, Herr Doktor, damit ich noch schreiben kann. Endlich verspüre ich den Drang dazu wieder in mir.«

»Ich schlage vor, Sie ruhen sich erst Mal eine Weile aus. Und vor allem räumen Sie die Scherben weg, bevor das jemand sieht.«

Spielt er auf Erika an, die Frau von Albrecht, dem ältesten Fürst-Sohn, die mit den SS-Männern Bekanntschaft geschlossen hat, die in der Unteren Burg im Dorf einquartiert sind? So etwas spricht sich im Dorf schnell herum. Man kann nie wissen, wozu das einmal gut ist, in dieser Zeit, hat Erika sich gegen die Vorwürfe der Familie verteidigt. Aber der Dichter hält Minnie vom Aufräumen der Scherben ab.

»Dafür ist Blut geflossen, lass mich das noch ein wenig auskosten.«

Nach dem Mittagessen legt er sich hin, zufrieden wie seit Langem nicht mehr. Als er aufwacht, horcht er vergeblich nach dem in der Ferne tobenden Kriegslärm, er vernimmt nur das Heulen des Winds gegen die Scheiben der Burg. Er muss wieder schreiben, dieses neue Buch beginnen, bei dem es um die Überwindung der Schmach seines fehlgeleiteten Deutschlands gehen wird, geschrieben mit der Begeisterung und Überzeugungskraft seiner jungen Jahre. In den Büchern seit seinem Bekenntnis zum Nationalsozialismus war er nicht mehr er selbst, war nicht ehrlich, insbesondere nicht zu seinen Lesern. Er wird sich nicht nochmals verstellen, nein, hier in diesem Buch wird er neue Zeichen setzen, einen lebensbejahenden Wegweiser, wie man es von ihm gewohnt war, dem Falschen und den Verführern die Stirn bieten. Auf diese Weise hatte er zu Beginn seiner Karriere seine Leser erobert und begeistert. So, hofft er, wird es noch einmal sein.

»Ich brauche dringend frische Luft! Wer geht mit mir hinaus?«

Bismarck springt aufgeregt an ihm hoch. Er blickt zu seiner Tochter Pia.

»Muss das sein, bei diesem Wetter?«, antwortet sie.

Hermann Fürst ist immer noch eine beeindruckende Erscheinung, so wie er auf der Terrasse vor den Stufen zum Park steht, auf seinen Stock mit dem elfenbeinernen Knauf gestützt, mit einem schwarzen Umhang, Wollschal und Hut, die langen Haarsträhnen darunter schlohweiß.

Er saugt die erfrischend kühle Luft tief in sich auf. Dann läuft er die vertrauten Wege in seinem Park ab, an den vom Gärtner gegen die Kälte schützend mit Tannenzweigen abgedeckten Blumenbeeten vorbei. Das entleerte Schwimmbad gähnt ihn an in stumpfem Blau. Seine besondere Liebe gilt den Bäumen: Ahorn, Birken, Buchen und ein in dieser Gegend seltener Ginkobaum. Eine prächtige, weit ausladende Rotbuche vor dem Gärtnerhaus. Auf der Wiese vor dem Burghaus stehen drei hochgewachsene Platanen mit fleckiger Rinde, die, von der Sonne beschienen, südliche Gefühle in ihm wecken. Schweigend beobachtet er zwei Dohlen in den nackten Ästen der Kastanien. Boten des Dunkels, die, wenn sie in seinen Büchern auftauchen, das nächste Unheil ankündigen.

»Ich könnte mich stundenlang mit den Bäumen unterhalten. Sie stehen über der Zeit, besonders unserer Zeit.«

»Und sind ohne Widerworte, natürlich gefällt dir das.«

»Im Gegensatz zu dir und deinen Brüdern!«

Dabei ist er stolz auf seine vier Kinder. Allen voran Pia, das Kriegsmädchen, 1916 geboren. Seit zwei Jahren ist sie mit einem Franken aus Bayreuth verheiratet, ein Offizier, der mit seiner Division irgendwo an der Ostfront liegt, seit Wochen hat man nichts von ihm gehört. Und seine drei Jungen. Jetzt Männer, die sie, in den Krieg gerufen, über Nacht geworden sind.

»Wenn ich das hier betrachte, diesen wunderbaren Besitz, muss ich an meine Eltern denken, einfache, aber ehrliche und tüchtige Menschen, die in einem bescheidenen Haus in einer Arbeitersiedlung in Barmen lebten. Für sie war es ein schrecklicher Gedanke, dass der Sohn seine gesicherte Stellung bei der Farbenfabrik in Leverkusen für diese dünnbrettrige Künstlerwelt aufgeben würde. Aber dann hättest du das Leuchten in ihren Augen beim Applaus zu meinem ersten Theaterstück im Stadttheater Wuppertal sehen sollen. Der Arbeiterstolz, den habe ich von ihnen.«

Er blickt zu Pia, klein und zierlich, ihre Figur wie früher die der Mutter, aber mit seinem rötlichen, dichten Haar. Nur der Schuss Überheblichkeit stört ihn an ihr. Sie laufen an der den Park umgebenden Mauer entlang, die die Burgbewohner von dem umliegenden Dorf abschirmt, an versteckten Lauben vorbei, dann um das Rosenrondell mit der Skulptur von Siegfried im Kampf mit dem Drachen in seiner Mitte. Er braucht heute länger als sonst für seine gewohnte Runde im Park.

»Diese Burg und das Stadthaus in Düsseldorf, das ist das Ergebnis der Millionen verkaufter Bücher. Ja, alles ist schwieriger geworden in diesem Krieg, aber es fehlt uns hier an nichts. Aber letztlich sind das Äußerlichkeiten, am wichtigsten ist und bleibt die Familie, sie ist mein wirkliches Lebenswerk, das sich fortsetzen wird über zukünftige Generationen hinweg, durch dich und deine Brüder. Arbeitswille und Aufrichtigkeit, darauf kommt es an, egal, was aus dem Besitz wird. Genau davon leben meine Bücher: die unumstößlichen Werte der Familie, die Traditionen, zu denen sie sich bekennen.

Das ist nicht selbstverständlich, sondern muss von jeder Generation neu geschaffen werden. Das gilt auch für euch, die Burgkinder.«

»Wir werden dich nicht enttäuschen, Vater.«

Er bleibt stehen, blickt mit einem schwer zu deutenden Lächeln auf die mittelalterliche Burg zurück.

»Mein neues Buch beginnt wieder mit einem Faustschlag, der die Wandlung in eine neue und bessere Welt einleitet. Im Mittelpunkt steht eine Familie, die, nachdem sie selbst Mitläufer war, die Verzerrungen der Welt um sie herum entlarvt. Und wir, die Fürsts, werden das von nun an beispielhaft vorleben.« Er macht eine Pause. »Jetzt wird es doch kühl. Übrigens, weiterhin keine Nachricht von deinem Johannes?«

»Nein, aber Nachrichten von der Ostfront fließen immer zäher.«

Ihm gefällt das nicht, die Ungewissheit über sein Schicksal und auch das seiner Söhne, von denen er immerhin gelegentlich hört. Außerdem dieses ungute Gefühl, das ihn angesichts der Kontakte seiner Schwiegertochter Erika zur SS beschleicht. Jedenfalls, die Entscheidung für das nächste Buch ist gefallen. Er wird seinen Beitrag zu einem konstruktiven Neuanfang leisten.

Am frühen Abend sitzt er mit Minnie im Wohnzimmer. Die Vorhänge sind zugezogen, eine angenehme Wärme verbreitet sich im Gelb der Lampen. Draußen regnet es, im Laufe der Nacht soll der Regen in Schnee übergehen. Er fühlt die Behaglichkeit dieses mit weichen Teppichen ausgelegten Zimmers. Am anderen Ende des Raums steht eine Gruppe von Biedermeiermöbeln um ein geschwungenes Sofa. An den Seiten antike Kommoden, auf denen sich Jugendstilfiguren, Büsten und verschnörkelte Skulpturen reihen. Die Wände dicht mit Bildern behängt, die meisten von Künstlern, mit denen er befreundet ist. Neben dem Kamin zwei großformatige Porträts von ihm und Minnie. Dominierend auf einer Wand für sich sein bedeutendstes Gemälde, ein Ölbild von William Turner, das er vor Jahren in London erstanden hat. Eine unruhige Meeresszene. Er weist auf das Bild.

»Der Sturm, Minnie, er tobt auch wieder in mir, er ist wie ein Geschenk des Himmels.«

»Ich mache mir Sorgen, dein Gesicht ist ungewöhnlich gerötet.«

»Ach, Minnie, unser Leben fängt erst richtig an. Noch einmal die Chance, Vorbild zu sein, neue Wege aufzuzeigen, wenn das kein Grund zum Feiern ist. Hol doch unten aus dem Keller zwei Flaschen Niedersberger Apothekchen, mein bester Wein. Dieses Glücksgefühl war zu lange tief in mir verschüttet. Und ruf die anderen, ich möchte nicht alleine feiern.«

Minnie steht bereits in der Tür, als er sie nochmals zu sich zurückwinkt.

»Halt, erst einen Kuss. Wann habe ich dich zuletzt in den Armen gehalten, Mädchen?«

So klang er vor fast fünfzig Jahren, dieselben Worte, derselbe Tonfall.

»Wir sind noch jung!«, ruft er ihr hinterher. Er blickt ihr zufrieden nach, mit ihrem hochgesteckten Haar, dem Geruch wohlduftender Seife an ihr, aufrecht, ihr Körper kaum von den Jahren und den vier Geburten gezeichnet. Die nackten Glühlampen leuchten die Kellerräume spärlich aus. Im ersten Raum liegt ein Berg Kohle auf dem steinernen Fußboden, an der Wand gestapelt Kaminholz. Die Decke ist erdverkrustet, von Spinnweben überzogen. Eine Treppe führt in den Kartoffelkeller hinunter, auf den Regalen steht das Eingemachte des

letzten Sommers. Minnie hat für die schweren Zeiten
vorgesorgt. Für ihren Künstler ist alles selbstverständlich, was für sie tagelange harte Arbeit bedeutet. Aber es
reicht, um über den Winter zu kommen. Die nächste
Treppe führt in das unterste Kellergewölbe, den Weinkeller, ein modriger düsterer Raum, aber gut bestückt,
auch jetzt noch. Was kann schon passieren, solange wir
Wein haben, hatte Hermann Fürst seine Zukäufe in der
Vergangenheit gerechtfertigt. Diese rheinische Seele! Sie
blickt lächelnd um sich; wenn er recht hat, brauchen sie
sich um die Zukunft keine Sorgen zu machen.
Minnie kehrt mit den zwei Flaschen zurück. Er muss
sich heute wirklich gut fühlen, denkt sie, den trinkt er
sonst nur zu besonderen Anlässen. Im Vorbeigehen hört
sie aus der Küche das Lärmen der Enkelkinder, das
Töchterchen und der Sohn ihres mittleren Sohnes Erhart, mit ihrer Mutter Karin beim Abendessen.
»Karin, komm ins Wohnzimmer, der Fürst will feiern,
und bring die Kinder mit, damit sie ihn einmal bei guter Laune erleben«, ruft sie der Schwiegertochter zu.
Auch sie fühlt sich nach langer Zeit endlich entspannt
und gut gelaunt, ein plötzlicher Stimmungsumschwung
nach dem Vorfall mit dem Führerporträt heute Vormittag. Ganz wohl ist ihr allerdings nicht bei dem Gedan-
ken, immer eher die Ängstliche, aber sie verdrängt
schnell den Anflug von Besorgtheit.
Hermann Fürst sitzt in seinem Sessel genau so, wie
sie ihn verlassen hat, den Kopf vielleicht ein wenig zur
Seite geneigt. Seine Augen seltsam ruhig, eine friedliche
Stimmung umgibt ihn.
»Hermann, deine zwei Flaschen, die letzten von dieser
Sorte.«
Er antwortet ihr nicht, zeigt keinerlei Reaktion.
»Hermann, bist du in Ordnung?«

Erst jetzt bemerkt sie den halb geöffneten, leicht hängenden und teilweise von den Bartspitzen verdeckten Mund.

»Hermann!«

Sie stürzt zu dem regungslosen Mann, greift eine seiner schlaffen Hände und lässt sie entsetzt fallen.

»Mein Gott, das darf nicht wahr sein!«, murmelt sie.

»Ich höre, wir feiern. Ich muss nur noch schnell ins Dorf zur Unteren Burg, bin aber gleich wieder zurück«, ruft Erika ihr vom Gang aus zu.

»Warte, Erika, geh bitte zu Doktor Westermann, er muss sofort kommen!«

»Das soll Karin machen, ich bin verabredet.«

»Der Vater atmet nicht mehr!«

Erika bleibt im Türrahmen stehen, die Hände vor dem Mund. »Um Gottes willen«, stöhnt sie, starrt ein oder zwei Sekunden entgeistert auf die über den regungslosen Körper geneigte alte Frau, dann eilt sie davon.

»Mutter, was ist los?« Atemlos stürzt Karin in das Zimmer. Sie schüttelt ihren Schwiegervater, tätschelt sein Gesicht, sucht einen Puls am Hals, an seinem Handgelenk, dann blickt sie wortlos die Schwiegermutter an.

»Er war in bester Stimmung, als er mich in den Weinkeller geschickt hat. Er wollte sein neues Buch feiern, das Buch der Zukunft.«

»Schläft der Opa schon?«

Die dreijährige Eva schmiegt sich an ihre Mutter, als Pia, vom Lärm aufgeschreckt, ins Wohnzimmer kommt. Minnie und Karin weichen auseinander, um ihr den Blick auf den Vater zu öffnen. Die Tochter steht stumm vor ihm, so friedlich sieht doch kein Toter aus, denkt sie, aber als sie ihn umarmt, spürt sie seine Leblosigkeit. Laut schluchzend löst sie sich von ihm, blickt hilflos fragend ihre Mutter an. Im selben Augenblick hören sie

Schritte vom Treppenhaus, Doktor Westermann, seine braune abgenutzte Medizinertasche in der Hand, hinter ihm Erika auf ihren Stöckelabsätzen.

»Bei ihnen ist heute aber was los!«, begrüßt der Arzt Minnie Fürst, dann beugt er sich über den Körper. Er presst zwei Finger suchend gegen den Hals, schüttelt den Kopf von Hermann Fürst, legt sein Ohr an sein Herz und horcht in ihn hinein. Atemlose Stille, ihre Blicke verfolgen ängstlich jede seiner Handlungen, ein winziger Funke Hoffnung und doch eindeutig die Furcht, dass er, was sie alle sehen, nur bestätigen kann. Er nimmt die verbundene Hand, sucht auch hier vergeblich einen Puls, dann blickt er bohrend in die noch offenen Augen, die hohl ins Leere starren. Der Schnauzer hängt schlaff, ein Tropfen Speichel glänzt in den Barthaaren. Sein Mund ist verzogen, als ob er mit einem Lächeln gestorben wäre. Der Arzt schiebt die Lider über die mattblauen Pupillen, dann wendet er sich ernst der Witwe zu.

»Mein Beileid, Frau Fürst.«

»Nein, nein, das darf nicht sein!« Erika heult auf und wirft sich über den Toten.

»Geh von meinem Vater weg!« Pia drängt ihre Schwägerin zur Seite.

»Als ob er dir allein gehört!«

»Ich bitte euch!«, weist Minnie die beiden zurecht. »Gott, er war so glücklich heute bei der Vorstellung, das Leben noch einmal von vorne zu beginnen, und nun das.«

»Wahrscheinlich ein Herzinfarkt. Er hat nicht gelitten«, sagt der Arzt.

Minnie blickt den Arzt an, schüttelt den Kopf beim Gedanken an das Wechselbad der Gefühle von heute.

»Nehmen Sie die beiden Weinflaschen mit, Herr Doktor Westermann, die eine für den Besuch heute Mittag, die andere für diesen. Hier wird vorerst nichts getrunken.«

Am folgenden Tag, zwischen Kriegsberichterstattung und Durchhalteparolen, geben Radiosender der Bevölkerung den Tod des Schriftstellers bekannt. *Einer der großen deutschen Dichter, der wie kaum ein anderer die Gemüter seiner Zeitgenossen zu bewegen wusste!* Die Nachrufe erwähnen die lange Liste seiner Erfolgsromane und Theaterstücke, seinen Einsatz für Deutschland während des vorigen Kriegs, sein unermüdliches Streiten für ein ungeteiltes Rheinland nach dem Zusammenbruch und die Zielstrebigkeit und Aufrichtigkeit seiner Romanfiguren, die gerade in den düsteren Zeiten den Deutschen Hoffnung und Richtung geben konnten. Seine neueren Bücher finden kaum Erwähnung.

Hermann Fürst liegt aufgebahrt in der Kapelle der Burg, im zitternden Schein einer einsamen Kerze, der den Kopf des Dichters wie im Leben erscheinen lässt. Bismarck wacht zusammengerollt zu seinen Füßen. Minnie Fürst sitzt abends alleine bei dem Toten, wenn die Besucher aus dem Dorf und von weither die Burg wieder verlassen haben. So nahe waren sie und Hermann Fürst sich seit Langem nicht mehr wie jetzt in dieser Stille vor dem mit weißen Nelken geschmückten Altar. Minnie Fürst fühlt dabei nichts, eine fast wohltuende Leere durchdringt sie, solange sie hier ungestört mit ihm zusammen ist.

Erika führt auch ihren Bekannten von der SS in die Kapelle. Er hatte sie schon längere Zeit gedrängt, ihm den bekannten Dichter vorzustellen. Seit Tagen hatte sie ihn hingehalten, nun steht er ihm die letzte Ehre erweisend gegenüber. Bismarck baut sich knurrend vor dem fremden Besucher auf.

»Scheißhund«, brummt der SS-Mann, ohne sich weiter zu nähern.

»Wenn es dich interessiert, zeige ich dir sein Arbeitszimmer«, bietet Erika beim Verlassen des Andachtsraums an. »Gestern hat er dort noch wie jeden Tag geschrieben. Das ist alles so unvorstellbar.«

Sie betreten den verwaisten Raum. Der große Schreibtisch aus Eiche steht auf der rechten Seite zum Fenster hin mit den Erinnerungen eines aufregenden Lebens. Sie blicken in den Büchereiflügel vor ihnen, auf einem Podest in der Mitte der Bibliothek die Nachbildung eines Viermastseglers. Hermann Fürst war an vielen Orten gewesen, mehrmals in den USA, hatte an der Columbia Universität in New York und der Universität in Berkeley aus seinen Werken gelesen, als Botschafter in deutscher Sache. Auf der linken Seite des Raums befindet sich die Ledergarnitur, das Sofa, auf dem er gerne seinen Mittagsschlaf gehalten hatte.

Auf dem Kaffeetisch steht noch das zertrümmerte Hitlerporträt. Der SS-Mann erstarrt beim Anblick des Führerfotos und des zerbrochenen Glases. Er nickt stumm vor sich hin, dann schaut er Erika fragend an. Sie streichelt sanft seinen Arm. Ohne einen weiteren Kommentar verlässt er die Burg.

2.

Remagen

Die Soldaten der 9th Armored Division hatten in wochenlangen zermürbenden Stellungskämpfen in den Ardennen die Wirklichkeit dieses Krieges kennengelernt, die brutal anders aussah als ihr harmloses Training zu Hause im Fort Riley in Kansas. Es hatte herbe Verluste gegeben, aber es blieb keine Zeit zum Nachdenken, das war Krieg, und, diese Überzeugung hatten sie aus Amerika mitgebracht, es war ein notwendiger, gerechter Krieg.

Tag für Tag liegt die hügelige Eifellandschaft in graue Nebelschwaden gehüllt. Der regnerische, nasskalte Februar hält den weiteren Vormarsch der alliierten Truppen auf. Das Dunkel der Tage geht scheinbar nahtlos in das Dunkel der Nächte über. In der Kantine stößt Leutnant Rob Wiseman, verantwortlich für den organisatorischen Ablauf des Frontlazaretts, auf Leutnant Karl Timmermann, Kommandant eines Zugs des 27th Armored Infantry Battallion, das zur 9th Armored Division gehört. Sie hatten sich auf der Überfahrt nach Europa kennengelernt, trotz aller Gegensätzlichkeiten waren sie sich sympathisch – Rob Wiseman, der Millionärssohn aus San Francisco, der für den Krieg den Beginn seines MBA-Studiums in Harvard verschieben musste, und Timmermann, ein typisches Produkt des Mittleren Westens, aufgewachsen in West Point, einem Dorf in Nebraska, hundertzwanzig Kilometer von Omaha entfernt.

»Wieder auf deutschem Boden, daran muss ich mich erst gewöhnen«, sagt Timmermann.

»Dann warst du schon einmal in Deutschland?« Wiseman blickt ihn erstaunt an.

»Ich wurde hier geboren. Mein Vater war im Ersten Welt-krieg in Koblenz am Rhein stationiert, nicht weit von hier. Er verliebte sich in eine Deutsche aus Frankfurt. Um sie zu heiraten, beging er Fahnenflucht. Erst viele Jahre später durften meine Eltern wieder nach Nebra-ska in die Heimat meines Vaters zurückkehren. Sie hat-ten es schwer, das unehrenhafte Ausscheiden aus der Armee hat meinen Vater sein Leben lang verfolgt.«

»Mein Urgroßvater stammt auch aus Deutschland, aus einem Dorf in der Nähe von Bamberg, wenn du weißt, wo das ist. Er wanderte nach Kalifornien aus, in der Zeit des Goldrausches, war erfolgreich, und das hat sich bis heute in unserer Familie fortgesetzt. Die Schicksale der Auswanderer haben viele Gesichter.«

»Man kann es sich nicht aussuchen.«

»Ich weiß nicht, Karl, die eine Hälfte des Schicksals wird dir zugeteilt, aber die andere hängt von dir ab.«

»Du meinst, ich habe eine fünfzigprozentige Chance, etwas aus meinem Leben zu machen?«

»Genau, ich habe auch nicht mehr. Es kommt darauf an, was du aus diesen fünfzig Prozent machst.«

Timmermann blickt zweifelnd in die dunklen, ihn freundlich musternden Augen seines Kameraden.

»Ich glaube, die ersten fünfzig Prozent erleichtern oder erschweren die zweiten fünfzig, je nachdem, aber auf sie kommt es letztlich an.«

Leutnant John Grimball, Zugführer im 14. Panzer-bataillon, gesellt sich zu ihnen. Bevor er eingezogen wurde, war er Rechtsanwalt. Er ist stets bestens infor-miert.

»Ich habe gehört, es soll weitergehen. Der Plan ist, dass General Patton mit der Dritten Armee im Süden in Richtung Koblenz und Frankfurt und Feldmarschall Montgomery im Norden über Holland nach Deutschland eindringen werden. General Hoges wird mit der Ersten Armee einschließlich unserer Division unmittelbar auf Köln und Bonn vorrücken. Patton und Montgomery haben die Hauptrolle, wir sind die Statisten. Dann kommt der Rhein und das große Fragezeichen, wie und wo wir den überqueren können.«

Aber die geplante Offensive kommt nur stockend ins Rollen. Regenfälle und Schneeschmelze lassen die kleinen Bäche und Flüsse der Eifel anschwellen, die Wehrmacht hat Staudämme gesprengt, und das Wasser überschwemmt weite Flächen in der Angriffslinie der Alliierten. Mitte Februar schließlich kommt die Vorwärtsbewegung in Schwung, der Sturm zum Rhein beginnt.

»Fast hätten wir bei Düsseldorf eine Brücke über den Rhein erwischt!«, erzählt General Leonard, der kommandierende General der 9th Armored Division, Rob Wiseman bei einer Inspektion des Lazaretts. »Unsere Leute hatten einige Deutsch sprechende Soldaten in Wehrmachtsuniformen gesteckt und ihre Fahrzeuge als deutsche getarnt. Sie kamen unbemerkt an verschiedenen deutschen Einheiten vorbei, aber dann fielen sie doch einer Motorradpatrouille auf, die sich nicht täuschen ließ und den Luftschutzwart warnen konnte, der die Brücke vor unseren Truppen hochgehen ließ. Weiter nördlich bei Uerdingen wurde ebenfalls die Rheinbrücke in letzter Minute vor den Augen amerikanischer Truppen zerstört.«

»Sir, liegen vor uns nicht auch einige Brücken? Leutnant Timmermann spricht Deutsch, wir könnten das doch ebenso versuchen.«

»Richtig, eine in Bonn und eine bei Remagen. Aber bis wir dort ankommen, Wiseman, sind die gesprengt. Auf den Trick mit der Verkleidung fallen die Deutschen nicht ein zweites Mal rein. Wenn die *so* blöd wären, wäre der Krieg schon lange vorbei.«

»Sie überschätzen die vermeintlich Klugen, Sir, die begehen meistens die größten Dummheiten.«

»Nur gut, dass wir Sie mit Ihrer Klugheit hinter der Front haben, Wiseman. Übrigens, wir werden das Lazarett morgen nach vorne verlegen, in die Schule von Meckenheim. Von dort können Sie die Truppen bis Remagen und Sinzig versorgen, unsere beiden nächsten Ziele.«

Rob Wiseman salutiert seinem General. Harvard Business School, denkt der bei sich, die Typen lasse ich gerne vor mir strammstehen.

Am folgenden Tag verlegt Wiseman sein Lazarett wie befohlen in die Räumlichkeiten der Schule von Meckenheim. Unmittelbar gegenüber der Schule befindet sich die Befehlszentrale der A Kompanie des 27th Armored Infantry Battallion. Abends trifft Rob dort auf Karl Timmermann.

»Ich habe gehört, du bist jetzt Kompaniechef. Gratuliere, Karl!«

»So hatten sich das meine Vorgänger auch vorgestellt. Leutnant Swisher wurde am 1. März schwer verwundet, sein Nachfolger Leutnant Edwards ist nach vier Tagen gefallen, und dessen Nachfolger, Captain Kriner, hat es heute morgen erwischt. Die Ablösung erfolgt in immer kürzerer Folge, ich hoffe, ich werde wenigstens den Rhein noch sehen.«

Am nächsten Morgen nimmt Timmermann in seiner neuen Rolle als Kompaniechef an seiner ersten Einsatzbesprechung im Quartier von Colonel Engeman teil, dem Kommandanten der Panzerkräfte, die den Vormarsch der 9th Armored Division zum Rhein anführen.

»Ich will es kurz machen, gestern war gestern, heute liegt ein schwerer Tag vor uns. Timmermann, Sie übernehmen die Vorhut für die Panzerverbände.« Engeman schaut sich um, sein Blick fällt auf John Grimball. »Grimball, Sie konnten sich mit Ihren Pershing-Panzern in den vergangenen Tagen ausruhen, jedenfalls kam mir das so vor, Sie gehen nach vorne mit Timmermanns Einheiten. Sonst noch Fragen?« Keiner der Anwesenden rührt sich. »Also dann los, unser erstes Ziel heißt Remagen, unmittelbar am Rhein gelegen, dann geht es den Rhein aufwärts nach Sinzig. Dort treffen wir, wenn alles nach Plan läuft, mit Pattons Truppen zusammen.«

Beim Hinausgehen schaut Engeman kurz seinen neuen Kommandanten Timmermann an. Verlässliche Augen in dem kernigen Gesicht des Mannes aus Nebraska, denkt er bei sich.

Timmermann bespricht die seiner Einheit zugeteilte Rolle mit seinen drei Unterkommandanten. Gestern war er noch einer von ihnen, schwirrt es ihm durch den Kopf, heute plötzlich Kommandant. So schnell geht das, und so schnell kann es auch schon wieder vorbei sein.

Bei der Abfahrt tritt Rob Wiseman an Timmermanns Jeep.

»Hals- und Beinbruch, Kommandant. Bis heute Abend, dann trinken wir am Rhein eine Flasche Rheinwein zusammen.«

Timmermann verteilt die drei Züge seine Kompanie abschirmend um John Grimballs Panzereinheit. Leutnant Jim Burrows übernimmt mit seinem Infanteriezug die Spitze. Der bedächtige Angestellte aus New Jersey lässt sich nur selten aus der Ruhe bringen. Mike Chinchar und sein Zug decken die rechte Flanke der vorrückenden Truppen ab, Sergeant Joe DeLisio die linke Seite. Timmermann in seinem Jeep ist allgegenwärtig.

Gegen elf Uhr erreicht die Spitze der Kolonne Birresdorf, von wo ein direkter Weg den Berg hinunter nach Remagen führt. Aus den Häusern wehen weiße Fahnen, verängstigte Blicke der Einwohner, hauptsächlich Frauen und Kinder. Timmermann setzt den Vormarsch in Richtung Remagen fort. Bei der nächsten Kurve hält er abrupt an. Unter ihm im Tal fließt friedlich der Rhein, der sagenumwobene Fluss, grau im Grau des Tages. Timmermann traut seinen Augen nicht, als er rheinaufwärts von Remagen unversehrt die Ludendorff-Brücke erblickt, ein im Bogen über den Rhein gespanntes Stahlgerippe. Wie ein Geschenk des Himmels, mit dem niemand gerechnet hatte, das in keiner der Vorwärtsstrategien des Stabes auftaucht.

»Verdammt noch mal!« Burrows und Grimball schließen zu ihrem Kommandanten auf. Sie verfolgen stumm das Treiben auf der Brücke, in Luftlinie kaum mehr als einen Kilometer entfernt. Deutsches Militär drängt zwischen Zivilisten, Kindern und Frauen auf die gegenüberliegende Rheinseite.

Colonel Engeman rast kurz darauf in einem Jeep zu ihrem Beobachtungspunkt. Ein Augenblick ungläubigen Staunens. Unbeweglich das Gesicht von Karl Timmermann, aber seine Augen leuchten.

»Die Soldaten, die wir auf die andere Seite entkommen lassen, können wieder kämpfen. Das spricht für den sofortigen Einsatz von Artillerie. Andererseits, wenn wir es schaffen sollten, die Brücke einzunehmen, bevor sie die in die Luft jagen, hätten wir freie Fahrt über den Rhein. Mal sehen, was General Leonard dazu meint, er sollte jeden Augenblick hier sein.« Es klingt fast wie ein Selbstgespräch, aber dann verfällt Engeman ohne Übergang in seinen harten Befehlston: »Um zur Brücke zu kommen, müssen wir erst Remagen einnehmen. Timmermann, beginnen Sie sofort mit dem Angriff auf Remagen, Grimball, Sie geben Panzerschutz! Jetzt ist es ein Uhr, wir sehen uns an der Brücke wieder! Und beeilt euch, um fünf ist es dunkel, bisher ging alles sowieso viel zu langsam!«

Die Soldaten bewegen sich zögerlich zur Stadt hinunter, das Gewehr im Anschlag, schützend gegen die Hauswände gepresst. Kurz nach zwei Uhr ist Remagen fest in amerikanischer Hand. Timmermann und seine Truppe wenden sich der weiterhin unzerstörten Rheinbrücke zu. Plötzlich gibt es vor ihnen eine Explosion, aufgewirbelte Erde und Felsbrocken fliegen umher. Ein zehn Meter breiter Krater vor der Auffahrt zur Brücke zwingt Grimballs Panzer zum Anhalten.

»Was jetzt?«, wendet er sich an Timmermann.

Sie beobachten, wie die Flüchtenden in den Tunnel verschwinden, in den die Brücke auf der gegenüberliegenden Seite des Rheins in den Berg mündet. Inzwischen ist es drei Uhr, niemand scheint zu wissen, wie es weitergehen soll. Schließlich stößt General Leonard zu der Vorhut bei der Brücke.

»Wir haben in Erfahrung gebracht, dass die Deutschen die Brücke punkt vier Uhr hochgehen lassen wollen. Timmermann, Sie und Ihre Kompanie geben den Männern des Ingenieursbataillons Deckung, vielleicht gelingt es denen noch rechtzeitig, die Sprengladung zu entschärfen. Wir belegen die andere Seite mit einer phosphorsauren Rauchwand, das sollte die dort in dem Tunnel zurückhalten.«

Ein Selbstmordkommando, wie es im Buche steht, denkt Timmermann. Er schaut die Soldaten um sich herum an. Jung gealterte Gesichter aus den Farmen des Mittleren Westens, den Fabriken von Michigan und

Ohio, den Bürotürmen in New York City oder den Schulen und Universitäten Amerikas. Aber Befehl ist Befehl, deswegen ist er hier.

Hugh Mott, ein furchtloser, dunkelhaariger Ingenieur aus Nashville, Tennessee, blickt ihn ungeduldig an. Er und die zwei fähigsten Männer seiner Ingenieurseinheit, Eugene Dorland, ein Steinmetz aus Kansas, und John Reynolds, ein Textilarbeiter aus North Carolina, warten auf den Einsatzbefehl.

»Also los geht's, Leute, über den Rhein! ...« Timmermann wird von einer heftigen Explosion auf der gegenüberliegenden Seite unterbrochen. Die Brücke hebt sich vor ihnen, einige Planken fliegen durch die Luft, aber dann sinkt sie in ihr Fundament zurück, als wollte sie nur einmal tief durchatmen. Rauchwolken verhüllen die andere Seite der Brücke. Eine unheimliche Stille folgt dem betäubenden Lärm.

»Verdammt, das war doch erst auf vier Uhr angesagt, auf die Deutschen ist auch kein Verlass mehr! Aber egal, vorwärts, solange die Brücke noch steht«, befiehlt Timmermann. »Chinchars Zug voraus, danach DeLisio, Burrows und seine Leute bilden den Schluss. Ich bleibe mit vorne.«

Im Vorbeigehen flüstert er Jim Burrows zu: »Jim, du als Offizier befiehlst die letzte unserer Einheiten über die Brücke. Ich vorne und du hinten. Falls vorne etwas schiefläuft, musst du sofort das Kommando übernehmen.«

Plötzlich bemerkt er Rob Wiseman neben einem der Pershing-Panzer. »Was machst du denn hier? Ist es dir in Meckenheim zu langweilig geworden?«

»Ein Krankenträger mehr kann nie schaden. Du kannst also unbesorgt auf die Brücke, ich bringe dich im Notfall zurück. Allerdings, irgendwann müsst ihr los.«

Timmermann blickt ihn kopfschüttelnd an, diesen Typ, dem niemand befohlen hat, hier an vorderster Front mit dabei zu sein. Mit einer abrupten Handbewegung weist er seine Kompanie an, ihm zu folgen. Auf der Brücke überrascht sie Maschinengewehrfeuer aus einem der Türme. Grimball schießt mit seinem Pershing-Panzer ein Loch in den Turm, sofort kehrt Ruhe ein. Dennoch bewegen sich die Infanteristen nur zögerlich vorwärts, denn die große Explosion kommt, das wissen sie alle. Hugh Mott, dem Ingenieur, geht alles viel zu langsam: »Macht mehr Dampf, Leute, sonst finden wir das Dynamit nie, bevor es hochgeht.«

Etwa nach einem Drittel der Brücke wird Chinchars Zug durch die wieder erstarkten Schützen aus dem Turm erneut mit Beschuss belegt. Timmermann winkt DeLisio zu sich.

»Joe, übernimm die Führung, und bring die im Turm zum Schweigen!«

Der untersetzte Feldwebel aus der Bronx nickt seinem Kommandanten zu, eine unzweideutige Kopfbewegung zu seinem Zug. »Leute, jeder mir nach. Je schneller wir die andere Seite erreichen, umso schneller sind wir von dieser verdammten Brücke runter.«

Etwa in der Mitte der Brücke entdecken Mott und seine Ingenieure an den Metallträgern unter dem Stahlgerippe vier Dynamitsprengsätze. Der Ingenieur aus Nashville schwingt sich über die Brüstung und klettert unter die Brücke. Atemlos arbeiten er und seine beiden Helfer mit ihren Zangen, bis die Ladungen tief unter ihnen im Rhein aufklatschen. Über ihnen dröhnen die harten Stiefel der Infanteristen, und über allem die feste Stimme Timmermanns: »Leute, los, mehr Tempo!«

Kurz vor den zweiten Turm und nahe der anderen Seite der Brücke werden sie von einer Maschinengewehrsalve überrascht. Einer von Burrows' Soldaten sinkt zusammen, aus seiner Wunde quillt Blut, laute Rufe nach Sanitätern ertönen. Kurz darauf taucht Rob Wiseman mit einer Tragbahre auf, kniet sich untersuchend neben den Verletzten, dann hebt er ihn vorsichtig mit einem anderen Sanitäter auf die Bahre und trägt ihn zwischen den nach vorne drängenden Truppen in Richtung Remagen.

DeLisio und einer seiner Männer sind derweil, das Gewehr im Anschlag, die Rundtreppe zum Turm hochgeklettert, schwankend unter der Last ihrer Tornister. Ihr heftiges Atmen ist lauter als das Maschinengewehrfeuer über ihnen. Sie bleiben vor einer Eisentür im zweiten Stock stehen, blicken sich aufmunternd an, dann öffnen sie die Tür und überraschen drei deutsche Soldaten, die über ein Maschinengewehr gebeugt hinunter auf die Brücke zielen. Auf eine Warnsalve hin ergeben sie sich widerstandslos.

Der Soldat Alex Drabik hat nicht bemerkt, dass sein Kommandant DeLisio in dem Turm verschwunden ist. Vergeblich blickt er sich nach ihm um. Überzeugt, dass DeLisio die Brücke bereits überquert hat und sich nun ungedeckt auf der anderen Rheinseite befindet, stürmt er ohne Rücksicht auf Verluste nach vorne. Unter der Last des Gepäcks, das Gewehr vor sich in den Händen, verliert er torkelnd seinen Helm, aber in diesem Augenblick gibt es für ihn kein Zurück, er muss zu DeLisio. Als er das Ende der Brücke erreicht, rollt er seitlich die Böschung herunter. Kurz hinter ihm folgen zwei weitere Soldaten ihrer Einheit, erst dann stößt DeLisio nach einiger Zeit zu ihnen.

»Ich dachte, du wärst längst hier!«, keucht Drabik noch völlig außer Atem.

»Gratuliere, Alex, du bist der erste Amerikaner, der es

über den Rhein geschafft hat. Aber noch ist es nicht vorbei, wir feiern das später.«

Im gleichen Moment erreicht Karl Timmermann als erster amerikanischer Offizier die andere Rheinseite. Allein mit seinen paar Mann vor dem Feind, muss er nun beweisen, was für ein Kompaniechef wirklich in ihm steckt. Burrows sendet er mit einigen Soldaten zu dem steilen Berg vor ihnen, um dort die Heckenschützen zum Schweigen zu bringen. DeLisio befiehlt er zur Erkundung des Tunneleingangs. Mit dem Rest seiner Truppe baut er, in Sichtweite voneinander aufgereiht, eine erste Verteidigungslinie am Rheinufer entlang auf. Mittlerweile ist es kurz vor vier, dem angekündigten Zeitpunkt der Sprengung. Oder war es doch nur ein Gerücht? Noch befinden sich amerikanische Truppen auf der Brücke, ebenso entwaffnete deutsche Gefangene, die von den Amerikanern in Richtung Remagen zurückgeschickt werden. Leutnant Mott und seine beiden Ingenieure, weiterhin auf der Suche nach dem Hauptsprengsatz, entdecken ein Gehäuse auf der Erpeler Seite der Brücke, bei dem es sich um den Zentralschalter handeln muss. Fieberhaft trennen sie die Drähte. Ganz in der Nähe stoßen sie auf eine sprengbereite Explosionsladung, ganz offensichtlich der Kern des Sprengplans der Deutschen. Vorsichtig entschärfen die Ingenieure den Sprengsatz. Warum wurde er nicht gezündet, fragen sie sich, gab es einen Kurzschluss oder sonst ein unvorhergesehenes Problem? Welchem Zufall verdanken sie es, noch zu leben?

Timmermann, ohne Kontakt zu den Ingenieuren, verfolgt die vergehenden Sekunden mit wachsender Unruhe. Noch steht die Brücke, aber er hat jetzt andere Sorgen, mit nur hundertzwanzig Mann braucht er dringend Nachschub, vor allem schweres Geschütz und Panzer, sonst wird es den Deutschen ein Leichtes sein, sie kurzerhand in den Rhein zurückzudrücken. Sie erhalten zwar Verstärkung durch die beiden anderen Kompanien der 27th Armored Infantry Division, aber Timmermann ist klar, dass die Infanterie allein diese Stellung ohne Panzerdeckung nicht lange halten kann.

Nachdem die Gefahr der Sprengung gebannt ist, verlegt sich das Ingenieursbataillon darauf, die Eisenbahnbrücke für Panzer passierbar zu machen. Unter den am rechten Rheinufer verteilten Infanteristen verbreitet sich unterdessen das Gerücht, dass deutsche Tigerpanzer gegen sie im Anrollen seien. Aber die wenigen Gegenangriffe der Deutschen erfolgen nur von kleinen Infanterieeinheiten, gegen die sich Timmermanns Leute erfolgreich zur Wehr setzen. Etwa um Mitternacht dann endlich überqueren Colonel Engemans Panzer den Rhein und drücken die Verteidigungslinie weiter nach Osten.

»Wir leben noch«, murmelt DeLisio zu Alex Drabik neben ihm im Graben. »Das heute war jedenfalls um einiges härter, als was ich aus der Bronx gewöhnt bin.« Sie sind todmüde, aber keiner ist in der Lage zu schlafen. Karl Timmermann blickt in das diesige Dunkel, denkt an die Toten und Verletzten, Deutsche und Amerikaner, die er heute wieder gesehen hat und die er nicht als Menschen in sein Soldatenbewusstsein eindringen lassen darf. Es gibt für ihn nur feindliche Helme und Uniformen, auf die er und seine Leute zielen. Aber in den Uniformen auf der anderen Seite stecken auch die Brüder seiner Mutter, seine beiden Onkel aus Frankfurt. Natürlich wäre es völlig unwahrscheinlich, dass sie sich gerade hier unter den Deutschen bei Remagen befänden, aber das Schicksal hat sich schon grausamere Zufälle erlaubt.

Zur gleichen Zeit legen General Hoge und General Leonard in Birresdorf, über die Karten gebeugt, die Truppenbewegungen für den nächsten Tag neu fest. Die Nebenrolle der 1. Armee hat sich in die Hauptrolle dieser Kriegsphase verwandelt. General Eisenhower, der am Abend die Nachricht von der Eroberung einer unzerstörten Brücke über den Rhein in seinem Hauptquartier in Reims erhält, befiehlt, sofort alle verfügbaren Mannschaften und Material über die Brücke auf die andere Rheinseite zu bringen, bevor der Feind auf diese unvorhergesehene Entwicklung reagiert.

Karl Timmermann ahnt nicht, dass sich soeben der Verlauf des Krieges entscheidend geändert hat. In dieser feuchtkalten Nacht ist er allein um seine Mannschaft besorgt, die müde und frierend in ihren Schützengräben um ihn verstreut liegt. Seine Helden, die, ohne Fragen zu stellen, dieses Todeskommando ausgeführt haben und nun hier am anderen Rheinufer die vorderste Stellung halten. In ihrem Alltagsleben alles ganz normale Leute, aber angesichts dieser Ausnahmesituation haben sie heute das Außerordentliche, das in jedem von ihnen steckt, unter Beweis gestellt. Und er muss an Rob Wiseman denken. Mehrfach hatte er ihn zusammen mit den Sanitätern und den Tragbahren über die Brücke eilen sehen, zuletzt mit einem verletzten deutschen Soldaten darauf.

Timmermann lauscht dem gleichmäßigen nächtlichen Rauschen des Rheins, saugt den einzigartigen, moosig metallischen Duft des Flusses in sich auf. Seine Gedanken schweifen zu seiner Frau mit ihrer erst vor wenigen Tagen geborenen Tochter, die er wer weiß wann einmal in den Armen halten wird. Er erinnert sehnsuchtsvoll die heißen Sommerabende in Nebraska, Abende, an denen er mit sich und seinem Leben zufrieden war. Dieser wahnsinnige Krieg, schüttelt er den Kopf. Und schließlich denkt er an seinen Vater zu Hause in West Point, der ihm von der Ludendorff-Brücke bei Remagen erzählt hatte. Im Juli 1919, nach dem Waffenstillstand, hatte dieser mit seinem Regiment den Rhein auch über die Brücke überquert, mit demselben Stolz wie er heute. Aber dann änderte sich sein Leben mit der Fahnenflucht und der Heirat des Mädchens aus Frankfurt. Nach dem erfolgreichen Krieg ließ man ihn diese Schmach nie vergessen. Vom Schicksal verstoßen, lebten die Timmermanns ärmlich am Rand des kleinen Dorfs in Nebraska.

»Dad, die Brücke heute, das habe ich für dich gemacht!«

3.
Die Burg

Tief hängen die Wolken, nebliges Nieseln draußen, seit
Tagen schon, wo nur der Frühling bleibt, denkt Minnie
Fürst. Plötzlich hat der Krieg sie erreicht, ununterbro-
chen das Rattern der Artillerie und donnernde Angriffe
von Jagdfliegern auf nahe gelegene Stellungen. Die
Leute im Dorf vermuten die deutsche Luftwaffe hinter
den Sturzflügen auf die Brücke bei Remagen. Aber sie
haben es schwer, gegen die das Rheintal durchziehen-
den Wolken- und Nebelschwaden und die Flugzeugab-
wehr der Amerikaner. Vereinzelt gibt es Einschläge in
der Burg, nichts Ernsthaftes, dennoch jedes Mal tief bis
ins Mark erschreckend.
Warum die Wehrmacht die Brücke nicht rechtzeitig gesprengt hat? Vorgestern waren sie von Erikas SS-Freund
gewarnt worden, sie sollten am Nachmittag alle Fenster öffnen, die sonst durch den Druck der Explosion
zerbersten würden. Die Burgbewohner hatten sich in
die Kapelle im Erdgeschoss zurückgezogen, Frauen
und Kinder, keine Männer, die alle, außer dem alten
Gärtner, an verschiedenen Fronten kämpfen. Dass sie
in die Kapelle gingen und nicht in den Keller, darüber
wundert sich Minnie im Nachhinein. Sie haben vergeblich auf die erlösende Sprengung gehofft. Nachts
sind sie wieder in ihre Schlafzimmer zurückgekehrt,
Bismarck bei Minnie Fürst, seit dem Tode des Schriftstellers hat er dessen Seite des Ehebetts übernommen.
Lange Zeit hatte sie dieser Krieg nicht betroffen, sie hatten hier sogar noch ihre großen Feste gefeiert, als der
Krieg woanders, in fernen Ländern, tobte, er ging andere etwas an, aber unvermittelt klopft er an ihre Tür,

mit all seinen Schrecken und unvorstellbaren Gräueln. Die neue Wirklichkeit, so sieht sie nun aus.

Vom Gärtner hatten sie erfahren, dass die Amerikaner den Rhein überquert hätten, bereits in Erpel seien, nur wenige Kilometer von ihrer Burg entfernt. An warmen Sommertagen wandern sie oft über die Felder und Hügel zu den Wirtschaften des kleinen Winzerdorfs. Wir werden sie wegfegen und im Rhein ertränken, diese Amerikaner, hat Erikas Bekannter verkündet. Tatsächlich sahen sie auch deutsche Panzer und Kettenfahrzeuge mit Artillerie hinter ihrem Park vorbeifahren, durch den Gemüsegarten in Richtung Bruchhausen, in die vom Wald geschützten Stellungen über dem Rheinufer. Ein beruhigendes Gefühl, der Anblick des massiven deutschen Stahls und ihrer entschlossen dreinblickenden Soldaten.

Aber die Kämpfe ebben nicht ab, sie entfernen sich nicht wieder, ganz im Gegenteil. Am Abend geht die Nachricht um, die Amerikaner hätten Unkel erreicht, wieder einige Kilometer näher.

»Die werden sich noch wundern«, sagt Erika beim Abendessen, als sie zusammen in der Küche sitzen, bei verdunkelten Fenstern. »Ihr habt ja gesehen, was die Wehrmacht hier heute auffahren ließ. Wir können uns beruhigt schlafen legen.«

Tags darauf zieht sich Minnie wie jeden Tag in das seit Wochen ungeheizte Arbeitszimmer ihres Mannes zurück. Als ob sie ihn hier noch am ehesten wiederfinden könnte. Sie trägt eine warme schwarze Wolljacke über der am Hals mit einer Schleife geschlossenen dunklen Seidenbluse, dazu einen langen grauen Rock, ihr volles schlohweißes Haar hochgesteckt. Im Grunde verkörpert sie eine andere Zeit, diese schöne andere Zeit von vor vielen Jahren, die, ohne dass sie es bemerkt hätte, für sie damals stehen geblieben ist. Sie versteht die Gegenwart nicht mehr, kommt mit ihr nicht zurecht, als wäre sie hier als Fremde. Sie blickt verstört hinunter in den Burgpark. Wie vereinsamte Gerippe stehen die kahlen schwarznassen Bäume.

Seltsam, hier in seinem Arbeitszimmer fühlt sie sich nie allein. Sie hat nach seinem Tod nichts verändert, nur das Hitlerbild weggeräumt und an seiner Stelle ein Bild von Hermann Fürst aufgestellt. Ein Foto von ihm, aufgenommen an der Reling der *Europa*, auf der Rückfahrt aus Amerika am Ende ihrer letzten großen Weltreise. Forsch, mit einer Spur Überheblichkeit, blickt er in die Kamera. Über zehn Jahre ist das her. Hermann Fürst war gerne in Amerika, er bewunderte die Tatkraft der Amerikaner, ihr Anpacken, das Zusammenhalten der Familien, die Lebensfreude. Als erkenne er dort die Helden seiner Romane wieder. Und er mochte ihren Sinn für Humor, ihr spontanes Lachen, frei und ungehemmt, nicht verletzend oder auf Kosten anderer, Schadenfreude, die er aufs Tiefste verabscheute.

Unverändert hängt der Duft des herben Leders von Sofa und Sesseln im Raum, vermischt mit dem trockenen Staubgeruch der Bücher. Minnie meint auch, seinen Geruch hier noch auszumachen, als ob er diesen Raum nie ganz verlassen hätte. Vielleicht ist es gerade das, was sie hierher zurückholt. Überall sonst in der Burg ist sein Geruch verflogen, jedenfalls sucht sie ihn dort vergebens.

Auch die Andenken hier halten für sie die Erinnerung an ihn fest, die Fotografien von seinen großen Theatererfolgen, die zahllosen Preise und Würdigungen, für die es auf den Regalen kaum noch Platz gibt. Ihr Blick fällt auf den bunten Indianerkopfschmuck, der ihm nach einem Vortrag an der Universität von Nebraska in

Omaha überreicht wurde. Wenn Hermann Fürst hier allein war, hat er ihn sich gelegentlich aufgesetzt. Mehr als einmal hat sie ihn so an seinem Schreibtisch ertappt. Jetzt setzt sie sich selbst die bunten Federn auf ihr weißes Haar, lächelnd in Gedanken an ihn. All das Aufregende, das wir zusammen erlebt haben, sagt sie sich beim Blick in den Spiegel. Stürmisch, begabt, besessen, so war er. Natürlich spielte immer wieder Glück eine Rolle, wie etwa bei seiner Bewerbung als Redakteur bei den *Berliner Neuesten Nachrichten*, als sie noch nicht von seinen Büchern leben konnten und er erst von dort eine niederschmetternde Absage erhielt, dann völlig unverständlich am Tag darauf die Zusage. Der erste Brief sei ein Versehen gewesen, entschuldigte man sich. Manchmal, bei der Ungewissheit des Künstlerlebens, war er monatelang depressiv, gerade am Anfang seiner Karriere, als er von dem ihn erwartenden Ruhm nur hatte träumen können, aber auch später gelegentlich. Von seiner Großmutter hatte er den Drang zur Unabhängigkeit geerbt, war finanziell konservativ, bestrebt, nie über seine Mittel zu leben und sich nicht zu verschulden. Nach den ersten Erfolgen konnte er sich viel leisten. Ja, eine Menge Glück hatte er schon gehabt.

Minnie tritt ans Fenster, die Indianerfedern auf dem Kopf. Sie erinnert sich: Jedes Jahr etwa um den zehnten März standen sie und Hermann Fürst hier zusammen, genau an dieser Stelle, sie an ihn gelehnt, er sie zart streichelnd. Sie blickten dann angespannt in den Park, lauschten gemeinsam durch die doppelt verglasten Fenster in die noch zögernde Natur. Bis sie plötzlich den neuen, frischen Klang in den Vogelstimmen wahrnahmen, nicht mehr winterlich eintönig und elegisch, sondern heiter und ausgelassen zwitschernd in den aufbrechenden Frühling. Allerdings nur hier in ihrer Umarmung konnten sie das durch die Glasfenster hören, erst Tage später erkannten sie den aufbrechenden neuen Klang im Vogelgezwitscher draußen im Park. Jedes Jahr dasselbe Spiel. An einem solchen Tag wurde ihr ältester Sohn gezeugt.

Sie horcht angestrengt durch das Glas in den neblig verhangenen Park, aber ohne ihn an ihrer Seite gelingt es ihr nicht, diese Vorboten des Frühlings aufzuspüren. Sie hört allenfalls das Rattern der Gewehre. Nicht ein einziger Vogellaut.

Ungewöhnlicher Lärm dringt plötzlich zu ihr vom Untergeschoss her vor und reißt sie aus ihren Tagträumen. Unbekannte Männerstimmen. Sie eilt aus dem Dichterzimmer den Gang entlang zur Treppe. Von unten kommt ihr ein Soldat in einer fremden Uniform entgegen, das Gewehr im Anschlag. Ein runder, dunkelgrüner Helm, nicht der ihr vertraute grau-schwarze deutsche Wehrmachtshelm. Soldaten mit schussbereiten Gewehren halten am Fuß der Treppe die Frauen des Hauses in Schach, ihre Tochter und die Schwiegertöchter und die Köchin. Mein Gott, wo sind die Kinder, denkt sie erschreckt.

»Haben Sie deutsche Soldaten im Haus versteckt?« Der Soldat auf der Treppe vor ihr herrscht sie auf Englisch in einem barschen Befehlston an.

»Nein, hier ist niemand«, antwortet sie, spontan ebenfalls auf Englisch. Sie versperrt mit ihrer Hand auf dem Geländer dem Soldaten den Weg. Sein Blick ruht auf der gebieterisch vor ihm stehenden Frau. Allmählich breitet sich ein belustigter Zug über sein Gesicht aus. Minnie liest das Namensschild auf seiner Uniform: *Lt. Timmermann.*

»Tragen Sie das immer?«, fragt Karl Timmermann. Erst jetzt wird ihr bewusst, dass sie mit dem Indianerschmuck auf dem Kopf vor den Soldaten steht.

»Nur, wenn wir von Amerikanern Besuch bekommen!«
Kurz ist ihr, als nicke ihr im Geist Hermann Fürst für
ihre Schlagfertigkeit anerkennend zu.
»Darf ich das mal sehen?« Karl Timmermann dreht den
Indianerschmuck in seinen Händen. »Sieht wie Häupt-
lingsschmuck der Omaha-Indianer aus, aber das kann
doch kaum sein.«
»Warum nicht? Mein Mann hat ihn von der Nebraska
Universität in Omaha geschenkt bekommen.«
»Was hatte er in Omaha zu tun?«
»Er hat dort aus seinen Büchern gelesen. Vor zehn Jah-
ren war das. Er hatte großen Erfolg in Amerika, gerade
auch in Nebraska bei den vielen Deutschstämmigen
dort.«
»Ein Schriftsteller? Wie heißt er, vielleicht kenne ich
ihn?«
Sie nennt seinen Namen. Er schüttelt nachdenklich den
Kopf.
»Nein, nie gehört. Aber meine Mutter kennt ihn sicher-
lich, sie ist 1919 aus Deutschland ausgewandert.«
»1919, dann muss sie ihn gekannt haben, das war die
Zeit seiner größten Erfolge.«
»Wo ist Ihr Mann?«
»Er ist vor zwei Monaten gestorben.«
»Draußen im Krieg?«
»Nein, hier im Wohnzimmer, in seinem Lieblingssessel.«
»Mein Beileid! Trotzdem muss ich die Räume durch-
suchen. Gehen Sie bitte zu den anderen nach unten.«
Er reicht ihr den Federschmuck. Als er an ihr vorbei-
drängt, steht ihm Bismarck im Weg. »Wie heißt Ihr
Hund?«
»Bismarck.«
»Komm, Bismarck, hilf mir beim Suchen.« Zu dem
Hund spricht er plötzlich auf Deutsch. Bismarck trottet

hinter dem Amerikaner her, erst in das Arbeitszimmer von Hermann Fürst und die Wohnräume im hinteren Teil, danach in das obere Stockwerk mit den Schlafzimmern und schließlich auf den Turm. Minuten vergehen, bis Timmermann und Bismarck zurückkommen, der Amerikaner weiterhin mit dem Gewehr im Anschlag, wie zur Gewohnheit geworden.

»Sie hatten recht, aber Vorschrift ist Vorschrift«, sagt er zu Minnie, wieder auf Englisch.

»Übrigens, wenn Sie Soldaten suchen, in der Burg im Dorf, unten neben der Kirche, ist eine Einheit der SS eingelagert, jedenfalls waren sie dort bis gestern.«

»Mutter!«, zischt Erika, aber sie schweigt sofort unter dem Blick des Amerikaners.

»Wir werden uns sofort darum kümmern. Für Sie wäre es jedenfalls im Keller sicherer, bis sich die Lage beruhigt hat. Die großen Säle hier erscheinen mir ideal für unser Lazarett, ich werde mir das mit dem zuständigen Offizier später nochmals anschauen, Sie haben hoffentlich nichts dagegen?«

Minnie antwortet nicht, die Bemerkung des Amerikaners klingt eher wie eine Anordnung, kaum wie eine ernst gemeinte Frage.

»Chinchar, untersuche mit deiner Truppe die andere Burg, aber vorsichtig, am besten forderst du gleich Grimball an, seine Panzer vereinfachen jede Diskussion mit der SS.«

»Was fällt dir ein, unsere Soldaten in der Unteren Burg zu verraten? Wenn wir die Amerikaner weggefegt haben, dann hast du nichts zu lachen.«

»Was hier in der Burg passiert, hat unter uns zu bleiben. Wir sind eine Familie«, hält Minnie ihrer Schwiegertochter entgegen.

»Die fühlt sich doch gar nicht als Teil der Familie!«, wirft Pia ein.

»Das musst du gerade sagen! Ihr habt es doch nur mir zu verdanken, dass die SS nicht bei uns eingezogen ist. Wenn wir uns auf Pia verlassen müssten, säßen wir längst in Zelten im Park oder, mit etwas Glück, im Keller.«

»Kinder, hört mit der ewigen Streiterei auf, wir haben jetzt andere Probleme!« Ein seltenes Machtwort von Minnie. »Wenn ich bloß an Luise mit ihren beiden Kleinen in Köln denke, unerträglich, die Ungewissheit über ihr Schicksal bei den Luftangriffen dort. Ich wünschte, sie wären bei uns.« Seit Tagen haben sie von der Familie ihres jüngsten Sohns, der als Pilot bei der Luftwaffe ist, keine Nachricht mehr erhalten.

»Das fehlt gerade noch, drei weitere Mitesser!«, erwidert Pia.

Sie schweigen erschreckt, als sie das Öffnen der Eingangstür hören. Zu ihrer Erleichterung ist es der Schuhmacher Leckner, dessen Werkstatt gegenüber dem Eingangstor zum Burgpark liegt.

»Die Amis sind zur Unteren Burg unterwegs. Hab ihnen gleich gesagt, hier oben finden sie niemanden. Ich war erstaunt, dass ihr Kommandant Deutsch spricht.«

Herr Leckner war nie Nazi gewesen, sondern eingefleischter Sozialdemokrat, solange man das noch wählen konnte. Leckner wusste immer über vieles Bescheid, das eigentlich nur von den verbotenen Feindsendern stammen konnte. Hermann Fürst hatte ihn in den Monaten vor seinem Tod verschiedentlich aufgesucht, um sich zu informieren.

»Die haben die Sprengung der Brücke verschlafen, völlig unverständlich, mit den Amerikanern schon drauf, das müssen sie doch gesehen haben. Seitdem rollen Tag und Nacht ihre Fahrzeuge, Panzer und schweres Geschütz darüber, die Amerikaner haben ihre Befehlszentrale bereits auf unsere Rheinseite ins Bürgermeisteramt von Erpel verlegt. Die Luftwaffe versucht zwar, die Brücke zu zerstören, aber bei dem Wetter kann sie wenig ausrichten, alle Sturzangriffe auf die Brücke haben ihr Ziel verfehlt.«

»Glauben Sie denn, das Blatt könnte sich nochmals wenden?«

»Natürlich, Frau Fürst, aber wer weiß? Die Wehrmacht war auf Durchbruchsversuche der Alliierten weiter nördlich und südlich eingestellt, mit einer ausgefeilten Abwehrstrategie. Jetzt muss improvisiert werden, und das ist nicht unbedingt unsere Stärke.«

»Was ist denn mit unseren Soldaten hier im Dorf?«, fragt Erika.

»Die ergeben sich scharenweise oder hauen in Richtung Honnef ab, aber wenn Soldaten einmal ins Laufen kommen, taugen sie sowieso nichts mehr. Der SS-Haufen in der Unteren Burg hat sich übrigens heute Morgen in Volkssturmuniformen davongemacht.«

»Wie, einfach so, klammheimlich? Und die Burg haben sie leer geräumt?« Erika blickt ihn neugierig an.

»Sie hatten es eilig, sah nicht so aus, als ob sie viel mitgehen ließen, wenn überhaupt etwas.« Erika atmet erleichtert auf. »Sie sollten zu Ihrem eigenen Schutz in den Keller umziehen, man kann nie wissen, von allen Seiten wird geschossen.«

»Das hat uns gerade auch der amerikanische Kommandant geraten.«

Sie richten sich mit Matratzen in dem vorderen Teil des Kellers ein. Tageslicht fällt durch die Ritzen des Eingangstors. Die Luft ist modrig abgestanden, fröstelnde Feuchtigkeit durchzieht den Raum. Aber trotz aller Warnungen halten sie sich die meiste Zeit im Erdgeschoss auf, essen in der dort gelegenen Großküche, sitzen in der Kapelle, in der sie sich alle aus irgendeinem Grunde sicherer fühlen, auch abends noch bei Kerzenlicht. Nachts im Keller schlafen sie wenig und unruhig.

»Dass ich so etwas durchmachen muss! Nur gut, dass mein Vater das nicht mehr erlebt hat.«

Niemand reagiert auf Pias Bemerkung, jeder ist mit seinen eigenen verwirrten Gedanken beschäftigt.

Am nächsten Morgen berichtet ihnen der Gärtner, die Amerikaner hätten Bad Honnef eingenommen, allerdings sei Verstärkung durch deutsche Panzer von der Autobahn her in Richtung Bruchhausen unterwegs. Noch sei nicht alles verloren. Die Amerikaner hielten die Rheinebene, dagegen hätten die Deutschen die Berghöhen fest in der Hand.

»Unser Gemüsegarten ist von Kettenfahrzeugen und Panzern plattgewalzt worden. Für dieses Frühjahr sieht es schlecht aus.«

»Ich gehe schnell ins Dorf runter, möchte doch wissen, was da los ist«, verkündet Erika.

Minnie versucht vergeblich, sie zu überreden, zu Hause zu bleiben. Bereits nach kurzer Zeit kommt Erika verstört zurück.

»Im Dorf herrscht das totale Durcheinander. Polnische und russische Zwangsarbeiter haben sich in der Unteren Burg niedergelassen, schreckliche Szenen spielen sich dort ab. Der Einkaufsladen von Bornhagen ist geschlossen. Pfarrer Schmidt, den ich bei der Kirche traf, rät dringend, zu Hause zu bleiben.«

»Das haben wir dir doch gleich gesagt. Aber du glaubst es erst, wenn du es von einem Katholischen hörst.« Pia wirft ihrer Schwägerin einen strafenden Blick zu.

»Ich habe zwei Flugzeuge in Richtung Brücke fliegen

sehen. Die Kämpfe halten an, wir geben nicht auf, so viel ist sicher, ihr werdet schon noch sehen, wenn wir erst die Geheimwaffen einsetzen. Dieser Krieg ist noch lange nicht verloren. Ihr müsst Hitler vertrauen, gerade jetzt, wo es darauf ankommt.«

Eine betretene Stille, niemand antwortet Erika. Plötzlich rüttelt es an der Eingangstür. Die polnischen und russischen Zwangsarbeiter, denken die Frauen sofort erschrocken, aber es ist der amerikanische Offizier mit einem anderen Amerikaner. Karl Timmermann wendet sich an Minnie, wieder auf Englisch.

»Leutnant Wiseman ist für unser Lazarett verantwortlich. Er wird Ihre Räumlichkeiten für diesen Zweck inspizieren.«

Rob Wiseman blickt sich kurz in der Küche um, ohne den Hausbewohnern irgendwelche Beachtung zu schenken.

»Die Küche ist ideal«, bestätigt er. Er folgt Timmermann und Minnie in den Musiksaal gegenüber der Kapelle. In der Ecke steht ein schwarz glänzender Konzertflügel. Rob streicht über das glatte dunkle Holz. »Bösendorfer«, liest er laut mit einem anerkennenden Blick zu Minnie. Auf der Notenbank steht Schuberts *Winterreise*, in einer Bearbeitung für Klavier. Er schlägt das Buch auf, zufällig das Lied *Nun merk ich erst, wie müd ich bin*. Stehend über die Tastatur gebeugt, spielt er einige Takte. Gott, diese unschuldige Welt, zu der das gehört, wo ist sie geblieben, fragt er sich.

Minnie beobachtet ihn erstaunt, das aufmerksame Gesicht unter dem olivgrünen Helm, ein ernstes, junges Gesicht, und seine schlanken Finger, wie sie natürlich und selbstsicher über die Tasten gleiten. Hier hatte sie früher selbst oft gesungen und Konzerte gegeben. Die Sängerin und ihr Dichter. Sie fühlten sich aller Welt überlegen, und nun dieser Amerikaner, als ob ihm auch ihre Kultur längst gehörte.

»Bösendorfer, ein magischer Name. Allerdings klänge das Klavier gestimmt um Einiges besser.«

Minnie war das auch sofort aufgefallen, aber nun muss sie sich von einem amerikanischen Soldaten belehren lassen. Sie schüttelt den Kopf, eine in allem verkehrte Welt.

Sie führt die beiden Offiziere hinunter in den Festsaal im Erdgeschoss. Auf einem Seitentisch neben dem Eingang liegt das in weißes Leder gebundene Gästebuch. *Die Fürstburg* steht in gestochenen Goldbuchstaben auf dem Einband. Der Glanz ihrer Welt, ihr beneidenswertes Leben, das kann sich heute doch überhaupt niemand mehr vorstellen und schon gar nicht diese fremden Soldaten.

Minnie zeigt ihnen die Zimmer im nächsten Stock, wie aus Gewohnheit zögert sie beim Betreten des Arbeitszimmers von Hermann Fürst. Als ob er das Besondere spürte, bleibt Wiseman im Türeingang stehen.

»Wir nehmen sämtliche Räume in Beschlag außer diesen hier«, sagt er zu Minnie. »Sie und Ihre Familie müssen solange in den Keller. Wir werden morgen Vormittag mit dem Lazarett einziehen, bis dahin haben Sie Zeit.«

»Wie stellen die sich denn das vor, uns einfach aus unseren Zimmern zu schmeißen? Gefangene im eigenen Haus!« Pia braust auf, als Minnie die Familie von den Anweisungen der Amerikaner unterrichtet.

»Reg dich nicht auf, ein Lazarett ist doch allemal besser als eine Kompanie Soldaten im Haus. Die bleiben nicht ewig, die Front zieht weiter, und dann steht die Burg noch, mit allem Drum und Dran.«

Pia schaut Erika erstaunt an. »Das ist mal wieder typisch, einfach so die Fronten zu wechseln! Heute Morgen hast du uns noch gepredigt, dass wir Hitler gerade jetzt nicht im Stich lassen dürfen«, empört sich Pia über ihre Schwägerin.

»Geh am besten einmal auf den Turm hoch und schau, woher der Wind weht«, antwortet Erika.

»Du hast gut reden, du bist gewohnt, auf einer Matratze auf dem Boden zu schlafen, ich eben nicht!«

»Kinder!« Minnie bringt die beiden zum Schweigen.

Kurz darauf kommt der Schuster Leckner von gegenüber, neugierig, was die Amerikaner wollten.

»Mit dem Lazarett haben Sie mal wieder Glück, besonders im Hinblick auf die Asozialen in der Unteren Burg. Verändern wird sich an der Lage vorerst nichts. Mittlerweile sind die Amerikaner hier auf unserer Rheinseite bereits stärker als die Deutschen. Es ist vorbei, sag ich Ihnen, ein Lazarett ist das Beste, was Ihnen passieren kann.«

Am frühen Abend halten sie sich in der Küche auf, die beiden Kleinkinder bereits gefüttert, während die Köchin das Abendessen für die Erwachsenen zubereitet. Eine gedrückte Abschiedsstimmung, sie sehen einer ungewissen Zukunft entgegen. Pia erklärt, sie werde auf alle Fälle in ihrem Bett schlafen, jedenfalls noch diese Nacht, vielleicht sei es ja die letzte, wenn die Amerikaner hier erst einmal einzögen, wer wisse schon, wie lange die bleiben würden. Die anderen raten ihr ab. Der Krieg habe sie eingeholt, das Glück dürfe man gerade jetzt nicht überreizen.

»Welches Glück denn?« Pia blickt sie empört an. »Wenn es ein Glück gäbe, säßen wir jetzt nicht in diesem Elend.«

Plötzlich schlägt der Hund an. Laut bellend rennt er

durch den dunklen Gang zur Eingangstür. Verängstigt schrecken die Frauen auf, als Erstes wieder beim Gedanken an das Gesindel im Dorf und sie schutzlos ohne ihre Männer in dem großen Burghaus.

Zögernd öffnet Minnie die Eingangstür einen Spalt, bis sie Luise erkennt, die Schwiegertochter aus Köln, mit ihren kleinen Söhnen Jens und Kai. Sie sind erschöpft und hungrig.

»Ihr habt uns gerade noch gefehlt«, empfängt Pia ihre Verwandten in der Küche.

»Köln liegt in Trümmern«, berichtet Luise. »Unser Haus ist von einer Bombe getroffen worden. Seit zwei Tagen sind wir hierher unterwegs. Nirgends ist man sicher, ihr habt wenigstens einen amerikanischen Posten am Tor.«

Die Frauen sehen sich erstaunt an. Will der amerikanische Kommandant sein Lazarett absichern? Das Glück hat uns doch nicht ganz im Stich gelassen, denkt Minnie.

Am nächsten Morgen bringt der Gärtner die Burgbewohner auf den neuesten Stand des Geschehens.

»Während der Nacht hielten die Kämpfe an. Honnef ist in amerikanischer Hand, die Amis dringen aus der Rheinebene weiter nach Westen in die Berge und Täler vor. Die ruhmreiche Panzer-Lehr-Division unter Panzergeneral Bayerlein hat bei Bruchhausen Stellung bezogen, aber ihre Gegenwehr bröckelt. Mittlerweile haben die Amerikaner zusätzlich eine Behelfsbrücke über den Rhein gelegt, es sieht so aus, als könne sie nichts aufhalten. Die Luftwaffe schafft es einfach nicht, die Brücke zu treffen, die Wolken hängen weiterhin tief im Rheintal. Allerdings ist Wetterbesserung vorausgesagt, ich weiß nicht, für wen das von Vorteil ist, die vorrückenden Amerikaner oder die deutsche Abwehr, aber gut wäre es für uns hier, wenn es endlich wärmer werden würde.«

Ein Jeep fährt am Eingang zur Burgterrasse vor. Leutnant Wiseman steigt aus, die Burgbewohner bleiben gefasst, sein Kommen ist angekündigt. Umso betroffener sind sie von seinem schroffen Befehlston.

»Sie haben dreißig Minuten Zeit, um Ihre Sachen in den Keller zu bringen. Von da ab ist die Burg vom Erdgeschoss an militärische Zone. Jedes Betreten ist strengstens verboten!« Rob Wiseman weist, wie um dem Nachdruck zu verleihen, auf seine Uhr.

Entsetzte Blicke, unausweichlich die neue Wirklichkeit.

»Wie die sich das vorstellen, die ganze Zeit im Keller, da unten ist doch gar kein Klo und nur notdürftigstes Waschen, da ging es uns unter den Nazis auf alle Fälle besser, und dann die Kinder!«, erregt sich Pia.

»Wenn ihr gesehen hättet, was in Köln los ist, ganze Stadtteile sind zerbombt und ausgebrannt, da würde jeder mit euch für diesen Keller tauschen. Und das Lazarett und die Amerikaner im Haus, während man unten im Dorf seines Lebens nicht sicher ist. Im Vergleich haben wir auf alle Fälle das bessere Los gezogen«, sagt Luise.

»Du hast gut reden, mit deinen paar Sachen und deinen zwei Bälgern, aber wir haben ja alles im Haus oben, unser ganzes Leben!«, schimpft Pia.

Später rollen Militärlaster in den Burgpark. Auch der leitende Arzt billigt das neue Quartier. Sie richten den Operationssaal im Zimmer neben der Kapelle ein, Krankenlager in dem Musiksaal und dem Festsaal unten. Die werden wir hoffentlich nicht voll in Anspruch nehmen, sagt der Arzt zu Rob Wiseman, aber man muss vorbereitet sein, in den Ardennen wäre das schnell belegt gewesen, als die Front wochenlang festsaß,

aber hier sollte es allem Anschein nach zügiger voran-
gehen.

Leutnant Timmermann schaut nach einer Lagebesprechung der Kommandanten des 27th Armored Infantry
Battallion im Lazarett vorbei. Der erste Ruhetag für
seine Kompanie seit fast einer Woche, eine verdiente
Verschnaufpause, um das Geschehene zu begreifen, soweit sie es überhaupt fassen können. Die Nähe zum Tod
auf der sprengbereiten Brücke vor Augen, aber sie leben
noch, als hätte ein gütiges Schicksal dem technisch per-
fekten Feind diesen winzigen Fehler unterlaufen lassen.
Sie wissen nicht, dass soeben der Senat und das Ab-
geordnetenhaus der Vereinigten Staaten von Amerika
in Washington ihre Sitzungen unterbrechen, um die
Leistung von Timmermanns Kompanie zu würdigen,
dass ihre Namen im Kongress laut verlesen werden und
dass die Kriegsberichterstatter die Eroberung der Brücke über den Rhein als das wichtigste Ereignis seit der
Landung in der Normandie feiern. Dass die Reporter in
den USA in Dörfer wie Holland, Ohio oder Columbia,
South Carolina, ausschwärmen, um dort etwas über
den Hintergrund der ersten Rheinüberquerer zu erfahren, und dass Mary Timmermann von einem Reporter
der Zeitung Omaha-World-Herald bei ihrer Arbeit als
Kellnerin im Goldenrod Café in West Point, Nebraska,
aufgesucht wird, der sie befragt, wie sie die Leistung ihres Sohns, als erster amerikanischer Offizier den Rhein
überquert zu haben, kommentiere und ob sie wisse, was
das bedeute.

»Den Lauf der Geschichte verändert zu haben, das soll
ich nun meinen Leuten klarmachen?« Timmermann
blickt Rob Wiseman fragend an. »Ich verstehe es ja selbst
kaum! Besuch uns mal, Wiseman, wir sind unten im
Dorf am Kirchplatz im Hotel Post eingewiesen. DeLisio

hat dort den Weinkeller beschlagnahmt. Diese Männer aus der Bronx mit ihrer einschlägigen Erfahrung. Erst eine unversehrte Brücke, dann einen unversehrten Weinkeller!«

»Ihr plötzlicher Ruhm, mal gespannt, wie sie damit fertigwerden«, sagt der Arzt zu Rob, als sie Timmermann auf dem Weg ins Dorf hinterherblicken. Der erste Krankentransport fährt in den Burgpark. Ein verletzter Soldat hält seinen tiefrot durch den Verband blutenden Arm. Der Krieg kennt keine Ruhepause.

Morgendliches Licht dringt durch die Ritzen der Kellertür. Die Matratzen reihen sich an der Wand entlang. Am anderen Ende des Kellerraums haben sie neben einem Wasserhahn eine dürftige Kochecke eingerichtet, dort steht auch ein Kübel zum Waschen. Die Feuchtigkeit, die faul abgestandene Luft, der Ekel vor dem kriechenden Ungeziefer im Halbdunkel des Raums, das alles kommt die Burgbewohner hart an.

»Wie soll das ein Mensch aushalten!«, schimpft Pia. »Luise, schick doch mal deine Jungens ins Haus, die Kinder werden sie ja wohl reinlassen, sie sollen mir mein Cologne holen, das ich gestern in der Eile vergessen habe.«

Jens und Kai gehen schüchtern nach oben, noch in ihren Schlafanzügen, ungewaschen und das Haar durcheinander. Aber die Amerikaner lassen sie nicht ins Erdgeschoss. Das ist hier nichts für Kinder, wehren sie ab, als gerade ein Verletzter auf der Tragbahre an ihnen vorbei in das Lazarett getragen wird. Die beiden rennen zu ihrer Mutter in den Keller zurück, entsetzt vom Blut und dem Wimmern des Mannes.

»Typisch, die Kinder taugen zu nichts, aus denen werden nie richtige Männer«, regt sich Pia auf.

Es klopft am Kellertor. Der Gärtner hilft ihnen, die Eimer aus dem Behelfsklo im unteren Keller zu entleeren. Die Amerikaner hätten auch das Gärtnerhaus beschlagnahmt, berichtet er.

»In der Nacht war wieder allerhand los, reihenweise kamen Verletztentransporte in den Park. Heute Morgen hat die Luftwaffe wieder Angriffe gegen die Brücke geflogen, aber es ist wie verhext, die Brücke steht.«

Wenigstens haben die Amerikaner ihnen nicht verboten, sich im Park aufzuhalten. Auf den Wegen sind noch Pfützen vom Regen der Vortage, aber zwischen den Wolken zeigt sich aufgelockert der blaue Himmel. Der Wind trägt den Duft aufbrechender Natur in sich. Minnie, in ihrer schwarzen Wolljacke, ihr Haar hochgesteckt, geht langsam um das Rosenrondell in der Mitte des Parks. Die Rosenstöcke noch ohne Grün, stachelig und nasskalt. Der Rasen schimmert von Tautropfen und Spinngeweben. Sie bleibt überrascht stehen, als ihr Rob Wiseman entgegenkommt und sie anspricht.

»Hören Sie, wie sich die Stimmen der Vögel verändert haben? Plötzlich klingt in ihnen der Frühling mit. Ich kenne das von San Francisco, allerdings passiert es dort früher als bei Ihnen hier, meist schon Anfang Februar. Und dazu dieser frische Duft in der Luft!«

Minnie nickt ihm zu. Ihr Geheimnis mit Hermann Fürst, vor den anderen den Frühling in den Stimmen der Vögel zu entdecken, und auch das kennt dieser junge Amerikaner schon von sich zu Hause.

»San Francisco!« Minnie erwähnt Hermann Fürsts erste Amerikareise, auf der Welle seiner frühen Erfolgsromane, vor dem Krieg von 1914, als die Spannung bereits in der Luft lag. Er war in der Hoffnung nach Amerika gereist, mit seiner Begeisterung die Amerikaner von der Politik des Kaisers zu überzeugen. In San Francisco war eine große Lesung an der Universität von Kalifornien in Berkeley geplant. Tags zuvor bei seiner Ankunft erwartete ihn ein Empfangskomitee ehrwürdiger Herren in Zylinder und dunklem Anzug. Zwei aufdringliche Männer, die ihm sein Handgepäck abnehmen wollten, von denen er annahm, es handle sich um Gepäckträger, wurden von den Herren der Empfangsgruppe abgedrängt. Der Sprecher der Gruppe eröffnete ihm, man habe zusätzlich ein Fest in einer Turnhalle für die vielen Landsleute, die ihn am nächsten Tag bei der Vorlesung in Berkeley nicht erleben könnten, angesetzt. Ihm verblieb kaum Zeit zum Umziehen. Bei seiner Ankunft in der überfüllten Halle wurde er mit großem Beifall empfangen. Hermann Fürst hielt schwungvoll seine für die Universität vorbereitete Rede. Am Ehrentisch später erkundigte er sich bei seinem Nachbarn, auf welchen Gebieten die anwesenden Professoren denn lehrten. Der erklärte ihm verschmitzt, dass hier kein einziger Professor zugegen sei, vielmehr handle es sich um die Vorstände der verschiedenen deutschen Klubs in San Francisco und sie hätten ihn schlichtweg entführt. Mit der Universität habe das nichts zu tun, ihr Sprecher sei Eigentümer der größten Wurstfabrik in San Francisco.

Am folgenden Morgen klopfte es früh an sein Zimmer, erneut die beiden am Bahnhof verscheuchten Herren. Was sie denn schon wieder wollten, fuhr Hermann Fürst sie an. Einer von ihnen entschuldigte sich schüchtern, er sei Professor Schillings von der deutschen Fakultät an der Universität Berkeley, der große Dichter sei schließlich ihr Gast, nur habe man gestern keinen Streit gewollt. Von da an gehörten die »deutschen Cowboys im Wilden Westen« zu Hermanns Fürsts bevorzugten Erzählungen aus Amerika.

»Um 1914 sagten Sie? Es könnte gut sein, dass mein Großvater damals mit Ihrem Mann zusammensaß, 1914 war unsere Familie noch führend in den meisten deutschen Vereinigungen aktiv. Wer weiß, vielleicht haben sich da die Wege unserer Familien schon einmal gekreuzt.«

Schuster Leckner kommt später am Nachmittag mit einer Nachricht für Erika. »Von Werner Oswald. Eine Frau im Dorf hat ihn zufällig in einem Gefangenenlager südlich von Remagen getroffen, einer von Tausenden deutscher Soldaten dort. Er bittet Sie dringend darum, ihn zu besuchen, er habe etwas Wichtiges mit Ihnen zu besprechen.«
Jeder weiß: Er ist Erikas SS-Freund. »Der, der spinnt wohl, in der Volkssturmuniform zu türmen, um sich gefangen nehmen zu lassen, so was ist doch kein Mann! Das können Sie ihm ausrichten. Wie sieht es denn sonst im Dorf aus, Herr Leckner?«
»Die Lage hat sich beruhigt mit den Amerikanern hier.«
»Und die Untere Burg?«
»Die Polen und Russen sind weitergezogen. Sie haben mitgenommen, was nicht niet- und nagelfest war. Jetzt steht sie leer.«
Erika blickt ihn beunruhigt an, ein nervöses Zucken um ihre Nasenflügel.
»Ich muss mir das unbedingt ansehen. Herr Leckner, begleiten Sie mich doch, allein traue ich mich nicht.«
»Willst du die SS-Uniform und die Lederstiefel von Herrn Oswald retten? Keine Sorge, die klaut keiner!«, ruft ihr Pia hinterher.
Auf halbem Weg zur Unteren Burg gibt es eine ohrenbetäubende Explosion. Leckner und Erika werden von dem Druck gegen eine Hauswand geworfen. Ein Augen-

blick erschrockener Stille, dann erste Stimmen und Lärm aus dem Dorf.

»Ich hatte im Radio gehört, dass die Wehrmacht als Neuestes V2-Raketen, von einer Rampe in Holland aus, auf Remagen abschießen wollte. Typisch, sie treffen wieder alles Mögliche, nur die Brücke nicht«, sagt Leckner Die Untere Burg steht in Flammen. »Nicht einmal vor den eigenen Raketen ist man mehr sicher.« Erika blickt vor sich hin, die Lippen dünn aufeinandergepresst. All die wertvollen Dinge, die von der SS dort versteckt wurden, für später einmal, und ihre eigenen schönen Pläne, damit ist es endgültig vorbei.

Abends sitzt die Familie im trüben Licht einer nackten Glühbirne um den Holztisch im Keller. Qualm aus dem Behelfsofen liegt schwer im Raum. Von draußen dringt regennasse Kälte durch die Schlitze der groben Holztüre.

»Ich habe von dem jungen Leutnant gehört, dass das Lazarett nur für eine Woche hierbleiben wird. So lange dürfen wir nicht nach oben. Er besteht auf eindeutiger Trennung des militärischen Bereichs von dem der Hausbewohner«, teilt ihnen Minnie mit.

Maria, ihrer aus dem Schwarzwald stammenden langjährigen Köchin und Haushälterin, fällt es zunehmend schwer, die Ansprüche der Burgbewohner zu befriedigen.

»Wenigstens zählt beim Hamstern der Name Fürst bei den Leuten noch etwas, denn lange reichen unsere eigenen Vorräte nicht mehr. Außer beim Wein, da hat Herr Fürst vorgesorgt. Aber ich brauche Hilfe, allein schaffe ich die viele Arbeit unter diesen Umständen nicht mehr.«

»Es wird immer schöner, wir haben eine Köchin, und jetzt sollen wir auch noch in der Küche mithelfen«, empört sich Pia. »Es ist ja schließlich nicht unsere Schuld, dass sie schwanger ist und keiner den Vater kennt!«

»Vielleicht kennt ihr alle den Vater, Pia, noch ein Schwesterchen mehr, wer weiß!« Erika lässt keine Möglichkeit aus, ihre Schwägerin zu reizen. Die Augen der molligen Schwarzwälderin füllen sich mit Tränen, bedingungslos hat sie durch alle Schwierigkeiten hindurch den Fürsts gedient.

»Es war ein durchreisender Soldat«, beharrt sie in ihrer Mundart, die von den anderen immer etwas bespöttelt wird. »Er hat versprochen wiederzukommen, wenn alles vorüber ist. Sie werden schon sehen.«

»Ihr müsst Maria glauben, sonst wäre sie doch längst wie die anderen nach Rengsdorf abgeschoben worden«, sagt Karin.

Die Rengsdorfer Verwandten, um die sich bei den Fürsts viele Geschichten ranken. Vor Jahren zog die unverheiratete Hauslehrerin in das Dorf und kaufte sich dort ein kleines Haus. Niemand wusste, woher sie das Geld dafür hatte, aber kurze Zeit darauf gebar sie einen Sohn. Später geschah dasselbe ebenso plötzlich mit einer Haushaltshilfe, die bei den Fürsts gearbeitet hatte. Wann immer sie durch den Ort fuhren, hielten Pia und ihre Brüder nach rothaarigen Kindern Ausschau, das Haar des Vaters, bevor es schlohweiß wurde.

»Trotzdem, Maria ist derselbe etwas füllige Typ wie die anderen. Vor zwei Monaten, als der Fürst starb, sah man Maria noch nichts an, darum wurde sie damals nicht nach Rengsdorf verbannt«, setzt Luise nach.

»Jetzt hört aber auf, ihr seid widerlich, was würdet ihr ohne Maria tun, besonders jetzt?«, reagiert Minnie irritiert.

Nach dem Abendessen treten die Frauen nochmals ins Freie vor die Kellertür. Von der Unteren Burg lodert das

Rot der Flammen gegen den Nachthimmel. Zwischen den aufbrechenden Wolken glänzt eine dünne Mondsichel. Ein zunehmender Mond, Minnie verspürt seit jeher ein hoffnungsvolles Gefühl beim Anblick des zunehmenden Monds. Damit erklärt sie sich auch ihre gelockerte Stimmung heute nach dem Gespräch mit dem jungen Amerikaner, dass dieser Krieg bald vorbei sein wird, wenn auch mit einer Niederlage, womit sie nie gerechnet hatten, aber vielleicht ist es auch besser so, und nur gut, dass Hermann Fürst dies nicht miterleben muss. Beneidenswert, wie er sich rechtzeitig davongestohlen hat.

Sie zieht ihre dunkle Wolljacke enger um sich zusammen, verschränkt die Arme und wirft einen letzten langen Blick in die vom Feuer aufleuchtende Nacht.

4.
Das Lazarett

Erika ist seit Tagen schlecht gelaunt. Das ständige Quengeln und Jammern der Kinder, ein Glück, dass sie keine eigenen hat, die sie durch diese harten Zeiten bringen muss. Kriegskinder, das ist bekannt, die bekommen eine Macke ab, irgendwann zeigt sich das, früher oder später. Pia ist ein typischer Fall, Jahrgang 1916, mitten im vorigen Krieg geboren. Auf sie selbst trifft das natürlich nicht zu, sie wurde erst 1920, also zwei Jahre nach Kriegsende, geboren. Und sie wird auch kein Kriegskind gebären, der Krieg wird nicht mehr ewig dauern, so viel steht fest, und ihre letzte Periode hatte sie erst kürzlich ordnungsgemäß.

Außerdem dieses unzumutbare Kellerleben, sich mit kaltem Wasser aus einem Eimer zu waschen und kein richtiges Klo zu haben. Eigentlich waren die Verhältnisse in ihrem Elternhaus nicht viel besser, ihr Vater verdiente nur mäßig als einfacher Arbeiter in einer Textilmaschinenfabrik in Mönchengladbach, in der schweren Zeit nach dem verlorenen Krieg 1918. Sie fühlte sich zu Besserem geboren. Problemlos hatte sie sich an den Wohlstand der Fürsts gewöhnt, passte sich ganz natürlich den besseren Seiten des Lebens an. Sie hätte so etwas an sich, wurde ihr immer wieder bestätigt, die Seidenröcke aufreizend um ihre Hüften wippend, der leicht bebende Busen im Ausschnitt ihres Kleides, ihr volles braunes Haar lockig auf die Schultern fallend. Sie wusste genau, wenn Hermann Fürst ihr nachblickte, was da in ihm vorging: Wenn du nicht die Frau meines Sohnes wärst ...

Missmutig spaziert Erika durch den Park. Eine Ahnung von Sonne hinter dem Wolkenschleier, es weht ein milder, unsteter Wind. Anzeichen des Frühlings, vielleicht ist es auch das, was sie plötzlich unruhig werden lässt. Stumm beobachtet sie die Anlieferung verletzter Soldaten. Ob wir unsere Verwundeten so gut behandeln wie die Amerikaner ihre? Wie es wohl um ihren Mann steht? Vor Wochen hat sie die letzte Nachricht von ihm bekommen, damals auf dem Rückzug aus Italien von der auch dort vor den amerikanischen Truppen einbrechenden Front. Er war nicht für einen solchen Krieg geschaffen, aber dennoch folgte er enthusiastisch dem Aufruf der Nazis, angestachelt von der plötzlichen Begeisterung seines Vaters. Der klügste der drei Fürst-Söhne und mit abgeschlossenem Jurastudium auch der vielversprechendste. Wenn der Krieg zu Ende ist, wird er einen Verlag gründen, den Falkenverlag, in erster Linie, um die Bücher des Vaters zu verlegen. Ein sicheres Geschäft in Anbetracht des Erfolgs von Hermann Fürst. Sollte es damit aus irgendeinem Grund nicht klappen, bleibt immer noch die Rechtsanwaltspraxis, auch hier kommt ihm der Bekanntheitsgrad des Vaters zugute. Keiner seiner Brüder hat vergleichbare Aussichten und insbesondere nicht der Mann von Pia, im Leben nur zum Offizier ausgebildet, eine Berufsgruppe, die man dann nicht mehr braucht. Sie stellt sich die neidvollen Blicke von Pia vor. Gott, ich hoffe nur, er kehrt nicht verstümmelt zurück wie die, die da an ihr vorbeigetragen werden.

Sie trifft auf den Gärtner, auf dem Weg zu den Obst- und Gemüsegärten, die außerhalb der Parkmauer liegen.

»Guten Morgen, Frau Erika, eine Wetteränderung steht bevor, bald scheint wieder die Sonne. Meine das natürlich nicht politisch.«

Er war einer der Ersten gewesen, die im Dorf den Hitlerfahnen gefolgt waren, anfänglich zum Unwillen von Hermann Fürst, bis der sich selbst mit Hitler abgefunden hatte. Und auch einer der Ersten, die sich wieder von Hitler abgewandt hatten.

»Wenn Sie es politisch gemeint hätten, wie hätten Sie es dann gemeint?«

Dieser Männerblick, den sie so gut kennt, als der Gärtner seine Kappe zurechtrückt.

»Nur so, als Gärtner ist man Philosoph, und wer versteht schon die Philosophen! Jedenfalls, die Remagener Brücke steht auch heute noch. Eine Brücke so breit wie der Rhein, halten Sie sich das doch mal vor Augen! So kann man keinen Krieg gewinnen. Wir waren besser im Angreifen als im Verteidigen. Mit den Amerikanern sollten Sie sich gut stellen!«

»Meinen Sie das auch philosophisch?«

Er tippt an seine Kappe, ein verschmitztes Lächeln in seinem wettergezeichneten Gesicht. Ohne auf ihre Frage zu antworten, geht er bedächtig weiter zum oberen Parktor.

Erika bleibt unschlüssig stehen. Sie beobachtet, wie der amerikanische Offizier aus der Burg über die Terrasse kommt. Er hält für einen Moment inne, schaut prüfend zu den aufreißenden Wolken, bevor er in seinem Jeep aus dem Park fährt. Ja, sie müssen sich durch das Leben im Keller quälen, aber Glück haben sie trotz allem mit den Amerikanern hier.

Rob Wiseman hatte soeben seine morgendliche Lagebesprechung mit dem zuständigen Arzt, dem für die Versorgung des Lazaretts verantwortlichen Feldwebel, dem für den Ablauf des Krankenbetriebes maßgeblichen Oberfeldwebel und dem Leiter der Krankentransporte beendet. Die Burg mit ihren weiträumigen Sälen, der Großküche und den vielen Schlafzimmern ist ihr bisher bestes Quartier seit der Landung in Europa. Dazu die wohltuende Ruhe des Parks. So wie die Front sich vorwärtsbewegt, werden sie hier allerdings nur noch wenige Tage bleiben.

Er fährt zum Bürgermeisteramt in Erpel, dem Hauptquartier des kommandierenden Generals der 9th Armored Division. General Leonard kommt im selben Moment von der Inspektion der Frontabschnitte seiner Division zurück.

»Mir wurde mitgeteilt, Sie haben Ihr eigenes Schloss bezogen, Leutnant. Fühlen sich wie zu Hause! Ich werde mir das im Laufe des Nachmittags einmal ansehen, muss mich schließlich versichern, dass meine verletzten Soldaten gut versorgt sind.« Rob hat sich an den sarkastischen Unterton des Berufsoffiziers eigentlich längst gewöhnt, und doch stößt es ihm jedesmal wieder aufs Neue auf. Gerade jetzt hatte er damit nicht mehr gerechnet, wo der General nach der Eroberung der Brücke durch seine Division im Zentrum der Aufmerksamkeit der Kriegsberichterstatter, der obersten Befehlshaber und der Politiker steht. Jeder muss mit seinen eigenen Problemen fertigwerden, denkt Rob, davor rettet einen auch der Ruhm nicht so ohne Weiteres.

Der General fasst in knappen Zügen die Lage zusammen. »Heute ist es im Vergleich ruhiger. Die Brücke wurde wieder von deutschen Maschinen angeflogen, etwa die Hälfte davon haben wir runtergeholt. Mit der Einnahme der Brücke hätten wir eigentlich zufrieden sein können, aber jetzt bringen wir auch noch ihre Luftwaffenstrategie durcheinander. Kann uns ja nur recht sein. Sie sehen, Leutnant, die deutschen Generale haben allesamt zu viel studiert, das zeigt sich jetzt, wo es auf spontanes Handeln ankommt. Gut, ich muss weiter, ein

Journalist der New York Times wartet auf mich. Vielleicht bringe ich ihn nachher zum Schlossbesuch mit.«
Später fährt Rob über die Behelfsbrücke auf die gegenüberliegende Rheinseite. Mit einem Hauch Ehrfurcht blickt er im Vorbeifahren zu dem widerspenstigen Stahlgerüst der Remagener Brücke. Noch keine Woche ist es her, dass Timmermann und seine Truppe der erdrückenden Wahrscheinlichkeit trotzten. Ohne Fragen zu stellen. Mut, Glück und Wahnsinn, nur mit dieser Mischung lässt sich das Ergebnis erklären. Plötzlich hört er das Donnern herannahender Bomber. Zwei Flugzeuge tauchen unter den Wolken auf, im selben Moment heulen Artillerie und Abwehrgeschosse auf. Wassersäulen schäumen hoch, wo die Bomben in den Rhein fallen. Aus einem der Flugzeuge quillt ein weißer Rauchstreif, brennend stürzt es in die dicht bewaldeten Berge des Rheintals.
Diese Brücke, fast wäre sie mir doch noch zum Verhängnis geworden. Es gibt keine Garantien, bis dieser Krieg nicht endgültig vorbei ist, sagt er zu sich.
Rob nimmt die Straße hinter Remagen hinauf nach Birresdorf und über die Hochebene weiter nach Meckenheim. Das dortige Lazarett mit den wenigen verbliebenen Verwundeten steht kurz vor der Verlegung in die Burg. Unterwegs beobachtet er Bauern auf den Feldern, Pferde vor den Flug gespannt, in ihre Arbeit vertieft, ohne ihn zu beachten. Er ist erstaunt, wie schnell das Leben zurückkehrt, sobald der Krieg weiterzieht. Der Krieg eine temporäre, wenn auch gefährliche und lästige Unterbrechung ihres Daseins. Es geht weiter, die Felder müssen beackert werden. Aber irgendjemand hier hat diesen Krieg gewollt mit dem Ergebnis, dass es ihn aus seinem sonnigen Kalifornien hierher verschlagen hat.

In Meckenheim sieht er zerschossene Fenster und einge-
stürzte Mauern, dazwischen aber auch hier erste Zeichen von normalem Leben. Der Duft von frischem Brot
aus einer Bäckerei, Hausfrauen in ihren grauen Kitteln
und Kopftüchern, die die Gehwege vor ihren Häusern
fegen, mit ihren Einkaufstaschen umhereilen, sich mit
Nachbarn unterhalten, über das Wetter, wie es weitergehen wird, wie lange noch, bis ihre Männer zurückkommen. Und wann ich wohl wieder nach San Francisco darf, fragt er sich.

Zurückgekehrt auf die rechte Rheinseite, fährt Rob
Wiseman die Front an. Sporadisch hört er Schusswech-
sel, aber für seine Sanitäter gibt es wenig Arbeit. Außerhalb von Kalenborn, einem kleinen Dorf am Rande des
Siebengebirges, stößt er auf Karl Timmermann, er und
seine Einheit wieder in vorderster Stellung.

»Es geht nur schleppend vorwärts, aber jedenfalls
nicht so festgefahren wie in den Ardennen. Wenn wir
die Autobahn erreicht haben, noch zehn Meilen von
hier, werden wir abgelöst, hat Major Deevers heute Morgen bei der Lagebesprechung versprochen. Mit der Autobahn im Griff haben wir freie Fahrt durch Deutschland.«

»Jetzt bist du schon eine Woche Kompaniechef, Karl.
Am Ende stellst du noch einen neuen Rekord auf.«

»Ich hoffe, so lange dauert der Krieg nicht mehr. Aber es
war schon erschreckend, als jeder meiner Vorgänger für
eine immer kürzere Zeitspanne das Kommando hatte.
Auf der Brücke sah es so aus, als ob ich es nicht einmal
für einen Tag schaffen würde.«

»Übrigens, die ganze Welt spricht von dir und deiner
Kompanie, die Helden der Brücke von Remagen.«

»Der Kriegsruhm des kleinen Mannes ist ein flüchtiger
Ruhm, Wiseman.«

»Wenigstens habe ich keinen von deiner Truppe bei mir im Lazarett.«

»Wirklich unwahrscheinlich, all das Glück in der letzten Woche, nicht nur auf der Brücke. Gestern sind wir auf eine Gruppe deutscher Soldaten und einen Offizier gestoßen. Sie hatten die weiße Fahne gehisst, die Hände erhoben, alles sah friedlich aus, als plötzlich der Offizier seine Mauser aus dem Gürtel riss und wie wild um sich schoss, bis er das Kaliber entleert hatte. Wie durch ein Wunder gab es keine Verletzten. Überall um uns lauert der Tod.«

Die Spannung des Frontbesuchs löst sich von Rob, sobald er in die zeitlose Abgeschiedenheit des Burgparks einfährt. Anders als Timmermann, ständig in vorderster Frontposition. Sicher, der Krieg macht sie alle gleich, und doch bleiben die Unterschiede. In einer bestimmten Weise fühlt er sich den Bewohnern dieser Burg näher als dem nüchternen Mann aus Nebraska.
Von der Terrasse aus blickt er an dem runden Turm der Burg hoch. Bei der Inspektion vor einigen Tagen mit Timmermann hatten Wolken ihnen die Sicht verstellt. In Richtung des unteren Tors bemerkt er eine junge Frau, die ihn beobachtet. Nach kurzem Zögern winkt er sie zu sich. Sie kommt mit geschmeidigen Schritten auf ihn zu. Wie all die Frauen hier ist sie schwarz gekleidet, und doch wirkt die düstere Kleidung an ihr weniger bedrückend. Aus ihren braunen Augen sieht sie ihn fragend an.
»Ich möchte gerne auf den Turm, die Sicht bei dem klaren Wetter nutzen. Ich brauche jemanden, der mir den Ausblick von oben erklärt. Könnten Sie mich begleiten?«
Ein Lächeln huscht über ihr Gesicht. »Meine Schwägerin kennt sich vielleicht besser aus, aber wer weiß, wo sie sich gerade aufhält.«

Erika ärgert sich sofort, dass sie Pia erwähnt hat, dass er vielleicht jetzt nach Pia suchen lässt, dieses Englisch, das sie verwirrt, und Pia beherrscht diese Sprache auch besser als sie. Aber Rob nickt in Richtung Burg.

Wortlos folgt sie ihm durch die Eingangshalle. Der Geruch von Äther strömt aus dem Operationssaal neben der Kapelle. Ein am Kopf verbundener Verwundeter wird an ihr vorbeigetragen, Krankenpfleger drängen sie zur Seite, der eine oder andere überraschte Blick auf die Frau im Gang. Rob erteilt im Vorbeigehen kurze Anweisungen, hier und da ein Schulterklopfen; als der Arzt ihm zunickt, berührt er bestätigend seinen Helm mit dem Zeigefinger.

Im ersten Stock sind die Mannschaften in den Wohn- und Schlafzimmern untergebracht. Jedes Zimmer ist in Beschlag genommen mit Ausnahme des Dichterzimmers; Rob hat sein Versprechen gehalten. Auch Pias Schlafzimmer ist belegt. Wie es da wohl aussieht, denkt Erika, verwüstet von Soldaten. Im zweiten Stock sind die Ärzte und Offiziere eingezogen.

»Mein Schlafzimmer!« Erika weist auf eine der Türen.

»Wirklich? Da bin ich eingezogen!«

Rob öffnet die Tür, sein Schlafsack liegt ausgerollt auf dem Bett über den weißen Daunendecken und Kissen. Ansonsten macht das Zimmer einen fast unberührten Eindruck. Sie bleibt zögernd am Eingang stehen, zu gerne würde sie aus dem Schrank einiges zum Anziehen holen, aber sie traut sich nicht, den Amerikaner, der sie durch seine abweisende Zurückhaltung verunsichert, zu fragen.

»Warum schlafen Sie nicht in meinem Bett, die weichen Daunen müssen doch angenehmer sein als ein Schlafsack.«

Zu ihrer Erleichterung lächelt er wenigstens.

»Wissen Sie, das ist so ein Aberglaube bei uns Soldaten, nicht in fremden Betten zu schlafen. Mein Schlafsack ist für mich zu einer zweiten Haut geworden.«

Die Treppe führt in den nächsten Stock und von da drei Etagen hoch in den Rundturm. Auf jeder Ebene befindet sich eine kleine Kammer, die Schießscharten darin verglast. Am Ende der Treppe stoßen sie auf eine Luke, durch die sie auf die Plattform gelangen. Vor ihnen breitet sich die Rheinebene im zarten Grün des frühen Frühlings aus. Erika weist rheinabwärts auf das Siebengebirge mit dem Drachenfels, wo sich die Geschichte von Siegfried und dem Drachen abspielte. Ob er den Ring der Nibelungen von Wagner kenne, und auf sein zustimmendes Nicken erwähnt sie die Rollen, die ihre Schwiegermutter umjubelt in der Berliner Oper gesungen hat. Sie deutet auf den Rolandsbogen gegenüber auf der anderen Seite des silbrig schimmernden Rheins, der von Efeu gerahmte Bogen neben einer Ruine deutlich sichtbar.

»Dort oben gibt es ein hervorragendes Lokal.«

Sie bemerkt, wie sich sein Gesichtsausdruck entspannt.

»Gutes Essen geht mir über Wagneropern«, sagt Rob.

In der Mitte des Rheins liegen die Inseln Grafenwerth und Nonnenwerth. Sie deutet auf das Nonnenkloster, um das sich eine Reihe von Sagen und Geschichten über verzweifelte und glückliche Liebe rankt. Welche er vorziehe, fragt sie ihn. Die verzweifelte Liebe, sagt er nach kurzer Überlegung, der Nährboden der dramatischen Taten. Für sie komme nur die glückliche Liebe in Betracht, das Leben sei zu kurz. Sie ist sich unsicher, was das für ein Blick ist, den er ihr zuwirft. Hinter Bonn verwehrt ihnen der Dunst wie ein Vorhang die Sicht.

»An besonders klaren Tagen kann man den Kölner Dom sehen.«

»Dann sollten wir an einem solchen Tag nochmals hochkommen«, schlägt er vor.

Rheinaufwärts sehen sie Unkel, das kleine Weindorf. Dahinter erkennt er den Bogen der Remagener Brücke. Schweigend blickt er dorthin. Das hätte auch für ihn das Ende bedeuten können, als er ohne zu zögern für seine Sanitäter eingesprungen ist.

»Warum plötzlich so ernst?«, fragt sie.

»Dieser Krieg, warum muss das alles sein? Sie haben Ihr schönes Leben hier, ich meines in Kalifornien auf der anderen Seite der Welt. Aber dann kommt die Unruhe des Menschen dazwischen, besonders die unzähmbare Unruhe des Mannes.«

Er wendet sich ab, umklammert das Stahlgeländer, bis die Adern auf seinem Handrücken herausquellen. Er wirkt älter in seiner Ernsthaftigkeit, findet sie. Sie verspürt den Drang, ihn zu berühren, diese verkrampften Hände zu entspannen. Er hat seinen Helm abgenommen. Sein schwarzes, kurzes Haar ist gelockt, dunkle Augenbrauen und lange schwarze Wimpern, eine kernige Nase, überhaupt liegt etwas Festes in seinem Ausdruck, das ihr gefällt, dazu sein klarer und direkter Blick.

»Es gibt doch sicherlich auch über diese Burg Sagen und Geschichten?«, fragt er sie nach einiger Zeit.

»Vor Jahrhunderten gehörte sie dem Erzbischof von Köln, der sie als Sommerhaus in den Weinbergen nutzte. Von ihm soll eine junge Nonne, in die er sich verliebt hatte, ohne dass sie seine Liebe erwiderte, unten im tiefsten Kellergewölbe eingemauert worden sein. Dort, wo heute der Weinkeller ist. Mein Schwiegervater, der Dichter, war überzeugt, dass seine Weine sich durch ihre Beschwörung dort besonders gut entwickelten.«

»Und Ihr Mann, ist er im Krieg?«, wechselt Rob das Thema.

»Er befindet sich auf dem Rückzug aus Italien. Er war nie ein begeisterter Soldat.«

»Vor dem Krieg sind das die wenigsten. Aber man verändert sich unter dem Druck der Gegebenheiten, und am Ende erkennen wir uns selbst nicht wieder.« Rob schüttelt den Kopf, hat seine Lippen zusammengepresst. Wortlos folgt er ihr die Treppe im Turm hinunter. Neben dem Turmaufgang weist er

auf eine Tür. »Wo führt die hin? Wir hatten sie bei der Besichtigung übersehen.«

»Zum Speicher, da ist nichts Besonderes.«

»Wirklich? Aber das muss doch interessant sein, der Speicher einer alten Burg. Zeigen Sie mir das doch auch noch schnell.«

Gleichgültig zuckt sie die Achseln. Sie steigt vor ihm die enge Holztreppe in das Speichergeschoss hoch. Er blickt zu ihr hoch, als sie auf der steilen Treppe fast über ihm steht, zu hellen Seidenstrümpfen um ihre Waden und Schenkel, den elastischen Strumpfhalter, der sich im Schritt spannt. Weiches Fleisch quillt über den Strumpfsaum. Dieser zufällige Blick, und plötzlich verspürt er einen Drang in sich, den er schon lange nicht mehr empfunden hat. Er wendet seinen Blick ab auf die Stufe vor sich, beschämt, die harmlose Situation ausgenutzt zu haben.

Sie stehen nebeneinander in dem weitläufigen Speicher: Holzbalken und Regale, abgelagerte Gegenstände von Staub überzogen. Unter den grauschwarzen Dachziegeln dringt matt das Tageslicht durch.

»Und?« Sein Blick streift ihre Augen. Sie lächelt ihn an. Diese Unschuld, denkt er und fühlt sich, als wäre er bei etwas ertappt worden.

»Ich weiß nicht, was Sie sich versprochen haben, aber das ist schon alles, nichts als ein schöner Ausblick auf den Park.«

Sie geht durch den verwinkelten Speicher voran zu einer halbhohen Einbuchtung.

»Früher war das einmal der Taubenschlag, den man an den offenen Seiten verglast hat, das Dach verdeckt die Fenster, und unten vom Park aus kann man nichts erkennen. Es ist, als ob man schwebe, wie auf einem Felsvorsprung. In dem Versteck haben zwei, ganz eng aneinandergedrängt sogar drei Personen Platz.« Sie stützt sich mit den Armen auf den Boden des Vorsprungs auf, ohne es ganz nach oben zu schaffen. »Sie müssen mir helfen«, fordert sie ihn auf, mit dem Rücken zu ihm. Er umfasst ihre Hüften, atmet ihren süßlichen Duft, und wieder dieses Gefühl, als er sie in den Vorsprung hebt.

»Kommen Sie?«, hört er sie von oben. Er schüttelt wie im Selbstgespräch ablehnend den Kopf. Unvermittelt sieht er sich ihrem erwartungsvollen Blick gegenüber. Unmöglich, in dieser Enge Berührungen mit ihr zu vermeiden. Tief unter ihnen die wuchtigen Bäume des Parks, die Anlagen und Beete, umgeben von der schützenden Mauer.

Nur ihr Atmen in der Stille.

»Da unten ist Bismarck!« Sie weist durch das vordere Fenster. Er beugt sich nach vorne, um besser zu sehen, dabei rückt er enger an sie. Der Hund schnuppert an einer Staude im Rosenrondell. Sie liegen bäuchlings nebeneinander.

»Wie eine Spielzeugwelt unter uns!«

Sie nickt ihm zu. In ihren Augen glaubt er ein Lächeln zu sehen, gleichzeitig hat ihr Mund etwas fast Spöttisches an sich. So schwierig, ruhig zu atmen. Diese Frau ist älter als er und verheiratet. Mit einem Mal ist er nicht mehr der befehlende Leutnant, der die Burg eingenommen hat, sondern der gerade mal zwanzigjährige Kalifornier, in all seiner Unsicherheit vor einer fremden Welt und vor dieser fremden Frau.

Sie dreht sich zu ihm. Sein Knie berührt ihre Beine, eher zufällig, aber sie öffnet sie nachgebend und legt sie um sein Knie und um sein Bein, wie in einer Umarmung. Ihr Mund ist halb geöffnet, unmittelbar vor seinem Gesicht ihre glänzend roten Lippen. Er spürt ihren warmen Atem. Plötzlich gibt es auf dieser Welt nur diesen Frauenkörper. Seine verlangenden Hände streichen gierig über sie. Unter ihrer dunklen Jacke und der Bluse berührt er ihre warme, weiche Haut, drückt den sich sanft wölbenden Busen. Sie wehrt ihn nicht ab, lächelt ihm eher ermutigend zu. Ihm geht alles viel zu langsam, er knöpft die Bluse auf, streift ihre Kleider ab, bis er ihren nackten Körper unter seinen Händen fühlt. Seine Lippen wandern über ihre Haut, auf der sich warmer kleinperliger Schweiß bildet. »Nicht so schnell!« Aber es sind nur halbherzige Bemühungen, ihn zurückzuhalten. Seine Hände gleiten über ihre gespreizten Schenkel, das Fleisch, das er gerade noch heimlich beobachtet hat, es ist genau so samtig, wie es seinem verstohlenen Blick zuvor erschien. »Komm, du auch!« Sie knöpft seine Uniform auf, sein Hemd, bis sie beide nackt zusammenliegen. Rob macht eine zuckende Bewegung, als sie sein steifes Glied umfasst und es langsam reibt. Eine Flut von Gefühlen, die er vergessen hatte und die ihn jetzt unvermittelt aus diesem Krieg herauslösen. Die Erfahrungen dieser Frau, seine wachsende Erregung, alles stürzt unvorbereitet auf ihn ein. Er richtet sich auf, um sich auf sie zu legen und sie ganz in Besitz zu nehmen. Als sein Blick wie nebenbei aus dem Fenster gleitet, sieht er den Jeep von General Leonard in den Park einfahren.

Ihm stockt der Atem. Entgeistert starrt er auf Erika, als blicke er durch ihre Nacktheit hindurch.

»Was ist los, mache ich etwas falsch?«, fragt sie verunsichert.

»Ich muss sofort nach unten, das ist sowieso Wahnsinn, was wir hier tun. Mein General ist zu einem Lazarettrundgang vorgefahren. Das erste Mal, dass er uns hier besucht, und ich liege mit dir im Taubenschlag.«

Rob rafft seine Uniform zusammen, klettert etwas Unverständliches murmelnd aus dem Verschlag und zieht sich gehetzt an. Erika schaut ihm wortlos, fast belustigt, zu. Er streift das Hemd über, die Uniform, sein noch steifes Glied drückt gegen den rauen Stoff. Mit der Hand glättet er notdürftig sein zerwühltes Haar. Ein letzter Blick schulterzuckend zu Erika zurück, als bitte er um ihr Verständnis. Sie hat sich seitlich aufgerichtet, hastig ihren Körper mit der Bluse bedeckt, bis auf den haarigen Flaum ihrer Scham. Ohne ein weiteres Wort stürmt er die Treppe hinunter, weiter die Stockwerke durch das Haus und den Gang entlang zur Terrasse.

General Leonard befindet sich im Gespräch mit dem leitenden Arzt und seinem First Sergeant.

»Leutnant Wiseman, welche Ehre! Sie sehen etwas mitgenommen aus, das Leben in Ihrem Schloss ist wohl anstrengender, als ich gedacht hätte.«

Rob salutiert dem General. Diese spöttische Bemerkung vor seiner Mannschaft, der Genuss, gerade ihm, dem Harvard-Studenten, eines auszuwischen. General Leonard stellt ihn seinem Begleiter vor, dem Berichterstatter der New York Times.

»Wo waren Sie, Leutnant, als die Brücke erstürmt wurde?«, fragt ihn der Reporter.

»Auf der Brücke, Sir, Sanitätsdienst für Timmermann und seine Leute.«

»Was, Sie?« General Leonard schaut ihn verblüfft an, nickt ihm dann irgendwie befriedigt zu. »Muss ich vielleicht doch meine Meinung revidieren?«

Der General wendet sich den Verletzten zu. Er wirkt wie verwandelt, ein Mann der Soldaten, das ist seine Reputation, für jeden hat er ein Wort der Aufmunterung und des Dankes. Er nimmt sich Zeit für den Rundgang im Musiksaal und im unteren Festsaal. Am Ende steht er mit Rob, dem Arzt und dem Reporter zur Verabschiedung in dem langen Flur zum Eingang.

»Leutnant, unsere Verwundeten befinden sich bei Ihnen in bester Obhut. Das ist für mich genauso wichtig wie der Fortschritt an der Front.«

»Vielen Dank, Sir.«

Sie verstummen, als sie Schritte von der Treppe vom ersten Stock her vernehmen, das Aufschlagen von Absätzen auf den Fliesen des Flurs. Erika schreitet selbstbewusst den Gang entlang. Rob bemerkt, dass sie ihren Rock und die Bluse gewechselt hat, in den Armen trägt sie einige Handtücher und Wäsche. Sie nickt den zurückweichenden Männern zu, ohne Rob besonders zu beachten, nur ein kurzer Blick zu General Leonard, der sie mit einer leicht angedeuteten Geste zurückgrüßt. Hinter ihr bleibt ein süßlicher Fliederduft im Flur hängen.

Der General blickt Rob fragend an.

»Ihrer Familie gehört dieses Burghaus«, erklärt Rob. Kommentarlos wandelt sich der fragende Blick des Generals zu einem mehrdeutigen Lächeln.

»Okay, wir müssen weiter. Sie wollten noch mit Karl Timmermann sprechen«, wendet sich General Leonard dem Reporter zu. »Wiseman, Sie kennen die Stellung des 27th Armored Infantry Battallion, begleiten Sie doch unseren Gast dorthin. Ich habe im Hauptquartier zu tun.«

Erika stößt im Kellereingang auf Minnie und ihre Schwägerinnen.

»Wie siehst du denn aus? Und wo kommst du überhaupt her, in neuen Kleidern und mit all den Sachen? Und Parfum! Warst du etwa oben im Haus? Ich wette, die hat sich jetzt mit einem der Amerikaner eingelassen! Gerade noch mit der SS, und schon die Fronten gewechselt. Eine Schande für unsere Familie!« Pia baut sich anklagend mit verschränkten Armen vor ihr auf.

»Wenn ich nicht geahnt hätte, so etwas von dir zu hören, hätte ich dir dein Cologne mitgebracht. Dafür habe ich für Karin und Luise frische Wäsche dabei.«

»Und für mich?« Der dreijährige Kai, Luises jüngster Sohn, schaut sie hoffnungsvoll an. Unter den Handtüchern zieht Erika eine Tafel amerikanischer Schokolade hervor. »Die lag in meinem Zimmer«, fügt sie erklärend an Pia gewandt hinzu.

Rob Wiseman fährt den New-York-Times-Berichterstatter zum Frontabschnitt hinter Honnef, durch die kurvenreichen schattigen Täler des Siebengebirges.

»Mit dieser Brücke nimm der Krieg einen völlig neuen Verlauf. Die Verteidigungspläne der Deutschen sind Makulatur, das Ganze wird in Kürze vorbei sein, sage ich Ihnen. Ihr General Leonard mit seiner 9th Armored Division, das ist der Held dieses Geschehens. Ich werde sicherstellen, dass die Welt ihn nicht vergisst.«

Rob blickt schweigend vor sich hin. Er stellt sich die Schulbücher vor, die Geschichte von der Brücke von Remagen und dem entschlossenen Handeln von Generalmajor John W. Leonard, das die Wende des großen Krieges und die endgültige Ausmerzung des Geschwürs in Mitteleuropa brachte.

»Warten Sie, bis Sie Karl Timmermann kennenlernen,

da haben Sie den wirklichen Helden von Remagen! Nur dass der darüber allenfalls die Schultern zucken würde, genau wie Joe DeLisio, sein rundlicher Sergeant, der allen voran über die Brücke gestürmt ist, als Vorbild für die, die noch zögerten. Jeder Einzelne in Timmermanns Kompanie. Ohne ihre Uniformen sind sie wieder ganz gewöhnliche Typen, wie Sie sie überall in den Dörfern und Vororten Amerikas finden, aber dann, vor diese Herausforderung gestellt, haben sie das Außergewöhnliche fertiggebracht. An die sollten Sie die Welt erinnern.«

Als er am späten Nachmittag in den Park einfährt, erfasst ihn eine ungewohnte Aufregung. Entschlossen nimmt er die Treppen zur Terrasse, ohne sich einen Seitenblick dorthin zu erlauben, wo er sie am Mittag entdeckt hatte. Er kennt seine Anordnungen, es darf keine weitere Begegnung mit der Deutschen geben. Beim Abendessen mit dem Arzt und den beiden Sergeants verhält er sich eigentümlich in sich gekehrt.
»Diese Frau, was sich der General wohl gedacht hat?«, bricht der Arzt ihr Schweigen.
»Vielleicht kommt er uns jetzt häufiger besuchen.«
Rob blickt vor sich hin. Er nagt am Nagel des kleinen Fingers seiner linken Hand, betrachtet ihn mit verschlossener Miene, als gäbe es hier mitten im Krieg nichts Wichtigeres als diesen Fingernagel.
Er begibt sich gleich nach dem Essen auf sein Zimmer. Sein Schlafsack liegt zusammengerollt neben dem Bett. Die weiße Daunenbettdecke ist an einer Ecke aufgeschlagen, als lade sie ihn in ihr Bett ein. Er stellt sich vor, nackt in diese Betttücher zu gleiten, noch mit dem Gefühl von ihr an seinem Körper. »So ein Wahnsinn«, sagt er laut. Aber sie hat seine innere Ruhe aufgewühlt.

Wenn sie jetzt bei ihm wäre, dann müsste und wollte er sie haben, doch dazu wird es nie kommen, es war ein einmaliger Ausrutscher, er kennt seine Pflichten. Rob rollt seinen Schlafsack aus, nicht ohne vorher über das Bett zu streichen und die Bettwäsche zu berühren, in der sie geschlafen hat. In Gedanken sieht er sie in ihrer Nacktheit, ihre Hände sein Glied streichelnd, er berührt sich, stellt sich vor, wie ihre Schenkel sich öffnen, sich ihm widerstandslos hingeben, sein schwerer werdendes Atmen, bis er sich über sich ergießt.

Rob erwacht früh am dämmernden Morgen. Nachts war es ruhig im Lazarett, keine besonderen Vorfälle. Er verlässt die Burg, ohne zu frühstücken, als wäre er auf der Flucht. Dabei kann er an nichts anderes denken als an diese deutsche Frau. Hast du gut in meinem Bett geschlafen, stellt er sich die Frage aus ihren blitzenden Augen vor. Ohne dich spürte ich nur die Einsamkeit deines Bettes, antwortet er ihr in den anbrechenden Tag. Sein Atem verformt sich zu einer kleinen Fahne aus Reif.

Oft hat er sich in den langen, einsamen Monaten hier in Europa seine Rückkehr nach Kalifornien vorgestellt. Gedanken voller Sehnsucht nach Wärme, insbesondere nach körperlicher Wärme, die er in dem eisigen Schlamm der winterlichen Kämpfe entbehren musste. Er dachte an Susan und ihre gemeinsamen Pläne, zusammen nach Harvard zu ziehen, verheiratet oder nicht, sie waren unzertrennlich gewesen in den Wochen vor seiner Einberufung. »Wenn du wiederkommst ...«, hatte sie ihm beim Abschied wie ein Versprechen mitgegeben.

Der Krieg hat ihn hierher verschlagen, er war mit dem Gefühl von Hass und Furcht in das Land des Feindes vorgedrungen, auch jetzt noch tagtäglich dieselben Gefühle im Kampf ums Überleben, und nun das. »Wenn du wiederkommst!« Mit einem Mal fällt es ihm schwer, Susans Bild, seine Gefühle für sie, in sich wachzurufen.

»Wie ist die Lage im Schloss, Wiseman? Einen schönen Fleck haben Sie sich da ausgesucht!«, begrüßt ihn General Leonard bei der Lagebesprechung im Divisionsquartier.

»Vergangene Nacht war ruhig es im Lazarett, trotz der Kämpfe in den umliegenden Bergen.«

»Von dort kommt wohl nicht die einzige Gefahr«, entgegnet der General.

Rob meint ein Lächeln bei einigen Offizieren zu erkennen. Hatte der General ihnen von der jungen Frau im Gang des Schlosses erzählt?

Leonard fasst die neuesten Entwicklungen in kurzen Worten zusammen. Die Truppen drängen langsam, aber beständig vor, an der Spitze nur noch sechs Kilometer von der Autobahn entfernt. Rob denkt an Timmermann und die versprochene Ruhepause für seine Kompanie. Aber damit auch an die Verlegung des Lazaretts, seinen Auszug aus der Burg, fort von der Frau. Wie ein Stich durchdringt ihn der Gedanke.

»Ein wahres Wunder, dass die Brücke noch steht«, führt der General seinen Bericht fort. »In der vergangenen Nacht versuchten die Deutschen es mit einer Tauchergruppe, Hitlers Elitetaucher. Sie stiegen oberhalb von Remagen in den Rhein, jeder mit einigen Pfund Sprengstoff beladen. Dabei haben sie wohl die Geschwindigkeit des Flusses unterschätzt und unter Wasser den Kontakt zueinander verloren. Keiner von ihnen hat einen der Brückenpfeiler erreicht. Wir haben sie einen nach dem anderen mit Suchscheinwerfern aufgespürt. Ich bin mal gespannt, was sie sich als Nächstes ausdenken.«

Rob fährt später als gewohnt die Frontstellungen ihrer Division ab. Zumindest für die nächsten Tage lassen sich diese Positionen noch von dem Lazarett in der Burg aus erfassen. Als er mit Timmermann spricht, fällt ihm dessen Vater ein, fahnenflüchtig im letzten Krieg für eine deutsche Frau, und dann all die Probleme, von denen er nie mehr losgekommen ist.

5.
Erika

Am nächsten Morgen plant Rob, das Lazarett in Meckenheim endgültig aufzulösen. Es kann sich auch nur noch
um Tage handeln, bis das Lazarett in der Burg durch
eines näher an der Front ersetzt werden wird. Ein er-
probter Ablauf, er wird mit in das neue weiterziehen.

Als er die Tür zu seinem Jeep öffnet, bemerkt er Bismarck,
der von einem kleinen Jungen an der Leine gehalten
wird. Er bückt sich, um den Hund zu streicheln. Der
Kleine holt hinter seinem Rücken einen Briefumschlag
hervor und hält ihn Rob entgegen. »Für mich?« Der
Junge rührt sich nicht, nur dieser stumme Blick aus
seinen kindlichen Augen.

Aus dem Umschlag holt er einen Briefbogen. In der Mitte
ein großes Fragezeichen, darunter ihre Unterschrift:
Erika. Rob starrt auf das Papier. Der Junge beobachtet
ihn schweigend. Impulsiv setzt er mit einem dicken
Stift ein Ausrufezeichen auf die Rückseite, faltet den
Bogen und steckt ihn in den Umschlag. Als er ihn dem
Jungen reicht, lächelt der ihn verschmitzt an: »Schoko-
lade?«

Verdammter kleiner Erpresser, flucht Rob.

Erika wartet ungeduldig vor dem Kellereingang auf
Jens, Luises fünfjährigen Sohn. Sie steht aufrecht, mit
verschränkten Armen, ihre dunkle Wolljacke um sich
gezogen. Der Junge reicht ihr den Briefumschlag, in der
anderen Hand hält er stolz die Schokolade hoch.

»Muss ich die teilen?«

»Nein, die gehört dir, die hast du dir verdient. Aber sie
wird dir besser schmecken, wenn du den anderen Kindern etwas davon abgibst. Ich kann dir das nicht weiter
erklären, aber so ist das im Leben, glaube mir.«

Ihr Gesichtsausdruck entspannt sich, als sie Robs Antwort sieht. Das hast du gut gemacht, sagt sie sich.

»Was für eine Überraschung, Frau Erika, so früh schon im Park, in morgendlicher Frische.« Erika schiebt erschrocken den Umschlag in den Ärmel ihrer Wolljacke, als der Schuster von gegenüber auf sie zukommt.

»Herr Leckner, was machen Sie denn schon hier?«

»Dieser Herr Oswald im Gefangenenlager bei Remagen hat erneut nach Ihnen verlangt. Er müsse etwas Wichtiges mit ihnen besprechen, es sei dringend, Sie sollten unbedingt kommen.«

»Der soll mich in Ruhe lassen, das Leben geht weiter, es ist schon weitergegangen, das können Sie ihm ausrichten.«

Rob Wiseman kehrt bei einbrechender Dunkelheit zur Burg zurück. Als er aus dem Jeep steigt, empfindet er wieder diese Unruhe, als fürchte er sich vor einer erneuten Begegnung mit der Frau, und gleichzeitig erhofft er nichts sehnlicher, als sie noch einmal in den Armen zu halten.

Beim Abendessen ist er in sich verschlossen, sucht verzweifelt nach einem unverfänglichen Vorwand, sie zu sehen. Schließlich fordert er seinen Feldwebel auf, zusammen die Hausherrin aufzusuchen, um sie über den neuesten Zeitplan zu informieren. Vom Kellereingang aus sehen sie die Frauen um einen Tisch in dem flachen Lichtkegel einer Glühbirne sitzen. Er winkt Minnie Fürst zum Eingang. Diese Luft, denkt er, wie sie das aushalten.

»Es sieht so aus, dass wir das Lazarett in zwei bis drei Tagen näher an die Front verlagern. Danach dauert es üblicherweise eine Woche, bis hier alles aufgelöst ist. Wir bleiben also nicht länger. Das wollte ich Ihnen mitteilen, damit Sie sich darauf einstellen können.«

In seiner Uniform strahlt er Autorität aus, auch die ehrwürdige, grauhaarige Dame spürt das. Vom Tisch her beobachten die anderen sie, nur Erika sitzt abgewandt, kein Blick, als wäre er Luft für sie.

»Das werden wir auch noch durchstehen«, antwortet Minnie Fürst. »Aber eine Bitte hätte ich doch: Dürften wir, nach einer Woche hier unten, kurz auf unsere Zimmer, um uns mit frischen Kleidern und Wäsche zu versorgen? Gerade auch für die Kinder!«

»Sobald eine Ruhepause bei der Anlieferung der Verwundeten eintritt. Ich werde dann jemanden schicken.«

»Schokolade?« Unversehens baut sich der kleine Kai mit ausgestreckter Hand vor ihm auf, von Jens darüber aufgeklärt, wie er an seine Tafel gekommen ist.

Rob fährt mit einer Hand über die braunen Locken des Kindes. Gleichzeitig wendet er sich an seinen Feldwebel: »Nimm ihn mit in die Küche und gib ihm eine Tafel Schokolade, auch etwas Butter. Wir müssen die Kinder auf unsere Seite bringen, sie sind unsere Hoffnung auf eine bessere Zukunft.«

Der kleine Junge wirkt verschüchtert, als der Soldat ihn an der Hand mitführt. Erika hat ihm weiterhin den Rücken zugekehrt, in die Leere des dunklen Kellers starrend.

Später allein in seinem Zimmer wundert er sich über ihr abweisendes Verhalten. Aber am Ende ist es besser so, er ist Soldat, Susan wartet auf ihn in San Francisco, denkt er, vergiss diese Frau, das eine Mal war ein Fehler, dabei soll es bleiben. Er rollt seinen Schlafsack auf dem Bett aus, wie zur Gewohnheit geworden. Auf dem Bett sitzend, den Rücken gegen die Wand gelehnt, bläst er den Rauch seiner Pall-Mall-Zigarette vor sich in die Luft. Er blickt dem Rauch hinterher, eine Luftblase, wie alles hier im Krieg oder im Leben überhaupt. Es kommt nicht auf diese Frau an, doch im gleichen Augenblick fragt er sich, worauf denn sonst?

»Unmöglich, dem Duft deiner Zigaretten zu widerstehen!« Ohne anzuklopfen, tritt Erika in sein Zimmer, und bevor er antwortet, greift sie nach der Zigarette in seiner Hand und nimmt einen tiefen Zug. »Ich hoffe, ich habe das Ausrufezeichen richtig gedeutet?«

Rob ist sprachlos. Sie hat wieder dieses süßlich duftende Parfüm an sich, zuerst tippte er auf Flieder, aber es ist etwas anderes. Sie wirft ihm einen übermütigen Blick zu. »Hat dich niemand bemerkt?«, fragt er.

»Keine Angst, ich kenne mich in allen Winkeln der Burg aus. Ich habe dir etwas mitgebracht, einen von der verführerischen jungen Nonne des Bischofs gesegneten Wein. Tausche ihn gegen deine Zigaretten.«

Er beobachtet, wie sie den Rauch einsaugt und dann vor sich hin bläst. Diese Frau ist all seinen bisherigen Freundinnen zu Hause weit an Erfahrung voraus. Aber auch ihn hat dieser Krieg verändert, die Monate an der Front, die für Jahre an Erfahrung stehen, haben ihre Spuren hinterlassen.

»Ich hatte eigentlich nicht mehr mit dir gerechnet, so wie du dich mir gegenüber im Keller verhalten hast.«

»Bei meinen Verwandten darf ich mir nichts anmerken lassen, mit denen muss ich auch in Zukunft leben.« Als könne sie seine Gedanken lesen: »Es sei denn, du nimmst mich mit zu dir nach Amerika. Als Erinnerung an die Überquerung des Rheins. Aber da wartet sicher jemand auf dich in der Sonne Kaliforniens, blond und unkompliziert. Ohne meine schwierigen Launen.«

Er lächelt bei der Vorstellung, Erika seinem Vater vorzustellen, Baruch Wiseman, leitender Partner der größten Anwaltskanzlei in San Francisco. Seit Jahren wirkt er aktiv im Vorstand der Synagoge mit. Dad, dies ist

Erika, von der Oberen Burg am Rhein. Und dafür bist du in den Krieg gezogen?

»Lange kann ich nicht bleiben, ich werde von denen da unten ständig beobachtet. Nur auf einen Schluck Wein, aber ich musste dich einfach noch einmal sehen. Die Vorstellung, dass du bald weiterziehen wirst und ich dann für den Rest meines Lebens vor der Frage stehe, was hätte sein können. Lass uns auf das eigenartige Schicksal anstoßen, das uns hier zusammengeführt hat.«

Er spürt sofort die Wirkung des Weins. »Die in eurem Weinkeller eingemauerte Nonne weiß Bescheid, was das Verführerische angeht«, sagt er. Sie wirft ihm einen herausfordernden Blick zu, in einer Hand die Zigarette, das Glas in der anderen. Er streicht über ihren Körper, knöpft ihre Bluse auf und zwängt ihre Beine auseinander. Ein kurzer Gedanke an den Taubenschlag, jetzt muss sie ihm ganz gehören.

»Mach bitte erst das Licht aus, als verheiratete Frau ziehe ich mich vor keinem Mann nackt aus.«

»Und im Taubenschlag?«

»Der Taubenschlag, das war doch etwas völlig anderes!«

»Entweder verstehe ich deine Logik nicht, oder es liegt am Wein, aber irgendwie ergibt das keinen Sinn.«

Er verstummt in ihrer Umarmung. Ihr Körper lässt die Linie zwischen Freund und Feind vergessen, das Elend der vergangenen Monate, die ständige Bedrohung durch den Tod. Er sucht nur noch die unendliche Tiefe in ihr.

»Ich muss gehen«, flüstert sie nach einer Weile.

»Ich lasse dich nie mehr los.« Er krallt sich an sie, beim Küssen spürt er ein Lächeln um ihren Mund. »Als befehlshabender Offizier in dieser Burg bestimme ich, dass, egal was, du sofort aus dem Keller wieder in dein Zimmer umziehst. Befehl ist Befehl!«

»Und wie soll ich das bitte meiner Schwiegermutter und meinen Schwägerinnen beibringen?«

»Vielleicht komme ich zurück, wenn alles vorbei ist, um dich zu holen, für immer.«

»Vielleicht.«

Als mache sie sich über ihn lustig. Nackt mit ihr in ihrem zerwühlten Ehebett, mit einem Mal wird ihm das Widersinnige seines Verhaltens bewusst. Eine Deutsche zu lieben, während sich unter ihm im Lazarett die durch ihre Wehrmacht verwundeten Soldaten, für die er verantwortlich ist, in Schmerzen winden. Und dennoch, diese Körperlichkeit, die zu einem ganz anderen Leben gehört, bei der Traum und Wirklichkeit fließend ineinander übergehen.

»Eine Bitte musst du mir noch erfüllen, außer natürlich einer letzten Zigarette.« Sie richtet sich auf, einen kurzen Moment beleuchtet das brennende Streichholz ihre samtige rosa Nacktheit. »Damals auf dem Turm hast du mich nach Geheimnissen der Burg befragt, erinnerst du dich? Ich habe gehört, dass es einen unterirdischen Verbindungsgang von unserer Burg zu der Burg unten im Dorf geben soll. Wenn du mich liebst, wenigstens ein klein wenig, dann musst du mir helfen, diesen Gang zu finden. Morgen, bevor es hell wird. Allein habe ich Angst, obwohl es nichts zu befürchten gibt.«

»Morgen muss ich früh nach Erpel zur Ausgabe der Tagesbefehle des Generals. Am Nachmittag wäre mir lieber.«

»Nein, morgens!«, braust sie wütend auf. »Ich habe mich für dich in Gefahr begeben, jetzt bist du dran. Bevor die anderen wach sind.« Sie spürt im Dunkeln sein Nicken. »Ich erwarte dich am Gärtnerhaus hinter der Burg, sobald es dämmert.«

Sie zieht sich im Dunkeln an, eine letzte Umarmung.

»Du kannst die Zigaretten mitnehmen.«

»Dafür lasse ich dir den Rest des Weins.«
Geräuschlos wie ein Schatten gleitet sie in der Stille der
Nacht durch das Haus in den Keller. Sie lauscht eine
Zeit lang dem gleichmäßigen Atmen der anderen, bis sie
sich sicher ist, dass niemand sie gehört hat. Das hast du
gut gemacht, alles genau nach Plan. Mitten in der
Nacht schreckt sie hoch. Sie hat mit dem Amerikaner
ohne jeden Schutz geschlafen. Da hatte sie bei Werner
Oswald, dem SS-Mann von der Unteren Burg, besser
aufgepasst. Wenn etwas schieflaufen würde, ein schrecklicher Gedanke, ein außereheliches Kind, das würde ihr
diese Familie nie verzeihen.

Beim ersten Dämmern wartet Erika nahe dem zweistöckigen Gärtnerhaus in der dunklen Schattenseite
der Burg, zu der die Frühlingssonne in diesem Jahr
noch nicht vorgedrungen ist. Der Boden ist nassfeucht
und rutschig.
Sie trägt eine warme Regenjacke, ihre braunen Locken
streifen den Kragen der hochgeknöpften Jacke. Es könnte kalt sein in dem Gang, sagt sie. Er zuckt die Achseln,
seine Uniform habe den Winter in den Ardennen aus-
gehalten. Sie hat einen Spaten mitgebracht und ein
Handbeil, außerdem eine Spirituslampe.
Sie deutet auf einen Vorsprung an der Ecke der Burg,
von einem Busch verdeckt. »Wenn ich richtig informiert
wurde, liegt dort der Eingang«, flüstert sie.
Sie kriechen auf den Knien unter den Vorsprung. Unmittelbar vor der Mauer entdecken sie eine Öffnung,
die nach unten führt.
»Muss das wirklich sein?« Er schaut sie fragend an. Sie
nickt, wortlos, aber bestimmt. »Also gut, so wie es da
unten aussieht, kommen wir ohnehin nicht weit.«
In dem schwankenden Licht der Lampe, die sie über die

Öffnung hält, steigt er unsicher tastend durch den Spalt nach unten. Der Einstieg mündet in einer kellerartigen Ausbuchtung. Moos und Gewebe durchziehen den Raum. Am anderen Ende sehen sie ein Gitter, das einen Gang versperrt.

»Also stimmt es doch, das muss der Verbindungsweg sein. Ich hoffe, ich habe dich nicht unterschätzt!«

Rob rüttelt an dem Gitter, aber es sitzt fest zwischen den Steinen verankert. Er stemmt den Stiel des Spatens dazwischen, ohne den Spielraum zu erweitern.

»Eine Stahlsäge bräuchten wir.«

»Die haben wir offensichtlich nicht. Also streng dich an, du musst das irgendwie schaffen!«

Die Augen zusammengekniffen, sieht er sie schweigend an. Mit einer Hand hält er das Gitter, mit der anderen klopft er die Steine ab. Anscheinend wurde das Gitter von dieser Seite her eingelassen. Als er feststellt, dass der Mörtel an verschiedenen Stellen brüchig ist, hämmert er mit dem Beil auf die schwachen Stellen ein, bis er die Steine auf ihrer Seite des Gitters lösen kann. Er presst den Spatenstiel gegen die freigesetzte Seite und biegt das Gitter so weit heraus, dass sie sich gegen die Wand gepresst durchzwängen können.

»Dachte ich mir doch, wenn man dich richtig anspornt!«

»Jetzt brauche ich erst mal eine Zigarette.«

Der Lichtschein ihrer Lampe reicht bis zu einer Stelle, an der der Gang vor ihnen mit Erde zugeschüttet ist. Missmutig bläst er den Rauch seiner Pall Mall in die Luft.

»Dafür muss es doch einen Grund geben. Liegt hier etwa der Schatz der Nibelungen verborgen, in Sichtweite von Siegfrieds Drachenfels?«

»Wahrscheinlich wollten die von der Oberen Burg sich

die Eindringlinge von unten vom Leib halten. Sie hatten schon immer einen Dünkel.«

Die qualmende Zigarette im Mundwinkel, beginnt er zu schaufeln. Endlich schafft er eine Öffnung, die weit genug für sie ist. In dem engen, abwärts führenden Gang geht es nur gebückt voran. Abgestandene, faul riechende Luft. Von Zeit zu Zeit bleiben sie stehen und horchen. Aber nur ihr Atmen, sonst tiefste Stille.

»Was ich in Erinnerung an gestern Nacht alles für dich tue. Aber ich tausche gerne das Gold der Nibelungen gegen eine weitere Erinnerung.«

»Erst müssen wir das hier erledigen, danach sehen wir.«

»Was verschweigst du mir?«

Plötzlich nehmen sie Brandgeruch wahr.

»Der Rauch kommt von der Unteren Burg, es kann nicht mehr weit sein.«

Eine Holztür versperrt ihnen den Weg. Rob rüttelt vergeblich.

»Am besten nimmst du das Beil. Niemand kann dich hören.«

Er klopft gegen die Tür, dahinter ein hohles, dumpfes Echo. Sie nickt befriedigt, ich habe mich nicht getäuscht. Das Holz zersplittert beim ersten harten Beilschlag. Rob leuchtet die Wände ab. Sie befinden sich in einem mit Kisten dicht zugestellten Keller. Figuren gespensterhaft mit Leintüchern überzogen, gerahmte Bilder unterschiedlicher Größenordnungen gegeneinander gelehnt.

»Die Stahltür vor dem Keller oben hat das Feuer abgehalten.« Erika blickt sich um. »Hier soll Gold versteckt sein, wurde mir gesagt. Dein Schatz der Nibelungen!«

Sie beginnt, durch die Kisten zu kramen. Porzellan und Vasen, mittelalterliche Bronzen, asiatische Schalen und Figuren, vor allem aber Gegenwartskunst. Berstende

Farben, wie er sie in diesem Krieg manchmal hinter geschlossenen Augen gesehen hat. Künstler, die den vorigen Krieg miterlebt haben und nun in ihrer Kunst diese tief sitzenden, traumatischen Eindrücke verarbeiten.

»Verdammt, nur dieses Kunstzeug. Steh nicht einfach rum, hilf mir beim Suchen.«

»Woher stammen die Sachen, hing das alles in diesem Haus? Das ist ja wie ein Museum. Woher wusstest du darüber Bescheid?«

»Die SS, wird im Dorf erzählt, habe hier Schätze gehortet, für die Zeit nach dem Krieg. Das meiste stammt aus Köln, von reichen Juden, und jetzt steht es hier herum, besitzlos. Wenn das Feuer ganz aus ist, werden sich die Leute vom Dorf draufstürzen, und dann gehört es ihnen. Dem will ich zuvorkommen. Nur kann ich das verfluchte Gold nicht finden. Vielleicht haben sie es schnell noch woanders versteckt, die feigen Hunde, bevor sie abgehauen sind, oder sie haben es mitgenommen.«

Rob steht wie erstarrt. Er schaut ihr bewegungslos zu, während sie durch die Bilder und Gegenstände wühlt. Sein Blick gleitet an dem Rahmen entlang, den er zufällig in den Händen hält, auf der Rückseite liest er auf dem Aufkleber: *Sammlung Salomon Rosen*. Er sieht das gepflegte Wohnzimmer seiner Eltern vor sich, mit dem Blick über die Bucht von San Francisco. Auch sie sammeln Kunst, Pissaro, Derain, Roualt und andere Franzosen. So wie die in seinem Elternhaus hingen diese Bilder, durch dicke Damastvorhänge gegen das Licht und den Lärm von draußen abgeschirmt, in der vornehmen Kölner Wohnung der Familie Rosen. Ihr Eigentum, unantastbar vom Gesetz geschützt, bis es dann mit einem Mal zu spät war.

»Das gehört doch jemandem, da stehen die Namen der Besitzer drauf!«

»Das waren Juden, denen gehört nichts, sie dürfen überhaupt nichts besitzen. Außerdem haben sie das zurückgelassen. Wer weiß, wo sie hin sind, zurückkommen werden sie jedenfalls nicht. Also gehört es den Deutschen, und es steht so lange hier, bis es sich jemand nimmt. Vielleicht verstehst du das nicht.«

»Ich verstehe das schon. Wenn sie Glück hatten, sind sie gerade noch davongekommen, ansonsten wurden sie vergast und verbrannt. Aber ihr Eigentum haben sie nie aufgegeben. Durch Unrecht wurde noch nie neues Recht geschaffen. Hör mit der Sucherei auf, wir gehen sofort zurück.«

»Bist du wahnsinnig geworden, diese einmalige Gelegenheit, vor allen anderen!« Sie kramt weiter in den Gegenständen und Bildern. »Sieh mal, ein Bild von Franz Marc, blaue Pferde, die Rückenlinien und Mähnen in wilden Farben übereinander getürmt. Gerade die richtige Größe zum Mitnehmen. Das behalte ich, egal was du sagst. Wenn schon kein Gold, dann wenigstens dies als Erinnerung, auch an uns. Und du?«

»Wenn du dich nur so an uns erinnerst, dann besser überhaupt nicht. Das ist nicht der Schatz der Nibelungen, von dem mir meine Großmutter erzählt hat«, erwidert Rob.

Er nimmt die Lampe und zwängt sich in den Tunnel zurück.

»Warte doch auf mich, ich kann ja nichts mehr sehen.«

»Dann beeil dich!«

»Du bist plötzlich so komisch.«

»So bin ich, gewöhn dich daran.«

Er eilt weiter, ohne zu ihr zurückzublicken oder auf sie zu warten. Als er an dem Gitter anhält, sieht er, dass sie das Bild mit den Pferden doch mitgenommen hat.

»Verdammt, ich will nicht, dass du das behältst, ich möchte damit nichts zu tun haben.«

»Wie du mit mir sprichst, als ob ich eine Verbrecherin wäre. Gut, dann lasse ich es eben hier, wenn dich das beruhigt. So besonders finde ich es sowieso nicht.«

Eine Fledermaus löst sich von der Decke und flattert durch den Raum. Schreiend verschränkt Erika die Arme über ihren Kopf, schütze mich doch, dieses widerliche Tier! Er legt seine Arme um sie und schiebt sie vorwärts, den steilen Anstieg unter dem Vorbau der Burg hoch, bis sie wieder im Freien stehen.

Stumm gehen sie nebeneinander her. Als sie beim Gärtnerhaus vorbeikommen, tritt der Gärtner gerade aus dem Keller ins Freie.

»Verdammt, jetzt hat der uns auch gesehen.«

»Und?«

Rob zuckt gleichgültig die Schultern und geht mit schnellen Schritten über die Terrasse in die Burg, ohne noch einen Blick zu ihr zurückzuwerfen. Als Erstes befiehlt er dem für die Wachmannschaft zuständigen Sergeant, sofort zwei Soldaten zur Unteren Burg abzustellen mit dem ausdrücklichen Befehl, niemand vom Dorf in das abgebrannte Gebäude hineinzulassen.

Der Gärtner blickt misstrauisch hinter Rob und Erika her. Was die hinter der Burg zu suchen hatten? Er wartet, bis sie aus Sichtweite sind. Neugierig geht er zu der Burgecke, von der er sie hat kommen sehen. Er entdeckt ihre Spuren unter dem Vorsprung und rutscht in den Einstieg nach unten, bis er im Dunkeln in der Höhle steht. Mit seinem Feuerzeug leuchtet er den Raum ab. Am anderen Ende findet er das Gitter und dahinter das Bild mit den blauen Pferden. Es überrascht ihn nicht, dass sie das zurückgelassen haben, mit diesen fürchter-

lichen Farben. Aber man weiß nie, denkt er, im Hühnerstall wollte er schon lange ein Loch im Gitter des Ver-
schlags schließen, und dafür erscheint ihm die Leinwand
gerade richtig.

Der morgendliche Besuch des Schuhmachers ist für die
Burgbewohner, seit sie im Keller leben, zur Gewohnheit
geworden. Herr Leckner trifft dort gleichzeitig mit dem
Gärtner ein.
»Gute oder schlechte Nachrichten, je nach Geschmack.
Die Amerikaner haben in der vergangenen Nacht bei
Ägidienberg die Autobahn erreicht. Auch am Nieder-
rhein in Holland sind Truppen der Alliierten durch
die deutschen Verteidigungslinien gebrochen. Damit
schließt sich die Zange um das Ruhrgebiet. Und im
Wiedtal wird General Bayerlein weiter zurückgedrängt.
Die Zeit der Helden der Panzerdivision Lehr ist vorbei.«
»Am Ende wird abgerechnet, Herr Leckner, und über
Ihre Einstellung wird es da wohl einiges zu berichten
geben.«
Der Schuster fährt fort, als hätte er Pia nicht gehört.
»Gerade haben die Amerikaner zwei Posten vor der Un-
teren Burg aufgestellt, sie darf nicht betreten werden.
Keine Ahnung, was das soll.«
Erika dreht sich ruckartig zu ihm um. Sie trifft den
Blick des Gärtners. Ob der etwas ahnt, fragt sie sich be-
unruhigt. Wahrscheinlich wäre es besser gewesen, ich
hätte ihn überredet, mich durch den Gang zur Unteren
Burg zu begleiten. Auf wen kann man sich in dieser Zeit
schon verlassen, denkt sie. Jedenfalls nicht auf diesen
Amerikaner, wie der sie plötzlich behandelt hat.

Rob begibt sich unverzüglich zur Kommandozentrale
des Generals in Erpel. Im Idyll der Burg glaubte er eine

vom Morast der Nazis unberührte Welt gefunden zu haben, aber das war, wie alles hier, eine Illusion. Die in der Burg sind genau wie der Rest und warten einzig darauf, sich als Erste an dem von der SS geraubten Eigentum der Juden zu bedienen. Ohne die geringsten Skrupel und Bedenken.

Warum habe ich mich mit dieser Frau eingelassen? Als kenne er seine Vorschriften nicht, gerade er, als Offizier. Erst ihre kaltherzige Gleichgültigkeit hat ihn wachgerüttelt. Dass Juden sowieso kein Recht auf Besitz hätten und dass die Leute hier sich somit selbst bedienen dürften! Mit dem Ärmel wischt er über die von seinem Atem beschlagene Fensterscheibe. Es ist vorbei, mit dieser Frau wird es keine weitere Begegnung geben.

Im Quartier von General Leonard berichtet er von den gestohlenen Kunstschätzen in der abgebrannten Burg im Dorf. Wir werden uns darum kümmern, versichert ihm der Adjutant. Er will noch wissen, wie er das Versteck entdeckt habe. Zufall, antwortet Rob, eine Bemerkung der Einheimischen, der er nachgegangen sei.

Danach fährt Rob wie üblich die Frontpositionen ab. An der Autobahn bei Honnef stößt er auf Timmermann und seine Kompanie.

»Ich gratuliere dir, Karl, als Erster den Rhein zu überqueren und dann als Erster zur Autobahn vorzustoßen! Wenn das Buch über die Helden dieses Krieg geschrieben wird, möchte ich das Kapitel über dich verfassen: *Timmermanns Rückkehr an den Rhein.*«

»Wenn schon, dann *Timmermanns Helden.* Meine Leute, die waren es. Aber solltest du tatsächlich einmal über uns schreiben, dann füge eine Widmung für meinen Vater hinzu. Um ihn ging es mir und die Wiederherstellung seines guten Namens, gerade hier am Rhein.«

Nachmittags im Park sieht Rob Minnie Fürst. Allein und in Gedanken verloren geht sie den Weg am Rosenrondell entlang. Ihre würdige Haltung scheint ungebrochen. In einer bestimmten Weise spiegelt sie das Festhalten an den menschlichen Werten wider, trotz oder gerade angesichts aller Missachtung dieser Werte hier und überall in ihrem Land, findet er. Bismarck neben ihr begrüßt ihn überschwänglich.

»Ich ziehe morgen mit dem Lazarett weiter, näher an die Front. Bis zur völligen Auflösung hier bleibt das Haus weiterhin für Ihre Familie gesperrt.« Sie bedeutet ihm, dass sie ihn verstanden habe, er ist der Offizier, er hat das Sagen. »Ich hätte Sie gerne unter anderen Umständen kennengelernt, aber so ist es nun einmal. Ich hoffe, die Dinge werden sich zum Besseren wenden, auch für Ihre Familie«, fährt Rob fort.

Sie lächelt ihm zu, mit einem wehmütigen Blick.

»Ja, das hoffe ich auch. Das Geschehene lässt sich nur schwer erfassen. Wir waren alle mitgerissen, in der einen oder anderen Form, und plötzlich konnten wir Recht nicht mehr von Unrecht unterscheiden, bis es zu spät war und mit unserer Zustimmung die schlimmsten Dinge geschahen. Und dann war der Punkt erreicht, wo es nur noch ums eigene Überleben ging, gegen den Feind von außen und von innen. Wir haben überlebt, jedenfalls sieht es so aus, aber ich habe Angst vor dem Blick zurück.« Wie um Atem zu holen, macht sie eine kurze Pause, bevor sie fortfährt: »Wir waren nicht anders hier. Zum Ende hatte mein Mann das Unrecht erkannt und auch die Rolle, die er dabei gespielt hat, aber dann auch seine eigene Machtlosigkeit, noch etwas dagegen zu unternehmen.«

Rob blickt sie schweigend an. Auch sie, erhaben neben ihm in ihrem Grau, sie und all die anderen wussten Bescheid, nicht über jedes Detail, aber darauf kommt es letztlich nicht an. Und sie fand sich damit ab. Während das Unheil seinen Lauf nahm, blickte sie in ihrer würdevollen Art von dem Turm auf den gleichmütig am Drachenfels vorbeifließenden Rhein. Aber es stand ihnen kein Siegfried zur Seite. Was sie für den Schatz der Nibelungen hielten, war in Wirklichkeit die Beute der SS.

»Amerikanische Soldaten haben heute lastwagenweise Wertvolles aus der Unteren Burg abgefahren. Meine Schwiegertochter Erika hat mir das erzählt, die dabei zugeschaut hat.«

Das Nennen ihres Namens versetzt ihm einen Stich. Sie hatte dort vergeblich nach Schmuck und Gold gesucht, um es den Juden, den rechtmäßigen Besitzern, ein weiteres Mal zu entreißen. Was wäre zwischen ihnen möglich gewesen, wenn es diesen Vorfall nicht gegeben hätte? Aber damit ist es vorbei, ihr verächtliches Schulterzucken schließt ihn als Juden mit ein. Letztlich erklärt es alles, was vorgefallen ist, bis hin zu den schlimmsten Exzessen.

Beim Abendessen fühlt er sich entspannt wie lange nicht mehr. Er ist hier für die 9th Armored Division, für Karl Timmermann und seine Kompanie, und für sonst nichts.

»Keine Anlieferungen während der vergangenen Nacht«, berichtet ihm die Wache am nächsten Morgen. Das Lazarett hier hat seinen Zweck erfüllt.

Man hört den Kampfeslärm nur noch gedämpft aus der Ferne, der Krieg ist weitergezogen. Eine frühlingshafte Milde hat sich über das Rheintal gelegt. Bald wird im Haus für die Bewohner wieder alles seinen normalen Lauf nehmen.

Major Deevers, der Vorgesetzte von Karl Timmermann,

begrüßt die Verschnaufpause. Seit zwei Wochen in vorderster Linie, ständig Auge in Auge mit dem Feind, das hinterlässt Spuren. »Ich stelle Timmermann und seine Kompanie zum Schutz deines nächsten Lazaretts ab. Hoffentlich findest du noch mal so ein Schloss.«
Rob schlägt dem Major vor, gemeinsam einen letzten Blick auf die Rheinbrücke zu werfen, der Ort, an dem seine Truppen Geschichte gemacht haben. Erst zehn Tage ist das her, ihnen kommt es wie eine Ewigkeit vor.
Das Stahlgerippe ragt trotzig über den Rhein. Die Brücke hat erst die Sprengversuche der deutschen Verteidiger überstanden, dann alle Versuche der Luftwaffe, sie zum Einsturz zu bringen. Gegenwärtig wird der Verkehr über die Behelfsbrücke geleitet, während das Ingenieurbataillon daran arbeitet, das von den unablässigen Bombardierungen, Explosionen, Artillerieeinschlägen und dem schweren Tag und Nacht darüberrollenden Verkehr geschwächte Gerüst zu verstärken. Schweißen und Hämmern, das Einsetzen neuer Stränge, Absicherungen entlang der Trosse und Ausbesserungen der Oberfläche.
Major Deevers und Rob beobachten das Treiben. Die Brücke war ihre Kriegsbelohnung. Rob denkt an die waghalsige Eroberung, als ihn ein krachendes Beben aufschreckt. Die Brücke erzittert, im Bruchteil von Sekunden bersten die Leitträger, die Brückenfläche hebt sich und zerbricht in zwei Teile. Ohne einen äußeren Einfluss, als ob es nun endlich genug sei, fällt die Brücke unter dröhnendem Getöse auseinander und sackt in den Rhein.
Sie sehen, wie Soldaten von dem Stahlgerüst geschleudert werden, andere rennen verzweifelt gegen das Absinken der Brückenfläche, bis sie mit ihr im Rhein versinken und forttreiben. Auf den betäubenden Lärm

folgt eine unheimliche Stille. Lediglich die Brücken-
türme auf beiden Seiten des Rheins in Erpel und Remagen stehen noch, dazwischen klafft eine gähnende
Lücke.

Rob stürmt ans Ufer, um bei der Bergung der Verletzten
aus dem eiskalten Wasser zu helfen. Er weist die ersten
an der Unglücksstelle eintreffenden Sanitäter an. Wieder ist er an vorderster Stelle im Einsatz, genau wie
beim Erstürmen der Brücke. Sie zerren eine Reihe Verletzter aus dem reißenden Fluss, aber er weiß in diesem
Moment, dass sie nicht jeden werden bergen können.

Unerwartet herrscht wieder Hochbetrieb im Lazarett.
Die Hausbewohner schauen beunruhigt dem Anfahren
der Ambulanzen zu. Als Rob ankommt, sieht er Erika
unter ihnen, die zu ihm herüberschaut. Etwas ist in diesem Blick, gegen das er sich wehrlos fühlt. Aber mittlerweile weiß er, dass er sich dagegenstemmen muss.

Rob bespricht die neue Situation mit dem zuständigen
Arzt. »Trotzdem, ich ziehe mit an die Front ins nächste
Lazarett um. Ich hatte der Dame des Hauses gesagt, wir
blieben noch etwa eine Woche hier, mit dem neuen
Schub heute erscheint das fraglich. Gib den Kindern ab
und zu etwas Schokolade, damit sie auf unserer Seite
sind.«

»Und die Braunhaarige?«

»Deswegen wurden wir vor dem Feind gewarnt. Ich
warne dich auch.«

Rob packt seine Sachen, rollt den Schlafsack zusammen. Ihr süßlicher Duft hängt noch im Raum, aber sobald er auf den Flur tritt, bleibt nur noch eine Erinnerung. Er wirft im Vorbeigehen einen letzten Blick in das
unberührt gebliebene Dichterzimmer und das Foto des
Mannes, dem sie alles verdanken. Bismarck, der Hund
des Dichters, trottet neben ihm zum Jeep. Du bist un-

schuldig, dir kann ich als Einzigem hier vertrauen, flüstert er dem Hund ins Ohr und streicht mit seiner Nase über dessen feuchte Nase.

Er verlässt den Park, als befände er sich auf der Flucht. Die Wirklichkeit des Krieges hat ihn eingeholt. Die Nacht verbringt er in Asbach, einem Dorf mit kleinen Fachwerkhäusern auf der anderen Seite der Autobahn. Das neue Lazarett ist wie so häufig in der Schule untergebracht. Rob schläft auf einer unbequemen Liege im muffigen Untergeschoss. Trotzdem fühlt er sich so frei wie seit Langem nicht.

6.

Kriegsende

Minnie Fürst steht im Schatten gegen den Pfeiler der Terrasse gelehnt. Der Park liegt in schimmernder Frühlingssonne. Dennoch zerrt eine innere Unruhe an ihr, als ob sie dem nicht trauen dürfe, dem berstenden Frühling, dem Überschwang der gelben Forsythien, der bunten Tulpenbeete und der weiß-rosa Magnolienblüten. Der Hoffnung, die aus dem jungen frischen Grün sprüht. Das war Hermann Fürsts produktivste Zeit, jedes Jahr wieder, mit neuen Buchplänen und Projekten und einem frischen Schaffensdrang, der ihn oft bis tief in die Nacht hinein zu unermüdlicher Arbeit ansporte. Wie im Rausch, nichts schien unmöglich. Sie ließ sich jedes Mal von seinem leidenschaftlichen Schwung mitreißen, wenn sie spät am Tag an seinem Schreibtisch hinter ihm stand und ihm über die Schultern strich.

Wie er reagiert hätte? Vielleicht war es gut, dass er die Entwürdigung seiner Familie im eigenen Haus nicht miterleben musste und die erneute Demütigung seines Deutschlands. Und seine eigene Demütigung. In gewisser Weise stand ihm hier ein letztes Mal das Glück zur Seite.

Das Fürst'sche Glück, etwas davon ist ihr trotz allem auch geblieben. Ihre Söhne leben. Albrecht, ihr ältester, der Mann von Erika, befindet sich vorzeitig auf dem Weg nach Hause, eine Schusswunde in der Hüfte, aber da gibt es Schlimmeres. Auch von Pias Mann haben sie nach langer Zeit endlich wieder Nachricht erhalten.

Auf ihren drei Söhnen ruht nun ihre Hoffnung. Hermann Fürst hat ihnen von Arbeit und Aufrichtigkeit gepredigt, von Familie und Heimat. Und von Stolz, nicht als Anmaßung, sondern als eine auf Geleistetem beruhende Auszeichnung, die eher zur Bescheidenheit mahnt. Ob ihre Kinder den Werten des Vaters in dieser ungewissen Zeit gerecht werden können?

»Mutter, wo bist du denn? Komm schnell, Goebbels Rede zum Geburtstag des Führers!« Sie hört Pia aus dem Haus laut nach ihr rufen. Der 20. April, natürlich, das war ihr in dieser verführerischen Frühlingswelt völlig entfallen.

Die jungen Frauen haben sich, zusammen mit der schwangeren Köchin, in den Sesseln um den runden Biedermeiertisch mit der weißen Häkeldecke im Wohnzimmer versammelt. Sie blicken erwartungsvoll auf das auf einem Seitentisch stehende Radiogerät. Ein kratzender Ton dringt gepresst aus dem Lautsprecher des braun lackierten Gehäuses. Wie oft hat die Familie hier zusammengesessen und die überschäumenden Siegesmeldungen vernommen, am Anfang noch unruhig über den Fortschritt der Wehrmacht an den Fronten, schließlich wurden die guten Nachrichten fast zur Gewohnheit. Hermann Fürst hielt danach beim Anstoßen auf die Truppen im Feld eine Rede auf Deutschland, sein von Bismarck, dem Kaiserreich, den anpackenden Arbeitern und dem strebsamen Bürgertum geprägtes Deutschlandbild. Dieses Bild, das dem der neuen Machthaber so ähnlich war und das es ihm letztlich leicht gemacht hat, auf sie umzuschwenken.

Erst ganz am Ende seines Lebens hatte er die Verzerrung seiner Vorstellungen von Deutschland durch die Nazis erkannt. Seitdem schaudert es Minnie, wenn sie die geifernde Stimme Goebbels aus dem Radio hört. Auch jetzt wieder dieser grimmige Ton, die Worte gepeitscht in verbissener Leidenschaft: Das deutsche Volk sei es dem Führer zu seinem Geburtstag schuldig, sich ein letztes Mal für ihn aufzubäumen und dann ohne

Zaudern bis zum Endsieg hinter ihm zu stehen. Der Endsieg komme, die Geheimwaffe stehe bereit, bald werde es überall im Lande wieder grünen!

Die Sonne fällt in einem fächerförmigen Strahl durch die seidenen Vorhänge des Wohnzimmers. Sie spüren förmlich die aufbrechende Kraft der Natur draußen.

Minnie beobachtet die dem Radio zugewandten Köpfe der jungen Frauen, zustimmend zu den hämmernden Worten Goebbels nickend. In keinem Fall aufgeben, nicht jetzt.

»Goebbels hat die Rede in Berlin gehalten, er und der Führer sind in Berlin, unsere Truppen halten Berlin noch. Solange Berlin nicht aufgegeben ist, bleibt alles offen!« Erika blickt in die zustimmenden Gesichter ihrer Schwägerinnen.

»Die Amerikaner sind nicht unsere Befreier, wir werden sie aus Deutschland verjagen, das habe ich euch von Anfang an vorausgesagt.« Pia jubelt. »Wenn nur mein Vater das noch hätte erleben können! Er hätte jetzt eine Flasche Wein aus dem Keller geholt, um auf den Endsieg zu trinken.«

Als sie aufsteht, um in den Weinkeller hinunterzugehen, klopft es an der Tür. Der Gärtner bringt ihnen Tulpen für den Wohnzimmertisch.

»Haben Sie den Goebbels gehört? Jedenfalls das mit dem Grünen, das können wir uns in unserem Gemüsegarten abschreiben. Da wächst dieses Frühjahr nichts. Mal sehen, ob wenigstens die Sache mit der Geheimwaffe stimmt, aber viel Zeit verbleibt nicht. Die Russen stehen in den Vororten Berlins, und bei all der Unfähigkeit hier mit der Brücke fällt es einem schwer, noch an den Endsieg zu glauben.«

Sein Zweifel dämpft die erwartungsvolle Stimmung der jungen Frauen.

»Die Lage in Berlin kann nicht so schlecht sein, wie könnte Goebbels sonst von dort zum Volk sprechen? Wir müssen ihn unterstützen, das schulden wir auch unseren Männern. Und besonders dem Führer!«, widerspricht Karin dem Gärtner unter zustimmendem Nicken der anderen.

Tags darauf schlägt Bismarck an und jagt durch den Flur zur Eingangstür. Kurze verschluckte Heultöne, freudig japsend. So hat er eigentlich nur Hermann Fürst begrüßt.
»Mein Gott, der Herr Albrecht!«, ruft von unten die Köchin.
»Erika, ich glaube, dein Mann ist angekommen.« Minnie ist sich nicht sicher, ob ihre Schwiegertochter im oberen Stock sie gehört hat. Sie eilt, ohne auf Antwort zu warten, hinunter zur Eingangstür. Vor ihr steht der große, leicht nach vorne gebeugte Mann, auf eine Krücke unter der linken Schulter gestützt. Der Hund springt ausgelassen an ihm hoch. Bismarck war auch sein Hund, er hatte ihn früher zum Jagen mitgenommen, auf die langen Spaziergänge am Rhein entlang und in die waldigen Berghänge.
»Mutter!«
Ein breites Lachen liegt auf seinem Gesicht. Dieselbe bestimmte Stimme wie Hermann Fürst, überhaupt schien er ihm von seiner Gestalt her und in seinem Gebaren von allen Kindern am ähnlichsten, mit Ausnahme der Haare, glatzköpfig bis auf einen runden blonden Kranz, wie seine Brüder. Nur Pia hatte das volle Haar des Vaters geerbt.
»Endlich, der erste der Söhne zurück! Was ist mit deiner Verletzung?«
»Nur eine oberflächliche Sache, ein sauberer Heimat-

schuss, das soll es mir wert sein.« Albrecht ungebrochen in seiner positiven Einstellung. Er hatte schon immer die Gabe, auch in widrigen Umständen noch irgendwo etwas Gutes zu finden. Hermann Fürst hatte für die Zukunft der Familie vor allem auf ihn gesetzt, als promovierter Jurist, dazu seine einnehmende, offene Persönlichkeit. Bei ihrem letzten Zusammensein hatten er und Hermann Fürst noch einmal die Verlagsidee durchgesprochen, der Falkenverlag, der in der Zukunft die Titel des Vaters verlegen sollte. Alle Fürstkinder würden daran beteiligt sein, allerdings mit einer Mehrheit bei Albrecht. Eine doppelte Klammer, um die Familie zusammenzuhalten: der Ruhm des Vaters und die Erlöse aus dem Verlag des ältesten Sohnes.

Erika stürmt die Treppe herunter. Als sie ihren Mann im Eingang sieht, zögert sie, kaum wahrnehmbar, für den Bruchteil eines Augenblicks. Sie fällt ihm um den Hals, plötzlich schluchzend: »Ich bin so glücklich! Entschuldige die blöden Tränen, es sind Tränen der Freude. Ich war zu lange allein. Du darfst uns nie mehr verlassen, das musst du uns allen versprechen, deiner Mutter und mir. Und Bismarck!«

»Keine Sorge, der Krieg ist so gut wie vorbei, und einen kleinen Gefreiten, den lassen sie unbehelligt. Wenn es zur Abrechnung kommt, gereicht es einem plötzlich zum Vorteil, einfacher Soldat gewesen zu sein!« Das hatte den Vater lange Zeit gestört, die einzige Kritik an seinem Ältesten, dessen mangelnder militärischer Ehrgeiz. Siegfried hatte es zum Offizier bei der Luftwaffe gebracht. Das entsprach schon eher Hermann Fürsts Vorstellungen.

Erika schmiegt sich an ihren Mann. Sie nimmt den dumpfen, muffigen Geruch an ihm wahr, an seiner Haut und seiner Uniform. Ganz anders als der kernig frische Duft des Amerikaners. Der Vergleich verwirrt sie, auch, dass sie den Duft des Leutnants nicht längst vergessen hat.

Nach dem Abendessen holen sie eine Flasche Wein aus dem Keller. Wein haben sie noch genug, während sonst die Lebensmittel knapp werden. Mit dem Wein öffnen sich nach und nach die Erinnerungen, Träume und Ängste.

»Der Arzt hat mir zwar Alkohol verboten, aber Rheinwein, das Blut des Rheinländers, den kann er wohl kaum gemeint haben. Wie soll ich denn sonst leben? Und wofür?«

»Glaubst du an die versprochene Wende? Was sagen die Soldaten draußen?«, will Karin wissen.

»Hört auf zu träumen! Das ist vorbei. Dabei haben wir unwahrscheinliches Glück, hier im Rheinland, fern vom Osten, von Berlin, wo jetzt die Russen wüten und plündern. Unsere Burg ist doch unversehrt, und der Garten blüht, während um uns die Städte und Dörfer in Schutt und Trümmer liegen. Das Glück der Fürsts, darauf ist einmal mehr Verlass.«

Erika blickt ihn nachdenklich von der Seite an, streichelt ihm gelegentlich über die Schultern. Als begreife sie das erst allmählich, ihr Mann zu Hause, den Krieg überlebt. Die Aussicht auf ein normales Leben, wie es auch immer aussehen mag.

»Lass uns nach oben gehen, du brauchst Ruhe, nach allem.« Erika drängt ihn, mit ihr zu kommen.

»Erst noch ein Glas.«

»Denk an den Arzt.«

Murrend folgt er Erika zu ihrem Zimmer.

»Ich möchte mit dir allein sein, nach all der Zeit, verstehst du das denn nicht?« Erika schmiegt sich an ihn.

»Außerdem habe ich etwas für dich. Ein Überbleibsel

von den Amerikanern, seit sie weg sind, halte ich es vor den anderen versteckt, besonders vor Pia.«

Erika holt unter ihrer Wäsche eine Flasche Whisky aus dem Schrank.

»Um Gottes willen, das wurde vom Arzt eindeutig untersagt!« Albrecht betrachtet die volle Flasche in seinen Händen. »Gut, einen Schluck, aber nur einen. Vielleicht hilft ja Whisky gegen die Schmerzen.«

Er verzieht das Gesicht beim Brennen des Alkohols durch seinen Körper. »Wenn das keine Medizin ist«, lacht er.

Er geht auf Erika zu und umarmt sie. Seine fremden Arme, er war nie gut im Bett, aber das war ihr früher gleichgültig; Schwiegertochter von Hermann Fürst zu sein, das war es ihr wert. Doch jetzt muss sie bei der ersten ihr sich bietenden Möglichkeit mit ihm schlafen, egal wie er sich fühlt. Seit dem Vorfall mit dem Amerikaner hat sie ihre Periode nicht mehr bekommen. Ihr Kind in diesem Hause darf nur das Kind ihres Mannes sein.

Die erste Nacht zu Hause schläft er unruhig. Gelegentlich wird sie von seinem Stöhnen geweckt, die Schmerzen oder das im Krieg Erlebte, das nun in ihm wühlt.

Am nächsten Morgen bringt sie ihm das Frühstück ins Bett. Danach lehnt er am Fenster und blickt lange schweigend hinaus in den Park. Unheimlich diese ungewohnte Ruhe nach der monatelang ständigen Angst in den Schützengräben Italiens. Die Sonne verfängt sich glitzernd im letzten morgendlichen Tau, übernatürlich hebt sie das Grün der Wiesen hervor. Erste sprießende Blätter an den Bäumen. Die Unschuld der Natur in ihrem schönsten Augenblick. Und gleichzeitig voll unbändiger Kraft, die Kraft des Neuen.

»Das ist für mich die beste Medizin, einfach hier zu stehen, nach vorne zu blicken und langsam anzufangen,

Mut zu schöpfen, neue Pläne zu schmieden. Und vor allem, um zu vergessen.«

»Du brauchst keine neuen Pläne, deine alten mit dem Falkenverlag sind und bleiben die besten! Nach den Enttäuschungen sehnen sich die Menschen nach einer heilen Welt. Und das ist die Welt von Hermann Fürst. So war es schon nach dem vorigen Krieg.«

Aber er wirkt schlaff, als erschreckte ihn die Vorstellung eines Neubeginns aus dem Nichts, als ob er plötzlich an dem Vorhaben zweifeln würde.

»Verleger Dr. Albrecht Fürst, hör doch nur, wie das klingt!« Sie versucht alles, ihn aufzumuntern.

»So was muss finanziert werden, es ist nicht mehr dieselbe Welt wie vor dem Krieg.«

»Überlass das ruhig mir, das Finanzielle.«

Sie denkt an das Bild mit den blauen Pferden von Franz Marc in dem Tunnel unter der Burg. Nur sie weiß davon und der Amerikaner, aber der ist längst weiter und hat andere Sorgen. Wenn Albrecht wieder voll bei Kräften ist, werden sie zusammen das Bild unten aus dem Gang holen. Der Verkauf sollte ihnen das für den Start notwendige Kapital erlösen und einiges mehr. Sie versteht nicht, was daran unrecht sein soll, Werner Oswald und die SS hätten es genauso gemacht. Was die SS kann, das kann ich schon lange, denkt sie.

Mittags bringt sie ihm wieder das Essen auf das Zimmer. Sie bemerkt den Geruch von Whisky, als sie eintritt. Albrecht steht mit dem Rücken zu ihr, ohne sich umzublicken.

»Ich bin nicht hungrig.«

Die Flasche liegt an derselben Stelle in ihrem Versteck, wo sie sie gestern Abend hingelegt hatte. Ohne den Duft im Raum wäre ihr wahrscheinlich nichts aufgefallen. Er macht das geschickt, schmunzelt sie, hatte immer einen

Hang zum Alkohol, nur früher hätte er es nicht verheimlicht, das ist neu an ihm, der Krieg, die Verletzung, wer weiß, was er für Mittel bekommen hat.

Der nächste Tag ist frühlingshaft warm.
»Heute musst du aber ins Freie«, drängt Erika.
»Ich fühle mich in der Geborgenheit hier wohl wie seit Langem nicht mehr, warum nach draußen?«
»Für einen Schluck Whisky?«
»Gut, aber nicht weit.«
Bismarck stürmt ihnen entgegen, als sie die Tür öffnen. Im Wohnzimmer treffen sie auf Pia. Albrecht beugt sich, um sie in die Arme zu nehmen, aber vor seinem Atem weicht sie empört zurück. »Du stinkst nach Alkohol, schon am frühen Morgen! Das fängt gut an mit euch beiden!«
Sie blickt ihm hinterher, kopfschüttelnd, wie er langsam aus der Burg nach draußen in den Garten humpelt. Erika wird ihn noch kaputtmachen. Was der Krieg nicht geschafft hat, das holt dieses Weib nach, denkt sie. Den Park durchzieht die morgendliche Frische, der Duft aufbrechender Erde vermischt mit zartem Blütenduft. Albrecht bleibt häufig stehen, staunend um sich blickend. Nach monatelanger Entbehrung, immer den Tod vor Augen, ist er auf diese plötzliche Frühlingspracht nicht vorbereitet. Beim Rosenrondell stoßen sie auf den Gärtner.
»Herr Albrecht, willkommen zu Hause! Höchste Zeit, wieder einen Mann auf der Burg zu haben! Man braucht doch einen Kapitän im Sturm. Und hier warten harte Zeiten auf uns, bis wir wieder alles in Schuss haben. Schauen Sie sich mal den Gemüsegarten an, dann wissen Sie, wovon ich rede.«
»Wieso, hier im Park sieht doch alles aus wie eh und je.«

»Der Park täuscht, außerhalb der Mauer sehen Sie eine andere Wirklichkeit.«

Erika und Albrecht gehen langsam durch das hintere Tor zum Gemüsegarten auf der anderen Seite des Dorfweges. Der Zaun ist zerbrochen, das Erdbeerbeet plattgewalzt, Panzerspuren durchfurchen den Kartoffelacker, die Stangen für die Erbsen und Bohnenanlagen liegen zersplittert umher, die Beerensträuche entwurzelt, und das Gemüsefeld dahinter ist hoffnungslos verwüstet.

»Hier rollten ganze Panzerarmeen durch, das kannst du dir gar nicht vorstellen, erst die Deutschen und dann die Amerikaner«, klärt Erika ihn auf.

Albrecht deutet zu der Ecke des Gemüsegartens, wo sich das Spargelfeld befand. Die früher in Reihen aufgeschütteten Beete sind zur Unkenntlichkeit platt gedrückt.

»Genau heute, am 23. April, spross hier früher der erste Spargel aus dem Boden, bei kühlem Wetter vielleicht ein paar Tage später, aber im großen Ganzen ziemlich verlässlich auf den Tag.«

Er humpelt über die zerfurchte Erde. Der Boden ist von den Panzern hart gepresst, wo sonst der Spargel stand. Aber mitten in dem harten und verkrusteten Beet entdeckt Albrecht einen weißen, von Erde verschmutzten weichen Spargelkopf. Der zarte Spargel wächst seinem naturgegebenen Trieb folgend und allen Verwüstungen durch die Panzerdivision Lehr und durch Colonel Engmans Panzer trotzend dem Licht und der Sonne entgegen.

»Sieh mal, Erika! Wenn der Spargel es schafft, sich gegen sämtliche Widrigkeiten durchzusetzen, dann schaffen wir es auch.«

7.
Westküste

Gedankenverloren blickt Rob Wiseman durch die Vorhänge im Wohnzimmer seines Elternhauses hinaus zur Golden Gate Bridge. Die sonntägliche Ruhe liegt auch am Montag noch über dem vornehmen Wohnviertel von San Francisco. Ein Nebelbalken schwebt zwischen den beiden rot in der Sonne glänzenden Türmen der Brücke und streckt sich über die Bucht von San Francisco in einem leuchtenden Weiß. Davor gleitet einsam ein Segelboot. Nur das Klagen der Nebelhörner bricht durch die Stille.

Vor dem Haus breiten sich die Parkanlagen des Presidio, des Militärstützpunktes von San Francisco, bis hinunter an die Bay aus. Die letzten morgendlichen Dunstfetzen hängen in den Ästen der Zedern und Eukalyptusbäume. Diese Wirklichkeit von zeitloser Zufriedenheit, die er sein Leben lang so gekannt hat, nimmt ihn ganz allmählich wieder in Besitz und verdrängt die einer anderen Welt angehörenden Bilder der zerrissenen Körper in den Schlammgräben der Ardennen und der ausgebombten Dörfer und Städte des in ein ständiges Grau getauchten Deutschlands.

Er ist in den Krieg gezogen, um seine Wirklichkeit hier zu verteidigen. Er hat seine Pflicht erfüllt, hat mitgeholfen, das aus den Fugen geratene Bild der Welt wieder zurechtzurücken. Doch unter dem Eindruck der Grausamkeit des Menschen, der er dort begegnet ist, hat auch diese Wirklichkeit, wie er jetzt beim Blick über die sonnige San Francisco Bay fühlt, ihre Unschuld eingebüßt.

Der Abzug der Truppen in die USA erfolgte nach einem sorgfältig ausgeklügelten Plan. Die Rückkehr der 9th

Armored Division war erst für Ende des Sommers angesetzt. Ungeduldig verfolgte er die schleppend dahin-
fließende Zeit. Das hätte ihm vor dem Krieg nichts
bedeutet, aber das Überleben brachte ein neues Bewusstsein von Zeit mit sich, ein Sichklammern an den
Augenblick. Anfang September, als das Herbstsemester
in Harvard begann, saß er immer noch in Europa fest.
Andererseits hatte das auch seine gute Seite, denn den
Divisionen, die bereits im Juni und Juli den Atlantik zurück in die USA überquert hatten, drohte nach einem
kurzen Heimaturlaub die Verlegung in den im Pazifik
weiter wütenden Krieg.
Rob hatte sich noch auf der Burg am Rhein vorgenommen, Salomon Rosen und seine Familie aufzuspüren.
Kölner Juden, gab er bei seiner Nachforschung an, aber
der Name tauchte bei den dortigen Behörden nicht auf.
Dürftige Daten und dann das beispiellose Durcheinander. Köln lag in der britischen Besatzungszone, was sein
Vorhaben zusätzlich erschwerte, und wer weiß, ob die
Familie Rosen überhaupt aus Köln stammte, vielleicht
war es nur so eine hingeworfene Bemerkung von Erika.
Endlich, in der zweiten Hälfte des Oktobers, wurden sie
zur Heimreise eingeschifft. Das Meer tobte brausend,
von stürmenden Windböen getrieben, als sollten sie
noch ein letztes Mal getestet werden. Dem Feind in den
mörderischen Schlachten entkommen zu sein, schien
das Schicksal noch lange nicht zu befriedigen.
Bei der Ankunft in New York City wurden sie von Salut-
schüssen und Musikkapellen empfangen. Dicht gedrängt warteten Verwandte, Freunde und Schaulustige.
Sie winkten vom Schiff aus mit ihren Kappen den Wartenden zu. Rob verspürte in sich ein maßloses Hochgefühl aufwallen, der Stolz über das Außergewöhnliche,
das sie geleistet hatten. In diesem Moment waren sie

von der untrüglichen Zuversicht erfüllt, in ein Land zurückzukehren, das trotz der Turbulenzen draußen so geblieben war, wie sie es verlassen hatten.

Aber auch dieses Land war in dem großen Krieg an seine Grenzen gestoßen. Die Weiterfahrt mit dem Zug in den Westen verzögerte sich Tag um Tag. Es fehlte an verfügbaren Waggons, Streiks drohten, und eine befremdende Ungewissheit bestimmte das tägliche Leben. Rob Wiseman hatte Verwandte in New York City, die Schwester seiner Mutter, in deren vornehmer Wohnung in der Park Avenue er die ersten Tage nach seiner Rückkehr verbrachte. Eine aufreibende Unruhe nagte an ihm, es fiel ihm schwer, von dem Erlebten zu erzählen. Wie der Krieg ihn verändert hat, bemerkten seine Verwandten hinter seinem Rücken.

Nach einer Woche angespannten Wartens endlich die Weiterfahrt in den Westen. Er war erleichtert, wieder unter Soldaten zu sein, die zur verlässlichen Gewohnheit gewordene Vertrautheit zwischen ihnen. Rob hatte von New York aus auch Susan angerufen. Im ersten Moment klang sie ihm fremd. Aber alle Zweifel waren vergessen, als sie neben seiner Mutter auf dem Bahnsteig in San Francisco auf ihn wartete. Sie trug ein ärmelloses, hellgelbes Kleid, ein breiter Gürtel legte sich eng um ihren Körper. Ihre blauen Augen leuchteten erwartungsvoll, ein Lachen lag um ihre roten Lippen. Als er sie in die Arme nahm, verflog endlich das dunkle Gefühl, das seit Monaten bedrückend auf ihm gelastet hatte. Als wäre die Zeit damals bei seiner Einberufung einfach stehen geblieben, und jetzt, im Augenblick seiner Rückkehr, schloss sich die Gegenwart nahtlos an diese Vergangenheit an, einfach das, was dazwischenlag, überspringend.

»Leutnant Wiseman, willkommen zu Hause!«, begrüßte

ihn der Vater später am Nachmittag. Eine enge Umarmung, die es früher nie zwischen ihnen gegeben hat,
als hätten sie als Männer ein feineres Empfinden für die
Grenzen, an denen er sich im Krieg bewegt hatte.

Abends zündete der Vater zwei Kerzen an und sprach
das traditionelle Dankesgebet Birkat HaGomel. Eine
Kerze für Robs wohlbehaltene Rückkehr von der deutschen Front. Die andere für Daniel, seinen jüngeren
Bruder, der das Inferno im Pazifik überstanden hatte
und auf den Philippinen auf seinen Rücktransport wartete. »Wir haben Glück«, sagte der Vater, »in vielfacher
Hinsicht, gerade das hat uns Deutschland in aller Bru-
talität vor Augen geführt. Die jüdischen Einwohner
dort fühlten sich zu Hause und so sicher wie wir hier,
und dann haben sie die Zeichen nicht rechtzeitig erkannt oder wollten ihnen keinen Glauben schenken.«
»Hast du eines der Vernichtungslager gesehen?«
Rob schüttelte den Kopf. »Es gab keine, wo wir waren.
Nur die Bilder, genau wie ihr sie in den Zeitungen gesehen habt. Ich habe auch keine Überlebenden getroffen.«
»Und die Deutschen, was haben die zu den Bildern gesagt?«
»Es gab eigentlich kaum Kontakte, das verstieß gegen
die militärischen Vorschriften.«
Er blickte in die klaren, bohrenden Augen in dem sonst
ruhigen Gesicht des Vaters. Ein getrimmter Schnurrbart unter der markanten Nase, das dunkle Haar glatt
zurückgekämmt. Sein Vater gab eine gepflegte Erscheinung ab, auch in der Familie immer mit Krawatte und
Anzug. Rob spürte in diesem Augenblick, wie sich zwischen ihnen wieder die alte Hierarchie einstellte, er mit
jeder seiner Erzählungen aus dem Krieg etwas von sich
ablegte und immer mehr wieder zum Sohn wurde. Er,

der im Krieg Befehle erteilt hatte, Häuser und Schulen besetzt hielt, und doch, hier zu Hause galten unverändert die alten Rangordnungen.

»Wir sind stolz auf dich, deine Mutter und ich.« Ein Lächeln begleitete die anerkennende Bemerkung seines Vaters. »Und froh, dass du dir keine Kriegsbraut von dort mitgebracht hast.«

Rob presste die Lippen aufeinander, als weise er diese Vorstellung weit von sich.

Er fügte sich in das Leben zu Hause ein, als ob er den Teil von sich, der hier auf ihn gewartet hatte, nun einfach weiterlebte. Etwas war geschehen, auch mit ihm, aber das war vorüber. Die Prioritäten wieder zurechtgerückt, was nunmehr zählte, war der künftige Harvard-Student, von dem erwartet wurde, dass er in seiner Generation die Familientradition fortsetzen würde: geschäftliche Erfolge gekoppelt mit gesellschaftlichem Engagement. Immer der Gemeinschaft etwas zurückgeben, die ihnen so viel ermöglicht hat.

Am ersten Samstag zurück in San Francisco hatte er Susan abends in dem chromblitzenden Buick seiner Mutter abgeholt.

»Mein Leutnant! Aber ich gehe nur mit dir aus, wenn du deine Uniform trägst«, hatte sie ihm vorher erklärt. Sie trug ein enges hellblaues Kostüm mit breitem weißem Kragen, dazu rot glänzende Schuhe und hohe Absätze.

»Wir hatten unseren Abschiedsabend vor deiner Einziehung im Vergnügungspark am Ocean Beach verbracht, lass uns dort wieder neu beginnen«, schlug sie vor.

Alles so wie damals, flüchtige Küsse in der Geisterbahn, ihre schrillen Entsetzensschreie bei der steilen Abfahrt der Achterbahn, sorgloses Schlendern entlang der Buden und Schausteller. Er war ausgelassen, als hätte es das Erlebte und die Nähe zum Tod nie gegeben. In der Musikhalle tanzten sie wild den Jitterbug, danach bei abgedunkeltem Licht einen langsamen Blues. Eng an sie geschmiegt, fühlte er ihre weichen Brüste.

»Da ist hoffentlich in der Zwischenzeit niemand dran gewesen«, flüsterte er.

»Als ob du dir wegen mir Sorgen machen müsstest! Du und die deutschen Frauen, das scheint mir doch eher die angemessene Frage!«

»Ich musste Europa befreien, ich war beschäftigt.«

»Und als der Krieg zu Ende war? Das Fräuleinwunder, die Zeitungen sind voll davon.«

»Das betrifft die Soldaten, nicht uns Offiziere.«

Sie schaute ihn prüfend an. »Ich war in Gedanken immer bei dir. Es war furchtbar, was man über die Gräuel dort im Krieg las. Ich habe für deine Rückkehr gebetet, um dann wieder mit dir zusammen hier zu sein.«

Plötzlich behagten ihm der Lärm und das Gedränge in dem Vergnügungspark nicht mehr. Seine Emotionen, die ihn ohne jede Vorwarnung überfielen. Sie fuhren am Meer entlang zum Cliff House hoch, am Sutro Bad vorbei und weiter zur Golden Gate Bridge. Über ihnen wölbte sich ein flimmernder Sternenteppich. Er hielt das Steuer mit einer Hand, den anderen Arm um sie gelegt und sie an ihn geschmiegt. Alles wie früher, und doch kam es ihm vor, als halte er sie zum ersten Mal, spüre zum ersten Mal ihren Körper und ihren warmen Atmen.

Er parkte auf der gegenüberliegenden Seite der Brücke, mit dem Blick auf das silbern schimmernde San Francisco. Endlich waren sie allein, er nahm die anderen Autos, zwischen denen er auf der Aussichtsfläche eingereiht stand, nicht wahr. Zigaretten rauchend blickten sie stumm in das glitzernde nächtliche Bild vor ihnen.

»Möchtest du mich heiraten?«, brach er die Stille zwischen ihnen.

»Wie bitte?« Die Zeit schien sich ins Endlose zu dehnen. Er bemerkte, dass sie kürzer und heftiger atmete und seufzend tief Luft holte. Ihre Hände zitterten. »Hast du deine Eltern gefragt?«

»Nein, wieso? Ich muss erst wissen, ob du zustimmst. Außerdem brauch ich sie nicht um Erlaubnis zu fragen, die Zeiten sind vorbei.«

»Trotzdem, die Wisemans! Meine Familie ist so anders. Ich bin sicher, dass dein Vater enttäuscht sein wird, er hat sich für seinen ältesten Sohn etwas Besseres vorgestellt.«

Sie schluchzte leise vor sich hin. Er nahm sie in die Arme, drückte sie eng an sich und küsste die nassen Wimpern über ihren geschlossenen Augen, fühlte dabei das unruhige Zittern der Pupillen unter seinen Lippen. Diese Zartheit und Verletzlichkeit, dachte er seltsam zufrieden.

»Mach dir keine Sorgen um meinen Vater, er hat ein gutes Auge. Letztlich geht es darum, was mich glücklich macht, nicht ihn.«

»Und mich!«

»Heißt das Ja?«

»Ja!«, flüsterte sie kaum wahrnehmbar.

Wenn er in seinen Träumen aus der dortigen Gegenwart flüchtete, hatte er sich das manchmal in den dunkelsten Zeiten im Krieg so vorgestellt. Sie war seine heile Welt geblieben, mit ihr nahm die Zukunft endgültig feste Formen an.

»Am Donnerstag kommt meine Familie für Thanksgiving bei meiner Großmutter auf ihrem Besitz in Atherton zusammen. Da werde ich ihnen unsere Hochzeit bekanntgeben. Und du?«

»Ich? Du musst bei meinem Vater um meine Hand anhalten.«

»Das kann doch nicht dein Ernst sein, so etwas Altmodisches!«

»Wirklich, du kommandierst dein Bataillon in der Welt umher, und vor meinen Eltern bist du auf einmal schüchtern?«

»Das ist etwas anderes. Aber gut, wenn es sein muss, dann am Mittwoch, damit ich Sicherheit habe, bevor ich es in meiner Familie kundtue.«

»Ich sehe schon die Überschrift in der Zeitung mit unserem Foto: Miss Brady heiratet Leutnant Wiseman! Dafür musst du noch einmal deine Uniform tragen.«

»Dann müssen wir uns beeilen, denn nächste Woche werde ich beim Militär ausscheiden. Danach bin ich nur noch Student, aber immerhin an der Harvard Business School.«

Als er sie nach Hause brachte, wollte sie sich nicht aus seinen Armen lösen.

»Ich bin der glücklichste Mensch auf dieser Welt«, flüsterte sie ihm zu.

Rob war entschlossen, seine Verlobung bis Thanksgiving geheim zu halten. Sein Vater würde wie üblich die Festrede bei der großen Familientafel des bei der Großmutter versammelten Wiseman-Clans halten. »Es gibt vieles, für das wir im vergangenen Jahr dankbar sein müssen, allem voran das glückliche Ende des Krieges und die Heimkehr unserer Söhne, unverletzt von den Fronten in Europa und Asien zurückgekehrt.« Wenn der Vater sich gesetzt hat, wird er für alle überraschend aufstehen, mit der Gabel sein Glas klingen lassen und unter ihren erstaunten Blicken zu einer zweiten Rede ansetzen.

»An Thanksgiving sollte man nicht nur zurückschauen,

sondern auch in die Zukunft blicken: Susan und ich, wir haben uns verlobt!«

Sicherlich, ihr Vater ist lediglich mittlerer Angestellter in der Firma, die Robs Urgroßvater vor vielen Jahren gegründet hat, aber jeder in seiner Familie mag Susan, und allein das ist entscheidend. Sie wird seine Frau werden, und er wird seinen eigenen erfolgreichen Weg gehen, die Tradition der Wisemans fortsetzen, mit Susan an seiner Seite.

Das war vorgestern gewesen. Jetzt am Montagvormittag ist es ruhig in seinem Elternhaus. Sein Vater ist wie immer früh in seine Kanzlei in der Montgomery Street aufgebrochen, die Mutter ist bei einem Damentreffen im Metropolitan Club, um den Vorbereitungen des festlichen Empfangs nach dem Eröffnungskonzert der San Francisco Symphony in der kommenden Woche letzten Schliff zu geben. Einer der gesellschaftlichen Höhepunkte in der Stadt und ganz besonders in diesem Jahr nach Kriegsende. Der Empfang findet zu Ehren von Maestro Pierre Monteux statt, dem Dirigenten des Orchesters, mit dem seine Eltern als wichtige Sponsoren des Orchesters eng befreundet sind. Er wird Susan zu dem Konzertabend mitnehmen, möglicherweise wird die Verlobung schon vorher in der Zeitung bekannt gegeben.

Rob reagiert nicht auf das Klingelzeichen an der Haustür, es kann nicht für ihn sein, Wer weiß schon, dass er zurück ist?

»Mr. Robert, Polizei, will Sie sprechen!«

Die chinesische Haushälterin seiner Eltern platzt in seine zerstreuten Gedanken. Rob schrickt überrascht zusammen, er hatte sich nie an das geräuschlose Bewegen der Chinesin im Haus gewöhnt.

»Mich? Was hab ich mit der Polizei zu tun?«

Die kleine Chinesin zuckt die Schultern. Vom Fenster kann er die Eingangstür unten sehen. Vor dem Haus warten zwei Militärpolizisten, die vertraute Uniform, weiße Armbinde mit den Buchstaben *MP*.

»Leutnant Wiseman?«

Er blickt unschlüssig von einem zum anderen.

»Kann ich Ihnen helfen?«

»Wir bitten Sie mitzukommen, zum Posten im Presidio.«

»Ich? Das muss ein Versehen sein. Worum geht es denn?«

»Eine Angelegenheit aus Deutschland, die Details sind uns nicht bekannt, darüber sollen Sie befragt werden, Sir.«

»In Uniform?«

Wie aus dem Unterbewusstsein diese Frage. Plötzlich wieder das Militärische, das er glaubte, abgelegt zu haben, aber dann steckt es noch tief in ihm.

»Jawohl, in Uniform, Herr Leutnant«, bekräftigt einer der Polizisten.

Die Chinesin hatte seine Uniform gereinigt und gebügelt. Er hatte vor, sie ein letztes Mal zu seiner Hochzeit zu tragen, bevor sie mottensicher verstaut werden würde. Er knüpft sich den Orden an, der ihm als Auszeichnung für seine Leistung bei der Erstürmung der Brücke von Remagen verliehen wurde. Beim besten Willen kann er sich nicht vorstellen, worüber man Auskunft von ihm erwartet, aber wenigstens werden sie sehen, dass er ehrenhaft für sein Land gekämpft hat.

Er betritt die Militärstation, von den beiden Polizisten flankiert geht es einige Treppen hoch, vorbei an salutierenden Posten. Sein Blick schweift zu den in einem warmen Wind vor dem Gebäude gegen einen tiefblauen Himmel wehenden Palmen.

»Leutnant Wiseman!«, kündigt einer der Polizisten ihn mit fester Stimme beim Eintritt in das Zimmer des Majors an, ein Karrieresoldat in den Vierzigern. Rob ist plötzlich verunsichert. Ein langer prüfender Blick des Majors.

»Leutnant, es sind Fragen über Ihre Einquartierung am Rhein aufgekommen, in dem Schloss.«

»Natürlich, Herr Major, ich helfen gerne, soweit ich kann. Um wen geht es?«

»Es betrifft Sie, Leutnant Wiseman!«

»Mich? Das kann nicht sein!«

Die zwei Wochen auf der Burg des deutschen Dichters, sein bestes Lazarett. Dabei hat er sich immer den Vorschriften entsprechend verhalten, es muss ein Versehen vorliegen, es sei denn, dieses kurze Verhältnis mit Erika, natürlich, das hätte nicht sein dürfen, solche Beziehungen mit der Bevölkerung waren den kämpfenden Truppen untersagt, insbesondere den Offizieren. Erst im Juli, zwei Monate nach Kriegsende, hat General Eisenhower dieses Verbot für die Besatzungstruppen aufgehoben. Aber ihn deswegen hierher zu bestellen, es war beileibe kein Einzelfall, und wieso jetzt, Monate später, nachdem alles vorbei ist? Wer hätte ein Interesse daran, ihn anzuzeigen? Keinesfalls Erika, es sei denn, ein Kind, falls sie schwanger wäre. Aber das ist auch kaum vorstellbar, nur dieser eine Beischlaf, und sie als erfahrene verheiratete Frau …

»Eine Frau Erika Fürst hat sie angezeigt. Sagt Ihnen der Name etwas?«

Also doch! Er spürt, wie sich seine Kehle zuschnürt. Welchen Zweck kann sie mit der Anschuldigung verfolgen? Eine nachträgliche Rache? Seine Gedanken rasen, nichts macht Sinn.

»Ja, Sir, eine der Bewohnerinnen des Hauses.«

»Es geht um den Diebstahl jüdischer Kunstgegenstände. Bis auf ein Bild wurde alles sichergestellt. Die Frau behauptet, Sie hätten dieses Bild an sich genommen. Bereicherung an Feindesgut, was das bedeutet, muss ich Ihnen wohl nicht weiter erklären. Übrigens kein besonders schönes Bild, wenn Sie mich fragen, blaue Pferde, recht unnatürlich, aber es soll wertvoll sein.« Der Major reicht ihm ein Foto über den Schreibtisch hinweg. »Kommt Ihnen das bekannt vor?«

Rob nickt, gleichzeitig erleichtert, sein Selbstbewusstsein kehrt zurück, er ist wieder der Offizier, hat sich im Griff. Damit hat er jedenfalls nichts zu tun, ganz im Gegenteil. Aber warum hat sie ihn ins Spiel gebracht, oder wurde sie selbst verdächtigt und unter Druck gesetzt?

»Und, Leutnant, wissen Sie, was mit dem Bild geschehen ist?«

»Ich habe es nur einmal gesehen, in einem unterirdischen Gang bei dieser Burg.«

»Diese Frau beschuldigt Sie, Sie hätten das Bild.«

»Aber das ist absurd! Ich habe den Vorfall sofort gemeldet. Das können Sie prüfen lassen.«

Er erzählt dem Major von dem Tunnel. Die Frau habe dabei ihre eigenen Ziele verfolgt, sie wusste von den gestohlenen Schätzen im Keller der ausgebrannten Unteren Burg. Als er erkannte, worum es ging, habe er ihr sofort untersagt, etwas von den Sachen mitzunehmen. Trotzdem habe sie heimlich dieses eine Bild an sich genommen. Als er dies auf halbem Wege zurück bemerkt habe, habe er ihr befohlen, es dort an Ort und Stelle liegen zu lassen.

»Genauso stellt sie es auch dar, gibt auch zu, dass sie das Bild aus dem geraubten Gut herausgenommen hat. Aber als sie zwei Monate später danach suchte, um es den rechtmäßigen Besitzern zurückzubringen, wie sie sagt, war es unauffindbar. Nur Sie hätten davon gewusst.«

Rob erklärt im Detail, dass er es war, der die Kunstwerke vor einer erneuten Plünderung, diesmal durch die Dorfbewohner, bewahrt habe. Er habe dort doch sofort Posten aufziehen lassen, dann den Stab von General Leonard über die Funde informiert, der den Abtransport veranlasst habe. Allerdings habe er vergessen, das Bild im Tunnel zu erwähnen. Darüber hinaus habe er in den Monaten nach Kriegsende vergeblich versucht, die rechtmäßigen Eigentümer zu finden, Salomon Rosen, eine jüdische Familie. Er hätte sich niemals an ihrem Eigentum vergriffen.

»Ich bin auch Jude, wissen Sie.«

Darauf hatte er sich noch nie in seinem Leben berufen. Der Major blickt ihn schweigend an, das markige Gesicht unter den kurzen Stoppelhaaren verkniffen, als ob diese Bemerkung eher neue Zweifel in ihm aufkommen ließe.

»War dieser unterirdische Ausflug alles, was Sie mit dieser Deutschen zu tun hatten? Ich nehme an, die entsprechenden Vorschriften sind Ihnen geläufig?« Ohne Rob Zeit für eine Antwort zu geben, fährt er fort: »Wurden Sie möglicherweise beobachtet, als Sie in den Tunnel eingestiegen sind?«

Nein, es sei früh morgens gewesen, fast noch dunkel, doch dann fällt ihm der Gärtner ein. »Ein Gärtner wird in den Unterlagen nicht erwähnt, da kann man vielleicht noch nachfassen«, meint der Major.

»Wie ist man denn überhaupt auf die Frau gekommen?«

»Aus den Unterlagen entnehme ich, dass man das Fehlen des Bildes anhand einer Inventarliste bemerkt hat.

Wenn es um Genauigkeit geht, kann man sich auf die Deutschen verlassen. Die Liste war von einem SS-Mann erstellt worden, der wohl erst verdächtigt wurde und dann die Frau beschuldigte. Er hatte anscheinend eine Beziehung mit ihr, bevor er vor uns geflohen ist.«

Rob blickt schweigend zum Fenster, beobachtet die sich vor dem Militärgebäude im Wind wiegenden Palmen. Thanksgiving bei seiner Großmutter, auch bei ihr gibt es Palmen in ihrem gepflegten, weitläufigen Park. Warum er plötzlich an die vornehme grauhaarige Dame mit ihrem Veilchenparfüm denken muss? Vielleicht weil sie ihn an Minnie Fürst erinnert. Und die an Erika. Erst schlief sie mit der SS, dann mit ihm.

»Ein Fall fürs Militärgericht, wenn die Frau recht haben sollte. Das ist Ihnen wohl klar, Leutnant.«

Daran hatte er noch nicht gedacht. Seine Hochzeit, sein Studium, sein Vater. So ein Wahnsinn, er hat diese Kunstgegenstände vor dem Untergang bewahrt, wer weiß, was ohne sein entschlossenes Eingreifen geschehen wäre, und jetzt drohen sie ihm dafür mit dem Militärgericht. Und schenken der Freundin eines SS-Mannes Glauben anstatt ihm.

»Bis der Fall geklärt ist, werden Sie nicht aus dem Militär entlassen. Es ist Ihnen erlaubt, zu Hause zu wohnen, Sie müssen aber hier bei meiner Stelle für jede Reise außerhalb des Landkreises eine Erlaubnis einholen. Ansonsten irgendwelche Fragen, Leutnant?«

»Nein, Sir!«

Rob salutiert vor dem Major, dann verlässt er zwischen den beiden Militärpolizisten die Station. Über der Stadt liegt eine friedlich sonnige Herbststimmung, als wolle die Natur ihn verhöhnen. Ein totaler Wahnsinn, diese Vorwürfe, nach allem, was er geleistet hat, in diesem Krieg und gerade auch im Hinblick auf diese Kunstsachen. Natürlich hat sie das Bild, wer denn sonst? Und jetzt greift sie in sein Leben ein, in seine heile Welt. All die schönen Pläne, mit einem Handstreich hat sie die vom anderen Ende der Welt her durchkreuzt.

Sein Vater empfängt ihn gut gelaunt vor dem Haus, als er in dem Jeep der Militärpolizei vorfährt. Ungewöhnlich, so früh am Nachmittag zu Hause.

»Ich fahre ins Sacramento-Tal hoch zu unserem Wildentenklub. Ein paar Enten für die Familienfeier, ich muss schließlich auch etwas dazu beitragen. Kommst du mit? Oder hast du das Schießen schon verlernt!«

Rob schüttelt abweisend den Kopf. Er darf den Landkreis nicht ohne vorherige Erlaubnis des Majors verlassen. Selbst für das Thanksgiving-Essen bei seiner Großmutter muss er erst die Genehmigung einholen.

»Dad, da ist etwas aufgekommen, zwar völlig unsinnig, aber bis es geklärt ist, kann ich hier nicht weg.«

Rob erklärt dem Vater seine Situation, wie ihn, kaum zu Hause, dieser Vorfall vom Rhein eingeholt hat.

»Das Militärgericht hat doch gar keine Zuständigkeit, du bist Privatmann, das ist Sache der zivilen Gerichtsbarkeit. Los, wir gehen Wildenten jagen.«

»Ich bin noch nicht beim Militär ausgeschieden! Ich habe damit gewartet, um auf Kosten der Armee hierher zurückzufahren. Für einen der nächsten Tage hatte ich mir das vorgenommen, ich sah keine besondere Eile. Aber das bedeutet, dass ich noch in der Armee bin und dem Kriegsgericht unterstellt. Idiotisch!«

Der Gesichtsausdruck des Vaters hat sich schlagartig verdüstert.

»Sollte die Sache zu deinen Ungunsten ausgehen, erhältst du auch keine ehrenhafte Entlassung aus dem Militärdienst. Ich nehme an, du weißt, was das bedeutet.«

Der Vater wendet sich abrupt ab. Stolz und Enttäuschung, die so eng beieinanderliegen.

Kurz darauf hört Rob die Haustür ins Schloss fallen,
danach den wie wütend aufheulenden Motor des Ca-
dillacs seines Vaters.

Niedergeschlagen begibt er sich auf sein Zimmer. Vor
ein Kriegsgericht gestellt zu werden, unehrenhafte Entlassung, was für absurde Ideen. General Leonard hatte
ihm ausdrücklich und ohne den üblichen Sarkasmus
für die Rettung der Gegenstände in der Unteren Burg
gedankt. Und dafür nun als Verbrecher hingestellt zu
werden?

Ohne anzuklopfen, tritt sein Vater ins Zimmer. Rob
hatte nicht bemerkt, dass er wieder zurückgekommen
ist. Er wirkt blass und müde.

»Ich war schon auf der anderen Seite der Golden Gate
Bridge, aber diese Sache lässt mich nicht los. Du musst
mir den Vorfall noch einmal in Ruhe schildern. Für
mich ein unerträglicher Gedanke, dass mein Sohn sich
eines Vergehens im Nazideutschland schuldig gemacht
haben soll. Was da alles mitschwingt! Das darf einfach
nicht wahr sein.«

»Es war genau so, wie ich es dir gerade erzählt habe.«

»Nein, noch einmal von vorne, jedes Detail.«

Rob holt etwas weiter aus, er erwähnt den taunassen
frühen Morgen am Rhein, die erdigen Verliese unter der
Burg, den qualmigen Geruch, je näher sie zu der anderen Burg kamen. Der Raum mit all den Gegenständen,
das Herkunftsschild der Familie Rosen und die Bemerkung von Erika, dass das Judengut niemandem oder jedem gehöre. Das hatte er dem Vater beim ersten Mal
nicht erzählt. Wie er daraufhin sofort befahl, alles un-
angetastet liegen zu lassen, aber nicht bemerkte, dass
sie trotzdem das Bild mitgenommen hatte. Er sie dann

zwang, es in dem Gang zu lassen, und später dafür sorgte, dass alles gesichert wurde. Außer diesem Bild, an das er nicht mehr gedacht hatte.

»Was hätte ich denn noch mehr machen können?«

Er blickt in die unbeweglichen Augen des Vaters. Sein Gesicht ausdruckslos, ohne die gewohnte Spannung, allenfalls eine Spur Traurigkeit. Er hatte stets hohe Erwartungen in seinen ältesten Sohn gesetzt, und Rob hatte ihn nie enttäuscht, gerade auch nicht als Offizier im Krieg. Es gehörte zu den festen Überzeugungen des Vaters, dass es unter mehreren Kindern immer nur einen gebe, um die Fackel weiterzutragen, und diesen einen zu haben, sei schon Glückssache. In Rob sah er seinen Nachfolger, an ihm hatte er in dieser Hinsicht nie gezweifelt.

»Wenn du nur in New York um die Entlassung aus der Armee gebeten hättest! Vor einem Zivilgericht hätte ich mit deiner Geschichte keine Schwierigkeiten. Aber vor einem Kriegsgericht, da ist alles möglich, da gelten andere Maßstäbe. Unehrenhaftes Ausscheiden aus der Armee! Harvard kannst du dann vergessen.«

Rob nickt kaum wahrnehmbar. In seinem Kopf schwirren die Gedanken und Gefühle wirr durcheinander. Die Vorwürfe des Vaters, die Erwartungen der ganzen Familie. Das Schweigen dehnt sich unerträglich. Rob trägt noch seine Offiziersuniform, aber plötzlich ist er wieder nur der Sohn, hilflos angesichts seiner Probleme.

»Und diese Frau, hast du mit ihr sonst noch etwas gehabt?«

Der stechende Blick des Vaters. Rob stöhnt und zuckt die Schultern, zaghaft lächelnd. Er muss nicht mehr dazu sagen.

»Dafür schickt man dich in den Krieg!«

Der Vater nimmt die Augen nicht von ihm, aber Rob

bemerkt in ihnen den Anflug einer Entspannung, vielleicht einen Hauch Verständnis, wie er, bei seinem makellosen Leben, sich dieses fremde Erlebnis des Sohnes vorstellt.

»Du darfst niemandem davon erzählen in der Hoffnung, dass sich alles zum Guten wendet. Es wäre eine Schande, und zwar für uns alle, nicht nur für dich.«

Er blickt dem Vater hinterher, hört das Aufbrausen des Motors, aber weniger wütend als zuvor.

Verurteilt von einem Kriegsgericht! Auch wenn es nur zur Einleitung des Verfahrens käme, würde ihm das noch anhaften, wenn man von dem Krieg schon lange nicht mehr spricht. Für Mittwoch hat er sich bei Susans Eltern zum Abendessen angesagt. Schon schwer genug, formal um ihre Hand anzuhalten, aber unmöglich unter diesen Umständen. Auch die sorgfältig zurechtgelegte Überraschung seiner Familie beim Thanksgiving-Essen bei der Großmutter wird es nicht geben.

Warum hat ihn diese Anklage nicht schon während der Monate, die er in Deutschland auf die Einschiffung warten musste, erreicht? Ein Anruf bei General Leonard, und die Angelegenheit wäre vom Tisch gewesen.

Aber jetzt hier, genau im Augenblick, als er zu dem großen Schritt in sein neues Leben ansetzt. Ratlos blickt er in das zuversichtliche Blau des kalifornischen Himmels. Die rehbraunen Augen, wenn er sie nur nie gesehen hätte.

8.
Der Neubeginn

Für Minnie Fürst ist es, als wäre ein neues Kapitel aufgeschlagen worden. Die alten Bezugspunkte haben ihre Gültigkeit verloren. Mit Wehmut denkt sie zurück an das Ende des Ersten Weltkrieges, als der aus den Schützengräben und den Frontstellungen zurückgekehrte Hermann Fürst gemeinschaftlich mit den Bauern und Winzern der umliegenden Gemeinden die selbst ernannten Revolutionäre des Arbeiter- und Soldatenrates aus ihrem Sitz in Unkel in alle Winde verjagt hatte und dann selbst die Verwaltung der Region übernommen hatte. In der damaligen unruhigen Nachkriegszeit organisierte er die Verteidigung der Dörfer und Kleinstädte gegen das durchziehende Gesindel, er allen voran, feurig mit seinem zu jener Zeit noch rotblonden Haarschopf.

Damals blickte man zu der Burg am Rhein, suchte dort Rat, Aufmunterung und Unterstützung. Man vertraute Hermann Fürst und seinen Worten. Der Schriftsteller, dessen Ruhm aus der Vorkriegszeit ungebrochen war, wurde für viele der wichtigste Hoffnungsträger, um einen Weg heraus aus dieser düsteren Zeit zu finden.

Ob es heute wieder so wäre, wenn er noch lebte? Die Frage lässt sie nicht los, auch in dem aufkommenden Zweifel, dass seine Worte durch das Umschwenken zu den Nazis jede Glaubwürdigkeit verloren haben könnten.

Er hatte darauf gebaut, dass seine drei Söhne, seine Falken, sein Werk fortsetzen und die Stellung der Familie ausbauen und festigen würden. Aber niemand sucht bei ihnen um Rat nach. Zwar kennt jeder im Dorf die Fürsts, aber andere spielen heute eine wichtigere Rolle, der Marmeladenfabrikant etwa oder die großen Landwirte, alles, was mit Lebensmitteln zu tun hat. Die tägliche Verpflegung ist vorrangig. Für das Gemeinwohl und Fragen der Verwaltung sind ohnehin die Besatzungsmächte zuständig, was soll man sich da einmischen? Nicht dass Minnie Fürst an ihren Söhnen zweifeln würde. Nach diesem Krieg ist einfach alles anders als nach dem vorigen. Die Söhne werden es schon schaffen, ihre eigene Zukunft hängt schließlich von ihnen ab, ebenso das Schicksal der Enkel.

Erikas Sohn Friedemann wurde als erstes Friedenskind in die Familie geboren, gesund und kräftig. Seine Geburt erfolgte zwar einen Monat zu früh, aber bei all der Unrast dieser Zeit ist das verständlich, das hat auch der Arzt gesagt. Ein Dezemberkind, ein verfrühtes Weihnachtsgeschenk.

»Das Kind wurde doch nicht zu früh geboren, es wurde zu früh gezeugt!«, behauptet Pia. Wenn sie nur endlich ihre stichelnden Bemerkungen unterlassen würde. Für Minnie gibt es keine Zweifel, sie erinnert sich deutlich an die Heimkehr ihres ältesten Sohnes im April, der erste, der aus dem Krieg zurückkam, und wie Erika und Albrecht sich tagelang in ihrem Zimmer abgeschottet hatten. Natürlich ist Friedemann davon das Ergebnis! Wenn dem Albrecht das nur genauso mit dem Verlag gelingen würde, die Bücher von Hermann Fürst neu zu verlegen, die schon einmal in schweren Zeiten geholfen haben.

Sie kann immer noch nicht die Aufregung um das Franz-Marc-Bild verstehen. Ein Judenbild, hatte Erika die Angelegenheit erst mit einer wegwerfenden Handbewegung abgetan. Aber dann wurde sie mehrmals verhört und beschuldigte am Ende den jungen Amerikaner, der für die Bewohner der Burg in ihrer schwersten Zeit ein Segen gewesen war? Von Anfang an war ihr klar, dass der mit der Sache nichts zu tun haben konnte. Bis sich herausstellte, dass es der Gärtner war. Im Hühnerstall entdeckte man die von den Hühnern zerpickte Leinwand.

»Unmöglich, eine Diebin! Du bringst die ganze Familie noch in Verruf!«, griff Pia ihre Schwägerin damals an. »Aber beim Erlös aus den Fürst-Büchern, da würdest du als Erste die Hand aufhalten«, hielt ihr Erika entgegen. »Wenn der dämliche Gärtner nicht gewesen wäre! Ein Pferdebild von Franz Marc auf dem schwarzen Markt, das hätte einiges gebracht, auf alle Fälle genug, um für den Anfang Albrechts neuen Verlag abzusichern. Und nur das hatte ich im Sinn, das Ende des Krieges war doch abzusehen. Oder meinst du etwa, das Bild wäre bei der SS besser aufgehoben gewesen?«

Im April 1946 ist Notar Eichborn aus Bonn endlich so weit, die Erbauseinandersetzung vorzunehmen. Die Familie versammelt um den runden Tisch im Wohnzimmer. Auf der weißen Häkeldecke vor ihnen liegen die schwarzen Akten des Notars. Hier, wo Hermann Fürst gestorben ist, wird nun sein Besitz aufgeteilt, als zerteile man den Vater untereinander. Ein gutes Testament, beginnt der Notar seine Ausführungen, das Wichtigste habe Hermann Fuerst geregelt. Die Burg mit dem Gemüsegarten geht zu gleichen Teilen an die Familien von Albrecht und Pia. Pia reagiert entsetzt. »Mein Gott, wie kann er mich dazu verdammen, mein Leben mit dieser Frau zu verbringen! Was hat sich denn mein Vater dabei gedacht?«
Siegfried, der als Pilot den Krieg überlebt hat, erhält das vornehme Stadthaus in Düsseldorf, außerdem die Obstwiesen. Für Erhart sind die Felder und sonstiger Grundbesitz vorgesehen.

»Düsseldorf wäre mir auch lieber gewesen, als hier auf der Burg mit dieser Verwandtschaft bleiben zu müssen«, meckert Pia.

»Was willst du denn in Düsseldorf mit deinem oberfränkischen Mann, den versteht dort doch kein Mensch«, lachen sie ihre Brüder aus.

»Der ist besser als ihr drei zusammen.«

Johannes, Pias Mann, ist als Einziger noch nicht zurückgekehrt, fast ein Jahr nach Kriegsende wird er immer noch in einem Gefangenenlager festgehalten, zum Glück bei den Amerikanern, nicht bei den Russen, schrecklich, was man darüber alles hört, und dennoch, warum dauert es gerade bei ihm so lange? Er war auch nicht anders als die anderen, Befehl war Befehl, es war Krieg. Dass das keiner heute versteht?

»Als Berufsoffizier hat er seinen Beruf ausgeübt«, stellt sich Pia vor ihn.

»Also ich bitte Sie, es bleibt noch eine Menge zu erledigen«, unterbricht der Notar die Geschwister. »Zum Beispiel die Aufteilung der Bilder. Ihrem Vater schien das zu sehr Geschmackssache, das wollte er Ihnen überlassen.«

Die Bildersammlung war Hermann Fürsts ganzer Stolz. Vornehmlich Künstler der Düsseldorfer Schule, Landschaftsbilder der Brüder Andreas und Oswald Achenbach und Werke von seinem Freund Biese, einem häufigen Gast bei Festen auf der Burg. Aber alles überragend *Der Meeressturm* von William Turner.

»Wie soll man denn das verteilen? Jeder will doch den Turner«, sagt Erhart, der die letzten Kriegsmonate in Frankreich verbracht hatte.

»Am besten durch Los«, schlägt Albrecht vor.

»Das ist zu wichtig, als es dem Zufall und dem Glück zu überlassen«, sagt Pia.

»Glück ist gerecht, warum nicht?«, hält dem Albrecht entgegen.

»Durch das Bild wäre der Verlag sofort kreditwürdig. Stellt euch vor, Hermann Fürsts Lieblingsbild als Absicherung, um die Bücher des Vaters neu aufzulegen! Was könnte mehr in seinem Sinne sein? Der Turner steht Albrecht zu!«, bestimmt Erika.

»In dieser Sache hat nur Blut mitzureden«, weist Pia sie zurecht.

»Wenn schon, dann habe ich ein Anrecht auf das Bild, ich habe weniger Grundbesitz als jeder von euch erhalten, und mit dem Bild könnte ich zur finanziellen Stärkung der Firma meines Schwiegervaters beitragen, in die ich in Kürze eintreten werde«, fordert Erhart. Karin nickt beifällig.

»Was geht uns dein Schwiegervater an!«, widerspricht Pia

»Irgendwie müssen Sie sich entscheiden«, mahnt der Notar.

»Also, ich würde das Bild natürlich nie verkaufen, aber mit dem Bild im Hintergrund hätte der Verlag die notwendige solide finanzielle Grundlage, da muss ich Erika recht geben. Und jeder von euch hat einen Vorteil davon, schließlich sind wir alle an den Büchern unseres Vaters beteiligt. Der Verlag verbindet uns in der Zukunft. So hatte es der Vater gewollt, oder bezweifelt das irgendwer?« Albrecht blickt die Geschwister fragend an.

»Und wenn das mit dem Verlag nicht klappt?«

»Warum sollte das nicht klappen? Über sechs Millionen seiner Bücher wurden verkauft. Das hört nicht plötzlich auf. Hermann Fürst war keine Eintagsfliege.«

»Solange dann jeder von uns drei Bilder auswählen kann, bevor Albrecht wieder an die Reihe kommt«, bestimmt Siegfried.

Erhart wählt ein großes Eifelbild von Andreas Achenbach, Pia von demselben Künstler eine stürmische Küstenszene. Die Verteilung zieht sich hin, gelegentlich geraten die Geschwister aneinander. Wie auch immer, Albrecht hat den besten Wurf gelandet, daran gibt es keinen Zweifel.

»Verlag hin oder her, dass dieses Weib das wertvollste Bild meines Vaters haben soll, wo bleibt da die Gerechtigkeit?« Pia ist über die Erbteilung völlig entrüstet.

Albrecht entscheidet sich für Köln als künftigen Standort des Verlags. Vor dem Krieg, als er dies mit seinem Vater besprochen hatte, stand eigentlich nur Berlin zur Debatte, aber Berlin, zerstört und unter den Besatzungsmächten geteilt, außerdem fast unerreichbar von hier aus in der gegenwärtigen Situation, würde das Projekt nur zusätzlich erschweren.

»Du bist besser im darüber Reden als im Umsetzen.« Erika wird zunehmend ungeduldig mit ihrem Mann.

Endlich fährt Albrecht nach Köln, um in der zerbombten Stadt nach Räumen zu suchen. Viel braucht er für den Anfang nicht, aber bei jedem Schritt stehen ihm neue Hindernisse im Weg. Genehmigungen werden von den britischen Behörden nur zögernd erteilt, insbesondere für Verlage und Zeitungen. Dazu ein unverhohlener Argwohn gegen den beliebten Schriftsteller der Deutschen, schließlich war er doch auch für Hitler eingetreten. Albrecht gibt endlose Erklärungen ab, ohne weiterzukommen.

Erika unterstützt ihren Mann, muntert ihn auf, aber mehr und mehr macht sich bei ihm Resignation breit. Manchmal, wenn er von seinen Fahrten aus Köln zurückkommt, riecht sie Alkohol in seinem Atem. Nach außen hin bleibt er fröhlich und zuversichtlich, von den drei Brüdern war er immer der heiterste, ein Lebenskünstler, auch in den schwierigen Lebenssituationen noch. Aber zunehmend stößt Erika seine Niedergeschlagenheit auf, versteckt wie hinter einer Maske.

»Pass auf deinen Mann auf, der säuft, das war schon früher eine Gefahr bei ihm«, warnt ihr Schwager Erhart. Was soll ohne den Verlag werden, denkt sie erschrocken. Wenn er den nicht auf die Beine bringt, dann schafft er es auch nicht mehr in seinem alten Beruf als Anwalt. Was bleibt uns dann, hier in dem Burghaus, unter einem Dach mit ihrer Schwägerin Pia? »Am besten verkaufen wir den Turner, dann hätten wir wenigstens Geld. Zumindest sollten wir einmal schätzen lassen, was der überhaupt bringen würde«, schlägt Erika ihrem Mann vor.

»Das Bild? Kommt nicht infrage. Das steht für den Verlag, unser Kapital, der Rückhalt. Das wird nicht angetastet.«

»Mach dir nichts vor, der Verlag ist nur noch ein Traum. Du arbeitest doch schon wochenlang nicht mehr daran.«

»So was lässt sich nicht von heute auf morgen bewerkstelligen, das braucht seine Zeit.«

»Aber die einmalige Möglichkeit bietet sich nur heute, in ein paar Jahren kennt Hermann Fürst niemand mehr. Und du schaust einfach zu, wie uns die Felle davonschwimmen.«

»Ich tu, was ich kann!«

»Denk an deinen Sohn, tu es für ihn, wenn schon nicht für mich.«

»Du wirst noch einmal stolz auf mich sein.«

»Stolz!«, lacht sie ihm bitter ins Gesicht. »Du bist ein Versager!«

Erika schlägt die Tür hinter sich ins Schloss, ohne ihn eines weiteren Blickes zu würdigen. Das Krachen der

Tür echot durch das Burghaus. Sie stellt sich vor, wie er erregt um sich schaut und dann leer und hilflos in sich zusammensackt. Er kommt erst zum Abendessen wieder aus dem Zimmer, hält sich schwankend am Küchenschrank fest.

»Der ist total besoffen. Wo hat er das Zeug her?« Pia blickt fassungslos auf ihre Schwägerin.

Albrecht fährt nicht mehr nach Köln. »Ich kann genauso gut hier auf die Genehmigungen warten.«

»Zeig mir doch mal die Durchschläge deiner Anträge und all die Unterlagen, an denen du so eifrig gearbeitet hast«, fordert Erika ihn auf.

Er reagiert kaum, macht sich schließlich daran, ergebnislos in den Schubladen ihrer Kommoden zu stöbern.

»Ich verstehe es selbst nicht«, murmelt er, »wo ich das nur gelassen haben mag?«

Nach einiger Zeit gibt Erika auf, ihn weiter zu drängeln. Keiner der Geschwister stellt ihn zur Rede, nur vielsagende Blicke. Albrecht geht viel spazieren. Wer weiß, der Krieg, die Verletzung, man muss ihm Zeit geben, sind sie sich einig. Oft hält er sich im Dorf auf, kommt spät nach Hause, manche Nächte auch gar nicht. Er lässt sich gehen, ein muffiger Geruch hängt ihm an, nach Erde und Alkohol. Eines Tages verfolgt Erika ihn heimlich im Garten, wie er auf Umwegen hinter das Burghaus schleicht und dort in den Untergrund verschwindet, von wo sie damals mit dem Amerikaner in den Tunnel zur Unteren Burg eingestiegen ist. Schon über ein Jahr ist die Nacht mit dem jungen Leutnant her. Warum das damals dieses abrupte Ende nehmen musste? Sie wendet sich an den Gärtner und bittet ihn, ihr beim Durchsuchen des Gewölbes zu helfen.

»Frau Erika, lassen Sie mal, der Keller da hat mir schon genug Probleme gebracht.«

»Nur in den Eingang, nicht weiter, und bringen Sie eine Lampe mit.«

Sie zwängt sich wieder durch den Spalt. Voller Ekel verzieht sich ihr Gesicht bei der Vorstellung von Spinnen, Käfern oder glitschigen Nacktschnecken hier. Auf dem Boden liegen Flaschen verstreut, in der Ecke des Raums eine verdreckte Decke. Die Flaschen sind allesamt leer und ohne Etikett.

»Möchte nicht wissen, was da drin war. Auf alle Fälle kein Rheinwein!«, sagt der Gärtner.

»Woher mag mein Mann dieses Zeug haben?« Erika schaut ihn fragend an.

»Keine Ahnung, die Bauern im Dorf brennen alle irgendetwas, natürlich verboten, aber wen schert das schon?«

Der Begabteste der Fürst-Kinder, denkt Erika, als sie später gegen den Fensterrahmen in ihrem Zimmer gelehnt auf den Park blickt. Sie wiegt ihren Sohn Friedemann in den Armen. »Was soll nun aus uns werden?«

Die beiden jüngeren Fürstsöhne fassen allmählich Fuß. Erhart hat Arbeit in der Werkzeugmaschinenfabrik seines Schwiegervaters gefunden und ist mit Karin und den Kindern zu ihren Eltern nach Lüdenscheid umgezogen. Siegfried, der überhebliche Luftwaffenpilot, hat fürs Erste eine Stelle in der Marmeladenfabrik im Dorf angenommen. Für die Bornheims zu arbeiten, auf die er früher eher abfällig heruntergeblickt hat, entspricht zwar nicht dem Leben, das er sich vorgestellt hatte, aber er muss eine Familie durchbringen, und diese Tätigkeit macht er auch nur so lange, bis das Haus in Düsseldorf von den dort eingewiesenen Familien wieder frei wird. Die haben es gut, denkt Erika, während sich ihr Mann, der promovierte Jurist und künftige Verleger, in einem Erdloch unter der Burg volllaufen lässt.

Draußen hat es zu regnen begonnen. Der noch auf der Burg wohnende Teil der Familie sitzt beim Abendessen zusammen. Feuchtigkeit zieht ungemütlich durch das Gemäuer. Lärmend öffnet sich die Haustüre, kurz darauf erscheint Albrechts schwankende Gestalt im Türrahmen. Seine verschmutzten Kleider hängen nass an ihm. Er hält sich schwer atmend fest, betrachtet die Familie vor sich mit einem leeren, stieren Blick.

»Albrecht!«, stößt Minnie erschrocken hinter vorgehaltenen Händen hervor.

Ausdruckslos wendet er sich von ihnen ab und schleppt sich stöhnend nach oben.

»Komm, Erika, wir müssen uns um ihn kümmern«, sagt Siegfried.

»Er ist total weg«, berichtet Siegfried später, nachdem sie den widerstrebenden Mann gewaschen und in sein Bett gelegt haben. »Unmöglich, auch nur ein einziges vernünftiges Wort mit ihm zu reden. Er babbelte vor sich hin, als wir das Zimmer verließen.«

Besorgt sitzen sie nach dem Essen im Wohnzimmer im ersten Stock, das trotz aller Turbulenzen den Glanz vergangener Zeiten bewahrt hat. Nervös horchen sie nach oben auf Geräusche von Albrecht in seinem ein Stockwerk über ihnen gelegenen Schlafzimmer. Mit einem Mal tröpfelt es von der Decke. Eine undichte Stelle des Dachs, bei diesem Regen, das hat gerade noch gefehlt. Bis sie einen beißenden Geruch wahrnehmen.

»So eine Sauerei, der macht besoffen das Zimmer voll.« Siegfried und Erika entdecken ihn ausgestreckt auf dem Boden vor dem Bett in einer Pfütze. Neben ihm eine umgefallene Flasche, deren Inhalt sich mit dem Urin vermischt hat.

»Spiritus, reiner Alkohol! So was kann einen umbringen«, sagt Siegfried.

Drei Tage später liefern sie Albrecht in die Entziehungsanstalt in Niederdollendorf ein, einige Kilometer rheinabwärts von ihrem Dorf gelegen. Zu Fuß müssen sie
durch das Dorf. Der groß gewachsene Mann unsicher
zwischen Erika und Siegfried torkelnd, mit hängendem
Kopf und einem entseelt öden Blick. Erst die Kirchgasse,
dann den Hinterweg entlang und nur den letzten Teil
auf der Hauptstraße. Pia folgt ihnen mit einem rattern-
den Handkarren, auf dem ein Sack Kartoffeln liegt, die
von der Anstalt geforderte Anzahlung. Gardinen bewegen sich in den Fenstern zur Straße, die lauten Schritte
und der holpernde Karren, da will man doch wissen,
was los ist. Ach, die Fürsts mit dem Albrecht, und ein
einsichtiges Nicken.

Außerhalb des Dorfs, an der Grenze zwischen der französischen Besatzungszone und der britischen Zone,
wartet ein Taxi aus Honnef auf sie. Siegfried und Erika
begleiten Albrecht in die Anstalt. Pia bleibt mit dem leeren Wägelchen zurück, stumm blickt sie ihnen nach.
Da fährt der Traum vom Verlag, denkt sie, als das Auto
auf der engen Landstraße entschwindet.

Eintönig verrinnen die Tage auf der Burg. Luise schickt
ihre Söhne Kai und Jens in den Park, sobald das Wetter
es erlaubt. Minnie Fürst passt draußen auf sie auf, spielt
mit ihnen, freut sich an ihrem zügellosen Toben, aber
zurück in der Burg erfasst auch sie wieder der drückende
Ernst, der auf ihnen allen lastet.
»Das kann nicht so weitergehen! Wenn ich an die Zeiten
denke, als wir hier die großen Feste feierten, die Künstler und Persönlichkeiten, die bei uns ein und aus gingen.« Aber Pia erntet von den anderen allenfalls ein
Schulterzucken.
Unangemeldet fährt einige Tage später der Adjutant des

Befehlshabers der französischen Zone in Koblenz in einem Militärjeep am Terrasseneingang vor. Den überraschten Burgbewohnern kündigt er für den Nachmittag den Besuch des Generals an. Unwillkürlich fährt Minnie mit ihren Fingern ordnend durch das lose hochgesteckte graue Haar, streicht glättend über Bluse und Schürze. Als sie dem Adjutanten aufrecht gegenübersteht, ist sie mit einem Mal wieder die Dame des Hauses.

»Auf einen solchen Besuch sind wir überhaupt nicht vorbereitet.«

»Was gibt es schon vorzubereiten? Er will das Haus des Dichters sehen, sonst nichts. Also bis heute Nachmittag!«, verabschiedet sich der Adjutant.

Ein vorsommerlicher Tag, wenigstens der Park gibt sich empfangsbereit. Um die Platanen liegt ein sonnendurchbrochener Schatten, vor der Burg glänzt der sattgrüne Rasen, weiß schillernder Schlehdorn blüht wie Watteballen verstreut im Park.

»Wir müssen putzen, wo ist denn die Maria schon wieder? Die verbringt auch mehr Zeit mit ihrem Kind als bei uns. Wirklich, wie das aussieht im Haus, das kann man doch dem General nicht zumuten!«, schimpft Pia.

»Wer weiß, ob er überhaupt kommt, wenn ihm der Adjutant von unserem nicht gerade begeisterten Empfang berichtet«, beschwichtigt Erika.

Aber kurz nach Mittag fährt ein Wagen der französischen Militärpolizei vor, gefolgt von dem Jeep des Befehlshabers. Zuvorkommend begrüßt er Minnie Fürst, in seiner blauen Uniform mit roten Beinstreifen, es sei eine Ehre für ihn, die Witwe des großen Dichters aufzusuchen, seine Bücher kenne er natürlich, er habe sie alle im Original gelesen, wobei er vom Französischen in ein fließendes Deutsch überwechselt. Vornehm in seinem Auftreten, sein Gesicht ist fein und schlank geschnitten, mit wachen, aber durchaus freundlichen Augen.

Minnie bittet ihn in das Arbeitszimmer von Hermann Fürst. Das Dichterzimmer ist unberührt, alles wie zu seiner Zeit. Seine Schreibunterlage auf dem eichenen Schreibtisch gerahmt von Memorabilien seiner Erfolge, der kühle Glanz der Ledersessel, der trockene Duft der Bücherreihen in den Regalen. Die Erinnerung, die sich in diesem Zimmer festgesetzt hat, verselbstständigt und unumstößlich, denkt Minnie, ob der das fühlt? Durch das Fenster fällt ein leuchtender Sonnenstrahl.

Der General bleibt in Gedanken versunken vor dem Schreibtisch stehen, gelegentlich mit der Hand über einen Gegenstand streichend, einen Buchrücken berührend und hin und wieder zum Fenster in die sonnendurchfluteten Baumwipfel des Parks blickend. Wie Hermann Fürst wohl den französischen Besatzer hier im Innersten seines Besitztums empfangen hätte? Für ihn waren die Franzosen nach der Niederlage im letzten Krieg zum Inbild des Feindes geworden. Er hatte den Widerstand gegen die Franzosen am Rhein organisiert und unermüdlich gegen die Ungerechtigkeiten des Friedensvertrages von Versailles gewettert. Die Helden seiner Bücher aus dieser Zeit hatten allesamt gegen ein beengendes Joch anzukämpfen, genau wie er seinen Kampf gegen alles Französische empfand. Und jetzt steht dieser Franzose in Bewunderung und Verehrung an seinem Schreibtisch.

»Darf ich Ihnen dieses Buch zur Erinnerung an Ihren Besuch mitgeben? Der zweite Teil seiner Lebenserinnerungen *Ein Mann stolz zu Pferde*, von Hermann Fürst signiert.«

»Sie glauben nicht, welche Freude Sie mir damit machen. Wenn ich Ihnen einmal behilflich sein kann, sollte es Ihnen an irgendetwas fehlen ...«

Er hält mitten im Satz inne. Von unten hören sie Lärm, ein wütender Wortaustausch in Deutsch und Französisch. Vom Fenster aus sehen sie, wie die Militärpolizisten einen sich energisch sträubenden Mann festhalten.

»Oh Gott, mein Johannes! Die sollen den in Ruhe lassen, was fällt denen überhaupt ein!«

Pia eilt die Treppen hinunter, durch den langen Flur auf die Terrasse. Stürmisch umarmt sie ihren Mann zwischen zwei Polizisten.

»Den Empfang hatte ich mir anders vorgestellt. Wer ist denn da bei euch zu Besuch?«

»Der französische Befehlshaber ist gerade hier. Warum musst du auch durch den Haupteingang kommen und nicht durch den Nebeneingang, in deinem Zustand?«

»Der Gesindeeingang? Wie oft hatte ich mir in der Gefangenschaft in Gedanken den stolzen Moment meiner Rückkehr aus dem Krieg vorgestellt, und nun soll ich mich seitlich ins Haus schleichen? Warum bin ich überhaupt zurückgekommen?«

Oben verabschiedet sich der General von Minnie, wiederholt sein Angebot, ihr gerne behilflich zu sein. Er wirft einen kurzen Blick auf Erika. Dieser Männerblick, denkt sie, dabei fallen ihr die langwierigen Genehmigungen bei den Briten ein, vielleicht sollten sie den Verlag in die französische Zone verlegen, nach Koblenz oder Mainz, sobald Albrecht wieder bei Kräften ist. Dann wäre der Besuch des Franzosen doch für etwas gut gewesen.

Beim Abendessen ist Johannes wortkarg, nicht wiederzuerkennen. Nur wenn Siegfried ihn etwas über den Krieg oder von der Front fragt, belebt sich sein Gesicht.

»Ein langer Weg zurück ins Leben, darauf hat uns niemand vorbereitet«, brummt er.

»Warum haben die dich denn so lange dabehalten?«

»Was weiß ich!« Er zuckt die Achseln. »Vieles ist passiert, draußen im Feld, die Pflicht oder die vermeintliche Pflicht, ich und meine Einheit, wir wollten natürlich unsere Aufgabe ordentlich erfüllen, das war nicht immer einfach. Jetzt haben sie mich gehen lassen. Mehr ist dazu nicht zu sagen.«

Es folgt ein betretenes Schweigen. »Gut, dass du wieder da bist«, sagt Minnie schließlich.

Am nächsten Morgen, als sie zum Frühstück zusammenkommen, ist Johannes draußen im Park, begeht die Felder auf der anderen Seite der Mauer und wandert zu den Obstanlagen an den Hügeln in Richtung Bruchhausen.

»Das erfordert eine Menge Arbeit, um den Gemüsegarten, den Kartoffelacker, die Obstwiesen und die Felder wieder in Schuss zu bringen. Der Gärtner kann das nicht auch noch machen, der hat mit dem Park genug zu tun. Ich werde mich in Zukunft darum kümmern.«

»Landwirt, das kann doch nicht dein Ernst sein, bei deinem erstklassigen Abitur und all der Erfahrung im Krieg! Offiziere werden überall in der Industrie gesucht.« Pia reagiert entsetzt auf die Ankündigung ihres Mannes.

»Als ich die vielen langen Nächte in einer kalten Fremde an der Front lag, da habe ich mir geschworen, sollte ich jemals wieder zurückkehren, dann werde ich mit den Händen arbeiten, auf meinem eigenen Grund und Boden. Siegfried, in deiner Marmeladenfabrik werdet ihr mir doch hoffentlich das Obst abkaufen?«

»Die Obstwiesen gehören Erhart, er hat sie geerbt.«

»Familie bleibt Familie, oder?« Johannes blickt sich erstaunt um.

Was dieser Krieg aus unseren Männern gemacht hat, wundert sich Pia. Bei keinem ihrer Brüder entdeckt sie ein Aufbäumen, gerade jetzt der Welt zu zeigen, was wirklich in ihnen steckt. Die drei Falken mit schlaff hängenden Flügeln. Ihre Ausbildung und das abgeschlossene Studium, für nichts und wieder nichts. Und nun begnügt sich auch ihr Johannes, von dem sie sich sowieso mehr als von ihren Brüdern versprochen hat, damit, lediglich Bauer werden.

Zweimal in der Woche besucht Erika Albrecht in der Entziehungsanstalt. Zu Fuß nach Honnef, dann mit der Bahn am Rhein entlang bis Niederdollendorf.

»Die Ärzte sind zuversichtlich, die Behandlung zeige erste Erfolge«, berichtet sie abends.

»Drängt es ihn denn nach Hause zurück?«, fragt Johannes.

»Den Eindruck habe ich nicht, anscheinend fühlt er sich wohl unter all den Alkoholikern und Drogenabhängigen«, antwortet Erika.

An den warmen Tagen hält sich Minnie Fürst meist im Park auf. Am Rosenrondell prüft sie die Knospen, unaufhaltsam drängt neue Fülle aus ihnen heraus. Nur Geduld, alles zu seiner Zeit, so wird es auch mit den Söhnen werden, redet sie sich ermutigend zu.

Gelegentlich nimmt sie Luises Kinder zu einem Spaziergang an den Rhein. Höhepunkt dieser Ausflüge ist die Überfahrt mit der kleinen Personenfähre nach Oberwinter und zurück. Der Kapitän, Herr Vollmer, hält breitbeinig das Steuer in der Hand. Er war befreundet mit Hermann Fürst, zusammen fuhren sie manchmal den Rhein abwärts am Siebengebirge entlang bis nach

Bonn, tranken unterwegs die eine oder andere Flasche Wein und philosophierten über das Unveränderliche des Flusses und das Veränderliche der Menschen.

Jens und Kai stehen bei der Überfahrt neben Herrn Vollmer, jedes fest an eines seiner Hosenbeine gekrallt. Herr Vollmer weist rheinabwärts zu dem sich hoch über dem Fluss türmenden Drachenfels, wo der Sage nach Siegfried den Drachen erschlagen hat, und das Kloster der Insel Nonnenwerth mitten im Rhein vor ihnen, wo die Ritterstochter eingesperrt war, deren unglücklicher Geliebter sich vom Rolandsbogen hinunter in den Fluss stürzte.

»Stellt euch vor, wir sind hier mitten im Land der deutschen Sagen, wohin ihr blickt.«

Ein Postkartenbild an einem sonnigen Tag. Über die entgegengesetzte Richtung, rheinaufwärts, sagt er nichts. Dort, bevor der Rhein von der Erpeler Ley verdeckt wird, ragen aus dem Fluss zerborsten die schwarzbraunen Türme der Remagener Brücke gegen den Himmel. Die Sage von dem jungen amerikanischen Leutnant, der über die Brücke zu ihnen auf die Burg gekommen ist. Was wohl aus ihm am anderen Ende der Welt geworden ist, fragt sich Minnie. Als heimkehrender Sieger hatte er bessere Voraussetzungen als ihre Söhne. Aber nicht nur darin unterscheidet er sich von ihnen, ohne dass sie im Detail erläutern könnte, was an ihm so anders war.

Einige Tage später erhalten sie überraschend eine Anfrage von einem Herrn Fuchs, Verleger in München, mit Interesse an den Rechten der Bücher von Hermann Fürst.

»Endlich einmal eine gute Nachricht, so konnte es ja nicht immer weitergehen!«, triumphiert Pia.

»Fuchs-Verlag, nie gehört, man muss vorsichtig sein,

irgendein Hergelaufener kann den Ruf des Vaters schnell zerstören, und was dann?«, mahnt Siegfried.

»Außerdem steht Albrecht das Vorrecht zu, wir müssen ihm erst noch eine Chance geben«, setzt sich Erika für ihren Mann ein.

»Wie soll der das jemals schaffen, der ist doch ein Wrack!«, entgegnet Pia.

»Der Vater hat bestimmt, dass Albrecht seine Bücher verlegen soll, im Interesse der ganzen Familie. Dem sind wir verpflichtet. Nur deswegen wurde Albrecht bei der Erbteilung doch das Turner-Bild zugewiesen«, schaltet sich Minnie in die Diskussion ein.

»Zumindest sollte sich der Fuchs hier vorstellen, und wir hören uns in Ruhe an, was er für Ideen hat, das ist völlig unverbindlich.« Niemand widerspricht Pias Vorschlag.

Nach ihrem nächsten Besuch in der Anstalt berichtet Erika, Albrecht mache Fortschritte, der Arzt habe angedeutet, in zwei Wochen könne man mit seiner Entlassung rechnen. Den Besuch des Verlegers Fuchs hatte sie ihm gegenüber nicht erwähnt. Der Arzt habe geraten, vorerst jegliche Aufregung von ihm fernzuhalten, aber Albrecht habe von sich aus den Falkenverlag angesprochen. Seine Anträge liefen ja alle noch, früher oder später sei der behördliche Formalismus erledigt, meint er.

»Beim Abschied bat er mich, dass ich den Turner zu einem Händler nach Köln bringe, um ihn schätzen zu lassen, damit auch der finanzielle Rahmen bestimmt sei, in dem wir uns bewegen dürfen. Jedenfalls habe ich ihn so verstanden.«

»Ihr wollt doch das Bild nicht verkaufen! So war das nicht ausgemacht, ihr habt es nur wegen des Verlags bekommen. Das ist ein Familienerbstück und muss in der Familie bleiben!«

»Also, Pia, ich sage dir ja auch nicht, was du mit deinem Achenbach tun darfst.«

»Du hast mir überhaupt nichts zu sagen!«

Tags darauf besuchen Erika und Siegfried den Galeristen Hauser in Köln, bei dem Hermann Fürst vor dem Krieg gelegentlich Bilder gekauft hatte, allerdings nicht den Turner. Die Galerieräume liegen ausgebombt, aber seine Kunstwerke konnte der Galerist rechtzeitig in Sicherheit bringen. Der Neuaufbau der Galerie stehe noch in den Anfängen, vorerst müsse er sich mit Behelfsräumen begnügen. Was den Markt angehe, überwiege momentan das Angebot die Nachfrage, aber ein Turner, dafür bestehe ein internationaler Markt, besonders für ein Werk mit solch eindrucksvoller Meeresszene. Er habe das Bild bei seinen Besuchen auf der Burg stets bewundert.

»Sie müssen mir das Bild einige Tage zur Ansicht hierlassen, damit ich es im Detail untersuchen kann. Ich möchte auch einige Experten befragen, bevor ich mich auf einen Wert festlege. Es handelt sich fraglos um ein bedeutendes Werk, was die Wertbestimmung nicht unbedingt leichter macht. Die Farbgebung ist ungewöhnlich für einen Turner. Etwa eine Woche brauche ich.«

Eine elendig lange Woche für Erika. Wenn sie alleine in ihrem Zimmer den Sohn in den Armen wiegt, vom Fenster in den sonnigen Park schaut, denkt sie an den Händler, wie er und seine Experten den Turner bestaunen und wie die Museumsleute in London beeindruckt die Augenbrauen heben. Sie ist überzeugt, dass sie mehr dafür erlösen werden, als sie für den Verlag brauchen.

Bei ihrem nächsten Besuch empfängt der Galerist sie mit ernster Miene.

»Keine guten Nachrichten, Frau Fürst.«

»Wieso, das Bild ist weniger wert, als Sie annahmen?«, fragt Erika.

»Es handelt sich um eine Fälschung!«

Erika rührt sich nicht, ringt durch den halb geöffneten Mund nach Luft. Sie blickt entsetzt zu Siegfried, dann starrt sie den Galeristen an.

»Herr Hauser, das kann doch nicht wahr sein! Haben Sie die richtigen Experten eingeschaltet?« Plötzlich fällt ihr das Schäbige der Galerie auf, der von den Wänden abbröckelnde Putz, verstaubte Leintücher gespenstisch Skulpturen abdeckend, der Raum in ein ödes Grau gehüllt. Blasses Licht dringt durch die geschlossenen Fenster. Die Luft ist stickig, sie ist nah dran, sich zu übergeben.

Bleiernes Schweigen beim Abendessen. Später, nachdem die Kinder im Bett sind, sitzen die Erwachsenen im Wohnzimmer. Zwischen den mit Bildern eng behangenen Wänden gähnt das Loch, wo bislang der falsche Turner hing.

»Das Ende des Traums vom Falkenverlag«, bricht Pia die Stille.

»Dann müssen eben die Achenbachs zur Sicherung herhalten. Albrecht hat das Zeug zum Verleger, und am Erfolg des Verlags werdet ihr euch alle freuen«, sagt Erika.

»Nicht mein Achenbach, den habe ich geerbt und der bleibt hier, wo er hingehört«, wehrt Pia ab.

»Überhaupt, die ganze Erbteilung muss wiederholt werden. Wir sind von falschen Voraussetzungen ausgegangen, Albrecht wurde völlig benachteiligt.«

»Das ist eure Schuld, ihr wolltet ja mit allen Mitteln den Turner. Wenn er echt gewesen wäre, wäre er mehr wert als der Rest der Sammlung zusammen. Wir hatten uns damit abgefunden, dass ihr mehr bekommen solltet. Dabei bleibt es, der Zirkus ist vorbei.«

»Das hast du nicht zu entscheiden, Pia, das ist eine Rechtsfrage. Wir werden die Teilung anfechten, so viel steht fest.«

»Erst der Marc, dann der Turner. Bilder bringen dir anscheinend kein Glück, du solltest dich auf etwas anderes verlegen.«

Erika liegt bis tief in die Nacht wach auf ihrem Bett und starrt gedankenverloren in die Leere. Gelegentlich vernimmt sie räuspernde Töne aus dem Kinderzimmer oder ein selbstzufriedenes Lallen. Das Kind wird hoffentlich immer so glücklich sein, denkt sie. Wenn nicht der Verlag, dann muss Albrecht eben als Anwalt weitermachen, er ist achtunddreißig Jahre, im besten Alter für ein Büro in Honnef oder in Bonn, wieder bei voller Gesundheit, sollte er es bei dem Namen in kurzer Zeit schaffen, zur führenden Kanzlei der Umgebung aufzusteigen. Auf alle Fälle etwas Besseres als seine beiden Brüder. Und insbesondere besser als Johannes, der Bauer! Sie darf die Hoffnung nicht aufgeben. Wenn die bei ihnen eingewiesenen Familien endlich wieder ausziehen, müssen als Erstes die Räume der Burg neu untereinander aufgeteilt werden. Ihr Leben muss von Pias getrennt werden, schlimm genug, mit der Schwägerin unter einem Dach wohnen zu müssen.

Einige Tage später kommt Albrecht aus der Entziehungsanstalt zurück.

»Wie neu geboren!« Strahlend umarmt er die Mutter. »Der Arzt sagt, es sei eine Folge der Kriegsverletzung gewesen, darunter litten die meisten in der Anstalt. Ich habe mich zum Glück wieder im Griff, jetzt geht es Volldampf mit dem Verlag weiter. So wie mit dem Vater abgesprochen.«

Er sucht nach Zuspruch in den Gesichtern der anderen.

»Was schaut ihr alle so komisch?« Sein Bruder Siegfried

versucht ihm das mit dem Turner schonend beizubringen, aber am Ende führt nichts an der brutalen Tatsache vorbei.

»Das fängt ja gut an! Ich hatte mir das anders vorgestellt.«

Kurz darauf kündigt sich der Verleger Fuchs zu Besuch auf der Burg an. Er kommt im eigenen Auto, einem noch vor dem Krieg gebauten DKW. Minnie Fürst beobachtet von dem Efeu umrankten Balkon im mittleren Stock aus die Anfahrt auf dem sich durch den Park windenden Weg zur Burgterrasse. Die Maybachs und Mercedes, mit ihrem duftenden Leder und den gepflegten Edelholzarmaturen, die hier vorfuhren, Rang und Namen aus Kunst, Wirtschaft und Politik, der Geheimrat Adolf von Kröner, der Verleger des berühmten Cotta Verlags, der Hermann Fürst bei seinen größten Erfolgen begleitet hatte. Was das für Zeiten und Menschen waren! Wie ärmlich sich das graue und an den Kotflügeln verbeulte Auto des Besuchers aus München dagegen ausnimmt. Und das soll der künftige Verleger von Hermann Fürst sein?

Ohne jede Hast steigt Herr Fuchs aus. Er blickt an dem Burghaus hoch, glättet seinen braunen Anzug und rückt die Krawatte zurecht. Unschlüssig hält er einen Hut in der Hand, legt ihn dann in das Auto zurück. Von den Burgbewohnern hinter den Gardinen in ihren Zimmern wird er abschätzend gemustert.

Siegfried und Albrecht begrüßen ihn auf der Terrasse. Es sei doch eine weite Reise von München hierher, dazu die zeitraubenden Kontrollen zwischen den Besatzungszonen und immer die Unsicherheit, ob es auch Benzin gebe, wenn er es gerade brauche, aber nun sei es ja geschafft, und er könne nur hoffen, dass sich die

Fahrt lohnen wird. Sie führen ihn an den miefigen Zimmern der Einliegerfamilien vorbei nach oben in das Wohnzimmer.

»Die Leute wurden uns aufgedrückt.«

»Das ist heute überall so«, antwortet Herr Fuchs.

Er stellt sich den Frauen vor. Schlank gewachsen, braun gescheiteltes Haar und ein voller Schnurrbart, eine höfliche, vielleicht übertrieben zuvorkommende Art, findet Erika. Etwas an ihm stört sie, ohne dass sie dies genau bestimmen könnte, vielleicht die unruhigen Augen oder die hastigen Bewegungen seiner Hände.

»Ehrlich gesagt, hatte ich mir ein oder mehrere Manuskripte erhofft. Kaum zu glauben, dass Hermann Fürst seit dem Erscheinen seines letzten Buches nichts Neues begonnen haben soll.«

»Vielleicht kamen ihm Zweifel, weil er sich in so vielem getäuscht hatte. Heute hätte er sicherlich erneut seine Stimme erhoben.«

»Gerade nach diesem Stoff, einem festen Wegweiser, sehnen sich jetzt die Menschen, deswegen habe ich die weite Reise hierher auf mich genommen.«

Albrecht erwähnt seine eigenen Verlagspläne. Bald sollten die Genehmigungen vorliegen, es sei alles beantragt, lange könne sich der Prozess nicht mehr hinziehen.

»Ich besitze sämtliche Lizenzen für meinen Verlag«, hebt Fuchs hervor, »von den amerikanischen Besatzungsbehörden ausgestellt. Die Engländer haben doch nicht das geringste Interesse an der Förderung deutschen Kulturguts, von denen erhalten Sie die Genehmigung nie. Und dann müssen Sie bedenken, was ein Verlag an Geld verschlingt, und das gerade in der Anlaufphase. Entscheidend im Verlagsgeschäft ist der richtige Zeitpunkt, und der ist jetzt für eine Neuauflage des Gesamtwerks von Hermann Fürst!«

Die Fürsts versprechen ihm eine Antwort innerhalb von spätestens vier Wochen. Ein sympathischer Mann, darin sind sich alle einig, aber gleichzeitig verunsichert sie doch etwas in seinem Benehmen.

»Vor einem Münchner kann ich euch nur warnen, da könnt ihr jeden in Bayreuth fragen«, dämpft Johannes ihre Stimmung noch zusätzlich.

»Mir gefällt das Konzept, sein Risiko und unser Erlös, da darf man doch eigentlich nicht zögern«, meint Pia, ohne auf den Einwand ihres Mannes einzugehen.

»Aber unser Vater wollte den eigenen Verlag«, hält Albrecht entgegen.

»Die Zeiten haben sich geändert, aus dem Grab soll man nicht regieren.«

Siegfried schlägt vor, gemeinsame Sache mit Fuchs zu machen, und zwar in München, in der amerikanischen Zone, der Fuchs-und-Falken-Verlag.

»Es wird nicht mehr lange dauern, bis ich alles zusammenhabe, aber dann ist es unser eigener Verlag. Gebt mir noch ein paar Wochen, er hat uns ja die vier Wochen Bedenkzeit eingeräumt. Ich werde euch beweisen, dass es ohne den Fuchs geht.«

Niemand widerspricht Albrecht, gegen den ausdrücklichen Willen des Vaters traut sich keiner zu stellen.

Als ob ihm die Begegnung mit dem Verleger neuen Auftrieb gegeben hätte, fährt Albrecht wieder regelmäßig nach Köln, die Dinge kämen in Gang, es sehe gut aus, versichert er der Familie. Und nicht einen Tropfen Alkohol habe er angerührt!

Mitunter wirkt er niedergeschlagen, wenn unerwartet neue Hindernisse auftreten. Es sei doch nicht alles so einfach, wie er sich das vorgestellt habe, sagt er, aber jedes Mal findet er schnell wieder zu seiner positiven Grundeinstellung zurück. Er habe in Köln einen Raum

angemietet, berichtet er. Sie tragen alle zum Mietvor-
schuss bei, in Kartoffeln und Nahrungsmitteln, die
Bedingung der Vermieter, so sei das eben heute. Erika
wundert sich, dass er keine Unterlagen mitbringt, Anträge oder Kopien von Bewilligungen oder sonstigen
Bürokram. »Ich lasse das alles in Köln, bei einem Freund,
sonst schleppt man das Zeug nur hin und her«, beruhigt
er sie.
»Selten habe ich Albrecht derart hartnäckig arbeiten
sehen und immer mit guter Laune«, sagt Minnie. Sie
und Erika sitzen im Park in der Sonne. Minnie hält den
kleinen Friedemann auf dem Schoß. Bismarck liegt vor
dem Kind im Gras, unruhig jede Bewegung von Johannes vor der Burg beobachtend.
»Der Hund mag Johannes nicht. Auch bei dem Verleger
hat er geknurrt. Er hat wohl etwas gegen die Bayern.
Dagegen Friedemann, von dem weicht er nicht, mit dem
Kind verbindet ihn ein ganz besonderes Verhältnis.«
»Vielleicht ist es der Geruch, der Geruch des Vaters«,
sagt Minnie.
»Ja, vielleicht.«
Plötzlich bemerken sie Albrecht auf dem Weg vom unteren Tor zum Terrasseneingang. Es ist noch früh am
Nachmittag, die Fahrt nach Köln und zurück dauert
doch sonst entschieden länger. Verwundert schauen
sich die beiden Frauen an. Er umklammert eine braune
Tüte. Sein Gesichtsausdruck ist verzerrt, der Blick ab-
wesend in sich gekehrt.
»Um Gottes willen, der ist nicht in Ordnung! Pass bitte
kurz auf das Kind auf, Mutter.«
Erika erreicht Albrecht in dem Augenblick, als er ihr
Schlafzimmer betritt. Er atmet schwer, Schweißtropfen
haben sich auf seiner Stirn gebildet.
»Was machst du schon hier, um diese Zeit und in diesem

Zustand?« Erika hatte sich vorgenommen, ruhig zu bleiben, sich zu beherrschen, aber sie schreit ihm förmlich die Fragen ins Gesicht.

»Ich fühle mich nicht gut. Lass mich allein!«

»Du schwankst ja, hast du etwa getrunken?«

»Keinen Tropfen, nichts, seit der Anstalt. Ich bin einfach nicht gut drauf, dieser Druck, den Verlag endlich zum Laufen zu bringen, und immer neue Schwierigkeiten.«

Erika greift nach der Tüte. »Hände weg, das geht dich nichts an!« Sie zerren beide daran, bis das Papier reißt und der Inhalt sich über dem Bett verstreut. Albrecht wirft sich darüber und bedeckt mit seinem Körper die herausgefallenen Gegenstände. Erika kratzt und beißt, bis sie schließlich unter ihm eine Ampulle zu fassen bekommt. Sie steht vor dem Bett, am ganzen Körper vor Erregung zitternd.

»Morphium!«

Eine lange Pause. Albrecht bewegt sich nicht. Erika blickt ihn hasserfüllt an. Ihre Stimme ist eisig.

»Du bist nie in Köln gewesen, du hast nicht einen einzigen Antrag bei den Behörden gestellt oder ein Büro angemietet. Alles erfunden! Natürlich bist du immer gut aufgelegt, einfach ein Schuss Morphium und der Tag ist gelaufen. Und wir beten für dich und deinen Erfolg, sparen uns das Notwendigste für deine Miete und die Anzahlungen ab in dieser Zeit, in der es uns an allem fehlt, gerade auch den Kindern.«

Sie weiß in diesem Augenblick, den Verlag wird es nie geben, er wird es auch niemals als Rechtsanwalt schaffen, ausgebrannt und süchtig wie er ist. Als Alkoholiker in die Entziehungsanstalt eingeliefert, als Morphinist entlassen. Sie erinnert sich, dass in letzter Zeit immer wieder kleinere Gegenstände, silberne Schälchen oder

Porzellan, verschwunden sind. Pia hatte die Haushälterin im Verdacht, aber es war Albrecht. Mit der Kriegsverletzung hat dies seinen Anfang genommen, damals hatte er gelegentlich Morphium gegen die Schmerzen bekommen, aber letztlich ist es gleichgültig, was der Auslöser war. Er ist ein anderer Mensch geworden, ohne jeden inneren Halt. Er wird sie und ihr Kind mit sich ins Unglück reißen.

Albrecht richtet sich langsam auf und sitzt schlaff auf dem Bett, sein schwerer Körper matt in sich gesackt. Er bringt kein verständliches Wort aus seinem japsenden Mund. Nur ein trauriger Schatten seiner selbst. Sie starrt ihn an, völlig außer sich. »Du aufgedunsenes, nutzloses Schwein«, schreit sie ihn an. Hinter seinem Rücken sieht sie mehrere Ampullen auf dem Bett. Wenn er nur an diesem Zeug verrecken, diesem schandhaften Schauspiel ein Ende setzen würde. In ihr tobt eine blinde Wut.

»Es ist aus, ich habe mit dir nichts mehr zu tun!«

Er antwortet nicht, wahrscheinlich dringt sowieso nichts in sein Gehirn vor. Sie wirft ihm die Ampulle in den Schoß.

»Hier, spritz dich damit ab! Nimm am besten gleich noch einen zweiten Schuss, denn das wirst du brauchen, um später deiner Familie gegenüberzutreten, ihnen in die Augen zu sehen und ihnen Rechenschaft abzulegen. Insbesondere deiner Mutter, die dich immer geschützt hat. Dein Kind wirst du nie mehr im Arm halten, dafür werde ich sorgen. Und jetzt gehe ich, um allen die ganze Wahrheit über dich zu sagen. Du hinterhältiger Versager!«

Erika stürmt aus dem Zimmer und schmeißt krachend die Tür hinter sich ins Schloss. Auf der obersten Stufe der Treppe bleibt sie stehen und lauscht angestrengt.

Von innen kein Laut. Sie stellt sich vor, wie er die Ampulle in seinem Schoß betrachtet bei der Vorstellung, am Abend seiner Familie gegenüber ein Bekenntnis ablegen zu müssen. Zögernd wird er die Ampulle greifen, sich das Ding einspritzen, um allen Problemen zu entfliehen, um sicherzugehen am besten gleich die zweite Ampulle hinterher, wie es Erika ihm vorgeschlagen hat.

Als Erika aus dem Haus auf die Terrasse tritt, wird sie von einem durch die Blätter der Platanen fallenden Sonnenstrahl geblendet. Als trete sie von einer Unwirklichkeit in die nächste.

Minnie schaukelt das Kind, singt in das schlafende friedliche Gesicht. Beim Näherkommen hört Erika noch *Pommerland ist abgebrannt*. Als Minnie sie bemerkt, bricht sie das Lied ab. Erwartungsvoll blickt sie zu der Schwiegertochter.

»Albrecht war heute nicht in Köln. Ich weiß auch nicht, was mit ihm los ist, es ist wenig aus ihm rauszubekommen. Er hat sich ins Bett gelegt, mitten am Tag, ich hoffe, das hilft, aber ich mache mir Sorgen.«

Minnie hält entsetzt ihre Hände vor den Mund. Zwischen den Frauen dehnt sich ein beklemmendes Schweigen. Schließlich bittet Erika die Mutter, noch einmal auf das Kind aufzupassen, am besten ihn in seinem Wagen draußen bei den Gemüsegärten spazieren zu schieben.

»Ich muss bei Albrecht nachsehen, ich traue ihm nicht.«

Albrecht liegt voll bekleidet auf dem Bett ausgestreckt. Zwei leere Ampullen liegen auf dem Boden. Er atmet keuchend aus offenem Mund, Speichel rinnt in einer dünnen Spur über sein Kinn.

Erika blickt sich im Zimmer nach den übrigen Ampullen um. Wahrscheinlich hat er sie in der Schublade mit seinen Kriegserinnerungen versteckt, er weiß, dass sie die nie angerührt hat und daher dort auch nicht nachsehen würde. Fünf Ampullen liegen obenauf. Als würde ich dich nicht kennen, du Schwächling.

Sie steht neben dem Bett, blickt auf ihn herab, kalt und gefühllos. Sein Keuchen wird von einem rotzigen Röcheln durchbrochen, Schweiß ist ihm auf die Stirne getreten, sein Gesicht ist verkrampft. Eine spastische Unruhe zuckt durch seinen Körper. Er hält die Augen fest geschlossen. Je nachdem, was er sich schon am Morgen gespritzt hat, mag das reichen, denkt sie. Aber wenn es nicht reicht? Der schreckliche Gedanke, dass er noch mal aufwachen könnte und sie dann mit dieser hoffnungslosen Wirklichkeit klarkommen müsste. Nein, das habe ich nicht verdient!

Sie greift mit einem Tuch eine der Ampullen aus der Schublade. Eine eisige Ruhe legt sich über sie. Nach seiner Rückkehr aus dem Krieg hat sie ihn, wenn die Schmerzen seiner Verletzung unerträglich wurden, hin und wieder gespritzt. Sie findet auch gleich den Einstich in der Vene am Arm, quetscht mit Daumen und Zeigefinger die Haut darum zusammen, bis die Ader voll heraustritt. Sie zögert für den Bruchteil einer Sekunde, dann sticht sie die Spritze hinein. Sein Körper zittert vehement, wie ein inneres Aufbäumen, fast wäre ihr sein Arm entglitten. Plötzlich reißt er die Augen auf und starrt sie an. Seine Augen sind wie zwei blutunterlaufene Höhlen. Es ist alles gut, mein Schatz, schlaf weiter! Sie leert die Ampulle in ihn. Im selben Moment spürt sie, wie sich sein Körper entspannt und er wieder in den Schlaf sinkt.

Mit einem Mal schaudert ihr bei dem Gedanken, was sie gerade getan hat. Jetzt nur nicht durchdrehen, er hatte sich selbst schon eine Überdosis gesetzt, die hätte er nie überlebt, er lag doch bereits im Todesröcheln, als ich ins Zimmer kam. Bei einem letzten Blick auf ihn sieht sie, dass sich sein Atmen beschleunigt hat, der Puls an seiner Halsschlagader rast und er sich wie im Krampf auf dem Bett wälzt.

Als sie behutsam die Tür zu ihrem Schlafzimmer hinter sich schließt, bemerkt sie, dass sie die leere Ampulle noch in der Hand hält. Wie werde ich die jetzt los? Unschlüssig blickt sie sich auf dem Flur um. Der Taubenschlag fällt ihr ein, niemand würde dort je suchen. Plötzlich hat sie das untrügliche Gefühl, beobachtet zu werden. Sie lauscht, hält den Atem an. Aber nichts stört die friedliche nachmittägliche Stille im Burghaus, außer das dröhnende Pochen ihres Herzens.

Später findet sie Minnie mit dem kleinen Friedemann bei einer der Obstwiesen hinter dem Gemüsegarten. Bismarck räkelt sich in der Sonne.

»Und?«

»Er saß angezogen auf dem Bett, war nicht ansprechbar, ohne jede Energie. So kenne ich ihn überhaupt nicht. Ich habe ihm geraten, sich einige Stunden hinzulegen, ich würde ihn zum Abendessen wecken.«

Während Maria das Abendessen vorbereitet, füttert Erika die zwei Babys, Friedemann und Hanna, die Tochter von Maria, beide im Abstand von wenigen Monaten geboren.

»Ich bringe den Kleinen ins Bett und wecke Albrecht, er hat lange genug geschlafen«, verkündet sie laut.

Kurz darauf stürmt Erika in die Küche, hält das Kind noch auf dem Arm, mit stieren Augen, den Mund aufgerissen und keuchend, ohne ein Wort herauszubringen.

»Was ist los?«

»Der Albrecht, er liegt bewegungslos auf dem Bett!«, flüstert sie.

Siegfried und Johannes eilen nach oben.

Doktor Westermann kann später nur noch den Tod feststellen.

»Mein aufrichtiges Beileid, Frau Fürst«, sagt der Arzt zu Erika, dann wendet er sich kopfschüttelnd zu Minnie: »Schon die nächste Generation, als ob es nicht schnell genug gehen könnte. Auch Ihnen mein Mitgefühl.«

»Der Tod ist vor ein oder zwei Stunden eingetreten«, fährt der Arzt fort. »Sieht nach einer Überdosis aus, zwei Ampullen Morphium, das muss zwar nicht tödlich sein, aber es kommt darauf an, was da drin ist, heute wird viel Unsauberes vertrieben.« Er nimmt die restlichen Ampullen zur Untersuchung mit.

»Albrecht kam heute mitten am Tag nach Hause, völlig ungewöhnlich. Er sah nicht gut aus«, berichtet Minnie, »Vielleicht hatte er sich da schon eine gespritzt, dann noch die zwei Ampullen oben drauf, das hält keiner aus«, sagt Siegfried.

»Ich habe von alledem nichts geahnt. Wegen der Verletzung hatte er Morphium bekommen, aber das ist über ein Jahr her. Ich weiß nicht, wie er an das Zeug gekommen ist, wie er es bezahlen konnte.« Erika macht eine Pause und fährt leise fort: »Ich fürchte, die Verlagsgelder, die Vorauszahlungen, wahrscheinlich ist er nie in Köln gewesen.«

»Dieser verdammte Kerl, ich hatte immer schon so einen Verdacht!«

»Pia, bitte, dein Bruder ist tot! Schwer genug, damit fertigzuwerden«, mahnt Minnie.

»Eine Schande ist es trotzdem«, entgegnet Pia.

Sie räumen die in der Burgkapelle abgestellten Möbel beiseite, um vor dem Altar ausreichend Raum für das

Aufbahren des Toten zu schaffen. Nicht wie die erhabene Stille um Hermann Fürst, damals trotz Winter und Krieg, denkt Minnie. Jetzt im Frühling und Frieden liegt eine unstete Ruhelosigkeit in dem von zwei Kerzen zaghaft erleuchteten Kapellenraum.

Wenn Erika allein in der Kapelle ist, sitzt sie auf einem Stuhl am Fußende des Leichnams. Nur einmal steht sie auf und starrt in das leblose Gesicht. Die aufgeschwemmte Haut ist schlaff abgefallen, rosa und graue Hautflecken, gegen die sich die bauschig rötlichen Brauen kräftig wie im Leben abheben. Die Widersprüche in ihm, sie stehen ihm auch jetzt noch ins Gesicht geschrieben. Ein Mann der großen Pläne, der vor den ersten Hindernissen entmutigt aufgibt. Der begabteste der Fürstsöhne. Vielleicht zu einer anderen Zeit, unter anderen Umständen und ohne den Übervater hätte er das in ihm steckende Potenzial realisieren können. Die Sucht war seine Erlösung, egal ob Alkohol oder Morphium. Früher oder später wäre es zu diesem tragischen Ende gekommen, auch wenn sie ihn diesmal gerettet hätte. Aber wollte er überhaupt gerettet werden, in Anbetracht der drohenden Offenbarung vor seiner betrogenen Familie? Er hat es sich selbst angetan, das hat auch der Arzt bestätigt. Was geschehen ist, war der Wille ihres Mannes, sie hat sich nichts vorzuwerfen.

Sie wird ihrem Sohn ein Bild von seinem Vater aufbauen, wie es Albrecht im Leben selbst nie hätte schaffen können. Sein Sohn wird stolz zu ihm aufblicken.

Der dunkle Trauerzug bewegt sich hinter dem Leichenwagen zu dem Waldfriedhof am Dorfrand. Erika ist ganz in Schwarz gekleidet. Ein Schleier fällt von dem runden Hut, verdeckt ihr Gesicht. Die Gruft der Fürsts liegt erhöht, beschattet von Buchen und Birken, mit einem weiten Blick in die Rheinebene und auf das Sie-

bengebirge. Auf dem Marmorstein in der Mitte der Grab-
anlage steht in großen goldenen Buchstaben *Hermann
Fürst – Dichter der Deutschen*. Albrecht wird zu seiner linken Seite gebettet. Albrecht und seine Familie, so ist es
nun bestimmt, unsere gemeinsame letzte Ruhestätte,
schießt es Erika durch den Kopf.

Ein beschaulicher Frieden liegt über den Wipfeln der
Bäume, aus den Büschen dringt Vogelzwitschern, über
allem ein milchig blauer Frühsommerhimmel. Dieser
Friede, diese Stille, jetzt hat er sie gefunden. Erika hofft
bei diesen Gedanken am Grab, auch ihre innere Ruhe
zu finden, aber sie sieht nur das Bild seines verkrampft
zuckenden Körpers.

Die Trauergemeinde besteht aus Albrechts Schulfreun-
den, Nachbarn und dem weiten Bekanntenkreis der
Fürsts. Der Verleger Fuchs ist extra aus München gekommen. In seiner weichen, etwas anderen Sprache be-
kundet er Erika sein Beileid.

»Ihr Mann und ich, wir hätten etwas aus dem Vermächtnis von Hermann Fürst gemacht. Bedauerlich,
dass es dazu nicht kommen konnte.«

Er schaut sie an, einen Augenblick länger als notwendig,
hält ihre Hand in seinen beiden Händen umschlossen.
Betroffen bemerkt sie in diesem Moment seinen Blick,
seine unsteten grünen Augen, neben dem offenen Grab.

Abends ist die ganze Familie seit Langem wieder einmal
zusammen, auch Erhart und Karin, in deren väter-
lichem Betrieb in Lüdenscheid Erhart anscheinend Fuß
gefasst hat. Erika sitzt teilnahmslos beim Abendessen.

»Ich habe keinen Appetit.«

»Gut, dass der Fuchs zur Beerdigung kam. Hoffen wir,
dass wir mit ihm mehr Glück haben«, sagt Pia.

»Ihr habt ihm doch wohl die Rechte nicht anvertraut,
ohne mich?«

»Was heißt ohne dich? Du hattest anderes im Kopf. Wir drei, die Kinder von Hermann Fürst, haben ihm die Rechte versprochen. Er ist nochmals den langen Weg von München hochgefahren, damit ist doch einiges bewiesen. Außerdem, was haben wir denn sonst für Alternativen?«

»Ihr hättet wenigstens einige Tage warten können.«

»Das hätte auch nichts geändert. Wir drei waren dafür, und es kommt uns allen gleich zugute, dir auch.«

»Woher seid ihr euch sicher, dass der das schafft? Was hat er denn bisher verlegt, wie sieht sein Programm aus?«

Die anderen schauen sich an.

»Sein Verlag besteht doch, oder fängt er auch erst an, so wie der Albrecht?«, fragt Erhart, der bei der ersten Besprechung mit Fuchs nicht dabei war, überrascht.

»Den Verlag gibt es natürlich, so wie er davon spricht und wie er auftritt, ein richtiger Verleger«, sagt Pia.

»Die Münchener, ich habe euch von Anfang an gewarnt. Ihr solltet auf mich hören«, hält ihnen Johannes vor.

Wenn Erika ihr Schlafzimmer betritt, befällt sie jedes Mal eine grausige Unruhe. Immer die Furcht, es wären Spuren geblieben. Sie lässt die Tür zum Kinderzimmer offen. Der kleine Friedemann, die Aufgabe und Verantwortung ihres Lebens, ihr einziger Trost. Einige Tage nach der Beerdigung passt Johannes sie im Flur vor ihrem Zimmer ab. Erschrocken weicht sie zurück.

»Nein, nein, bleibe nur, wir zwei haben etwas zu besprechen.«

Er drängt sie nach oben zum Speicher, als sie zögert, versperrt er ihr den Weg nach unten.

»Du weißt, warum wir hier sind?«

Sie schüttelt, kaum wahrnehmbar, den Kopf, verfolgt entsetzt, wie er mit einer Hand an dem Gemäuer entlangstreicht, einen lockeren Stein entfernt und aus der Höhlung die leere Ampulle herauszieht.

Er blickt schweigend auf die Ampulle in seiner Hand, für sie vergeht eine Ewigkeit.

»Ich habe dich beobachtet, als du aus eurem Zimmer kamst und dann zum Taubenschlag hoch bist. Später habe ich das hier entdeckt, die dritte Ampulle. Sie wäre wahrscheinlich gar nicht notwendig gewesen, schließlich meinte der Arzt das auch, aber es ist nun mal so gelaufen.«

Sie hatte es gespürt, damals. In seiner Stimme schwingt ein bedrohlicher Unterton mit. Irgendetwas an ihm war ihr nie geheuer.

»Gib mir die Ampulle.«

Er lächelt und zieht seine Hand mit der Ampulle zurück.

»Die soll mir einiges wert sein.« Er blickt sie an. Sie bemerkt seinen heftiger werdenden Atmen. »Aber wir können das vergessen, für immer, jetzt hier, nur wir zwei, dieses eine Mal.« Er kommt ihr näher, seine Hand streicht unter ihre Bluse.

»Du Ekel, lass mich in Ruhe, nimm deine Finger von mir«, drängt sie ihn ab.

»Wie du willst, dann bringe ich die Ampulle eben nach unten. Damit jeder weiß, wer Albrecht umgebracht hat! Die Polizei hat dann wohl auch noch ein Wort mitzureden.«

Sie schließt die Augen, als er sich ihr wieder nähert, sich gegen sie reibt. Sie spürt den Druck seines steifen Glieds. Er streift ihre Kleider ab, den schwarzen Rock und die schwarze Bluse, und greift gierig nach ihr, ihren Busen, die Schenkel, und zwingt sich stöhnend in sie.

»Hier hast du die Ampulle. Ich werde nie ein Wort darüber verlieren. Offizierssehre!«

Abwesend nimmt sie die Ampulle.

»Lass mich allein«, murmelt sie.

Sie verfolgt das Echo seiner Schritte durch den Speicher, bis sie eine tiefe Stille umgibt. Plötzlich, zum ersten Mal seit dem Tode ihres Mannes, bricht sie in Tränen aus. Ihr Körper zuckt unter hemmungslosem Schluchzen. Ohne an irgendetwas zu denken, einfach dem in ihr Aufgestauten freien Lauf lassend, ihrer Verstrickung, ihrer Schuld. Vor sich sieht sie ein Leben ohne jede Hoffnung, in diesem Haus, mit Pia und ihrem Schwager und dieser Erinnerung.

Sie stützt sich auf die Ellbogen und blickt aus dem Taubenschlag hinunter in den Park. Bismarck liegt träge vor der Treppe zur Terrasse. So war es schon einmal.

Vielleicht komme ich zurück und hole dich! Für immer.

Mit einem traurigen Lächeln denkt sie an die Worte des jungen amerikanischen Leutnants. »Vielleicht«, sagt sie laut in die Stille des Raums. Aber sie weiß, nichts ist so gewiss wie das Niemals, das sich hinter diesem leicht hingeworfenen Versprechen verbirgt.

II

1969 bis 1971

9.
San Francisco

Zu dieser Jahreszeit ist es noch dunkel, wenn Rob Wiseman aufsteht. Der dämmerige Schimmer der Laterne vor dem Haus verbreitet sich kegelförmig über die Straße. Das Wetter nass und diesig, der Wintersturm kommt vom Pazifik, wie vorausgesagt, die nächsten drei Tage soll es regnen.

Sein Morgen läuft ganz nach Routine ab. In seinem Ankleidezimmer legt er die Hände auf die Kommode, unschlüssig betrachtet er die Schubladen mit Hemden, Pullovern, Socken und Wäsche. Im Spiegel an der Wand dahinter blickt er in sein unrasiertes Morgengesicht, in Gedanken noch näher bei den Träumen der vergangenen Nacht als bei den Pflichten des Tages.

Sein Blick bleibt unvermittelt auf den Fotos seiner Vorfahren hängen, die in alten Rahmen auf der Kommode nebeneinander aufgereiht stehen. Ernste, reservierte Gesichter, die Männer mit dunklen Bärten, die den strengen Ausdruck noch verstärken. Gepflegt, im dunklen Anzug, weißen Hemd und gestreifter Krawatte. Sie blicken direkt in die Kamera, derselbe Blick über Generationen, die Lippen fest und ohne Lächeln. Die Frauen umgibt eine vornehme, kühle Zurückhaltung.

Robs Urgroßvater war mittellos im vorigen Jahrhundert an die Westküste gekommen, versorgte anfänglich die Goldgräber mit billigen Alltagswaren, woraus sich ein erfolgreiches Handelsunternehmen entwickelte, das den Wisemans Reichtum und gesellschaftliche Anerkennung brachte. Dabei standen sie nicht im Vordergrund wie die Silberbarone oder Eisenbahnbauer, aber sie brauchten sich hinter niemandem zu verstecken. Er betrachtet das Foto seines Großvaters, abgebildet mit seinen beiden Brüdern. Als Ältester übernahm er das Geschäft des Vaters, das er in den Zwanzigerjahren erfolgreich an die Börse führte. Während der Depression musste er wie alle Federn lassen, aber letztlich konnte er das Familienvermögen trotz der schwierigen Wirtschaftssituation zusammenhalten. Sein Blick, wie der der Brüder, hart und unnahbar. Auch ein Kinderbild seines Vaters mit seinem Bruder, beide ernsthaft kindlich im Matrosenanzug. Daneben mütterlicherseits die Porträts der Eltern seiner Mutter, ihr Vater stammte aus Memphis, war im Baumwollhandel reich geworden und zog später nach New York, wo er sich als Bankier ein zweites Vermögen schuf. Sein Gesicht feiner geschnitten als bei den Wisemans, mit intelligenten und fragenden Augen.

Rob hatte seine Ahnen stets mit Ehrfurcht betrachtet, er empfand immer eine unüberbrückbare Distanz zu ihnen bei der Strenge ihrer Gesichter, schon als Kind, wenn er in seinem Elternhaus vor diesen Fotos stand und seine Mutter ihm die Verwandtschaft zu jedem von ihnen erklärte. Deine Schutzengel, nannte seine Mutter sie, aber warum erschreckten sie ihn? Nie konnte er, weder als Kind noch später im Leben, einen vertrauensvollen Zugang zu seinen als alte Menschen erstarrten Vorfahren finden.

Aber etwas ist anders an diesem Morgen. Sein Großvater, der Vater seiner Mutter, erscheint mit einem Mal wirklicher und lebensnaher. Sein weißes Gesicht tritt klar und plastisch aus dem dunklen Hintergrund, ein warmer Zug umgibt seine Augen. Als habe er sich über Nacht verändert. Rob hat sich nie über das Alter des Großvaters auf diesem Bild Gedanken gemacht, er war einfach alt, unbestimmt alt. Tatsächlich ist er allenfalls fünfzig auf dem Bild, kaum älter als er selbst heute.

Auch in dem Gesicht des Großvaters väterlicherseits spürt er mit einem Mal so etwas wie Leben und menschliche Nähe. Ebenso die Frauen, als ob auch sie über Nacht die Leblosigkeit der Jahre abgestreift hätten. Sicher, das Altmodische ihrer Kleidung, ihre Frisuren, aber sonst lebend gegenwärtig, wie er sie vorher nie wahrgenommen hatte.

Plötzlich ist er hellwach. Ich bin einer von ihnen geworden! Als seien die trennenden Mauern zwischen ihnen gefallen. Er starrt in sein Spiegelbild, streicht über sein Gesicht, verfolgt die tastenden Hände, spürt die Wärme seiner Haut. Dieselbe jugendliche Frische in seinem Gesicht, die er immer gesehen hat. Aber dann stockt ihm der Atem, als er sich wieder seinen Ahnen zuwendet. Er kann sich nichts mehr vormachen, er hat sie eingeholt, die Welten, von denen er glaubte, dass sie zwischen ihnen lägen, haben sich aufgelöst. Er ist wie sie.

Er schüttelt ungläubig den Kopf. Wieso habe ich das nicht bemerkt? Wann habe ich nicht aufgepasst?

In dem kleinen Frühstückszimmer neben der Küche mit Blick auf den Garten hat die chinesische Haushälterin den Tisch für ihn gedeckt. Einige Scheiben Toast, ein weich gekochtes Ei, schwarzer Kaffee und frisch gepresster Orangensaft. Die Tageszeitung liegt gefaltet daneben. Als er eintritt, verlässt die Chinesin lautlos den Raum. So läuft es jeden Morgen ab, er könnte seine Uhr danach stellen.

Das Haus, im vornehmen Stadtteil Pacific Heights gelegen, ganz in der Nähe seines Elternhauses. Auch die morgendliche Routine ähnelt der seiner Eltern, sogar die Chinesin wie bei ihnen. Dieses Gleichmaß hat für ihn stets etwas Beruhigendes an sich gehabt, aber an diesem Morgen verspürt er nur seinen inneren Aufruhr.

Er wirft einen kurzen Blick in die Zeitung: Vergeltungs-
schläge der Israelis tief in Ägypten; mehr als vierzig-
tausend tote US-Soldaten als traurige Bilanz bisher in
Vietnam; Vizepräsident Spiro Agnew versichert den
Truppen in Saigon, das Vaterland sei stolz auf sie; Präsident Nixon erhebt den Kampf gegen die Umweltver-
schmutzung zur Chefsache. Aber nichts davon dringt
wirklich zu ihm durch. Er schaut fahrig in seinen Kaffee.
Stumm sitzt er hinten im Auto auf der Fahrt in sein
Büro, ganz gegen seine Gewohnheit richtet er nicht ein
einziges Wort an den Fahrer. Das miese Wetter, vielleicht hat seine triste Stimmung damit zu tun, denkt er
mürrisch. Hätte er sich wenigstens von Susan verabschiedet, etwas von ihrer Wärme in sich aufgenommen.
Der Gedanke an Susan hebt seine Stimmung. Dieses
Jahr feiern sie ihre silberne Hochzeit. Eine gute Ehe, er
würde sich heute genauso wieder für sie entscheiden.
Gekonnt spielt sie ihre Rolle im Gesellschaftlichen. Sie
ist jung geblieben, genau wie er. Jedenfalls hat er das
bisher immer so gesehen.
Pünktlich gegen sieben Uhr erreicht er wie jeden Morgen sein Bürogebäude, die Pyramide, der höchste Ge-
schäftsturm der Stadt. Er nimmt den Schnellaufzug
zum vierzigsten Stock. Von seinem geräumigen Office
hat er einen umfassenden Blick über die San Francisco
Bay, von der Golden Gate Bridge bis auf die andere Seite
zur Bay Bridge, dazwischen die Insel Alcatraz, die seit
Monaten von einigen Indianern besetzt gehalten wird,
ohne dass eine Lösung ihrer Probleme in Aussicht stünde. Heute ist die Bucht von nebligen Wolken verhangen.
Das Büro ist in einem sachlich eleganten Stil gehalten,
über dem Sofa hängen drei Fotografien von Anselm
Adams, schattige Granitfelsen, die sich gegen den glei-
ßenden Himmel der Sierra Nevada abheben.

Rob ist Präsident dieses weltweit agierenden Versicherungskonzerns, die zweithöchste Position nach dem Chairman, Jack Barrister, der in zwei Jahren die Altersgrenze erreicht. Sein Weg zur Spitze ist klar vorgezeichnet. Eine beispielhaft geplante Nachfolge, wie es immer wieder in den Wirtschaftszeitungen hervorgehoben wird. Diesen Erfolg hat er allein sich zuzuschreiben, zweifellos haben anfänglich die Familienverbindungen geholfen, aber das reichte nur bis zu einem bestimmten Punkt. Wieder ein Wiseman, der es geschafft hat.

Die strategische Neuausrichtung der Firma geht im Wesentlichen auf seinen Beitrag zurück, der Umbau von einer etwas verschlafenen Versicherungsgesellschaft zu einem Konzern, unter dessen Dach sich Interessen im Filmgeschäft, der Luftfahrt und dem Autoverleih bündeln. Ein ausgewogenes Firmenportfolio, loben die Analysten bei den Banken. Gerade jetzt, in der seit Monaten anhaltenden mäßigen und inflationären Wirtschaftslage, zeigt sich, wie sich Schwächen und Stärken einzelner Geschäftsfelder gegeneinander aufwiegen. Zwar ging auch an ihrer Aktie die negative Börsenstimmung nicht spurlos vorüber, aber es gab nicht dieselben dramatischen Einbrüche wie bei vielen anderen Firmen. Für den Wirtschaftsaufschwung, den er in sechs bis neun Monaten voraussagt, je nach dem Verhalten der Federal Bank, sieht er die Firma ideal gerüstet.

Ab acht Uhr laufen die Besprechungen, jeder Tag ist auf die Minute verplant, nirgends ein Leerlauf. Manchmal setzt er zwei Termine nebeneinander an, wie er das schafft, wundern sich seine Geschäftspartner, aber darüber lacht er nur. Tatsächlich spornen ihn die Herausforderungen und der wechselnde Schlagabtausch an, wie im Sport, wie eine Droge. Es geht ihm längst nicht mehr um das Geld, in erster Linie kommt es ihm darauf an, im direkten Vergleich besser als andere Spitzenmanager zu sein. Als Erster eine Marktmöglichkeit zu sehen und sie geschickt zu nutzen. In New York einen Konferenzraum zu betreten und zu spüren, wie sich die Köpfe ihm zuwenden. Der Kitzel bei einer Millionenentscheidung.

Trotz allem Erfolg ist er offen und zugänglich geblieben, keine Überheblichkeit, eher bescheiden, mit der angenehmen Fähigkeit, sich selbst nicht allzu ernst zu nehmen. Natürlich, er stellt höchste Anforderungen an sich und seine Umwelt, aber letztlich steht er mit beiden Füßen fest auf dem Boden.

Auch an diesem Tag läuft das Programm Schlag auf Schlag. Niemand merkt ihm an, dass er mit seinen Gedanken nicht bei der Sache ist, sich immer wieder von weither zurückholen muss. Sein Blick wandert mitten in einem Satz zum Fenster, in das Grau in Grau von Wolken und Meer. Die nagende Unruhe des Morgens, er hatte gehofft, sie hier im Druck des Geschehens abschütteln zu können, aber sie sitzt zu tief in ihm.

Kurz vor Mittag weist er seine Sekretärin an, beim Commonwealth Club seine Teilnahme an einer Veranstaltung mit dem US-Verteidigungsminister Melvin Laird – ein Vortrag über die Lage in Vietnam und Laos – kurzfristig abzusagen.

»Sie sitzen am Ehrentisch!«

»Ich weiß, aber trotzdem.«

Ich bin niemandem Rechenschaft schuldig, denkt er. Nach außen gibt er sich ungezwungen, aber dieses Unbehagen bohrt unablässig in ihm. Schließlich verlässt er sein Büro. »Nur ein kurzer Lunch«, sagt er zu seiner Sekretärin im Vorbeigehen »Soll ich den Fahrer rufen?«, fragt sie ihn noch, aber er winkt ab. Er spürt ihren verwunderten Blick in seinem Rücken.

Er überquert die Montgomery Street zur Kearney Street. Leichter Nieselregen hat eingesetzt, silbrige Tropfen sammeln sich auf seinem blauen Anzug. Einen Steinwurf entfernt von den wuchtigen Wolkenkratzern liegt Chinatown, ein- und zweistöckige Häuser in verspielten Farben. Ohne den schützenden Wall aus Glas und Marmor um sich spürt er sofort wieder seine Verunsicherung. Was ist heute nur los mit mir, wundert er sich.

Er betritt ein unscheinbares chinesisches Restaurant, kaum mehr als ein schäbiges Loch, in dem er vor fünfzehn Jahren, als er neu bei seiner Firma war, häufig schnell zu Mittag gegessen hatte. Alles ist unverändert, derselbe hemdsärmelige chinesische Koch mit seinen geschickten Bewegungen, die Rob in der Vergangenheit schon bewundert hatte. Er setzt sich auf einen Hocker an der Theke und bestellt dasselbe Eintellergericht wie früher, Huhn und Gemüse auf Reis, mit einer unbestimmbaren scharfen Sauce. Der Chinese nickt ihm zu: »Lange nicht hier gewesen.«

Rob ist erstaunt, dass der Koch sich an ihn erinnert, nach all den Jahren. Er wirkt in seiner Art zeitlos, dasselbe schlanke Gesicht mit tief eingefallenen Wangen, sein glänzend schwarzes Haar glatt gekämmt. Rob betrachtet sich in dem matten Spiegel hinter dem Herd, auch er scheint unverändert, genau wie der Koch. Er lächelt sich aufmunternd zu, aber dann durchfährt ihn wie ein scharfer Stich die Erinnerung an den Morgen. Er ist nicht mehr derselbe, auch der Chinese nicht, er macht sich etwas vor, wir machen uns alle etwas vor. Wir treiben nebeneinander durch die Zeit, werden zusammen durch das Leben geschoben, haben uns aneinander gewöhnt und bemerken nicht, was mit uns geschieht. Bis plötzlich ein Spalt durch die glatte Oberfläche bricht. Der spöttische Blick seiner Vorfahren, die ihn trotz seines Sträubens auf ihre Seite zu sich hinübergezogen haben.

Ich muss endlich aus dieser depressiven Stimmung raus! Wegen der Veranstaltung im Commonwealth Club hatte er alle Termine bis zum frühen Nachmittag gestrichen. Statt zurück ins Büro, schlendert er nach dem Lunch ziellos in Richtung North Beach. Er, der Erfolgsmann, lächerlich, diese quälenden Zweifel!

Er nimmt die Columbus Avenue in Richtung Broadway. Beim City Lights Bookstore, der ihm hin und wieder im Vorbeifahren aufgefallen ist, bleibt er vor den Schaufenstern stehen. Das bunt bemalte Haus ist wie ein Tortenstück geformt. In den Auslagen die Friedenszeichen der Kriegsgegner, Aufrufe zu Demonstrationen: Solidarität mit den Sieben in Chicago. Auch ein Aufruf zu einer Protestversammlung heute gegen Melvin Laird vor dem Commonwealth Club: Hände weg von Laos, raus aus Vietnam! Wenigstens das ist mir erspart geblieben, denkt er erleichtert.

Er ist nie in dem Buchladen gewesen, in dem hauptsächlich Bücher jener Autoren ausliegen, deren Ansichten konträr zu seiner Lebenseinstellung sind. Trotzdem tritt er ein, erkennt sofort, dass er der Einzige in Anzug und Krawatte ist. Nervös streicht er über die dünnen Hefte von Lawrence Ferlinghetti, Jack Hirschmann oder Gary Snyder, Autoren, von denen er nie gehört hat. Jack Kerouac ist ihm bekannt, aber gelesen hat er auch von ihm nie etwas. Genauso wenig von Allen Ginsberg. Mehr oder weniger zufällig greift er sich Kerouacs *On the Road*. Seit er von Harvard und seiner ersten Anstellung in New York wieder nach San Francisco zurückgekehrt ist, wurde in diesem Viertel erst die Beatnik-

bewegung und jetzt die der Hippies geboren, aber er ist davon völlig unberührt geblieben. Als spiele sich das alles in einer anderen Welt ab. Seit Jahren hat er kein Buch mehr gelesen und diese Autoren in ihren dürftigen Bändchen und dem rauen Papier schon gar nicht.
»Ist irgendwas, oder warum schaust du mich so an?«
Er zuckt erschrocken zusammen. Tief in seinen Gedanken hatte er das Mädchen auf der anderen Seite der Buchauslage nicht wahrgenommen. Er hatte abwesend ins Leere gestarrt, sie dabei angesehen, allerdings ohne dass ihr Bild in sein Bewusstsein vorgedrungen wäre. Sie lächelt ihm verwundert zu. Fragende, dunkle Augen, ein buntes Tuch um den Kopf, ihr Gesicht von schwarzem Haar gerahmt. Ein gleichmäßiges, ruhiges Gesicht. Sie trägt eine Jeansjacke, den Kragen gegen das Haar hochgestellt, einen langen, vielfarbigen Rock und Sandalen.
»Ich dachte erst, du würdest mich meinen, aber in Wirklichkeit blickst du durch mich hindurch, als ob es mich nicht gäbe.« Sanft lächelnd schüttelt sie den Kopf. »Wie von allem losgelöst, weit entfernt auf einem irren Trip.«
Ihre Stimme ist ohne jeden Vorwurf. In ihr schwingt eine Wärme, die ihn unbestimmt an etwas erinnert. Kaum älter als seine Tochter, aber dann doch eine junge Frau und so anders, faszinierend, wie aus einem fremden Land.
»Bist du auf der Suche nach etwas?«, fragt sie ihn.
Er nickt wortlos. Was soll er ihr darauf antworten? Warum ist er hier überhaupt? Er hält das Kerouac-Buch noch in den Händen, unschlüssig, ob er es wieder zurücklegen soll, sich etwas anderem zuwenden soll, um sich von ihr abzulenken. Gleichzeitig fühlt er sich auf seltsame Weise zu ihr hingezogen.

»Es gibt Dinge, die lassen sich nicht alleine finden«, fährt sie fort.

»Schon möglich.«

»Oder warst du auf einer Reise zurück durch die Zeit? Die verpassten Möglichkeiten?«

»Ja, vielleicht war es das.«

»Du bist ziemlich langweilig, auf den ersten Blick hielt ich dich für interessanter. Aber wenn du möchtest, helfe ich dir bei deiner Suche. Ich kenne mich in diesen Dingen aus.«

Er versteht nicht, welche Hilfe sie meinen könnte, hier mit diesen Büchern oder bei der Unzufriedenheit, die ihn heute erfasst hat? Wovon sie nichts wissen kann, er versucht ja gerade selbst, mit sich darüber ins Reine zu kommen. Sie geht um den Tisch herum zu ihm. Plötzlich spürt er die Nähe ihres schlanken Körpers, ein Duft von Rosen vermischt mit dem Hauch der Räucherstäbchen, der durch den Laden schwebt. Alles ist mit einem Mal verschwommen in dieser für ihn unbekannten Welt.

»Ich glaube, damit werde ich alleine fertig«, wehrt er sie ab. Gleichzeitig blickt er sie an, ein Augenblick, der sich ins Endlose zu dehnen scheint. »Aber wenn ich doch deine Hilfe bräuchte, wo finde ich dich dann?«

»Für mich gilt nur das Jetzt. Das Jetzt und der Zufall. Unsere Begegnung hier ist schon eine Menge Zufall, aber ich bin bereit, dir noch eine Chance zu geben. Morgen, genau um diese Zeit, werde ich gegenüber im Café Tosca auf dich warten. Dann erzähle ich dir von der Vorsehung und dem Geheimnis des Zufalls. Vielleicht brauchst du mich doch.«

»Wie heißt du? Für den Fall, dass ich mich dort nach dir dort erkundigen muss.«

»Keine Sorge, ich warte im Tosca auf dich, morgen um

zwei. Dort sage ich dir, wie ich heiße und wie es weitergehen wird.«

Benommen geht er die Columbus Avenue zurück, nahe an den Hauswänden entlang zum Schutz vor dem Regen. Diese geheimnisvolle Begegnung, was bedeutet sie? Oder hat sie überhaupt etwas zu bedeuten? Hat es womöglich mit seinen Ahnen zu tun?

Du bist von allen guten Sinnen verlassen, murmelt er auf dem Weg zum Aufzug. Er klopft den Regen von seinem Anzug, streicht die Feuchtigkeit aus dem Haar. Alleine im Aufzug atmet er tief durch. Er hat sich wieder unter Kontrolle.

»Was gibt es Neues?«, fragt er seine Sekretärin, während sein Blick zum Büro von Jack Barrister abschweift. Eine eingespielte Gewohnheit, dieser Blick hinüber, schließlich halten sie gemeinsam das Schicksal der Firma in den Händen. Jeder weiß immer über den anderen Bescheid, das gehört zu ihrem Erfolgsrezept.

»Die Investmentbanker warten im Konferenzsaal auf Sie.«

Es geht um die Übernahme der Hotelkette in Chicago. Auch das war sein Vorschlag, die neue Sparte wird sich reibungslos den übrigen Geschäftsbereichen ihres Konzerns anfügen, mit der zu erwartenden positiven Reaktion der Börse auf diesen Kauf.

»Sagen Sie den Bankern, ich brauche noch fünf Minuten«, weist er seine Sekretärin an. Er geht hinüber zum Büro von Jack Barrister. »Hast du einen Moment Zeit?«

»Ich war überrascht, dass du beim Vortrag des Verteidigungsministers gefehlt hast. Ist alles in Ordnung?« Jack sieht ihn fragend an.

»Ich muss etwas mit dir besprechen.« Rob setzt sich ihm gegenüber an den Schreibtisch. Jack rückt seinen

Stuhl zurück, einen Fuß gegen die Schreibtischplatte gestemmt, die Hände über seinem Bauch verschränkt. »Dies kommt etwas unvorbereitet, aber ich werde die Firma verlassen.«

»Du wirst was?« Rob bemerkt, dass Jack einen Knopf an seinem Schreibtisch drückt, spürt das lautlose Schließen der Tür hinter sich. »Bist du wahnsinnig? Die erfolgreichste Firma weit und breit, es gibt keinen besseren Job, wir sind ein eingespieltes Team, wir haben die Zukunft miteinander abgestimmt, in ein paar Jahren löst du mich ab, das darf doch nicht wahr sein! Hast du das mit Susan besprochen?«

»Nein, du bist der Erste. Ich weiß es eigentlich selbst auch erst seit einer halben Stunde. Aber es gibt diese Situationen, da steht man plötzlich vor einer Kreuzung und muss sich für einen der Wege entscheiden. Die falsche Entscheidung ist unverrückbar. Ich weiß, hier wartet auf mich mein Traumjob, aber ich weiß auch, wie die nächsten zwanzig Jahre ablaufen werden, mehr oder weniger. Und wie ich eines Tages in einem gerahmten Foto vor meinen Enkeln und Urenkeln stehe und die sich fragen, wer ich wirklich war.«

»Ich habe keine Ahnung, wovon du redest. Gibt es Probleme zwischen dir und Susan? Ist eine andere Frau im Spiel?« Rob schüttelt verneinend den Kopf, ein leichtes Lächeln spielt um seinen Mund. »Also lass uns das erst mal vergessen, kein Wort zu irgendjemandem darüber. Morgen gehen wir zusammen zum Mittagessen in den Pacific Union Club. Wir werden das schon hinkriegen.«

»Wie du meinst, Jack, aber stelle dich darauf ein. Meine wichtigsten Entscheidungen sind immer sehr plötzlich gefallen, aber dabei blieb es dann auch.«

Als Rob aus Jack Barristers Büro kommt, erwartet ihn seine Sekretärin. »Und vergessen Sie nicht Ihr Abendessen mit Susan, um sechs Uhr im Trader Vic's, vor der Ballettaufführung.«

Er verspätet sich um eine halbe Stunde, trotz aller guten Vorsätze. Aber die Besprechung hat sich hinausgezogen, was sich nie voraussehen lässt, und diese Akquisition ist schließlich seine Idee. Er war unzufrieden mit den Bankern, ihrer Bewertung des Firmenwertes, ihren Vorschlägen zur Finanzierung und zu der Struktur der Übernahme. Wozu bezahlen wir die, wenn man am Ende doch alles selbst machen muss? Er bestellte sie auf sieben Uhr am nächsten Morgen. »So läuft der Kauf keinesfalls, es sei denn, ihr lasst euch über Nacht etwas Besseres einfallen«, verabschiedete er sie.
Im Vollgefühl von Macht war er nochmals kurz in sein Büro zurückgekehrt. Diese Macht und besser zu sein als die anderen, gehören für ihn untrennbar zusammen. Aber ihm war, als hätte dieser Ansporn plötzlich jeden Reiz verloren. Er blickte mit zwiespältigen Gefühlen in das Abenddunkel draußen über der Bay.
»Ich habe für dich bestellt, sonst schaffen wir es nicht rechtzeitig zum Beginn des Balletts.« Susan sitzt an einem Ecktisch in dem gemütlich engen Nebenraum des Restaurants, der den Stammgästen vorbehalten ist, den alten Familien von San Francisco.
»Tut mir leid, aber du weißt ja, wie es ist«, erklärt er seine Verspätung, während der Kellner ihm einen Gin-Martini hinstellt, kurz darauf auch schon die Vorspeise, Bongo-Bongo-Suppe, eine Austernsuppe mit asiatischen Kräutern. Er blickt sie einen Augenblick stumm an.
»Susan, bist du glücklich? Ich meine, bist du mit unserem Leben zufrieden?«
Er spricht mit gedämpfter Stimme, trotz des Geräusch-

pegels in dem Raum weiß man nie, was der Nachbar mithören kann.

»Wieso, stimmt etwas nicht?«

Er bemerkt ihr kürzer werdendes Atmen, sieht, wie ihre Lippen plötzlich beben, ihre unsicher fragenden Augen, vielleicht die Angst vor einer anderen Frau. Ihr blondes Haar fällt ihr weich auf die Schultern. Sie hat sich nicht verändert, denkt er, seit er sie damals auf dem Parkplatz an der Golden Gate Bridge bat, seine Frau zu werden.

»Ich habe heute gekündigt.«

Als hätte sich eine erlösende Ruhe über sie gelegt, schaut sie ihn eine Zeit lang wortlos an. Ihre Augen treffen sich. Sie streicht zart über seine Hände. Die Sekunden dehnen sich in die Länge. Schließlich lehnt sie sich zu ihm und küsst ihn.

»Du hast sicher deine Gründe.«

»Du weißt ja, wie sehr ich die alleinige Unternehmensführung angestrebt habe, in den vergangenen fünfzehn Jahren gab es für mich nur dieses eine Ziel. Wenn ich nun bedenke, wie kurz mir diese Zeit im Rückblick erscheint. Und dann stelle ich mir die nächsten Jahre vor, das Erreichte in den Händen, und plötzlich sehe ich, wie diese Zeit, zusammen mit den bereits vergangenen Jahren, in der Erinnerung zu nichts zusammenschmilzt. Und das soll mein Leben gewesen sein? Es muss da doch mehr geben!«

Sie antwortet nicht sofort, blickt vor sich hin, dann im Raum umher. »Hast du auch an mich gedacht?«, fragt sie schließlich.

»An uns. Natürlich.«

»Und nun?«

Rob zuckt die Schultern. »Heute beim Aufstehen starrte mir plötzlich, ohne dass es einen äußeren Anlass gegeben hätte, die Zeit ins Gesicht. Seitdem wehrt sich alles in mir. Ich laufe vor nichts davon, das ist nicht meine Art. Aber ich habe mir nie groß Gedanken über die Zeit gemacht und die Spuren, die sie hinterlässt. Vielleicht ist es das: der Versuch, die uns zugebilligte Zeit zu strecken und mehr daraus zu machen.«

»Was würde dein Vater dazu sagen?«

»Die alte Weisheit, dass sich eine Familie über drei Generationen verbraucht und dann wieder am Anfang steht, die hat mein Vater widerlegt, und ich ebenso, egal was nun kommt. Erfolg muss man in unterschiedlicher Währung messen. Die Zeit einfach abzuleben, darin sehe ich ein Versagen, ganz gleich, was man sonst vorzuweisen hat. Bei unserem Gespräch hier wird mir nur noch deutlicher, dass, wenn ich verantwortlich handeln will, es gar keinen anderen Weg gibt. Ich bin sicher, mein Vater würde voll hinter mir stehen.«

»Wie soll es weitergehen? Irgendwelche Gedanken musst du dir doch gemacht haben.«

»Der nächste Schritt scheint mir das geringste Problem. Vielleicht ist das Nichts erst einmal das Beste. Abstand gewinnen, einen Monat Hawaii oder Kyoto.«

»Willst du überhaupt noch ins Ballett?«

»Natürlich, unser Leben geht sonst normal weiter, gerade jetzt.«

Er ist überrascht, wie beherrscht und ruhig sie die ungeheure Neuigkeit aufgenommen hat. Finanziell brauchen sie sich keine Sorgen zu machen mit dem von ihm Verdienten, ohne an das Ererbte zu denken. Seine Unabhängigkeit kann man nicht erben, die kann man sich nur selber erarbeiten, hatte ihm sein Vater gepredigt. Außerdem seinen Beitrag zum Gemeinwohl zu leisten, das gehört wie selbstverständlich dazu, der Gemeinschaft, die ihnen diese Möglichkeiten letztlich eröffnet hat, einen Anteil zurückzugeben. Rob hat sich immer diesem Familiengrundsatz verpflichtet gefühlt. Vielleicht spielt dabei auch seine jüdische Abstammung eine Rolle, obwohl sie sonst sein Leben wenig berührt.

Susan schmiegt sich an ihn, als sie vor dem Restaurant auf ihren Jaguar warten.

»Es fällt mir schwer zu verstehen, was das wirklich bedeutet. Aber solange wir es gemeinsam angehen, ist alles gut.«

Er streift sie mit einem flüchtigen Blick, trifft ihre Augen. Trotz der vordergründigen Zuversicht sieht er darin eine fragende Unsicherheit.

»Ich versichere dir, dass niemand anderes im Spiel ist. Aber vielleicht muss sich gelegentlich etwas an den äußeren Umständen ändern, damit sich nichts bei uns ändert.«

Der Ballettabend findet im Opernhaus statt. Sie haben ihre Plätze in der Familienloge, wo schon seine Großmutter bei der Eröffnung vor fünfzig Jahren saß. Die klassizistische Halle wurde damals privat finanziert, auch mit großzügiger Unterstützung der Wisemans. Auf dem Programm steht ein Gastspiel des American Ballet Theatre mit den großen Stars aus New York. An diesem Abend gibt es *Giselle*, mit Erik Bruhn und Cynthia Gregory und Carla Fracci in der Rolle der Giselle. Selbst Rob bedeuten diese Namen etwas, obwohl Ballett sonst nicht seine Sache ist. Er blättert im Programmheft, Susan Wiseman als Vorsitzende der Fördergruppe des Balletts, ganz in der Tradition seiner Familie. Stolz blickt er zu ihr neben sich, streichelt sanft ihre Hand.

Bei den ersten Takten der Musik schweifen seine Gedanken zu der morgigen Besprechung mit Jack Barrister. An seiner Entscheidung wird sich nichts ändern. Der Kauf der Hotelgruppe wird sein krönender Abschied sein. Er denkt an die Ostküstenbanker, die in ihrem Hotel fieberhaft an einem neuen Konzept arbeiten. Überhaupt, dieser ganze Tag, aber er weiß, dass er richtig gehandelt hat, ohne das Ausmaß voll zu überblicken.

Als Giselle erstmals auftritt, wird er unweigerlich ins Geschehen auf der Bühne gezogen. Carla Fracci, zart und schlank, mit ihrem langen, graziösen Hals. Sie tanzt mit einer sicheren Eleganz und wirkt im selben Moment erschreckend zerbrechlich. Als ob ihm das heute schon einmal so begegnet wäre. Graf Albrecht dringt in das friedvolle Idyll von Giselle ein, spielt in seiner buhlend verführerischen Art mit ihrem Vertrauen, bis seine Täuschung auffliegt und sie daraufhin dem Wahnsinn verfällt.

Später, allein in seinem Ankleidezimmer, neigt er sich zu den Porträts seiner Vorfahren. Jahrelang hatte er ihnen wenig Beachtung geschenkt. Erstmals fällt ihm um den Mund des Urgroßvaters ein verhaltenes, erwartungsvolles Lächeln auf.

»Seid ihr nun zufrieden? Ihr seht ja, was ihr angerichtet habt.«

10.
München

»Bist du zum Zeitunglesen hier, King? Würfle besser einen mit uns, wir brauchen jemanden.«

»Lass mal, für mich ist es noch zu früh zum Würfeln«, winkt er ab. Er hatte sich an dem kleinen Ecktisch niedergelassen, mit einem frischen Glas Bier, der Abendzeitung und dem ersten Zug an seiner Zigarette. Gerade hatte er sich richtig zufrieden gefühlt.

»Seit wann hängt Würfeln von der Uhrzeit ab?«, drängt ihn Klaus weiter.

Dass man ihm nicht das bisschen Ruhe lässt, besonders hier im Occam. Innerlich fluchend steht er auf, hat sein Bierglas in der Hand, als einer vom Tresen an den Stehtisch der Würfelnden tritt.

»King, wir brauchen dich nicht mehr.«

Jetzt ärgert er sich erst recht, ihn einfach so herumzukommandieren. Irritiert streicht er durch sein schulterlanges braunes Haar. Vorbei mit dem schönen Gefühl völliger Zufriedenheit.

Ein Zeitungsverkäufer mit der Abendausgabe der Süddeutschen betritt das Lokal. Im Occam liest jeder nur die Abendzeitung, aber Klaus schickt ihn zu Kings Tisch. »King, du möchtest dich doch informieren!« Der geht mir heute wirklich auf die Nerven, stöhnt King, aber er kauft sich eine Süddeutsche, gerade zum Trotz. Als er die Zeitung nimmt, fällt ihm die Kurzmeldung auf der ersten Seite ins Auge, dass Henry Kissinger morgen seine Geburtsstadt Fürth besuchen wird. Die Spielvereinigung Fürth fällt ihm dabei ein, der dortige Fußballklub, die Kleeblätter. Die hofften wohl, dieser Beiname würde ihnen Glück bringen, aber das hat sie verlassen, längst spielt der Verein in einer der unteren

Ligen. Wenn heute einer Glück braucht, dann wohl Kissinger, dieser Morast in Vietnam, wie er da jemals wieder herauszukommen gedenkt. Wird auch nicht ohne Krawall ablaufen, sein Heimatbesuch in Fürth. Komisch, das mit den Kleeblättern, die Vierblättrigen, als ob es die in der Natur nicht mehr gäbe. Früher als Kind, auf den Wiesen im Burgpark, nur einige Minuten des Suchens, und stolz hielt er ein vierblättriges Kleeblatt hoch. Das bringt Glück, du bist ein Glückskind, riefen die Erwachsenen. Er konnte sich unter Glück nichts Genaues vorstellen. Jetzt, wo er weiß, was es bedeutet, sucht er vergeblich nach den vierblättrigen.

»Der King, wie immer im Occam!« Er hatte gerade den Sportteil aufgeschlagen, Sport durfte man schließlich auch in der Süddeutschen lesen, jetzt ist auch damit nichts. Micha, mit dem er hier zahllose Nächte durchgemacht hat, tritt an seinen Tisch. Seit er Rechtsreferendar geworden ist, taucht er allerdings nur noch selten im Occam auf. Als ob er ihre vertraute Welt, die eben nur im tiefsten Schwabing und nicht in einem der schicken Restaurants an der Maximilianstraße verankert ist, nach und nach abstreift. »Du bist und bleibst vorhersehbar, wie ein Beamter!«

»Ein besserer Vergleich fällt dir wohl nicht ein?«, regt sich King auf.

»Ich habe gerade meine Station beim Landratsamt Freising begonnen. Mit Beamten kenne ich mich aus, ich weiß, wovon ich spreche, King.«

Jeder nennt ihn King. In der Schule fing es an, vielleicht weil er Gitarre spielte und eine Zeit lang sein Haar in einer öligen Locke über die Stirne gewölbt trug. Oder weil man meinte, König sei doch mehr als Fürst. Jedenfalls blieb der Name hängen. Seine Lehrer nannten ihn so, in den oberen Klassen »King« und »Sie«, auch seine

Mutter, heute noch. Nur seine Tante Pia und die anderen Verwandten am Rhein nennen ihn Friedemann. Mit dem Namen Friedemann hatte er sich nie wohlgefühlt, es gab auch keine Abkürzungen, immer nur den vollen, spießigen Vornamen. Ein Relikt aus der Nachkriegszeit, bepackt mit den Problemen der Generation seiner Eltern.

»Und sonst, wie läuft's in Freising?«

»Das Leben auf dem Land, ganz interessant zur Abwechslung. Hast du übrigens die Klausur im Zivilprozessrecht zurückbekommen, die ich für dich geschrieben habe?«

»Das war wirklich ein Hammer. Ich bin ausnahmsweise deswegen heute in die Vorlesung, und da rief mich doch der Professor namentlich auf: Friedemann Fürst. Gott sei Dank kennt mich niemand unter dem Namen. Ich habe mich natürlich nicht gemeldet. Es war die beste Klausur, der Professor wollte seinen neuen Star persönlich kennenlernen. Gratuliere, das hast du gut gemacht, aber etwas zu gut, ich weiß jetzt nicht genau, wie das weitergehen soll.«

»Schau an, damit hat der King nun alle Voraussetzungen für das Examen, oder?«

»Also bitte fang nicht davon an, für das Gespräch muss ich ausgeruht sein.«

Jetzt redet Micha schon wie seine Mutter. Bei jedem Besuch kommt das Thema auf. Friedemann, so nennt sie ihn dann ausnahmsweise, wie steht es mit dem Examen? Nicht unbegründet, schließlich ist er offiziell im zehnten Semester, die meisten legen das erste Staatsexamen nach dem achten, spätestens nach dem neunten Semester ab. King hat zwar alle Scheine, aber er kann es sich beim besten Willen nicht vorstellen, die Prüfung durchzustehen. Zehn Semester bedeuten nichts, wenn man kaum je den Hörsaal betreten hat.

»Ewig lässt sich die Sache nicht hinausschieben«, beharrt Micha.

»Bist du deswegen gekommen? Können wir nicht zuerst in Ruhe ein Bier trinken? Du wirst deinen Beamten schon verdammt ähnlich.«

»Deine alte Taktik, mit einem Gegenangriff vom Thema abzulenken. Aber noch was, ich bin heute von zwei deiner Kundinnen angerufen worden, denen ich dein Grafikabonnement vermittelt habe. Sie wollten wissen, was denn los sei, sie hätten den vollen Einjahrespreis für die acht Grafiken bezahlt, und bisher, nach sechs Monaten, erst zwei erhalten. Wackelt das, oder hast du das unter Kontrolle?«

»Mit Künstlern lassen sich die Dinge nicht auf den Tag voraussagen, das sind keine auf Akkord gedrillten Fließbandarbeiter. Jedenfalls kannst du beruhigt sein, Michael Barge hat mir gestern mitgeteilt, dass die Auflage seiner Serigrafie an mich unterwegs sei, fünfundsiebzig Blätter. Ich werde sie morgen gleich verschicken, die Hüllen habe ich bereits. Damit wären wir fast bei der Hälfte der Serie, da kann sich wirklich niemand beklagen. Übrigens ein irre scharfes Blatt, der Umriss einer Figur auf dem Bett vor einem Fernseher, durch die geöffnete Tür gesehen, wie ein zufälliger Blick im Vorbeigehen, in sanften, pastellfarbenen Tönen. Ich bin echt stolz darauf. Die Edition Fürst! Du kannst sie ohne Bedenken weiterempfehlen.«

Er nimmt befriedigt einen Schluck Bier, einen langen Zug an der Zigarette und streicht sich mit gespreizten Fingern die Haare aus dem Gesicht. Auf seine Künstler lässt er so schnell nichts kommen. Dennoch ist er sauer über diesen versteckten Vorwurf von Micha.

»Ich muss auf Nummer sicher gehen, denn ich habe heute die Frau des Landrats für deine Edition angeworben, den Scheck hat sie mir auch gleich mitgegeben. Wie viele Abonnenten hast du denn jetzt?«

»Mit ihr wären es fünfundfünfzig. Noch zwanzig, dann sind wir voll. Die werde ich auch noch schaffen.«

Er hatte sich ausgerechnet, dass sein Grafikring ab vierzig Abonnenten profitabel sein würde, aber nicht jeder zahlt gleich den vollen Preis wie die Frau Landrätin, und es fallen Kosten an, die Künstler, die ohne eine Anzahlung erst mal zögern, oder der Versand der Grafiken. Und eine Kleinigkeit braucht er zum Leben. Stimmt schon, das Finanzielle ist ein Problem, aber er wird es in den Griff bekommen. Jedenfalls steht die Edition Fürst. Er hat das geschafft, er alleine, ohne reiche Eltern im Hintergrund.

Und sein Programm kann sich sehen lassen: Mitglieder der Gruppe Grossgörschen 35 aus Berlin, etwa Peter Sorge, Markus Lüpertz, Lambert Maria Wintersberger oder Joachim Palm, alles Absolventen der Akademie in Berlin, daneben die Gruppe Zebra aus Hamburg mit Peter Nagel und Dietmar Ullrich oder Einzelgänger wie Klaus Heider oder Jörg Dietrich. Kritischer und sozialer Realismus. Alles ungewöhnliche Typen und gute Trinker, mit denen man eine Nacht durchdiskutieren kann. Der erste Schritt zur eigenen Galerie oder dem eigenen Kunstverlag ist getan. Den Traum seines Vaters verwirklichen. Und was ihn betrifft, Kunst allemal lieber als Jura.

»King, wie sieht's aus, ist jetzt vielleicht die richtige Zeit zum Würfeln? Uns fehlt wieder mal einer«, ruft ihm Klaus vom Stehtisch aus zu.

»Ich bin beschäftigt, siehst du doch.«

»Seit du Kunstunternehmer bist, ist nichts mehr mit dir los!«

Micha hat sein Bier ausgetrunken und schaut auf die Uhr. King kennt das schon.

»Es wird spät, ich muss morgen wieder nach Freising. Also bring mich nicht in Schwierigkeiten mit deinem Grafikring, verstanden?«

»Ich glaube, ich gehe auch, hier läuft es heute nicht besonders gut.«

»Was ist los, King? Du wolltest doch später noch mit uns würfeln!«

»Keine Sorge, morgen ist auch noch ein Tag«, schlägt er Klaus im Hinausgehen zum Abschied auf die Schulter.

Auf der Straße atmet er tief durch. Eine selten klare Nachtluft. Obwohl, zu viel Natur, das war noch nie seine Sache. In den Nebenstraßen zur Leopoldstraße stößt ihm die nächtliche, vorörtliche Ruhe auf. Schwabing schläft nie, das um die Uhr pulsierende Herz Münchens! Alles nur Reklame, schüttelt er den Kopf.

In der Hohenzollernstraße bemerkt er auf der gegenüberliegenden Straßenseite einen Mann, der ihm über die Straße etwas zuruft. King will schnell weitergehen, ein Betrunkener, der hat ihm gerade noch gefehlt, aber der andere schneidet ihm den Weg ab. Er müsste losrennen, um ihm auszuweichen, aber das wäre nun doch zu blöd. Außerdem ist er um einen halben Kopf größer als der Typ, vor dem braucht er sich nicht zu fürchten. Der Mensch blickt ihn aus geröteten Augen an. Ein Amerikaner, er redet in einem Wirrwarr aus Deutsch und Englisch auf King ein.

»Du musst mir helfen, Mann! Morgen werde ich nach Vietnam geschickt. Weißt du, was das bedeutet?«

Er ist nur schwer zu verstehen. Er legt beide Hände auf Kings Schultern, hängt mit zitterndem Körper an ihm. Auch das noch, denkt King, dem körperlicher Kontakt dieser Art absolut unangenehm ist. Er schiebt ihn sachte von sich, darauf bedacht, ihn nicht zusätzlich zu reizen.

»Mensch, wenn dies deine letzte Nacht ist, dann schlage

ich vor, du gehst die Straße hoch bis onetwentyeight. Schnapp dir dort ein Mädchen, danach fühlst du dich besser, verlass dich drauf.«

Der Puff in der Hohenzollernstraße 128, er kennt ihn von seinem Nebenjob als Taxifahrer, da wollen die US-Soldaten immer hin. Wie ihn einer zum ersten Mal nach onetwentyeight gefragt hatte, hatte er keine Ahnung, musste die Zentrale um Hilfe anrufen, die hatten dort nur über ihn gelacht. Jedenfalls, King ist mit sich selbst zufrieden, damit sollte er den Ami los sein.

»Da komm ich doch her! Das hat mir überhaupt nicht geholfen, im Gegenteil, es macht das Ganze nur noch schlimmer.«

King ist ratlos, wie er ihn jetzt abwimmeln soll. Gegenüber ist eine Kneipe, von der King weiß, dass sie bis Mitternacht offen hat. Er drängt den Amerikaner an den Tresen, auf keinen Fall an einen Tisch. Das Ganze stinkt ihm gewaltig. Aber was soll er mit diesem Kerl anfangen? Er hat ja Mitleid mit ihm, ist schließlich nicht seine Schuld, dieses verdammte Vietnam.

»Weißt du, dass dein Kissinger morgen Fürth besucht, eine kleine Stadt nicht weit von hier? Unterbreite dem doch dein Problem, wenn einer dir weiterhelfen kann, dann der.«

Der Soldat reagiert kaum, nur ein gelangweiltes Achselzucken.

»Wo kommst du denn her, in den Staaten?«

»Ich bin aus Sioux City, Iowa. Ziemlich trostlose Gegend, hauptsächlich Schlachthöfe gibt es da. Wenn der Wind aus der falschen Richtung kommt, wird die Stadt von einem faulen Geruch zugedeckt, manchmal bleibt der tagelang. Habe mich freiwillig zur Armee gemeldet, besser, als in die Schlachthöfe zu müssen, habe ich mir gedacht, und jetzt das.«

»Kann ich verstehen.«

»Mein Vater hat im Krieg in Deutschland gegen die Nazis gekämpft. Er wusste, wofür er in den Krieg gezogen ist. Aber Vietnam! Nicht jeder Krieg ist gut und der schon gar nicht. Und die Methoden, was hat das noch mit normaler Kriegführung zu tun! Ich habe Angst, blanke Angst.«

Er heult in sich hinein. King ist die Situation unangenehm, zum Glück kennt ihn hier niemand. Er bestellt sich ein Bier nach, während der Amerikaner seines kaum anrührt. »Dann hau doch einfach ab! Weißt du, wo der Bahnhof ist? Steig in einen Zug, in die nächstbeste Richtung.«

»Was, desertieren? Und dann nie mehr nach Amerika zurück? Ich bin doch Soldat, du weißt wohl nicht, was du daherredest! So ein totaler Quatsch!«

»Dann gibt es nur eine Möglichkeit: Nimm ein Taxi, fahr in deine Kaserne und schlaf dich richtig aus. Morgen sieht dann alles besser aus.«

Der Amerikaner blickt ihn eine Zeit lang an, nickt bedächtig.

»Du hast recht. Mensch, danke, das war gut, sich mit dir zu unterhalten. Ich brauchte einfach jemanden, der mich versteht.«

Er nimmt einen langen Zug aus dem Bierglas, rülpst, als er das Glas leer auf den Tresen knallt, schlägt King kräftig auf die Schultern und geht einfach aus dem Lokal.

Auch nicht die feine Art, jetzt muss ich für den noch zahlen, denkt King.

Er macht sich missmutig wieder auf den Weg zu seiner Wohnung in der Adalbertstraße. Trotzdem, der war echt, Vietnam, da käme ich mir auch jämmerlich vor. Er geht die Isabellastraße entlang, wie immer in einem gehetzten Gang, obwohl der Tag gelaufen ist.

Soldat zu sein, das ist ihm erspart geblieben. Der Augenarzt bei der Musterung hatte seine Brillengläser mit einem kleinen Rädchen durchmessen und kam für beide Augen auf Werte von weit über fünf Dioptrien. Ob das stimmen könne, fragte er King. Ja, schon, nickte er, obwohl er wusste, dass das nicht ganz der Wahrheit entsprach. »Bedaure, aus Ihnen wird nie ein Soldat.« Zwei Jahre wurden ihm so geschenkt. Er musste sich nicht einmal nach Berlin absetzen. Der heulende Amerikaner tut ihm nun erst recht leid.

Es ist kurz vor Mitternacht, als er in die Adalbertstraße einbiegt, damit bleibt ihm noch etwas Zeit zum Lesen. Nietzsche und seine Abrechnung mit Richard Wagner, er hat das Buch erst gestern gekauft. Ein Schatten löst sich aus seinem Hauseingang und tritt auf ihn zu.

»Beruhige dich, King, bin doch nur ich.«

»Frieder! Was machst du denn hier?«

»Ich brauche dringend deine Hilfe, King. Kannst du mir deine Wohnung für zwei Nächte überlassen? Ich muss jemand parken, und frage mich am besten nicht nach Details. Du bist der Einzige, auf den ich mich in solchen Dingen verlassen kann. Du kannst doch bestimmt bei Tania schlafen.«

»Stelle sie mir wenigstens vor, es interessiert mich schon, wen ich da in meine Wohnung lasse.«

»Es geht nicht um eine Frau! Je weniger du weißt, umso besser. Ich werde dir alles später erklären.«

»Sag bitte nicht, es handelt sich um etwas Politisches! Auf was hast du dich denn jetzt eingelassen?«

Ein kaputter Abend ist nie zu Ende, bis er total kaputt ist. Er kennt Frieder auch aus dem Occam. Eigentlich ist er Schauspieler, einige kleine Bühnenrollen, der dunkelhaarige Liebhabertyp, deswegen hätte ihn eine Frau auch nicht überrascht. Gelegentlich schreibt er im

201

Feuilleton der Süddeutschen, hat außerdem einige Kurzgeschichten veröffentlicht. Seit er im vergangenen Jahr bei den Maiunruhen in Paris war, verkehrt er plötzlich in Kreisen, denen für gesellschaftliche Veränderungen jedes Mittel recht ist. King hat mit ihm darüber endlos diskutiert, wobei sie sich im Theoretischen gerade noch einig waren, jedoch blieben sie im Praktischen weit auseinander. Natürlich muss er ihm helfen. Er ahnt auch, dass es besser ist, möglichst wenig zu wissen.

»Mensch, danke, King, ich bringe dir den Schlüssel übermorgen ins Occam zurück. Wir sollten überhaupt mal wieder einen würfeln.«

Tania wohnt beim Luitpoldpark. Das bedeutet nochmals zu Fuß quer durch Schwabing, alles ohne Auto, er besitzt keines, aus Überzeugung. Im Notfall kann er auf Tanias Mini Cooper zurückgreifen, fürs Wochenende und so. King kommt langsam ins Schwitzen, nasse Flecken bilden sich an seiner Kleidung. Er atmet heftig, den Mund dabei leicht geöffnet.

Er kennt Tania seit drei Jahren. Sie hat diese Woche Nachtdienst im Rahmen ihres Medizinpraktikums, kommt erst gegen sechs Uhr morgens von der Arbeit. Ein total verdrehter Tagesrhythmus, deswegen schläft King lieber in seiner eigenen Wohnung, das bringt ihn sonst selbst zu sehr durcheinander. Eigentlich überflüssig, eine separate Wohnung, aber er braucht sie nicht nur um seiner Selbstständigkeit willen, sondern auch als Büro für die Edition Fürst. Verdammt, fällt ihm ein, nun kann er morgen die Barge-Drucke nicht verschicken, muss die Frau des Landrats und die anderen Abonnenten warten lassen, und Micha wird am Wochenende sauer sein: Als Kunsthändler ist man Unternehmer und nicht Künstler, da muss man verlässlich sein. So hatte er sich das auch vorgenommen, bis Frieder dazwischenkam.

Tania möchte Kinderärztin werden. Ihr Vater ist Chefarzt im städtischen Krankenhaus von Lindau, er hat die geräumige Dreizimmerwohnung in Schwabing für seine Tochter gekauft, natürlich mit dem Hintergedanken einer erstklassigen Geldanlage. Dass ihr Vater ihn überhaupt duldete, überraschte ihn anfänglich, bis dieser einmal erwähnte: »Ich höre, Sie sind der Enkel von Hermann Fürst!« Das erste und letzte Mal, dass ihn jemand auf seinen Großvater angesprochen hat. Niemals sonst in seinem Leben wurde er gefragt, wenn er seinen Namen nannte: Fürst, doch nicht etwa *der* Fürst?

Nach der Hetzerei durch Schwabing ist Tanias Wohnung wie eine Oase der Ruhe. Doch ganz wohl fühlt er sich nicht, sich einfach ins Bett zu legen, während sie im Krankenhaus in der Nachtschicht schuftet. Er legt die Tony-Bennett-Platte auf: *I wanna be around, to pick up the pieces, when somebody breaks your heart*. Eine ganze Reihe scharfer Nummern sind auf dieser Platte, aber gerade der Titelsong hat es ihm angetan. Er denkt daran, wie er Tania streichelnd an sich drückt, wenn sie sich die Musik gemeinsam anhören.

King trinkt ein Glas Mineralwasser, für den Geschmack mischt er etwas Whiskey bei. Wenn er nur seinen Nietzsche hätte: *Der Fall Wagner*. Er hatte gestern mit dem Lesen begonnen, der wütende Philosoph, wie er seinen Verblender bloßstellt, ihm brillant formuliert seinen Mantel der Tarnung klaut. Kings Beziehung zu Wagner begann und endete, als ihn seine Großmutter zu den Festspielen nach Bayreuth zu einer Parsifal-Aufführung mitnahm. Vor acht Jahren, sechzehn war er damals. Er liebte diese Frau, aber unmöglich, was sie ihm da zumutete. Im Smoking trotz der Sommerhitze, diese entsetzlich harten Bänke und dann das unverständliche oder jedenfalls total uninteressante Geschehen auf der Bühne, fast ohne jede Bewegung, und eine Musik, mit der er absolut nichts anzufangen wusste. Nach endlos langen drei Stunden gab es eine Pause, und man begab sich zum Essen, alles sehr elegant. Minnie Fürst schien einige Besucher zu kennen, verschiedentlich wurde sie auf ihre Wagner-Rollen angesprochen. Schließlich ging es in den Konzertsaal zurück für drei weitere Stunden. Auf einmal erhob sich das Publikum, aber niemand verließ den Saal, die auf der Bühne sangen noch, jetzt verstand er noch viel weniger. Am Ende dieser Arie setzte man sich wieder, zu seiner Verwunderung ging es weiter. Nach der nächsten Arie war die Oper tatsächlich zu Ende, aber es blieb stumm im Saal, kein Applaus, das konnte er nun auch nicht fassen. War ihm ja recht, aber dass scheinbar jeder so empfand wie er, verwunderte ihn. Minnie Fürst war ergriffen, auch von dem Ende. »Ein sakrales Stück, weißt du«, erklärte sie ihm. »Deswegen wird nicht geklatscht, jedenfalls hier in Bayreuth nicht, das wollte der große Meister so. Man erweist seinen Beifall dadurch, dass man sich zur vorletzten Arie erhebt.« Er hatte seine eigene Meinung dazu, auch heute noch, im Rückblick.

Es war das letzte Mal, dass er mit seiner Großmutter zusammen war. Sie starb kurz darauf. Er hatte immer das Gefühl, dass zwischen ihnen eine besondere Verbindung bestand. Was sie heute von ihm denken würde? Und von seiner Edition Fürst?

Ob der Mensch in seiner Wohnung morgen überhaupt antworten wird, wenn die Barge-Drucke angeliefert werden? Trotz aller guten Vorsätze kommt immer etwas dazwischen, und dann mit voller Konsequenz. Er muss Frieder morgen gleich anrufen, damit die Anlieferung nicht schiefläuft. Wen er wohl in der Wohnung versteckt? Einen aus der Gruppe der Kaufhausanzünder von Frankfurt, die seit ihrer Haftentlassung ständig mit der Polizei rangeln und untertauchen müssen? Oder einen neuen Bekannten von seiner Sommerreise in die Palästinenserlager in Jordanien und dem Libanon, wo man ihm den Umgang mit Waffen beigebracht hat? Frieder war mit einer Gruppe Berliner SDS-Genossen dorthin gereist, Training als Stadtguerillas, die nächste Stufe der Radikalisierung. Überhaupt, Frieders neue Kreise! Nur wenn sie eine Nacht im Occam durchwürfeln, ist alles wie früher. Als ob das draußen lediglich eine Masche wäre. Vielleicht ist es auch so.

Plötzlich hat er keine Lust mehr zu schlafen. Es muss nach Mitternacht sein, aber King trägt keine Uhr, besitzt nicht einmal eine. Zeitsklaven, vielleicht sollten sie mit dem Abschaffen der Uhr anfangen, die radikalen Veränderer. Er lächelt über sich bei dem Gedanken. Offensichtlich bin ich noch gut drauf, am besten arbeite ich auch durch bis Tania kommt, dann sind wir im selben Rhythmus und können zusammen in den Tag hinein schlafen.

Er schluckt eine Captagon-Tablette, ein Aufputschmittel, auf das er bei solchen Situationen zurückgreift. So sollte er bis sechs Uhr durchhalten. Ein weiteres Glas Mineralwasser, mit Whiskey beigemischt, und eine von Glenn Goulds Bach-Aufnahmen. Damit stimmt alles um ihn Er holt sich die Druckfahnen zum sechsten Band von Kindlers Malerei-Lexikon. Sein Stiefvater, befreundet mit dem Verleger Kindler, hat ihm den Job zugeschanzt, als freier Mitarbeiter Korrektur zu lesen. Er hat das Angebot natürlich sofort angenommen, auch als Entschuldigung, das Studium schleifen zu lassen. Dieser Band, über achthundert Seiten eng gedruckt, fasst die Begriffe zu den ersten fünf Bänden mit den Künstlerbiografien von A bis Z durch die Jahrhunderte in einem Register zusammen. Jeder andere Band wäre ihm lieber gewesen, aber man hatte ihm keine Wahl gelassen.

Das Gesamtprojekt verzögert sich schon über ein Jahr, und auch er liegt hinter der ursprünglichen Zeitvorgabe. Morgen ist er mit dem Lektor zum Mittagessen verabredet, zu allem Überfluss auch noch im Franziskaner. Diese heilen Dinge des Münchener Lebens, die er sonst so gut es geht meidet. Aber das gehört zu dem Job, und er verdient ja außerdem ganz gut dabei. Dem Lektor muss ich noch ein Abonnement der Edition Fürst andrehen, fällt ihm ein, damit sich das Treffen lohnt.

Für diese Nacht nimmt er sich die Seiten hundertsiebzig bis hundertneunzig vor. Es beginnt mit *Die Brücke*, was ihn interessiert, denn von den Malern kennt er jeden, und alphabetisch weiter bis zu *Buchmalerei*, mit einer unendlich langen wissenschaftlichen Abhandlung. Er ist über die vielen Satzfehler überrascht, ebenso wie über stilistische Probleme, gerade das wollen sie hören, worüber er als Laie stolpert.

»Was machst du denn hier? Und diese Kälte!«

King hatte die Heizung ausgestellt und das Fenster geöffnet, um sich wachzuhalten. Tief in den Text versunken, hatte er nicht gehört, wie Tania die Wohnung betrat. Er ist gerade bei Seite hundertachtundachtzig, nur noch zwei Seiten, aber als sei die schützende Blase um ihn zerplatzt, ist es mit seiner Konzentration vorbei.

Als er sie umarmen will, stößt sie ihn von sich.

»Sag mal, du stinkst, als ob du mit einem Kamel geschlafen hättest. Nimm mal erst ein Bad, dann sehen wir weiter.«

Natürlich, der Kneipenduft vermischt mit dem Schweiß

von gestern und mit dem Arbeitsschweiß jetzt. Er hatte vorgehabt, ein Bad zu nehmen, sobald er Seite hundertneunzig geschafft hätte. Typisch Tania, erst ein Bad, bevor sie ihn küsst. Kein Wunder, dass sie seine Freunde aus dem Occam nicht mag. Den Bekannten von Frieder in seiner Wohnung erwähnt er am besten vorerst nicht. Nach dem Bad wartet er im Bett auf sie. Mensch, das Leben ist gut, denkt er entspannt, seine Hände hinter dem Kopf verschränkt. Sie schmiegt ihren warmen Körper an ihn.

»Ich bin müde von der Arbeit.«

»Ich auch, ich weiß jetzt, wie das ist!«

Er umarmt sie. »Ich wiege dich in den Schlaf«, flüstert er ihr ins Ohr. Er tastet ihren weichen Busen mit den Lippen ab, legt sich über sie, ihr blondes Haar auf dem Kissen ausgebreitet.

Sie liegen schwer atmend nebeneinander. Unvermittelt richtet sie sich auf.

»Jetzt hast du mich hungrig gemacht! Ohne ein paar Spiegeleier und Bratkartoffeln kann ich nicht schlafen. Und ein Glas Bier. Schließlich ist das mein Abendessen, so gesehen.«

Er schläft mit dem Biergeschmack im Mund ein. Ihre Wärme an seinem Körper, ein Gefühl gänzlicher Zufriedenheit. Sein Leben ist wieder im Lot, trotz allem, was am vergangenen Abend schieflief.

»King, hast du nicht einen Termin um eins? Es ist halb eins!«

Völlig benommen wacht er auf, er war weit fort gewesen, träumte von einem sonnigen Maitag, an dem er Maiglöckchen im Wald hinter der Burg Richtung Bruchhausen gepflückt hatte. Den Strauß versuchte er den vorbeifahrenden Autos zu verkaufen, es muss ein Sonntag gewesen sein, eine Mark wollte er dafür verlangen, aber als niemand anhielt, senkte er innerlich den Preis erst auf fünfzig Pfennig, dann auf fünfundzwanzig. Der Fahrer, der schließlich anhielt, mit seiner sonntäglichen Familie, auch Kinder in seinem Alter, schüttelte nur den Kopf. »Junge, so wird nie etwas aus dir, der ist doch mindestens eine Mark wert!« Tatsächlich gab er ihm die auch. Er hielt die Mark fest in seiner Hand und blickte im Traum dem Auto hinterher, in seinen kurzen Hosen und den Kniestrümpfen.

Er träumt gelegentlich von der Burg und wacht jedes Mal mit einem glücklichen Gefühl auf. Auch heute wieder. Aber das fegt der Termindruck sofort weg. In seinem Kopf dröhnt es, die letzten Wehen des Aufputschmittels, das Bier, die durchgemachte Nacht. Im Spiegel blickt er in ein müdes, ausdrucksloses Gesicht.

»Ich mach dir schnell ein Frühstück«, sagt Tania

»Nur Kaffee, schwarz, nichts zu essen!«

Ich bin eine Leiche, denkt er. Er hat auch kein frisches Hemd hier bei Tania, und in seine Wohnung kann er nicht. Dieser Mist mit Frieder, es geht gerade so weiter. Er schluckt noch eine Captagon mit dem Kaffee.

Ohne Tania hätte er durchgepennt. Wie lange das mit ihr weitergehen wird? Als Kinderärztin will sie Kinder, ihre eigenen. King dagegen hat nie Kinder gewollt. Wenn er sich die Welt vorstellte, in der sie aufwachsen müssten, bei den ständigen Krisen und besonders unter dem Druck der Bombe. Seiner Überzeugung nach war es nur eine Frage der Zeit bis zur totalen und endgültigen Katastrophe. Das wollte er seinem Kind nicht antun. Dabei hatte er eine ausgesprochen glückliche Kindheit, erst in dem herrlichen Burgpark, später in Garmisch, wohin seine Mutter mit seinem Stiefvater zog, damals noch Verleger, mittlerweile mit viel Erfolg auf Schriftsteller umgesattelt. Trotzdem konnte er die Angst vor der Hoffnungslosigkeit der Zukunft nie ganz abschütteln. Er war verblüfft, als er vor ein paar Jahren, was er nie erwartet hatte, zwanzig wurde und es doch weiterging, als hätte sich die Welt auf die eine oder andere Weise mit ihren Problemen arrangiert.

Mittlerweile ist es auch wohl mehr die Angst vor der Verantwortung als Vater als vor dem Untergang der Welt. Schließlich hat er doch einen Sohn, von dem nicht einmal Tania weiß. Sein Sommer in Schweden vor zwei Jahren, natürlich wollte er nicht heiraten, aber die Mutter bestand darauf, das Kind zu behalten, er musste ihr versprechen, sich völlig loszusagen, sich nie um sie oder das Kind zu kümmern. Er weiß, sie hat kurz darauf geheiratet, das Kind hat einen Vater, der nichts ahnt, aber letztlich bleibt es doch sein Sohn.

Er überquert die Adalbertstraße in der Nähe seiner Wohnung. Mindestens zwei frische Hemden hat er da oben, außerdem eine bessere Jacke. Eine Zumutung, Frieder und sein geheimnisvoller Gast! Überhaupt, wie er aussieht, mit seinen gespreizten Händen kriegt er seine Haare auch nicht richtig hin. Er denkt nicht ohne Neid an den Mann, der in seiner Wohnung auf seinem Bett liegt. Wahrscheinlich liest er eines seiner Bücher, vielleicht sogar Nietzsches Abrechnung mit Wagner, genießt dazu sein Bier und was er sonst zum Essen im Eisschrank hat. Zwei Tage untertauchen heißt zwei Tage Ferien.

Er ist erstaunt, was ihm alles so durch den Kopf schwirrt, wenn er die Straßen entlanghetzt. Ihm gefällt diese Art, sich mit sich selbst zu unterhalten. Auf diese Weise hat er schon die schwierigsten Probleme geknackt. King fühlt sich zwischenzeitlich um einiges besser, das Aufputschmittel trägt das Seine dazu bei.

Beim Einbiegen in die Residenzstraße schweifen seine Gedanken zu Tania. Ohne sie hätte er den Termin mit dem Lektor verschlafen. Überhaupt, wie sie ihre unterschiedlichen Leben einander angepasst haben. Ob er sie nicht doch heiraten sollte, ein Bekenntnis zur Zukunft, die Ärztin und ihr Galerist? Sobald er fünfundzwanzig wird? Und dann Kinder.

King, das geht zu weit, du brauchst dringend ein Bier.

11.
San Francisco

Rob Wiseman erscheint am nächsten Morgen pünktlich zu der Verhandlung mit den Ostküstenbankern. Ergebnislos beendet er die Sitzung nach einigen Stunden. Wenigstens hat er damit ein handfestes Thema für seinen Lunch mit Jack Barrister, das andere steht für ihn fest, da geht es nur noch um die Umsetzung.

Er will gerade zur Besprechung der ersten Vorlage des Jahresabschlusses des Konzerns mit den Wirtschaftsprüfern, als er einen Anruf von Fred Bennington erhält, ein Freund noch von der Harvard Business School, der in Boston vor einigen Jahren die Leitung seines Familienbetriebs übernommen hat.

»Hallo, Rob, gratuliere zu deinem Sohn, er macht Schlagzeilen, allerdings anders, als man das von einem Wiseman gewohnt ist. Ihr müsst ja interessante Tischgespräche haben!«

»Keine Ahnung, wovon du redest.«

Sein Sohn Samuel, einundzwanzig Jahre alt, studiert in Princeton. Rob hat schon länger nicht mit ihm gesprochen, woran allerdings nichts ungewöhnlich ist, da Susan den Kontakt mit den Kindern hält, und Susan hat nichts Besonderes erwähnt.

»Dann lese ich's dir mal vor, aus der New York Times von heute: ›Samuel Wiseman, Spross der Unternehmerfamilie aus Kalifornien, will den Großkonzern Honeywell zwingen, sofort aus dem Rüstungsgeschäft auszusteigen, insbesondere aus einem Großauftrag des Verteidigungsministeriums zur Produktion von Teppichbomben für den Einsatz in Vietnam. Der Unternehmersohn hat kürzlich einhunderteine Aktie von Honeywell erworben und macht nun sein Rederecht auf der

kommenden Hauptversammlung geltend, das er notfalls gerichtlich durchsetzen will. Wiseman, bärtig und
mit Nickelbrille, der in Princeton Soziologie studiert,
gibt an, im Aktionärsinteresse zu handeln: Frieden ist
profitabler als Krieg!‹ In dem Tenor geht es weiter, ein
langer Artikel, du wirst zum Glück nicht erwähnt. Vielleicht interessiert dich noch die Überschrift: Kapitalist
gegen den Krieg.«
»Ehrlich gesagt, das hätte ich ihm nicht zugetraut.«
»Meinst du das positiv oder negativ?«
»Eine schwierige Frage, lass mich das in Ruhe überlegen.
Ich gebe dir Bescheid!«
Als Nächstes wird bestimmt der Präsident von Honeywell anrufen, den Rob von verschiedenen Unternehmer-
gremien her kennt. Dabei hätte Sam den Militärdienst
nicht verweigert, wenn er einberufen worden wäre, er
hatte nur Glück gehabt bei der Ziehung. Manchmal
versucht er, sich in Sams Lage zu versetzten, vergleicht
seinen Krieg vor fünfundzwanzig Jahren mit Vietnam heute, mit immer demselben Schluss: Der Krieg
in Europa war anders, ein gerechter Krieg, wenn es so
was überhaupt gibt. Vietnam wirft zu viele Fragen auf.
Er kennt die Argumente, aber nach ihren Stolz von
damals sucht er heute vergeblich bei den Soldaten in
Vietnam.

»Ich hoffe, du hast es dir über Nacht doch wieder anders überlegt«, beginnt Jack Barrister ihr Gespräch
beim Lunch im Pacific Union Club. Der exklusive Män-
nerclub, in dem sich die Geschäftswelt von San Francisco trifft, befindet sich in der ehemaligen Residenz
eines der Silberbarone auf dem Nob Hill. Rob schüttelt
bedächtig den Kopf. Allerdings ist er nicht in der Lage,
Jack seinen Entschluss heute besser zu begründen als

am Vortag. Aber an der Entscheidung selbst gibt es für ihn nichts zu rütteln.

»Man muss an einem bestimmten Punkt abspringen, notfalls ohne Netz, und dann durch neue Erfahrungen sein Leben verlängern. Ich hatte jahrelang nur dieses eine Ziel vor Augen, und dann wurde mir plötzlich klar, dass, wenn ich es einmal erreicht habe, es nichts mehr gibt, das ich erstreben wollte. Sicherlich die Verantwortung in der Firmenführung, der ständige Druck, die Unternehmensvorgaben zu schaffen und sich immer wieder in neuen Wirtschaftslagen zu beweisen. Jedoch ist das dann nicht mehr dasselbe.«

»Aber Rob, du kannst das Rad nicht zurückdrehen, das Leben nochmals neu beginnen. Gerade wenn du jetzt aufhörst, bist du doch ziellos. Das Einzige, das du mit deinem Schritt erreichst, ist eine völlige Leere, offensichtlich genau das Gegenteil von dem, was du anstrebst. Hier in der Firma hast du eine Aufgabe, eine Rolle, die sich stets selbst erneuert. Du weißt nie, was auf dich zukommt, schon der nächste Tag ist nicht vorhersehbar und keinesfalls die nächsten fünfzehn Jahre.«

»Und doch, der Rahmen ist abgesteckt, derselbe Aufzug vierzig Stockwerke hoch für die nächsten fünfzehn Jahre. Nichts ist trügerischer als die Zeit, aber wenn man das erkannt hat, muss man nach Möglichkeiten suchen, den natürlichen Lauf der Zeit auszutricksen.« Er überlegt für einen Moment. »Ich glaube, Jack, ich habe mein nächstes Ziel gefunden.«

Rob zündet sich eine Zigarette an, schaut dem zur hölzernen Decke aufsteigenden Rauch hinterher. Jack blickt ihn an, verständnislos den Kopf schüttelnd.

»Ich habe das Gefühl, du bleibst dabei. Wie hast du dir das weitere Vorgehen vorgestellt, wann willst du dein Ausscheiden bekanntgeben?«

»Ich möchte den Hotelkauf zu Ende verhandeln. Bei dem gegenwärtig erheblichen Druck auf die Hotelbranche bin ich zuversichtlich, noch bessere Konditionen für uns herauszuholen. Zwei oder drei weitere Sitzungen sind notwendig, dann habe ich es geschafft. Mit der Bekanntgabe der Übernahme der Hotelgruppe wird mein Ausscheiden kaum auffallen.«

»Vielleicht steigt der Kurs unserer Aktie mit deiner Ankündigung sogar!«

»Der Markt hat immer recht, das würde meinen Schritt nur noch bestätigen, allerdings anders, als ich mir das vorgestellt habe.«

Zurück in seinem Büro blättert er die Notizen der eingegangenen Anrufe durch, darunter, wie erwartet, auch der Präsident von Honeywell. Aber erst muss er mit Sam sprechen. Was wohl seinen sonst eher zurückhaltenden Sohn zu dieser öffentlichen Aktion getrieben haben mag?

»Es ist zwei Uhr, Mr. Wiseman, Ihr nächster Termin wartet im Konferenzsaal!«

Zwei Uhr, hatte er das vergessen oder verdrängt? Von seinem Fenster blickt er auf North Beach hinunter. Das Café Tosca liegt dort an der Columbus Avenue. Um zwei Uhr wartet sie auf ihn, an einem der kleinen runden Tische. Vielleicht schreibt sie für ihn ein Gedicht über Zufall und Zeit. Mit den Fotografien seiner Ahnen hatte gestern alles begonnen, aber wäre er je so weit gegangen ohne das Mädchen? Sie hat etwas tief in ihm berührt, ein unbestimmtes, rätselhaftes Versprechen, bei dem es keine Vergangenheit, sondern nur Zukunft gibt. Sie bietet ihm diese geheimnisvolle Reise an, von der er nicht weiß, wohin sie führen wird. Und jetzt wartet sie auf ihn.

Aber ist sie nicht wie Giselle in ihrer zarten, zerbrechlichen Anmut, deren Vertrauen von dem überlegenen, welterfahrenen Grafen ausgenützt wird, für den sie nur ein Spiel ist, ein Zeitvertreib? Vielleicht hat er unbewusst an das Mädchen gedacht, als er Giselle auf der Bühne des Balletts gestern Abend sah und sich zu ihr hingezogen fühlte. Er, der welterfahrene Geschäftsmann, kann das Mädchen in ihrer Zartheit nur zerstören. So sieht die Geschichte wirklich aus, wenn er sie fortsetzen würde: ein Ende im Wahnsinn.

Sie hatte die wichtige Aufgabe, ihm die Augen zu öffnen. Die Aufgabe hat sie erfüllt, Vorsehung oder Zufall, das war alles. Sie wird ihr Gedicht zu Ende schreiben, ihren Kaffee austrinken, wahrscheinlich kaum überrascht, dass er nicht erschienen ist. Er schaut auf seine goldene Armbanduhr, bereits zehn Minuten zu spät für seine Besprechung.

Heftiger Regen hat eingesetzt, als ihn sein Chauffeur abends nach Hause fährt. Draußen ist es längst dunkel. Wegen eines Staus auf der Montgomery Street fährt der Fahrer ausnahmsweise die Columbus Avenue hoch zum Broadway. Eine unterschwellige Unruhe erfasst ihn, als sie plötzlich am Café Tosca vorbeikommen. Hätte er sie nicht doch noch einmal treffen sollen? Aber welche Rolle gäbe es für sie in seinem Leben? Er hat Susan bei seinen Erwägungen nie infrage gestellt. Eine eisige innere Stille erfasst ihn. Hat das Mädchen seine Aufgabe doch noch nicht erfüllt?

Am nächsten Morgen geht es für ihn nur darum, den Kauf der Hotelgruppe zum Abschluss zu bringen. Die Verhandlungen entwickeln sich aber wieder zäh, endlose Wiederholungen der eingefahrenen Positionen, auf keiner Seite Bereitschaft zu Kompromissen. Dabei könnte er mit dem vorliegenden Angebot zufrieden sein, aber sein Ehrgeiz, mehr herauszuholen, erfasst ihn wieder, gerade jetzt bei diesem letzten Mal. Nicht die anderen, er ist das Problem mit seiner Unnachgiebigkeit. Er sagt sämtliche weiteren Termine ab, eine seiner Taktiken, die Gesprächspartner zu zermürben, sie in Mammutsitzungen festzunageln, sie die Mittagszeit durcharbeiten zu lassen, bis er schließlich das erste Entgegenkommen herausholt, Verbesserungen bei den Konditionen, etwa in der Risikoabsicherung gegenüber Altschulden.

Er hat ein gutes Gespür für das letztmögliche Zugeständnis der Gegenseite, kennt den Punkt, an dem Verhandlungen endgültig und unwiderruflich zusammenbrechen würden. Plötzlich weiß er, dass er diesen Punkt erreicht hat. Er schaut mit einem sorgenvoll fragenden Ausdruck um sich, während sich innerlich der Stolz regt, auch diese Schlacht gewonnen zu haben. Er lässt sich den Sieg nicht anmerken, blickt entspannt aus dem Fenster des Glaspalastes hinaus auf die San Francisco Bay, noch einmal im Rausch der Macht, den er in diesem Moment auskostet.

»Ich schlage vor, wir lassen die Anwälte übers Wochenende einen Vorvertrag entwerfen. Vorausgesetzt, dass es dabei bleibt, können wir Anfang kommender Woche unterschreiben und danach den Kauf bekannt geben. Eine gute Vereinbarung, für beide Seiten, gratuliere!«

Auch das gehört zu seiner Taktik, am Ende jedem das Gefühl zu geben, sie seien die eigentlichen Gewinner.

Das war's, das Spiel ist vorbei, es hat schon nichts mehr mit ihm zu tun. Er schaut zur Columbus Avenue hinunter, das Mädchen im Tosca fällt ihm ein. Es ist kurz vor zwei, ob sie heute nochmals dort sein wird?

»Es bleibt bei den Nachmittagsterminen, bis auf den um zwei Uhr, ich habe noch schnell etwas zu erledigen«, informiert er seine Sekretärin.

Man merkt ihm die innere Erregung nicht an, als er das Café Tosca betritt. Mit einem Blick sieht er, dass er umsonst gekommen ist. Die Gäste allesamt leger gekleidet, langhaarig und nicht besonders gepflegt, mit seinem Anzug und Krawatte passt er nicht hierher. An einem der kleinen runden Tische sitzt ein Mädchen in seine Notizen vertieft, so wie sie gestern, als sie hier auf ihn wartete. Es war gestern oder nie.

Es besteht keinerlei Grund, länger hierzubleiben, aber er bleibt, bestellt sich einen doppelten Espresso. Bedächtig rührt er den Zucker in seinen Kaffee. Susan und er, das ist sein Leben, warum dann aber die Sehnsucht nach diesem Mädchen? Eigentlich erinnert er sich nur an ihre ruhigen braunen Augen und das von schwarzen Haaren gerahmte Gesicht, kaum eine Erinnerung an ihren Körper. Ohne die zufällige Begegnung mit ihr hätte er nie an seinem Job gezweifelt. Allerdings hat er mit seinem Ausscheiden aus der Firma nichts wirklich aufs Spiel gesetzt, er ist unabhängig, und wenn ihn die Geschäftswelt nochmals reizen sollte, stünden ihm jede Menge anderer Möglichkeiten offen. Dagegen dringt das Mädchen in sein gesichertes Leben mit Susan ein, das er durch sie angeregt plötzlich infrage stellt. Der Reiz des Unbekannten, der Weite, des Unvorhersehbaren, den sie ihm bietet. Er ist nicht der Graf, der Giselle in ihrer Unschuld ausnutzt, vielmehr ist es umgekehrt, sie zerrt ihn fort aus seiner Sicherheit in eine neue, unvorhersehbare Zukunft.

»Erwarten Sie jemanden?« Ein unrasierter Kellner steht vor ihm.

»Ich war hier verabredet, aber habe mich um einen Tag verspätet.«

»Dann ist diese Nachricht wahrscheinlich für Sie.«

Rob öffnet langsam das gefaltete Papier. Eine klare, runde Handschrift:

Es gibt die, die zur vereinbarten Zeit erscheinen, und die, die zögern, sich verspäten oder nie kommen. Wir hatten diese eine Chance, es gibt kein zweites Mal.

Sie würde heute nicht wieder auf ihn warten, so stand es von Anfang an fest, er jedoch wollte sich nicht fortzerren lassen. Er war gekommen, aber zu seiner Zeit.

In der folgenden Woche gibt seine Firma die Übernahme der Hotelgruppe bekannt. Eine gelungene strategische Maßnahme, eine wohlüberlegte Abrundung der bisherigen Geschäftsfelder, und zu einem erstaunlichen Preis, loben die Analysten der Banken. Genau wie von Rob vorausgesagt. Der Aktienkurs reagiert positiv. Die gleichzeitige Mitteilung über Robs Ausscheiden, dem Architekten der ausgewogenen Neuausrichtung des Konzerns, dämpft den Aufwärtstrend nur geringfügig. Sein Schritt wird mit der Verfolgung persönlicher Interessen begründet.

»Ich hatte einen stärkeren Einbruch des Börsenpreises bei der Bekanntgabe erwartet, dass der Kronprinz überraschend die Firma verlässt. Ich habe dich wohl überschätzt, die Börse hat immer recht.«

»Damit kann ich leben, Jack. Auf alle Fälle bestätigt der Aktienkurs die von mir verantwortete Geschäftsausweitung.«

Bei einem Empfang am selben Abend ist sein Ausscheiden das Hauptthema. Damit hatte er alle überrumpelt. Es war an der Zeit für etwas Neues, erklärt er seine Entscheidung lapidar. Aber niemand nimmt ihm das ab, diese Position aufzugeben, um die ihn jeder im Stillen beneidet. Rob Wiseman, einer aus dem alten San Francisco, der auf der Höhe des geschäftlichen Erfolgs einfach abtritt. Das passt nicht zusammen.

Zu Hause an ihrer Bar füllt Rob zwei Cognacschwenker

mit Armagnac und setzt sich zu Susan ins Wohnzimmer.

»Auf das Abenteuer vor uns und den Reiz des Ungewissen! Zusammen unser Leben neu zu beginnen. Wann hat man diese Chance schon einmal?«

Er streicht über ihr blondes, seidiges Haar. Ihre Haut duftet frisch, der Hauch eines eleganten Parfums umgibt sie. Auch sie muss sich neu finden, nicht nur er, denkt er. Ob sie sich dessen bewusst ist?

»Ich habe für nächste Woche auf Hawaii gebucht, auf Kaua'i, die am wenigsten überlaufene Insel. Du hattest so etwas im Trader Vic's angedeutet, erinnerst du dich? Erst mal für eine Woche. Aber wir können verlängern, so lange du willst. Oder von dort weiter nach Kyoto.«

Susan blickt ihn fragend an.

Am nächsten Tag erhält er einen Anruf von Ken Ackerman. Sie waren zusammen auf der High School, eigentlich nie besonders enge Freunde, seit Ewigkeiten hatten sie keinen Kontakt. Ken war im Silicon Valley als Präsident einer Halbleiterfirma erfolgreich, meint Rob sich zu erinnern.

»Rob, ich habe von deinem Ausstieg gelesen. Gratuliere, ich habe das vor zwei Jahren ebenfalls gemacht. Seitdem investiere ich in junge, aufstrebende Technologiefirmen. Mein erster Wagniskapitalfond, den ich allein gemanagt habe, ist fast vollständig eingesetzt. Ich bin dabei, den zweiten Fond aufzulegen, etwa doppelter Umfang. Als ich die Nachricht über dich las, kam mir der Gedanke, dass wir das gemeinsam machen könnten. Was hältst du davon?«

»Das kommt etwas überraschend, Ken. Ich habe erst einmal einiges zu verdauen.«

»Ich weiß, wie das ist in dem Alter, in dem wir uns befinden, der Drang, sein Leben zu ändern, sich neu zu erfinden, ohne eine Vorstellung, wo das hinführen könnte. Aber nach ein paar Wochen am Meer in Hawaii oder auf einer Ranch in Montana wird die Leere schnell langweilig, und du kehrst, in der einen oder anderen Form, zurück zu dem, wovor du versucht hast davonzulaufen. Beim Venture-Capital hast du es mit Visionen zu tun, jeder Tag ist unvorhersehbar. Überlege dir mal, ob du nicht deswegen ausgeschieden bist. Du bist zu jung, um schon alt zu sein. Alt sein, das sind die Wiederholungen, der Verlust der Unruhe, des Zweifels, das ist die Aufgabe des Suchens.«

Rob ist verblüfft, wie Ken die Sache in ihrem Kern trifft. Auszubrechen, um nicht unter den Wiederholungen zu ersticken. Und was er vorschlägt, sieht wie ein dauerndes Ausbrechen aus. Wenn es so etwas gibt.

12.
Familientreffen

»Wie lange ist das her, seit die Familie zuletzt in diesem
Saal um eine festlich geschmückte Tafel vereint war?
Und alles genau wie früher, die geschliffenen Kristall-
gläser, das silberne Besteck für fünf Gänge ausgelegt
und die bestickte Tischdecke. Als hätte die Zeit still-
gestanden. Das hast du gut gemacht, Pia!« Erhart blickt
lobend zu seiner Schwester hinüber.
»So war es bei meinem Vater. Er wäre jetzt fünfund-
neunzig. Der Mann meines Lebens, außer dir natürlich,
Johannes. Ich hoffe, du kannst dich damit abfinden.«
»Natürlich, Pia, solange er der Einzige bleibt.« Johannes
hat nach all den Jahren am Rhein nichts von seiner
fränkischen Mundart verloren.
»Warum ist dein Mann nicht mitgekommen, Erika?
Dann wären wir wenigstens vierzehn. Dreizehn, das
hätte mein abergläubischer Vater nie zugelassen, da hätte er eher den Nächstbesten aus dem Dorf dazugeholt.«
»Du wolltest nur Familie, außer natürlich Dr. Wester-
mann mit seiner Frau. Aber warum hast du dann nicht
deine Rengsdorfer Verwandten eingeladen?«
»Du hast gut reden!«
»Was soll das heißen?«, fragt Erika zurück.
»Das Thema müssen wir nicht vertiefen.« Pia steht auf
und erhebt ihr Glas. »Lasst uns auf den Vater anstoßen,
mit den letzten Flaschen aus seinem Bestand Tritten-
heimer Altärchen. Das war zu seiner Zeit *der* Spitzen-
wein.«
Die staubigen Flaschen sind innen mit Satz belegt, die
Etiketten von der Zeit zersetzt und unlesbar geworden.
Maria gießt den Wein in die hochstämmigen Rhein-
weingläser.

»Auf Hermann Fürst, den Dichter der Deutschen!«

»Der Wein schmeckt wie Essig!«

»Was verstehst du schon von Wein, Friedemann! Du warst noch nicht geboren, als mein Vater den Wein eingelagert hat. Und beim Wein hat ihm so schnell niemand etwas vorgemacht.«

»Der Wein war damals bestimmt besser. Aber hinüber ist hinüber, da helfen auch die schönsten Erinnerungen nichts.«

»So ein Unsinn, Friedemann, ein guter Wein behält seine Besonderheit, auch in der Altersstruktur, wenn man weiß, was man da trinkt.«

Friedemann bemerkt den Blick seiner Mutter, hebt die Schultern und schweigt. Essig ist nicht trocken herb, so viel versteht er auf alle Fälle von Wein.

Maria bringt die Suppe in blau gemusterten Meissen-Tellern, gebundene Ochsenschwanzsuppe, die Lieblingssuppe von Hermann Fürst.

»Mich erinnert die immer an die Nachkriegszeit, diese Suppe isst man doch heute gar nicht mehr«, sagt Hans, der Sohn von Erhart und Karin. Er hat vor Kurzem nach Abschluss des Wirtschaftsstudiums ein Praktikum bei einer Bank in Düsseldorf begonnen, um zumindest mit dem Geld anderer zu arbeiten, erklärte er den Verwandten, wenn man schon kein eigenes habe.

»Pia, reg dich nicht auf, den Jungen muss nicht alles schmecken, was uns einmal geschmeckt hat.« Erhart stellt sich schützend vor seinen Sohn.

»Und das von meinem Bruder. Unser Vater wusste doch wohl besser als die Kinder, was gut ist. Bei seinem Lebensstil.«

»Er muss ja eine besondere Persönlichkeit gewesen sein. Habt ihr den lobenden Artikel in der Bonner Rundschau zu seinem fünfundzwanzigsten Todestag gelesen?

Wirklich eindrucksvoll, wie der Journalist ihn dargestellt hat«, sagt Berthold Herr, Luises zweiter Mann. Von Siegfried hat sie sich vor über zehn Jahren scheiden lassen, als der sich mit einer Spanierin nach Murcia abgesetzt hatte. Berthold besitzt eine gut gehende Firma für Prüf- und Testgeräte am Stadtrand von Düsseldorf. Ein Erfolgsmann wie aus den Büchern von Hermann Fürst, hatte Luise ihn bei der Familie eingeführt.

»Unter meinen Freunden und Bekannten kennt niemand Hermann Fürst, geschweige dass je einer seine Bücher gelesen hätte.« Eva, die Schwester von Hans, arbeitet in ihrem ersten Job als Rechtspflegerin in Duisburg, seit einigen Monaten ist sie mit einem Rechtsanwalt aus Krefeld verlobt. Eine Sommerhochzeit, auf der Burg, wenn Tante Pia zustimmt, hatte sie vor dem Essen verkündet.

»Dass sich die Bücher nach dem Ende des Krieges nicht mehr verkaufen ließen, das kann ich einfach nicht verkraften, gerade jetzt, mit den Sozis an der Regierung, Willy Brandt, wo sind da die Ideale, wenn man das mit Hermann Fürst vergleicht?« Erhart blickt entrüstet um sich.

»Erika, da hat dein Mann, der Fuchs, schwer versagt. Diese einmalige Möglichkeit, und er bringt es nicht auf die Beine. In jedem zweiten gutbürgerlichen deutschen Bücherschrank stand wenigstens ein Buch von Hermann Fürst, heißt es in dem Artikel. Und das stimmt! Die Menschen waren nach dem verlorenen Krieg verzweifelt, sehnten sich doch gerade nach dem, was mein Vater zu bieten hatte. Und dein Fuchs schafft gerade mal eine Neuauflage von *Die Montenbrucks und ihre Frauen* und *Die Kinder von der Burg*. Dann gab er auf. Geld haben wir natürlich auch nie gesehen, während ihr in Garmisch auf großem Fuß lebt. Mein Bruder Albrecht, der hätte etwas daraus gemacht, das war ein anderes Kaliber.«

»Du machst es dir zu einfach, Pia. Hermann Fürst traf den Zeitgeist, aber das war der Geist der Zeit vor und nach dem Ersten Weltkrieg. Die Auflagen sanken schon zu seinen Lebzeiten. Und sein Umschwenken auf die Nazis machte das Neuverlegen nicht einfacher. Wenn wenigstens noch ein unveröffentlichtes Manuskript aufgetaucht wäre. Was hat er überhaupt all die letzten Jahre in seinem Schreibzimmer gemacht? Der Fuchs Verlag jedenfalls hat andere Titel erfolgreich herausgebracht. Es lag nicht am Verleger!«

»Natürlich lag es an dem Verleger. Thomas Mann hat es doch nach dem Krieg auch wieder geschafft.«

»Wie willst du das vergleichen!«

»Mein Vater hat sich immer mit ihm verglichen und auch mehr verkauft, bis dein Fuchs das Verlegen seiner Bücher übernommen hat.«

»Wo du Thomas Mann erwähnst, Tante Pia, das hätte ich fast vergessen, ich habe dir etwas mitgebracht. Als ich gestern nach der Ankunft in Bonn etwas Zeit hatte, bin ich dort in ein Antiquariat gegangen, was ich immer wieder gerne tue, und habe die Reihen alter Bücherrücken durchgestöbert. Dabei fielen mir zufällig *Buddenbrooks* in die Hände, und als ich den Buchdeckel aufschlug, starrte ich auf unser Wappen: Exlibris Hermann Fürst. Stellt euch nur einmal die winzige Wahrscheinlichkeit vor, darauf zu stoßen!«

»Friedemann, *Buddenbrooks*, das ist genau das Gegenteil dessen, wofür mein Vater stand. Die Geschichte passt schon eher auf die Manns. Wie gelangt das Buch überhaupt in das Antiquariat? Wer von euch verscherbelt denn die Erinnerungsstücke von Hermann Fürst?« Pia blickt ihre Verwandten streng an.

»Wir nicht, es wurde ja alles zwischen den Erben aufgeteilt, ich habe das Buch nie gesehen. Vielleicht unsere spanischen Verwandten?«, sagt Erhart.

»Unsinn, ich verwalte das Fürst-Erbe für meine Söhne, falls sie sich mal für ihren Großvater interessieren sollten. Wir sind nicht darauf angewiesen, Erbstücke zu versilbern!«, weist Luise die Anschuldigung zurück.

»Endlich, der nächste Gang, Zander mit Spinat, das gab es auch häufig bei den Festen von Hermann Fürst, sogar noch im Krieg. Er wusste zu leben!«

»Warum stehst du denn auf, Friedemann?«

»Ich hole mir ein Bier, der Wein ist nicht so mein Ding.«

»Das gibt es doch nicht, du wurdest hier auf der Burg mit Rheinwein getauft!«

»So schlecht finde ich die Idee mit dem Bier nicht«, schließt sich Johannes an.

»Also du bleibst sitzen, Johannes. Es wird gegessen und getrunken, was auf den Tisch kommt. Wir sind doch hier kein Lokal!«

Friedemann kommt mit seinem Bier zurück. »Ich habe vorsichtshalber in der Küche gleich ein Glas getrunken, man weiß nie, bei der strengen Tante.«

»Über mich kannst du dich nicht beklagen, Friedemann, hier bei uns hast du immer gerne deine Sommerferien verbracht. Aber es ist schon seltsam, wenn man überlegt, die Kinder wurden allesamt als Kriegskinder gezeugt, als ob uns nach dem Krieg die Lust dazu vergangen wäre.«

»Du vergisst meine beiden Nachzügler, Konrad und Pia. Das Mädchen wurde nach dir benannt, um die Verbindung zur Burg aufrechtzuerhalten«, sagt Erika.

»Das sind Fuchs-Kinder, die haben doch mit uns nichts zu tun«, weist Pia ihre Schwägerin zurecht.

»Aber die zwei von Siegfried in Spanien, da kannst du sagen, was du willst, das sind Fürsts.«

»Der Siegfried, hört mir nur mit dem auf. Der hat die Frau ja noch nicht einmal geheiratet.«

»Was, in Spanien, als Katholikin?«

»Es bleibt dabei, alles Kriegskinder«, insistiert Pia. »Am schlimmsten finde ich ja deinen Jens, Luise, wie der sich nach Berlin abgesetzt hat, um der Bundeswehr zu entkommen. Was hast du gesagt, auf alternativen Buchhändler macht er dort? Ich schau mir im Fernsehen immer extra die Krawalle in Berlin an, ob ich ihn da erkenne.«

»Der Jens, davon wusste ich überhaupt nichts, das finde ich echt stark. Man hat ja eigentlich gar keinen Kontakt untereinander. Wenn ich mal wieder in Berlin bei meinen Künstlern bin, werde ich mich unbedingt bei ihm melden.«

»Bist du auch einer von denen, Friedemann? Ich dachte, du studierst Jura, wie dein Vater, und diese Edition Fürst machst du nebenher. Was ist das eigentlich, verdienst du damit Geld?«

»Ich habe fünfundsiebzig Abonnenten, allerdings ist niemand von der Familie dabei.«

»Letzten Endes ist das doch auch nichts mit Hand und Fuß, wenn du mich fragst, wir haben ja die Broschüre gesehen«, sagt Pia.

»Was habt ihr denn groß vorzuweisen, du und deine Brüder?«, hält ihr Friedemann entgegen.

»Das darf doch nicht wahr sein, fünfundzwanzig Jahre nach Kriegsende, wie Deutschland heute dasteht, und da fragst du uns, was wir geleistet haben?«

»Ich meine euch, die Kinder von Hermann Fürst.«

»Wir haben trotz all der widrigen Umstände das Ererbte aufrechterhalten: die Burg, schaut euch den Besitz einmal an, das ist doch keine Selbstverständlichkeit. Allerdings, von meinen Brüdern kann ich das nicht behaupten. Albrecht war ein Trauerspiel, Siegfried ist nach Spanien durchgebrannt, und Erhart hat es gerade mal zum Angestellten in der Stadtverwaltung von Lüdenscheid gebracht, nachdem er von seinem Schwager im Betrieb seines Schwiegervaters ausgebootet wurde. Insofern hast du sogar recht, Friedemann!«

»Da hört sich doch alles auf! Als Beamter ist unsere Zukunft abgesichert, dagegen lebt ihr hier von der Substanz. Die Hälfte des Gartens wurde bereits als Bauland verkauft, der Rest wird sicher bald folgen. Die Schlinge zieht sich immer enger um die Burg zusammen. Wo liegt denn da die Leistung?«

»Also, eins möchte ich dir sagen, Erhart: Wir sind glücklich, hier am schönsten Punkt des Rheintals, umgeben von der ruhmreichen Vergangenheit unserer Familie. Wir würden mit niemandem tauschen.«

»Überzeugen tut das trotzdem nicht, Verwalten ist schließlich kein Aufbauen«, sagt Kai, der nach Abschluss seines Studiums als Maschinenbauingenieur gerade eine Stelle in der Firma seines Stiefvaters angetreten hat.

»Macht es erst einmal besser! Wer von euch hat denn überhaupt je ein Buch eures Großvaters gelesen?«

»Dieser Gartenlaubenstil ist für den heutigen Geschmack völlig unzumutbar«, antwortet Eva.

»Zu Gymnasialzeiten habe ich in den Osterferien immer ein oder zwei Romane von ihm gelesen. Wollte doch wissen, wer mein Großvater war. Aber dann habe ich bei den Büchern aufgehört, wo er plötzlich den Nazis das Wort geredet hat.«

»Er musste das doch tun, um überhaupt noch schreiben zu können, aber im Privaten war er nie Nazi, sondern immer kaiserlich-deutsch geblieben«, verteidigt Pia ihren Vater.

»Darauf kommt es nicht an, entscheidend ist allein, wie er nach außen hin aufgetreten ist, seinen Lesern gegenüber, die an ihn glaubten und die ihm vertrauten. Und da hat er sich einiges zuschulden kommen lassen. Da kommst du nicht so ohne Weiteres dran vorbei«, sagt Friedemann zu seiner Tante.

»Endlich, der Hauptgang, genau der richtige Zeitpunkt, um von diesem unangenehmen Thema wegzukommen!«, unterbricht Erhart.

»Rehrücken und Spätzle, niemand macht die wie die Maria. Mein Vater wusste, warum er eine Schwarzwälderin eingestellt hat«, lobt Pia.

»Als sie jung war, war sie ganz schön hübsch und mollig. Das interessierte Hermann Fürst mehr als Spätzle«, sagt Erika.

»Johannes, versuch doch mal den neuen Wein, Assmannshäuser Höllenberg, der einzige deutsche Rotwein, den mein Vater gelten ließ. Sonst lehnte er die Franzosen ja strikt ab, aber bei deren Rotwein drückte er ein Auge zu.«

»Im Mai feiere ich meinen Fünfzigsten, auf Mallorca, ihr seid alle eingeladen«, verkündet Erika.

»Donnerwetter, das sieht man dir nicht an, Erika!«

»Hör auf, deiner Schwägerin Komplimente zu machen, Johannes. Sie verprasst in Garmisch unser Geld, das wir für ihre Hälfte der Burg bezahlen mussten, im Nachhinein viel zu viel. Diese Erbteilung, das werde ich Vater nie verzeihen.«

»Wie läuft denn deine Landwirtschaft, Johannes?«, erkundigt sich Erhart.

»Bevor der Siegfried seine Obstwiesen verkauft hat, lief es gut, mit Schattenmorellen und Äpfeln. Dieses Jahr werden wir wieder Spargel anbauen. Aber die wirkliche Landwirtschaft, damit ist es eigentlich vorbei.«

»Hat der Siegfried wenigstens einen anständigen Preis für das Land erhalten?«

»Dieser unverschämte Kerl behauptet, der Johannes, der ihm dabei geholfen hat, hätte viel zu wenig dafür rausgeholt, ihn vielleicht sogar übers Ohr gehauen. Und wir haben dies aus reiner Gefälligkeit für ihn erledigt, er ist ja schließlich mein Bruder, habe ich immer gesagt. Also, für mich ist der gestorben, hier braucht der sich nicht mehr blicken zu lassen.«

»Dann hast du wohl auch nichts dagegen, Tante Pia, dass Jens und ich uns in nächster Zeit von Papa Berthold adoptieren lassen. Er ist schließlich seit über zehn Jahren wie ein Vater für uns«, sagt Kai.

»Ihr wollt den Namen Fürst ablegen? Da verschlägt es einem richtig den Appetit. Also darüber müssen wir uns noch unterhalten, was ihr da vorhabt.«

»Es ist ja noch nichts besiegelt, Tante Pia, aber nur, dass du dich schon einmal darauf einstellst.«

»Mein Vater würde sich im Grab umdrehen.«

»Wo du das Grab erwähnst, Pia, ich hoffe, es gibt ausreichend Platz für uns alle«, sagt Erhart.

»In der Gruft? Ihr habt doch mit dem hier nichts mehr zu tun.«

»Ich möchte unbedingt bei meinem Vater begraben werden.«

»Das Grab ist voll, Friedemann.«

»Also Pia, dich hat niemand zur Grabverwalterin berufen. Da hab ich auch noch ein Wörtchen mitzureden«, sagt Erhart empört.

»Ich bin die Einzige von uns hier. Das Grab muss man doch als einen Teil der Burg sehen.«

»Bravo, Maria, ein toller Rehrücken war das, du hast nichts verlernt«, lobt Erhart.

»Pia, was würdest du ohne die Maria machen? Die

musst du deinem Erbteil noch hinzurechnen«, sagt Luise.

»In einem Jahr will sie zu ihrer Tochter in den Schwarzwald, vielleicht sogar nach Amerika.«

»Wieso Amerika? Was ist denn überhaupt aus der Hanna geworden, Maria?«

»Sie arbeitet als Krankenpflegerin in einem Sanatorium im Schwarzwald, in der Nähe, von wo ich herkomme. Seit Kurzem ist sie mit dem Sohn einer Patientin verlobt, einem Amerikaner, im April werden sie heiraten und dann nach Amerika ziehen. Ein schrecklicher Gedanke, da passe ich doch gar nicht hin.«

»Er heiratet ja auch die Hanna, nicht dich. Was macht er denn beruflich, er hat doch einen Beruf, oder?«

»Hanna hat es mir zu erklären versucht, irgendwas mit Computern.«

»Maria, wie oft muss ich das noch sagen, das spricht man nicht aus wie Puter, da klingt ein j mit vor dem u, wie Jude, also Compjuter.«

»Wie kommst du gerade auf Jude, Pia?«, fragt Erika.

»Sieh mal an, die Hanna, die stellt uns alle noch in den Schatten«, sagt Eva.

»Ich fahre im Sommer nach Amerika.«

»Du, Friedemann? Das höre ich zum ersten Mal. Wohin denn und warum?« Erika blickt ihren Sohn erstaunt an.

»Das steht im Detail noch nicht fest, aber auf alle Fälle nach New York, ich hoffe, dort einige Galerien für meine Künstler zu interessieren, möglicherweise entdecke ich auch einige Amerikaner, ich werde im Herbst nämlich in München meine eigene Galerie aufmachen.«

»Das erfahre ich alles so nebenbei? Woher hast du denn das Geld? Und was ist mit deinem Staatsexamen?«

»Die Edition wirft mittlerweile etwas ab, und die Galerie wird erst mal bescheiden sein, ich habe für den

Anfang zwei Räume in einem Untergeschoss in der Georgenstraße angemietet.«

»Falls du nach San Francisco kommst, solltest du den jungen Leutnant aufsuchen, der im Krieg hier bei uns das Lazarett geleitet hat. Wie hieß der noch?«, fragt Pia.

»Leutnant Wiseman. Rob Wiseman.«

»Dass du dich an ihn erinnerst, Karin!«

»Das war ein toller Mann, leider waren wir alle verheiratet.«

»Im März ist es fünfundzwanzig Jahre her. Die planen eine große Feier in Remagen. Bei uns wurde auch schon um einen Besuch von amerikanischer Seite angefragt. Könnte ja sein, dass unser junger Leutnant mitkommt. Ich werde ihm dann sagen, er soll dich mal im Sauerland besuchen, Karin. Hat sonst noch jemand Interesse?« Pia blickt sich fragend um.

»Jung wird er nicht mehr sein«, wirft Erika ein.

»Das seid ihr ja alle nicht mehr«, meldet sich Kai.

13.
Berkeley

Das mit Amerika war eine so dahingeworfene Bemerkung bei dem Familientreffen auf der Burg, aber einige Monate später befindet sich King tatsächlich dort. Wie ein Traum, *on the road*, die Fahrt mit Ramon von New York nach San Francisco. Kings Blick verliert sich in einem flimmernden rosa Horizont. Die Sonne brennt erbarmungslos. Ramon und er haben seit über einer Stunde kein Wort gewechselt. Aber was bedeutet Zeit in der sengenden Hitze der Wüste, irgendwo in Utah? Er hat das Fenster auf seiner Seite heruntergelassen, heiße Luft streicht über seinen Arm. Sein Hemd klebt am Leder des Sitzes. Eine Macke von Ramon, die Kühlung nicht einzustellen, um die Wüstenhitze voll zu erleben. Sonst könntest du überall sein, rechtfertigte er sich.

King sitzt bewegungslos, Schweiß tropft an ihm herunter, in seinem Kopf ein hämmerndes Dröhnen. Ramon hatte ihm von diesem Wüstengefühl vorgeschwärmt, wo man eins sei mit allem und in dem Gegenwart, Vergangenheit und Zukunft nahtlos ineinander verlaufen.

»Letztes Jahr bin ich achtundvierzig Stunden mit einem VW-Bus von Tucson nach Mexiko City durch die Wüsten Mexikos gefahren. Ohne Stopp, immer einen Joint am Brennen, in einer vor Hitze schillernden Schwerelosigkeit.«

King ist froh, dass Ramon endlich sein stures Schweigen bricht. Dunkle Locken wild um den Kopf, starrt er unbeweglich geradeaus, die Augen von seiner Sonnenbrille verdeckt. Wie ein Fels. Wer die Wüste beherrscht, beherrscht das Leben, hatte Ramon zu Beginn ihrer Fahrt erklärt.

»Zeit zum Wechseln?« King blickt Ramon von der Seite an.

Er wäre wieder dran, so hatten sie es ausgemacht, einer schläft, während der andere fährt, im Vierstundenrhythmus. Möglich, dass ihm Ramon nicht mehr traut, nur weil King in Wyoming hinter Jackson, als sie aus dem Grand Teton Park herauskamen und Ramon mit Schlafen dran war, falsch abgebogen ist, sich an der Kreuzung außerhalb von Jackson südöstlich nach Kemmerer hielt, anstatt über Wilson in Richtung Westen zu fahren. »Mensch, du hast die Mondlandschaft verpasst, ein Höhepunkt unseres Trips«, regte Ramon sich auf. »Du kannst das alles doch sowieso nicht mehr aufnehmen«, wehrte sich King, aber Ramon war eingeschnappt.

Eigentlich fand er an Amerika wenig auszusetzen, ganz im Gegenteil. Jeder macht sich sein Bild von dem Land. Was ihn am meisten überraschte, war die Offenheit und Unvoreingenommenheit, jedenfalls auf den ersten Blick. New York ist anders, das hat mit Amerika nichts zu tun, wurde ihm vorher versichert. Aber gerade hier passiert das Wesentliche, und der Rest des Landes folgt. Sein erster Eindruck allerdings war wenig ermutigend. Als er aus dem Flughafenbus an der 57th Street ausstieg, prasselte ein Platzregen über die Stadt nieder. Er stellte sich mit seinem Gepäck im Eingang zu einer Bar unter, bekam Lust auf ein Bier nach dem langen Flug. Der Mann neben ihm sprach ihn auf seinen Akzent an, fragte, wo er herkomme. Deutschland, da sei er im Krieg gewesen, aber das war gefährlicher als heute hier in Manhattan, meinte der Mann. Ob er zwanzig Dollar dabeihabe? King sah ihn etwas erstaunt an. So viel müsse er immer bei sich tragen, damit es sich, falls er überfallen werden sollte, für den Räuber auch lohne, sonst bekäme er gleich ein Messer zwischen die Rippen.

Sein Zimmer im Henry Hudson Hotel, wo er die erste Übernachtung reserviert hatte, war mit einer Verriegelungsanlage und einer Stahlsperre für die Tür ausgestattet, und überall Aufkleber mit der Aufforderung, sich zu verbarrikadieren. Das fängt ja gut an, dachte King beunruhigt.

Am nächsten Tag zog er ins Village zu einem Münchener Bekannten, der an der Columbia Business School sein Zweitstudium absolvierte. »Wirtschaft, darin sind uns die Amis auf alle Fälle überlegen«, erklärte er ihm. King fühlte sich zu Hause in dem aufregend lebendigen Village. Das mit den Kriminellen sei halb so schlimm, beruhigte ihn sein Bekannter, man müsse eben die Augen offenhalten, so etwas wie einen sechsten Sinn für seine Umgebung entwickeln. Das leuchtete King ein.

Ziel des Amerikatrips war, seine Künstler bei New Yorker Galerien einzuführen. Er hatte den Eindruck, dass jedem amerikanischen Maler Europa offenstand, und das durfte doch keine Einbahnstraße sein. Seine Leute hielt er den Amerikanern für durchaus ebenbürtig, hier wie dort der gängige Realismus mit knalligen Farben, allerdings kam bei seinen Künstlern eine deutliche Kritik, politisch oder gesellschaftlich, hinzu. Nicht nur darstellen, sondern auch eine Botschaft beimischen.

Er lief mit seiner Mappe durch zahllose Galerien in der Madison Avenue, in der Stadtmitte um die 57th Street herum und in der Gegend um den West Broadway, wo die neuen aufregenden Galerien zu sein schienen. Aber nirgends auch nur das geringste Interesse an dem, was er zu zeigen hatte. Einige hörten sich geduldig seine Geschichte an, die meisten weigerten sich allerdings, seine Mappe überhaupt anzusehen. Deutsche Kunst, das ziehe nicht, es spiele keine Rolle, ob die Sachen gut seien.

Nach einer Weile zermürbte ihn das, so ganz ohne jeden Lichtblick.

In der OK Harris Galerie am West Broadway hatte er Ramon kennengelernt. Ramon saß in einem Sessel in der Ausstellung von Skulpturen des Künstlers Duane Hansen, lebendig wirkende Darstellungen von Durchschnittsamerikanern, Bauarbeitern, Putzfrauen, Touristen und Ähnliches. King fand die Sachen ganz lustig, aber letztlich vermisste er den Tiefgang. Er betrachtete die in einem Schaukelstuhl sitzende Gestalt, eine blaue Wollmütze tief über den Kopf gezogen. Er war sich nicht sicher, ob der zur Ausstellung gehörte oder wirklich war, also genau in der Intention des Künstlers. Immer wieder blickte er zu der sitzenden Figur zurück. Als er sie vergessen hatte, klopfte ihm jemand auf die Schultern und lachte ihn an: »Na, war ich gut?« Das war Ramon. Wenn er ihn jetzt von der Seite anschaut, in seiner lässigen Ruhe auf dieser schnurgeraden Straße an dem blendend weißen Großen Salzsee entlang, den Ellenbogen aus dem Fenster gelehnt, das Haar auf seinem Arm im heißen Wind wehend, muss er wieder an die Figuren bei OK Harris denken.

»Duane Hanson: amerikanischer Hippie auf der Fahrt durch die Wüste.«

Ramon wendet den Kopf fast unmerklich, lächelt gequält, ohne sonst ein Wort. War auch nicht notwendig. Als ob er die Geste so schon einmal im Kino gesehen hätte, denkt King.

Durch Ramon hat er Melinda getroffen, eine Künstlerin im Village, die Objekte aus Nägeln zusammenschweißt. Nach außen zeigen sie die gewölbte Oberfläche der Nagelköpfe, während ihre Innenseite aus einem abstoßend spitzen Nadelkissen besteht. Melinda hatte lockiges Haar, trug eine kleine blaue runde Brille und lange farbige Röcke. Sie war immer lustig. King mochte sie sehr, verbrachte einige drückend schwüle New Yorker Nächte mit ihr. Bis jemand erwähnte, Melinda habe Krebs, Drüsenkrebs. Er hatte nie jemanden mit Krebs gekannt, traute sich danach kaum noch, sie zu berühren. Mit einem Mal hatte sie etwas Zerbrechliches. Damit erklärte sich auch ihre Kunst: das glatte Äußere und das schmerzende Innere.

Ramon hatte die Idee, zusammen nach San Francisco zu fahren, quer durch Amerika. Er habe eine Freundin dort, die er sehr liebe, aber es hätte Schwierigkeiten gegeben, und er wolle ausloten, was noch zu retten war. Und je nachdem dann weiter nach Mexiko. Bei San Francisco sagte King sofort zu. Er hatte den Namen des Offiziers aus San Francisco bei sich, der im Krieg bei ihnen auf der Burg stationiert war. Jeden in seiner Familie interessierte, was aus ihm geworden war.

An der Grenze zu Nevada wechseln sie wieder das Steuer. Ramon hatte eine Doppelschicht hingelegt. »Interstate 80, immer geradeaus«, wies er King an, »da kannst selbst du dich nicht verfahren!«

Der kann einem schon auf die Nerven gehen, denkt King, aber bevor er sich dagegen zur Wehr setzt, ist Ramon bereits auf dem Beifahrersitz eingeschlafen.

King summt dieses Janis-Joplin-Lied, das ständig im Radio läuft: *Freedom's just another word for nothing left to lose.* Den Rest des Textes hat er nie richtig verstanden, aber mehr muss er gar nicht wissen, in dieser im Nachmittagsblau von der Straße aufsteigenden Hitze, die mit ihrem Flimmern die ganze Welt hier in ein unbeständiges Schweben versetzt. Wo sich alles und nichts miteinander verbinden, wo einen nichts mehr hält und wo es nur noch Freiheit gibt.

In Reno übernimmt Ramon wieder das Steuer. Sie fahren in einen purpurrot trunkenen Sonnenuntergang über der Sierra Nevada. Im Sacramento Valley breitet sich eine glitzernde Sternendecke über ihnen aus. Von den Hügeln am anderen Ende des Tales leuchten in der Entfernung gelblich die Lichter der San Francisco Bay.

»Und wenn sie nichts mehr von dir wissen will?«

Ramon ruft von einer Tankstelle in Vallejo aus bei seiner Freundin an. Aber niemand nimmt ab. Er hatte ihr den Besuch nicht angekündigt, eine Überraschung sei doch besser, oder?

»Vielleicht«, antwortet King, aber sicher ist er sich nicht, er hätte das wahrscheinlich anders gemacht. Von Berkeley aus versucht Ramon es nochmals. Es dauert einige Zeit, bis er zurückkommt.

»Wir können bei ihr übernachten.«

»Und sonst?«

»Schwer zu sagen. Ich muss erst mal das Haus finden, oberhalb von Sausalito. Wir sind hier auf der falschen Seite der Bay.«

Wie ein Schiffsbug drängen sich die Wolkenkratzer von San Francisco an die Bay, ein tanzendes Lichtermeer glitzernd in den Nachthimmel. King hat die Sehnsucht nach dieser Stadt seit Langem in sich getragen, nicht erst während der letzten Jahre, als alle Welt hierher zu den Blumenkindern blickte, sondern schon vorher, noch auf der Burg, wenn er seine Verwandten geheimnisvoll von San Francisco sprechen hörte, die sich der Stadt in einer besonderen Weise verbunden fühlten. Aber jetzt, als sie sich in ihrem zitternden Glanz vor ihm ausbreitet, empfindet er lediglich das Gefühl von Beklommenheit, und er fragt sich, was er hier überhaupt will.

Ramon fährt gereizt durch den nächtlichen Stadtverkehr, flucht auf sich und die Welt, als ihm beim Anfahren vor einer Ampel an einem steilen Berg der Motor abstirbt und die Fahrer hinter ihm zu hupen beginnen. King blickt schweigend zu ihm. Nichts mehr von dem stolzen Adler, der über die Weiten von Nebraska und Wyoming schwebte, sondern ein Adler mit gestutzten, hängenden Flügeln, unsicher in den Straßen einer fremden Stadt torkelnd. Aber plötzlich jubelt Ramon auf, als die Golden Gate Bridge auftaucht. Sie verstummen vor der monumentalen Pracht der Brücke, tief darunter das im Nachtlicht dunkel glänzende Meer. Der Pazifische Ozean, ein Gefühl, als beginne für sie das nächste Kapitel.

Sie winden sich die engen Straßen hinter Sausalito hinauf. Ramon wird hoffentlich wissen, was er tut. Lillian öffnet die Tür, barfuß und in Jeans, mit einem langen weißen Hemd und kurzem dunklem Haar. Nur ein müdes Lächeln, King findet sie nicht besonders attraktiv, und dafür waren sie dreitausend Meilen quer durch Amerika gefahren? Aber dass Ramon besser als der Rechtsanwalttyp ist, der hinter Lillian auftaucht, erkennt er sofort.

Sie übernachten auf Luftmatratzen draußen auf der Terrasse des kleinen Holzhauses, mit Blick auf Sausalito und die Meeresbucht unter ihnen. Ramon ist noch im Haus, als King einschläft. Später wacht er auf und beobachtet Ramon, wie er am Geländer steht und nachdenklich in die Nacht schauend seinen Träumen nachhängt.

Am nächsten Morgen weckt ihn lärmendes Vogelgezwitscher. Ein roter Sonnenball rollt über die goldbraunen Hügel am Horizont und überzieht den milchig blauen Himmel mit einem rosa Pastell. Dieses Licht, noch nie hat King so ein Licht gesehen. Allenfalls in der Provence, aber in der Erinnerung scheint es ihm dort weicher als hier, auch das Blau ist anders, kraftvoller und tiefer. Unter ihnen die kleinen bunten Häuser von Sausalito. Fischerboote und Segelboote schwanken an ihren Ankern noch wie im Schlaf. Verrostete Stahlkähne, eine künstliche Insel mit Palmen drauf, und verwunschene Barken dümpeln in einem verspielten Durcheinander in der Meeresbucht dem Tag entgegen. Gegenüber San Francisco in strahlendem Weiß. Er schüttelt verwundert den Kopf, unfassbar, denkt er, dass es so etwas gibt. Dazu dieser trockene Duft, ein Gemisch aus altem Laub von Ahorn und Buchen und dem blühenden Jasmin, der sich in der morgendlichen Sonne um die Terrasse rankt.

Offensichtlich läuft es für Ramon nicht so, wie er sich das vorgestellt hatte.

»Und jetzt?«, fragt King. Ramon zieht die Augenbrauen hoch, blickt unschlüssig vor sich hin. »Willst du wissen, was ich denke?«

Ramon schüttelt ablehnend den Kopf. »Ich muss die Antwort selbst finden. Für dich ist es einfach, aber du kennst unsere Geschichte nicht.«

Tagelang schwammen sie einverständlich auf derselben Welle, jetzt scheinen die Dinge brüchig. King weiß nicht, wie es nun weitergehen soll. Fürs Erste hat er die Adresse eines Bekannten in Berkeley, aber wenn das nichts wird?

Beim Abschied schenkt Ramon ihm das rote Cowboyhemd mit den silbernen Druckknöpfen, das er in der Wüste getragen hat. Sie umarmen sich, für immer Freunde, egal, ob sie sich jemals wiedersehen werden.

Am frühen Nachmittag erreicht er Berkeley. Alles nicht so einfach mit den verschiedenen Busverbindungen von einer Seite der Bay zur anderen. Er hatte vorsichtshalber seinen Freund Rüdiger, den er auch aus dem Occam kennt, von New York aus angerufen, ob er ein paar Tage bei ihm wohnen könnte. Rüdiger übt als Germanist in Berkeley eine Lehrtätigkeit aus, gleichzeitig arbeitet er an seiner Doktorarbeit über Kafka. Warum gerade hier über Kafka in diesem flutenden Licht, fragt sich King, als er in einem schattigen Straßencafé oben an der Bancroft Avenue ein Bier trinkt.

In Rüdigers Wohnung um die Ecke an der College Avenue hatte sich niemand gemeldet, auch seine Frau nicht, mit der King eigentlich fest gerechnet hatte. Erst mal abwarten, irgendwo wird er für die Nacht unterkommen. Es hat für ihn seit Langem keine geplanten Nächte mehr gegeben, dafür Sonnenaufgänge zur Genüge. Gestern noch in Wyoming. Es war schon eine verdammt schöne Fahrt.

Beim zweiten Bier bemerkt er Rüdiger vor dem Haus. Der hat sich in den Monaten hier ganz schön verändert, denkt King. Schulterlanges Haar und eine dieser kleinen runden Sonnenbrillen, dazu ein ärmelloses fransiges Lederjackett und ausgewaschene Levis. Aber er wirkt missmutig und gereizt.

»Du hast nicht den besten Zeitpunkt erwischt, King. Gestern ist Marianne ausgezogen. Sie lebt jetzt bei einem Italiener, Gianni heißt er, eigentlich ein Freund von uns beiden. Er schreibt an einem Buch über die Mystik des Fernen Osten, wandert durch die Gegend in wehenden weißen Roben. Marianne ist seine Schülerin, natürlich schläft sie mit ihm, wahrscheinlich schon eine ganze Zeit.«

Ein Abend mit deutschen Eheproblemen, und dafür bin ich nach Kalifornien gekommen, denkt King auf einer Matratze in einem nach hinten gehenden winzigen Zimmer mit Blick auf einen ungepflegten Garten.

King wandert am nächsten Tag ziellos durch Berkeley. Am späten Nachmittag ruft Ramon an. Mit Lillian sei es endgültig vorbei. Ramons Stimme weckt in ihm die Sehnsucht an das gemeinsam Erlebte, das einmalige Gefühl von Freiheit. Und die Angst, dass er das, was so einmalig war, nirgends wiederfinden wird.

»Ich habe morgen noch ein paar Dinge in San Francisco zu erledigen, am Nachmittag fahre ich weiter. Erst Houston, dann Mexiko. Ich habe dort mit Freunden Land in den Bergen hinter Vera Cruz gekauft. Wenn es gut läuft, sieht die Welt wieder anders aus.«

»Houston, wie lange dauert das?«

»Achtunddreißig Stunden, non-stop. Du kennst das ja. Zusammen wäre es besser.«

Natürlich reizt ihn das. Durch die Wüste von Arizona, noch einmal der heiß streichelnde Wind durch die offenen Fenster, das übermüdete Schwitzen in den klebrigen Ledersitzen und dann Texas.

»Ich habe überhaupt noch nichts von San Francisco gesehen.«

»Du hast bis morgen zwei Uhr Zeit.«

Wieder die Spannung des Unbekannten. Sein Rückflug ist zwar von San Francisco gebucht, aber wenn nicht jetzt, wann dann? Dennoch, er spürt, dass er zögert.

Rüdiger kommt spät von der Universität, sein Seminar über deutsche Nachkriegsliteratur wurde immerhin von dreißig Studenten besucht, und das zu dieser Tageszeit, also nicht schlecht, meint er. »Tut mir leid wegen gestern Abend, aber es gibt solche Tage.«

Beim ersten Bier spürt King, dass sein Freund diesmal besser drauf ist. Er wunderte sich bereits, warum er sich mit ihm in München überhaupt abgegeben hatte, aber solange sie nicht über seine Ehe sprechen, ist er in Ordnung. Sie gehen Chinesisch essen, Rüdiger schlägt danach den Film über das Woodstock-Festival vor, der gerade angelaufen ist. King möchte lieber eine Band anhören, live in einem Club oder einer Bar, wo man auch was trinken kann.

»Woodstock kann ich mir in München anschauen.«

»Wie du willst.«

Beim Betreten des Clubs atmet King die schwere, stickig-süßliche Luft, als tauchten sie in Nebel ein. Eng aneinandergedrängt bewegen sich die Körper im Rhythmus der Musik. Ihr Haar verschleiert das Gesicht der über das Mikrofon gebeugten Sängerin, deren klagende Balladen von einer harten Rockband begleitet werden, drei Gitarristen und ein Schlagzeuger, langhaarige Typen mit leerem Blick, jeder in einer Welt für sich. King ist zufrieden, San Francisco, genau aus solchen Schuppen heraus hat diese Musik schließlich die Welt erobert.

Er hört der Band zu, in unbestimmte Träume verloren. Plötzlich dreht sich das Mädchen vor ihm um.

»Möchtest du mit mir tanzen?«

Er hatte die schlanke Chinesin bisher nicht bemerkt. Um ihr schmales weißes Gesicht schmiegt sich schulterlang schwarzes Haar. Eigentlich ist alles an ihr schwarz, die dunklen Augen schwarz umrahmt, eine schwarze Bluse mit weit geschnittenen Ärmeln, schwarze seidene Hosen, eine dünne Goldkette mit einem kleinen hellgrünen Jadeanhänger ist das einzig Farbige an ihr. King ist überrascht, er dreht sich um, ob sie vielleicht jemand anderen gemeint haben könnte?

Sie streckt ihre Hände aus und beginnt sich mit der Musik zu drehen. Eine endlos lange Nummer, sie bewegen sich, ohne einander zu berühren. Sie tanzt in sich versunken, in schlangenhaften Wendungen, als ob sie ihn eigentlich gar nicht brauche.

Er kann den Blick nicht von ihren Augen und ihrem glatten weißen Gesicht nehmen.

»Ich heiße Feelie.« Ein Klang nach Katzen schwirrt in dem Namen, sie hat auf alle Fälle etwas Katzenhaftes an sich. Weiche Siamkatzen, genau daran muss er denken.

»Friedemann«, antwortet er.

Feelie lacht auf, sie findet den Namen komisch und zu lang, aber King, was er ihr alternativ anbietet, sagt ihr noch weniger zu. Dann doch lieber Friedemann. Er hat seinen Namen seit langer Zeit nicht mehr gehört, als ob er ihm fremd geworden wäre, aber so, wie sie ihn ausspricht, das R unter einer gewölbten Zunge gerollt, klingt er ganz anders. Man entdeckt sich neu, wenn keiner etwas von einem weiß, denkt er, es beginnt beim eigenen Namen. Feelie bietet ihm eine selbst gedrehte Zigarette an, guter Stoff aus den warmen Küstenwäldern nördlich von hier, erklärt sie. Ein Bier wäre ihm lieber, aber mit dieser Chinesin ist er zu allem bereit. Nach einigen tiefen Zügen fühlt er sich angenehm entspannt. Sie tanzen jetzt eng aneinandergeschmiegt, er spürt ihren Körper, atmet den Duft ihrer schwarzen Haare, an ihrer Haut nimmt er einen zarten Hauch von Jasmin wahr.

Irgendwann hat er Rüdiger aus den Augen verloren, möglich, dass er nur frische Luft braucht, die könnte King auch vertragen.

»Wenn du willst, begleite ich dich nach Hause«, bietet er ihr später an.

»Ich finde es schon alleine.«

»Für mich gibt es nichts Schöneres als menschenleere Straßen in der Stille einer klaren Nacht.«

Feelie schlägt die entgegengesetzte Richtung von Rüdigers Wohnung ein, die Shattuck Avenue entlang, bis diese in kleinen Nebenstraßen ausläuft. Ihr Haus ist eingezwängt zwischen sich hochtürmenden Redwood-Bäumen, die wie dunkle Säulen in die sternklare Nacht ragen.

»Lebst du hier allein?«

»Wir sind zu viert.«

»Dann kann ich ja mit hineinkommen, noch auf eine deiner Zigaretten?«

Der Raum ist schwach beleuchtet. Drei silbrig graue Katzen schlängeln sich wohlig schnurrend um Feelie. Er hatte so eine Vorahnung. Sonst sieht er niemanden in der Wohnung.

»Ihr vier?«

»Wir erlauben eigentlich nie jemandem Zutritt in unser Reich.«

Er beobachtet, wie sie sich niederkniet, mit den Katzen spielt, gurrende Laute in einer Sprache, die er nicht versteht, gelegentlich hört er Friedemann heraus.

»Sie zögern, aber einer Zigarette mit dir stimmen sie zu.«

Das Haus besteht im Wesentlichen aus diesem einen Raum. In einer Einbuchtung steht ein bunt überzogenes Bett, sonst ein paar Möbel, eine Sitzecke, ein Schreibtisch, alles niedrig gehalten und mit farbigen Tüchern abgedeckt. Feelie zündet Weihrauchkerzen und eine Zigarette an. King atmet wieder diesen zärtlichen Jasmin. Hier könnte ich es aushalten, denkt er, trotz der Katzen, die ihn misstrauisch mustern. Sie liegen nebeneinander auf dem Bett mit einer von Feelies Zigaretten.

»Meine Katzen scheinen dich zu mögen.«

Feelies Körper leuchtet in hellem Weiß. Ihre Haut ist glatt und weich, sie hat kleine Brüste. Er fühlt den Samt ihrer Schenkel, als sie ihn zu sich in eine gleißende Ferne entführt.

Am nächsten Morgen schrickt er auf, als eine der Katzen über das Bett streicht. Ein von den Redwoods draußen gebrochener Sonnenstrahl zieht seine Leuchtspur durch das Zimmer. Er hört Feelie in der Küche. Bei Tageslicht löst sich die Erinnerung der Nacht auf, jetzt ist er ein Fremder, der hier eigentlich nichts zu suchen hat, bei dieser Frau und ihren Katzen, die wahrscheinlich auch nicht weiß, was sie mit ihm anfangen soll.

Eine morgendliche Frische umgibt Feelie. Sie trägt ein schwarzes ärmelloses Hemd, ihre nackten Beine ragen aus abgeschnittenen Jeans. Er weiß nichts von ihr, nur dass er hier bei ihr und in diesem Sonnenlicht für immer bleiben möchte.

Sie hat einen Teller voll kleiner runder Bananenpfannkuchen in Talergröße gebacken und bringt sie ihm mit einem süßen Ahornsirup. Als wäre es das Natürlichste der Welt. Ihre Haut hat bei Tageslicht nicht mehr das blendende Weiß der Nacht. Aber dieselbe ruhige Schönheit unter den glänzend schwarzen Haaren.

»Du wolltest doch nur auf eine Zigarette bleiben. Meine Katzen werden ungeduldig. Außerdem muss ich zur Arbeit. Was hast du heute vor?«

»Um zwei fährt mein Freund nach Houston weiter. Aber ich kann mich nicht entscheiden, mit ihm zu fahren. Ich sollte noch jemanden in San Francisco treffen. Am besten bleibe ich im Bett. Was machst du denn beruflich?«

»Ich bin Krankenschwester, hier im Krankenhaus in der Notaufnahme. Vielleicht sehen wir uns wieder, sollte dir etwas zustoßen. Man kann nie wissen.«

»Ich hoffe, es gibt andere Möglichkeiten, dass wir uns wiedersehen.«

»Das kommt darauf an. Ist es eine Frau, die du in San Francisco treffen möchtest?«

Ihre Stimme klingt plötzlich verunsichert.

»Nein, ein Bekannter meiner Familie. Er war Ende des Zweiten Weltkriegs ein paar Wochen bei uns im Haus, seitdem haben wir nichts von ihm gehört. Meine Verwandten möchten wissen, was aus ihm geworden ist, ein Vierteljahrhundert später. Ich war damals noch gar nicht geboren. Und das Einzige, das sie von ihm wissen, ist sein Name: Robert Wiseman. Robert Wiseman aus San Francisco.«

»Einer von den Wisemans?«

»Keine Ahnung. Kennst du sie?«

»Die Wisemans, wenn es die sind, gehören zu den reichen Familien in San Francisco. Hier an der Uni ist ein Auditorium nach ihnen benannt, das sie finanziert haben.«

»Mit denen hat er bestimmt nichts zu tun. Er war als einfacher Soldat in Deutschland.«

»Es gibt auch reiche Soldaten. Hat er eine Tochter?«

»Ich habe keine Ahnung, ich kenne ihn doch nicht. Ich weiß nicht einmal, wie ich ihn finden soll.«

»Ruf ihn an.«

»Einfach so?«

»Natürlich, wie denn sonst?«

»Und dann?«

»Du bist witzig, das musst du schließlich selbst wissen.«

King weiß nur, dass er bei dieser Frau bleiben und gleichzeitig mit Ramon weiterfahren möchte. Er beschließt, die Entscheidung diesem Robert Wiseman zuzuschieben. Wenn der ihn treffen will, bleibt er in Berkeley bei Feelie. Ansonsten wird er mit Ramon durch die nächste Wüste fahren. Er hat beide, Ramon und Feelie, zufällig getroffen, warum nicht noch einmal den Zufall entscheiden lassen?

Es gibt vierzehn Wisemans im Telefonbuch von San

Francisco, darunter ein Robert, mit Büro- und Privat-
nummer. Die private Telefonnummer ohne Adressen-
angabe, typisch für die Reichen, sagt Feelie. King blickt
sie zögernd an. Als seine Tante Karin ihn darum bat,
schien das relativ einfach, aber jetzt, vor dem Anruf, ist
ihm die Sache unangenehm.

»Ich kann dir auch nicht helfen, das musst du schon
selbst machen. Ich würde jedenfalls zuerst bei der Pri-
vatnummer anrufen.«

Er kommt ins Schwitzen, aber er muss den Anruf hinter
sich bringen, vielleicht antwortet auch niemand, das
wäre das Beste. Aufgeregt verfolgt er das Klingelzeichen,
sieht, wie Feelie ihn scharf beobachtet, nach dem vier-
ten Klingeln zuckt er fragend die Schultern, im selben
Moment knistert es in der Leitung am anderen Ende.
Eine weibliche Stimme. Er sagt seinen Namen, den er in
dieser Situation plumper als sonst findet. Die Antwort
der Frau ist nur schwer zu verstehen. Herr Wiseman sei
im Büro, so viel bekommt er mit.

Im Büro wird er mit der Sekretärin verbunden. Er muss
sich mehrmals wiederholen. Feelie sieht ihm belustigt
zu. Die ganze Angelegenheit ist ihm mittlerweile lästig
geworden. Schließlich fordert ihn die Sekretärin auf,
einen Augenblick zu warten.

»Hallo, ich bin Rob Wiseman.«

King war auf die fordernde Männerstimme nicht ge-
fasst. Stotternd bringt er unbeholfen sein Anliegen vor.
Die Burg bei Remagen, ich erinnere mich, sagt der
Mann.

»Ich soll Ihnen Grüße von meiner Tante Karin ausrichten, sie wollte wissen, wie es Ihnen geht. Die anderen
auch.«

»Karin? Ich dachte, sie hieß Erika?«

»Erika, das ist meine Mutter.«

Rob verfällt in ein langes Schweigen. King weiß nicht, was er sagen soll. Schließlich erkundigt sich Rob, wie lange er in San Francisco bleibe und ob er Zeit für ein gemeinsames Abendessen habe. Seine Frau sei momentan an die Ostküste verreist, heute Abend würde es ihm passen. Er schlägt vor, sich im Fleur de Lys an der Sutter Street zu treffen.

King legt erleichtert auf. Er wird hierbleiben, das Schicksal hat für Feelie entschieden. Seine Tanten, die ihm gegenüber immer etwas kritisch sind, insbesondere Pia, können zufrieden sein. Warum sich Rob Wiseman an seine Mutter erinnert hat, nicht aber an Karin? Er will Feelie umarmen, aber sie weicht zurück.

»Lass mich, ich küsse dich erst wieder, wenn du aus der Welt der Reichen zu mir zurückkommst. Sollte er eine Tochter haben, willst du sowieso nichts mehr von mir wissen.«

Er erwischt Rüdiger gerade noch in seiner Wohnung, bevor er zur Uni geht.

»Dein Freund Ramon hat mehrmals angerufen, er fährt bereits um zwölf Uhr. Nächste Woche weiter nach Mexiko, du wüsstest Bescheid. Er hat dir für alle Fälle eine Telefonnummer in Houston hinterlassen.«

Zwei Uhr hätte er noch schaffen können, aber für zwölf ist es auf jeden Fall zu spät. Ein doppelter Entscheid des Schicksals hierzubleiben.

Am späten Nachmittag macht sich King mit dem Bus über die Bay Bridge auf den Weg nach San Francisco. Von Rüdiger hat er sich ein graues Jackett ausgeliehen, das Fleur de Lys sei ein feiner Schuppen, da brauche er auf alle Fälle ein Jackett, wenn er schon keinen Anzug habe. Beim Betreten des Restaurants erfasst ihn eine plötzliche Unsicherheit.

Rob Wiseman ist eine halbe Stunde vor ihm beim Fleur de Lys eingetroffen. Zeit zum Nachdenken, kurz eine Insel der Ruhe. In seinem dunkelblauen Geschäftsanzug, weißem Hemd und einer dezent rot karierten Krawatte strahlt er Selbstsicherheit aus. Mit beiden Händen hält er ein volles Gin-Martini-Glas umschlossen und blickt nachdenklich auf die Eiswürfel darin. Sein Leben hat sich wieder eingependelt, nachdem er es vor nicht langer Zeit auf den Kopf gestellt hatte. Ken Ackerman hatte ihm damals mit seinem Venture-Capital-Vorschlag nicht zu viel versprochen. Aussteigen, um ständig wieder neu zu beginnen.

Er lässt sich die seltsame Unruhe, die der Besucher aus Deutschland in ihm ausgelöst hat, nicht anmerken. Ob Erikas Sohn die Augen seiner Mutter hat? Diese Begegnung, die sein Leben hätte anders gestalten können, aber die Erika damals in ihrer Widersprüchlichkeit im Kern zerstört hat. Ihr Sohn wühlt mit seinem überraschenden Besuch diese Frage erneut in ihm auf. Was hätte sein können? Dabei ist er mit Susan glücklich. Aber ging es damals vor einigen Monaten, als er sich vom Reiz des unbekannten Mädchens in dem Buchladen angezogen fühlte, letztlich nicht um sein festgefügtes Leben mit Susan? Ihre eingespielten Wiederholungen gegen das unvorhersehbar Neue, das dieses Mädchen ihm bot und die er sich letztlich nicht aufzugeben wagte?

Er nimmt gerade einen tiefen Schluck Martini, als der Oberkellner einen jungen Mann an seinen Tisch führt. Auf den ersten Blick nicht sonderlich beeindruckend, mit seinen langen braunen Haaren und einer rotfleckigen, ungepflegten Haut. Wenigstens trägt er eine Krawatte, aber trotzdem passt er nicht in dieses vornehme Lokal, das wie ein arabisches Zelt gestaltet ist. Was habe ich mir nur dabei gedacht, diesen Unbekannten in das beste Restaurant von San Francisco einzuladen, fragt sich Rob, als er aufsteht und seinem Gast die Hand reicht.

King ist nervös, die gedämpfte Stimmung bedrückt ihn, er hätte auf Feelie hören sollen, die wusste, dass er nicht in die Welt der reichen Wisemans passt. Dennoch, der schlanke, selbstbewusste Geschäftsmann begegnet ihm mit einem verbindlichen Lächeln, fordert ihn mit einer Handbewegung auf, Platz zu nehmen. Worüber sollen sie sich noch unterhalten? Die Grüße seiner Tanten hat er ihm bereits telefonisch übermittelt.

King hat sich kaum gesetzt, als ein Kellner die Serviette vor ihm vom Tisch nimmt und über seinem Schoß ausbreitet, als ob er das nicht selbst könnte. Von der anderen Seite gießt ihm ein anderer ein Glas Wasser ein. Er ist doch nicht zum Wassertrinken gekommen. Er fühlt sich noch unbehaglicher mit diesem ganzen Getue.

»Sie sind nur so zu Besuch in San Francisco oder gibt es einen besonderen Anlass?«

»Eigentlich nicht, nur so.«

»Ich habe seit Langem nicht mehr an Remagen gedacht. Damals, als wir mittendrin standen, konnte man sich nicht vorstellen, dass man sich je wieder von diesem schrecklichen Erlebnis lösen würde, aber dann schleicht es sich einfach davon. Das Leben geht weiter.«

Im Grunde ein angenehmer Typ. Dieses Gefühl, wie einen das Leben weiterschiebt, das kennt King auch, gerade jetzt auf dieser Reise.

Unvermittelt breitet sich ein Lächeln über Robs Gesicht aus. Er steht auf, um eine junge Frau zu begrüßen, die zu ihnen an den Tisch kommt.

»Meine Tochter Deborah«, stellt er sie vor. »Ich dachte,

falls Sie wissen wollen, was in San Francisco los ist, kann sie Ihnen besser Auskunft geben als ich.«

Deborah blickt ihn ziemlich gleichgültig an. Rotbraunes Haar fällt ihr auf die Schultern. Sie trägt eine enge schwarze Hose aus glänzendem Leder, ein lilanes grobmaschiges Hemd und eine weite Jeansjacke, um den Hals ein buntes Tuch. Kein Schmuck, aber ein Parfüm wie süßer Weihrauch. Mit einer Tochter hatte King nicht gerechnet, obwohl ihm Feelie das vorausgesagt hatte. Er hatte sich gerade an die fremde Umgebung gewöhnt, und nun überkommt ihn wieder dieses unkontrollierte Schwitzen.

»Deborahs Freund sitzt im Moment im Gefängnis, da hat sie ausnahmsweise Zeit für mich.«

»Dad, wenn du so weitermachst, wird das ein kurzer Abend werden!«

»Wir sind gelegentlich unterschiedlicher politischer Auffassung«, wendet sich Rob mit einem Lächeln an King.

»Hier läuft eine Revolution ab, und ihr tut so, als ob euer Gestern einfach immer so weiterlaufen würde.«

Die Erregung steht ihr gut, aber dann stört King doch, dass sie nur Wasser zu trinken scheint, nicht einmal ein Bier.

»Sie müssen verstehen, meine Tochter ist eine Revolutionärin. Und mein Sohn Sam lebt seit einem Monat in Indien, gibt dort bei einem Maharadscha sogenannte Guru-Nachrichten heraus. So weit die Kurzfassung zu meinen Kindern. Und was machen Sie?«

King bemerkt ein belustigtes Lächeln um Deborahs Lippen und Augen. Was hat er schon viel von sich zu erzählen? Er erwähnt den Grafikring, darauf kann er ja stolz sein, nach allen Anfangsschwierigkeiten, und die Galerie, die er dieses Jahr noch eröffnen will, außerdem sein Jurastudium, das hätte er fast vergessen. Wegen der Kunst sei er nach New York gekommen, und dann habe sich diese Fahrt nach San Francisco angeboten.

»Das passt nicht zusammen. Studieren Sie Jura aus echtem Interesse oder nur so, etwa aus Verpflichtung Ihrer Familie gegenüber? Oder haben Sie keinen wirklichen Mut zur Kunst?«

»Dad, du kennst ihn doch überhaupt nicht, wie kannst du ihm da bereits Vorwürfe machen?«

»Du vergisst, dass ich ihn als kleines Kind kennengelernt habe, als wir damals im Krieg den Rhein überquert hatten.«

»Ich war da noch nicht geboren«, korrigiert ihn King.

Rob schaut ihn erstaunt an, sieht er doch diesen kleinen Jungen deutlich vor sich, der ihm die Botschaft von Erika überbrachte. Einige Kinder waren auf der Burg, er nahm an, auch Kinder von Erika, sie war ja verheiratet.

»Wann wurden Sie denn geboren?«

»Im Dezember 1945, sieben Monate nach Kriegsende.«

»Und Ihr Vater?«

»Er ist verletzt vor Kriegsende aus dem Krieg zurückgekommen, aber er starb bald, ich kann mich nicht an ihn erinnern.«

Rob verstummt, richtet einen durchdringenden Blick auf King. Braune Augen, mit einem leichten Grauton beigemischt, nicht das Samtige seiner Mutter. Dieses Gefühl für Erika, als ob sich etwas davon mit einem Mal auch auf ihren Sohn übertragen hätte.

»Dad, möchtest du jetzt bestellen?«

Der Kellner steht schon einige Zeit neben ihm. Rob war in Gedanken weit fort gewesen.

Sie empfehlen King die Petrale Sole, eine lokale Scholle, dazu als Vorspeise grünen Salat mit Taubenbrust. Rob und er trinken kalifornischen Weißwein. Allmählich fühlt sich King wohl, seine Unsicherheit ist gewichen. Etwas an diesem Rob Wiseman gefällt ihm, obwohl er doch sonst gar nicht sein Typ ist. Vielleicht einfach die Art, wie er mit seiner Tochter umgeht, sie sich streiten und sie doch immer ein gegenseitiges Verständnis zu finden scheinen. Er gesteht ihr ihre Freiheit zu, und gleichzeitig baut er seine Wegweiser vor ihr auf. Und wie King glaubt, scheint er auch ihm versteckt den einen und anderen Hinweis zu geben. Zu seinem eigenen Erstaunen ist er dafür empfänglich, anders als wenn seine Mutter oder sonst jemand zu Hause sich einmischen. Mit dem kann man richtig gut diskutieren.

»Jedenfalls sind Deborah und ich uns insoweit einig, dass es für den Krieg damals keine Alternative gab. Das kann man von dem heute nicht sagen.«

»Leider belässt du es nur bei Worten.«

»Aber immerhin!«

»Im Frühjahr wurde in Remagen der fünfundzwanzigste Jahrestag der Eroberung der Brücke gefeiert. Viele Amerikaner waren eigens dafür angereist, einige kamen auch zu uns auf die Burg.«

Ob Karl Timmermann unter ihnen war, noch einmal am Ort seines Ruhms, fragt sich Rob. Was wohl aus ihm geworden ist? Nach dem Krieg hatte er nie wieder von ihm gehört. Wie Blätter im Wind, jeder in eine andere Richtung geweht und nur noch mit dem eigenen Leben beschäftigt. Aber dann unvorhergesehen dieser junge Mann hier, als ob sich Teile einer unfertigen Geschichte erst noch zu einem vollständigen Bild zusammenfinden müssten. Karl Timmermann gehört zu dieser Geschichte. Natürlich auch Erika. Wie nebenbei fragt er ihn nach seiner Mutter.

»Sie hat wieder geheiratet, einen Schriftsteller, erfolgreich mit Unterhaltungsromanen, vorher hatte er noch versucht, die Bücher meines Großvaters zu verlegen. Sie leben bei München, haben zwei Kinder. Auch die anderen Verwandten, die Sie damals kennengelernt haben, leben noch, außer meiner Großmutter, die vor einigen Jahren friedlich gestorben ist. Ich weiß nicht, was ich Ihnen sonst von ihnen erzählen könnte.«

Der Abend zieht sich in die Länge, Rob verfällt gelegentlich in tiefes Schweigen. Warum sucht ihn dieser junge Mann auf, was hat ihm seine Mutter erzählt, will er etwas von ihm? King bemerkt, dass Rob ihn mustert.

»Dad, du bist so schweigsam, das bin ich von dir nicht gewohnt. Ist alles in Ordnung?«

»Ich glaube, wir sollten Schluss machen, es ist ziemlich spät. Unser deutscher Freund wohnt in Berkeley, Deborah, kannst du ihn mitnehmen? Ich nehme an, du fährst gleich nach Hause.«

»Du hast mich also eingeladen, weil du einen Fahrer für deinen Gast brauchtest!«

King wusste nicht, dass sie in Berkeley lebt. Er weiß eigentlich überhaupt nichts von ihr, hat auch keine Fragen gestellt, wozu auch?

»Wann genau ist Ihr Vater aus dem Krieg zurückgekommen?«, fragt Rob unvermittelt bei der Verabschiedung auf der Straße vor dem Lokal.

»Im April, soviel ich weiß, kurz vor Kriegsende.«

Rob blickt King in die Augen, als ob er etwas darin suche.

»Vielleicht sehen wir uns nochmals, falls Sie länger hierbleiben sollten. Auf jeden Fall grüßen Sie bitte Ihre Verwandten von mir und natürlich Ihre Mutter.«

Deborah fährt einen grünen Volvo. Sie verhält sich ihm gegenüber absolut gleichgültig, als sei er eine Belastung. Jedenfalls kommt ihm das so vor.

»Ein guter Typ, dein Vater«, bricht er ihr Schweigen.

»Er war heute in einer seltsamen Stimmung, so kenne ich ihn eigentlich nicht.«

»Stimmt das, dass dein Freund im Gefängnis sitzt?« Sie blickt ihn an, als ob sie ihn zum ersten Mal wahrnehme. Blaue Augen, ein schwer zu deutender Blick, verächtlich, gleichzeitig aber auch stolz.

»Mein Freund gehört zu den Black Panthers. Sie sind Opfer unserer gesellschaftlichen Ungerechtigkeit. Dagegen kämpft er und ich mit ihm. Unsere Revolution gegen die politische Unterdrückung der Black Panthers geht Hand in Hand mit den Protesten gegen den Krieg in Vietnam. Wenn wir dem schweigend zusehen würden, wären wir weniger frei als unsere Brüder und Schwestern hinter Gittern.«

Das ist starkes Zeug, denkt King. Unvermittelt macht sie einen ganz anderen Eindruck auf ihn, fast bedrohlich. Sie erinnert ihn an die Frauen, die bei den Demos in München vorne mit dabei sind, auf eine besondere Art besessen, ganz wohl hat er sich mit denen nie gefühlt.

»Allerdings haben wir uns getrennt. Mein Vater weiß davon nichts, vielleicht verliebe ich mich auch wieder in einen anderen Panther. Mein Kampf für ihre Freiheit geht weiter, das hat damit nichts zu tun.«

Sie streicht mit gespreizten Fingern durch ihr volles Haar. Unvermittelt blickt sie zu ihm, mit einem trotzigen Lächeln.

»Ich kann das verstehen«, sagt er und nickt ihr zu. Er ist nicht sicher, wie er sich verhalten soll.

»Ich glaube kaum, dass du das verstehst«, widerspricht sie. »Wo ist dein revolutionärer Drang? Du bist wie so viele, die einfach dahintreiben und die andere die Scheißarbeit für sich erledigen lassen. Jetzt werden die

Weichen gestellt und die Dinge neu geordnet, damit unsere Gesellschaft nicht noch einmal ein solches Monster von Krieg erzeugt und so ein Monster an Ungerechtigkeit. Nur die Zeit zählt. Zeit ist alles, was wir haben. Unsere einzige Verpflichtung ist, das Richtige daraus zu machen. Niemand macht das für uns. Es gibt dafür keinen Gott.«

»Das ist eine ganze Menge auf einmal. Vielleicht sollten wir noch zusammen irgendwohin auf ein Bier?«

»Ich trinke kein Bier.«

Kurz darauf hält sie an, die Gegend kommt ihm bekannt vor, sie sind in der Nähe von Rüdigers Wohnung.

»Ich wohne hier.« Sie weist auf ein mit braunen Schindeln verkleidetes Haus, von Büschen umrankt, schwer zu erkennen im Dunkeln. Der Eingang ist von Blumenstauden überwachsen. »Du wohnst um die Ecke, ich nehme an, das findest du alleine. Vielleicht sehen wir uns noch einmal.«

»Wäre schön. Und danke für die Fahrt.« Sie schließt die Haustür hinter sich, ohne sich umzublicken.

Einfach so abgestellt zu werden, denkt er, so ist er das nicht gewohnt. Aber warum sollte es anders laufen? Deborah war wegen ihres Vaters gekommen und nicht seinetwegen. Unheimlich, der Gedanke, dass sie mit einem Black Panther zusammengelebt hat, jedenfalls bis vor Kurzem. Dabei hat er den Eindruck, dass sie nicht nur gegen die Gesellschaft rebelliert, sondern insbesondere gegen ihren Vater und dessen Erwartungen. Andererseits scheint sie doch häufig dieselben Ansichten zu haben wie ihr Vater, und ihm wirft sie vor, er habe keine revolutionären Ideale. Das hätte er so nicht auf sich sitzen lassen dürfen.

Rob Wiseman hat unbedingt Eindruck auf ihn gemacht. Als hätte der ihn sofort durchschaut, Jura oder

Kunst oder sonst etwas, das sei unerheblich, nur müsse er sich entscheiden und dann vollen Einsatz zeigen, ohne Ausflüchte. Das Beste daraus zu machen, wozu man sich berufen fühlt. Ramon in der Wüste von Arizona wieder unter einem prachtvollen Sternenteppich fällt ihm ein. Das wäre die andere Möglichkeit gewesen, aber nach diesem Abend mit Rob Wiseman weiß er, dass er richtig entschieden hat. Eine ganze Menge hat sich in diesen zwei Tagen in Berkeley ereignet. Er denkt an Feelie mit ihrer glatten Haut und dem Duft von Jasmin. Und an Deborah, die so ganz anders ist, aber die ihn, ohne ihm dafür den geringsten Grund gegeben zu haben, in besonderer Weise berührt hat. Sie und ihr Vater.

Ich müsste mir eigentlich San Francisco ansehen, überlegt er am nächsten Morgen, ewig werde ich hier nicht bleiben können. Wenn er Feelies Telefonnummer hätte, könnte er sich mit ihr für den Abend verabreden. Ihr Haus liegt auf der anderen Seite des Universitätsgeländes, ziemlich weit, um sie noch abzupassen, bevor sie zur Arbeit geht. Auf dem Weg dorthin kommt er am Universitätsmuseum an der Bancroft Avenue vorbei. Der letzte Tag einer Fangor-Ausstellung, ein Pole, dessen Grafiken er schon lange für seinen Grafikring wollte. Er entschließt sich, schnell erst die Ausstellung anzusehen, so viel Zeit muss drin sein, um dann noch rechtzeitig Feelie zu erreichen. In dem weißen Raum leuchten Fangors phosphoreszierende Farbkreise in tiefem Purpur zu flackerndem Gelb. Mit jedem Wimpernschlag erfolgen neue Schwingungen der Farben, von einer Wirklichkeit zur anderen und nie ein Stillstand.
Bei dieser Wahrnehmung fällt ihm Rob Wisemans Äußerung ein, es bringe nichts, ständig vor sich davonzulaufen, man brauche vielmehr eine verlässliche Wirk-

lichkeit, einen Sinn. Sich festlegen bedeute nicht Stillstand, sondern eine tiefer reichende Erfahrung. So ähnlich hat er das wohl gemeint. Er solle ihn Rob nennen, forderte er ihn zum Abschied auf. Nicht ganz einfach bei diesem fremden Mann, aber so ist das anscheinend in Amerika.

Unschlüssig steht er nach der Ausstellung vor dem Museum in der blendenden Sonne. Um Feelie noch zu treffen, müsste er sich beeilen, aber er wendet sich in die entgegengesetzte Richtung zur College Avenue und geht den kurzen Weg von gestern Nacht noch einmal. Deborahs Volvo steht vor dem Haus. Er wartet, ob sie herauskommt, auf die Macht des Zufalls hoffend. Das eigene Handeln ist entscheidend, doch nicht der Zufall, hört er Rob Wisemans Stimme in sich.

Das Haus ist von einer lila und rot blühenden Bougainvillea umrankt. Er hat keine Ahnung, was er sagen soll, wenn er dort klingelt. Schließlich überwindet er seine innere Hemmung.

Deborah zeigt sich wenig überrascht, als sie die Tür öffnet und ihn mit einem gehauchten Kuss begrüßt. Sie trägt Levi's, einen blauen Pullover, keinen Büstenhalter, ihre Brustwarzen zeichnen sich unter der Wolle ab. Überhaupt hat sie einen weichen, gut geformten Körper, was ihm gestern nicht aufgefallen ist. Eine kleine grüne Brille sitzt vorne auf ihrer Nasenspitze.

»Übrigens, mein Vater hat schon angerufen. Du seist nichts für mich, meint er. Versteh ich nicht, eigentlich seid ihr doch gestern Abend gut miteinander ausgekommen?«

»Versteh ich auch nicht, wie kommt er darauf?«

Sie zuckt gleichgültig die Achseln. »Wenn es dich interessiert, kannst du mit mir zur Uni kommen, damit du siehst, wie das hier ist.«

»Das hat mich eigentlich schon in München nie interessiert.«

»Wie du willst, du kannst auch hier auf mich warten. Ich wohne mit zwei Freundinnen zusammen.«

King hört niemanden sonst im Haus.

»Was studierst du überhaupt?«

»Sozialwissenschaften, wir befinden uns mitten in der größten gesellschaftlichen Umwälzung. Studien am lebenden Objekt sozusagen.« Sie engagiere sich bei Demonstrationen, man müsse die Dinge in die eigene Hand nehmen, wenn sich einem die Notwendigkeit für Veränderungen so eindeutig aufdränge. »Die ganze Welt schaut auf uns, nicht aus Neugierde, sondern als Vorbild.« Dabei blickt sie ihn triumphierend an. »Der Krieg, die sozialen Ungerechtigkeiten, da darf man nicht einfach wegschauen. Und du?«

»Ich bin da nicht ganz so, obwohl ich das politisch genauso sehe.«

»Das ist völliger Mist, deine Meinung interessiert keinen, wenn du nichts tust. Du kannst nicht nur zuschauen, bei diesem Thema. Da musst du dich bekennen.«

Das hätte von ihrem Vater stammen können. Die beiden sind sich überhaupt sehr ähnlich in ihren Grundsätzen, wenn man von den unterschiedlichen Lebensphasen einmal absieht. Er spürt den seltsamen Einfluss von Rob Wiseman. Er hat nie einen solchen Ratgeber gehabt, vielleicht ist das die Rolle eines Vaters, den es für ihn nicht gab.

Deborah führt ihn in das geräumige Wohnzimmer. Hier wurden viele wichtige Ideen geboren, betont sie nicht ohne Stolz. Sie steht neben ihm, berührt ihn gelegentlich, wohl unabsichtlich, aber ganz anders als gestern. Die Küche befindet sich in einem heillosen Durcheinander.

»Hätte ich anders erwartet, bei drei Frauen.«

»Du kannst ja abspülen und saubermachen, während ich zur Uni gehe.«

»Das ist nicht so meine Stärke.«

»Warum soll es dann meine sein?«

Deborahs Zimmer liegt im ersten Stock. Die Wände sind mit Plakaten beklebt, Aufrufe zu Demonstrationen, Rockkonzerte im *Fillmore* in San Francisco. Einige seiner Grafiken, etwa die von Peter Sorge gegen die Kriegsgräuel in Vietnam, würden gut dazu passen mit ihren grellen Farben. Allerdings behagen ihm die Abbildungen der Black Panthers nicht, wobei eine Spur Eifersucht mitspielt, obwohl er dafür keinerlei Grund hat.

»Die meisten von ihnen sind hinter Gittern. Weil sie für ihre Freiheit kämpfen. Weil sie uns die Wahrheit vorhalten. Und wir uns davor fürchten.«

Jetzt fängt das wieder an, das ging mir schon gestern auf die Nerven, denkt King, ohne zu antworten. Er geht zum Fenster, vor dem Haus wachsen zwei wuchtige Ahornbäume, eine mönchische Stille mitten in der Stadt. Plötzlich heult die Sirene eines Polizeiwagens auf.

»Siehst du etwas?«

Sie schaut ihm über die Schultern, lehnt sich gegen ihn, er spürt ihren Körper, ein weicher, warmer Druck. Er bewegt sich nicht, beginnt heftiger zu atmen. »Ich sehe nichts, könnte nicht friedlicher sein draußen«, antwortet er schließlich.

Ihr Bett ist mit farbig bemusterten Tüchern und bunten Kissen bedeckt.

»Von meinem Bruder aus dem Dorf des Maharadschas. Farben, die das Bewusstsein erweitern, sagt er.«

»Das muss ja ein Typ sein, dein Bruder. Hast du eine Kopie seiner Guru News?«

»Er hat mir zwar ein Abonnement geschenkt, aber dann

spart er an der Luftpost. Sam stellt sich vor, das System von innen aufzurollen. Er hat vor einiger Zeit viel Wirbel mit einer Aktion gegen die Rüstungsaktivitäten der Firma Honeywell gemacht, alle Zeitungen haben darüber berichtet, allerdings ist er bei den Aktionären abgeblitzt. Natürlich eine Illusion, das System hat schon immer gewonnen, es wird ihn letztlich genauso aufsaugen. Darum hilft nur eine Revolution, aber das ist nicht seine Sache. Vielleicht hat er das eingesehen und ist deshalb nach Indien geflüchtet. Solange er sich dort sein Gehirn nicht versaut. Er sieht dir übrigens ähnlich, fällt mir plötzlich auf, in seinem ganzen Gehabe.«

King lächelt und hebt die Augenbrauen. Er streckt sich auf dem Wasserbett aus, das unter ihm nachgibt, je nachdem wie er sich darauf bewegt. Sie setzt sich an den Bettrand und beobachtet ihn. Er legt eine Hand um ihre Hüfte, fühlt die nackte Haut unter dem Pullover, streicht über ihren seidig kühlen Bauch, erstaunt, dass sie ihn nicht abwehrt, sondern sich neben ihn auf das Bett ziehen lässt. Gleichmäßige Wasserschübe rollen unter ihm. Seine Hand wandert über ihre Brüste, voll und weich geben sie seinem leichten Kneten nach. Er bemerkt, wie sie tief atmend die Augen schließt. Alles an ihr wirkt plötzlich zart und aufregend. Seine Lippen tasten auf ihren Lippen. Unvermittelt richtet sie sich auf. »Mein Vater hat mir verboten, mit dir zu schlafen.«

»Wie kommt er da drauf! Wieso sprecht ihr überhaupt über so etwas?«

»Das gehört nicht zu unserem normalen Gesprächsstoff. Aber mach dir nichts draus, es wäre nicht das erste Mal, dass ich ihm nicht gehorche.«

Seltsam, denkt King, aber die Ermahnung kommt zu spät, während er ihre Schenkel auseinanderdrängt und an ihren Jeans fummelt. Diese verfluchten Levi's mit ihren Knöpfen. Umständlich hat er die ersten zwei aufgeknöpft, als sie vom Untergeschoss her Lärm hören, eine Männerstimme, jemand, der nach Deborah ruft.

Sie blickt ihn entschuldigend an. »Ich muss wohl nachsehen.«

Er beobachtet, wie sie die Tür öffnet. Ihre Brustwarzen drücken durch den Pullover.

»Calvin, was gibt es?«

Sie weicht von der Tür zurück. Ein schlanker, hochgewachsener Schwarzer tritt ein. Er trägt eine Baskenmütze auf den schwarzen Locken, ein hellblaues Hemd unter einer schwarzen Lederjacke und dunkle Hosen. Durch seine spiegelnde Sonnenbrille blickt er regungslos auf King.

»Wer ist das?«, fragt er Deborah, mit einer leichten Kopfbewegung in Richtung King.

»Keine Sorge, einer von uns. Ein Deutscher, will sehen, was hier los ist, die Zeitungen berichten dort doch nur Mist, so wie hier.«

»Gestern Nacht gab es in Oakland wieder Krawall mit den Bullen, einige Festnahmen, vielleicht hast du davon gehört. Du musst sofort eine Massendemo für die Panthers an der Uni organisieren. Erst eine Kundgebung, dann einen Marsch entlang der Telegraph Avenue. Da kann der ja mal sehen, wie das hier abläuft.« Er deutet auf King, ohne ihn sonst eines Blickes zu würdigen. »Und Bobby hat noch einige Sachen hier, die ich abholen soll.«

»Sein Zeug steht unten.«

Nicht unbedingt der angenehmste Typ, denkt King, als er alleine im Zimmer ist. Hat sich auch nicht verabschiedet. Sah genau aus wie die Black Panthers auf Bildern immer erscheinen. Es war irritierend, wie er ihn erst kurz angestarrt und danach völlig außer Acht gelassen hat. Er hört sie unten miteinander sprechen, gelegentlich verfallen sie in einen heftigeren Tonfall. Schließlich kommt sie zurück. King steht beim Fenster. »Tut mir leid, das war nicht vorauszusehen. Gleich beginnt meine Vorlesung an der Uni, danach werde ich mich um diese Sache kümmern müssen.« Sie tritt zu ihm ans Fenster, streichelt seinen Hals, küsst ihn flüchtig. »Übrigens, mein Vater möchte dich morgen zum Mittagessen treffen, du sollst ihn anrufen. Am besten machst du das gleich von hier. Er ist normalerweise um diese Zeit in seinem Büro.«

»Das kommt so scheibchenweise aus dir heraus. Hat er sonst noch was gesagt?«

»Das war wirklich alles.« Sie geht zum Telefon, wählt und hält ihm den Hörer hin. »Je mehr man etwas verschiebt, umso mehr bleibt zu tun.«

Rob klingt freundlich zuvorkommend. Natürlich nur, wenn er Zeit habe. Also gut, dann morgen in einem italienischen Lokal im Financial District, gegen zwölf. Deborah beobachtet ihn schmunzelnd.

»Scheint dir nicht ganz leicht zu fallen, ihn Rob zu nennen.«

Später schlendert er über das Universitätsgelände. Typisch klassizistische Verwaltungsgebäude liegen verstreut in einer hügeligen, sonnigen Parklandschaft. Gelegentlich der klopfende Klang von Sandalen, ansonsten eine fast unheimliche Stille. Wie das in einer Demo gipfeln soll, kann sich King beim besten Willen nicht vorstellen.

Zu viel Grün war nie seine Sache, und dennoch, hier könnte er studieren, glaubt er, mit einem Ziel vor Augen, unter dem kritischen Blick dieses Rob Wiseman. Warum der ihn noch mal sehen will, fragt er sich, und gleichzeitig, in totalem Gegensatz, warnt er seine Tochter vor ihm.

Vor irgendwoher hört er den Klang einer Glocke, eher wie ein Gong. Der Gong erinnert ihn an Feelie und ihre Katzen. Er hat ein ungutes Gefühl, sie erst auszunutzen und nun einfach fallen zu lassen. Aber es gibt kein Zurück zu ihr, vorbei, dieses kurze Abenteuer, ihre Wege werden sich nie wieder kreuzen. Zu Deborah fühlt er sich auf eine tiefere, für ihn bedeutungsvollere Weise hingezogen. Obwohl er sie kaum kennt, fällt es ihm schwer, sich vorzustellen, je wieder ohne sie zu sein.

Allmählich steigen die Temperaturen. Er kommt ins Schwitzen. Ein Bier wäre gut, aber die Bierkultur fehlt hier, so etwas wie das Occam. Das Empfinden, dass die Zeit stillsteht, das hatte er gelegentlich auch im Occam. Vielleicht fühlt er sich gerade deswegen dort wohl, im Stillstand der Zeit, wie jetzt hier.

Später am Nachmittag trifft er Deborah wieder.

»Hast du überhaupt schon etwas gesehen, seit du hier bist?«

»Ich bin ein schlechter Tourist.«

»Warum bist du dann nach Berkeley gekommen?«

»Wegen dir.«

»Du bist ein Idiot.«

Sie blickt ihn herausfordernd an. Aber ihr Selbstbewusstsein, das ihn gestern Abend verunsichert hat, stört ihn heute nicht mehr. Sie weiß, was sie will, aber dann zeigt sie plötzlich eine überraschende Zartheit, die andere Seite von ihr.

»Lass uns in die Berge hinter der Uni gehen. Da sind wir allein«, schlägt sie vor.

Nach wenigen Schritten befinden sie sich in einer anderen Welt. Die grasigen Hügel sind von der Sonne braun gedörrt.

»Damit du es weißt, das ist Gold und nicht Braun«, erklärt sie ihm.

»Durch deine Augen sehe ich alles in Gold.«

»Versuch, es durch deine eigenen zu sehen. Die Dinge selbst zu erfahren, darauf kommt es an. Da liegt der Unterschied zwischen dem Künstler und dem Galeristen. Hier musst du Künstler sein, nicht nur beobachten, sondern gestalten, in den Dingen um dich aufgehen.«

Wie sie mit mir umgeht, denkt er, wie ihr Vater, als hätte ich überhaupt nichts mehr zu sagen.

Sie schauen über die Dächer der Universität, sehen auch den Glockenturm, von dem er vorhin den Klang des Gongs hörte, dahinter zieht sich Berkeley bis an die grünlich-blaue San Francisco Bay. In der Ferne die Golden Gate Bridge mit den zwei roten Türmen, durch die sich aus einer draußen auf dem Meer liegenden Nebelbank ein dünner Streifen in die Bucht hinein bis über die Insel Alcatraz zieht.

»Bald wird der Nebel alles verhüllen. Ein sich ewig wiederholendes Schauspiel von Wechsel und Vergänglichkeit. Wie das Leben in seiner Unvorhersehbarkeit.«

»Wie mit uns, plötzlich ist es das Selbstverständlichste der Welt, hier mit dir zusammen zu sein.«

Sie nimmt ihn bei der Hand und führt ihn über die goldenen Weiden zu einer von allen Seiten geschützten Mulde. Sie setzt sich, stützt sich mit den Armen auf dem Boden nach hinten, die Knie hochgestellt. Sie blinzelt in die Sonne zu ihm auf.

»Du kannst natürlich stehen bleiben, aber dann verdecke mir bitte nicht in der Sonne.«

Er setzt sich neben sie. Vor ihnen die Bucht, dann die weiße Stadt und das im Nebel versinkende Meer. Sie sprechen kein Wort. Um sie der warme, trockene Duft

der Wiesen. Nur der Gesang der Grillen und das Ra-
scheln des verdorrten Grases.
»Darum bin ich nach Berkeley gekommen, um hier mit
dir zu sein, und sonst nichts.«
Sie lächelt ihn an, neigt sich zu ihm und küsst ihn. Er
umarmt sie, zieht ihr den Pullover aus, tastet mit den
Lippen zart über ihren Busen und streichelt ihren nackten Körper. Als ob er das alles zum ersten Mal erleben
würde, unter der brennenden Sonne Kaliforniens und
dem sanften Meereswind, während sie in ihrer Umarmung ineinander aufgehen.
Sie liegen lange unbeweglich nebeneinander. Deborah
hält ihre Augen geschlossen. Von irgendwoher hören sie
Stimmen. King ist überzeugt, dass sie gesehen wurden,
aber es ist, als störte sich niemand an ihrer Nacktheit
hier in der Natur.
»Und, welche Farbe haben die Weiden?«, fragt sie in die
Stille.
»Wir liegen in einem Meer von Gold!«
»Jetzt bist du in San Francisco angekommen.«

Abends habe sie keine Zeit für ihn, sorry, sagt sie. »Wir
müssen uns schleunigst an die Vorbereitung der Demo
machen. Nur durch sorgfältige Planung lassen sich die
Emotionen vernünftig steuern. Ich weiß das aus Erfahrung.« Unwillig gibt er nach. Jetzt will er jeden ihrer
Augenblicke für sich. Was er hier gefunden hat, das
hätte er mit Ramon in der Wüste von Arizona oder unter den Sternen Mexikos nie bekommen.
Er verbringt den Abend mit Rüdiger. Noch mal chinesisches Essen, dann auf ein Bier in eine kleine Bar. Von seiner Frau hat Rüdiger in der Zwischenzeit nichts gehört.
»Es liegt an dir, wenn du sie zurückhaben willst, du
weißt doch, wo sie ist. Es ist deine Zukunft, dafür musst

du kämpfen, du kannst es nicht einfach einem anderen überlassen.«

King ist über seinen entschiedenen Ton überrascht. Als ob Rob Wiseman ihm über die Schulter blicke. Oder Deborah.

Vor dem Fenster fällt ihm eine schlanke, schwarz gekleidete Gestalt auf. Calvin, denkt King erschrocken. Calvin trägt seine Sonnenbrille trotz Dunkelheit. Er starrt in die Bar. Schließlich, King kommt es wie eine Ewigkeit vor, geht er weiter.

Auf dem Weg zurück in Rüdigers Wohnung schaut King sich immer wieder um, wie ein gejagtes Tier. Möglich, dass es ein anderer Panther war, die Uniform macht sie alle gleich. Aber seine Unsicherheit bleibt, er kann den Blick nicht vergessen, wie Calvin ihn in Deborahs Zimmer kalt gemustert hat.

Rob Wiseman zieht nervös an seiner Zigarette, während er am Fenstertisch des kleinen Lokals auf seinen deutschen Gast wartet. Er schaut hinaus auf die sich hier verengende Montgomery Street. Die kleinen Backsteinhäuser des Jackson Square Viertels sehen gegen die nahen Wolkenkratzer spielzeughaft aus.

»Mr. Wiseman, warum so nachdenklich?«

Pietro, der elegante Eigentümer des Restaurants, steht im gestreiften Anzug vor ihm. Seine Hände gleiten über den Handbügel des mit Delikatessen beladenen Vorspeisewagens.

»Ich bin mit jemandem verabredet, dem ich beibringen muss, sofort von hier zu verschwinden. Aber ich weiß nicht, wie ich ihn dazu zwingen kann.«

»Mit solchen Dingen verstehe ich umzugehen, Mr. Wiseman, lassen Sie das meine Sorge sein. Nur aus Interesse, geschäftlich?«

»Nein, privat. Sehr privat. Aber keine Gewalt!«

»Nein, natürlich nicht. Höchstens ein wenig Druck, das kommt auf ihn an. Es hängt alles von ihm ab, wie immer bei solchen Dingen.«

King verspätet sich, er hatte das Lokal nicht gleich gefunden, die Montgomery Street ist lang, und er war erst am falschen Ende gelandet. Rob winkt großzügig ab. Seine Unruhe ist verflogen, er hat sich wieder in der Hand.

»Ich wollte, dass wir uns noch einmal sehen, bevor du zurückfliegst. Ich würde gerne mit dir in Verbindung bleiben. Mich interessiert, wie du dich entscheidest: Kunst oder Jura, und sonst, was aus dir wird.«

»So wie es aussieht, wird es die Galerie sein.«

»Hast du denn das Zeug dafür? Kunst ist eine schöne Sache, aber eine Galerie ist letztlich ein Geschäft, und das musst du wie jedes Geschäft angehen, dir Ziele setzen und diese dann verwirklichen, komme, was da wolle. Etwa *Die führende Münchener Galerie für junge deutsche Kunst* oder *Die führende deutsche Galerie für internationale Gegenwartskunst*. Oder etwas anderes, nur muss es machbar sein, keine Fantasterei. Was meinst du?«

»Mein Grafikring ist schon ganz gut, das wird mir von verschiedenen Seiten bestätigt, und die Galerie wäre die logische nächste Stufe, mit denselben Künstlern. Die Künstler sind spitze, aber nicht unbedingt bekannt, da gibt es andere. Ich mach das, so gut es geht, und hoffe, dass es klappt. Das kommt von innen.«

»Das klingt eher, als ob du einfach so dahintreibst in der Hoffnung auf genug Wind in den Segeln von irgendwoher. Liegt die Galerie in der richtigen Gegend? Wie lange kannst du durchhalten, wenn die eine oder andere Ausstellung floppt?« King zuckt die Achseln, ohne zu antworten. »Hör zu, ich mache dir einen Vorschlag: Du stellst als Erstes einen Geschäftsplan auf, mit einem klaren Konzept, einer Entwicklungskurve und den finanziellen Erfordernissen. Und eine Strategie, wie du diesen Plan verwirklichen wirst. Wenn es einigermaßen Sinn macht, beteilige ich mich. Ich werde dein Partner. Dabei musst du eines von Anfang an wissen: Ich bin ein guter Partner, aber ein schlechter Verlierer.«

King sieht ihn erstaunt an. »Einen Geschäftsplan, ich weiß gar nicht, wie man das macht.«

»Dann lass dir dabei helfen, es gibt Spezialisten für alles. Das Wichtigste, egal bei welchem Geschäft, ist der gesunde Menschenverstand. Beginne unsere Partnerschaft nicht mit Ausreden!«

»Ja, sicher«, antwortet King ein wenig kleinlaut. Mit Rob Wiseman im Rücken seine Galerie zu gründen, seine Verwandten würden staunen. Und damit bleibt die Verbindung zu ihm und zu Deborah bestehen. Der Kellner stellt den Hauptgang vor ihn hin, nach Knoblauch duftende Nudeln mit Garnelen. Dazu bestellt Rob einen Chardonnay aus dem Napa Valley, Freemark Abbey, an diesem Weingut sei er beteiligt, erwähnt er nebenbei. Der Wirt kommt häufig an ihren Tisch. Warum starrt der mich an, denkt King, überhaupt diese übertriebene Fürsorglichkeit in den feinen Restaurants geht ihm erheblich auf die Nerven.

»Auf unsere Partnerschaft!« Sie stoßen miteinander an. »Allerdings sind an Geld immer Bedingungen geknüpft. Die Voraussetzung für meine Investition ist, dass du unverzüglich mit der Umsetzung des Projektes beginnst und sofort nach München zurückkehrst. Wenn du noch länger als zwei oder allenfalls drei Tage hierbleibst, trete ich zurück. Hier gibt es für dich nichts zu tun, und damit würdest du nur beweisen, dass es dir mit deiner Galerie nicht ernst ist. Ich hoffe, wir verstehen uns. Insofern besteht kein Verhandlungsspielraum.«

»Natürlich, wenn das so ist.« King ist überrascht über den plötzlich harten Ton. Irgendwann muss er sowieso zurück. Andererseits, nur noch zwei oder drei Tage in dieser neuen Situation mit Deborah – doch gerade das Argument kann er bei Rob Wiseman nicht vorbringen.

»Alles so weit klar mit uns?«, verabschiedet sich Rob kurz darauf. »Du musst dich nun unter Beweis stellen.«

Nochmals dieser lange bohrende, aber auch warme Blick, als ob er ihn umarmen wollte. Mit Rob Wiseman als Partner in seiner Galerie, aus heiterem Himmel, noch nie hat jemand ein derartiges Vertrauen in ihn gesetzt.

Nach dem Essen besucht King die Galerie, die ihm Rob als die beste für moderne Kunst in San Francisco genannt hat. Großzügig füllt sie die ganze oberste Etage eines Geschäftshauses, schon anders als die beiden Räume, die er im Kellergeschoss in der Georgenstraße angemietet hat. Rob hat recht, so wie hier hat das auszusehen, um erfolgreich zu sein. Er wird sich daran gewöhnen müssen, hohe Ansprüche zu stellen, höher als alle zu erwartenden Widerstände.

Deborah schüttelt verwundert den Kopf, als er ihr abends von dem Angebot ihres Vaters erzählt.

»Ich blicke nicht durch, was ihn da treibt, und wenn ich es nicht verstehe, dann stimmt etwas nicht. Ich kenne meinen Vater, hinter allem steckt eine Absicht. Einerseits will er dich loswerden und doch die Verbindung zu dir aufrechterhalten. Siehst du das nicht, diesen Widerspruch? Vielleicht will er mich vor dir schützen, vielleicht weil du Deutscher bist.«

»Besser ein Deutscher als der Schwarze, von dem er glaubt, dass du noch mit ihm zusammenlebst.«

»Der ist Amerikaner.

»Und?«

»Mein Vater ist Jude.«

Jude, was soll das mit ihm zu tun haben, denkt King. Warum würde er dann sein Partner werden wollen? »Nein, damit erklärt sich nichts«, erwidert er.

»Das letzte Wort in dieser Sache ist noch nicht gesprochen. Ich will, dass du bei mir bleibst.«

Deborah schlägt am Abend vor, ins Berkeley Stone zu gehen, einen Musikclub, in dem Grateful Dead auftritt, eine Band, die alles verkörpert, was in diesem Moment durch die Köpfe der Leute geistert, erklärt sie. Er habe von dieser Gruppe nie gehört, sagt er, das komme immer erst mit Verzögerungen in Deutschland an und im Occam, seinem Stammlokal, schon gar nicht.

Der Club ist überfüllt, ein Knäuel bunt gekleideter Menschen drängelt sich vor dem Eingang.

»Keine Sorge, ich kenne die richtigen Leute.« Deborah läuft an den Wartenden vorbei, einer schaut hoffnungsvoll King an, hält einen Finger vor ihm hoch.

»Der Finger bedeutet ein Wunder, bitte, eine Eintrittskarte, ein Traum für eine Nacht. Und wie ein Wunder erfüllt sich dieser Traum tatsächlich für jeden von ihnen im Laufe des Abends. Ihre Anhänger ziehen mit der Band von Ort zu Ort, Kinder und Hunde dabei. Ihr Leben besteht nur aus dieser Musik, ihren fleckig gefärbten Kleidern und den Kopf voller Drogen.«

Durch den Saal zieht ein gelblicher süßer Nebel. Die Musik zerfließt in rhythmischen Wiederholungen. Der Bandleader von Grateful Dead ist ein runder, fülliger Typ mit lustigen Augen hinter einer kleinen Nickelbrille, sein bunt gefärbtes Hemd hängt verschwitzt über seinen Jeans. King versteht kaum ein Wort. Aber die Lieder und die Stimmung des Clubs wecken in ihm wieder seine Gefühle von gestern in den Wiesen hinter Berkeley, dieselben Farben und ein duftendes Gold. Die Besucher tanzen, jeder für sich und alle mit allen, die Musik vereinigt sie in einer verschwommenen Gegenwart. Deborah lächelt ihm zu, ihre Körper berühren sich beim Tanzen. Am Ende des Liedes sinkt sie in seine Arme. Er atmet ihr blumiges Parfum und das schwere Gelb, das den Raum durchdringt.

Deborah sieht einige Bekannte, mit denen sie, wie sie sagt, unbedingt über die morgige Demo sprechen müsse. Dass sie sich so einfach aus dieser Stimmung lösen kann, verwundert King. Jemand klopft ihm auf die Schulter. Er blickt in dunkle, unbewegliche Augen, wie die blitzenden Augen einer Katze.

»Feelie!«

King geht einen Schritt auf sie zu, aber sie weicht zurück und wehrt ihn mit ausgestreckten Händen ab. Sie starrt ihn feindselig an, ihr Gesicht wutverzerrt. Er hat nie einen solchen Hass gesehen.

»Du hast mich betrogen, dafür wirst du büßen müssen! Ich bin unberechenbar, wenn ich hintergangen werde, schrecke ich vor nichts zurück. Du wirst den Tag verfluchen, an dem du mich getroffen hast.«

Spurlos, als ob sie sich aufgelöst hätte, taucht sie in der Menge unter. Nach einigen Schritten gibt er die Suche auf.

Deborah schlägt kurze Zeit später vor, nach Hause zu gehen.

»Viel Zeit bleibt uns nicht, wenn du übermorgen tatsächlich zurückfliegst.«

»Wer weiß.«

»Warum blickst du dich immer um?

»Eine Manie von New York, zu wissen, was um einen los ist, man legt das nicht ohne Weiteres ab.«

Als sie bei ihrem Haus ankommen, geht er wie selbstverständlich mit auf ihr Zimmer.

»Ich dürfte mich gar nicht an dich gewöhnen«, sagt Deborah.

Sie zündet eine kleine Duftkerze an. Das weiche Licht verstreut sich im Raum wie ein Schleier. Als sie sich umarmen und miteinander schlafen, schwingt jede ihrer Bewegungen in dem Wasserbett nach.

»Ich habe nie an eine Zukunft geglaubt, bei den Wirren unserer Welt schien die endgültige Katastrophe nur eine Frage der Zeit zu sein. Hier habe ich unerwartet den Mut zur Zukunft gefunden. Eine gemeinsame Zukunft für uns beide. Plötzlich bekommt alles einen Sinn.«

»Und in zwei Tagen verlässt du mich?«

Mit ihrem Kopf auf seiner Brust schläft sie ein. Es gibt Augenblicke, in denen man alles mit absoluter Klarheit sieht. Ich weiß, dass ich nie mehr ohne Deborah sein kann, denkt er.

Als er aufwacht, brennt die Kerze mit einem letzten Flackern in den dämmernden Morgen. Das erste Tageslicht fällt auf ihren halb bedeckten Körper. Sie schläft, unschuldig zusammengekrümmt, den Mund beim Atmen leicht geöffnet. Er schaut sie lange an, küsst sie zart, bevor er noch einmal einschläft.

Beim Frühstück reden sie kaum miteinander. »Der Morgen ist nicht meine beste Zeit«, sagt sie, wie um sich zu entschuldigen. Sie streicht ihr rotbraunes Haar aus der Stirn. Bedächtig trinkt sie den schwarzen Kaffee. Ihre Mitbewohnerinnen sind bereits in ihren Vorlesungen.

»Wenn es so weitergeht, werde ich sie nie kennenlernen. Gibt es sie überhaupt?«

»Du bist doch wegen mir hier, oder?«

Unvermittelt scheint sie hellwach. »Du kennst jetzt mein Leben, dagegen weiß ich nichts von dir. Erzähle mir ein Geheimnis von dir, das du noch nie jemandem gesagt hast, das dann nur dir und mir gehört.«

King schaut sie an, ihre wunderbar blauen, fragenden Augen, zuckt unsicher mit den Schultern.

»Jeder hat ein Geheimnis«, drängt sie ihn.

Er schweigt, als zögere er, schließlich beginnt er: »Es hat nichts mehr mit mir zu tun, das musste ich versprechen. Aber ich habe einen Sohn. Ich habe ihn nie gesehen, ihn nie in den Armen gehalten. Er lebt bei seiner Mutter in Schweden. Ich wollte das Kind nicht, das war dann ihre Entscheidung. Nur du, ich und die Mutter wissen, dass es mein Sohn ist, niemand sonst.«

Sie setzt die Kaffeetasse ab, schaut ihn wortlos an. Ein stummer, ernsthafter Blick, als habe sich ein Schatten über ihr Gesicht gelegt. Hat er einen Fehler gemacht, hätte er das mit seinem Sohn doch nicht erwähnen sollen, bei aller Offenheit?

»Ich muss zur Uni. Am besten hältst du dich von der Demo fern, wie üblich wird eine Menge Polizei auf uns warten, und man weiß nie, du kennst dich damit nicht aus.«

»Deborah, du wolltest mein Geheimnis hören, und jetzt regst du dich auf, so war das nicht ausgemacht.«

»Im Gegenteil, ich bin froh, dass du mir das anvertraut hast. Aber ich muss dringend letzte Details für die Demo klären.«

»Ich möchte bei dir sein.«

»Das geht nicht. Jeder hat seine Vergangenheit, das ist meine. Und jede Vergangenheit reicht in die Gegenwart. Wir treffen uns, wenn das Ganze vorbei ist.«

Auf dem Weg zu Rüdigers Wohnung bemerkt er die seidenartigen Nebelschwaden, die sich in den Ästen der

Redwoods verfangen haben. Als schaffe der Nebel immer wieder neue Skulpturen. Er ist beunruhigt über ihre Reaktion auf sein Kind, er hätte es wissen müssen, ihre Liebe ist zu jung, darauf konnte sie nicht vorbereitet sein. An ihre Stimmungsschwankungen wird er sich erst noch gewöhnen müssen.

Seine Gedanken wandern zu Rob Wiseman. Keiner seiner Verwandten am Rhein hat auch nur ein Abonnement von seinem Grafikring gekauft, und Rob bietet ihm eine Partnerschaft an, mit richtig Geld dahinter. Natürlich stellt er Forderungen, das Ganze ist an Bedingungen geknüpft. Aber das schaffe ich, ich werde ihn nicht enttäuschen, denkt King. Er ist stolz, dass Rob auf ihn setzt und ihm vertraut. Anders als der Stolz von früher, stolz, ein Fürst zu sein, wie ihm das seine Tante Pia beigebracht hat. Sein Stolz hier gründet auf konkret Fassbarem, nicht auf eine entschwindende Vergangenheit.

So gut war mein Leben noch nie, denkt er.

Nachdem die Sonne den morgendlichen Nebel aufgelöst hat, breitet sich ein klarer blauer Himmel über Berkeley aus. Ein friedliches Herbstgefühl, wie soll man da in eine Demostimmung kommen, fragt sich King. Aber dann hört er vom Unigelände her Lautsprecherlärm, lauten Beifall und rhythmische Sprechchöre.

»Das gibt Krawall, sobald sie in die Stadt ausschwärmen. Bei den Panthers sind die Bullen knallhart«, erklärt Rüdiger. »Du solltest dir das anschauen, wenn du schon hier bist. So etwas erlebst du in München nicht.«

Er zieht Ramons rotes Wüstenhemd mit den silbernen Druckknöpfen an, es hat die Wüsten Amerikas erlebt und nun die amerikanische Gegenwart in Berkeley. Als

Rüdiger und er die Straße hinunterlaufen, sehen sie die Menschen auf der Telegraph Avenue. *Freiheit für die Black Panthers! Freiheit für politische Gefangene! Raus aus Vietnam!* Schon unheimlich, diese Massen. Es herrscht ein farbiges Durcheinander, fransige Ponchos über Jeans, bunte Kopftücher, lange, gescheckte Röcke. Eine Demo ist immer gleich auch ein Happening, denkt King, ganz besonders hier, unter dem herrlich blauen Himmel Kaliforniens. Allerdings, diese bedrohlich in den Himmel gestreckten geballten Fäuste mit den schwarzen Handschuhen widersprechen der Harmlosigkeit. Die Black Panthers einheitlich gekleidet mit Baskenmütze, dunkler Lederjacke und Sonnenbrille. Ein gewaltiger Auflauf und alles wegen Deborahs ehemaligem Freund!

Plötzlich steht er Calvin gegenüber. Calvin verstummt mitten in seinem Slogan, lässt die Faust sinken und starrt ihn stumm an, lange Sekunden, dann geht er weiter.

King treibt einfach mit. Auf den Dächern der umliegenden Häuser sind Polizisten positioniert, das Gewehr im Anschlag. Wie eine Welle bewegt sich die Menschenmenge vorwärts. Die Masse gibt ihnen das Gefühl von Sicherheit, und doch spürt King eine in dem Getümmel unheimlich lauernde Bedrohung. Rüdiger hat er in dem Durcheinander verloren, sinnlos, nach ihm zu suchen, geschweige denn nach Deborah.

Er ist eingeklemmt zwischen vorwärtsdrückenden Körpern. Um ihn lachende, junge Gesichter, die wie auf Kommando in Wut und Erregung umschlagen. Das Gedränge nimmt zu, die vorne müssen aufgehalten worden sein, während von hinten weiter geschoben wird. Sirenen heulen auf. Über ein Megafon werden offizielle Verlautbarungen der Polizei verbreitet, ohne dass King die Befehle genau versteht, wahrscheinlich die Auffor-

derung, friedlich auseinanderzugehen. Plötzlich fallen
Schüsse, schlagartig hat sich die Stimmung verändert.
Du musst hier weg, das geht nicht gut aus, so was hab
ich im Gefühl, denkt King. Er spürt von hinten eine
Hand auf seiner Schulter, die auch nur eine zufällige
Berührung im Gedränge gewesen sein mag. Im Umdrehen fühlt er den Stich in seiner Brust. King torkelt
in ein von Schmerzen verzerrtes Dunkel, sinkt bewusst-
los auf den Mann vor ihm.

Die Nachrichten sprechen von einer Eskalation der Gewalt in dem Augenblick, als die Polizei eingegriffen hat.
Eine unbekannte Zahl Verhafteter, mehrere Verletzte
und ein Toter. Erneut ist ein Unschuldiger der Brutali-
tät der Cops zum Opfer gefallen, erklären die Veranstal-
ter des Marsches. Ein Märtyrer, genau wie die Panthers
und all die anderen Unterdrückten, deswegen muss der
Kampf weitergehen.
Das örtliche Krankenhaus gibt später bekannt, dass der
schwerverletzt in die Notaufnahme eingelieferte Student seiner Stichwunde erlegen ist. Als Mordwaffe ver-
mutet man ein Stilett oder sonst eine spitze Stichwaffe,
möglicherweise auch ein Operationsmesser, das dem
Studenten mitten ins Herz gestochen wurde. Eindeutig
stammt der Täter nicht aus den Reihen der Polizei.
Dennoch, ein Opfer der Umstände, die durch dieses
System geschaffen wurden, verkörpert durch die Bruta-
lität der Polizei, beharren die für den Marsch Verantwortlichen.
Ein Dozent für Germanistik an der Universität identi-
fiziert den Toten, einen jungen Deutschen. Er hatte
außer ihm niemanden hier gekannt, daher auch keine
persönlichen Feinde.
Die spärlichen Zeugenaussagen machen es unmöglich,

das Geschehen zu rekonstruieren. Ein junges Mädchen erwähnt einen Panther, ein schlanker, geschmeidiger Typ, der sich in etwa zu der Zeit des Vorfalls zwischen sie und den jungen Mann, der unmittelbar vor ihr stand, geschoben hatte, ganz sicher war sie sich über den genauen Zeitpunkt allerdings nicht. Jemand gibt an, ein Mann sei ihm aufgefallen, Mitte dreißig, den er für einen FBI-Spitzel hielt und der in seinem Auftreten und Gehabe eindeutig nicht zu ihnen gepasst habe. Das FBI, natürlich, wird gemutmaßt, um Unruhe zu stiften, die Studenten in Verruf zu bringen. Eine junge chinesische Krankenschwester, die sofort zur Stelle war, hat Erste Hilfe geleistet, noch bevor der Krankenwagen kam. Er habe zu diesem Zeitpunkt noch gelebt, bestätigt sie. Aber sie kann zur Tat keine Aussagen machen, sie sah nur den Verletzten auf dem Boden liegen.

»Warum gerade er?« Rob begrüßt seine Tochter mit belegter Stimme. Sie hat die Eltern seit Ewigkeiten nicht mehr in ihrem Haus in Pacific Heights besucht. Deborah schüttelt stumm den Kopf, ein leerer, tränenvoller Blick. Er streicht ihr sanft über den Rücken, als sie sich hilflos und verzweifelt an ihn lehnt. Er ist der Einzige, mit dem sie über King reden kann.
»Es war meine Demo. Der ganze Mist ist meine Schuld!«
»Deborah, das ist Unsinn. Die Wahrscheinlichkeit, dass so etwas überhaupt passieren würde, und dann, dass es ihn treffen würde, war gleich null. Du hast dir nichts vorzuwerfen. Um ihn zu trauern, das steht auf einem anderen Blatt.«
Sie schaut ihn an, seine rot unterlaufenen, müden Augen fallen ihr auf. »Ich habe ihn extra gewarnt, er solle wegbleiben von der Demo. Ich weiß auch nicht, was ihn letztlich dorthin getrieben hat. Grauenhaft, blind-

lings jemanden zu erstechen, als käme es auf ein Leben mehr oder weniger nicht an. Wie im Krieg, genau wie in Vietnam. Ein typischer Auswuchs unserer Gesellschaft. Wir hatten nur friedliche Absichten. Aber man wollte uns provozieren und in Verruf bringen. Eine andere Erklärung gibt es nicht.«

Sie gehen ins Wohnzimmer, stehen am Fenster und blicken eine Zeit lang schweigend auf die vom Wind aufgewühlte Bucht.

»Er mochte dich, Dad. Du hast ihm ein Ziel gegeben, mit dieser Partnerschaft für seine Galerie. Was hat dich dazu bewegt?«

»Eine spontane Handlung, im Nachhinein fällt es mir schwer, das zu erklären. Er schien richtungslos, ich dachte, ich könnte ihm helfen.«

»Ich habe ihn geliebt.«

»Was, Deborah? Und dein Panther? Vielleicht liegt da der Grund!«

»Von Bobby habe ich mich vor einiger Zeit getrennt. Nur habe ich dir davon nichts erzählt, ich habe dir die Genugtuung nicht gegönnt.«

Ein undeutbares Lächeln von Rob Wiseman. Er blickt an seiner Tochter vorbei wie abwesend aus dem Fenster.

»Hat dich die Polizei verhört?«

»Mich, wieso?«

»Du gehörst zu den Veranstaltern der Demo. Und du hast das Opfer gekannt. Du wärst bestimmt interessant für sie.«

Vor ihnen liegt eine friedliche Welt, die rot gegen den bleichblauen Herbsthimmel sich abhebende Golden Gate Bridge, eine Segelregatta auf der gegenüberliegenden Seite vor Sausalito. Aber sie kann nur an den auf der Telegraph Avenue zusammengesackten Körper denken. All die Wenns, seinen Tod zu vermeiden, schwirren ihr durch den Kopf: Wenn er mit mir zur Uni gegangen wäre, wenn er während der Demo bei mir geblieben wäre, wenn wir uns morgens auf meinem Wasserbett nicht aus unserer Umarmung gelöst hätten. Wenn ich ihn nie getroffen hätte.

»Ich werde veranlassen, dass seine Eltern benachrichtigt werden.« Robs Bemerkung holt sie in die Gegenwart zurück.

Zwei Tage später fliegen Erika und ihr Mann nach San Francisco. Ein elend langer Flug, von München erst nach London, dann Los Angeles und endlich San Francisco. Alles an einem Tag, dazu die Zeitverschiebung. Rob holt sie am Flughafen ab. Sie erkennt ihn sofort wieder, das Gesicht des jungen Leutnants, heute ein gepflegter, selbstsicherer Mann, der in unnahbarer Ruhe etwas abseits von den übrigen Wartenden steht. Rob begrüßt sie mit einem kaum wahrnehmbaren Lächeln.

»Ich bedaure, dass wir uns unter diesen Umständen wiedersehen. Aber man kann es sich nicht immer aussuchen. Mein aufrichtiges Beileid!«

Erika ist von der Reise erschöpft, sie wirkt verstört und orientierungslos. Der Geruch vom langen Fliegen umgibt sie, vermischt mit einem aufdringlichen Parfum, das sie kurz vor der Landung aufgetragen haben muss. Nur die Rehaugen, sie sind wie damals. Rob spürt die Welten, die sich zwischen sie geschoben haben, die wahrscheinlich von Anfang an bestanden.

»Wir sind Ihnen zutiefst zu Dank verpflichtet. Meine Frau hat mir von Ihnen erzählt, ich hätte Sie gerne auf andere Weise kennengelernt.« Herr Fuchs bricht ihr peinliches Schweigen. Sein grauer Anzug ist vom Flug zerdrückt, Schweiß liegt auf seiner Stirn. »Hier ist es um einiges wärmer als in München.« Als müsse er sich entschuldigen. Wenigstens ist sein Englisch gut.

Rob erklärt ihnen den weiteren Ablauf, den sie selbstverständlich nach Belieben ändern könnten. Er habe im St. Francis Hotel in der Stadtmitte von San Francisco ein Zimmer für sie reserviert, der Freund von Friedemann, bei dem er in Berkeley gewohnt hat, warte dort auf sie, der werde sie nach Berkeley begleiten, es gebe dort eine Reihe von Formalitäten bei der Polizei zu erledigen, ansonsten sei momentan nicht absehbar, was noch auf sie zukomme, aber dafür bliebe ihnen der ganze morgige Tag, und sie wollten ja schon übermorgen wieder zurück.

»Die Buchmesse in Frankfurt in einigen Tagen, leider, aber das muss einfach sein in meinem Beruf, wirklich ein ungünstiger Zeitpunkt.«

Rob bietet ihnen an, sie morgen zum Mittagessen einzuladen, vielleicht gebe es noch das eine oder das andere, wobei er ihnen behilflich sein könne.

»Jetzt gleich weiter nach Berkeley? Ich muss mich doch erst einmal zurechtmachen, wie sehe ich denn aus!«

Erika blickt Rob an. Diese Augen, denkt er wieder.

»Erika, für wen denn, für die Polizei? Du bist besser dran, die ganze Sache in diesem Zustand über dich ergehen zu lassen. Danach kannst du dich ausruhen. Das alles ist sowieso wie ein ganz schlechter Traum.«

Susan erwartet ihn zu Hause. Rob streicht durch ihr weiches Haar, atmet die blumige Frische ihrer Haut. Dasselbe Blau in ihren Augen wie bei ihrer Tochter. An der Bar mischt er zwei Gläser Gin-Martini, ausnahmsweise trinkt auch sie ein Glas. Von ihrem Wohnzimmerfenster aus sieht sie den Aussichtspunkt auf der anderen Seite der Golden Gate Bridge, wo er ihr damals

seinen Heiratsantrag gemacht hat. Mit einem wehmütigen Lächeln weist sie ihn darauf hin.

»Daran habe ich schon lange nicht mehr gedacht«, sagt
sie.

»Vielleicht hat es mit den Besuchern aus Deutschland
zu tun. Mehr als fünfundzwanzig Jahre ist das her. Als
mache man einen Schritt zurück in die Vergangenheit.«

»Mein Held von Remagen!«

»Karl Timmermann war der wirkliche Held, er und sein
Bataillon, nicht ich. Aber es ist erstaunlich, wie man ein
so tiefgehendes Erleben einfach abstreift und weiterlebt,
als wäre nichts geschehen. Dem Tod ins Auge geblickt,
man überlebt, und damit ist es vorbei. Aber der Tod
wartet überall, das haben wir gerade wieder gesehen.«

»Willst du sie nicht zu uns nach Hause einladen? Ich
würde gerne etwas für sie tun. Wenn ich mir vorstelle,
ich müsste da durch.«

»Ich treffe sie morgen und werde sehen, wie sie sich
dann fühlen und wie sie mit dem Ganzen fertig werden.«

»War das die Frau mit dem Bild?« Er nickt, ohne mehr
zu sagen. Wie ein Schatten, der an einem klebt. »Als
wolle sie dich nicht loslassen.«

Vor genau einer Woche habe ich hier auf ihn gewartet.
Er ist tot, und jetzt erwartet er seine Mutter. So ein
Wahnsinn, wie soll man das begreifen? Er stellt sie sich
in der Leichenhalle vor, hilflos und überwältigt, jedem
ginge das so, ihm genauso. Ihr Mann machte eigentlich
einen gefassten Eindruck, aber wer weiß, wie lange er
dem Druck standhält.

»Ich habe gehört, Ihr kleines Problem hat sich gelöst,
Mr. Wiseman, die Welt ist wieder in Ordnung?«
Der Eigentümer des italienischen Restaurants steht in

seiner vertrauensvollen Art an seinem Tisch. Ihr Gespräch von vergangener Woche war Rob entfallen.

»Du hattest hoffentlich nichts damit zu tun, Pietro!«

»Natürlich nicht, versteht sich von selbst. Am falschen Ort zur falschen Zeit, das kommt immer wieder vor.«

Rob starrt Pietro zweifelnd an. »Ich hoffe nur …«, aber bevor er den Satz zu Ende führen kann, betreten Erika und ihr Mann das Lokal. Sie sieht blass und müde aus.

»Das war alles entsetzlich, schlimmer, als ich es mir vorgestellt hatte, meinen Sohn tot wiederzusehen, nach der Autopsie, als ob tot nicht schlimm genug wäre. Warum musste es gerade ihn treffen? Tausende sind bei dieser Demonstration gewesen, wurde mir gesagt, aber natürlich hat niemand darauf eine Antwort. Ich höre, er war mit deiner Tochter befreundet?«

»Ja, ich weiß.«

Ihre Augen treffen sich stumm.

»Sie geben die Leiche noch nicht frei, nach einem Mord ist das hier anscheinend so«, ergänzt ihr Mann. »Wir haben einer Verbrennung zugestimmt, die Urne soll in der Familiengruft der Fürsts neben seinem Vater beigesetzt werden. Wenn wir Sie noch um einen Gefallen bitten dürften, dabei haben Sie schon so viel für uns getan, aber jemand muss bei der Freigabe der Urne gegenzeichnen, und da haben wir uns erlaubt, Ihren Namen anzugeben.«

»Natürlich, ich werde das erledigen. Und bitte, falls ich sonst noch etwas für Sie tun kann.«

Susan hatte ihn am Morgen nochmals erinnert, die Deutschen zu sich nach Hause einzuladen. Aber Rob übergeht es. Die verschiedenen Abschnitte des Lebens sollte man besser auseinanderhalten, denkt er, auf die Stimme in sich hören, auch wenn man sie nicht versteht.

Außerdem hatten Erika und ihr Mann sich nochmals mit dem Freund von Friedemann verabredet. Jeder muss mit diesem Schicksalsschlag auf seine Weise fertig werden. Auch er verspürt das Bedürfnis, allein zu sein, das Geschehene zu überdenken, seine Zweifel, wie das Schicksal einen einholt, und seinen Schmerz für dieses jung ausgelöschte Leben. Zu alledem Pietros Bemerkung.

»Wir hätten gerne die Krankenschwester gesprochen, die dort am Ort des Geschehens war, die Letzte, die ihn lebend gesehen hat, aber sie sei seitdem spurlos verschwunden. Anscheinend handelt es sich um eine Chinesin.«

»Ich bin überzeugt, der Fall wird sich aufklären. Sie können sich auf die Polizei hier verlassen und dass alles seinen ordentlichen Gang nehmen wird.«

»Ich weiß gar nicht, wie wir das ohne Sie bewältigt hätten«, sagt Fuchs.

Nach dem Dessert entschuldigt er sich kurz, Erika und Rob sind für einen Augenblick allein.

»Es tut mir leid, dass das so gekommen ist. Dein Sohn hat mir gut gefallen.«

»Ein Schicksal wie das seines Vaters. Das Glück war nicht auf seiner Seite.«

Zwischen ihnen dehnt sich ein peinliches Schweigen. Rob blickt sie unvermittelt an.

»Hast du jemals herausgefunden, was aus den Rosens geworden ist?«

»Rosen, wer ist das?«

»Die Eigentümer der Bilder unter eurer Burg.«

»Nein, warum? Diese Juden haben damals genug Unheil über mich gebracht.«

14.
West Point, Nebraska

Wenige Tage nach der Abreise der Deutschen fliegt Rob nach Omaha zu einer seit Langem festgesetzten Besprechung mit Warren Buffett, Chef der Investmentgruppe Berkshire Hathaway. Es war Robs Vorschlag gewesen. Berkshire Hathaway war der wichtigste Investor in seinem früheren Versicherungskonzern. Warren Buffett hatte dort stets seinen strategischen Plänen zugestimmt, insbesondere der Erweiterung der Geschäftsfelder durch Firmenzukäufe, bis zuletzt. Es wäre ein Signal, wenn Buffett in ihren neuen Wagniskapitalfond investieren würde. Von jungen Technologiefirmen halte er im Allgemeinen wenig, warnte er am Telefon, aber das Investitionskonzept als solches, über eine Fondsbeteiligung das Risiko zu streuen, habe einen gewissen Reiz, und wenn er, Rob Wiseman, das für richtig erachte, wolle er sich seinen Vorschlag auf alle Fälle anhören. Allerdings müsse Rob dafür nach Omaha kommen.

Rob fliegt Erster Klasse. Unter ihm streckt sich eine eintönige Landschaft, eine völlig andere Welt, dieser Teil des Mittleren Westens, bodenständig und auch ein wenig langweilig. Andererseits in bestimmter Weise auch eine heilere Welt als die seine in San Francisco. Natürlich auch anders als die Welt der Fürsts. Damals hatte er geglaubt, sie zu verstehen, aber nach der Begegnung mit Erika und ihrem Mann erscheint sie ihm noch fremder als die öden Weiten von Nebraska. Nach dem gemeinsamen Mittagessen in Pietros Restaurant hatten sie sich vor ihrem Rückflug nicht mehr bei ihm gemeldet. Sie werden ihre Probleme allein lösen. Allerdings bleibt noch die Urne. Ein ungewöhnlicher Weg, dies über die Post abzuwickeln. Aber er muss das ihnen überlassen, es ist letztlich ihre Sache.

Er blickt stumm nach draußen, ohne seine Arbeitsunterlagen, die er für den Flug mitgebracht hat, anzurühren. Seine Gedanken schweifen zu seinen Kindern. Deborah ist ihm im Grunde ähnlich, aber warum dann ständig dieses gespannte Verhältnis zwischen ihnen? Als ob sie ihren Lebensstil, ihre Freunde und ihre Ansichten gerade ihm zum Trotz wähle. Er versteht auch seinen Sohn Sam nicht, erst mit seiner für Rob unverständlichen Entscheidung für Soziologie, dann sein Entschluss, das Studium in Princeton abzubrechen, um sich jetzt in Indien sein Gehirn vollends zu versauen. Rob hatte ihm seinen Protest gegen Honeywell vor einiger Zeit nicht übel genommen, ganz im Gegenteil, aber Indien scheint ihm doch kaum die passende Antwort. Die unverständlichen Schritte seiner Kinder, handelt es sich dabei letztlich um ihre Proteste gegen ihn? Was hat er falsch gemacht, wieso ist ihm das nicht früher aufgefallen?

Und dieser Friedemann Fürst, der ihn in seiner Art und seinem Auftreten tief berührt hat. Die Idee mit der Partnerschaft für die Galerie erfolgte bewusst in der Absicht, den Kontakt zu dieser einen anderen Möglichkeit in seinem Leben nicht nochmals zu verlieren. Dabei wusste er sofort, als er Erika wiederbegegnete, dass sie nur eine Möglichkeit unter den damaligen Umständen und für die damaligen Umstände gewesen wäre. Überhaupt hat sie in keiner Weise angedeutet, dass ihr erster Mann nicht Friedemanns Vater war. Eine unbegründete Unruhe, diese eine Nacht mit ihr. Gerade jetzt, in dieser Situation, hätte sie dies ihm gegenüber nicht verschweigen können. Er ist nicht der Vater, das steht damit außer Frage.

Nach der Landung am frühen Abend fährt Rob vom Flughafen durch die leeren Straßen zu seinem Hotel. Eine bedrückende Stadt, dieses Omaha. Schwer nachvollziehbar, dass dies die Heimat des erfolgreichsten Investors der vergangenen Jahre sein soll, so fern der Börsenhektik von New York und Chicago, aber vielleicht auch gerade deswegen.

In seinem Hotel erwartet ihn die Nachricht seiner Sekretärin, dass Warren Buffett überraschend nach Washington musste, die Besprechung deswegen um einen Tag verschoben sei, sie habe das Hotel und den Flug schon umgebucht und auch Susan benachrichtigt. Ein Tag allein in Omaha, Zeit zum Nachdenken.

Die Freundlichkeit um ihn herum irritiert ihn plötzlich. Dieser Termin kostet ihn damit ganze drei Tage, und die Wahrscheinlichkeit, dass Warren Buffet bei ihm einsteigen wird, ist ohnehin gering.

»Unzufrieden? Wie wär's mit einem Drink vor dem Essen?« Die Kellnerin blickt ihn fragend an.

»Einen Gin-Martini auf Eis, das könnte ich jetzt brauchen.«

Wenn seine schlechte Laune schon der Kellnerin auffällt! Das Glas, das sie bringt, ist zum Überlaufen gefüllt. Sie schaut ihm zu, wie er vorsichtig den ersten Schluck nimmt.

»Und?«

»Genau richtig, ich bin sicher, dass das hilft.«

»Sie sind wohl nicht von hier?«

»Ich lebe in San Francisco. Und Sie?«

»Ich stamme aus dieser Gegend, aus West Point, ein kleiner Ort eine Stunde westlich von hier. Über Omaha hinaus habe ich es nie geschafft.«

»West Point!« Wenn er sich richtig erinnert, stammte Karl Timmermann doch aus West Point.

»Warum lächeln Sie?«

»Nur so, diese Erinnerung, als Sie West Point erwähnten. Kennen Sie dort eine Familie Timmermann, Karl Timmermann?«

»Der Name, ja, gehört habe ich von ihnen, aber ich kenne sie nicht.«

Sie ist zu alt, um Timmermanns Tochter zu sein, fünfundzwanzig Jahre wäre sie heute, und zu jung, um mit ihm in dem Dorf aufgewachsen zu sein. Aber unvermittelt ist der morgige Tag gerettet. Er wird sich einen Mietwagen nehmen und nach West Point fahren und mit etwas Glück dort Karl Timmermann wiedertreffen, fünfundzwanzig Jahre nach Remagen.

Am nächsten Morgen fährt er die Landstraße am Elkhorn-Fluss entlang Richtung West Point. Weiden und flaches Land, so weit der Horizont reicht. Der Himmel voller dunkler Wolken, beengend das niedrig hängende Grau über den Feldern. Eine ähnliche Stimmung wie damals am Rhein, erinnert er sich. Manchmal brauchten sie Tage, ja Monate für eine Strecke wie die von Omaha nach West Point. Überhaupt, die Erfahrung aus jener Zeit, die kann man einem, der nicht dabei war, kaum richtig vermitteln. Er ist aufgeregt bei der Vorstellung, Karl Timmermann zu begegnen, eine Generation später, und nochmals der Blick zurück auf das Erlebte, das sie geprägt hat, anders als alles, was danach gekommen ist.

Er hält vor dem Ortsschild *West Point* an. Harmlos, dieser Ort, aber was hatte er erwartet? Etwa eine Tafel neben dem Ortsschild *Heimat von Karl Timmermann, der Held von Remagen?*

Langsam fährt er die Hauptstraße entlang durch den Ort. Alles wirkt sauber und gepflegt, es macht den Eindruck einer Welt, die nichts infrage stellt. Die Läden und Geschäfte drängen sich in drei oder vier Straßenzügen, zwischen denen das vierstöckige Gebäude einer Bank herausragt. Überall die amerikanische Flagge. Rob spürt förmlich den Stolz der Einwohner auf ihre heimisch verwurzelte Welt, ihre unverrückbaren Werte und auf ihr Vaterland, gerade jetzt, wo die Söhne von West Point wieder in einer fremden Ferne kämpfen. Vietnam, ein Land, von dem sie vorher noch viel weniger gehört hatten als damals von dem Land am Rhein.

Leichter Nieselregen hat eingesetzt, die Straßen sind menschenleer, der Autoverkehr fließt träge. Hatte er geglaubt, Karl Timmermann einfach an einer Straßenecke zu entdecken? Wahrscheinlich lebt er hier längst nicht mehr, ist nach dem Krieg mit seinem Ruhm von Remagen sofort in eine größere Stadt umgezogen. Rob ist unentschlossen, was er tun soll. Er parkt vor dem nächstbesten Restaurant, dem Goldenrod Café, und setzt sich an einen der blank geputzten Tische. Zwei ältere Männer in blauen Arbeitskitteln, die einzigen Gäste, schauen kritisch zu ihm herüber. Als er einen Kaffee bestellt, fragt er die junge Kellnerin nach Karl Timmermann. Aber nur ein verneinendes Kopfschütteln, Timmermann, nie gehört.

»Hallo Bill, Karl Timmermann, kennst du den?«, ruft sie in Richtung der beiden anderen.

»Karl, warum?« Die Kellnerin nickt zu Rob. Er nimmt seinen Kaffee und geht hinüber zu den Männern. Beide in den Siebzigern, sie schauen ihn schweigend an. Bill bohrt mit einem Zahnstocher zwischen seinen Zähnen.

»Ich möchte ihn sprechen. Wo kann ich ihn finden?«

»Auf dem Friedhof, unterstellt, irgendwer zahlt noch für sein Grab.«

»Er ist tot?«

»Das ist meistens der Grund.«

»Kaum zu fassen, wann ist er gestorben?«

»Vor zehn, fünfzehn Jahren, was weiß ich? Warum interessieren Sie sich für ihn? Für den hat sich noch nie jemand interessiert.«

»Sprechen wir von derselben Person, Leutnant Timmermann, der die Brücke von Remagen erstürmt und als erster amerikanischer Offizier im Zweiten Weltkrieg den Rhein überquert hat?«

»Genau der. Er kehrte nach dem Krieg nach West Point zurück, aber er passte nicht hierher, ging dann wieder zur Armee, ich glaube, er hat sogar noch in Korea gekämpft. Er starb kurz darauf, weiß auch nicht, woran. Ein verkorkstes Leben.«

Rob schaut ihn betroffen an.

»Wurde ihm damals nach dem Krieg wenigstens ein würdiger Empfang bereitet?«

»Wir haben kaum bemerkt, dass er zurück war.«

Der Kriegsruhm des einfachen Soldaten ist kurzlebig. Karl Timmermann hatte das schon damals geahnt. General Bradley und General Eisenhower erkannten sofort die kriegsverändernde Bedeutung von Remagen, den Namen von Leutnant Timmermann würden sie lange nicht vergessen. Aber hier in seiner Heimat, da zählte er nichts.

»Durch Timmermann hat sich der Verlauf des Zweiten Weltkriegs verändert. Die ganze Welt sprach von ihm.«

»Was war daran so großartig? Fragen Sie nur Hank Teller, ein anderer Soldat aus West Point, der wenige Tage nach Timmermann an derselben Stelle den Rhein überquert hat. Der Rhein wäre kaum breiter als der Elkhorn-Fluss hier und kein Vergleich zum Missouri, völlig grundlos all das Theater um Timmermann, berichtete er. Auf Hank Tellers Wort kann man sich verlassen. Anders als Timmermann, aus dem nie etwas geworden ist.«

Rob blickt ungläubig von einem zum anderen. Ich war doch dabei, habe es erlebt, die tobende Hölle um DeLisio, um Drabik und wie sie hießen, diese Durchschnittstypen, die im Augenblick der Herausforderung durch das Schicksal über sich selbst hinauswuchsen. Und allen voran Timmermann. Ich bin am falschen Ende von West Point aufgewachsen, hat Timmermann gesagt, als Rob ihm von seinem Leben in San Francisco erzählte. Dem konnte er nicht entkommen, das ließen die anderen nicht zu.

»So ist das«, setzt Bill hinzu.

Die beiden Männer schauen ihn unbewegt an. Er könnte ihnen jedwede Beweise liefern, für sie steht die Geschichte fest, daran gibt es nichts zu rütteln. Seine Gesprächspartner zu überzeugen, gerade das ist eine von Robs Stärken, die vielen Tricks, die er anzuwenden weiß, aber nicht hier, in diesen Gesichtern, da lässt sich nichts verrücken.

»Einige Timmermanns leben noch draußen am Ende des Ortes zum Fluss hin, wo sie immer waren. Mary Timmermann, Karls Mutter, hat sogar eine Zeit lang hier im Goldenrod Café als Kellnerin gearbeitet, in den Vierzigern und Fünfzigern. Sie musste mitverdienen, ihr Mann hat zu nichts getaugt, desertiert von der Armee im Ersten Weltkrieg. Da haben Sie die Timmermanns!«

Auf der Fahrt zurück nach Omaha setzt heftiger Regen ein. Dieser Moment der Größe, aber er reichte nicht für ein Leben. Er reichte nicht einmal bis zu Timmermanns Rückkehr nach West Point, wie er mit seinem Kleidersack über dem Rücken langsam die Hauptstraße von West Point entlangkam, niemand auf ihn wartete, keine Empfangskapelle, allenfalls ein bellender Hund.

Das falsche Ende des Orts, Timmermann glaubte selbst, schlechte Karten erwischt zu haben. Aber alles in Rob wehrt sich dagegen, hat sich immer dagegen gewehrt. Es kommt darauf an, was man aus seinem Leben und den sich bietenden Möglichkeiten macht. So hatte er damals Timmermann gegenüber argumentiert. Aber dann die anderen, die hatte er dabei übersehen. Sie waren Karls Verhängnis, die regungslosen Gesichter hier, wie die der beiden Alten im Goldenrod Café in West Point, die nicht vergessen und nie vergeben.

»Martini?« Die Kellnerin vom Abend zuvor blickt ihn fragend an.

»Einen doppelten.«

Sie bleibt wieder an seinem Tisch stehen, beobachtet ihn beim ersten Schluck. Vielleicht ist das in Omaha so üblich. Er schließt die Augen, während sich der Gin durch seinen Körper beißt. Er muss gelächelt haben.

»Schon besser?«

Rob nickt ihr zu. Diese Kellnerin, bestimmt mit einem Mann zu Hause, in den sie ihre ganze Hoffnung gesetzt hat, nur um zu erleben, wie er versagt, und jetzt muss sie hier abends bedienen, damit sie sich das Notwendigste leisten können. Wie Mary Timmermann. Wie so viele. An ihrem weißen Kellnerinnenkittel sieht er das Namensschild: *Mary.* Natürlich.

Den letzten Teil des Flugs zurück nach San Francisco begleitet ihn ein farbiger Sonnenuntergang, bis der leuchtend rote Sonnenball im Pazifik versinkt. Er bezweifelt, dass er Warren Buffett mit seinem Wagniskapitalfonds überzeugen konnte. Investitionen in Konzepte und Träume, schwer, das in Omaha jemandem zu verdeutlichen. Die Geldanlageentscheidung zwischen General Motors oder zwei langhaarigen Uni-Aussteigern mit der Vision eines Computers für die Massen. Erprobte Qualität gegen unsichere Hoffnungen. Das war eigentlich von Anfang an abzusehen. In einer Woche will Buffett ihm Bescheid geben, es folgte eine höfliche Verabschiedung, aber Rob spürt, dass seine Überredungskünste ihn zum zweiten Mal auf dieser Reise im Stich gelassen haben.

Vielleicht war er auch nicht mehr richtig bei der Sache gewesen. Seine Reise nach Omaha hatte in der Begegnung mit dem Schicksal Karl Timmermanns längst eine andere Bedeutung bekommen. Karl hatte in Remagen dem Tod gegen überwältigende Wahrscheinlichkeiten getrotzt, nur um dann unfähig für ein normales Leben nach Hause zurückzukehren. Das Unvorstellbare bleibt immer unvorstellbar, wenn man es nicht selbst erlebt hat. Dabei muss er an das Geschehen in Berkeley denken. Die Telegraph Avenue warm und idyllisch an einem Tag wie heute, aber für einen Augenblick entlud sich das in der Tiefe schlummernde Brodeln, nur um kurz darauf wieder von einer zufriedenen Beschaulichkeit bedeckt zu werden. Der Alltag geht unberührt weiter, aber einer liegt da in seinem Blut. Eine Woche später sprechen die Zeitungen schon nicht mehr davon.

Susan empfängt ihn zu Hause mit der Nachricht, dass sich Deborah zum Abendessen angesagt hat.

»Sie bringt die Urne des Deutschen mit. Auch eine Zumutung, dass die bei uns landet. Und bitte, sprecht nicht wieder über Politik, es bringt doch nichts, allenfalls, dass sie dann wieder monatelang nicht mehr hier auftaucht.«

»Keine Angst, sie hört sowieso nicht auf mich.«

Auf eine ungewohnte Weise beunruhigt ihn der Besuch seiner Tochter. Er mischt sich einen Martini, spürt die Wärme, die ihn beim ersten Schluck durchdringt. Erstaunt bemerkt er, dass Susan ihn beim Trinken beobachtet. Wie die Kellnerin in Omaha. Er nimmt sie in seinen Arm, drückt sie an sich.

»Ich habe mich nach dir gesehnt. Und jetzt ganz besonders.«

»Deine Tochter erscheint jeden Moment. Du musst dich gedulden.«

Er versteht nicht, dass Deborah die Urne von Friedemann Fürst einfach abholen konnte, da er als Bevollmächtigter eingesetzt war. Letztlich soll es ihm recht sein, damit muss er nicht auf die andere Seite der Bay nach Berkeley fahren.

»Dad, du traust mir auch überhaupt nichts zu. Einen Angestellten eines Beerdigungsinstituts zu überzeugen, da gehört nichts dazu, ich bin schließlich deine Tochter. Die Rechnung wird dir separat zugeschickt, das wollte ich dir überlassen.«

»Wir sollen dafür auch noch zahlen? Was haben wir denn damit zu tun?«, erregt sich Susan.

Rob und Deborah schauen sie schweigend an.

»Wo hast du die Urne?«, fragt Rob.

»Sie ist bei mir zu Hause. In mir sträubt sich alles dagegen, sie bei der Post aufzugeben. Das ist doch immer noch er, und ihn einfach so im Paket zu verschicken, ich finde das unmöglich. Ich werde ihn persönlich zu seiner Familie zurückbringen. Ich fliege morgen nach Deutschland.«

»Es war doch alles mit seinen Eltern vereinbart. Oder hast du das mit ihnen abgesprochen?«

»Mich hast du ja von ihnen ferngehalten, so gut es ging. Ich fand das merkwürdig, schließlich war ich die Letzte, die mit ihrem Sohn zusammen war. Seine Gedanken unmittelbar vor dem Ende, das hätte sie doch interessieren müssen, meine ich!«

»Ich habe mich auch gewundert, warum du sie nicht

nach Hause eingeladen hast, obwohl ich dir das mehrfach angeboten hatte«, mischt sich Susan ein. »Als wolltest du mit allen Mitteln verhindern, dass ich die Deutschen kennenlerne. Das ist doch sonst nicht deine Art.«

»Unter den Umständen war es nicht angebracht, sie hierher zu bitten. Auch sonst hätten wir sie nie zu uns eingeladen.«

»Hast du sie wiedererkannt?«

»Ja und nein, nach fünfundzwanzig Jahren, da ist man ein total veränderter Mensch. Und dann die lange Reise und das Unglück. Auf der Straße wäre ich an ihr vorbeigelaufen.«

»Hast du das Bild erwähnt, wie sie damals darauf kommen konnte, dich zu beschuldigen? Die Schwierigkeiten, in die sie dich gebracht hat, war ihr das klar?«

»Dafür war jetzt nicht der richtige Zeitpunkt.«

»Wie gut hast du sie überhaupt gekannt?«, fragt Deborah.

»Unser Lazarett war für ein paar Tage in ihrer Burg eingerichtet. Die Eigentümer mussten im Keller leben, aber man traf sie, im Park oder so. Das Haus gehörte einem bekannten deutschen Schriftsteller, ihr Schwiegervater, sie war verheiratet.«

»Und ihr Mann?«

»Der war im Krieg, soviel ich weiß. Jedenfalls war er nicht da, ich habe ihn nicht getroffen.«

»Er sei kurz nach Kriegsende gestorben, hat Friedemann mir erzählt, er konnte sich natürlich nicht an ihn erinnern.«

»Hast du mit ihr geschlafen?«, fragt ihn Susan. »Es würde mir nichts ausmachen, die Umstände dort im Krieg, und wir waren ja noch nicht einmal verlobt«, fügt sie hinzu.

»Das war verboten, Beziehungen mit dem Feind.«

»Du hast mir auch verboten, mit ihm zu schlafen.«

»Deborah, das war unter uns! Jedenfalls hoffe ich, dass du dir das zu Herzen genommen hast.«

»Das ist wohl meine Sache. Aber ich war schon erstaunt, das gab es noch nie, dass du mir solche Verhaltensregeln gegeben hast.«

»Ich weiß, was ich tue.«

»Weil du mit ihr geschlafen hast?«

»Das geht nun wirklich zu weit!«

»Vielleicht war er dein Sohn!«

»Deborah, sie war verheiratet, ihr Mann ist aus dem Krieg zurückgekommen, und der Sohn wurde danach geboren. Der Krieg war längst vorbei.«

»Wann hast du denn bei denen gewohnt?«

»Drei Tage nach der Eroberung der Brücke sind wir eingezogen, es war am 10. März 1945, so was vergisst man nie. Übrigens, Susan, ich habe versucht, Karl Timmermann in seiner Heimat bei Omaha zu besuchen. Aber er ist gestorben, vor fünfzehn Jahren.«

»Friedemann wurde am 12. Dezember 1945 geboren. Wenn das nicht passt!«, insistiert Deborah.

»Kannst du damit nicht aufhören! Woher willst du das überhaupt wissen?«

»Es stand in den Papieren, die ich bei dem Beerdigungsinstitut unterzeichnen musste. War er dein Sohn? Warum hättest du mir sonst verboten, mit ihm zusammen zu sein?«

Deborahs Stimme überschlägt sich hysterisch.

»Deborah, wer weiß, was diese Frau damals alles gemacht hat? Es war Krieg, es herrschten besondere Umstände.«

»Du hast mit ihr geschlafen, und du hast geahnt, dass er dein Sohn sein könnte! Damit macht alles Sinn, auch deine übertriebene Fürsorge für ihn, die Sache mit der Galerie.«

Deborahs Stimme ist plötzlich eiskalt. Sie starrt ihn an, erregt atmend.

»Einmal. Aber das bedeutet nichts«, sagt Rob zögernd.

»Du hast mich mit ihr betrogen!«, fährt Susan auf.

»Mom, es geht nicht um dich! Das hast du doch gerade selbst gesagt, es war vor eurer Hochzeit. Aber heute, das ist etwas anderes. Er war dein Sohn. Du musst es gespürt haben. Und mein Bruder!« Ein entsetztes Schweigen herrscht in dem eleganten Esszimmer. »Ich habe mit meinem eigenen Bruder geschlafen«, flüstert Deborah.

»Deborah, sei doch vernünftig, schließlich kam ihr Mann bald danach zurück. Und jetzt sollten wir damit aufhören, sie hat schon einmal fast mein Leben zerstört, das darf nicht ein zweites Mal geschehen.«

»Darum sind wir uns auch so schnell nahe gekommen, weil wir von Anfang an zusammengehört haben. Als Bruder und Schwester allerdings. Du hättest es noch verhindern können, aber du hattest selbst etwas zu verbergen, und das war dir wichtiger. Wichtiger als ich!«

Susan streicht über den Arm ihrer Tochter, aber Deborah zieht ihn zurück. Sie verschränkt die Arme.

»Er hat einen kleinen Sohn, vielleicht interessiert dich das.«

Sie steht langsam auf, als ob ihre Bewegungen schwerer geworden wären. Ihre Eltern blicken ihr nach.

»Deborah, bitte, bleib doch hier.«

Sie schaut ihre Mutter stumm an. In der Tür dreht sie sich nochmals um. »Übrigens, Dad, was ich dir noch sagen wollte, ...«, aber dann schließt sie, ohne den Satz zu beenden, die Tür hinter sich.

15.
Deutschland

Ein beklemmendes Gefühl erfasst Deborah bei der
Ankunft in Frankfurt. Wolkenverhangen, erst kurz vor
der Landung zeigt sich die Landschaft. Wiesen und
braune abgeerntete Felder, kleine Dörfer und grüne
Wälder, eigentlich anmutig auf den ersten Blick. Vor
Deutschland hatte sie immer eine unerklärliche Scheu.
Und nun mit Friedemann Fürst im Handgepäck. Ein-
fach so mit einem Toten einzureisen. Wahrscheinlich
gibt es ein Gesetz, gegen das sie nun verstoßen hat.
Jüdin schmuggelt toten Geliebten nach Deutschland.
Wenn das alles wäre, denkt sie.

Jetzt ist sie doch froh, dass ihr Vater vor ihrem Abflug
den Stiefvater von Friedemann angerufen hat. Er werde
sich sofort um die Beerdigung kümmern. Außerdem
kontaktierte Rob den Präsidenten der Bank of America,
einen engen Geschäftsfreund, der über seine Niederlassung in Frankfurt ein Hotelzimmer für Deborah
reservieren ließ. Er versprach, dass sie am Flughafen
abgeholt würde.

Sie hatte sich wenig Gedanken gemacht, wie sie sich
fühlen würde, nach dem langen Flug mit der Zeit-
umstellung und diesen unruhig quälenden Träumen.
Tatsächlich ist sie erleichtert, als der Vizepräsident der
Bank of America in einem grau gestreiften Anzug sie
nach dem Verlassen des Zolls anspricht. Sein Fahrer
warte vor dem Flughafengebäude. Der Banker kümmert
sich beflissen um ihr Gepäck. Allerdings gibt Deborah
den Beutel mit der Urne nicht aus der Hand.

»Es verwundert mich immer wieder, was Frauen in
ihren Taschen mit sich herumtragen«, bemerkt der
Banker.

»Sie machen sich ja keine Vorstellung!«

»Ich höre, Sie kommen wegen einer Beerdigung. Tut mir leid, ein Freund oder ein Verwandter? Schade, auf diese Weise Deutschland kennenzulernen.«

»Er war ein Verwandter. Und ein Freund.«

Wie ihr das plötzlich wie Schuppen von den Augen gefallen ist, beim Abendessen mit ihren Eltern. Sie hatte das Bedürfnis, mit ihnen zusammenzusein, und dann ergab sich eines aus dem anderen. Vielleicht war er auch gar nicht ihr Bruder. Aber es könnte doch so sein. Sie denkt an die Nacht im Flugzeug. Sie saß eingezwängt, gegen das Fenster gelehnt, die Urne unter dem Sitz vor ihr zwischen den Füßen. Vergeblich suchte sie nach einer Antwort im Sternenmeer draußen. Ein Gefühl von Leben und Tod, von Gegenwart und Vergangenheit, von Anziehung und Ekel. Unvermittelt stand Friedemann am Ende der Kette dieser Bilder vor ihr. Sie spürte wieder seine salzige Haut, fühlte sich losgelöst von allem um sie herum, ein letztes Mal mit ihm allein zu sein, nur sie beide in der Unschuld ihrer Liebe.

»Hier sind wir näher beieinander als je zuvor«, flüsterte sie den Sternen zu.

Aber dann die Zweifel, in denen sich die Bilder wieder verflüchtigten. Stundenlang eine zermürbende Auseinandersetzung zwischen Wachliegen und hastigem Schlaf. Durch seinen Tod konnte ihre Beziehung in aller Reinheit fortbestehen. Aber dann bedeutet das auch, dass sich sein Tod nur damit rechtfertigen ließe, ihre selbstsüchtige Liebe zu retten. Schuld quält unendlich tiefer als jeder Zweifel.

Mach dich nicht wahnsinnig, er war nicht dein Bruder. Er darf es nicht gewesen sein. Du hast ihn geliebt. Und deswegen begleitest du ihn in seine Heimat zurück.

Pia graute davor, dass jemand in ihrer Familie sterben würde und dann im Grab ihres Vaters bestattet werden wollte. In der Gruft ist nur noch Platz für zwei Särge, und bei allem, was gerecht ist, steht dieser Platz ihr und Johannes zu, schließlich leben sie hier und kümmern sich um das Grab. Mit Erikas Sippe hatte sie gleich gar nicht gerechnet. Und auf eine Urne war sie nicht gefasst. Niemand in ihrer Familie hat sich je verbrennen lassen. Schwer, dagegen etwas einzuwenden. Und schließlich gehört Friedemann zu den Fürsts und nicht zu den Fuchs. Von ihren Nichten und Neffen stand er ihr auch am nächsten. Allerdings, wenn das Schule machen sollte. Erhart und seine Familie könnten sich auch verbrennen lassen, und dann wär es aus mit der ewigen Ruhe, wenn sie sich vorstellt, wie die alle in ihren Urnen um sie rumsitzen. Ein grausiger Gedanke.

Wann war einer von denen überhaupt zum letzten Mal am Grab? Es kommen mehr Fremde, Verehrer von Hermann Fürst, als Mitglieder der eigenen Familie. Bei jedem Besuch findet sie dort einen frischen Blumengruß von Unbekannten vor. Davon können sich ihre Verwandten eine Scheibe abschneiden. Natürlich, mit vollen Händen haben sie von Hermann Fürst genommen, aber dann ihm etwas zurückgeben? Nicht einer hat das getan, außer natürlich sie selbst und Johannes.

»Da haben wir Glück, Maria, dass deine Hanna gerade aus Amerika zu Besuch hier ist. Die kann sich mit der Tochter des jungen Leutnants auf Englisch unterhalten. Ich bin überrascht, dass die Tochter zur Beerdigung kommt und nicht er.«

»Sollen wir denn nichts herrichten für nach der Beerdigung?«

»Wir haben im Gasthof Post unten im Dorf reserviert.

Auf diese Weise erfährt auch keiner, dass wir den Rest des Gemüsegartens verkauft haben.«

Erika und ihr Mann holen Deborah von ihrem Hotel in Frankfurt ab. Widerstrebend übergibt sie seiner Mutter Friedemanns Urne. Mit einem Mal empfindet sie eine tiefe Leere. Vielleicht deswegen auch ihre sofortige Abneigung gegen diese Frau.
Jeder verhält sich höflich ihr gegenüber, aber die Liebenswürdigkeit geht ihr schnell auf die Nerven. Genau wie dieser Banker mit seiner Fürsorglichkeit. Am liebsten wäre sie allein in diesem fremden Land, in dem sie keine Seele kennt. Mit der Übergabe seiner Asche hat sie ihre Aufgabe erledigt. Jetzt gehört er ihr nicht mehr.
Fuchs spricht Englisch mit ihr. Erika sitzt mit ihren zwei Nachzüglern stumm auf dem Rücksitz. Erst war es Deborah peinlich, vorne Platz zu nehmen, diese Sonderrolle, aber auf alle Fälle besser als hinten bei den Kindern. Erika ist ganz in Schwarz gekleidet. Auf Deborah wirkt dieses Schwarz wie eine Anklage, in ihrem Amerika, in ihrem Berkeley, bei ihrer Demonstration, wurde ihr Sohn erstochen.
»Gibt es mittlerweile neue Erkenntnisse der Polizei?«, will Fuchs wissen.
»Nichts, und wenn sie bis jetzt keine Spur haben, ist es unwahrscheinlich, dass sie noch etwas finden werden.«
Überhaupt ist es seltsam ruhig um den Fall geworden. Als ob ihr Vater nicht alle Hebel in Bewegung setzen könnte, wenn er gewollt hätte. Hätte er mehr veranlasst, wenn es wirklich sein Sohn gewesen wäre? Aber wie, wenn ihr Vater gerade das verbergen wollte?
»Ihr Vater hat uns in dieser schwierigen Situation sehr geholfen. Und Sie natürlich auch«, sagt Erika.

Deborah blickt wortlos zu ihr nach hinten. Unvorstellbar, diese Frau und ihr Vater. Deborah bemerkt den kritischen Blick, die Falten in Erikas Gesicht, ein unzufriedener Zug, als ob sie vom Leben mehr erwartet hätte. Ein heftiger Parfumduft umgibt sie, der das leicht Schweißige an ihr überdeckt. Sie ist anders, diese Frau hinter ihr, sie hätte keinesfalls zu uns gepasst. Bei Friedemann hatte sie dieses Gefühl nie gehabt, ganz im Gegenteil.

Sie ist überfällig mit ihrer Periode. Solange sie seine Asche bei sich hatte, empfand sie dies wie ein zusätzliches Band um Friedemann und sie. Aber jetzt, wo er nicht mehr bei ihr ist, hat sich ihre Verbindung verändert, und mit dieser aufdringlichen Frau will sie keinesfalls etwas gemein haben.

»An der Beerdigung wird nur die Familie teilnehmen. Außer Ihnen, natürlich«, sagt Erika.

»Und seine Freunde? Er muss doch Freunde gehabt haben!«

»Die halten wir auf Abstand. So wie er sie in seinem Leben von uns getrennt gehalten hat. Ein grausamer Gedanke, diese verlotterten Typen auf der Burg seiner Vorfahren.«

Die Typen wären meine Freunde gewesen, denkt Deborah, keinesfalls diese beklemmende Familie. Es fällt ihr schwer, sich sein Leben vorzustellen, sie hatte ihn nur frei in der Sonne Kaliforniens erlebt, nicht in der Enge, die sie hier verspürt.

»Seine Freunde veranstalten ihre eigene Art von Gedenkfeier in München, in einem Stehlokal in Schwabing. Und diese Gedenkfeier dient ihnen auch nur als Vorwand, um schon früher als sonst mit dem Saufen zu beginnen.«

»Außerdem stehen sie politisch alle weit links. Ich

möchte gar nicht wissen, in welche Dinge die teilweise verstrickt sind«, fügt Fuchs hinzu.

»Er schien mir nicht sonderlich politisch«, sagt Deborah.

»Sehen Sie sich doch nur die Veranstaltung an, auf der er ermordet wurde!«

»Das war reine Neugierde, er wusste nicht einmal, worum es ging.«

»Ich glaube, das können wir besser beurteilen, wir kennen ihn doch!«, entgegnet Erika.

Deborah schweigt, wie in Gedanken verloren. Nach einiger Zeit fragt sie: »Waren Sie schon mal in diesem Lokal in München?«

»Wir? Da würden wir nie einen Fuß hineinsetzen!«

Sie haben keine Ahnung von ihm, von seinem Leben, wer er wirklich war, denkt Deborah. Nur ihre eigenen Vorstellungen, in die sie ihn jetzt mit aller Gewalt hineinzupressen versuchen. Dabei hat sie selbst mit Friedemann kaum über sein Leben in München gesprochen. In der kurzen Zeit, die ihnen vergönnt war, mussten sie sich lieben, wie von einer Welle überrollt. Der Rest konnte warten. Eigentlich lebt sie auch nur mit einem Bild von ihm, allerdings ist ihr Bild das von ihm in seiner Freiheit, und deshalb ist es näher an ihm dran als jedes andere.

»Und wie heißt dieses Lokal?« Als gäbe ihr der Name einen weiteren Aufschluss über ihn.

»Occam. Oder genauer Occam Pils. Warum interessiert Sie das?«

»Nur so.« Deborah zuckt die Achseln, ohne sich zu Erika umzudrehen.

Sie rasen über die Autobahn, zum Berühren nahe an dem Auto vor ihnen, plötzlich ein jähes Abbremsen. Fuchs flucht auf Deutsch, schaut sie entschuldigend an. Hinten quengeln die Kinder. Ich muss hier raus, denkt

Deborah plötzlich, raus aus der Enge mit diesen Fremden und ihrem anderen, unerträglichen Geruch.

Sie bemerkt, dass jeder verstummt, wenn sie die Augen schließt. Rücksichtnahme nach der langen Reise, sie muss müde sein. Innerlich lächelt sie, nur die Augen schließen, und die anderen tun, was sie will. Sie haben die Autobahn verlassen, als sie aufwacht. Sie muss tatsächlich eingeschlafen sein. Sie fahren auf einer kurvenreichen Strecke durch einen Wald.

»Beneidenswert, wir stehen ewig im Stau, und Sie schlafen. Aber jetzt ist es nicht mehr weit«, sagt Fuchs.

Sie kommen durch eine gediegene, saubere Kleinstadt, weiß getünchte Wohnhäuser, umzäunte Vorgärten, ordentlich und gepflegt, überhaupt, schon während der kurzen Zeit in Frankfurt beeindruckte sie der gute Zustand der Stadt. Auch in dem kleinen Dorf, in dem die Fürsts wohnen, dieselbe Fürsorge, das dunkle Holzfachwerk gegen weiße Wände abgesetzt.

Von der Burg hatte Friedemann ihr erzählt, und auch ihr Vater hatte davon gesprochen. Sie verspürt eine außergewöhnliche Erregung. Wenn nur diese Frau hinter ihr nicht wäre!

Pia steht, die Arme verschränkt, auf der obersten Stufe der Treppe zur Terrasse, schwarz gekleidet. Die Amerikanerin dagegen trägt einen grauen Rock und eine helle Bluse. Etwas mehr Respekt könnte die auch zeigen, reagiert Pia kritisch.

»Ich warte seit Stunden!«

»Die Autobahn, was willst du da machen«, antwortet Fuchs entschuldigend.

Pia begrüßt Deborah. »Sie haben eine lange Reise hinter sich, aber das wäre doch gar nicht nötig gewesen.«

»Ich glaube, das muss ich selbst wissen!« Dieser Ton war

nicht notwendig, aber die Frau irritiert sie, in ihrer befehlenden Art. Dabei hat Pia möglicherweise sogar recht, was will sie hier überhaupt?

»Ich fahr noch schnell zum Bestattungsinstitut, die warten auf die Urne, damit sie alles für morgen zusammen haben«, entschuldigt sich Fuchs.

In der Küche trifft Deborah auf Maria und Hanna. Hanna hat kurze rote Haare, nicht besonders auffallend, aber Deborah findet sie trotzdem apart. Auch sie trägt dieses bedrückende Schwarz.

»Ich bin mit Friedemann hier aufgewachsen. Wir beide ohne Vater, das hat uns verbunden. Ich habe ihn zuletzt noch in New York gesehen, vor seiner Weiterreise in den Westen.«

»Du sprichst fließend Englisch?«

»Ich bin mit einem Amerikaner verheiratet, wir wohnen in Armonck außerhalb von New York City, mein Mann leitet dort bei IBM eine Forschungsabteilung. Ich führe ein völlig anderes Leben in Amerika, aber dann, wenn ich hierher an den Rhein zurückkomme, ist es, als ob am Tor diese Person auf mich wartet, die ich dann wieder bin, die Tochter der Haushälterin, und die anderen die Herrschaften. Nun ja.«

Deborah ist froh, sich ungezwungen mit jemandem unterhalten zu können. Die anderen scheinen darüber auch erleichtert, wenden sich ab in ihrer eigenen Sprache.

»Was ist mit deinem Vater geschehen?«

»Er ist im Krieg gefallen, aber da wird alles Mögliche erzählt. Wenn du willst, zeige ich dir gerne einmal die Burg. Dein Vater war ja im Krieg hier, von ihm sprechen die Fürsts immer wieder.«

Sie betreten das Arbeitszimmer von Hermann Fürst. Wie in einem Museum herrscht hier eine besondere

Aura. Auf dem Schreibtisch steht das Foto, sein Adler-
kopf mit den weißen Haaren, dem vollen Schnurrbart
und den Adleraugen.

»Der erste und letzte große Fürst.«

»Das hören die sicher nicht gern.«

»Wer hört schon gerne die Wahrheit? Aber so ist es doch,
niemand von denen war in der Lage, auf dem Vermächtnis von Hermann Fürst erfolgreich aufzubauen. Friedemanns Vater hätte es geschafft, sagt meine Mutter, aber
der Krieg hat diese Hoffnung zunichte gemacht. Und in
der Generation danach zog der Name schon nicht mehr.
Ein kurzlebiger Ruhm, einzig das Anspruchsdenken ist
ihnen geblieben. Friedemann allerdings war anders, er
hatte immer nach vorne in die Zukunft geblickt, nicht
wie die anderen zurück in die Vergangenheit. Aber
es war ihm nicht genügend Zeit vergönnt, um sich zu
beweisen.«

»Mein Vater wollte ihn finanziell bei seinen Galerie-
plänen unterstützen.«

Draußen auf der Terrasse atmet Deborah tief durch. Sie
ist froh, endlich allein zu sein. Sie wandert durch den
Garten, an der Mauer entlang, alles wirkt ein wenig ungepflegt, als ob der Park und das Haus die Kraft der
Leute hier überfordere. Vielleicht reden sie sich ein, das
Alte sei gut, weil es alt ist. Es fällt ihr schwer, sich Friedemann unter ihnen vorzustellen oder ihren Vater. Vor
dem Haus trifft sie auf Fuchs, der gerade aus dem Dorf
zurückkommt.

»Die haben die Asche im Bestattungsinstitut gleich
in die Begräbnisurne umgelagert. Dabei waren sie erstaunt, wie grob das in Amerika verbrannt wird, bei uns
sei das viel feiner, sodass man keine Knochenstücke
mehr sieht. In allem sind die Amerikaner eben auch
nicht besser! Aber die Überreste ein zweites Mal einzu-

äschern, das wären nur noch zusätzliche Kosten. Der Deckel ist drauf, wer schaut da nochmals rein?«

Im Esszimmer hat Maria die Abendtafel mit dem feinen Meißener Porzellan aufgedeckt. Es herrscht eine trübselige Stimmung, dem Anlass entsprechend, aber vielleicht auch wegen der Fremden, mit der keiner in der Familie richtig etwas anzufangen weiß.
»Wenn nur morgen schon alles vorbei wäre«, sagt Pia.
»Es kommt zwar nur Familie, allerdings werden das auch immer mehr. Eva, frisch verheiratet mit ihrem neuen Ehemann, und der Jens bringt eine Frau mit, mit der er in Berlin unverheiratet zusammenlebt. Da muss man sich vor unserem Gast direkt schämen.«
»Kommen wir denn danach noch auf die Burg zurück?«, fragt Erika.
»Also das könnt ihr mir nicht auch noch zumuten, das übersteigt meine Kräfte und auch Marias, wir werden ja nicht jünger.«
»Trotzdem, wenigstens zu einem Glas Wein. Die Burg ist doch der Mittelpunkt der Familie«, drängt Erika.
»Lasst es mal so wie geplant, das ist alles gut vorbereitet im Gasthof Post. Oder kommt euch das etwa zu teuer?«
»Damit hat das nun wirklich nichts zu tun.«
Sie unterhalten sich meist auf Deutsch, als ob sie Deborah vergessen hätten. Sie meint, eine Spannung in ihrem Tonfall herauszuhören, insbesondere zwischen Pia und Erika. Niemand spricht über Friedemann, stellt sie befremdet fest.
»Wann ist eigentlich Friedemanns Vater aus dem Krieg zurückgekommen? Hat er ihn noch erlebt?«, fragt Deborah in eine Gesprächspause. Sie spürt das beklemmende Schweigen.

»Sein Vater starb, bevor Friedemann ein Jahr alt war. Manchmal überlege ich mir, wie alles hätte anders sein können«, antwortet Erika schließlich.

»Wann ist er zurückgekommen?« Deborahs Stimme klingt plötzlich fordernd und ungeduldig.

»Mein Bruder kam Ende April 1945 zurück, vielleicht war es auch Anfang Mai, auf alle Fälle nach Hitlers Geburtstag, nach der letzten Goebbelsrede. Wir waren damals noch voller Hoffnung, und ich erinnere mich genau, wie er uns deswegen ausgelacht hat.«

»Es war im April«, sagt Erika mit belegter Stimme.

Deborah bemerkt, wie jeder zu ihr blickt. Er ist mein Bruder, und sie alle wissen es. Oder ahnen es. Sie sagt kein Wort mehr, lehnt den Nachtisch und den Wein ab. Sie kann das Ende des Abendessens kaum abwarten. In der Küche trifft sie Hanna, eine Schürze umgebunden, ihrer Mutter beim Abspülen helfend. Sie zuckt die Achseln, als sie Deborah sieht.

»Es bleibt alles gleich, wenn man zurückkehrt, gleichgültig, was aus einem geworden ist.«

»Sieht Friedemann seinem Vater überhaupt ähnlich? Oder sonst einem seiner Verwandten hier?«

»Auf den Jugendbildern, die von seinem Vater im Arbeitszimmer des Dichters stehen, erkenne ich wenig Ähnlichkeit. Du siehst ihm ähnlicher als irgendeiner der Fürsts. Jedenfalls war das meine erste Reaktion, als du zur Tür hereingekommen bist.«

Deborah und die Familie Fuchs übernachten im Hotel Schulz in Unkel, dem unmittelbar am Rhein gelegenen mittelalterlichen Städtchen. Sie ist todmüde. Vor dem Einschlafen tritt sie auf den kleinen Balkon vor ihrem Zimmer und blickt gedankenverloren auf den Fluss. Wie ein silbrig schimmernder Schweif. Bei Tageslicht soll es einen einzigartigen Blick geben, zur Linken auf den Rheinbogen bei Remagen und rheinabwärts auf das Siebengebirge. In der Nacht erkennt sie hinter dem silbernen Band nur die schattigen Bergrücken des gegenüberliegenden Ufers. Krampfhaft versucht sie sich in die Zeit ihres Vaters hier zurückzuversetzen. Sie lauscht in das friedliche Schwappen der kleinen Wellen an das Ufer. Wer nur den Frieden kennt, kann sich den Krieg nicht vorstellen.

Sie denkt zurück an den Abend mit Friedemanns Familie auf der Burg. Für seine Verwandten ist er eine Belastung mit seinem frühen Tod, dem Begräbnis und der lästigen schwarzen Trauerbekleidung. Bei keinem von ihnen spürte sie echte Trauer, Hanna ausgeschlossen, aber die zählt nicht zu ihnen, ein uneheliches Kind, von Anfang an Außenseiterin. Wahrscheinlich stand Hanna ihrem Bruder deswegen näher als die anderen. Und er *ist* ihr Bruder, so wie sie sich alle ihr gegenüber verhalten haben.

Aber bevor er zu ihrem Bruder wurde, war er ihr Freund. Als ihren Freund hat sie ihn geliebt. Wenn, dann will sie auch zusammen mit seinen Freunden von ihm Abschied nehmen. Wie Schuppen fällt ihr das von den Augen. Occam heißt das Lokal in München, darum hat sie sich den Namen gemerkt.

Das Mädchen unten am Empfang sagt ihr, dass sie den Nachtzug in Bonn nach München mit dem Taxi noch erreichen könnte, wenn sie gleich losfahre. Sie werde der Familie Fuchs am Morgen Bescheid sagen. Im Hof des Hotels saugt Deborah die vom Rhein modrig-feucht durchsetzte Nachtluft tief in sich ein. Plötzlich ist sie hellwach, als befinde sie sich auf der Flucht, aber manchmal muss man fliehen, um noch einmal neu zu beginnen.

Sie hat die mittlere Liege in einem Schlafwagenabteil. Sie hält die Augen geschlossen beim einschläfernden Rattern des Zuges. Ihre Hände streichen unter ihrem Hemd über die weiche Haut ihres nackten Bauchs. Sie spielt an sich, als ob er bei ihr wäre. Das Kind ihres Geliebten, das würde sie behalten, aber das Kind ihres Bruders? Du darfst nicht schwanger sein, murmelt sie, oh Gott, lass mich endlich meine Periode bekommen.

Die Trauerfeier der Familie am Rhein ist auf elf Uhr in der Dorfkirche angesetzt. Sie kann sich nicht vorstellen, dass seine Freunde sich so weit mit der Familie abgestimmt haben könnten, aber um diese Zeit wird sie ins Occam gehen. Sie schläft ein paar Stunden in einem Hotel am Bahnhof. Was soll ich bei denen, denkt sie nach dem Aufwachen beim Blick in den Spiegel, letztlich habe ich mit seinen Freunden so wenig zu tun wie mit seiner Familie. Aber es waren seine Freunde, die er sich ausgewählt hat, und es geht um ihn, nicht um mich.
Sie zieht ihre schwarze Black-Panther-Lederjacke an, die sie zuletzt bei der Demonstration in Berkeley getragen hat, eine schwarze Hose und kurze Stiefel. Völlig in Schwarz, wie die Verwandten am Rhein, und doch liegt keine Trauer in ihrem Auftreten, ganz im Gegenteil, eine Wut, wie eine geballte Faust.
Das kleine Lokal ist gedrängt voll. Auf einmal zögert sie, niemand würde sie vermissen, wenn sie mit dem Taxi weiterfahren würde. Aber du würdest dir das nie verzeihen, wenn du jetzt nicht mit seinen Freunden trauern würdest. In einer halben Stunde wäre die Sache ausgestanden.
Aufgeregt atmend betritt sie das Lokal. Einige der Anwesenden drehen sich zu ihr um, jemand hält eine Rede,

auch der Redner scheint einen Moment innezuhalten, lenkt die Aufmerksamkeit aller auf sie, bevor er fortfährt. Abgestandene Luft von Bier und Rauch durchzieht den Raum. Ein Kellner bedeutet ihr, dass es privat sei; eine geschlossene Veranstaltung. »Ich weiß«, antwortet sie auf Englisch.

Ein anderer sagt nun ein paar Worte. Vornehmlich Männer, alle etwas salopp, einige allerdings auch mit Krawatte. Sie hatte sich nie Gedanken über seine Freunde gemacht, aber so ähnlich hätte sie sie sich vorgestellt. Dieselben Gegensätze, die ihm auch in Amerika begegnet waren, wie etwa Rob Wiseman und die Black Panthers. Ein weiterer Redner. Es kommt ihr vor, als ob das Wort weitergereicht wird, jeder irgendwie sein Empfinden über ihn zum Ausdruck bringt. Sie versteht nichts von dem, was gesagt wird, aber diese Art fände sie gut, und von ihr verlangt niemand, dass sie etwas sagt. An den Spiegel hinter der Bar ist ein plakatgroßes Foto von ihm geklebt. Sie erschrickt, als sie ihn vor sich sieht, ohne darauf vorbereitet zu sein. Eine blonde Frau an einem Tisch in der Ecke fällt ihr auf, gut aussehend und gepflegt, die eigentlich nicht in diese Umgebung passt. Sie bemerkt, dass die Blonde sie beobachtet, den Blick nicht von ihr nimmt. Vielleicht die Schwedin, durchzuckt es sie. Auf der Theke steht ein großes buntes Blumengebinde. Sie ist doch froh, dass sie hierhergekommen ist, wo alles ihm viel näher zu sein scheint, jedenfalls näher als sie es gestern am Rhein empfunden hat.

Der Mann neben ihr spricht kurz ein oder zwei Sätze, dann schweigt er und blickt zu ihr. Das ganze Lokal sieht sie auf einmal an, die dunkelhaarige Frau, die niemand kennt. Mein Gott, ich bin dran, ich muss irgendetwas sagen, denkt sie, und sie spürt den Blick der Blonden.

»Ich habe King nur kurz gekannt. Er war glücklich und voller Pläne für die Zeit nach seiner Rückkehr. Aber dann hat ein unerklärliches Schicksal eingegriffen.«

Eine atemlose Stille. Darauf war niemand gefasst, eine Amerikanerin, die er wohl drüben getroffen hat und die jetzt hier im Occam auftaucht. Die Stille dehnt sich. Schließlich wendet Deborah sich dem Mann auf ihrer anderen Seite zu, bis dieser endlich etwas sagt und dann das Wort an den nächsten weitergibt.

Jetzt würde sie zu gerne wissen, was die anderen über ihn zu sagen haben. Die Blonde hatte wohl schon vor ihrer Ankunft gesprochen, die Reden gehen auf der anderen Seite des Raumes weiter, bis sie bei dem Mann hinter der Bar landen, der nur kurz etwas sagt, worauf unter beifälligem Geraune die Kellner mit Tabletts voller schlanker Biergläser durch das Lokal gehen.

»Nach einer Gedenkminute trinken wir ein Pils auf King«, klärt sie ihr Nachbar auf.

»Auf King!«, verkündet der Mann hinter der Bar eine Minute später. Jeder hebt sein Glas, auch Deborah.

»Auf King!«, schallt es aus dem Lokal zurück. Sonst kein Wort, nur zischendes Schlucken. Nach einigen Sekunden blicken alle wieder zu ihr.

»Austrinken!«, flüstert ihr der Nachbar zu.

Sie hat als Einzige noch ein halb volles Glas. Sobald sie es unter den Blicken aller geleert hat, beginnt eine allgemeine Unterhaltung, Rufe nach mehr Bier, alle Betroffenheit wie verflogen. Genau wie King es gewollt hätte, denkt sie.

Einige seiner Freunde wollen wissen, woher sie ihn kenne, wie das überhaupt passiert sei. Sie erwähnt die Demonstration in Berkeley.

»Stark, der King, in Amerika bei einer Panther-Demo.«

»Scheiß Bullen, die sind natürlich brutal hart in den USA.«

»Es war nicht die Polizei, so viel steht fest.«

»Warst du dabei?«

»Ich habe an der Demo teilgenommen, war aber nicht mit King zusammen. Von dem, was ihm zugestoßen ist, habe ich erst später erfahren.«

Es wäre für sie ein Einfaches, sie dadurch zu beeindrucken, dass sie die Demonstration organisiert hat, vorne mitmarschiert ist, in Berkeley, wo alles Neue geboren wird, aber sie erwähnt das nicht, es geht um ihn, sie braucht niemandem zu imponieren.

Sie bemerkt, dass die Blonde durch den Raum herüberkommt und ihr zuhört, ohne etwas zu sagen, bis sich die anderen zur Bar umdrehen oder zu würfeln beginnen.

»Ich heiße Tania, King und ich haben die letzten Jahre zusammengelebt. Er war mein Freund.«

Deborah schaut sie an. So wie sie anders ist als der Rest hier, war auch King auf seine Weise anders. Das Occam passte vielleicht in sein Leben, aber es war nur eine Seite von ihm.

»Und du, woher kanntest du ihn?«, fragt Tania.

»Eine Beziehung meines Vaters zu den Fürsts, die noch bis zum Krieg zurückreicht. Ich habe ihm Berkeley gezeigt, zwei oder drei Tage bevor das passiert ist.«

Tania blickt sie eindringlich an. Vielleicht hat sie nicht verstanden, was Deborah gesagt hat. Oder vielleicht gibt sie Deborah die Schuld an dem Unglück.

»Wieso bist du hier? Das ist schließlich nicht einfach zu finden.«

Erstmals ein Lächeln, ein warmes Lächeln, findet Deborah. Sie mag Tania. King hatte nie von ihr erzählt, aber es gab ja kaum Zeit, um über ihre verschiedenen

Leben zu sprechen. Sie berichtet Tania von der Urne, dem Abend mit der Familie und ihrer Flucht von dort.

»Ich bin seiner Familie nie begegnet. Von seinen Freunden hier kenne ich auch nur wenige.« Tania blickt im Raum umher, bevor sie Deborah wieder anschaut. »Ich bin froh, dass du gekommen bist.«

Deborah verspürt keinerlei Eifersucht, vielmehr findet sie die Frau angenehm, fühlt sich auch in einer seltsamen Weise von ihr angezogen. Wenn überhaupt, empfindet sie eine gewisse Überlegenheit. Ich kenne seine zwei Geheimnisse. Das eine, von dem er mir erzählt hat. Das andere, von dem er selbst nichts wusste.

Sie bemerkt die Musik, die wahrscheinlich schon seit einiger Zeit spielt. *I wanna be around to pick up the pieces, when somebody breaks your heart.*

»Tony Bennett?« Ein fragender Blick zu Tania.

»Kings Lieblingsplatte, manchmal hatte er schon einen merkwürdigen Geschmack. Außer ihm steht niemand auf diese Musik. Ihm zu Ehren spielen sie die Platte heute den ganzen Tag, da haben sie bald von King genug. Außerdem veranstalten sie ein Gedenkwürfeln. Sie wollen für irgendetwas sammeln, über den Zweck sind sie sich allerdings noch nicht im Klaren. Ich habe vorgeschlagen, Freibier ab Mitternacht. Besser als irgendeine politische Sache. Er war nicht politisch. Deswegen überraschen mich die Black Panthers.«

Einmal mehr seine unterschiedlichen Seiten. Was hat Tony Bennett schon mit Jerry Garcia und den Grateful Dead zu tun, die sie an ihrem einzigen gemeinsamen Abend in Berkeley gehört haben?

»Ich muss zur Arbeit ins Krankenhaus.« Tania blickt Deborah mit ruhigen Augen an. Zum Abschied umarmen sie sich. Deborah atmet den süßlichen Duft von Tanias Haut, samtig streifen sie ihre goldenen Haare, sie spürt die Wärme ihres Körpers. Sie empfindet einen inneren Aufruhr beim Berühren von Tanias Haut, die auch seine Haut berührt hat.

»King wollte mir eine Adresse in Schweden geben, aber dazu ist es nicht mehr gekommen. Weißt du, wen er da gemeint haben könnte?«

»Keine Ahnung, wen er in Schweden gekannt haben mochte, davon hat er nie etwas erwähnt. Seine Sachen stehen bei mir in der Wohnung, auch sein Adressbuch, ich werde nachsehen. Meine Schicht im Krankenhaus ist um acht Uhr heute Abend vorbei. Sollen wir uns danach zum Essen treffen? Wenn ich sie finde, bringe ich die Adresse mit.« Im Hintergrund singt Tony Bennett *Once upon a summertime*.

Deborah blickt ihr nach, diesem schlanken Körper, den seidigen Beinen. Sie hat nur einen Wunsch, Tania wiederzusehen. Sie stellt sich Tanias nackten weißen Körper vor, warm, aber auch wie Marmor, ein von der Sonne gewärmter Marmor, über den sie in ihren Gedanken sachte ihre Hände streichen lässt.

Tania wird ihr die Adresse mitbringen. Sie ist überzeugt, dass ihre Geschichte so weitergehen wird. Deswegen offenbarte ihr Friedemann sein Geheimnis. In seinem Sohn lebt auch ein Teil von ihm weiter.

Später am Nachmittag telefoniert sie mit ihrem Vater.

»Dad, ich bleibe doch länger, als ich ursprünglich geplant hatte. Es gibt noch etwas in Schweden zu erledigen.«

»Hat das mit ihm zu tun?«

»Mit ihm und mit mir. Und mit dir.«

Deborah hat den Wecker auf halb acht gestellt. Sie liegt auf dem Bett in ihrem Hotelzimmer und denkt an die Schwedin und an Friedemanns Sohn. Draußen verfärbt sich der Himmel über den Dächern der Stadt. Sie stellt sich die Schwedin vor mit einer Haut wie Tania, vielleicht noch weißer bei den sonnenarmen Monaten des Nordens. Sie ist erstaunt, wie sie sich Tania mit einem Mal bei ihrer Umarmung nahe gefühlt hat. Und jetzt dieselbe Empfindung für die Schwedin. Bei diesen Gefühlen spielt sie mit ihren Fingern an sich. Sie hat zuletzt mit ihrem Bruder geschlafen, nun führt er sie weiter zu seinen Frauen. Sie sehnt sich nach Tania, die sie in einigen Stunden wiedersehen wird. Und nach der mütterlichen Wärme der Schwedin.

Plötzlich verspürt sie Krämpfe im Unterleib. Endlich meine Periode, denkt sie, bevor sie erleichtert und glücklich einschläft.

III

1996 bis 1999

16.
Pia

Pia wacht wieder mitten in der Nacht auf, zwei oder drei Uhr morgens muss es sein, schätzt sie. Sie hat seit Wochen nicht mehr gut geschlafen. Diese heiß-schwülen Sommernächte in der Rheinebene. Wenn nur ein Gewitter losbrechen würde! Sie hat bewusst keinen Wecker neben sich an ihrer Bettseite, will nicht wissen, wie lange sie wach liegt, dann wäre es mit dem Einschlafen ganz vorbei, bei dem Zwang, ständig auf die Uhr zu schauen. Nächstes Jahr wird sie achtzig. Die Leute mit achtzig schienen ihr früher uralt. Zwar sind sie und Johannes im großen Ganzen noch recht fit, aber trotzdem, achtzig lässt sich nicht so ohne Weiteres überspielen.

Schließlich steht sie auf und geht leise ins Badezimmer. Bewegung soll das Einschlafen fördern, hat sie irgendwo gehört. Sie tritt ans Fenster. Über den wuchtigen Wipfeln der Bäume im Park hängt blass der Mond. Plötzlich bemerkt sie zwei deutlich gegeneinander abgesetzte Ringe um den Mond. Zwei Ringe, das hat sie noch nie gesehen. Hat das etwas zu bedeuten? Ein Ring um den Mond verheißt schlechtes Wetter oder zumindest einen Wetterumschwung. Aber zwei? Wenn ich nur nicht aufgestanden wäre, denkt sie verzweifelt.

Sie liegt den Rest der Nacht wach, unablässig über die Bedeutung der zwei Mondringe grübelnd. War das nächtliche Schauspiel auf sie gemünzt, kündigt sich damit ein Unheil an, das sie oder Johannes betrifft? Sie hadert selten mit ihrem Schicksal, außer dass sie damals, als sie Johannes ihr Jawort gab, mehr von ihm erwartet hatte, als nur Landwirt zu werden. Hin und wieder denkt sie, was hätte sein können, bei der Besetzung der Burg, wenn sie da noch frei gewesen wäre. Der junge amerikanische Leutnant, so ein Mann hätte auch ihr Mann fürs Leben sein können. Sicherlich eher sie, die Tochter des Dichters, als diese dahergelaufene Schwägerin Erika, die ihr Bruder Albrecht in wer weiß was für einer Bar aufgegabelt hat. Pia und der Leutnant, sie gehörten ein und derselben Welt an. Ohne Johannes hätte ihr Leben damals eine andere Richtung nehmen können. Aber sie war nicht mehr frei, hat zu ihm gestanden, in der schweren Zeit nach dem Ende des Krieges und in all der Zeit danach. Über fünfzig Jahre hat ihre Ehe gehalten. Darauf ist sie stolz, wer kann das heute schon vorweisen?

Am nächsten Morgen ist der Himmel blaugefegt. Oben vom Turm blicken Pia und Johannes über das sommerlich aufblühende Rheintal. Das wuchtige Burghaus schirmt sie im Park gegen alle Geräusche vom Dorf ab. Nur das sachte Streichen des Windes durch die Wipfel der Bäume, das Zwitschern der Vögel und das Summen in der Luft.

»Pia, heute machen wir ganz auf faul, nur Sonne und Schwimmbad. Der Tag ist zu schön zum Arbeiten.«

»Aber kochen muss ich trotzdem! Manchmal fehlt einem die Maria schon. Sich mit fünfundsechzig zurückzuziehen! Nur weil sie eine reiche Tochter in Amerika hat. Ich kann mich jetzt mit Putzfrauen aus Kroatien rumschlagen, eine schlimmer als die andere, und kochen kann keine von denen.«

»Lass mal gut sein, Pia, die Maria hat ihr Leben lang geschuftet, sie hat ihre kleine Wohnung im Schwarzwald verdient. Glück hat sie allerdings schon gehabt, aber das haben wir doch auch.«

»Seltsam, dass sie nach all den Jahren bei uns zum Abschied nur den einen Wunsch hatte, ein Porträt meines

Vaters mitzunehmen. Sein Zimmer hat sie ja immer besonders gepflegt, obwohl ich sie nie darum gebeten habe. Das war schon auffallend, ihre stumme Verehrung.«

Sie werden von einem aufbrausenden Motorgeräusch unterbrochen, kurz darauf sehen sie ein Auto durch den Park zum Ausgangstor fahren. Schweigend blicken sie hinterher, mit ihrer ungetrübten Zufriedenheit ist es vorbei. Dass sie das Gärtnerhaus vermieten mussten und wieder Fremde aufnehmen, wird ihr in solchen Augenblicken mit Bitterkeit bewusst. Zwar dürfen die Mieter nur die Wiese um ihr Haus nutzen und nicht den Park, bis auf das Hinein- und Hinausfahren, aber natürlich fahren sie genau dann hindurch, wenn Johannes und sie auf der Veranda oder am Schwimmbad ihre Ruhe genießen wollen. Aber auf die Miete sind sie angewiesen, jetzt mehr denn je. Im Frühjahr hat Johannes das letzte ihrer Felder verkauft, viel hat es nicht gebracht, haben all die Grundstücke eigentlich nicht, bis sie sich unvermittelt in der Hand des neuen Eigentümers in teure Bauplätze verwandelten. Mit den Verkäufen haben wir kein Glück gehabt, denkt Pia verdrossen.

Sie sprechen nicht darüber, wie es weitergehen soll, obwohl die Frage im Raum steht. Sonst haben sie nur seine Offiziersrente, die ihnen früher auch mal mehr zu sein schien, aber die Instandhaltung der Burg und selbst ihr bescheidener Lebensaufwand verschlingen mehr, als hereinkommt. Dennoch, von dem Park und von allem, was sich innerhalb der Mauer befindet, wird nichts verkauft, das haben sie sich geschworen. Schulden haben sie keine, da hat Pia sich an den Grundsatz ihres Vaters gehalten, nicht über die eigenen Verhältnisse zu leben. Und die Burg und der Park sind schließlich einiges wert, auch wenn jeder vom Absinken der

Grundstückswerte spricht, wenn die Hauptstadt in Kürze von Bonn nach Berlin verlegt werden wird.

»Wir leben nicht ewig. Etwas können unsere Neffen und Nichten, wenn sie das Ganze eines Tages erben, auch selbst noch beitragen. Für uns tun sie sowieso nichts. Wann haben wir überhaupt zuletzt von einem von denen gehört? Und verkracht sind sie alle irgendwie, bis auf den Kai, der sich als Geschäftsführer in der Firma seines Stiefvaters anscheinend gut macht. Aber jetzt lässt er sich scheiden, mit zwei Kindern, wie damals mein Bruder Siegfried. Nur gut, dass mein Vater den Abstieg seiner Familie nicht miterleben muss.«

Pia trägt das Geschirr in die Burgküche. Die Kühle im Gang des dicken Gemäuers empfindet sie als wohltuend, schon als Kind hat sie das an heißen Sommertagen so verspürt, das Gefühl tiefster Geborgenheit. Sie lächelt entspannt, der nervöse Druck, seit sie nachts die zwei Mondkreise sah, hat sich endgültig gelegt.

Später beobachtet sie vom Bad im oberen Stock aus Johannes, auf der Mähmaschine sitzend, wie er Runde um Runde die Wiese um das Rosenrondell abfährt. Seine Schlappmütze verdeckt das Gesicht, die vom Wetter geprägte Haut. Sie stellt sich seinen zufriedenen Blick dabei vor. Sein Körper wirkt drahtig und gesund. Der Duft vom frisch gemähten Gras durchdringt den Park. Früher, an solchen Tagen, sein Körper von der Sonne verschwitzt, haben sie sich im Freien geliebt. Ihre Liebe gehörte zum Duft des Sommers.

Der Spätherbst ist Pias liebste Jahreszeit, die Ernte hinter sich und dann als Belohnung die Kette warmer, durchsichtig blauer Tage, das Gelb der abgeernteten Felder und die bunt leuchtenden Verfärbungen der Wälder. Meist fuhren sie um diese Zeit nach Bayern, zuerst in

Johannes' alte Heimat Bayreuth und dann weiter in die Alpen. In den vergangenen Jahren waren es lediglich Tagesausflüge zur Ahr oder zur Mosel, auf der Fahrt dorthin laut die Rheinlieder singend, er in seiner schweren Mundart. Aber dieses Jahr ist ihm das plötzlich zu anstrengend, das Übersetzen mit der Fähre auf die andere Rheinseite und der verwirrende Verkehr auf den engen Straßen der Weintäler. Es fällt ihr auf, dass alles etwas länger braucht, er häufiger Pausen einlegt, die Gemüsebeete und Felder nur noch oberflächlich bearbeitet, die Beerenstauden und Obstbäume unregelmäßig schneidet. Sie ertappt ihn gegen einen Baum gelehnt, ins Leere vor sich hin blickend.

»Was soll schon sein? Die Feldarbeit strengt an, ich merke mein Alter«, entschuldigt er sich.

»Aber im Sommer ging es doch auch noch.«

Etwas stimmt nicht, eine Hand ist angeschwollen, sein drahtiger Körper wirkt schlaff. Hat er womöglich einen Schlaganfall gehabt?

»Ein Arzt? Das kommt überhaupt nicht infrage! Ich war mein Leben lang gesund, jetzt fühle ich mich ein wenig müde, was soll daran besonders sein?«

In seinem Widerspruch klingt er wie ihr alter Johannes. Aber kurz darauf findet sie ihn auf dem Sofa schlafend, mitten am Tag. Er ist verwirrt, als sie ihn aufweckt, braucht er ewig lange, um sich wieder zurechtzufinden.

»Vielleicht leidet er unter Depressionen, das hört man heute immer häufiger«, meint eine Bekannte.

»Wieso, er, der positivste Mensch!«, widerspricht Pia. Aber ihr ist, als ziehe er sich immer mehr in eine andere Welt zurück. Vielleicht sind es doch Depressionen.

Ein Arzt muss her, sonst hat niemand einen Rat, aber Johannes weigert sich stur. »Kommt nicht infrage, mir fehlt nichts, so bin ich eben, da musst du dich dran gewöhnen.«

Eines Nachmittags sucht sie überall im Haus vergeblich nach ihm. Mein Gott, denkt sie entsetzt, vielleicht hat er Alzheimer und läuft richtungslos im Dorf umher, man sieht ihm ja nichts an, er macht einen ganz normalen Eindruck, eben ein alter Mann. Überrascht bemerkt sie die offene Speichertür. Sie erhält keine Antwort, als sie dort nach ihm ruft. Widerwillig steigt sie die sperrigen Holzstufen hoch. Sie erschrickt, als sie ihn reglos gegen den Taubenschlag gelehnt entdeckt.

»Johannes, was machst du denn hier?!« Sie schreit ihn an, außer sich, aber er reagiert nicht, seinen Blick stur auf den Vorsprung des Taubenschlags geheftet. Er dreht sich erst zu ihr um, als sie ihn berührt, starrt sie um Atem ringend an.

»Du, dich habe ich nicht erwartet.«

»Wen denn dann?«

Er zuckt kaum wahrnehmbar die Schultern. Wie soll das weitergehen, denkt sie. Eine hilflose Traurigkeit liegt in ihrem Blick.

Pia hofft auf die aufbauende Kraft des Advents, die fröhlich-bunten Lichter der Weihnachtszeit. Aber Johannes bläst die Kerzen auf dem Tisch aus, sie irritieren ihn, behauptet er, und flackern in seinem Kopf noch lange weiter. Nur selten und ohne sie dann zu Ende zu führen, macht er sich mit Hausarbeiten zu schaffen. Pia ist ratlos, von diesem kraftvollen Mann, früher ein Beispiel an Zucht und Arbeitsfreude, ist nur eine Hülle übrig.

»Reiß dich doch zusammen, Johannes, mir zuliebe!«

Er wirft ihr einen leeren Blick zu. Sie weiß sich keinen Rat, nur wenn sie den Arzt erwähnt, sträubt er sich mit einer unerwarteten Energie.

Ihr graut vor Weihnachten. Nur schnell ins nächste Jahr, mit dem erwachenden Frühling hofft sie auf eine Verbesserung seines Zustands, er, der Naturmensch, darauf hat er sein Leben lang positiv reagiert.

Früher saßen sie abends zusammen vor dem Fernseher, jetzt verbringt sie die Winterabende alleine davor. Sie hat das Gerät gerade ausgeschaltet, dabei mit einer Hand den Staub vom Gehäuse gefegt, furchtbar, wie diese Putzfrau das verkommen lässt, erregt sie sich, aber ich kann ja nicht alles selbst machen, als sie über sich einen Aufschlag hört. Sie eilt erschrocken die Treppe hoch. Oben findet sie Johannes, der schon einige Zeit vor ihr hinaufgegangen war, zusammengekrümmt und blutüberströmt auf dem Boden vor dem Heizkörper im Bad.

»Johannes, mein Gott!«

Sie kniet zitternd über ihn gelehnt, ist wie gelähmt, traut sich nicht, ihn zu berühren. Blut quillt aus einer Kopfwunde, wo er auf die Heizung aufgeschlagen sein muss. Aber er lebt, aus seinem Mund dringt ein röchelndes Stöhnen. Sie eilt in panischer Angst die Treppen hinunter und hinüber ins Nachbarhaus. Sie hat die Leute dort immer gemieden, wollte nie etwas mit denen zu tun haben, die Mieter, wie sie sie abfällig nennt. Der Mann ruft den Notdienst an, es dauert eine Ewigkeit, bis endlich der Krankenwagen kommt. Für sie läuft alles wie in Trance ab, als der Mieter sie dem Krankenwagen hinterher ins Krankenhaus fährt.

»Er hat einen Schlaganfall gehabt. Für Prognosen ist es im Moment noch zu früh«, verkündet ihr der Arzt.

Als sie ihn am nächsten Tag besucht, hält er die Augen geschlossen. Wenigstens liegt er in einem Einzelzimmer. Schläuche hängen an den Venen, um den Kopf hat er einen weißen Verband gebunden, wie ein Turban. Sie hat ihn lange nicht mehr so friedlich gesehen. Tags darauf hat er die Augen geöffnet, aber er sagt kein Wort, als sie zu ihm ans Bett tritt.

»Es wird wieder werden«, versichert der Arzt. »Sie müssen geduldig sein, Frau Ungerer, und stark.«

Stark war sie eigentlich nur mit ihm. Sie ist auf Taxen angewiesen, um ihn im Krankenhaus zu besuchen. Sie weiß gar nicht, was sie als Trinkgeld geben muss, es sind auch alles Ausländer, die Fahrer. Als ob sie unvermittelt in einer Welt aufwacht, die ihr völlig fremd ist.

Johannes mache Fortschritte, bestätigt ihr der Arzt. Sie glaubt, dass er sie versteht, aber er antwortet nur mit röchelnden Tonbrocken, die sich nicht zu Worten zusammensetzen. Vergeblich versucht sie, seine Zeichen zu deuten, und umso mehr erregt er sich über seine Unfähigkeit, sich ihr mitzuteilen.

»Ihren Mann drängt es nach Hause«, sagt der Arzt einige Wochen später. »Seine Ungeduld steht einer weiteren Besserung hier im Wege. Die gewohnte Umgebung sollte den nächsten Genesungsschub bringen.«

Ihr Schlafzimmer wird in ein Krankenzimmer umgewandelt. Wenn man ihn aufrichtet, kann er von seinem Bett die Bäume des Parks sehen und die Wolkenfelder darüber. Er scheint das Vertraute um sich zu erkennen. Das wird schon wieder werden, denkt sie ermutigt. Aber dann verliert sein Blick an Kraft, es wird zunehmend schwierig, ihn zu füttern. Meist schläft er, nur bei den Pflegern oder den Therapeuten in ihren weißen Kitteln wirkt er lebhaft, als weckten sie die Erinnerung an seine Uniform und damit an eine Vergangenheit, die tief in ihm sitzt.

Nachts lauscht sie auf sein Atmen. Sie wacht bei der kleinsten Veränderung auf, bei jedem Keuchen oder Seufzen. Er findet den Zugang zur Sprache nicht mehr, durch seine Blicke, seine Bewegungen oder seinen Händedruck teilt er sich ihr mit. Pia fürchtet sich tagsüber vor dem Alleinsein mit ihm durch die elend langen Nächte. Wieso ich, dieses Schicksal habe ich wirklich nicht verdient, denkt sie immer wieder.

Eines Nachts wird sie durch sein plötzlich unruhiges Stöhnen geweckt. Draußen ist es noch dunkel, Regentropfen prasseln gegen das Fenster. Sie hört ihm in regloser Anspannung zu. Es vergehen Minuten, die ihr wie Ewigkeiten vorkommen. Unvermittelt zuckt sein Körper, ein trockenes, raspelndes Aufatmen, das sich zu einem erlösenden Seufzen steigert. Dann herrscht gespenstische Stille.

Sie wagt nicht, sich zu bewegen, hofft, dass das eigene Atmen, das sie hört, vielleicht das seine sei. Aber es ist völlig still auf seiner Seite, kein Laut, keine Bewegung. Das darf nicht wahr sein, denkt sie voller Angst. Sie liegt nahe an seinem Körper, ohne ihn zu berühren. Wie endlos schleppend sich diese Winternächte dahinziehen! Manchmal schreckt sie auf, wenn sie eingeschlafen ist, hofft, es handle sich nur um einen Traum. Aber dann spürt sie die leblose Starre neben sich. Sie verlässt das Bett erst, als sie weiß, dass die Kroatin unten im Haus ist.

Schwarz gekleidet beobachtet Pia vom Fenster im Dichterzimmer aus den Wagen des Bestattungsinstituts, der langsam mit ihm zum Park hinausfährt. Die Bäume des Parks, denen Johannes sich auf besondere Weise verbunden fühlte, stehen mit vom Regen geschwärzter Rinde wie stumme Säulen am Weg. Grauer Himmel lastet auf ihren Gipfeln.

Eine einsame Stille umgibt Pia in der Burg. Ihr Vater lag damals trotz der Kriegszeit aufgebahrt unten in der

Kapelle. Aber sie wollte keine weitere Nacht mit dem Toten alleine in dem Haus verbringen. Sie hat von Johannes in der vergangenen Nacht Abschied genommen. Kalter Schneeregen fällt bei der Bestattung. Ein katholischer Pfarrer predigt an der Gruft der Fürsts, eine grausame Vorstellung für ihren protestantischen Vater. Er mochte Johannes ja eigentlich, aber das Katholische hat er nie ganz verwunden. Pia steht zwischen ihren Schwägerinnen Erika und Karin, beide schon seit Jahren verwitwet. Die Verwandten sind fast vollständig erschienen, mit Ausnahme von Jens und ihrem Bruder Siegfried in Spanien, er muss wohl noch leben, zwar hält niemand mit ihm Kontakt, aber von seinem Tod hätte man bestimmt gehört.

Die Totengräber senken den Sarg in das Grab. Nach dem Segen des Priesters tritt Pia an die offene Gruft mit einer Handvoll Erde von dem Rosenrondell, die sie ihm als letzten Gruß mitgibt. Sie weiß gar nicht, woran sie denken soll. Wie die sie alle beobachten! Sie bemerkt erschrocken, dass der Sarg an einer Kante aufliegt und schief hängt. Ihr Johannes, nach allem, was er im Krieg und danach noch durchmachen musste, liegt nun für alle Ewigkeit schräg im Grab. Sie nimmt die Beileidsbekundungen der anderen kaum wahr.

»Ich bleibe ein paar Tage bei dir«, bestimmt Erika. »Ich habe Erfahrung damit, die erste Zeit ist besonders schwierig. Du solltest verreisen, weg von hier, das hat mir geholfen. Ihr lebt ja völlig vereinsamt. Hier geht dein Blick immer nur zurück.«

»Hier gehöre ich hin, zu meinem Vater und zu meinem Mann. Das verstehst du nicht.«

»Vergiss nicht, ich bin zum zweiten Mal Witwe, außerdem habe ich einen Sohn begraben, das verstehe ich schon. Und ich verstehe auch, dass das Leben weitergeht, und allein sehr viel mehr Kraft kostet.«

Etwas ist da schon dran, Pia fühlt sich ausgelaugt, als ob Johannes ihre gemeinsame Kraft mit ins Grab genommen hätte. Allein in dem großen Haus und so kurz vor Weihnachten. Dazu muss sie Erika, die sie nie gemocht hat, in ihrer aufdringlichen Art erdulden, mit ihrem Parfüm, das plötzlich die Burg durchzieht, und dem unaufhörlichen Geschwätz, wie ihr Mann, der Verleger und Autor Fuchs, für sie vorgesorgt habe, von den Tantiemen seiner Bücher lasse es sich gut leben, in ihrem Haus in Garmisch und Reisen in alle Welt, im Mai gehe sie auf Fotosafari nach Kenia, das wäre auch gut für Pia, einmal etwas anderes zu sehen als das immer Gleiche hier.

»Ich will dir doch nur helfen! Das Schlimmste kommt auf dich zu, wenn du seine Sachen ausräumst, seine Kleider an die Wohlfahrt weggibst oder in den Abfall tust. Das will ich dir nicht alleine zumuten, bis dahin bleibe ich hier.«

»Das muss doch nicht gleich sein.«

»Pia, je länger du das vor dir herschiebst, umso schwerer trifft es dich später.«

Wenigstens wäre sie Erika los, wenn sie danach wirklich abfahren würde.

»Er hat ja eigentlich nicht viel gehabt«, sagt Pia entschuldigend, als sie den Kleiderschrank, seine Kommode und die Schubladen öffnen. Alles hat seinen Platz, eine militärische Ordnung, sie braucht sich vor niemandem für ihren Mann zu schämen.

»Meine Männer waren anders, bei denen herrschte das grauenvollste Durcheinander«, bemerkt Erika, als sie mit der Hand an der Kante der weißen Hemden entlangstreicht.

»Die willst du wohl auch nicht mit meinem Johannes vergleichen!«

Pia ärgert sich, dass sie sich überhaupt darauf eingelassen hat, ihrer verhassten Schwägerin einen Einblick in die private Welt ihres Mannes zu gewähren. Aber einmal begonnen, muss sie dieses ehrlose Schauspiel bis zum Ende durchstehen. Wertvolles gibt es nicht, außer seiner goldenen Uhr und den Manschettenknöpfen. Vielleicht noch das Ordenskissen. Er war ein erstklassiger Offizier, die Auszeichnungen sprechen Bände, die Sturmabzeichen, das Eiserne Kreuz Erster und Zweiter Klasse.

»Er war mit ganzem Herzen Offizier. Obwohl, viel hat er nie darüber gesprochen, nur wenn mal einer seiner alten Kameraden zu Besuch kam. Er wollte ja nicht mehr zur Bundeswehr, obwohl sie ihn dazu aufgefordert hatten. Ich verstand nie, warum er in dieser Sache so eigensinnig war, aber er ließ sich nicht umstimmen.«

»Hat er seine Uniform nicht aufgehoben, bei diesem Ordnungssinn?«

»Die hängt auf dem Speicher, mit noch anderen Klamotten.«

Ob er danach suchte, als Pia ihn dort vor einiger Zeit in seiner Zerstreutheit überrascht hat? Wohl oder übel muss sie nochmals auf den Speicher, sonst wird sie die Schwägerin nie los. Es ist kalt und zugig, die Nässe von draußen dringt in den von einer Glühbirne spärlich beleuchteten Raum. Splitter beim Berühren der Balken und Geländer, Staub, wo man hinfasst. Erika, die vorangeht, wendet sich dem Taubenschlag zu, bis unmittelbar zu der Einbuchtung, an der Pia kürzlich Johannes entdeckte. Regenfäden rinnen über die Fensterscheiben.

»Hier war ich noch nie«, sagt Erika, wobei sie die unförmige Wand abtastet. Schließlich dreht sie sich zu Pia und folgt ihr zu den Truhen und Kisten und sonstigem abgestellten Gerümpel. In der Ecke hängen einige Kleidersäcke, von einer grauen Staubschicht überzogen.

»Da sind noch Sachen von meinem Vater dabei.«

»Und seine Uniform?«

»Die müssen in diesen Säcken sein. Er hatte ja verschiedene Uniformen je nach Anlass, zum Beispiel die Galauniform, die er auf unserer Hochzeit getragen hat.«

Pia öffnet einen der Umhänge mit drei Uniformen und einem Offiziersmantel. Alt und verwittert, nur ein Abglanz ihrer ehemaligen Pracht.

»Also ich glaube, ich lass das alles hier hängen. Ich finde es beruhigend, wenn etwas von ihm noch im Haus ist.«

Erika tritt vor ihre Schwägerin an den Kleidersack. Der Geruch von Mottenpulver. Sie lässt die Hände über die vermoderten Stoffe der Uniformen gleiten.

»Du musst damit leben. Seine Uniformen und die Fracks deines Vaters, jedem das seine. Warte mal, hier fühle ich etwas in einer Hosentasche.«

Erika hält ein zerknülltes Papier in der Hand, das sie vor Pia öffnet. Es umwickelt eine Ampulle mit einer Einspritznadel. Die Ampulle ist verdreckt, die Beschriftung darauf unlesbar, Rostansätze befinden sich an der Nadel.

»Was hat er denn da versteckt?«, fragt Erika.

»Keine Ahnung, ich sehe das zum ersten Mal.«

»Sieht wie die Morphiumspritzen von Albrecht aus, erinnerst du dich, die zwei, die wir damals neben seinem Bett gefunden haben? Der Johannes hat sich doch nicht gespritzt, oder?«

»Wie kommst du darauf? So was hat er nie gemacht.«

»Aber warum dann die Ampulle? Aus irgendeinem

Grund wollte er sie nicht in den Abfall werfen. Und er wusste, hier würde nie einer nachsuchen.«

»Mir ist das unerklärlich.«

»Mein Gott, plötzlich wird mir alles klar. Als Albrecht damals an der Überdosis gestorben ist, fanden wir nur zwei Ampullen, und Doktor Westermann wunderte sich noch, dass die ausreichen sollten. Das ist die dritte Ampulle, Pia! Albrecht ist nicht freiwillig aus dem Leben geschieden.«

Ein eisiges Schweigen breitet sich zwischen den beiden Frauen aus. Langsam greift Pia nach der Ampulle, dreht sie zwischen den Fingern. Die muss Johannes hier auf dem Speicher gesucht haben, er war hier, um die Spuren zu beseitigen, denkt sie entsetzt.

»Mein Johannes? Aber wieso denn, der Albrecht war ihm der liebste unter meinen Brüdern. Das ergibt doch überhaupt keinen Sinn!«, flüstert Pia wie zu sich selbst. Sie starrt verloren in die Leere des Speichers.

»Es liegt lange zurück, Pia. Vieles, was damals in der Zeit nach dem Krieg geschehen ist, lässt sich heute nicht mehr nachvollziehen.«

Verstört kommt Pia vom Speicher zurück. Erika hält die Ampulle.

»Die werfen wir einfach weg, damit ist das Thema erledigt.«

Wenige Stunden später fährt Erika ab. Sie winkt aus dem Auto zu Pia, die in ihrem Schwarz wie versteinert auf der Veranda steht. Beim Verlassen des Parks erfasst Erika ein unbändiges Glücksgefühl. Das war meine Rache, Johannes! Als ich an deinem Grab stand, befürchtete ich schon, du seist mir entwischt. Aber so ist es noch besser. Pia weiß, dass ich dein Geheimnis kenne. Du hättest in ihrer Trauer weitergelebt, aber die habe ich zerstört, so wie du mich damals zerstört hast.

17.
Björn Stohlen

Beim Frühstück ärgert sich Deborah über den abfälligen Kommentar im Wirtschaftsteil des San Francisco Chronicle zum ungebrochenen Aufwärtstrend an der Börse. Als ob die Journalisten mehr wüssten als die Investoren! Wenigstens haben die das mitbekommen, das Riesenpotenzial dieses beispiellosen Technologieschubs, der momentan die Wirtschaft auf den Kopf stellt. Da gelten die alten Maßstäbe eben nicht mehr. Heute bestimmen Wachstum und technologische Positionierung den Aktienwert, und darum ist Cisco Systems eben mehr wert als General Motors. Ideen sind höher anzusetzen als das immer gleiche Blech, die gigantische Zukunft ist wichtiger als die bekannte Gegenwart.

Sie muss dringend den Leiter der Wirtschaftsredaktion auf den neuesten Stand des Silicon Valley bringen. Wann erlebt man das schon einmal mit, diese weltverändernden Technologien, die sich in einer atemberaubenden Geschwindigkeit aneinanderreihen. Natürlich, wenn sie die Neuemission von Amazon.com betrachtet, die heute an der Börse eingeführt wird und den nächsten Höhentaumel der Internetaktien einleiten soll, da kommen selbst ihr Bedenken. Ein Internetbuchladen und kaum Umsätze, geschweige denn Gewinne! Und das soll mit einem Schlag mehr wert sein als ihre erfolgreiche Softwarefirma, die die führende Marktstellung bei der integrierten Software für die Produktion, die Produktentwicklung und das Produktdesign einnimmt? Und die gewaltige Gewinne abwirft! Möglicherweise ist da doch einiges nicht mehr ganz im Lot. Andererseits, der Markt bestimmt, und vielleicht sollte ihre Firma die Produktstruktur auch stärker auf das Internet ausrichten, damit ihre Aktie, die sich über die Jahre solide entwickelt hat, zusätzlich etwas von dieser Internethysterie abbekommt. Eine gute Internetgeschichte bedeutet den heutigen Anlegern mehr als alle Fakten.

Deborahs Firma liegt nahe bei der Stanford University. Die schlanken zweistöckigen Gebäude mit dunklen Fensterfassaden strahlen eine kalte Schönheit aus, genau wie die Produktpalette, um die es hier geht. Gestern wurde auf diesen Feldern noch Gemüse angepflanzt, heute arbeiten hier die besten Softwareentwickler der Welt. Und sie, Deborah Wiseman, hat das Ganze entscheidend mitgeprägt. Seit fünf Jahren leitet sie die Firma, eine der wenigen Frauen in führender Stellung im Silicon Valley. Natürlich, das fordert seinen Preis. Sobald sie morgens die Firma betritt, jagt ein Termin den nächsten und ständig platzt Unvorhergesehenes in den sorgfältig geplanten Ablauf. Aber genau dieser ständige Druck und die aufputschende Energie treiben sie an, wie eine Droge. Um in diesem Umfeld erfolgreich zu sein, muss anderes hintenanstehen. Ihre Ehe hat dem nicht standgehalten.

Sie sitzt zusammen mit dem Leiter Finanzen und dem Vertriebsmanager in ihrem Büro vor der kleinen schwarzen Lautsprecheranlage auf dem Konferenztisch. Der Europachef ihrer Niederlassung in London gibt ihnen die vorläufigen europaweiten Quartalszahlen durch, im Ergebnis weit über den Voraussagen. Deborah ist zufrieden, ein guter Tagesbeginn. Vor ihrem Büro wartet bereits der Entwicklungsmanager zum nächsten Termin. Ihr Blick streift durch die Glasscheiben über die weite Halle, in der sich die Arbeitsplätze in gleichförmigen offenen Kabinen reihen. Niemand wird bevorzugt behandelt, und für alle Mitarbeiter ist jederzeit ersichtlich, was hier in ihrem Büro abläuft. Während sie dem Manager aus London zuhört, beobachtet sie stumm ihren Entwicklungschef, dem es wichtiger ist, barfuß in der Firma herumzulaufen, als ein großes eigenes Büro zu haben. Diese eigentümlichen Typen, die durch die Internetrevolution die Welt neu gestalten. Anders als die Rechtsanwälte in ihren Nadelstreifen in den Bürotürmen von San Francisco. Gut, dass sie wenigstens einmal auf ihren Vater gehört hat, vor fünfundzwanzig Jahren, auf die Business School in Stanford zu gehen und dann im Silicon Valley zu bleiben.

Der Europachef erläutert gerade die Verbesserung der Gewinnspanne, als ihre Sekretärin ihr eine Notiz reicht: Björn Stohlen. Beim Lesen des Namens reagiert Deborah, als hätte sie eine Stromleitung berührt. In übernatürlicher Klarheit fühlt sie sich plötzlich von allem um sie isoliert.

»Er wartet am Empfang, was soll ich ihm sagen?«, flüstert die Sekretärin.

Weit über zwanzig Jahre liegt das jetzt zurück. Nur manchmal denkt Deborah noch daran, seltsamerweise nie, wenn sie alleine ist, sondern auf Einladungen, in der Pause bei der Oper, im lauten Gespräch und lachend mit anderen, wenn sie sich nach außen hin in einem harmonischen Einklang mit der Welt um sich befindet und sie sich im selben Moment als der einsamste Mensch fühlt. Meist hat sie dann ein Lächeln auf ihren Lippen, aber jetzt lächelt sie nicht. Sie hat die Augen weit aufgerissen. Die Worte des Managers aus London dringen nicht mehr zu ihr durch.

Dieser eine Abend mit Tania damals in München. Sie schien seltsam aufgeregt neben ihr in dem Restaurant, als sie ihr von Friedemann in Berkeley erzählte, von ihm und ihrem Vater. Jede noch so zufällige Berührung mit Tania pulsierte heiß durch ihren Körper. Tania hatte vergessen, noch vorher die Adresse in Schweden herauszusuchen. Auf dem Weg zu ihrer Wohnung kamen sie zufällig an Friedemanns geplanter Galerie vorbei, zwei unscheinbare Räume in einem Erdgeschoss. Dunkel, wie ein erloschenes Auge, tot wie er. Tanias Wohnung machte einen unbewohnten Eindruck. Als wäre er gerade ausgezogen.

»Wenn du willst, bleibe ich heute Nacht bei dir«, sagt Deborah.

Eine überlegene Ruhe in Tanias Augen. Ganz das Gegenteil von Deborahs Unruhe, ihr schnelles, aufgeregtes Atmen.

»Lass uns erst nach der Adresse in Schweden suchen. Deswegen bist du doch mitgekommen, oder?« Tania lächelte ein Lächeln, das sich unauslöschlich in Deborah einbrannte.

Tania blätterte durch Friedemanns Adressbuch. Ihre schlanken Finger glitten Seite um Seite weiter. Gelegentlich ein Räuspern oder ein überrASchtes Seufzen, dabei murmelte Tania auf Deutsch, als hätte sie Deborah vergessen. Friedemanns Sachen standen abholbereit in einer Ecke.

»Hier, Stohlen, A. Stohlen, in Halsingborg, keine Adresse, nur eine Telefonnummer. Aber das muss es wohl sein. Er hat nie darüber gesprochen.«

»Und ich bin mir auf einmal nicht sicher, wie wichtig das noch ist.«

»Willst du wirklich heute Nacht hierbleiben?«

Tania streichelte sanft Deborahs Gesicht. Ihre Finger spielten mit Deborahs Lippen, ein zarter Druck, dann spürte sie Tanias Lippen auf ihrem Mund. Deborah zitterte, als hätte sie gerade eine verbotene Schwelle überschritten. Tanias heißer Atem, ihre Zunge. Tania blickte sie triumphierend an. Sie schaltete das Licht aus und führte Deborah ins Schlafzimmer. Ihre weichen Hände berührten sie, Deborah war, als ob sprühende Funken an ihrer Haut entlangstrichen. Sie spürte Tanias Zunge auf ihrem Bauch, dann zuckend zwischen ihren Schenkeln, als wären ihre Körper nur für diesen einen Moment bestimmt gewesen. Nach und nach löste sich das Weiß von Tanias Haut aus dem Dunkel um sie. Das zerbrechlichste Weiß, das ich jemals gesehen habe, dachte Deborah.

In der Umarmung mit Tania erschien ihr plötzlich Friedemanns Bild. Hier war sein Leben, mit dieser Frau hatte er geschlafen, als könnte sie ihn in Tanias Armen noch einmal finden. Sie schlief in dieser Nacht nicht, entschlossen, über dem weißen Körper neben sich zu wachen und eine neue Erinnerung an Friedemann zu schaffen.

Als es draußen dämmerte, war sie aufgestanden. Sie war sicher, dass Tania wach neben ihr lag, aber sie sagten kein Wort. Sie wussten beide um das Besondere dieser Nacht, das keine von ihnen zerstören wollte.

Ein unbändiges Glücksgefühl erfasste sie, als sie die kühle Morgenluft in dieser fremden Stadt in sich aufsaugte. Sie hatte nicht erwartet, ihm hier noch einmal zu begegnen. Und in dem marmorweißen Körper von Tania eine neue Offenbarung zu finden.

»Mit diesem Ergebnis von Europa liegen wir firmenweit für das Quartal deutlich über den Prognosen«, hört sie die Stimme des Finanzmanagers wie aus unwirklicher Ferne. Ein Augenblick des Schweigens, jeder erwartet Deborahs Stellungnahme, wie man es von ihr gewohnt ist, bis zuletzt mehr herauszuholen, bei ihren Mitarbeitern genau wie bei ihren Geschäftspartnern. Aber Deborah nickt zustimmend, ohne Gegenfrage.

»Was soll ich ihm jetzt sagen?«, drängt die Sekretärin.
Niemand bemerkt die unterschiedlichen Ebenen, auf
denen Deborah sich in diesem Augenblick gleichzeitig
bewegt. Dieser Vergangenheit haftet eine Deutlichkeit
an, die plötzlich alles in der Gegenwart überstrahlt.
Sie hatte den ersten Vormittagsflug von München nach
Kopenhagen gebucht, dann gleich weiter zum Bahnhof
und mit dem Zug nach Helsingoer und mit der Fähre
über den Öresund nach Halsingborg. Es regnete beim
Übersetzen nach Schweden, aber als sie am späten
Nachmittag in Halsingborg ankam, brach die Sonne
durch die Wolken, wie ein Hoffnungsstrahl. Die Stadt
kam ihr in ihrer Gediegenheit und Sauberkeit fast unnatürlich vor, überhaupt schien alles, seit sie in Europa
angekommen war, wie unter einem vorgegebenen Zwang
abzulaufen, auch jetzt wieder, als sie in ihrem Hotel am
Bahnhof die Telefonnummer wählte.
»Annika Stohlen.« Eine Frauenstimme mit einem frischen, klaren Klang. Plötzlich fühlte Deborah sich verunsichert, das war die Frau, aber was will sie von ihr?
»Ich bin Deborah Wiseman, Friedemanns Schwester.«
Deborah hörte das Atmen der anderen. Keine Fragen,
wer Friedemann sei. Sie war die Mutter seines Sohnes.
»Friedemann ist gestorben. Er hat mir von Ihnen erzählt, kurz bevor er starb. Er wollte, dass ich Sie treffe.«
»Gestorben? Sind Sie in Halsingborg?« Wieder dieser
direkte, sachliche Ton.
Sie zögerte vor der grünen Holztür des kleinen Ein-
familienhauses aus braunem Backstein, mit dem weißen Holzzaun um den kleinen Vorgarten. Sie verspürte
keinerlei Empfindung, als Annika die Tür öffnete.
Blond, natürlich, wie die Schweden so sind, und blaue
Augen, mit runden Engelsbacken. Sie war untersetzt,
ein weicher Körper. Ihre Hände hatten nichts von dem

kühlen Samt an sich, den sie sich in ihrem Traum vorgestellt hatte. Sie hatte geglaubt, diese Frau finden zu müssen, genau wie vorher Tania, um bei ihr zu sein, bei ihrem Körper, mit ihr zu schlafen, um ihnen beiden, die ihn geliebt hatten, Friedemann in diesem Akt zu entreißen. Sie war nicht bereit, ihn mit irgendjemand zu teilen. Aber als sie Annika sah, ihr in das Wohnzimmer folgte, wusste sie sofort, dass Friedemann diese Frau nicht geliebt hatte. Das eine Mal, ja, und sein Kind, aber das zu haben, war dann ihre Entscheidung. Es war nicht notwendig, ihn ihr wegzunehmen, sie hatte Friedemann nie besessen.

Deborah erinnert sich jetzt kaum an das Kind, es musste damals gerade zu stehen gelernt haben, wahrscheinlich fuhr sie ihm damals mit der Hand durch den braunen Haarschopf, wie man das so als Erwachsener tut. Sie war nicht wegen seines Sohns gekommen. Es ging ihr um sich selbst und Friedemann.

»Es tut mir leid, dieser frühe Tod. Ich kannte ihn kaum«, sagte Annika.

»Es war ihm wichtig, dass ich von Ihnen wusste und Sie kennenlerne.«

»Aber Sie als Amerikanerin, wie kommt es, dass Sie seine Schwester sind?«

»Das ist ähnlich wie bei eurem Sohn. Und auch da bin ich die Einzige, die davon weiß.«

Deborah blieb nur kurz bei ihr in Halsingborg. An Tania hat sie später gelegentlich gedacht, sie und Tania und Friedemann, sie gehörten zusammen. Dagegen hatte sie Annika und ihren Sohn bald aus dem Gedächtnis verloren.

»Ich glaube, wir können die Besprechung beenden. Entschuldigt mich einen Moment.« Im Vorbeigehen bedeutet sie dem Entwicklungschef, schon einmal in ihr Büro zu gehen, sie sei gleich zurück. Natürlich barfuß, wie auch sonst.

»Hallo, ich bin Deborah Wiseman!«

Der junge Mann am Empfang steht ruhig auf. Ein angenehmes Lächeln, schlank und groß gewachsen, volles braunes Haar und braune Augen, etwas Sanftes in den Augen. Nicht verlegen, ganz natürlich in seinem Verhalten. Sie erschrickt plötzlich bei dem Gedanken, dass er Bescheid wissen könnte, über seinen Vater und über sie.

»Meine Mutter hat mir Ihren Namen mitgegeben, für alle Fälle, meinte sie, als ich damals nach Amerika ging. Ich stehe vor dem Abschluss bei der Stanford Business School, habe bereits verschiedene Stellenangebote hier im Silicon Valley, und als ich Ihren Namen unter den Mitgliedern des Beirats der Business School entdeckte, da kam mir der Gedanke, Sie aufzusuchen. Ich habe sonst niemanden, mit dem ich meine nächsten Schritte besprechen könnte.«

»Warum nicht Ihre Mutter?«

»Meine Mutter ist im vergangenen Jahr an Krebs gestorben, Nierenkrebs. Wurde Ihnen das nicht mitgeteilt?«

»So gut kannte ich Ihre Mutter nicht, ich habe sie tatsächlich nur ein einziges Mal getroffen.«

»Seltsam, dabei sprach sie häufig von Ihnen. Sie waren immer irgendwie gegenwärtig.«

»Und Ihr Vater?«

»Mein Vater ist schon längere Zeit tot.«

Natürlich, denkt sie, obwohl er dies zweifellos auf den Mann seiner Mutter bezieht. Sie sucht in seinen Zügen nach Friedemann, vielleicht das volle Haar, seine Bewegungen, aber, wenn überhaupt, hat er eher Ähnlichkeit mit ihrem Bruder Sam, wie Sam vor über zwanzig Jahren ausgesehen hatte. Björn ist so alt, wie Friedemann damals war, denkt sie plötzlich, obwohl sie heute Friedemann älter erinnert, vielleicht weil sie in ihrer Erinnerung zusammen älter geworden sind. Er wirkt doch unruhiger, als es ihr anfangs vorkam. Es kann auch für ihn nicht einfach gewesen sein, ohne jede Vorankündigung die Präsidentin einer der großen Softwarefirmen aufzusuchen.

»Das tut mir leid, mit Ihrer Mutter und Ihrem Vater. Ich bin gerne bereit, Ihnen zu helfen, allerdings habe ich im Moment keine Zeit. Ich schlage vor, wir treffen uns in Ruhe zum Abendessen, Freitagabend hätte ich Zeit. Wie wäre es mit dem Fleur de Lys, einem der traditionellen Restaurants von San Francisco? Gegen acht Uhr, wenn Ihnen das passt.«

Diese Wiederholungen, der Ort, an dem sie Friedemann kennengelernt hatte, als wolle sie ganz bewusst das Schicksal herausfordern. Nach kurzem Überlegen schlägt sie ihm sieben Uhr vor, um auch ihren Vater dazu einzuladen, der die frühen Abendstunden bevorzugt. Wenn schon, dann eine Wiederholung mit umgekehrten Rollen.

Der Freitagabendverkehr von Palo Alto nach San Francisco ist überraschend fließend. Deborah kommt vor den anderen beim Fleur de Lys an. Das Restaurant ist unverändert wie vor fünfundzwanzig Jahren, in der bunten Aufmachung eines marokkanischen Wüstenzelts. Der Tisch, an den sie geführt wird, ist derselbe wie damals.

Obwohl Warten nicht zu Deborahs Stärken zählt, ist sie dankbar für die kurze Zeit für sich allein. Sie berührt mit ihren Fingerspitzen das langstielige Gin-Martini-Glas. Seit dem Besuch von Björn Stohlen in ihrer Firma spürt sie eine ungewöhnliche Erregung. Lang verschüttete Bilder aus einer Zeit, in der sie das eine Mal sie selbst war, kehren zurück. Es hat nichts damit zu tun, dass sie damals jung war, schicksalhafte Erlebnisse sind zeitlos. Dieses kurze Zusammensein mit Friedemann dauerte kaum mehr als einen Wimpernschlag, und vor ihr lag noch ein ganzes Leben. Das ist nicht gerecht, hat sie häufig gedacht, aber wer sagt, dass es auf Gerechtigkeit ankommt? Hinter der Erfolgsfrau versteckt sich diese Vergangenheit, die sie heute noch genauso lebendig in sich trägt.

Niemand erahnt die andere Seite von ihr. Man sieht sie überall als Vorbild, neben ihren unternehmerischen Leistungen häufen sich die gesellschaftlichen Anerkennungen. Von Präsident Clinton wurde sie kürzlich als einzige Frau in seine Beratungsgruppe für technologische Entwicklungen berufen. Sie ist die treibende Kraft hinter dem Umweltgipfel, der für den Sommer am Lake Tahoe unter der Schirmherrschaft von Vizepräsident Gore vorbereitet wird. Die vielfältigen Anlässe, an denen sie mitwirkt, ein natürlicher Mittelpunkt bei den Eröffnungen und Einladungen, ihr Bild erscheint mit wechselnden Begleitern in den Tageszeitungen. Deborah Wiseman, Fortsetzung einer Familientradition. Sie war immer Deborah Wiseman geblieben. Sie sei zu stark, zu erfolgreich, das sei nicht einfach für den Mann neben ihr, war die durchgängige Meinung, als ihre kinderlose Ehe nach zehn Jahren auseinanderging. Es war ihre Entscheidung, keine Kinder zu haben. Nicht weil dies ihrer Karriere im Wege stünde, sondern weil dies zu ihrer geheimen Verabredung mit der Vergangenheit gehörte. Genau wie dieser Björn Stohlen.

»Sieh mal an, sonst bin ich immer der Erste!«

Ihr Vater erscheint pünktlich um sieben. Als Deborah

ihn wegen Björn Stohlen anrief, fragte Rob nur, ob sie damals seinetwegen in Schweden war.

»Was sind schon zehn Minuten alleine, wenn einem plötzlich die Vergangenheit ins Gesicht blickt.«

»Es handelt sich nicht um deine Vergangenheit.«

Sie hatten nie mehr darüber gesprochen, als heilte die Zeit Wunden, und Deborahs Leben nahm eine unvorhergesehene neue Richtung. Wenigstens sah dies Rob Wiseman so. Aber hinter die schützende Wand des anderen lässt sich nicht blicken, auch wenn es sich um die eigene Tochter handelt. Genau wie er hinter seiner eigenen Wand das Erleben am Rhein, den Krieg und die Brücke und die Frau dort, vor seinem Leben danach abschirmt.

»Ein Teil davon ist zu meiner Vergangenheit geworden. Dank deiner Hilfe.« Deborah lächelt ihrem Vater zu.

»Worüber sollen wir uns denn mit dem jungen Schweden unterhalten? Du hast dir doch sicher Gedanken gemacht.«

Ihr Gespräch wird durch den Eigentümer unterbrochen, der den jungen Mann zu ihnen an den Tisch führt. Offener Hemdkragen, wenigstens trägt er ein dunkles Jackett. Deborah hatte vergessen, die Krawatte zu erwähnen. Mit einem schüchternen Lächeln begrüßt er sie, blickt unsicher zu dem älteren Herrn neben ihr. Deborah stellt ihn Rob Wiseman vor.

»Mein Vater kann dir bei deinen Fragen besser weiterhelfen als ich. Ich kenne mich bei Großfirmen aus, aber die Absolventen der Business School drängen doch heute zu den kleinen Neugründungen. Mein Vater hat die führende Wagniskapitalfirma des Silicon Valley mit aufgebaut, das ist eher seine Welt.« Björn schaut sie zweifelnd an.

»Wollen Sie denn überhaupt in den USA und in Kalifornien bleiben?«, fragt ihn Rob.

»Vorerst schon, in Schweden leben eigentlich nur noch Verwandte meines Vaters, mit denen ich wenig zu tun habe. Allerdings, mein Stipendium verpflichtet mich, zwei Jahre nach Studienabschluss nach Schweden zurückzukehren, oder ich muss den ganzen Betrag zurückbezahlen. Insofern hat man mir Handschellen angelegt.«

Die Verwandten seines Vaters, die nicht seine Verwandten sind. Ob ihr Vater dasselbe denkt, fragt sich Deborah. Sie hat ihren Vater schon lange nicht mehr so angeregt erlebt, wie er Björn ausfragt, ziemlich durcheinander erzählt, von seiner Zeit im Krieg in Europa, den Entwicklungen des Silicon Valley aus der eigenen Erfahrung und der Geschichte der Wisemans, die sich in so vielem mit der Geschichte Kaliforniens überschneidet.

»Ich würde Sie gerne meinem Sohn Sam vorstellen, er ist Partner in unserer Venture-Capital-Firma. Unser Büro liegt an der Page Mill Road in Palo Alto, in unmittelbarer Nähe zur Stanford University. Ich werde ein gutes Wort für Sie einlegen. Und er hat drei Töchter!«

Warum er das mit den Töchtern anbringen musste, ärgert sich Deborah. Mehr und mehr fallen ihr bei Björn doch Ähnlichkeiten mit Friedemann auf. Sie beobachtet ihn von der Seite, seine Bewegungen, dieses Gemisch aus Kontrolle und Unsicherheit, die Art, wie er bei einer Frage vor sich hinblickt, bevor er antwortet. Als ob etwas in ihrem Unterbewusstsein mit aller Macht nach oben drängte. Sie atmet schneller, klopft mit ihren Fingern leise auf das Tischtuch, wie um sich zu beruhigen.

Bei der Verabschiedung vor dem Restaurant bringt der Parkwächter zuerst das Auto ihres Vaters. »Du solltest deine Mutter besuchen. Es geht ihr etwas besser, aber sie weigert sich, das Haus zu verlassen«, sagt ihr Rob zum Abschied.

Ihr Vater versteht es, auf Deborahs schlechtes Gewissen zu zielen. Sie kümmert sich zu wenig um ihre bettlägerige Mutter, und wer weiß, wie lange es noch geht, der Krebs hat sich überall im Körper ausgebreitet, und ihre Stimmung ist bedrückt, als hätte sie vom Leben bereits Abschied genommen. Deborah stand ihrem Vater immer näher als der Mutter.

»Du hast recht, ich komme morgen vorbei. Wir haben auch sonst einiges zu besprechen.«

»Kein Wunder, dass du mit einem solchen Vater erfolgreich geworden bist. Da warst du vom Start weg mit einem Vorsprung ausgestattet«, sagt Björn, als sie vor dem Restaurant auf ihre Autos warten.

»Ich hab mich nie nach meinem Vater gerichtet. Ich bin meinen Weg allein gegangen. Im Unterschied zu meinem Bruder, der es sich im Geschäft meines Vaters bequem gemacht hat.«

Sie ärgert sich über seine Anspielung. Sie hat sich alles selbst erarbeitet, der unvorstellbare Weg von der Revolutionärin zur Managerin, es waren ihre Entscheidungen, den Vater hat sie allenfalls im Nachhinein unterrichtet. Dagegen hätte es ihr Bruder nie ohne Robs Hilfe zu irgendetwas gebracht. Sie gönnt ihm das ja, aber sie versteht nicht, warum ihr Vater jetzt ihm die Zukunft von Björn zuspielt. Und außerdem seine Töchter noch besonders erwähnt. Sie blickt nachdenklich in den dunklen Nachthimmel zwischen den Häuserreihen.

»Heute Nacht soll der Komet Hale Bopp besonders gut sichtbar sein, habe ich gehört. Von meinem Haus in Sausalito gibt es einen hervorragenden Blick, ich schlage vor, du kommst noch mit auf ein Glas Wein.«

»Du lebst in Sausalito?«

»An Wochenenden, auf einem Hausboot.«

Das Hausboot gehört zu der anderen Seite von ihr. Bei der Scheidung überließ sie ihrem Mann das Stadthaus in der Nähe ihrer Eltern, sie bestand auf das Hausboot und das Haus auf dem ehemaligen Besitz der Großmutter südlich von San Francisco in Atherton, wo sie die Woche über lebt, zehn Minuten von ihrer Firma entfernt. Das Hausboot liegt in einer Reihe von Booten windgeschützt in der Bay. Es ist klein, aber die japanische Innenausstattung bewirkt die Illusion größerer Räumlichkeit. Das matte Licht der Papierlampen verbreitet eine gelbliche Wärme. Draußen wie im Flüsterton das seichte Schwappen der Wellen.

Vor der Terrasse wölben sich die dunklen Umrisse des Mount Tamalpais gegen den von Sternen übersäten Nachthimmel. Schweigend suchen sie den Himmel ab.

»Man soll den Kometen mit bloßen Augen sehen, er sei unverwechselbar mit einem langen Schweif.«

»Vielleicht haben wir den falschen Zeitpunkt erwischt.«

»Es wird kalt hier draußen, ewig warten wir nicht«, antwortet sie.

Er legt einen Arm um sie und zieht sie eng an sich. Erschrocken atmet sie in kurzen hektischen Stößen. Er ist größer als sie, sein Kinn berührt ihr Haar, sie spürt leichte Bewegungen seines Körpers.

»Was wir sehen, ist tatsächlich vor Millionen von Jahren schon geschehen«, sagt sie nervös, wie um ihn abzulenken. »Als ob Vergangenheit und Zukunft nebeneinander her rasen. Manchmal denke ich, wenn man jetzt durch das Hubbel Teleskop mehr und mehr die längst geschehene Vergangenheit des Universums entdeckt, es diese also weiterhin gibt, dass es dann doch auch unsere eigene Vergangenheit weiterhin geben muss, sichtbar in anderen Sphären des Universums. Und wenn es diese Vergangenheit so noch gibt, warum kann man dann nicht noch einmal eingreifen, hier und da etwas verändern, wo im entscheidenden Moment ein Fehler unterlaufen ist?«

»Wenn ich zu Hause in Schweden zu den Sternen blickte, empfand ich immer nur Gegenwart. Und die nehme ich, wie sie ist.«

»Du bist jung, du hast den entscheidenden Augenblick noch nicht verpasst und ihn zur Vergangenheit werden lassen.«

Er drückt ihre Schultern, schmiegt sich an sie, streicht mit seinen Fingern durch ihr Haar.

»Ich brauche dringend etwas zu trinken!« Sie entzieht sich seiner Umarmung. Ihre Hände zittern, als sie Cognac in zwei Gläser gießt. Das darfst du keinesfalls zulassen, sagt sie zu sich beim Blick in den Spiegel über der Bar, du hast schon wieder eine Grenze überschritten. Aber war es nicht gerade jenseits dieser Grenze, als sie sich das eine Mal wirklich lebendig gefühlt hat? Sie kehrt mit den Gläsern zu ihm zurück ins Freie. Sie glaubt, sein Lächeln im Schatten der Nacht zu erkennen. Er wirkt stark, als er sie in die Arme nimmt. Sie fühlt seine Lippen über ihr Gesicht streichen.

»Willst du nicht anstoßen?«, fragt sie.

Sie leert ihr Glas mit einem Zug, schüttelt sich, als der Alkohol durch ihren Körper fließt, er sie wieder umarmt, sie enger an sich zieht. Sie möchte ihn von sich drängen, aber lässt ihn gewähren. Sie spürt den Druck eines Beins zwischen ihren Schenkeln, öffnet sich ihm widerstandslos, mach, was du willst, rauscht es durch ihren Kopf, mein Körper ist jetzt so jung wie deiner, ich will dich auch, mit deiner Kraft, deiner Lust und deinem Duft.

»Du musst jetzt gehen«, befiehlt sie mitten in der Nacht.

»So hatte ich das eigentlich nicht vor. Ich will hier immer bleiben, hier und bei dir.«

»Das gehört dazu, so sind die Regeln. Vorhin hast du bestimmt, jetzt bestimme ich. Und es ist besser so, verlass dich drauf.«

Sie atmet erleichtert auf, als sie draußen den Anlasser seines Autos hört. Sie musste allein sein, nachdem sie in seinen Armen vor sich hin träumend den Geruch seines Körpers erkannt hatte. Das war wie ein Absturz aus höchsten Höhen. Sie fühlt sich elend, spült sich den Mund aus, nimmt dann eine Dusche, es ist mehr als der Geruch, den sie von sich abwaschen muss. Sie verharrt in das Badetuch gewickelt vor dem Fenster. Am Himmel steht der Komet, wie vorausgesagt, mit bloßem Auge erkennt sie seinen langen Schweif. So einsam hat sie sich nur einmal gefühlt. Sie krümmt sich in ihrem Bett, Tränen strömen über ihr Gesicht.

Am nächsten Tag besucht sie ihre Eltern in deren vornehmem Haus in der Pacific Avenue. Ihre Mutter empfängt sie im Rollstuhl, von den Pflegerinnen gebadet und zurechtgemacht. Sie lächelt Deborah zu, aber es ist ein müdes, trauriges Lächeln. Die Sonne von draußen dringt nicht mehr zu ihr vor. Jedoch Appetit scheint sie noch zu haben, schaufelt das Mittagessen förmlich in sich hinein, aber teilnahmslos gegenüber allem, was sonst um sie herum abläuft. Ihr blondes Haar hängt dünn und strähnig. Sie hat sich aufgegeben, denkt Deborah verzweifelt, aber dann auch verärgert, wir Wisemans sind Kämpfer, man kann sich doch nicht einfach gehen lassen!

»Sie sieht nicht mehr das Leben vor sich, sondern nur noch das Ende. Ich weiß auch nicht, wie ich mich verhalten würde, aber ich hoffe doch bis zuletzt mit dem Blick ins Leben«, klagt Rob, als sie allein zusammen sind.

Später am Nachmittag fährt sie in ihr Büro, wie um vor dem Eindruck ihrer Mutter davonlaufen oder vor etwas anderem. Mit Wohlgefallen spürt sie die Zufriedenheit ihres Körpers. Sie hatte nicht vorgehabt, mit Björn zu schlafen, aber dann war es das Natürlichste der Welt. Auch wenn sie nicht verstehen kann, wie es dazu hat kommen können, wie sie es zulassen konnte. Und im selben Moment weiß sie, dass sie es nie rückgängig machen würde, es jetzt zu ihr gehört, zu diesem geheimen Ich, von dem die Welt um sie herum nichts ahnt.

Außer ihr ist nur der Entwicklungsleiter in der Firma. Er scheint hier zu leben, kein Wunder bei der Aufgabenlawine, die wegen der Jahrtausend-Umstellung der Computer auf ihre Firma zurollt. Darüber wird sie kommende Woche in New York vor den Analysten der Wertpapierbanken berichten. Überhaupt kann sie eine Reihe guter Firmennachrichten bekannt geben, nicht zuletzt die positive Entwicklung in Europa. Ein erneuter Auftrieb für ihre Aktie, was sich unmittelbar auf ihre Vergütung übertragen wird. Die höchstbezahlte Frau ihrer Branche, die führende Managerin im Hochtechnologiesektor. Sich dort zu bewegen, wo sich noch niemand bewegt hat, und dann nicht stehen bleiben, sondern unaufhaltsam weiter nach vorne drängen.

Sie packt die Unterlagen für die Geschäftsreise zusammen, erst Kundenbesuche in Chicago und Detroit, danach die Konferenz mit den Analysten in New York. Alle verfügbare Zeit bis auf die Minute verplant, die Fahrer, die sie abholen, jedes Gesprächsthema, nichts bleibt dem Zufall überlassen. In New York ist sie mit Mike Petersen verabredet, dem Leiter einer Investmentbank, mit dem sie seit Jahren eng befreundet ist. Mike hatte vorgeschlagen, bereits dieses Wochenende zusammen in New York zu verbringen, aber dann hat die Vorsehung eingegriffen, die etwas anderes für sie im Sinn hatte.

Es dämmert, als sie in Atherton ankommt. Das modern eingerichtete, weiträumige Haus der erfolgreichen Geschäftsfrau. Ein mexikanisches Ehepaar, das in dem Chauffeurhaus am Eingang wohnt, kocht für sie und hält den Besitz in Ordnung. Sie muss sich um nichts sorgen.

Unter der Dusche denkt sie an die vergangene Nacht. Sie seift ihren Körper in einer spielerischen Wollust ein, presst ihre Brüste gegen den starken Wasserstrahl. Sie spielt mit dem Gedanken, Björn anzurufen, ihn gleich zu einer Ausstellungseröffnung in San José mitzunehmen, in seinem offenen Hemd und mit dem wirren Haar. Mein neuer Liebhaber, der Mann für meinen jungen Körper.

Du bist total ausgeflippt!

Eine Woche später nimmt sie sonntagmorgens den ersten Flug von der Ostküste nach Kalifornien zurück. Die Woche über stand sie unter pausenlosem Druck. Dafür zog sie eine Reihe lukrativer Aufträge an Land. Sie gab gelassen mehrere Interviews, aber vor dem ausführlichen Gespräch mit dem Chefredakteur von Fortune Magazine war sie doch aufgeregt. Die Erfolgsmanagerin des Silicon Valley, daraus lässt sich immer eine Geschichte drehen. Nirgends Lücken in ihrem Zeitplan, bis auf die kurze Zeit gegen sechs Uhr morgens auf dem Laufband im Fitnessraum der Hotels. Sie kommt mit wenig Schlaf aus, das hat sie von ihrem Vater.

Je mehr sie sich verausgabt, umso zufriedener fühlt sie

sich, umso selbstbewusster tritt sie auf, und umso mehr spürt sie den Teil von ihr hinter der verborgenen Wand. Als ob sie den gerade jetzt besonders schützen musste. Deshalb wollte sie auch nicht mit Mike Peterson schlafen, obwohl sie gelegentlich abends zusammen waren. Nicht dieses Mal.

Sie fährt vom Flughafen erst zu ihrem Haus nach Atherton. Einer dieser Tage, an denen sich der Frühling in Kalifornien in nichts vom Sommer unterscheidet. Warum musste ihr Bruder gerade heute zu einem Familienfest der Wisemans einladen, ärgert sie sich. Drei Generationen, die von dem bärtigen Einwanderer aus dem bayerischen Dorf abstammen, von dem keiner von ihnen genau weiß, wo es liegt. Zum Glück hatte der nur einen Sohn, ihren Urgroßvater, denkt Deborah, dennoch, über siebzig Verwandte haben zugesagt.

»Ich weiß, deine Geschäftsreise, aber schau wenigstens kurz vorbei, mir zuliebe«, hatte ihr Bruder sie gedrängt. Was hat er schon jemals ihr zuliebe getan? Er spielt sich mit dieser Einladung als künftiges Familienoberhaupt auf, dabei weiß jeder, dass er zwar Partner in der Venture Capital Firma Ackermann & Wiseman ist, aber es ist und bleibt doch Rob Wisemans Firma. Rob hatte den Mut zum Wagnis gehabt, für ihren Bruder bot sich ein fertig gemachtes Bett. Im Unterschied zu ihr, sie hat den Mut bewiesen, sich dem Risiko des Versagens auszusetzen, und sie hat es geschafft, ohne fremde Hilfe. Hierin liegt die Wiseman-Legende. Irgendwann ist ihrem Bruder dieser Drang abhandengekommen, vielleicht die Zeit beim Maharadscha in Indien, ein einmal verkorkstes Gehirn lässt sich nicht wieder ins Lot biegen.

Beim Betreten des Hauses ihres Bruders schlägt ihr Applaus entgegen. Ihr Vater hat soeben seine Rede beendet. Sie sieht ihn im Profil, genüsslich die Reaktion aufsaugend. Deborah ist überrascht, wie wenige der Anwesenden sie erkennt.

»Was hast du denn da für Verwandte!«, sagt sie zu ihrem Vater.

Hinter dem Vater ist auf einer großen Tafel der Stammbaum der Familie in Form einer breit verzweigten Eiche dargestellt. Baruch Wiseman, 1830 geboren, die Spitze des Baumes. Deborah findet sich vier Äste unter ihm, neben ihrem Bruder, der durch seine Kinder auf dem Ast darunter in der nächsten Generation vertreten ist, anders als bei ihr. Geschieden steht neben ihrem Namen.

»Für deine Mutter war es zu beschwerlich, aber gut, dass du gekommen bist. Das ist wichtig für den Familienzusammenhalt«, sagt Rob zu ihr.

»Mir bringt es nichts.«

»Eines Tages wirst du bei diesen Familienfeiern die Festrede halten. Und deine Verwandten haben hohe Ansprüche, die sie mit den Leistungen unserer Vorfahren rechtfertigen. Der ererbte Wohlstand und die gesellschaftliche Anerkennung der Wisemans ist für sie ein beruhigendes Kissen, das eine falsche Selbsteinschätzung fördert. Natürlich handelt es sich um eine Täuschung, aber eine angenehme Täuschung, die über Generationen fortbesteht. Für mich war das nicht genug und für dich auch nicht, wir sind die Ausnahmen, auf die es ankommt.«

Deborah wendet sich ihrer Tante zu, der Frau des Bruders von Rob Wiseman. Er war Wissenschaftler an der Universität in Berkeley, aber ist im vergangenen Jahr gestorben. Bis zu seinem Tode hatte er vergeblich auf den Nobelpreis gehofft. Deborahs Blick schweift unkonzentriert im Raum umher. Plötzlich stockt ihr der Atem. Am anderen Ende des Raums entdeckt sie Björn Stohlen, in angeregter Unterhaltung mit Vicky, der ältesten Tochter ihres Bruders. Er bemerkt ihren Blick und winkt ihr zu. Im selben Moment räkelt sich Vicky vor ihm und verdeckt Deborahs Blickfeld.

»Du kleine Schnalle!«, zischt sie.

»Was sagst du?«, fragt ihre Tante.

»Wie kommt denn der junge Schwede hierher, zu unserer Familienfeier?«, wendet sie sich ihrem Vater zu.

»Ich habe ihn eingeladen, er hat sonst niemanden hier. Vergangene Woche habe ich ihn in der Firma vorgestellt. Er hat einen guten Eindruck hinterlassen, deinem Bruder gefiel er gleich und seiner Tochter wohl auch. Das hast du doch so gewollt, oder? Außerdem habe ich mir sonst noch einige Gedanken gemacht. Du bist die Erste, der ich davon erzähle. Ich habe mich entschlossen, ihn zu adoptieren.«

»Was?«

Ihr Blick schweift zu Björn. Seine Augen sind auf ihre Nichte gerichtet, die ihn mit ausdrucksvollen Bewegungen unterhält.

»Was ist mit dir los? Ich habe dich noch nie sprachlos erlebt.«

Sie schaut ihn kopfschüttelnd an. »Ich gehe, bevor es noch schlimmer kommt.«

Vergeblich versucht Rob sie aufzuhalten. Aber unmöglich, sie zu zwingen, wenn sie nicht will. So war es schon immer.

Sie ist wütend auf ihren Vater, auf diese ganze Familie und besonders auf den jungen Schweden. Und wütend auf ihre Eifersucht und dass sie die Selbstkontrolle verloren hat. Eifersucht ist ihr im Grunde fremd. Aber diese Überraschung kam zu plötzlich.

Nur ein Handtuch um die nassen Haare gewickelt, läuft sie nach der Dusche durch ihr Haus. Der Anrufbeantworter blinkt. Sie hört Björns Stimme, wo sie plötzlich abgeblieben sei, er habe sich wahnsinnig darauf gefreut, sie wiederzutreffen, er müsse ihr unbedingt von dem Besuch in der Firma ihres Vaters erzählen, was sie davon halte, und überhaupt, wann sie sich wieder sehen könnten.

Sie lächelt vor sich hin. Es wird keine Wiederholung geben, sagt sie laut, bei diesem Flittchen bist du richtig aufgehoben.

Sie lässt sich in das weiche Sofa vor ihrem Fernseher fallen, zieht die Beine an und atmet tief durch in einem Gefühl von Unbezwingbarkeit.

Vergeblich sucht sie nach einem unterhaltsamen Programm, aber bei drei Kanälen hintereinander erscheint dasselbe Bild: ein Schlafsaal, einfache Betten nebeneinander gereiht, auf jedem Bett ein mit einer Decke zugedeckter Körper. Schwarze Nike-Langlaufschuhe schauen unter der Decke hervor. Vor jedem Bett steht ordentlich ein kleiner schwarzer Koffer. Es handele sich um Mitglieder eines Kults, Männer und Frauen, erklärt ein Reporter, denen für die Reise in ihr außerirdisches Leben ein im Schweif des Kometen Hale Bopp verborgenes Raumschiff versprochen wurde. Sie hatten alles Weltliche geordnet, jede Rechnung bezahlt, um ohne Schulden die Erde zu verlassen. In der heutigen Nacht soll der Komet seinen erdnächsten Punkt erreichen.

Wahnsinn, murmelt sie immer wieder vor sich hin, das sind alles Wahnsinnige, die müssen doch auch Familien gehabt haben. Aber sie waren glücklich beim Packen ihrer Köfferchen, bei der erregenden Erwartung des Raumschiffs im Schweif des Kometen. Der Todestrunk war ihr Glückstrunk. Jeder Wahnsinn macht glücklich, denkt sie.

Gebannt verfolgt sie die Berichterstattung, versucht das Unerklärliche trotz aller Unfassbarkeit zu verstehen. Als es dunkel wird, zieht sie ihre Jeans an. Mit einem Mal fühlt sie sich nicht mehr wohl in ihrem aufwendig ausgestattetem Haus. Auf dem Weg nach San Francisco rollen Nebelschwaden vom Meer her über die Stadt. Die Golden Gate Bridge ist in ein windig nasses Grau verpackt, der Himmel über Sausalito wolkig verdeckt. Aufgeregt betritt sie ihr Hausboot. Zuletzt war sie mit dem jungen Schweden hier, aber die Haushälterin hat zwischenzeitlich aufgeräumt, nirgends mehr sein fremder Duft.

Die Lichter von Sausalito werden in einem weichen Gelb vom Nebel auf das Wasser zurückgeworfen. Nur das leichte Schlagen der Wellen. Sie streicht mit beiden Händen durch ihr Haar, lacht sich übermütig im Spiegel zu. Dabei fallen ihr wieder die auf ihren Betten aufgereihten Körper ein, in ihrer erschreckenden, aber auch übernatürlichen Ruhe. Und wenn sie doch recht haben sollten und sie sich nun auf dem Weg zu dem auf sie wartenden Raumschiff befänden? Aber ohne ihre Köfferchen und Langlaufschuhe?

Plötzlich verspürt sie den Drang, den Kometen Hale Bopp, der diese Menschen abgerufen hat, zu sehen. Sie nimmt an, dass der Gipfel des Mount Tamalpais hinter Sausalito aus dem Nebel ragt. Tatsächlich lüftet sich schon auf halber Höhe des Bergs der Nebelschleier. Ein einmalig klarer Sternenhimmel spannt sich über dem Berg und hinaus aufs Meer. Deborah ist nicht alleine, Hunderte stehen unter den Sternen, stumm und andächtig vor dem Schauspiel im All. Die meisten von ihnen denken an diese Träumer, jeder auch mit einer

Spur Unsicherheit, ob sie nun nicht doch in ihrem Raumschiff in eine bessere Welt entschweben. Grenzen werden immer nur durch Wagnis verschoben, und oft sieht das Wagnis wie Wahnsinn aus. »Das kommt mir bekannt vor«, sagt Deborah leise zu sich.

Der Komet ist deutlich sichtbar mit seinem langen Schweif. Sie versucht das Raumschiff im Schweif zu entdecken, aber mit bloßem Auge sieht sie nur einen hellen Lichtschein. Wie klein sie sich vorkommt. Sie atmet mit offenem Mund beim Blick hinauf ins All. Ihre Gedanken wandern zu Rob Wiseman. Auch in ihm steckt noch dieser Wahnsinn, fast achtzig, die sterbende Frau zu Hause, und nun will er den Schweden adoptieren! Er muss etwas in ihm gesehen haben, das er sonst bei keinem seiner Enkel oder den Enkeln seines Bruders findet.

Aber warum er, denkt sie auf einmal, seine Mutter hat ihn doch zu mir geschickt, wenn, dann werde ich ihn adoptieren! Und auf diese Weise im Stammbaum der Wisemans unter meinem Namen das Kästchen in der nächsten Generation füllen.

Natürlich, dass sie da nicht gleich draufgekommen ist! Deswegen hat ihr Friedemann von seinem Sohn in Schweden erzählt. Ein langer Umweg, um zu richten, was nur so rechtens sein kann. Rob Wisemans Sohn war Friedemann Wiseman. Und dessen Sohn wird wieder ein Wiseman sein. Björn Stohlen Wiseman.

Ein Gefühl unbändiger Befriedigung steigt in ihr auf. Die starke Linie der Wisemans, ihre Linie, ist abgesichert. Sie jauchzt in die Nacht, spreizt Arme und Hände alles umfassend gen Himmel. Wie auch immer das Los der verzweifelten Träumer von San Diego aussehen mag, sie hat in dem Schweif des Kometen ihre Eingebung gefunden.

18.

Hanna

Wenn sie allein zu Hause ist, lässt Hanna das Radio laufen, meistens National Public Radio, wo es ununter-brochen Nachrichten und Analysen zu wichtigen Tages-themen gibt. Die Ansager haben wohltuende, be-ruhigend klingende Stimmen. Hanna stellt sie sich in Krawatte und Anzug am Mikrofon im Studio vor, völlig unzeitgemäß, besonders im Vergleich zu den gehetzten Stimmen der Talk-Show-Moderatoren, die sie immer nur mit bunten Hemden und offenen Kragen vor sich sieht. Alternativ schaltet sie auf die einzige Station im Großraum Baltimore mit klassischer Musik um.
Diese Gewohnheit hat sie entwickelt, nachdem ihre Fa-milie nach Columbia umgezogen ist, einem vor nicht all-zu langer Zeit buchstäblich aus dem Boden gestampften Ort zwischen Baltimore und Washington. Hier war alles wieder fremd für sie, im Gegensatz zu Armonck, dem Hauptquartier von IBM, nicht weit von New York City, wo sie über zwanzig Jahre in einem geschichtsträchtigen Steinhaus aus dem vorigen Jahrhundert gelebt hat. Dort hatte der Tagesablauf für sie eine festgefügte Struktur, morgens die Schule und nachmittags die unterschied-lichen Aktivitäten der Kinder, daneben ihr eigenes gesell-schaftliches Programm mit den Frauen anderer IBM-Manager. Am Wochenende, wenn ihr Mann nicht auf Geschäftsreise war oder wegen eines wichtigen Projekts auch an Samstagen und Sonntagen arbeiten musste, machten sie mit den Kindern Ausflüge nach New York oder ans Meer oder besuchten befreundete Familien sei-ner Kollegen. Sie hatten ein besonderes Selbstbewusst-sein, die erfolgsverwöhnten IBM-Manager, das sich wie selbstverständlich auf ihre Frauen und Kinder übertrug.

Bis unversehens die technologischen Fortschritte an dem Industriekoloss vorbeizogen. Die kreativen Neuentwicklungen, insbesondere alles, was mit der Welt des Internets zu tun hat, spielten sich in flexiblen und innovativen Kleinfirmen ab. Die dunklen Anzüge der IBM-Manager sahen gegenüber den legeren Kakis der Jungunternehmer aus dem Silicon Valley seltsam unzeitgemäß aus. Ken Kerry, Hannas Mann, hatte das natürlich auch mitbekommen. Als ihm vor zwei Jahren ein Personalberater die Stelle des Entwicklungsleiters bei einer dieser Neugründungen angeboten hatte, hat er zugegriffen. Er als einer von vier Gründungsmanagern, auf seinem Spezialgebiet optischer Schaltungen zur Beschleunigung der Datenübertragung, was auch bei IBM ein wichtiges Thema war, aber keinesfalls ein Kernbereich.

Hanna war dieser Sprung ins Ungewisse unheimlich. Bei IBM war Ken abgesichert, an der neuen Firma erschien ihr nichts sicher. Drei Venture-Capital-Firmen aus Kalifornien und Boston stellten für den Start zwanzig Millionen Dollar zur Verfügung, das reiche für die erste Phase, fünfzehn Monate, erklärte ihr Ken, aber was dann und was, wenn das Ganze ein Flop wird?

Wie viel Glück steht einem Menschen zu, fragt sie sich beim Rückblick auf ihr Leben. Das Kriegskind der Haushälterin, dem niemand etwas zutraute mit seinen roten Haaren und dem schielenden Blick. Und ohne Vater. Sie hatte nur den Wunsch, wegzukommen von diesem engen Dorf am Rhein, um draußen in der Welt besser zu leben als jeder der eingebildeten Menschen auf der Burg. Danach hat es lange nicht ausgesehen, erst als bescheidene Krankenschwester in einem Sanatorium im Schwarzwald, dann die Heirat des Amerikaners mit seinem krummen Rücken. Auf der Burg machten sie sich über ihn lustig. Bis sich sein geschäftlicher Erfolg einstellte und ein Leben mit Möglichkeiten, von denen die am Rhein nur träumen konnten.

Sie hatte die Amerikanerinnen immer bewundert, die Leichtigkeit, mit der sie sich neuen Gegebenheiten anpassten, wenn ihre Männer versetzt wurden. Mit einem Mal traf es sie selbst. Und nicht, weil die mächtige IBM sie woanders brauchte, sondern weil ihr Mann so entschied. Vielleicht hat es mit meinem Alter zu tun, überlegte sie. Sie sprach mit niemandem über ihr Zögern, das letztlich tief in ihre Jugend zurückreichte, nicht mit ihren Töchtern und besonders nicht mit ihrem Mann.

Ken ging in seiner neuen Aufgabe auf, war wie verändert, voller Zuversicht. Selbst seine Haltung war plötzlich aufrechter.

»Weißt du, Hanna, das ist etwas ganz anderes, wenn mit einem Mal die Zukunft der Firma von dir abhängt. Ich allein bin dafür verantwortlich, diese spezielle Technologie vor den Wettbewerbern zur Produktreife zu entwickeln. Der zeitliche Vorsprung ist dabei genauso wichtig wie das Produkt selbst. Ich schätze, wir haben ein Zeitfenster von zwölf Monaten. Im gegenwärtigen Aktienmarkt kann das Milliarden wert sein.«

Von alledem verstand Hanna nichts. Unvorstellbar diese Zahlen, dabei ging es ihnen bereits besser, als sie es sich jemals erträumen konnte. Aber wie Ken auflebte, ein völlig neuer Mensch war, das allein sollte den Wechsel wert sein.

»Wir werden uns ein Haus auf Long Island kaufen, das war doch immer dein Traum, Hanna, in Montauk direkt am Meer. Und für den Winter ein Chalet im Gebirge in Vermont.«

»Drei Häuser, was du plötzlich für Ideen hast!«

Unvorstellbar, diese Welle des Reichtums, und gleichzeitig immer die Angst, irgendwann würde ihr Glück zurückgefordert werden.

Für Ken spitzte sich die Frage des Glücks ausschließlich darauf zu, ob sie ihre Firma noch rechtzeitig in dieser boomenden Phase des Aktienmarkts zur Börsenreife entwickeln könnten. Mittlerweile weist alles darauf hin. Während Hanna aus dem Fenster des Wohnzimmers stumm auf ihren weiß umzäunten Vorgarten blickt, bereist Ken die wichtigen Finanzzentren in den USA, um dort den Investoren die Vorteile ihrer Produkte, den Technologievorsprung ihrer Firma und die finanziellen Konsequenzen zu erläutern. Jedes Wort ist bis ins letzte Detail mit den Bankern abgesprochen, die Ken und die drei anderen Firmengründer begleiten. Nur noch wenige Tage bis zur Einführung der Aktie an der NASDAQ-Technologiebörse in New York.

Hanna kommt alles wie ein Traum vor. Ist sie die einzig Nüchterne unter lauter Betrunkenen? IBM, darunter konnte sie sich etwas vorstellen, mit den gläsernen Bürokomplexen, den Forschungslabors und den Fabriken überall auf der Welt. Dagegen diese unscheinbare Firma, gerade mal zwei Jahre alt und kaum Umsätze. Für sie hat es nichts mehr mit Realität zu tun, wenn sie sich den unglaublichen Wert von Kens Firmenanteil bei dem wahrscheinlichen Ausgabepreis errechnet. Jeder, insbesondere auch Ken, erwartet, dass die Aktie von da ab in die Höhe schnellen wird. Vergeblich redet er auf sie ein, beim Börsengang nichts von seinen Anteilen zu verkaufen. Niemand verkauft heute, jeder kauft, argumentiert er, aber Hanna besteht auf Nummer sicher.

»Zwanzig Prozent deiner Aktien verkaufen wir, mit dem Rest kannst du spielen«, bestimmt sie.

»Ein guter Spieler nimmt nichts vom Tisch.«

»Ich bin kein Spieler.«

Wenn du das Nichts durchlebt hättest, würdest du mich vielleicht verstehen, denkt sie sich. Dabei war auch er nie der Spielertyp, ganz im Gegenteil, aber er ist verwandelt, wie im Rausch.

So oder so, sie braucht sich ums Geld niemals mehr Sorgen zu machen. Aber sie hält es für vernünftig, das Vermögen zu streuen, immer wieder hat sie diesen Rat in Interviews mit Finanzexperten bei Sendungen des National Public Radios gehört.

Im Radio unterhalten sich Fachleute über das bevorstehende Computerproblem bei der Umstellung zur Jahrtausendwende. Wegen einer Ziffer soll auf einmal nichts mehr laufen, die Stromversorgung zusammenbrechen, die Flugzeuge vom Himmel fallen, die Kühltruhen auftauen. Dieses Ungeheuer, das wir selbst geschaffen haben, jetzt frisst es uns auf! Sie kann es nicht fassen, dass bei allem, wozu Computer in der Lage sind, sie sich nicht selbst korrigieren können. All die Fortschritte, die tatsächlich Rückschritte sind, oder sie versteht die heutige Welt eben nicht.

Plötzlich wird das Radioprogramm mit einer Ansage unterbrochen: »Soeben erhalten wir die Nachricht einer Geiselnahme im Gebäude des Human Genome Projekts in Bethesda außerhalb von Washington. Die Polizei hat das Gebäude umringt. Weitere Einzelheiten sind nicht bekannt.«

Hanna steht wie gelähmt. Miriam, ihre älteste Tochter, arbeitet als Wissenschaftlerin in dem Team, das sich dort mit der Entschlüsselung der menschlichen Genstruktur befasst. Eine Traumstelle, damals nach dem Abschluss von Miriams Studium der Bioinformatik am MIT, besser als der Lehrauftrag, den man ihr dort in Boston angeboten hatte. Für Hanna erfüllte sich damit gleichzeitig der Wunsch, wenigstens eine ihrer Töchter in der Nähe zu haben, auch wenn Miriam sich weigerte, bei den Eltern in dem Vorort von Baltimore zu leben. Sie zog nach Georgetown, auf die andere Seite von Washington, wo mehr los sei.

Hanna starrt aus dem Fenster in den leblos blassblauen Himmel. Als ob alles plötzlich stillstünde. Ich muss etwas tun, ich darf meine Tochter jetzt nicht im Stich lassen! Sie ruft beim Institut an, ohne durchzukommen, wählt die Nummer immer wieder, doch jedes Mal nur das Besetztzeichen.

Sie schaltet den Fernseher ein. Sie sieht Scharfschützen, ihre Gewehre auf die Fenster des Gebäudes gerichtet. Anscheinend versucht die Polizei, mit dem Geiselnehmer Verbindung aufzunehmen. Mitarbeiter des Instituts, die aus dem Gebäude entkommen sind, werden befragt. Bei den Geiseln handle es sich um das Wissenschaftlerteam, das an der Entschlüsselung der Genstruktur arbeite. Der Täter wusste, was er suchte, als er der Empfangsdame einen Revolver an die Stirn setzte und sie zwang, ihn zu den Forschern zu führen. Nichts ist bekannt über den Mann oder sein Motiv. In der Vergangenheit gab es gelegentlich Drohungen und vereinzelte Proteste vor dem Gebäude, meist kleine Gruppen, ähnlich wie vor den Abtreibungskliniken. Schöpfung sei Gottes Werk, man dürfe nicht in das Werk Gottes eingreifen.

Hannas Blick fällt zufällig auf den Datenstreifen, der unter dem Bild entlangläuft. Das pulsierende grüne Signal bedeutet, dass die Börse in New York einen neuen Höchststand erreicht hat. Wahrscheinlich bekommt Ken diese Information auch gerade von seinen Bankern mitgeteilt, besser hätten sie den Börsengang nicht planen können, werden sie jubilieren. So ein Irrsinn, denkt sie, und ihre Tochter befindet sich in der Hand des Geiselnehmers!

Sie weiß, warum sie dem Glück nicht getraut hat. Auf so wenig im Leben kommt es letztlich an. Wozu all das Geld?

Sie versucht vergeblich, beim Institut durchzukommen. Vielleicht hat Miriam ihr Handy bei sich. Sie wählt ihre Nummer und lauscht dem Klingelzeichen. Ein einsamer, zögernder Klang. Sekunden vergehen, plötzlich steigert sich die Erregung des Reporters, man hört Schüsse fallen, danach eine furchtbare Ruhe. Nur ihr lautes, aufgeregtes Atmen und das Klingeln des Telefons. Sie sieht einige Sturmpolizisten, die zu dem Gebäude rennen, andere Polizisten geben ihnen Deckung, schussbereit in kniender Position.

»Nicht schießen, mein Kind!«, schreit Hanna, als ob die Polizisten vor dem Institut sie hören könnten.

»Mami?«

Sie blickt verstört auf das Telefon in ihrer Hand.

»Miriam?«

Hanna findet keine Worte. Sie heult, Tränen der Freude, weinen oder lachen, es lässt sich nicht unterscheiden. Es ist, als ob Mutter und Tochter sich über das Telefon umarmten, sich aneinander drückten, sich die Tränen wegküssten.

»Mami, ich muss auflegen, die Polizei ist hier.«

Kurz darauf ruft Ken an.

»Hanna, hast du gesehen, was heute wieder an der Börse abgelaufen ist? Der Zeitpunkt für die Platzierung unserer Aktien könnte nicht besser sein.«

»Hast du die Nachrichten gehört?«

»Wie denn? Die Banker lassen mir kaum Zeit zum Atmen.«

»Im Human Genome Institut gab es eine Geiselnahme, es lief noch mal glimpflich ab, Miriam ist unversehrt.«

Eine lange Pause. Sie hört ihn tief und unruhig atmen.

»Wir dürfen unser Glück nicht überspannen«, sagt Ken leise.

Miriam ist erstaunt, wie wenig der Vorfall sie berührt hat. Sie hätte auch gleich weitergearbeitet, wenn die Polizei den Forschungsraum nicht zur Spurensicherung und zur Festlegung des Tatablaufs abgesperrt hätte. Aber dann bemerkt sie in den Tagen danach, wie plötzlich der kleine Finger ihrer rechten Hand zuckt. Ihr Magen zieht sich krampfhaft zusammen, wenn jemand das Labor betritt. Nachts hört sie Geräusche in ihrem Zimmer und im Haus, die sie früher nie wahrgenommen hat.

Fred Atkinson, ein Studienkollege vom MIT, streicht ihr beim Abendessen beruhigend über die Hand. »So etwas hinterlässt Spuren, das ist ganz natürlich. Seit ich kürzlich vor meiner Wohnung von drei Männern ausgeraubt wurde, sehe ich mich auf der Straße ständig um. Mein Atmen beschleunigt sich automatisch, wenn ich mich meiner Haustür nähere, ich kann machen, was ich will.«

Ob sie nicht doch mit Fred zusammenziehen sollte, schießt es Miriam durch den Kopf. In seiner Wohnung stehen gerade zwei Zimmer leer. Sie blickt Fred aus ihren klaren grünen Augen durch die vorne auf der Nase aufsitzende runde Metallbrille an. Ihr Haar fällt lockig auf die Schultern. Ein übergroßer Pullover hängt an ihr, in dem sie sich wohlfühlt, wie in einer schützenden Umarmung. Sie macht wenig aus sich, auf Äußerlichkeiten hat sie nie Wert gelegt.

»Warum sattelst du nicht auf ein weniger umstrittenes Forschungsfeld um, oder besser noch, geh in die Industrie, um endlich wirklich Geld zu verdienen«, sagt Fred.

»Die Grenzen der Wissenschaft um einen Riesensprung nach vorne zu verschieben! Wie oft bietet sich einem eine solche Möglichkeit?«

»Du bist und bleibst eine Idealistin.«

»Vor uns liegt ein unbeschriebenes Jahrtausend. Das Leben geht nicht einfach weiter, sondern die Dinge werden sich verändern, wie an jeder Jahrhundertwende, und an einer Jahrtausendwende umso mehr. Die Offenlegung der gesamten menschlichen Genstruktur wird den nächsten großen Wandel einleiten. Davon bin ich überzeugt.«

Sie haben ihr Essen in dem kleinen chinesischen Restaurant längst beendet, aber wie so oft verlieren sie im Gespräch jedes Gefühl für Zeit. Miriam lässt sich Jasmintee nachfüllen.

»Aber du musst zugeben, dieses Wissen birgt auch allerlei Gefahren.«

»Jedes Wissen hat seine Schattenseiten. Aber in Wirklichkeit geht es doch darum, dem Menschen zu helfen. Neue Behandlungswege für bisher unheilbare Krankheiten zu finden, die Lebensfähigkeit und damit die Lebensqualität zu verbessern.«

»Du bist eine Optimistin.«

»Optimisten leben länger. Übrigens, das habe ich nicht erfunden, das stammt von meinem Boss, Craig Venter.«

»Und doch behalten die Pessimisten häufig recht. Das Problematische an dieser Sache ist die Möglichkeit, den Menschen zu manipulieren.«

»Du kannst den Menschen in seinem Erkenntnisdrang nicht aufhalten. Und hoffentlich sind unsere Moral und unsere Werte standhafter, als du glaubst. Ich vertraue jedenfalls darauf.« Sie hat sich mit diesen Problemen auseinandergesetzt, es ist viel zu spät, diesen Zug noch zu stoppen. Und das Verantwortungsbewusstsein der Wissenschaftler, die allesamt den höchsten ethischen Maßstäben unterliegen, stellt sicher, dass er auf den richtigen Schienen weiterrollen wird. »Wir sind Wissenschaftler und keine Politiker«, fügt sie hinzu.

»Euer Institut untersteht dem Gesundheitsministerium. Wenn das nicht Politik ist!«

»Wir sind völlig unabhängig, es macht keinen Unterschied, ob wir Teil einer Universität sind oder zum Gesundheitsministerium gehören. Es kommt auf die Wertestruktur an, die das Ganze trägt.«

»Ich habe Angst vor dem Zeitpunkt, an dem es keine Schranken mehr gibt und der Mensch plötzlich Schöpfer wird, und was dann?«

»In letzter Konsequenz glaube ich an den Menschen.«

»Du bleibst unverbesserliche Optimistin. So fing unsere Unterhaltung an.«

Miriam lächelt vor sich hin. Sie mag Fred, warum es nicht wenigstens auf einen Versuch des Zusammenwohnens ankommen lassen?

»Das wird schon zur Gewohnheit, wir beide als Letzte jeden Abend im Institut«, sagt Craig Venter, als er an Miriams Labor vorbeikommt.

»Mein Freund beklagt sich auch. Aber ich muss einfach wissen, ob eine Vermutung, die ich postuliert habe, so ihre Richtigkeit hat, und dabei vergesse ich die Zeit.«

»Du bist anders als die meisten, dich treibt die Neugier, das Geheimnis zu lüften, das sich hinter dem Schleier verbirgt. Mir geht das genauso. Dennoch habe ich eine Frage: Bist du mit der Vorgehensweise hier zufrieden?«

Draußen ist es bereits dunkel. Craig Venter schaut sie prüfend an. Seine Frage verwundert sie.

»Wissenschaftliche Grenzgänge, was kann es Interessanteres geben?«, antwortet sie.

»Das Problem ist der Weg. Wenn du einen Berg besteigst, nimmst du den direkten Weg, oder? Wir winden uns dagegen im Kreis um den Berg, es geht nur ganz gemächlich nach oben. Dieses Projekt hat bisher schon mehr als eine Milliarde Dollar verschlungen. Und das Ergebnis? Gerade mal drei Prozent der Genom-Sequenz des Menschen haben wir entschlüsselt. Das ist doch Bürokratie und keine Wissenschaft! Nach Planung des Gesundheitsministeriums soll die Offenlegung des menschlichen Bauplans im Jahre 2003 abgeschlossen sein. Niemand hier hat Interesse, den Prozess zu beschleunigen, obwohl wir die Sachkenntnis, die Mittel und die Computer haben, um die Sequenzierung entschieden schneller zu Ende zu bringen und früher etwas daraus zu machen.« Er blickt sie an und erwartet eine Antwort, aber sie weiß nicht, was sie sagen soll. »Ich habe immer nach dem Grundsatz gehandelt, vernünftige Risiken einzugehen. Die Sequenzierung des menschlichen Genoms lässt sich in zwei, spätestens drei Jahren realisieren, wenn man mit einer wissenschaftlich unternehmerischen Einstellung an die Sache geht. Kommt es darauf an, drei Jahre schneller fertig zu werden? Natürlich, wenn wir damit die Krebsforschung und die Heilung vieler anderer Krankheiten, bei denen wir heute im Dunkeln tappen, um drei Jahre vorantreiben. Schnelligkeit ist entscheidend, es geht nicht um die Wissenschaft als solche.«

»Worauf willst du hinaus?«

»Kannst du ein Geheimnis für dich behalten?« Miriam nickt stumm. »Ich werde mich mit meinem eigenen Sequenzierungsprojekt selbstständig machen, auf privater Basis finanziert. In spätestens drei Jahren steht die Sequenzierung, und wir können dann anhand unserer Forschungserkenntnisse damit beginnen, neue Therapien und Behandlungswege zu entwickeln. Das Unternehmerische zwingt uns, als Wissenschaftler schneller und trotzdem verantwortlich zu arbeiten. Ich halte sehr viel von deinen Fähigkeiten. Machst du mit?«

Miriam ist auf dieses Angebot völlig unvorbereitet. Ihr Institut wurde jahrelang von dem Nobelpreisträger James Watson geleitet, auf dessen Entdeckung der Molekularstruktur im Jahr 1953 dieser ganze Forschungszweig beruht. Dieses Umfeld einfach aufgeben?

»Und wenn es danebengeht?«

»Ist es nicht viel schlimmer, etwas nicht zu versuchen, von dessen Richtigkeit du überzeugt bist? Was passiert mit deiner Forschung hier, wenn ich es schaffe, drei Jahre vorher fertig zu sein? Die Möglichkeit des Scheiterns ist Bestandteil aller großen Träume. Jedenfalls muss ich mir später nicht vorwerfen, es nicht wenigstens gewagt zu haben. Das Leben ist kurz, wir haben nicht endlos Zeit. Du und ich, wir wären ein gutes Team.«

»Kann ich mir das ein paar Tage überlegen?« Forschung ist ihr Leben, aber das müsste sie ja nicht aufgeben. Wenn sie Craig richtig versteht, käme die Umsetzung der Forschung in die unmittelbare Krankheitsbehandlung hinzu. Letztlich die Bestätigung, dass das Forschen sinnvoll ist. Das allein würde sie schon reizen, aber noch mehr zieht sie die Begeisterung an, die dieser Mann ausstrahlt. Ein Mentor, wie sie ihn nie gehabt hat.

»Hast du bereits einen Namen für das Institut oder das Unternehmen, denn darum geht es doch?«

»Celera, das ist aus dem Lateinischen abgeleitet und steht für Geschwindigkeit. Geschwindigkeit ist unerlässlich, um endlich die riesigen Probleme vor uns zu lösen. Es geht nicht um einen Job, sondern um eine Berufung. Zwei Berufene, zwei Besessene, das wäre ein guter Start.«

»Wann willst du beginnen?«

»Ende kommender Woche habe ich eine Besprechung in Kalifornien mit der Firma Applied Biosystems, die einen für unsere Zwecke idealen Sequenzer entwickelt hat. Außerdem treffe ich mich mit Venture-Capital-Firmen. Am besten machen wir das gleich zusammen.«

»Nächste Woche? Geht das nicht etwas zu schnell?«

»Die Firma heißt nicht ohne Grund Celera.«

Fred Atkinson hört, ihr ohne sie auch nur ein einziges Mal zu unterbrechen, zu, als sie ihm beim späten Abendessen von Craig Venters Angebot berichtet.

»Wie oft bietet sich eine solche Chance! Und mit diesem Mann! Da musst du zugreifen und die Angst der Forscherin vor dem wirklichen Leben überwinden. Solange noch ein wenig Zeit für mich bleibt.«

Die Reaktion der Eltern fällt gegensätzlich aus, genau wie Miriam es erwartet hatte.

»Wechsel ist gut. Wissenschaft macht nur Sinn, wenn sie sich wirtschaftlich umsetzen lässt. Ich bin zu lange bei IBM geblieben, aber das weiß man erst, wenn es zu spät ist«, sagt ihr Vater. »Ich habe gerade noch Glück gehabt.«

»Du arbeitest heute mit den bedeutendsten Genforschern zusammen. Mit Nobelpreisträgern. Unsere Regierung steht dahinter. Alles andere ist Spekulation. Ich weiß, warum ich Sicherheit betone!«, widerspricht Hanna.

Natürlich denkt Hanna auch daran, dass Miriam jetzt eine halbe Stunde entfernt von ihr arbeitet, aber wer weiß, wo sie mit diesem Craig Venter und seinen Träumen landen wird. Am Ende an der Westküste wie Corinne, ihre jüngere Tochter, die an der Universität von Santa Cruz Kunst studiert und dort in einem Baumhaus lebt.

»Deine Mutter ist immer die Vorsichtige, das kennst du ja. Ich hätte nie auf sie hören sollen, bei unserem Börsengang einen Teil meiner Aktien zu verkaufen. Seitdem hat sich der Preis verdreifacht. Allein dieser Teil wäre jetzt Millionen mehr wert.«

»Auf dem Papier, jedenfalls wissen wir, was wir sicher auf dem Konto haben«, entgegnet Hanna.

»Was verstehst du schon von Börse und Finanzen!«

»Ich verstehe eine Menge von Sicherheit.«

So stellt Miriam sich eine Wildwasserfahrt auf einem reißenden Bergfluss vor. Fortgetrieben, nicht wissend, was als Nächstes kommt, über Wasserfälle stürzend und knapp an Felsen vorbei. Angst und Jubel ineinander verzahnt. Alles sonst vergessen. Es gibt nur noch diesen Sturz ins Ungewisse.

Aber spätestens, als man ihr den Supercomputer bei Applied Biosystems vorführt, weiß Miriam, dass sie die richtige Entscheidung getroffen hat. Der Computer ist exakt auf ihr Feld, die Sequenzierung, zugeschnitten. Craig hat nicht übertrieben, mit diesem Sequenzer sollten sie in der Lage sein, die menschliche Genstruktur wahrscheinlich bereits in zwei Jahren aufzuzeichnen. Und damit mindestens drei Jahre vor ihrem alten Institut mit der Umsetzung der Ergebnisse in der pharmazeutischen Industrie zu beginnen, drei Jahre früher menschliches Leid zu lindern.

Miriams Vater hat ihnen zusätzlich zu den Kontakten Craig Venters einen Termin bei Ackerman & Wiseman vermittelt, der Venture-Capital-Firma in Palo Alto, die sein Unternehmen in der Gründungsphase mitfinanziert hat. Miriam plant, nach dem Termin noch nach Santa Cruz zu fahren, eine Stunde südlich von Palo Alto entfernt, um ihre Schwester dort zu überraschen.

Vorausgesetzt, sie findet sie auf ihrem Baum, wo es weder einen Telefonanschluss noch E-Mail gibt.

Die Besprechung mit Ackerman & Wiseman verläuft schleppend. Craig trägt seine Ziele mit der ihm eigenen Begeisterung vor, aber die beiden Partner der Firma und der junge Assistent reagieren mit ausdruckslosen Mienen. Miriam schweigt, niemand stellt Fragen zu der technischen Seite des Projekts. Selten ist sie sich so überflüssig vorgekommen. Ihr Blick schweift nach draußen in den sattblauen Himmel. Unwirklich, dieses Kalifornien, denkt sie.

»Eineinhalb Milliarden hat dies bisher die Regierung gekostet, und die brauchen noch mindestens weitere fünf Jahre. Und ihr wollt das mit dreihundert Millionen in zwei Jahren schaffen?«

»Wir gehen das Projekt als Unternehmer an, nicht nur als Forscher.«

»Die Voraussagen, auf denen euer finanzielles Modell aufbaut, lassen sich nur schwer nachvollziehen.«

Die Fragen und Bemerkungen der Finanzleute klingen wenig ermutigend. Craig scheint sich allerdings durch nichts erschüttern zu lassen. Sie beobachtet den jungen Assistenten, etwa in ihrem Alter, Björn Wiseman, seine Visitenkarte liegt vor ihr auf dem Tisch. Sie nimmt an, er gehört zu der Familie des Firmengründers. Nur seltsam, dass er mit Akzent spricht. Er winkt jemandem auf dem Gang hinter Miriam außerhalb des Besprechungszimmers zu. Unwillkürlich dreht sie sich um. Sie sieht eine Frau mit glattem blondem Haar, einem grünen T-Shirt und einer modischen Tasche über der Schulter. Die Frau wirft Björn lachend einen Kuss zu. Die große braune Sonnenbrille ins Haar gesteckt, passt sie genau in das Bild von Kalifornien vor ihrem Fenster.

»Die Tochter meines Bosses«, flüstert ihr Björn zu.

Miriam reagiert mit einem zaghaften Lächeln. Plötzlich kommt sie sich schäbig vor, diese farblosen Kleider, die sie trägt, ihr ungebändigtes lockiges Haar, die runden Brillengläser der Forscherin. Als ob sie keinen Körper hätte!

»Der Venture-Markt ist momentan überhitzt, es gibt zu viele Geldgeber, die blindlings investieren, entsprechend überspannt sind die Preisvorstellungen der Firmen. Wir verhalten uns in dieser Phase eher zurückhaltend. Es kann nicht ewig so weitergehen.«

Nicht unmittelbar eine Absage, obwohl Miriam die zusammenfassende Bemerkung von Ackerman & Wiseman so versteht. Aber Craig bleibt gelassen. Vielleicht gehört das zur Verhandlungsstrategie, es wäre besser gewesen, er hätte sie nicht mitgenommen. Dann wäre ihr auch die blonde Kalifornierin erspart geblieben und das Lächeln dieses Björn Wiseman.

Beim Hinausgehen bleiben sie vor einem Fernsehmonitor stehen. Eine Stunde vor Börsenschluss, wenig Bewegung bei den Aktien, der Stand beim NASDAQ und dem New York Stock Exchange unverändert gegenüber dem Vortag.

»Gelegentlich muss man Atem holen, bevor der Irrsinn weitergeht«, bemerkt einer der beiden Partner von Ackerman & Wiseman.

Unter dem Ansager läuft das Band mit den Symbolen der Firmen und ihren aktuellen Notierungen. Grün bei Gewinn gegenüber dem Vortag, Rot bei Verlust. Für Miriam nur bedeutungslose Ziffern und Symbole.

»Etwas muss da passiert sein, die Firma deines Vaters ist um dreißig Prozent gefallen! Seid mal ruhig.«

Sie hören die letzten Worte der Mitteilung des Ansagers: »Er war einer der vier Firmengründer. Heute erlag er einem Herzinfarkt.«

Björn erkundigt sich in einem der Büros. Er schaut Miriam an, als er zurückkommt, sie weiß sofort, was er sagen wird.

»Dein Vater.«

Sie taumelt gegen Björn, drückt ihre Stirn an seine Schultern. Ein Gefühl absoluter Leere. Plötzlich dringt sein Geruch zu ihr durch. Erschrocken schaut sie Björn an, dann wendet sie sich zu Craig, der sie schützend umarmt. Sie fühlt sich von allem um sie losgelöst.

»Heute Abend geht noch ein Nachtflug an die Ostküste. Es tut mir leid, mein Beileid, unser aller Beileid.«

In Björns Stimme spürt sie eine überraschende Stärke, als wäre er als Einziger der Situation gewachsen.

»Ich muss sofort nach Santa Cruz, um meine Schwester zu benachrichtigen.«

»Warum rufst du sie nicht an?«

Miriam lächelt bei der Vorstellung ihrer Schwester und diesen Hochtechnologieleuten, die sich ein Leben ohne Kommunikationsanschluss nicht vorstellen könnten.

»Sie hat kein Telefon und kein Internet. Sie lebt auf einem Baum irgendwo auf dem Universitätsgelände, ohne Adresse.«

»Kein Problem, ich fahre sofort nach Santa Cruz und bringe sie zu dir ins Hotel. Du kannst dort in der Zwischenzeit mit deiner Mutter sprechen.«

Selbstsicher trifft Björn die Entscheidungen, niemand widerspricht, auch sie nicht. Er hat recht, das Wichtigste für sie ist, jetzt ihrer Mutter beizustehen. Die Sorglosigkeit, mit der Hanna endlich zu leben gelernt hat, und mit einem Schlag befindet sie sich allein in dem trostlosen Vorort von Baltimore. Wieder fremd in diesem Land.

Miriams Blick schweift ins Freie. Das eben noch so verführerische Blau des Himmels, nun weist es sie ab.

Schwer, ihre Gefühle in den Griff zu bekommen. Bis sie plötzlich belustigt an den jungen Finanzmann in seinem Porsche denkt, auf dem Weg nach Santa Cruz, um dort ihre Schwester aufzuspüren. Sie hatte vergessen, ihm noch zu sagen, dass Corinne mit einer anderen Frau zusammenlebt. Und auch sonst, Corinne mit ihren kurzen roten Haaren und den viel zu weiten bunten Röcken.

Corinne wohnt die ersten Wochen nach der Beerdigung bei ihrer Mutter, was bei ihrem unterschiedlichen Lebensstil nicht ohne Spannung bleibt, die unkonventionelle Künstlerin und Hanna mit ihren geordneten Ansichten. Am meisten war Hanna enttäuscht, dass ihre Mutter nicht zur Beerdigung gekommen war. Als ob sie nicht auch von Kens Erfolgen zehren würde!
Hanna muss plötzlich Entscheidungen bei der Vermögensverwaltung treffen, Dinge, die in der Vergangenheit Ken selten mir ihr besprochen hatte. Vorrangig geht es um das Aktienpaket in seiner Firma, besonders nachdem sich der Kurs von der Nachricht seines Todes wieder erholt hat.
»Dad hätte seine Aktien in der Firma nicht angetastet, das ist auch für uns maßgebend«, bestimmt Corinne.
»Wenn er noch bei der Firma wäre, aber was weiß ich, wie erfolgreich die ohne ihn sein werden«, entgegnet Hanna.
»Es ist sein Vermächtnis. Daran müssen wir uns halten. Wir haben doch genug!«
Hanna ist hilflos, kann an nichts anderes mehr denken. Mehrmals am Tag schaltet sie den Fernseher ein und starrt auf das Laufband, bis das Symbol seiner Firma erscheint. Tatsächlich gibt die Aktie ihrer Tochter recht, der Preis steigt, von kleineren Schwankungen abgesehen.

»Ich versteh nicht, dass das immer nur nach oben geht, so kann das doch nicht ständig bleiben«, wendet sie sich ratsuchend an einen von Kens früheren IBM-Kollegen.

»Die beste Zeit, um zu verkaufen!«

»Meinst du wirklich?«

»Man muss das Heu einfahren, solange die Sonne scheint.«

Hanna muss an ihre Zeit am Rhein denken, wie oft hat sie die Erwachsenen fluchen hören, sie hätten zu lange gewartet, das sonnige Wetter verstreichen lassen, der Regen höre nicht mehr auf und das Heu verfaule auf den Wiesen.

Tags darauf ruft sie ihren Banker an.

»Verkaufen Sie das Aktienpaket meines Mannes! Gleichmäßig über einen Zeitraum gestreckt, um den Preis nicht zu drücken, aber verkaufen Sie alles.«

»Wirklich, die Vorhersagen sind doch durchweg positiv!«

»Die Sonne scheint, Zeit zum Heumachen.«

Wenig später erhält Hanna einen aufgeregten Brief von ihrer Maria. Frau Fürst habe angefragt, ob sie nicht wieder bei ihr arbeiten wolle, es gehe ihr nicht gut, dieses große Haus und keine richtige Hilfe. Sie habe sich noch nicht dazu geäußert, aber am Rhein sei sie doch am glücklichsten gewesen! In dieser kleinen Wohnung im Schwarzwald, wofür sie ja dankbar sei, käme sie sich wie abgestellt vor. Sie fühle eine Verpflichtung, den Sitz des Dichters vor dem Verfall zu retten.

Hanna hatte nicht gewusst, dass Pia, als sie vor Jahren ihren Mann begraben hat, auch dessen Namen mitbegraben hatte. Seitdem war sie Frau Fürst. Wie der Dichter oder wie die Burg, die Fürstburg.

»Du musst dir das aus dem Kopf schlagen, je wieder für die Fürsts zu arbeiten. Aber wenn du lieber am Rhein als im Schwarzwald lebst, dann kaufe ich dir dort etwas. Warte auf alle Fälle, bis Corinne und ich dich besuchen kommen.«

Das möchte sie dieser Frau Fürst selbst ins Gesicht sagen: Meine Mutter hat es nicht mehr nötig, für sie zu putzen! Als hätte sie ihr Leben lang auf diesen Moment gehofft. Obwohl sie befürchtet, dass in dem Augenblick, in dem sie vor ihr steht, dies wieder die Frau Fürst sein wird und sie das uneheliche Kind und sich nichts geändert hat.

»Beim ersten Gespräch geben sich die Finanzleute immer zurückhaltend, das ist Teil dieses Verhandlungsspiels, denn sie wollen natürlich möglichst niedrig einsteigen. Darum habe ich dich mitgenommen, damit du auch diese Seite unseres Geschäfts kennenlernst. Forschung ist nicht alles.«

Einmal mehr muss Miriam ihrem Boss recht geben. Wenn sie etwas von Craig Venter lernen kann, dann dieses Selbstvertrauen. Ansonsten zieht sie die Forschung vor. Sie ist begeistert von den Möglichkeiten, die sich ihr mit dem neuen Supercomputer von Applied Biosystems eröffnen. Nur widerwillig befasst sie sich wieder mit der Finanzierung, als Ackerman & Wiseman sich zu einem Besuch bei Celera in Rockville in Maryland ansagen.

»Das musst du diesmal alleine machen, ich habe einen dringenden Termin in New York. Aber sie sind vorrangig am Labor interessiert, und da kennst du dich so gut aus wie ich. Und von den Kaliforniern kommt nun auch nur einer, der junge Assistent. Also ich vertraue dir, das wirst du hinkriegen.«

Björn Wiseman erscheint pünktlich. Er trägt ein dunkles Jackett über einem blauen Hemd mit offenem Kragen, in der Hand eine schmucke schwarze Ledertasche mit dem Computer. Selbstbewusst, vielleicht ein wenig arrogant, denkt Miriam. Bei dem Rundgang durch das Forschungslabor stellt er kaum Fragen, meist nickt er nur zu ihren Ausführungen.

»Im Grunde passt euer Geschäft nicht in unsere Beteiligungsphilosophie«, beginnt er später das Gespräch im Konferenzsaal.

»Warum bist du dann überhaupt gekommen, den weiten Weg von Palo Alto hierher?«

Sie ist enttäuscht, spürt, dass sie versagt hat, wie soll sie dies nun Craig beibringen?

»Ich versuche, unsere Firma strategisch von der Hochtechnologie in den Biotechnologiebereich auszuweiten. Ich steh damit allerdings ziemlich allein da. Celera schien mir der richtige Ansatz, aber euer unternehmerisches Modell ist nicht leicht zu durchschauen. Wo sollen die Gewinne herkommen, und wann? Geht es nicht vornehmlich um Forschung und Theorie und den Wettstreit mit dem öffentlichen Institut, als Erster ans Ziel zu kommen?«

»Wir lassen unsere Ergebnisse patentieren.«

»Aber das öffentliche Institut patentiert nichts, und dort wird es am Ende dieselben Informationen geben, für jeden zugänglich.«

»Darüber sprichst du besser mit Craig.«

Dieser Aspekt des Geschäfts, wie aus alledem einmal Gewinne erwachsen sollen, ist nicht ihre Sache. Darauf kommt es ihr auch nicht an, sie ist die Forscherin, und als Forscherin nimmt sie es mit jedem auf.

Björn schlägt vor, noch zusammen zu Mittag zu essen, bevor er nach New York weiterfährt, frische Maryland-Krabben mit ihren weichen Schalen, die es in Kalifornien nicht gebe. Sie sitzen eng nebeneinander an dem letzten freien Tisch in dem Fischlokal.

»Ich treffe meine Verlobte in New York. Wir haben Karten für das Musical Lion King am Broadway. Sie hat die neuesten Restaurants herausgesucht, und tagsüber bummeln wir an der Madison Avenue und der Firth Avenue, zum Einkaufen, auch den Verlobungsring.«

»Die Blonde?«

Er blickt sie erstaunt an. »Ach ja, sie war in unserem Büro bei eurer Präsentation.«

»Bist du nicht mit ihr verwandt?«

»Ich bin von ihrer Tante adoptiert worden.«

»Und deine Eltern? Woher hast du überhaupt diesen Akzent?«

»Ich wurde in Schweden geboren, meine Eltern sind beide gestorben.«

»Das habe ich noch nie gehört, dass jemand in eine Familie adoptiert wird und dann nochmals in dieselbe Familie hineinheiratet. Das eine oder andere hätte doch genügt!«

»Du klingst wie meine Mutter. Meine Adoptivmutter. Sie hält wenig von meiner Verlobten. Meine Mutter misst alles nur an Leistung. Spuren hinterlassen. Zum Beispiel in der Forschung.«

»Du solltest auf deine Mutter hören.«

»Meine Verlobte ist blond wie die Schweden.«

»Du wählst sie nur aus Heimweh? Ist ihr Vater der Gründer eurer Firma?«

»Das war ihr Großvater. Außerdem ist ihr Vater vor Kurzem bei uns ausgeschieden. Er habe dem Druck nicht standgehalten, meint meine Mutter. Dabei hat er gut verdient. Und einiges geerbt. Auch das ärgert meine Mutter.«

»Deine Mutter gefällt mir.«

Er schaut sie an, mit einem prüfenden Blick. Plötzlich nimmt er ihr die runde Brille ab, blickt ihr tief in die Augen. Sie rührt sich nicht, für einen Moment hat sie aufgehört zu atmen. Dann reicht er ihr lächelnd die Brille zurück.

»Du würdest meiner Mutter auch gefallen.«

»Wie kam sie auf die Idee, dich zu adoptieren? Und du, dich adoptieren zu lassen?«

»Schwer zu erklären, aber ich weiß, dass es so seine Richtigkeit hat. Es musste einfach so sein. Und du?«

»Ich werde mit Craig Venter die menschliche Genstruktur entschlüsseln, und wir werden es als Erste schaffen. Damit werden wir eine unauslöschliche Spur hinterlassen.«

»Ihr seid alle besessen. Aber Besessenheit bringt oft mehr als der beste Geschäftsplan, ein Grund, uns an Celera zu beteiligen. Und du und ich würden in der Zukunft zusammenarbeiten.«

Er berührt ihre Hand. Das war unbeabsichtigt, versucht sie sich zu beruhigen.

»Du musst losfahren, nach New York brauchst du mindestens drei Stunden. Du wirst erwartet.«

»Vielleicht sollte ich doch auf meine Mutter hören. Ich weiß genau, was sie sagen würde.«

»Nämlich?«

»Dass ich hierbleiben soll.«

»Dafür gibt es keinen Grund, ich habe dir alles gezeigt.«

Nervös streicht sie mit der Hand durch ihre Locken. Sie will ihn festhalten, ihn seiner von der kalifornischen Sonne verwöhnten blonden Verlobten entreißen. Plötzlich verspürt sie eine maßlose Unzufriedenheit mit sich selbst.

»Du hast recht. Aber ich komme wieder.«

Björn steht auf, neigt sich zu ihr und küsst sie flüchtig,

eine kurze Berührung ihrer Lippen, dann verlässt er ohne ein weiteres Wort das Lokal.

Sie blickt verwirrt vor sich hin, sein eigentümlicher Duft noch im Raum. Es stimmt, sie ist besessen von ihrer Mission. Aber letztlich ist sie auch ein ganz normaler Mensch, mit all ihren Gefühlen.

Sie legt ihre Brille vor sich auf den Tisch. Mit den Händen tastet sie über ihr Gesicht, fühlt die hervorstehenden Wangenknochen, die Grübchen, ihre vollen Lippen. Und vor allem ihre samtig weiche Haut. Sie spürt, wie sich ihr Körper strafft, ihre Brüste sich unter der weiten Bluse abzeichnen und die Hitze in ihren Schenkeln.

Sie kehrt nicht ins Labor zurück. Am frühen Nachmittag fährt sie in ihre Wohnung nach Georgetown, die sie sich vor Kurzem nach einer Auseinandersetzung mit Fred Atkinson gemietet hat. Sie zieht ihre Langlaufschuhe an und läuft in der Nähe ihres Apartments den Pfad am Chesapeake & Ohio Canal entlang. Sie gerät bald außer Atem, aber hält erst an, als sie sich völlig verausgabt hat. Sie ist glücklich und übermütig, wie lange nicht mehr. Später ruft sie Craig Venter an.

»Ich bin ziemlich sicher, dass Ackerman & Wiseman bei uns einsteigen werden.«

19.
Der Kauf

Wenn Pia vom mittleren Stock des Burghauses hinunter auf die Zufahrt vor der Terrasse blickt, muss sie unweigerlich an den schwarzen Bestattungswagen denken, in dem damals Johannes aus dem Park rollte. Er, der ihr versprochen hatte, sie nie allein zu lassen. Nun sind es bereits zwei Jahre. Und das quälende Wissen, dass sie ihr Leben mit dem Mörder ihres Bruders verbracht hat.

Sie kann nur hoffen, dass Erika das Geheimnis der dritten Morphiumampulle für sich behalten hat. Beim besten Willen kann sie sich nicht erinnern, ob Erika damals die Ampulle vernichtet oder sie als Beweismittel aufgehoben hat. Warum gerade Erika! Wie um Pia zusätzlich zu peinigen, sendet sie ihr Postkarten von Kreuzfahrten im Mittelmeer, Fotos mit ihren Enkeln vor ihrem Haus in Garmisch und von ihrem sonnigen Schwimmbad im Tessin. Natürlich ist Erika auch älter geworden, aber alles an ihr ist farbig und mondän, nie ein Foto ohne ein übermütiges Lachen. Pia spürt aus den Bildern buchstäblich Erikas Lebenslust, während auf ihr ein ständiges Grau lastet, das trübe Braun und Schwarz ihrer Röcke und Blusen und die feuchte Kälte des frühen Herbstes.

Nach dem Tod von Johannes richtete sich Pia im mittleren Stock der Burg ein. Wie soll das werden, denkt sie, wenn ich die Treppen einmal nicht mehr schaffe? Sie bleibt heute schon häufig erschöpft am Geländer stehen, ihr Keuchen dringt durch das ganze Haus. Der Arzt rät ihr, aus diesem feuchtkalten Gemäuer auszuziehen, die Burg zu verkaufen und sich von dem Erlös eine schöne Wohnung in einem Heim mit Blick auf den Rhein zu leisten. Aber Pia wehrt alle gut gemeinten Ratschläge ab, in ein Heim, nur mit alten Weibern zusammen, niemals!

Obwohl sie ihm im Stillen recht gibt, wenn sie den Staub auf den Tischen und Kommoden abwischt, den Schmutz in den Ecken sieht. Nur das Zimmer von Hermann Fürst befindet sich im alten Zustand, die Ledersessel poliert, der Schreibtisch abgestaubt. Wenn ihre Hände über die Rücken seiner Bücher streichen, empfindet sie so etwas wie eine innere Ruhe. Warum das heute niemand lesen will, was mit einer solchen Überzeugung geschrieben wurde? Was einmal Millionen Menschen begeistert gelesen haben. Damit wird sie sich nie abfinden können.

Sie nimmt behutsam seine Fotografie in beide Hände, betrachtet ihn zum tausendsten Mal, den Stolz in seinen furchtlosen Augen und sein erhabener Kopf mit dem gepflegten Schnurrbart und dem vollen weißen Haar. Wo findet man heute noch so einen Mann? Deshalb lebt sie hier, mit ihm zusammen, und darum kommt für sie ein Heim nie in Frage. Er ist der Einzige, auf den sie sich letztlich verlassen kann. Für den ihr Leben zu leben sich lohnt.

Warum hat ein Thomas Mann die Zeit überstanden und nicht er? Wenn sie mit ihrem Schicksal hadert, dann deswegen. Dass man heute dieses Aufheben um Thomas Manns jüngste Tochter betreibt und nicht um die Tochter von Hermann Fürst. Was sind denn die *Buddenbrooks* mehr als ein Buch über den Verfall und das vergebliche Klammern an die vergangene Größe einer zerbrechenden Familie? Dagegen leben in den Büchern von Hermann Fürst Familien, die etwas aufbauen, nach oben drängen und die Zukunft gestalten. Eine Basis, die hält, auf der Generationen sicher weiterleben.

Pia hatte nichts von der Existenz der jüngsten Tochter von Thomas Mann gewusst, bis sie vor Kurzem eine groß angekündigte Sendung über Elisabeth Mann im Fernsehen sah. Sie hatte einen liebenswürdigen Eindruck auf Pia gemacht. Die Ähnlichkeit ihrer Schicksale und die doch entscheidenden Unterschiede: Pia im Jahr 1916 geboren, das Kriegsmädel in der Hoffnung auf einen Sieg, den es nicht geben sollte, und die Mann-Tochter 1918 in der Hoffnung ihres Vaters auf eine Erneuerung Deutschlands, die 1933 in die nächste Katastrophe mündete.

Beide waren sie die Lieblingskinder ihrer berühmten Väter. Elisabeth Mann meisterte selbstständig ihr Leben, sie fand beim Internationalen Meeresinstitut ihren Lebenssinn im Kampf um die Erhaltung der Meere. Nun vertritt sie eindrucksvoll ihren Vater. Vor Pia lagen dieselben Möglichkeiten, aber sie ist hiergeblieben, am Ort ihres Vaters, in vollem Vertrauen auf seine Größe, ohne wahrhaben zu wollen, wie es immer stiller um ihn und um diesen Ort geworden ist.

Wenn ich Elisabeth Mann überlebe, denkt sie auf einmal, dann bin ich diejenige, die das letzte Wort haben wird. Plötzlich, mit zweiundachtzig, entdeckt sie ein neues Lebensziel. Ich muss diese Frau überleben, mein Vater und ich, wir müssen diese Manns überleben!

Einige Tage später erhält sie überraschend einen Anruf von ihrer Schwägerin Luise aus Düsseldorf. Ihr zweiter Mann, der Unternehmer Herr, hatte vor Monaten einen Schlaganfall erlitten, seitdem sitzt er trübselig im Rollstuhl und löst Kreuzworträtsel. Der Firma, die nun Kai alleine leitet, soll es nicht so besonders gehen.

»Pia, du wirst es nicht glauben, aber Berthold stieß gerade bei seinem Kreuzworträtsel auf folgende Frage: Name des meistverkauften deutschen Schriftstellers der

ersten Hälfte des zwanzigsten Jahrhunderts. Und natürlich, *Fürst*, das passte, und damit ging das Ganze
auf.« Sie macht eine Pause, um die Nachricht auf Pia
wirken zu lassen. »Wie viele die richtige Antwort wohl
parat hatten? Aber es zeigt, dass er nicht ganz vergessen
ist.«
Sechs Buchstaben wie bei Fuerst und nicht vier wie bei
Mann. Mann war die falsche Antwort. Natürlich ihr
Vater!
Sie streicht liebevoll über sein Bild auf dem Schreibtisch. Es kann gar nicht anders sein, eines Tages werden
er und sein Werk wiederaufleben.
Bei welchem Verlag liegen überhaupt die Rechte? Oder
gibt es für Hermann Fürst nicht einmal mehr einen Verlag? Sie erinnert sich, dass in den Fünfzigerjahren gelegentlich noch Zahlungen erfolgten, aber wann zuletzt
weiß sie nicht, und viel war es keinesfalls. Seit Johannes
tot ist, gab es keine Überweisung mehr. Am besten ruft
sie bei Jens in Berlin an, sie erinnert sich, dass er mit
Büchern zu tun hatte, es muss doch Wege geben, das
herauszufinden. Am Ende schuldet ihr sein Verlag eine
Menge Geld an Tantiemen, und die meinen, sie, die alte
Frau, würde das nicht merken. Wenn sein Name im
Kreuzworträtsel weiterlebt, dann muss er auch in den
Buchläden leben.

Zunehmend ist Pia auf die Hilfe anderer angewiesen,
die natürlich ein Trinkgeld erwarten, wenn man in
einem solchen Haus wohnt. Verkauf deine Burg und
zieh in ein Heim, rät jeder. Wie ihre Verwandten sich
das vorstellen! Erika schlägt vor, sie solle wenigstens
eine Hypothek aufnehmen, es stecke doch ein Wert
in der Burg, den solle sie verleben, den Erben sei sie
nichts schuldig. Im Nachhinein ärgert sie sich, ihre

Geldprobleme mit Erika besprochen zu haben. Alles Unglück in ihrem Leben geht auf diese Frau zurück.

Manchmal verlässt sie für Tage das Haus nicht. Sie ertappt sich dabei, wie sie stundenlang in den Park blickt, den Bildern der Vergangenheit nachhängend. Ihr Vater im graubraunen Tweedanzug, sein Hund Bismarck neben ihm, beim Rosenrondell. Oder die Familie für ein Foto vor der Terrasse versammelt, die drei älteren Brüder in ihren Matrosenanzügen, sie an der Hand des Vaters. Der Rhododendron beim Schwimmbad in purpurner Pracht. Sommererinnerungen, die sich mit sonniger Wärme in ihr festgesetzt haben. Oasen des Glücks in der Nähe des Vaters. Dann nimmt sie entsetzt den verwilderten Zustand des Parks vor sich wahr. Im Schwimmbad steht grünlich faules Wasser, der hellblau gestrichene Beton der Wände von Rissen durchzogen.

Mit ihrer Gesundheit steht es auch nicht zum Besten. Ohne Vorwarnung wird sie von Schwindelanfällen gepackt. Einmal, nach einem solchen Anfall, ist sie im Sessel eingeschlafen und wachte erst mitten in der Nacht verstört auf. Draußen prasselte Regen gegen die Fensterscheiben. Sie befürchtete, im Dunkeln zu stolpern, und blieb den Rest der Nacht in dem Sessel, zitternd vor Kälte.

Wenn ich nur sterben könnte! Aber dann fällt ihr Elisabeth Mann ein. Du musst sie überleben, das bist du deinem Vater schuldig.

Eines Tages bemerkt sie, dass sie aus dem höher gesetzten Fenster in der kleinen Behelfsküche nicht mehr auf das Dorf hinunterblicken kann. Ihr Leben lang hatte sie von hier auf die grauen und roten Schieferdächer geschaut, die sich um den spitzen Kirchturm drängen. Mein Gott, ich schrumpfe! Ich habe plötzlich auch eine ganz andere Figur. Einen Witwenbuckel nannte man das früher. Überhaupt, wie ich aussehe. Ein Glück, dass mich keiner besuchen kommt. Aber es ist entwürdigend, was aus meinem Leben geworden ist.

»Warum fragst du nicht bei der Maria an? Die ist bestimmt noch rüstig, zehn Jahre jünger als wir. Vielleicht langweilt sie sich allein im Schwarzwald. Wir waren doch fast wie eine Familie«, schlägt ihr Luise bei einem Telefongespräch vor.

»Wie soll ich die denn bezahlen, Luise?«

»Verkauf die Burg.«

»Dann bleibt mir überhaupt nichts mehr.«

»Du bekommst genug Geld, und ewig lebst du auch nicht.«

Wie ihre Schwägerin ihr das so direkt sagt, ohne jedes Gespür für ihren Zustand. Und ohne jedes Mitgefühl. Auch wenn sie recht hat. Zum Glück muss sie diese Verwandten nur hin und wieder am Telefon ertragen.

Einige Tage später rafft sie sich dennoch auf und ruft bei Maria an. Sie ist sich unschlüssig, wie sie das Thema angehen soll, aber sie beruhigt sich sofort beim singenden Klang der vertrauten Stimme der Schwarzwälderin.

»Am Rhein war meine schönste Zeit. Aber den großen Haushalt, Frau Fürst, dazu bin ich nicht mehr in der Lage. Außerdem würde meine Tochter das keinesfalls zulassen.«

»Was hat denn die Hanna damit zu tun? Maria, du bist schließlich mündig!«

»Das Rad dreht sich, irgendwann bestimmen die Kinder über einen. Jetzt hat Hanna das Sagen.«

Für Pia unerklärlich, dieses hässliche Kind, das hier in der Burg und in ihrem Park aufgewachsen ist, was geht die das an? Sie stellt sich quer, nur weil sie zu etwas Geld gekommen ist. Wie es die Leute verdirbt, wenn ihnen das Geld in den Kopf steigt.

»Frau Fürst, die Hanna besucht mich nächste Woche. Wir hatten sowieso vor, an den Rhein zu fahren. Die jüngere meiner beiden Enkelinnen, Corinne, wird mitkommen. Sie können das ja dann mit Hanna besprechen.«

Ich mit der Göre, wo sind wir denn hingekommen! Dennoch, zumindest ein Hoffnungsschimmer. Ich wäre längst mal wieder beim Glück an der Reihe.

Hanna und Corinne fliegen Business Klasse mit der Lufthansa von Washington nach Frankfurt. Die Flugbegleiterinnen schenken ihnen wenig Beachtung. Möglich, dass sie auf Corinne reagieren, in Jeans mit aufgerissenen Knien und einem zu weiten Pullover, ihren stachelig hochstehenden grün gefärbten Haaren und einem silbernen Schmuckknopf im linken Nasenflügel. Corinne zwängt ihren Rucksack vor sich unter den Sitz, stapelt Zeitschriften und Zeitungen auf den Boden und stellt einen Papierbecher mit Starbucks-Cappuccino neben sich.

»Sobald ich die Lufthansa betrete, fühle ich mich gleich wie in Deutschland. Diese kritischen Blicke. Daran muss ich mich erst wieder gewöhnen«, stöhnt Corinne.

»Geht mir nicht anders«, antwortet Hanna, obwohl ihre Reaktionen sich nicht vergleichen lassen. Corinne besucht ein für sie fremdes Land. Sie dagegen kehrt zurück, gleichgültig wie weit und wie lange sie fort war. Die alten Gefühle steigen in ihr hoch. Als ob für jeden das uneheliche Kind hinter ihrem heute so selbstsicheren Auftreten durchscheine. In Amerika empfindet sie das nie, aber bei jedem ihrer Deutschlandbesuche.

»Wie diese Stewardessen mich anglotzen! Wir hätten Erste Klasse nehmen sollen, da würden wir anders behandelt werden, schließlich können wir es uns leisten, was sollen wir mit all dem Geld!« Auf Hannas Seufzen setzt Corinne hinzu: »Ich weiß, ich weiß, deine Nachkriegszeit!«

Hanna hatte ihrer Mutter eine Reise nach Italien vorgeschlagen, aber Maria wollte lieber an den Rhein. Was soll ich in Rom? Corinne war es recht, damit würde sie sich in Köln bei einigen Galerien vorstellen können. Kombinationen nennt sie ihre Rauminstallationen aus Holz oder Metall, farbige Gerüste oder einen Kugelbau, je nachdem wie der Ausstellungsraum gestaltet ist, in denen sie ihre Ölbilder aufhängt. Man muss die Holzkonstruktionen betreten, um die Bilder zu sehen. Darstellungen in ungezwungener Farbigkeit, einsame Gestalten ohne Kontakt nebeneinandergereiht, Figuren mit Sprechblasen, Texte mit psychologischen Kommentaren. Corinne hatte kürzlich im Kunstmuseum der Universität von Berkeley ihre erste Einzelausstellung im Rahmen eines Programms zur Förderung junger *cutting edge* Künstler. Warum nun nicht gleich nach Europa? In der Kunst ist man dort Neuem aus Amerika gegenüber offen, egal, wie man sonst zu Amerika steht.

Sie holen Maria im Schwarzwald ab, um gemeinsam an den Rhein zu fahren. Bei den Besuchen mit ihrer Mutter zahlt es sich aus, dass Hanna ihre Töchter zweisprachig erzogen hat. Auf der Autobahn vergisst Hanna für einen Moment, dass sie sich rechts einzuordnen hat, nicht einfach wie in Amerika auf der linken Spur bleiben, bis ein Auto Zentimeter hinter ihr mit Abblendlicht und schrillem Hupen aufheult.

»Mom, lass mich fahren, das hier ist nichts für dich!«
Im nächsten Augenblick stecken sie im Stau. Hanna schaltet den Motor ab. Andere Fahrer steigen aus, lau-

fen um ihre Autos herum und unterhalten sich miteinander.

»Entweder sie rasen wie verrückt oder sie stehen im Stau. Damit lässt sich eine ganze Menge erklären«, sagt Hanna. Sie biegen bei Neuwied von der Autobahn ab und fahren durch die Ausläufer des Westerwalds zum Rhein. Maria ist wie verändert, als sich bei Unkel die Rheinebene mit dem Blick auf das Siebengebirge öffnet und das Profil des Drachenfels in der Ferne erscheint.

»Dieser metallische Geruch des Rheins, den nimmt man wahrscheinlich nur wahr, wenn man hier einmal gelebt hat und dann wieder fortmusste.«

»Du hast nicht fortgemusst, Mutter, du wolltest weg, von diesen Menschen und deinem Dienerdasein.«

»Natürlich, ich stamme ja aus dem Schwarzwald, aber ich habe nicht gewusst, dass ich da nicht mehr hingehöre. Hier hat sich mein Leben entschieden.«

Von der Schnellstraße am Rhein sehen sie im Vorbeifahren die dunkel geschieferte Kirche des Dorfs und für einen Augenblick zwischen den Bäumen des Parks den Turm der Burg. Vor einem Vierteljahrhundert ist Hanna zuletzt hier gewesen. Sie hatte nie die Sehnsucht zurück verspürt. Umso mehr überrascht sie die Betroffenheit, die sie plötzlich befällt.

»Was ist los? Endlich sind wir bei dem Schloss, von dem ihr immer erzählt, und nun verstummt ihr beide!«, verwundert sich Corinne.

Die eigene Vergangenheit ist wie ein Anker, dessen Gewicht man erst spürt, wenn man ihr wieder begegnet. Hanna glaubte, sich von allem befreit zu haben, das sie hier eingeengt hat. Aber eine bestimmte Zukunft ist nie ohne eine bestimmte Herkunft denkbar.

»Wir sind erst für morgen angesagt, du wirst dich gedulden müssen«, sagt sie zu Corinne.

Sie fahren durch Bad Honnef und Rhöndorf. Die gepflegten kleinen Orte kommen Corinne wie Spielzeugstädte vor. Hinter Königswinter nehmen sie die bewaldete Anfahrt zum Berghotel Petersberg. Unten im Tal liegen die Rheinbrücken nach Bad Godesberg und Bonn, auf der gegenüberliegenden Rheinseite die Regierungsbauten der alten Bundeshauptstadt, trotz des Umzugs nach Berlin weiterhin voller Geschäftigkeit.

»Herr Fürst war gelegentlich hier oben zu Kaisers Zeiten, einmal sogar mit dem Kaiser. Mir kam das wie im Märchen vor, als er mir davon erzählte. Ich war ja fast noch ein Kind damals, als ich für ihn arbeitete, so wie du, Corinne. Und jetzt darf ich selbst hier wohnen. Unbegreiflich ist das!« Maria sitzt reglos in Gedanken versunken, als der Portier an ihrer Seite die Tür des Mercedes aufhält.

Hanna verbringt eine unruhige Nacht in ihrem eleganten Hotelzimmer. Sie stellt sich die Rückkehr an den Ort ihrer Jugend vor, die schweren Zeiten nach dem Ende des Krieges, das uneheliche Kind der Köchin, eine Schande für die Familie der Burg. Nur Friedemann behandelte sie normal, ihr einziger Freund und Vertrauter bei den kindlichen Spielen. Sie streicht über den kühlen Damast der weichen Daunendecke und sieht mit einer wohltuenden Überlegenheit um sich. Mit einem Stolz, wie sie ihn in Amerika nie empfindet. Aber dort blickt niemand auf sie herab, während sie hier immer weniger als die anderen war.

Sie frühstücken auf der Terrasse an einem rosa gedeckten Tisch. Wieder ein makelloser Sonnentag. Hanna hatte beim Anziehen gezögert, schließlich entschied sie sich für einen grau gestreiften Hosenanzug und ein auf Taille geschnittenes Jackett über einem aprikosenfarbenen T-Shirt. Selten, dass sie Schmuck trägt, aber heute legt sie eine Goldkette um. Sie betrachtet kritisch ihre Tochter in einem übergroßen Hemd, das wie ein blauer Malerkittel aussieht.

»Hast du nichts Besseres dabei?«

»Für wen denn, die Leute hier, die ich nie wiedersehen werde, oder die alte Frau auf der Burg? Und du, aufgemacht, als ginge es ins Plaza Hotel in New York!«

Wie soll sie ihrer Tochter verständlich machen, dass sie heute so aussehen und im Mercedes vorfahren muss? Sie weiß auch, dass dies das letzte Mal sein wird, und bei diesem letzten Mal sollen die Fürsts sehen, dass sich die Dinge unwiderruflich zu Hannas Gunsten gewendet haben.

Sie fahren schweigend durch das Dorf; die eng gedrängten Häuser entlang der Einbahnstraße sind weiß getüncht, die kräftigen Balken des Fachwerks in dunklem Braun. Hanna atmet unbewusst in kurzen, aufgeregten Zügen, als sie an der alten Dorfschule vorbeikommen, die sie acht Jahre lang besucht hat. Gegenüber der Schule die Ecke der Parkmauer, die die Fürsts gegen die Welt draußen abgeschirmt hat. Hanna ist entsetzt über den Zustand der Mauer, Steine sind herausgebrochen, wie Zahnlücken in einem unregelmäßigen Gebiss. Die Flügel des schweren Holztores stehen offen, als seien sie seit Langem nicht mehr geschlossen worden.

Auf den Wegen im Park wächst Unkraut, das Gras steht hoch auf den Wiesen, die Büsche wuchern. Hanna fährt vorsichtig durch Schlaglöcher. Das Burghaus wirkt trostlos grau, an mehreren Stellen zeigen sich nasse Flecken im Putz, die Überdachung der Terrasse ist abgebrochen. Hanna stößt der Gegensatz auf, wie das missliche Dorf um die Dichterburg sich verschönt hat, während die ehemals erhabene Burg verfällt.

»Wie, das ist euer Schloss am Rhein? Deswegen der ganze Aufwand?«, fragt Corinne.

Maria ist stumm. Ihre verstörten und erschrockenen Blicke sprechen Bände.

Lange bleiben wir hier nicht, beschließt Hanna im Stillen. Die Vergangenheit soll man ruhen lassen, als ob sie das nicht gewusst hätte. Sie parkt den großen Mercedes vor der Terrasse. So hatte sie ihre stolze Rückkehr geplant, aber wen will sie beeindrucken bei dem Zustand, in dem sich alles befindet?

Sie nehmen die Treppen zum Eingang. Der schrille Klingelton hallt tief im Haus. Hanna drückt die Klinke, aber die Tür ist abgeschlossen. Sie warten, schließlich klingelt Corinne nochmals mit Nachdruck.

»Corinne, also wirklich, gedulde dich, sie ist eine alte Frau.«

»Wahrscheinlich hört die Alte nicht mehr gut, reg dich doch nicht immer gleich auf!«

Sie blicken auf die sperrige Tür. Minuten verrinnen. Endlich vernehmen sie den Ton schlurfender Schritte durch den langen Gang, ein Rütteln am Schloss.

»Maria, na endlich, dass du wieder da bist!«

Pia hält sich an der halb geöffneten Tür fest. Die gelbbraun gefärbten Haare wie früher aus der Stirne hochgekämmt, aber darunter ihr Gesicht faltig und eingefallen. Die Kleider hängen an ihr, als sei ihr Körper darin geschrumpft. Sie trägt eine Wollhose und eine Strickjacke, dieselben Sachen wie schon vor fünfundzwanzig Jahren, glaubt sich Hanna zu erinnern.

»Und die Hanna! Dich hätte ich nicht wiedererkannt.«

»Es ist auch schon lange her, Frau Fürst.«

Pia mustert sie, als blicke sie zu dem ungeliebten Kind in den schmutzigen Kleidern mit der laufenden Nase.

»Das da ist wohl deine Tochter? Na ja, nicht gerade eine Schönheit. Und grüne Haare, so was kann auch nur aus Amerika kommen.«

»Sie müssen es ja wissen!«

»Corinne, so spricht man nicht mit einer alten Dame.«

»Mom, so spricht man auch nicht mit mir! Mir langt es eigentlich schon, ich warte draußen auf euch.«

»Also bitte, Corinne, mach das Ganze nicht noch schwieriger.«

»Ich bin auf Besucher gar nicht vorbereitet, und dann gleich so viele! Aber bitte, kommt herein, ich lebe im ersten Stock.«

Sie folgen Pia langsam durch den düsteren Gang des unteren Stockwerks. Corinne bleibt vor dem Eingang zum Musiksaal stehen. Schweigend betrachtet sie das Durcheinander in dem Raum. In der Ecke entdeckt sie das Klavier, zwängt sich zwischen den Tischen, Stühlen und Truhen hindurch und hebt den verstaubten Deckel. Zögernd schlägt sie einige Tasten an, dann spielt sie die ersten Akkorde einer Mozart-Sonate. Sie lauscht den Tönen hinterher, blickt stumm um sich, während sie mit dem Finger einen Strich durch den Staub auf dem Klavier zieht.

Wäre ideal als Atelier, denkt sie.

Gegenüber wirft sie schnell einen Blick in die mittelalterliche Kapelle, bestaunt die mit barocken Szenen bemalten Gewölbe und die dunklen eichenen Wandschränke.

»Es ist Ewigkeiten her, dass jemand auf dem Klavier gespielt hat. Aber vor dem Krieg, zu Zeiten meines Vaters, fanden hier unvergessliche Klavierabende statt und Kammermusik mit den bekanntesten Künstlern der damaligen Zeit. Meine Mutter hat sich auf dem Klavier selbst zu ihren Arien begleitet. Zeiten waren das, so was kannst du dir gar nicht vorstellen«, sagt Pia zu Corinne.

»Das könnte man doch leicht wieder aufleben lassen«, antwortet Corinne. Sie blickt um Zustimmung suchend zu ihrer Mutter.

»Das war einmal, ich bin zu schwach, ich bin doch nur noch ein Schatten meiner selbst.«

Hanna steigt langsam hinter Pia die Stufen zum nächsten Stock hoch. Der Geruch in der Burg ist anders als früher. Meistens, wenn man die Vergangenheit betritt, sind es gerade die Dufterinnerungen, die einen zurückholen. Aber dies ist nicht der Geruch des Burghauses ihrer Zeit.

»Hier riecht es wie im Bauch eines Wals«, meldet sich prompt Corinne.

»Corinne!«

Für ihre Tochter ist es eben nur ein heruntergekommenes, ungelüftetes Haus. Und Pia eine alte Frau. Unmöglich für Corinne nachzuvollziehen, was in Hanna vorgeht, ihre tief sitzende Achtung vor der Familie Fürst, für sie als Kind der Haushaltshilfe.

Das Wohnzimmer unverändert mit den alten Biedermeiermöbeln, den Sitzecken und den Kommoden, auf denen Krüge und Skulpturen stehen. An den Wänden die ihr bekannten goldgerahmten Landschaftsbilder. Es riecht anders als im Treppenaufgang, aber auch hier nicht wie früher, sondern der Geruch alter Leute. Hanna mustert Pia, der abgestandene Dunst ihres Lebens, der sich um sie ausgebreitet hat.

»Mom, der Saal unten wäre ein tolles Atelier. Warum kaufen wir das Haus nicht? Ich ziehe mit Oma hier ein, dann wäre sie wieder an ihrem Rhein, und sie hat mich.«

»Hast du allen Verstand verloren, von Santa Cruz in Kalifornien in dieses Dorf?«

»Das Dorf hat mir eigentlich gefallen. Das Schloss wird man in Schuss bekommen. Wozu haben wir all das Geld?«

»Aber das Haus ist doch bewohnt. Es steht nicht zum Verkauf.«

Corinne blickt abfällig zu Pia. »Für die Frau finden wir eine Lösung, auf alle Fälle besser, als was sie gegenwärtig hat. Die Treppen schafft sie sowieso nicht mehr lange. Was meinst du dazu, Oma?«

»Ach, Kinder, ich kann das nicht mehr, bei dem Zustand, in dem sich alles befindet.«

»Du musst doch nicht arbeiten, du wirst die Burgherrin, Oma. Besser als eine winzige Wohnung in einem Heim mit dem Blick auf andere Hauswände. Wir machen das zusammen!«

»Und ich? Ihr redet, als ob es mich nicht gäbe. Etwas habe ich auch noch mitzureden, ganz tot bin ich noch nicht!« Pia richtet sich gebieterisch in ihrem Sessel auf, ihre Stimme unwillkürlich wieder im alten herrischen Ton. »Ich dachte, ihr bringt mir die Maria zurück, stattdessen versucht ihr, mich aus meinem Haus zu vertreiben. Ich bleibe hier bei meinem Vater.«

»Wieso? Ihr Vater ist doch tot.« Corinne blickt sie verwundert an.

»Durch mich lebt er hier weiter! In diesen Räumen pflege ich seine Erinnerung. Darin liegt meine Lebensaufgabe. Zeig dem Kind das Dichterzimmer, Hanna, dann versteht sie, wovon ich rede!«

Früher war ihr nicht erlaubt, das Arbeitszimmer von Hermann Fürst zu betreten. Manchmal hat sie sich trotzdem heimlich mit Friedemann eingeschlichen und stumm die Schätze aus aller Welt bewundert. Der Raum ist gepflegt und sauber, alles hat seinen Platz. Blumen vor dem Bild des Dichters auf seinem Schreibtisch.

Hanna bemerkt plötzlich auch den vertrauten Duft von früher, als habe er sich in das Zimmer des Dichters gerettet. Der Duft öffnet eine Tür zu ihren Erinnerungen. Sie sieht das kleine Kind mit dem scheuen Blick, lächelt ihm vertrauensvoll zu und reicht ihm die Hand in die Vergangenheit zurück. Ein langer Weg hierher. Und ihre Töchter werden, jede auf ihre Weise, diesen Weg weitergehen, das steht für sie außer Frage.

Corinne betrachtet das Bild von Hermann Fürst. »Wenn der diesen brutalen Absturz sehen würde!«

Wenigstens hat Hanna die Gelegenheit, mit ihrer Tochter allein zu reden. »Was ist in dich gefahren, Corinne! Die Burg zu kaufen, das wäre reinster Wahnsinn!«

Zurück an den Rhein, ein für Hanna grauenvoller Gedanke. Aber dann geht es um Corinne, die Künstlerin, Corinnes Blick nach vorne muss mutiger sein als ihr ängstlicher eigener.

Pia sitzt allein im Wohnzimmer, als sie zurückkommen. »Die Maria macht uns gerade den Kaffee. Sie ist ja noch gut drauf. Mit ihr wären meine Probleme gelöst. Sie könnte kostenlos bei mir wohnen!«

»Vorbei ist vorbei, Frau Fürst. Das wäre weder für Sie noch für meine Mutter eine Lösung. Nur so, wie Corinne das eben vorgeschlagen hat, käme meine Mutter nochmals hierher zurück, nicht als Haushaltshilfe. Aber mit dem Erlös aus dem Hausverkauf haben Sie genug Geld, um sich wieder eine Haushaltshilfe zu leisten. Am besten besprechen Sie den Vorschlag mit Ihren Verwandten.«

»Meine Verwandten geht das nichts an. Keiner von denen kümmert sich um mich oder meinen Vater. Die Enkel haben keine Ahnung von Hermann Fürst. Ich weiß nicht einmal, ob mein Bruder in Spanien noch lebt. Eine Schande, was aus dieser Familie geworden ist.«

Die Familie des Dichters hat sich aufgelöst, ohne irgendeine Spur, denkt Hanna, als hätte sich Schnee über sie gelegt oder wie von einem Sandsturm begraben, unter dem sich nichts mehr rührt; bis auf diese alte Frau, die übrig geblieben ist.

»Wir würden natürlich Geld in das Haus und den Park stecken und alles auf den alten Stand bringen, unserem heutigen Geschmack angepasst, versteht sich.«

»Und ich? Was wird aus mir?«

»Sie bleiben hier, das Haus ist groß genug, was brauchen Sie schon viel! Am besten ziehen Sie in die Kammer hinter dem Dichterzimmer, um Ihrem Vater nahe zu bleiben.«

Pia schaut das grünhaarige Mädchen neben Hanna an, das hier so unbekümmert über ihr Leben bestimmt. Ein grauenvoller Gedanke, die Burg der Fürsts im Besitz der Familie der ehemaligen Köchin und Haushaltshilfe! Maria, eine weiße Küchenschürze umgebunden, bringt auf einem Tablett den Kaffee herein. Maria wiederzubekommen, das wäre ihr einiges wert. Sonst muss sie in ein Heim, egal wie sie sich sträubt, aber nicht, wenn jemand mit ihr in der Burg wohnt.

»Wie soll das Ganze ablaufen, Hanna? Ich verstehe davon doch gar nichts.«

»Wir lassen den Preis durch einen Dritten ermitteln, Frau Fürst, dafür gibt es Fachleute. Wenn der Preis steht, überweisen wir den Betrag an Ihre Bank. Davon können Sie mehr als großzügig leben. Um das Haus und den Park kümmern wir uns separat.«

Pia blickt selbstversunken vor sich hin. Die Burg wieder im alten Glanz. Für alle Welt ist und bleibt es doch die Fürstburg. Als würde Hermann Fürst noch einmal auferstehen.

»Kommst du dann auch zurück, Hanna?«

»Ich? Nein, ich gehöre nach Amerika.«

Wie soll sie das der alten Frau erklären, dieses Deutschland mit ihren eigenen, unauslöschlichen Erinnerungen. Anders als für ihre Tochter, unbefangen in ihrem Künstlerleben, von ihr gibt es kein Bild, in das die anderen sie zwängen könnten. Und Maria hat ihre alte Rolle im Grunde nie infrage gestellt.

»Maria, du wirst wieder oben im Turm dein Zimmer beziehen. Dort hat zwischenzeitlich niemand gewohnt.«

»Nein, Frau Fürst, für meine Mutter werde ich die übrigen Zimmer auf diesem Stock herrichten lassen. Auch das Wohnzimmer. Corinne wird im oberen Stock einziehen.«

Wie die einfach über mich in meinem Haus entscheidet, denkt Pia entrüstet.

»Aber Maria, ein paar Stunden am Tag auszuhelfen, das wäre doch möglich, oder?«

»Schlagen Sie sich das aus dem Kopf, Frau Fürst! Meine Mutter wird die neue Frau des Hauses sein.«

»Die Maria! Also Hanna, das geht doch wohl zu weit.«

»Es liegt an Ihnen, Frau Fürst. Entweder erwecken wir die Burg und den Park zu neuem Leben, oder Sie gehen mit allem hier wie auf einem sinkenden Schiff unter.«

Wenn sie morgen der Schlag träfe, würden ihre Erben, die Neffen und Nichten, die sie kaum mehr kennt, sofort alles verkaufen, und wer weiß, was dann aus der Burg würde. Sie blickt Hanna an. Eigentlich eine gut aussehende Frau, trotz ihrer roten Haare, sie hätte das nie für möglich gehalten, bei dem hässlichen Kind damals. Früher hatten sich die Leute immer über die rothaarigen, unehelichen Kinder ihres Vaters den Mund zerrissen. Aber ihr Vater und Maria, das kann sie sich beim besten Willen nicht vorstellen. Trotzdem, dieses eine Mal wäre Pia ein Fehltritt ihres Vaters sogar willkommen. Eine winzige Hoffnung, die ihr plötzlich die Entscheidung erleichtert.

»Wenn du das alles mit dem Verkauf erledigst, Hanna, und ich mich um nichts kümmern muss, dann stimme ich zu. So wie du gesagt hast.« Pia macht eine Pause, als zögere sie wieder. »Ich vertraue dir, Hanna, du bist doch wie Familie.«

Hanna sieht die gebrechliche Frau an. Ihre Mutter verfolgt ungläubig das Gespräch. Als spiele das Schicksal mit ihnen, in immer neuen, unverständlichen Wandlungen. Corinne stürmt aus dem oberen Stock herunter.

»Mom, der Turm mit dieser super Fahnenstange! Als Erstes wird die amerikanische Flagge gehisst.«

»Das kommt überhaupt nicht infrage, die einzige Fahne, die dort jemals geweht hat, war die deutsch-nationale. Dabei bleibt es, sonst verkaufe ich nicht.«

»Deutsch-national? Wie sieht die denn aus? Haben Sie noch eine davon?«

»Auf dem Speicher oben gibt es sicherlich eine, bei den alten Sachen.«

Entsetzt fällt Pia die Spritze ein. Womöglich hat Erika die damals wieder in die Hosentasche von Johannes' Uniform gesteckt. Fliegt die fürchterliche Sache mit Johannes am Ende doch noch auf?

»Auf den Speicher darf niemand!«

»Unsinn, all dieses Zeug aus der Vergangenheit werde ich in meine neuen Installationen hier einbauen. Den Zusammenhang mit der Zukunft erkenne ich zwar noch nicht, aber das wird sich wie üblich von selbst entwickeln.«

»Wovon redet die?« Pia blickt hilfesuchend zu Hanna.

»Ich rede davon, wieder Kunst in diesem Haus zu machen. Wie schon einmal.«

»Also, Frau Fürst, ich verstehe, das kommt alles sehr plötzlich. Überlegen Sie sich den Vorschlag in Ruhe. Ich bleibe noch ein paar Wochen in Deutschland. Bevor ich abfahre, sollten wir uns einigen.« Hanna möchte ihr eine letzte Brücke bauen.

»Da gibt es nichts mehr zu überlegen.«

Hanna ist überrascht über Pias Entschlusskraft. Dabei sollte sie sich eher über sich wundern als über die alte Frau. Der reinste Wahnsinn beim Blick auf alles, was hier zu richten ist. Fünfzig Jahre Verfall, und am Ende ist es nur eine momentane Macke ihrer Tochter mit dem Atelier. Jedenfalls hätte sie damit für ihre Mutter vorgesorgt, die keinesfalls zu ihr nach Amerika möchte. Trotzdem, es ist irrsinnig, worauf sie sich einlässt, aber jeder braucht etwas Wahnsinn, muss an einem bestimmten Punkt im Leben ausbrechen, um die Vergangenheit zu korrigieren.

20.
Mount Shasta

»Wie seid ihr denn mit meinem Sohn in eurer Firma zufrieden?«

Wenn Deborah mit ihrem Vater über Björn spricht, betont sie ganz besonders das *mein Sohn*, wobei ein unausgesprochenes Einverständnis mitschwingt. Als ob sie sich verschworen hätten, nie der ganzen Wahrheit auf den Grund zu gehen, die sie doch beide kennen.

»Björn hat mittlerweile einen festen Platz in unserem Team. Dabei hatte er wahnsinniges Glück mit dem Zeitpunkt, wo jede Investition in den Internetbereich unvorstellbare Gewinne abwirft. Wenn es so weitergeht, wird er schnell sehr reich. Ich hoffe, das verdirbt ihn nicht, so wie deinen Bruder.«

Sams Ausscheiden aus der Firma vor einigen Monaten kam für alle überraschend, als Namensträger und zu einem Zeitpunkt, an dem das Wagniskapitalgeschäft boomt wie nie zuvor. Für Rob Wiseman unverständlich und auch enttäuschend. Der permanente Druck, der Wettbewerb auf dem Markt und unter den Partnern der eigenen Firma, vielleicht hatte er sich als Sohn eines der beiden Firmengründer alles zu einfach vorgestellt. Ausgestiegen ohne erkennbare Alternativen, ausgebrannt und reich. Seitdem ist es ruhig um ihn geworden. In seiner Ehe scheint auch nicht alles zum Besten zu stehen. Ohne die bevorstehende Hochzeit von Björn und Vicky, ihrer ältesten Tochter, wäre sie möglicherweise schon zerbrochen.

»Wiseman heiratet Wiseman, davor graut mir gewaltig. Die beiden hatten sich kennengelernt, bevor ich ihn adoptiert habe. Er hat leider nicht gelernt, dass nicht alles unter dem Namen Wiseman gleich ist. Was sie ihm bietet, außer ihrer Blondheit und ihrem Körper?«

»Das erinnert mich an dich und deinen Black Panther. Da konnte man dir auch sagen, was man wollte, es war hoffnungslos.«

»Das war völlig anders.«

»Bis der Deutsche dazwischenkam und ihn ausgebootet hat.«

»Das hatte überhaupt nichts miteinander zu tun.«

»Jedenfalls siehst du, wie schwierig es ist, seine Kinder zu beeinflussen. Viel Zeit bleibt dir nicht, um daran noch etwas zu ändern.«

»Zu der Einsicht muss er selbst gelangen. So war das damals auch bei Bobby, und nicht du oder der Deutsche. Überhaupt, du solltest mit Björn reden, etwas Verantwortung trägst du schließlich auch. Und du bist sein Boss.«

»Die Familie gegeneinander aufhetzen?«

»Das geht vorüber. Aber wenn sich die Familie einmal lächerlich gemacht hat, werden wir diesen Ruf nicht so schnell wieder los. Auf dich hört er.«

»Hat er außer Vicky je eine andere Freundin gehabt?«

»Wie denn? Ihr lasst ihm ja keine Zeit! Nächste Woche schickt ihr ihn wieder nach Baltimore, meinst du, da könnte er jemanden kennenlernen? Überhaupt, seit wann investiert ihr in Biotech?«

»Das ist sein Projekt, und er lässt nicht locker. Du kennst ihn ja, wenn er sich auf etwas versteift hat.«

»Der Charakterzug kommt mir allerdings bekannt vor. Trotzdem, als sein Mentor hast du eine Verpflichtung. Und auch sonst.«

Ihr Vater ist ihre letzte Hoffnung, aber bei Rob Wisemans Einstellung, dass die richtigen Entscheidungen sich aufdrängen, ohne dass man sie erzwingen muss, kommen ihr sofort Zweifel. Das stimmt eben nicht immer, sonst wäre das mit Björn und Vicky niemals so weit gekommen.

Nach der Verabschiedung blickt Deborah ihrem Vater hinterher. Schlank und mit aufrechtem Gang, bald achtzig Jahre alt, aber das sieht man ihm nicht an. Längst wickeln jüngere Partner das Investmentgeschäft bei Ackerman & Wiseman ab, dennoch wird ihm der Erfolg zugeschrieben. Ein Wiseman wieder ganz oben auf dem Kamm der neuen Welle.

Allerdings steht sie ihm in nichts nach. Kürzlich wurde sie vom Gouverneur von Kalifornien in den Verwaltungsrat der Universität von Kalifornien berufen, ohne dass es, wie häufig bei anderen Kandidaten, ein politisches Gerangel um ihre Person gegeben hätte. Vor dreißig Jahren hat sie in Berkeley protestiert, jetzt bestimmt sie über das Universitätssystem in Kalifornien mit. Und sie sieht sich nicht in der Lage, ihren Adoptivsohn von seinen Heiratsplänen abzubringen? Oder diese wenigstens mit ihm zu diskutieren?

Im Büro empfängt sie eine Absage von Björn, er könne sie beim besten Willen nicht zum Abendessen treffen. Er und Vicky hätten noch eine Menge Einzelheiten für die Hochzeit zu besprechen, was er zu lange herausgeschoben habe. Jetzt versetzt er mich schon wegen dieser Zicke!

Plötzlich ist sie mit allem um sich herum unzufrieden. Auf dem Bildschirm sieht sie, dass die Aktie ihrer Firma gefallen ist, allerdings ist die ganze Börse abgesackt, eine Reaktion auf die Turbulenzen im asiatischen Markt, im Vergleich hat sich ihre Aktie noch gut gehalten. Überhaupt, Korrekturen nach dem schier unaufhaltsamen Anstieg der vergangenen Jahre hält sie für unausweichlich und gesund. Sie ist überrascht, wie wenig diese finanziellen Dinge sie berühren, das nagende Gefühl in ihr hat ausschließlich mit Björn zu tun. Sie hat die großen unternehmerischen Forderungen zu lösen gelernt, aber im Persönlichen tastet sie hilflos umher. Wenn Björn nicht selbst zur richtigen Einsicht kommt, dann muss es wohl so sein. Aber das ist doch Schwachsinn, ärgert sie sich, jetzt denkst du genau wie dein Vater, Vernunft wird sich am Ende durchsetzen. Nichts als eine billige Ausrede, den Problemen aus dem Weg zu gehen. Wen hat denn Björn sonst, um ihm die Augen zu öffnen?

Schlecht gelaunt kommt sie abends nach Hause. Sie versucht, die miese Stimmung aus sich heraus zu joggen. Sie hört ihr Keuchen, lauscht in ihren Körper hinein, endlich spürt sie das positive Langlaufgefühl in sich. Ich habe für mich nie Grenzen anerkannt, es darf nie welche geben. Je mehr sie sich verausgabt, umso gelockerter fühlt sie sich. Und umso entschlossener. Im vergangenen Jahr, zu ihrem Fünfzigsten, hatte sie sich vorgenommen, den Mount Shasta zu besteigen, einen über viertausend Meter hohen schneebedeckten Vulkangipfel nahe an der Grenze zu Oregon. Als es damals so weit war, hat sie, ganz gegen ihre Art, im letzten Moment eine vordergründige Entschuldigung vorgeschoben. Für kommende Woche hatte sie erneut den Aufstieg geplant, ihn aber dann wegen einer vorgeblich unaufschiebbaren Geschäftsreise an die Ostküste vor ein paar Tagen abgesagt. Wenn nicht jetzt, wann dann, fragt sie sich im Hochgefühl ihres Laufs. Worauf kommt es im Leben an? An die Ostküste kannst du immer noch.

Eine Woche später fährt sie nach einem vollen Arbeitstag fünf lange Stunden über die eintönige Autobahn

Richtung Redding. Sie erreicht Shasta City bei Dunkelheit. Plötzlich ist sie verunsichert. Ihre drei Freundinnen hatten sich die vergangenen Monate gezielt auf die Besteigung vorbereitet, und sie glaubt, das einfach so aus dem Stand zu schaffen?

»Keine Sorge, Deb, wichtiger als alle Vorbereitung ist der Wille, und da bist du jeder überlegen. Das Wetter soll gut sein, die Voraussetzungen für den Aufstieg morgen sind denkbar ideal«, versichert ihr Karen Reich, eine Anwältin aus Berkeley. Sie hat als einzige ihrer Gruppe den Mount Shasta schon mehrfach bestiegen. Deborah kennt Karen noch aus ihrer gemeinsamen Panther-Zeit. Sie weiß hoffentlich, wovon sie redet, denkt Deborah.

In der Morgensonne glänzt der Mount Shasta wie ein silberner Diamant. Der Gipfel liegt in einer fast unheimlichen Ruhe. Wortlos studiert sie den im Blau des wolkenlosen Himmels vor ihr aufragenden Berg. Steile Schneefelder, Überhänge aus Eis und Geröll und felsige Kanten. Unmerklich beschleunigt sich ihr Atmen.

Es gibt nur einen Grund für diesen Irrsinn: Weil ich es will!

Zu Beginn des Aufstiegs unterhalten sie sich, um die Unruhe, die sie alle spüren, zu überwinden. Ihre Schritte verlangsamen sich, als sie höher und höher aufsteigen, erst über Geröllhalden, dann einzelne Schneebrücken und schließlich über eine geschlossene Schneedecke. Am frühen Nachmittag erreichen sie Lake Helen, schlagen ihre Zelte auf und verankern sie gegen den Wind, so gut es geht.

Sie schmelzen Schnee und kochen ein frühes Abendessen. Immer wieder schweifen ihre Blicke zu dem Schneegipfel vor ihnen.

»Ich verspreche euch, es wird ein unvergessliches Erlebnis werden«, muntert Karen sie auf.

Deborah ist erstaunt, wie leicht sie sich von allem Geschäftlichen gelöst hat, unerreichbar für ihr Büro. Beim Aufstieg ist sie allein mit sich beschäftigt, ständig ihre Verfassung prüfend. Hinter jeder ihrer unruhigen Fragen an sich selbst lauert unausgesprochen die Angst vor dem Versagen.

Bei einfallender Abenddämmerung liegen sie in ihren Schlafsäcken. Gegen Mitternacht wacht Deborah auf. Über ihr ein Sternenteppich von überwältigender Pracht. Eine Sternschnuppe jagt quer über den Himmel. Eine Sternschnuppe, ein Wunsch, aber wozu, ich bin doch wunschlos glücklich!

Am frühen Morgen, noch bei Dunkelheit, beginnen sie mit Steigeisen und Eispickel ausgerüstet den Aufstieg. Ihr Weg über den Avalanche Gulch und die Schnee- und Eiswände der Red Banks enthält keine echten Kletterpassagen, aber vorsorglich haben sie Seile und Helme dabei. Sie erreichen den Kamm der Red Banks nach einigen Stunden. Ein klarer, rötlich verfärbter Morgenhimmel. In der Entfernung vor ihnen der Gipfel, um den kleine Wolkenballen schweifen. Sie befinden sich auf viertausend Metern, Deborah spürt die Höhe. Wortlos stapfen die Frauen den schier endlosen Hang von Misery Hill hoch, erschöpft alle hundert Schritte anhaltend, mit länger werdenden Pausen.

»Das Schlimmste liegt hinter uns«, sagt ihnen Karen. Es geht weiter, Schritt um Schritt, mechanisch, wie ohne eigenen Willen, bis sie schließlich den Gipfel erreichen. Andere Bergsteiger haben es vor ihnen geschafft, aber ihnen kommt es nicht darauf an, Erste zu sein. Völlig verausgabt fallen sie sich um den Hals, Tränen und Lachen und ein unglaublicher Stolz. Um neun Uhr morgens sitzen sie hoch über allem in träumerischer Leichtigkeit.

Deborah ist von einem unbeschreiblichen Jubelgefühl erfüllt. Es ist ihr Leben. Deswegen musste sie dies tun, um sich zu beweisen, dass sie noch mittendrin steht und ihre Grenzen längst noch nicht erreicht hat. Sie fühlt sich jung wie seit Langem nicht. Die Sternschnuppe der vergangenen Nacht fällt ihr ein. Sie hat keine Wünsche, seltsam, auch ein Mann fehlt ihr nicht. Sie hat ihre Liebhaber, wenn sie die braucht, die Begleiter für die öffentlichen Anlässe, aber keiner mit einem festen Platz in ihrem Leben. Der einzige Mann in ihrem Leben heute ist ihr Sohn. Beim Gedanken an Björn erfasst sie ein riesiges Glücksgefühl. Übermütig blickt sie um sich auf dem Gipfel der Welt.

Nichts, absolut nichts, werde ich an meinem Leben ändern!

Eine halbe Stunde verharren sie auf dem Gipfel. Als dünne Wolken die Sonne verdecken, verspüren sie plötzlich den eisigen Wind. Karen drängt zum Abstieg.

»Das Wetter schlägt hier in Sekunden um. Es ist ein langer Weg zurück.«

Bei den ersten Schritten verspürt Deborah eine bleierne Müdigkeit. Stechende Schmerzen rasen durch ihren Kopf. Zweifelnd blickt sie zu Karen.

»Das ist ganz normal, Deb, sobald wir tiefer kommen, kehren die Kräfte zurück. Wir steigen in Zweiergruppen ab, ich gehe mit Deborah.«

Der Abstieg beginnt mit einer riesigen Rutschpartie. Karen gleitet vorsichtig je nach den Schneekonditionen, rutscht ohne zu halten durch den weichen Schnee, dann bremst sie vor den noch hart gefrorenen Passagen. Sie zeigt Deborah, wie man sich mit dem Eispickel verankert, abbremst und sich absichert. In wenigen Minuten sind sie den langen Hang des Misery Hill runtergerutscht, mit dem sie sich beim Aufstieg einige Stunden geplagt hatten. Sie lachen sich zu, mit vor Übermut strahlenden Augen.

»Du hast eine tolle Leistung vollbracht, Deb, diesen Aufstieg ohne jede Vorbereitung.«

Abgelenkt durch ihre Unterhaltung, bemerken sie zu spät, dass der Schnee an dem schattigen steilen Abhang der Red Banks noch eisig hart ist. Sie schlittern mit zunehmender Geschwindigkeit die Bergwand hinunter.

»Eispickel!«, brüllt Karen. Deborah rammt die Spitze ihres Eispickels seitlich in den Schnee, dreht ihren Körper und verliert bei dem plötzlich reißenden Ruck den Griff. Ohne Absicherung stürzt sie ab. Sie versucht, ihre Fersen in den harten Schnee zu hacken, um sich abzubremsen, wobei sie sich überschlägt. Auf halber Höhe prallt sie gegen einen Fels und bleibt reglos liegen.

Karen erreicht sie als Erste. »Deborah, hörst du mich? Sag doch etwas!«

Deborahs Helm hat einen Sprung. Mein Gott, denkt Karen entsetzt. Endlich ein Röcheln, Deborahs versucht, sich zu bewegen.

»Bleib still liegen, rühr dich nicht! Kannst du mich hören, Deborah?«

Keine Antwort, nur leises Wimmern. Karen tastet vorsichtig ihren Körper ab. Als sie die Schulter berührt, krümmt Deborah sich mit einem lauten Schrei. »Verdammt, das Schulterbein oder die Schulter«, sagt Karen laut. Sie knöpft den Helm auf. Deborahs rotbraunes Haar fällt wirr über ihr schneeweißes Gesicht. Endlich öffnet sie die Augen, blickt suchend um sich.

»Deb, ich bin bei dir, erkennst du mich?«

Karen hält Deborahs Kopf zwischen den Händen. Sie starrt in ihre Augen, aber kein Wort, nur ein verzweifeltes Wimmern wie aus weiter Ferne.

»Das wird schwierig«, sagt sie zu ihren Begleiterinnen.

Sie blicken sich stumm an. Das Ganze lief traumhaft, nur noch der Avalanche Gulch, und dann wären sie wieder am Lake Helen gewesen.

Sie bemerken drei Bergsteiger, die quer über den Hang zu ihnen herübereilen. Einer der Männer trägt ein Abzeichen der Bergwacht. Er kniet neben Deborah, betastet und bewegt die Schulter.

»Du hast den Gipfel geschafft, das kann dir keiner nehmen«, sagt er in Deborahs schmerzverzerrtes Gesicht.

Über ein Handfunkgerät fordert er Hilfe an. Gebrochenes Schulterbein und schwere Prellungen, möglicherweise auch eine Gehirnerschütterung, gibt er durch.

»Wir müssen dich aufrichten, um die Schulter zu stabilisieren. Das tut weh, aber es geht nicht anders.«

Der Mann umfasst sie. Deborah hält die Augen geschlossen, wimmert zitternd vor Schmerz, Tränen rinnen über ihr Gesicht. Er richtet sie auf und lehnt sie gegen die hinter ihr stehende Karen. Mit einem Haftverband befestigt er die verletzte Schulter an ihrem Körper. Deborah blickt ihn aus roten wässrigen Augen an.

»Wir werden dich durch den Avalanche Gulch vorsichtig abseilen. Weiter unten bringt dich dann die Rettungsmannschaft raus. Beiß die Zähne zusammen, so gut es geht«, hört sie die beruhigende Stimme des Mannes.

Das Abseilen dauert Ewigkeiten. Sie presst die Zähne aufeinander, beißt sich in das Mundfleisch, auf die Zunge. Die Schmerzen rollen in Wellen über sie hinweg, ein oder zweimal wird sie ohnmächtig. Als ob die Zeit sich aufheben, ihr Bewusstsein ankerlos umhertreiben würde.

Am späten Nachmittag setzt sie der Hubschrauber am Krankenhaus in Redding ab. Das Schlüsselbein ist gebrochen, sie hat eine schwere Gehirnerschütterung, Zerrungen und Prellungen. Sie nimmt alles nur unscharf

wahr, bis auf den Schmerz, als der Arzt das Schlüsselbein richtet. Im Nebel der Betäubungsmittel liegt sie
dösend im Bett.

Du hast den Gipfel geschafft, das kann dir niemand
nehmen! Die Worte des Mannes von der Bergwacht
klingen in ihr nach. Ein Lächeln überfliegt ihr Gesicht,
müde und stolz. So ein Mist, aber du hast es geschafft!

Es ist schon dunkel draußen, als Björn das Krankenzimmer betritt. Sie schaut ihn erstaunt mit großen
Augen an. Damit hatte sie nicht gerechnet, sie hat
eigentlich an überhaupt nichts gedacht, aber unvermittelt überkommt sie ein Gefühl maßloser Freude, als er
unbeholfen und unsicher vor ihr steht. Tränen laufen
ihr über das Gesicht, sie heult hemmungslos und ohne
Unterlass. Schließlich lächelt sie erschöpft.

»Tut mir leid.«

»Wirklich, Deborah, war das nötig?«

Sie hatte ihm vorher nichts von der Bergbesteigung
erzählt, wollte ihn und ihren Vater überraschen. Wie
klein ihre Welt ist, denkt sie, aber dann auch, wie wichtig das wenige ist, auf das es für sie ankommt.

»Ich habe es geschafft«, flüstert sie.

»Du bist wahnsinnig.« Er beugt sich zu ihr und küsst
sie auf die Stirn. Sie hält die Augen geschlossen, atmet
seinen Duft, diesen eigentümlichen Geruch, der sie jedes Mal aufs Tiefste berührt.

»Und glücklich, jetzt, wo du hier bei mir bist.«

Eine unruhig unbequeme Nacht. Als sie am Morgen
aufwacht, steht Björn neben ihrem Bett.

»Ich will raus, ich bin lang genug hier gewesen.«

»Sie werden dich noch einen Tag behalten. Morgen früh
wirst du nach San Francisco geflogen, Rob hat ein Flugzeug gechartert.«

Sie lächelt ihm zu, schaut ihn eine Zeit lang an, forschend, als ob sie nach etwas suche. »Einmal muss jeder an seine äußerste Grenze vorstoßen. Ich weiß nicht, wie ich das durchgestanden habe und warum. Bis ich dich gestern vor meinem Bett stehen sah.«

»Ich hoffe, ich werde dich nie enttäuschen.«

Sie sagt lange Zeit nichts, nimmt die Augen nicht von ihm.

»Gestern, auf dem Gipfel, da sah ich mein Leben klar vor mir, jedes Problem schien lösbar, alles hatte einen Sinn. Und dann habe ich etwas ganz Wesentliches hinzugelernt: Man darf nie loslassen, komme, was wolle.«

Sie hatte ihre Gründe, warum sie ihn adoptieren wollte und musste. Auf eine natürliche Weise gehören sie zusammen. Wenn nur Vicky nicht wäre. Eigentlich bestünde jetzt die Möglichkeit, das Thema anzusprechen, aber das muss er selbst wissen, zu dieser Einsicht muss er von sich aus kommen. Aber woher soll er wissen, dass er einen riesigen Fehler begeht, wenn ihm das niemand sagt?

Am Nachmittag besucht sie ihr Retter von der Bergwacht. Er bringt ihr den Eispickel, den sie beim Absturz verloren hatte.

»Eine ganz wichtige Bergsteigerregel: keine Spuren auf dem Berg hinterlassen.«

Sie versucht sich an Einzelheiten zu erinnern, aber der Absturz ist aus ihrem Bewusstsein gelöscht. Sie hat trotz allem Glück gehabt, wie leicht hätte es schlimmer ausgehen können, beim Überschlagen während des Absturzes oder beim Aufprall gegen den Fels.

Worauf kommt es letzten Endes an? Im Leben gilt die Umkehr der Bergsteigerregel, man muss Spuren hinterlassen, einen Unterschied machen. Warum diese Schick-

salsmomente, wenn man danach nicht sein Leben über-
prüft und alles infrage stellt?

Gibt es an meinem Leben überhaupt etwas zu ändern?
Ich habe immer erfüllt, was von mir erwartet wurde,
und mehr! Mein Vater war mein Mentor, so wie er mir
sein Leben vorgelebt hat. Aber was hat das mit meinem
Leben zu tun, fragt sie sich plötzlich. Ich habe einfach sein Bild, ohne es zu hinterfragen, übernommen,
den Erfolg, Vorbild zu sein, der Gemeinschaft zurückzugeben, die starke Linie der Familie fortzusetzen. Aber
ich, wo tauche ich in alldem auf?

Dabei fällt ihr das Gefühl, das sie auf dem Gipfel des
Mount Shasta hatte, wieder ein: Du bist jung! Alles
bleibt möglich. Diese Seite tief in ihr, zu der ihre Liebe
gehört. Wo taucht denn Liebe in den Werten ihres Vaters
auf? Und ohne Liebe, woher bekommen seine Werte
ihre Berechtigung?

Damals war sie für den kurzen Augenblick ihrer Liebe
sie selbst. Aber nichts von dem ist wiederholbar, auch
nicht ihre Liebe, es ist so, als hätte damals nicht nur
Friedemanns Leben bei der Demonstration in Berkeley
ein abruptes Ende gefunden. Aber sie lebt, und nach
dem Absturz umso bewusster.

Und wenn es die Liebe für sie nicht gibt, nicht mehr
geben kann?

Aber es hat sie gegeben. Die eine wirkliche Erfahrung, was kann man mehr erwarten. Es war Schicksal, dass sie so schnell endete. Ihre Liebe, die nie hätte
sein dürfen, aber das wusste sie damals nicht, und
das macht sie deshalb nicht wertlos. Sie gehört zu
ihr wie ihr Atmen. Ohne diese Liebe zählt ihr Leben
nichts.

Und der Wahnsinn, den sie damals lebte, in ihren Zwan-
zigern, das war nicht allein Trotz und ein Sichaufbäu-

men, sondern er hatte einen Sinn, genau wie jetzt wieder: ein Ausbrechen, um zu sich selbst zu finden.

Im Grunde war es einfach, den äußeren Regeln zu folgen. Jetzt geht es um ihre innere Stimme. Dafür hat sie diese zweite Chance bekommen. Vor ihr liegt das neue Jahrtausend. Ihre zweite Chance, für die sie nicht wieder einfach einen fremden Fahrplan übernehmen darf. Sie erfordert den Mut, zu sich selbst zu stehen, wieder gegen den Wind zu rennen und noch einmal das Unbekannte, das sich vor ihr auftut, zu erforschen.

Deborah lässt eine Woche verstreichen, um sicherzugehen, dass es sich bei diesem Entschluss nicht nur um eine momentane Eingebung unter dem Druck ihres Erlebnisses am Berg handelt. Aber die Erregung, die sie seit der Erkenntnis im Krankenhaus in Redding empfindet, lässt sie nicht mehr los. Wieder baut sich ein Berg vor ihr auf, und auch diesmal kommt es ihr vor, nicht ausreichend auf die Besteigung vorbereitet zu sein.

Sie hatte für die folgende Woche eine Sitzung des Aufsichtsrats ihrer Firma angesetzt. Kurzfristig ergänzt sie die Tagesordnung um das Thema Managementnachfolge. Niemand ist auf ihr Ausscheiden vorbereitet. Unbeholfen erklärt sie ihre Entscheidung, ihr fehlen die rationalen Argumente, die ihre Aufsichtsratsmitglieder verstehen könnten. Sie trifft nur auf Unverständnis.

Der erste Anruf am nächsten Morgen kommt wie erwartet von ihrem Vater.

»Ich trete einmal mehr in deine Fußstapfen. Von deiner Entscheidung damals habe ich auch in der Zeitung lesen müssen.«

An seinen eigenen Ausstieg aus dem Versicherungskonzern hatte Rob Wiseman sich nicht erinnert, als er die Nachricht über seine Tochter beim Frühstück las.

Damals der magische Ruf des Hippiemädchens, den er nicht verstand und dem er sich nicht zu folgen traute. Sein Leben lief nach kurzer Unterbrechung weiter, als wäre nichts geschehen. Er hatte seit Langem nicht mehr an das Mädchen gedacht.

»Für mich gab es zwei Situationen, die mein Leben hätten ändern können. Die eine kennst du ja, die andere dauerte zehn Minuten«, sagt er ihr.

»Und dann, was ist geschehen?«

»Ich kam einen Tag zu spät. Die wichtigsten Chancen gibt es nur einmal.«

»Dann musst du mich ja verstehen, Dad. Ich bin stolz auf das, was ich geleistet habe. Aber damit habe ich mich nicht selbst erfüllt. Und darum geht es jetzt.«

Die Anrufe setzen sich den Tag über fort. Eine dem Vizepräsidenten Gore nahestehende Gruppe zur Umsetzung der Richtlinien des Kyoto-Protokolls bietet ihr den Vorsitz an. Das Kunstmuseum in San Francisco, dessen Aufsichtsrat sie angehört, schlägt ihr vor, die Leitung des Komitees für den Neubau eines erdbebensicheren Museums im Golden Gate Park zu übernehmen. Aber das wäre genau wie ihr Vater: ein Ausscheiden, nur um wieder in den vertrauten Schienen weiterzufahren. Sie lehnt alle gut gemeinten Vorschläge ab.

Sie hat in ihrem Geschäftsleben viele schwierige Situationen gemeistert. Plötzlich steht sie vor dem selbst geschaffenen Nichts. Mit einem Mal bekommt sie Angst vor dem Scheitern. Was sie im Krankenhaus deutlich zu wissen glaubte, nimmt mehr und mehr verschwommene Formen an.

Als ersten Schritt ihres neuen Lebens gründet sie eine gemeinnützige Stiftung, die Mount-Shasta-Stiftung. Zur Kapitalisierung wird sie ihr geerbtes Haus im Silicon Valley verkaufen und den Erlös in die Stiftung einbringen und diesen Betrag noch großzügig aus ihrem sonstigen Vermögen aufstocken. Sie und Björn bilden für den Anfang den Stiftungsrat. Jede Entscheidung muss einstimmig erfolgen, ohne Björns Zustimmung wird nichts geschehen. Ein weiteres Band zwischen ihnen, gleichgültig, wie sich ihr neues Leben sonst entwickeln und welche Entscheidungen er für sich treffen wird. Sie wird ihr neues Leben auf dem Hausboot in Sausalito beginnen.

21.
Miriam

Die Partner von Ackerman & Wiseman sind sich bei ihrer monatlichen Besprechung trotz aller unterschiedlicher Meinungen in einem Punkt einig: Der Aktienmarkt ist in ein Stadium euphorischer Hysterie übergeschnappt. Die Preise für alles, was im Entferntesten mit dem Internet zu tun hat, steigen ins Unermessliche, ohne den geringsten Bezug zu Bemessungsmaßstäben wie Gewinn und Gewinnmultiplikatoren.

»Alle Welt ist überzeugt, dass Ebay der nächste Renner werden wird. Ein Flohmarkt im Internet, das muss man sich mal vor Augen halten!« Pete Ackerman, der Sohn des anderen Firmengründers, steht wie die meisten von ihnen der gegenwärtigen Marktentwicklung voller Misstrauen gegenüber.

»Der Markt ist der Markt. Wir müssen die Situation nutzen, und was nur immer möglich, zu den jetzigen Konditionen abstoßen. Wenn der Zauber einmal auffliegt, halten wir nur noch wertloses Papier in den Händen.«

»Und wenn der Markt doch recht hat? Die Wirtschaft hat sich von Grund auf gewandelt, durch das Internet und mit der Globalisierung der Märkte. Da gelten auch neue Regeln für die Preisfestsetzung.«

»Nicht was die Bewertung von Firmen betrifft. Verdienen lässt sich letztlich nur über Gewinn, egal welches Geschäft.«

»Das klingt ziemlich altmodisch.«

»Wir sind eine Venture-Capital-Firma in zweiter Generation. Da darf man schon etwas altmodisch sein.«

»Im Gegenteil, umso mehr sollten wir uns dem Neuen öffnen.«

»Biotechnik wäre doch das Neue. Wie sieht es mit dem Celera-Projekt aus, Björn?«

»Wir sind nicht die Einzigen, aber sie scheinen uns zu bevorzugen. Bis Mitte September müssen wir uns entscheiden.«

Björn ist vor Kurzem zum Partner ernannt worden. Als der Jüngste unter ihnen spürt er den Druck, sich zu beweisen. Von Rob Wiseman wird er in keiner Weise begünstigt, eher das Gegenteil.

Björn hat sich seine Verlobung als doppeltes Bekenntnis zu den Wisemans vorgestellt, aber gerade das scheinen weder Rob noch Deborah zu würdigen. Jedenfalls sind die Weichen gestellt. Was er sich einmal in den Kopf gesetzt hat, führt er zu Ende. Das musste er nicht erst von Deborah und Rob lernen.

Mit Vickys Familie laufen die Dinge sehr viel unkomplizierter. Wie Sam auf seiner Ranch am Rande des Napa Valley lebt, genauso hatte Björn sich Kalifornien immer schon vorgestellt. Er versteht Deborah und Rob nicht mit ihrem missbilligenden Stirnrunzeln, wenn die Sprache auf Sam kommt, auf seine morgendlichen Ausritte über die Weiden und durch die sonnigen Weinberge. Was soll daran falsch sein, wie sonst soll das Glück aussehen?

»Aber Deborah, du steigst doch auch mitten in einer erfolgreichen Karriere aus, genau wie Sam«, hält Björn ihr vor.

»Das ist überhaupt nicht zu vergleichen. Ich setze mich nicht zur Ruhe. Er war zu lange in Indien.«

»Vielleicht warst du zu lange in Berkeley.«

Björn spürt schon seit einiger Zeit die Spannung zwischen ihnen. Nur selten empfindet er noch das offene gegenseitige Verstehen von früher. Er hofft, dass die Mount-Shasta-Stiftung sie wieder näher zusammenrücken lässt.

»Ich habe die Rechtsanwälte beauftragt, die Statuten auszuarbeiten. Jeder von uns muss einen weiteren Stiftungsrat benennen. Meinerseits stelle ich den früheren Leiter der Schulverwaltung von San Francisco auf. Erziehung und Ausbildung wird ein Kernthema der Stiftung.«

»Ich schlage Vicky vor.«

»Nicht dass ich etwas gegen sie hätte, aber es muss jemand von außen sein, der eine zusätzliche Erfahrung mitbringt, etwa aus dem Gesundheitswesen oder dem Umweltbereich. Du musst dies nicht sofort entscheiden, nimm dir Zeit.«

»Vielleicht hast du doch etwas gegen Vicky.« Björn blickt sie eindringlich an. »Ich brauche dich, Deb, ich kann ohne dich nicht glücklich werden. Du musst mir vertrauen, ich mach keinen Fehler, ich kenne Vicky lange genug.«

Björn tritt auf sie zu und nimmt sie in die Arme.

»Pass auf, meine Schulter!«, schreit Deborah auf.

»Ich kann dir auch nichts mehr recht machen.«

Vicky geht voll und ganz in den Hochzeitsplanungen auf. Der Termin im Napa Valley wird auf Thanksgiving Ende November festgesetzt. Erst die Hochzeit in einer Kirche in St. Helena, danach die große Feier auf der Ranch von Sam Wiseman. Drei Monate vorher beginnen die Feste und Einladungen zu Ehren des Paares.

Björn würde einiges darum geben, diesem Wirbel zu entgehen. Sie leben doch fast schon wie verheiratet zusammen, entweder in ihrem Apartment in San Francisco oder in seiner Wohnung im Silicon Valley in der Nähe der Firma. Aber sie lacht ihm nur ins Gesicht, wenn er über die Einladungen stöhnt und die Reden, die er dabei zu halten hat.

Vicky reist nach New York, um dort das Brautkleid bei einem bekannten Modeschöpfer auszusuchen. Sie verbringt Tage mit den Einladungslisten für die Empfänge, die ihre Freunde oder die Bekannten der Eltern für sie planen. Schließlich kündigt auch Deborah ein Fest für sie an, eine Woche vor der Hochzeit, im Penthouse des Fairmont Hotels, hoch über San Francisco.

In den seltenen Augenblicken, wenn er alleine ist und über sich nachdenkt, kommt ihm sein Leben in Kalifornien wie ein Traum vor. Seine Hochzeit ist das gesellschaftliche Thema der Stadt, und mit seinem Job steht er mitten in einer weltverändernden Technologierevolution. Nachdem sich das Börsenklima nach der Sommerschwäche wieder erholt hat, erwartet die Firma gerade von ihm als dem jüngsten Partner neue Impulse. Bei dem Internethöhenrausch wird jetzt geerntet, was in den vergangenen zwanzig Jahren gesät wurde.

»Du hast Glück, beim Ernten dabei zu sein«, sagt Rob bei einem ihrer gemeinsamen Mittagessen in seinem Club in der Stadt. »Aber auf die Dauer sichert nur zäher Einsatz den verlässlichen Erfolg. Glück kommt nicht von ungefähr, man muss ihm den Weg ebnen.«

Nie ein Treffen mit Rob, das ihn nicht zum Nachdenken bewegt. Wie er die innere Befriedigung, die nicht auf Materiellem beruht, gerade zu dem Zeitpunkt betont, an dem ihre Firma mehr denn je abwirft.

Neue Projekte in der Firma und unerwartete Geschäftsreisen zwingen ihn immer wieder, kurzfristig seine Pläne mit Vicky zu ändern.

»Ich hoffe, du nimmst dir wenigstens Zeit für unsere Hochzeit«, beklagt sie sich.

»So etwas wie diesen Boom an der Börse gibt es nur einmal, Vicky, das sagt jeder. Der Wettbewerb ist riesig, um bei den zukunftsträchtigen Technologiefirmen als

Erster dabei zu sein und sie schnell und zu den besten Konditionen auf den Markt zu bringen. Da bin ich gefordert. Aber all meine freie Zeit gehört dir.«

Unerwartet ruft Miriam Kerry von Celera an. Björn hatte seit einiger Zeit nicht mehr mit ihr gesprochen. »Ich bin morgen in Kalifornien und habe den Nachmittag für eine weitere Besprechung mit Ackerman & Wiseman freigehalten. Applied Biosystems ist unser industrieller Partner. Jetzt müssen wir schnellstens den Hauptfinanzinvestor auswählen, um unseren Zeitplan einzuhalten. Wir haben euch Einblick in alle Einzelheiten gegeben. Ihr müsst euch entscheiden, ja oder nein.«
Vielleicht blufft sie nur, aber so schätzt er sie nicht ein. Craig Venter schon eher, aber er wird bei dem Treffen nicht dabei sein. Überhaupt, wie sie dazu kommt, die unscheinbare Forscherin, ihn und seine Firma unter Druck zu setzen?
»Also gut, übermorgen, gegen elf, eine Stunde«, bietet er zögernd an.
»Da muss ich zurück in Washington sein, ich nehme morgen den Nachtflug.«
Eine Pause am Telefon. Sie atmet gelassen, wartet in aller Ruhe. Er ist derjenige in seiner Firma, der diese Beteiligung vorangetrieben hat, es liegt allein an ihm, die anderen Partner wären wahrscheinlich nicht unglücklich, wenn er das Projekt fallen ließe, sie sind spezialisiert auf Technologiefirmen, das Geschäftsmodell ungetesteter Biotechnologiefirmen ist ihnen völlig fremd.
»Morgen um fünf wäre meine einzige Möglichkeit, aber viel Zeit hab ich da nicht. Um sieben muss ich in San Francisco sein, ein Abendessen für meine Verlobte und mich.«

»Viel ist nicht mehr zu besprechen.«

Miriams gleichgültige Reaktion irritiert ihn. Kurz darauf ruft Vicky an.

»Die Gastgeber der Einladung morgen bestehen darauf, dass wir als Ehrengäste eine Viertelstunde vor den anderen erscheinen, nicht erst eine halbe Stunde später, wie es bei dir so üblich geworden ist. Es ist unser erstes großes Fest! Ich bin so glücklich.«

Björn greift zum Telefonhörer, um Miriam zurückzurufen. Unmöglich, eine Beteiligung dieser Größenordnung mit einem halbstündigen Gespräch abzutun. Dann eben nicht! Aber er zögert, bei allem, was er in dieses Projekt gesteckt hat. Außerdem steht ein gewisser Stolz auf dem Spiel, eigenverantwortlich das Geschäftsfeld der Firma zu erweitern. Was gibt es noch zu besprechen? Sie hat recht, entweder oder.

Miriam verspätet sich. Björn wartet ungeduldig in dem Partnerbüro von Ackerman & Wiseman auf sie. Nachmittags treffen sich die Partner hier zwanglos, um das Geschehen des Tages zu besprechen, die neuesten Entwicklungen auf dem Markt oder den letzten Klatsch. Ihre wichtigsten Entscheidungen sind in diesem Raum gefallen.

»Eure letzte Chance, mich von Celera abzuhalten.«

»Wir haben mit der Firma ihres Vaters gut verdient. Pass auf, Björn, dass wir das bei der Tochter nicht zurückzahlen müssen.«

»Kann jemand von euch an der Besprechung teilnehmen? Ich muss dringend in die Stadt, habe allenfalls fünfzehn Minuten Zeit.«

»Das musst du schon allein machen, es ist dein Projekt. Sonst versteht keiner hier etwas von Biotechnologie.«

Miriam wartet am Empfang auf ihn. Als er kommt, spricht sie gerade in ihr Handy. Sie winkt ihm mit einer kleinen Bewegung der freien Hand zu. Björn stutzt bei ihrem Anblick. Sie trägt einen karamellfarbenen, eng geschnittenen Anzug, darunter eine weiße Bluse, um den Hals eine schlichte Goldkette. Eine junge selbstbewusste Geschäftsfrau, nicht mehr die unauffällige Forscherin, die er von der letzten Besprechung mit ihr in Baltimore in Erinnerung hat. Ihr Gesicht ist zart geschminkt, nicht aufdringlich, aber doch bemerkt er eine neue Weiblichkeit an ihr. Nur die runde Brille ist von dem alten Bild geblieben.

»Habt ihr euch entschieden?« Sie blickt ihn fragend über den Konferenztisch an.

Er ist durch ihren direkten Blick verunsichert. Sonst hat er es in seinem Geschäft mit Männern zu tun, er ist nicht gewohnt, mit einer Frau zu verhandeln. Oder hat es mit dieser unerwarteten Veränderung an ihr zu tun?

»Hast du zusätzliche Informationen mitgebracht? Neues in der Forschung oder Ähnliches?«

»Alles entwickelt sich genau nach Plan. Ihr seid dran.« Sie nimmt mit einer fast achtlosen Bewegung ihre Brille ab. Ruhige, grüne Augen mit einem warmen Glanz. Als hätte sie sich vor ihm ein weiteres Mal verändert. Er hat diesen Ausdruck schon einmal bei dem Mittagessen in Baltimore an ihr gesehen, ohne ihn weiter zu beachten.

»Einverstanden, solange wir die Führungsrolle unter den Finanzinvestoren bekommen. Applied Biosystems liegt auf einer anderen Ebene.«

»So war es gedacht. Dann sind wir uns also einig?«

Er lächelt sie an. »Das erste Projekt völlig in meiner Verantwortung.«

»Meines auch.«

Sie fährt mit beiden Händen durch ihr kastanienbraunes lockiges Haar. Er stellt sich vor, mit seinen Händen durch dieses Haar zu streichen und es durch seine Finger gleiten zu lassen. Sie richtet sich auf, strafft ihren Körper. Als ob er diese Frau nie angesehen hätte.

»Das sollten wir eigentlich feiern, aber ich muss dringend in die Stadt, bin sowieso schon zu spät, meine Verlobte wartet.«

Miriam dreht sich spontan um, als erwarte sie Vicky hinter der Glasscheibe im Gang, wie bei ihrem ersten Besuch.

»Wir verschieben das Feiern, es ist nicht so wichtig.«

Björn blickt sie an, auf eine seltsame Weise verwirrt sie ihn. Er reicht ihr zum Abschied die Hand, aber Miriam beugt sich zu ihm mit einem gehauchten Kuss. Ihr Haar streift ihn, er atmet ihren milden zarten Duft.

Auf der Autobahn nach San Francisco herrscht wie üblich Stau, da hilft ihm auch sein Porsche wenig. Es kommt immer alles zusammen, denkt er verärgert. Vicky muss ihm das verzeihen, schließlich hat er monatelang an dem Projekt gearbeitet. Miriam würde nicht zu Vicky passen, denkt er, keine ihrer Freundinnen ist wie sie. Die überraschenden Gefühle, die sie in ihm auslöst. Ihr gemeinsames Projekt, Geld und Wissen verbunden, um die Welt zu verändern. Dabei ist sie es, die mit ihrem Wissen die Grenzen verschiebt, nicht er mit seinem Geld, gesteht er sich ein.

Am nächsten Tag ruft er Deborah an.

»Ich habe jemanden gefunden, den ich für den Stiftungsrat der Mount-Shasta-Stiftung vorschlagen möchte. Eine Genforscherin, sie lebt in Washington. Ich bin sicher, dass sie dir gefallen wird.«

Nach der Rückkehr aus Kalifornien arbeitet Miriam rastlos im Labor, bis spät in die Nacht und selbst an den Wochenenden. Wie zu Zeiten an der Uni oder zu Beginn ihrer Tätigkeit im Human-Genom-Projekt.

»Gelegentlich solltest du auch an dich denken.«

Hanna macht sich Sorgen um ihre Tochter. Müde, mit rot geränderten Augen, plötzlich wieder ihr ungepflegtes Haar, ohne jede Rücksicht auf ihr Äußeres.

»Ich befinde mich an der aufregendsten Schaltstelle der Forschung. Das rechtfertigt jeden Einsatz.«

Niemand, insbesondere nicht ihre Mutter, kann sich den Druck vorstellen, unter dem sie steht. Zum einen die Entzifferung der menschlichen Genstruktur als solche, dann das Wettrennen zwischen Celera und dem Human-Genom-Projekt der Regierung und schließlich die Erwartungen der Investoren.

»Unsere Entdeckungen kommen der Menschheit in unvorstellbarem Umfang zugute. Wenn das kein Ziel ist! Die Aufklärung des Lebensprozesses und damit das Leben von seinen Grundlagen her zu verstehen. Wenn es gelingt, dann schaffen wir einen neuen Ausgangspunkt für die medizinische Forschung, ein neues Verständnis von Krankheiten und ihrer Bekämpfung. Das sollte mir ein paar Nächte wert sein!«

Ihre Mutter schaut sie zweifelnd an. Oft hat ihre Tochter in der Vergangenheit aus tiefster Überzeugung gehandelt, aber nie hat sie sich so vehement gerechtfertigt.

»Bist du verliebt?«

»Was soll dieser Quatsch! Ich versuche etwas aus meinem Leben zu machen. Vor mir liegt ein unvorstellbares Potenzial. Die Chancen eines Fehlschlags sind gewaltig. Aber ich habe keine Angst davor.«

Dabei weiß sie, dass genau das Gegenteil stimmt. Mit ihrem Scheitern würde sie vor den Investoren als Versagerin dastehen. Auch wenn sie nicht wegen ihr, sondern wegen Craig Venter investieren. Alle, außer Björn Wiseman. Ist er die Ursache ihres zwanghaften Verhaltens? Er und seine blonde Braut?

Gleichzeitig ärgert sie sich, dass sie sich überhaupt in Gedanken mit ihm befasst. Er hat ihr nicht den geringsten Grund dafür gegeben. Oder ist es gerade das, sie in keiner Weise zu beachten? Darum brauche ich den Erfolg, denkt sie. Mit meinem Erfolg kann man mich nicht einfach übersehen, besonders er nicht. Ich weiß, was ich tue und warum.

Ihr Telefon klingelt in ihrem Labor spät außerhalb der üblichen Geschäftszeit. Um diese Zeit ruft nur ihre Mutter an. Missmutig greift Miriam zum Hörer. Aber in dem kurzen Augenblick, noch bevor sie ein Wort gesagt hat oder eine Stimme hört, erfasst sie eine jähe Erregung. Als habe sie all die Nächte nur auf diesen einen Anruf gewartet. Eine eisige Ruhe legt sich über sie.
»Ich bin gerade in New York und habe dort noch morgen Vormittag zu tun. Danach würde ich dich gerne in Washington besuchen, wir wollten doch feiern. Hast du Zeit?«
Björn Wiseman, ohne lange Einführung, als seien sie gerade gestern zusammen gewesen, als ob sein Besuch das Normalste auf der Welt sei.
Sie starrt lange stumm vor sich hin. Mit einem Mal fühlt sie sich müde und ausgelaugt, als sei unvermittelt all die Spannung der vergangenen Wochen von ihr abgefallen. Auf der Fahrt zu ihrer Wohnung in Georgetown atmet sie tief die feuchte Nachtluft durch das offene Fenster. Am Morgen läuft sie erstmals seit Wochen den Pfad am Kanal in der Nähe ihrer Wohnung entlang. Völlig verschwitzt macht sie danach ihre Freiübungen. Unter der Dusche berührt sie ihren Körper, wie um sich wiederzuentdecken, drückt die warmen Schenkel und ihre festen Brüste. In der Firma erscheint sie in einem modischen Kleid, die Lippen mit einem

zarten Rot geschminkt, und einem milde duftenden Parfum. »Was soll schon sein?«, reagiert sie auf die Bemerkungen ihrer Kollegen.

Björn verspätet sich auf der Fahrt von New York. Er kommt nach Geschäftsschluss bei Celera an, um sie dort abzuholen. Er hat dieses Gefühl nie völlig verdrängt, das sie bei ihrem Besuch in Kalifornien in ihm ausgelöst hatte, als sie plötzlich als Frau und nicht mehr als die farblose Forscherin vor ihm stand. Und es war nicht nur das Weibliche, das ihn reizte, sondern ihre Selbstständigkeit und die Zielstrebigkeit, auf ihrem Gebiet besser als alle anderen zu sein.

Er hat ein Zimmer im Four Seasons Hotel reserviert, an der Stadtgrenze zwischen Washington und Georgetown, nicht weit von ihrer Wohnung. Er schlägt vor, im Hotel zu essen, um die wenige Zeit, die ihnen verbleibt, nicht mit der Suche nach einem Restaurant zu vertun. Am Nebentisch erkennt sie einen Reporter von CNN im angeregten Gespräch mit einem Araber in einer traditionellen weißen Robe. Ein kleines Lokal um die Ecke wäre ihr lieber gewesen, ohne die übertriebene Aufmerksamkeit der Kellner, die sie nervt.

»Was hast du in Washington zu tun?«

»Ich bin deinetwegen gekommen.«

Sie blickt ihn erstaunt an, ein Lächeln spielt um ihre Mundwinkel. Sie lehnt sich auf ihrem Stuhl zurück und überkreuzt die Beine. Unmerklich zittert ihr Körper.

»Weißt du, Craig Venter pflegt den Kontakt mit den Investoren. Ich habe damit nichts mehr zu tun. Wir sind angewiesen, keine Informationen herauszugeben. Du musst dich an Craig halten. Ich forsche.«

»Du nimmst deine Arbeit zu ernst. Es gibt mehr in der Welt.«

»Wann bietet sich einem die Möglichkeit, den Schleier vor unseren Augen beiseite zu schieben und einen neuen, unbegrenzten Ausblick freizulegen?«

»Wäre es nicht besser, wenn uns einiges Wissen verschlossen bliebe? Der Mensch gerät immer mehr in die Hände des Menschen.«

»Das wäre Stillstand. Und was ist schon der Mensch! So viel wissen wir mittlerweile, dass wir uns in unserer Grundstruktur nur unwesentlich von der Maus oder anderen Lebewesen unterscheiden. Die Anzahl unserer Gene ist entschieden geringer, als wir immer angenommen hatten: dreißigtausend, wie bei der Maus, nicht zweihunderttausend. Wir sollten bescheidener denken.«

»Aber gibt es nicht irgendwo Grenzen? Die Möglichkeiten, die sich aus diesem neuen Wissen ergeben, öffnet ihr da nicht die Tür, um Gottes Rolle zu übernehmen? Wer oder was auch immer Gott sein mag.«

»Was wir tun, ist letztlich im Gesamtbild nur ein winziger Schritt vorwärts. Und Gott, sollte es ihn geben, ist dann sicherlich nicht dort, wo er uns Menschen einen Einblick gewährt.«

»Wie sind wir bei diesem Thema gelandet? Wir wollten doch feiern.« Tatsächlich war er gekommen, um ihr, in Absprache mit Deborah, die Stellung in ihrem Stiftungsrat anzubieten. Die Verbindung mit ihr zu halten, ohne sonst in seinem Leben etwas zu ändern.

Sie blickt ihn fragend an. Sie findet ihn überheblich, gleichzeitig wirkt er unsicher. Am liebsten würde sie seine Hand berühren, die reglos neben ihrer liegt. Er wird durch den Kellner abgelenkt, bestellt eine Flasche Rotwein, Silver Oak, einer der besten Cabernet Sauvignons aus dem Napa Valley, erklärt er.

»Was feiern wir?«

»Den Fortschritt deiner Firma, das Zusammenwirken von deinem Wissen und unserem Geld.«

Sie lächelt, beim Anstoßen blicken sie sich an. Warum macht er den Umweg nach Washington, was will er von ihr? Sie spürt ihren schnelleren Herzschlag. Ich hoffe, er bemerkt das nicht, was ist los mit mir? Unvermittelt nimmt er ihr die runde Brille ab, wie er es schon einmal getan hat, und schaut in ihre überraschten, kurzsichtigen Augen, während sie sich, wie um ihn abzulenken, mit einer Hand durchs Haar streicht.

»Ohne Brille bist du ein ganz anderer Mensch, wie jemand, der aus seinem Versteck hervorgelockt worden ist. Ich möchte, dass du eine Rolle in meinem Leben spielst.«

»Die Rollen sind vergeben. Es sei denn, du ließest dich klonen, aber ein Klon ist eben doch nur ein Abklatsch, das reicht mir nicht, ich muss das Original besitzen. Darf ich meine Brille wiederhaben?«

»Gar nicht so schlecht, deine Idee mit dem Klonen. Dann wärst du mit mir und deiner Forschung verheiratet.«

»Gib mir besser noch etwas Wein.«

Sie beobachtet ihn beim Nachgießen. Schwer vorstellbar, dass er nur für ein Abenteuer nach Washington gekommen ist. Und wenn, hat sie nicht darauf gehofft? Sie möchte ihn berühren, ihn streicheln, und im selben Moment will sie ihn von sich stoßen.

»Kommen dir Bedenken vor der endgültigen Bindung? Die Vorbereitungen laufen sicher auf Hochtouren.«

»Ich hatte nicht geahnt, was da auf einen zurollt. Die Wisemans kennen Gott und die Welt, und jeder will etwas für uns tun. Eins habe ich mir geschworen, ich heirate nur einmal, bei allem, was so eine Hochzeit mit sich bringt.«

»Dann wähle richtig.«

Sie sieht, wie er sein Glas hebt, plötzlich versunken in den tiefroten Wein schaut, seinen Gedanken nachhängend. Unvermittelt blickt er sie an.

»Ich weiß, ich habe richtig gewählt. Auf jeden Fall ist es jetzt zu spät.«

»Du musst das wissen. Ich weiß, was ich will.«

»Und, was willst du?«

»Dein Klon ist mir zu wenig.«

Sie erschrickt, als er seine Hand auf ihre legt, zart ihren Arm entlang streicht und sie anschaut. Seine Haut ist warm und trocken.

»Wir sollten aufbrechen, es ist spät, jedenfalls für mich.«

»Ich begleite dich zu deiner Wohnung.«

Er legt seinen Arm um sie. Miriam lehnt sich an ihn. Sie sprechen kein Wort auf der kurzen Strecke zu ihrer Wohnung. Eine kühle Nacht unter wolkigem Himmel. Vor ihrer Haustür küsst er sie und drückt sie an sich, ohne einen Widerstand zu spüren.

»Wenn du willst, komme ich noch zu dir hoch.«

»Besser nicht. Nur diesen einen Kuss gibt es kostenlos.«

Als sie aus ihrer noch dunklen Wohnung auf die Straße hinunterblickt, sieht sie, wie er bewegungslos an der Kreuzung steht. Sie schüttelt traurig den Kopf, vorbei, bevor sie eine Möglichkeit gehabt hätten.

Früh am nächsten Morgen läuft Björn die Langlaufstrecke am Kanal unterhalb des Hotels entlang, von der Miriam ihm erzählt hatte. Immer in der Hoffnung, auf sie zu stoßen, aber das Schicksal will es nicht. Vergebliche Träume, für die es zu spät ist. Sie scheint das eher erkannt zu haben als er.

Auf der langen Taxifahrt zum Dulles-Flughafen schaut

er stumm aus dem Fenster. Er hatte den Stiftungsrat der Mount-Shasta-Stiftung nicht angesprochen. Es war von Anfang an ein zu durchsichtiger Versuch, sie an sich zu binden. Sein Ja zu Vicky schneidet diese andere Möglichkeit ab.

Er sieht die fragenden grünen Augen vor sich. Es gab kaum eine Berührung zwischen ihnen, der eine Kuss, das war schon alles. In seiner Erinnerung fühlt er noch ihre Lippen, deren zarten Druck, das einzige dünne Band zu ihr.

Björn fliegt Erster Klasse, Zeichen seines Erfolgs. Er hat den Erfolg nie infrage gestellt, sich nie darüber gewundert. Jeder ist beeindruckt, was er in so kurzer Zeit erreicht hat. Außer Miriam, die das offensichtlich kaltlässt.

Vicky ist der absolute Gegensatz zu Miriam, mit ihrer Lebensfreude und ihrer Unbekümmertheit. Darum sind sie ein ideales Paar, er mit dem geschäftlichen Erfolg und sie mit dem Lebensstil.

Warum stelle ich das auf einmal infrage, denkt er, was will ich mehr als dieses glückliche kalifornische Leben, das uns für immer zusammen gehören wird?

Jetzt bist du von der Sonne geblendet, aber was kommt danach? Irgendwann genügt dir das Leben mit Vicky nicht mehr. Sie bleibt stehen, und du entwickelst dich weiter. Schon jetzt ist sie von dir abhängig.

Sie ist verliebt und nicht abhängig, setzt er sein Zwiegespräch fort.

Natürlich, aber wenn du genau hinschaust, dann eben doch abhängig. Die Routine lauert schon auf dich. Du wirst mit Vicky nicht ewig glücklich sein.

Aber schau dir Deborah an, seit ich sie kenne, lebt sie ohne jede feste Bindung. Bin ich da mit Vicky nicht besser dran?

Deborah und Miriam sind sich ähnlich, Ich werde Miriam nie vergessen.

Als öffne sich vor ihm ein gähnender Abgrund. Er hat die Dinge einfach so angenommen, sich mit dem Angenehmen treiben lassen. Mit einem Mal steht er an einer Klippe.

Unmöglich, ich kann Vicky nicht heiraten, es wird nie halten. Ich muss die Hochzeit absagen.

Sie sind in Vickys Wohnung in San Francisco verabredet. Er hat sein Auto am Flughafen geparkt und ruft sie auf der Fahrt in die Stadt an.

»Ich warte seit Ewigkeiten auf dich!«

Ein liebevoll gemeinter Vorwurf, aber genau darin verbirgt sich doch ihre gemeinsame Zukunft. Er schaudert bei der Vorstellung, sie bei der Begrüßung abzuweisen und sie stattdessen mit seinem Entschluss zu überfallen, ohne jede Vorwarnung. Am liebsten möchte er umkehren, sich in seine Wohnung verdrücken, sich alles in Ruhe noch mal überlegen. Aber du hast es dir doch überlegt. Oder willst du einfach an der Oberfläche weitertreiben?

Vicky empfängt ihn an der Wohnungstür. Sie streckt eine Hand nach ihm aus, hält mit der anderen die Tür auf. Sie trägt wuchtige goldene Ohrringe, ihr Haar weich auf die Schultern fallend, sonnengebräunte Haut und das verlockende Dekolleté. Hinter ihr sieht er im Esszimmer den gedeckten Tisch mit zwei brennenden Kerzen. Plötzlich kommen ihm Zweifel, sein Leben, dieses Jetzt, das ihm gehört und das er fest in den Händen hält, warum soll das keinen Bestand haben?

»Was ist los, stimmt etwas nicht?«

Er hatte sich keinen festen Plan zurechtgelegt, und bei ihrem Anblick zögert er, das Thema anzusprechen.

Gleichzeitig weiß er, dass er an dieser Entscheidung nicht vorbeikommen wird.

»Ich bin mir nicht mehr sicher, Vicky, mit unserer Hochzeit, ob das wirklich das Richtige ist. Ich kann dir nur schwer erklären, warum ich mit einem Mal zögere. Aber ich möchte das ganze erst mal verschieben.«

Sie schaut ihn erschrocken an, bewegt sich nicht. Ihre Augen tasten ihn fragend ab.

»Das kann doch nicht dein Ernst sein! Wieso auf einmal, was ist passiert? Ist jemand anderes im Spiel? Oder Deborah?«

»Niemand weiß davon, aber plötzlich kommen mir Bedenken, nicht wegen heute, sondern wegen morgen, und das Leben ist eine lange Strecke. Schwer, das in Worte zu fassen, aber im Moment kann ich nicht.«

»Wenn jetzt nicht, dann nie!«

Eine bedrückende Stille dehnt sich zwischen ihnen.

»Jetzt nicht.«

Er flüstert die Worte, in einem traurigen Ton, kaum wahrnehmbar. Entsetzt starrt sie ihn an, hält die Hände vor ihr Gesicht. Plötzlich bebt sie am ganzen Körper.

»Verschwinde, ich will dich nie wieder sehen. Aber dafür musst du büßen, das verspreche ich dir!«

»Vicky, hör mir zu, lass uns vernünftig darüber reden.«

»Raus, ich will von dir nichts mehr wissen!«

Hinter ihm schlägt die Wohnungstür krachend ins Schloss. Er hört Schritte in der Wohnung, die sich entfernen, eine Tür schließen, wahrscheinlich die Schlafzimmertür, dann Stille. Es ging alles zu schnell, ohne sich auszusprechen, es sei doch nur aufgeschoben, hatte er gesagt. Er will ihr keinesfalls wehtun, will doch nur das Beste für sie beide, gerade auch für sie. In einem Gemisch aus Liebe und Mitleid wünscht er sich, bei ihr zu sein, sein übereiltes Handeln rückgängig zu machen. Er klingelt, ihr dreifaches kurzes Klingelzeichen, aber es bleibt still in der Wohnung.

Benommen geht er die Treppe hinunter. Du hättest die Sache anders angehen müssen, das hast du nun davon. Hoffentlich tut sie jetzt nichts Überstürztes, denkt er auf der Heimfahrt nach Palo Alto. Die brennenden Kerzen fallen ihm ein, bestimmt kochte etwas auf dem Gasherd in der Küche. Er wählt ihre Telefonnummer, aber er hört nur den einsamen Klingelton. Wer weiß, wozu sie in ihrer Verzweiflung fähig ist? Ich fahre nochmals zu ihr, überlegt er, aber warum sollte Vicky ihn diesmal hereinlassen? Aber etwas muss er tun! Deborah kann er nicht um Rat fragen, sie ist heute verreist. Morgen Abend ist er mit ihr in einem der neuen Restaurants südlich der Market Street verabredet, um über Mount Shasta zu sprechen und die Reaktion des von ihm angekündigten neuen Mitglieds des Stiftungsrats. Auch da habe ich versagt, denkt er.

Vielleicht sollte er eine von Vickys vielen Freundinnen anrufen, damit sie jetzt nicht alleine sein muss? Aber ob sie in ihrem Zustand überhaupt eine Freundin sehen will? Er stellt sich die Schadenfreude vor, wenn sie untereinander über sie klatschen. Sam Wiseman erscheint ihm als die beste Möglichkeit. Mit ihrem Vater ist er immer gut ausgekommen, er wird ihm zwar auch nicht verständlich machen können, warum, aber wenigstens wird Sam sich um seine Tochter kümmern.

»Du besitzt die Unverfrorenheit, hier noch anzurufen, nach allem, was ich, was wir für dich getan haben? Dich hier bei Vicky kostenlos zu bedienen, solange sie dir passt, und sie dann einfach fallen zu lassen! Erst unsere Familie auszunützen und nun das. Ich werde dafür sorgen, dass du aus der Firma fliegst, du brauchst morgen gar nicht mehr zu erscheinen. Und Deborah wird die Adoption rückgängig machen, ich habe bereits mit ihr gesprochen. Mit unserer Familie hast du nichts mehr zu tun. Ich schwöre dir, das wirst du noch bitter bereuen!«

Ohne auf Antwort zu warten, knallt Sam den Hörer mit einer solchen Wucht auf das Gerät, dass die Leitung nicht sofort unterbrochen wird. »Verdammter Sauhund«, hört er noch.

Er verbringt eine schlaflose, von verworrenen Gedanken aufgewühlte Nacht. Sein übereiltes Handeln, bei all dem Glück, das ihm Vicky geboten hat, und nun hat er niemanden und nichts.

Der erste Anruf am nächsten Morgen im Büro ist von Rob Wiseman. Björn nimmt mit einem mulmigen Gefühl im Magen den Hörer ab, aber Rob klingt ganz natürlich, möchte nur den Termin für ihr nächstes Mittagessen festlegen und erkundigt sich noch nach seiner Reise an die Ostküste. In seinem inneren Tumult hatte er Miriam ganz vergessen. Aber auch der Gedanke an sie bringt keine Erleichterung. Unruhig erwartet er die Reaktion seiner Partner, jedoch keiner erwähnt Sam oder Vicky. Im Tagesgeschäft tastet er sich unsicher wie auf einer brüchigen Fläche vorwärts. Die Stunden vergehen schleichend in einer für ihn geisterhaften Unwirklichkeit.

Deborah hat sich nicht gemeldet, ihre Verabredung für den Abend sollte noch stehen, es sei denn, sie lässt ihn einfach fallen, wie ihm Sam angedroht hat. Ein Zusammenrücken der Familie gegen ihn, um die Adoption rückgängig zu machen. Die Adoption war der grundlegende Einschnitt in seinem Leben. Die Beziehung zu Deborah und Rob ist seine wichtigste Bindung. Ein Leben ohne sie ist für ihn inzwischen unvorstellbar.

Unruhig fährt er abends nach San Francisco. Zunehmend besessen von der Angst, dass Deborah ihm seinen wichtigsten Halt nehmen wird. Am liebsten würde er einfach diese Autobahn weiterfahren, über die Bay Brücke nach Oakland, jeder weiteren Auseinandersetzung aus dem Weg gehend, die Nacht hindurch flüchten und morgen in der unendlichen Weite von Utah oder Wyoming sein. In Montana vergangenheitslos und namenlos neu beginnen. »Aber gerade das will ich nicht«, sagt er laut, »im Gegenteil, ich bin zu weit von Deborah und Rob weggetrieben, ich muss dringend zu ihnen zurückfinden.«

Er nimmt die erste Abfahrt in den Mission Distrikt, dem buntesten Viertel von San Francisco, das sich über Nacht als Mittelpunkt der Internet- und Dotcom-Entwickler zur beliebtesten Arbeits-, Wohn- und Restaurantgegend gewandelt hat. Wenigstens wird er zu ihrer Verabredung pünktlich erscheinen und nicht auch noch Deborah warten lassen. Unterstellt, dass sie überhaupt kommt.

Er verpasst das Grünlicht an der ersten Ampel um Sekunden und hält auf der mittleren Spur an. Er nimmt das Auto zu seiner Linken, das ihm seit Palo Alto gefolgt ist, nur unterschwellig wahr. Als er reflexartig nach links blickt, starrt er auf eine schwarze Wollmütze und einen auf ihn gerichteten Pistolenlauf. Er duckt sich seitlich ab, hebt noch schützend einen Arm, als ein betäubender Lärm in seinem Kopf zerbirst, ein Augenblick voller greller Farben vor den Augen, bis sich alles in tiefstes Schwarz auflöst.

Aus weiter Ferne dringt ein blendendes Licht zu ihm vor, aber sofort gleitet er wieder zurück in das Dunkel. Schwebend und ohne einen festen Halt. Widerstandslos treibt er durch die endlose Nacht.

Ein gedämpfter Ton dringt durch Schichten der Bewusstlosigkeit. Sachliche, leidenschaftslose Worte, aber als er plötzlich die vertraute Stimme Deborahs vernimmt, reißt er die Augen auf. Gleißendes Weiß überall. Auch Deborah trägt einen weißen Kittel. Sie blickt ihn aufmunternd an.

»Du hast Glück gehabt. Jemand hat auf dich geschossen, aber wie ein Wunder bist du okay. Du befindest dich im städtischen Krankenhaus von San Francisco, auf der Intensivstation. Es war eine lange Operation.«

Sie spricht langsam, beobachtet, wie er ihre Lippen verfolgt.

Er lächelt ihr zu. »Tut mir leid, dass ich dich habe warten lassen.«

»Wie kannst du jetzt an so was denken! Außerdem war ich verspätet. Auf dem Weg zum Lokal sah ich dein Auto, die Polizei und den Krankenwagen. Ich bin seit vierundzwanzig Stunden bei dir. Rob und ich haben dir Blut gespendet, wir haben ja glücklicherweise dieselbe seltene Blutgruppe.«

»Und Vicky?«

»Ich weiß, besser früher als später, das ist jetzt nicht das Wichtigste.«

»Und du und ich?«

»Du musst deine eigenen Entscheidungen treffen. Ich bin stolz auf dich.«

Sein Zustand ist stabil, den Umständen entsprechend, die Ärzte sind mit ihm zufrieden, bleibende Schäden seien nicht zu erwarten. Der Polizei kann er nur wenig sagen, er erinnert sich an die schwarze Maske, und dann war es aus, nicht einmal die Marke des Autos hatte er erkannt. Ein willkürlicher Schuss im Vorbeifahren, steht es am folgenden Tag in der Zeitung.

Rob verbringt viele Stunden bei Björn.

»Keine Sorge, das mit Vicky geht vorüber. Es war der richtige Entschluss.«

»Warum habt ihr mir das nicht früher gesagt?«

»Darauf musstest du selbst kommen.«

Niemand hat ihn gedrängt, aber auf dem Flug zurück von Washington stand die Entscheidung plötzlich fest. Wie Miriam reagieren wird? Nach der Entlassung aus dem Krankenhaus wird ihm fürs Erste Ruhe verordnet. Allein zu Hause, denkt er unentwegt an sie. Schließlich greift er zum Telefon.

»Miriam, ich möchte unseren Abend zusammen in Washington noch einmal wiederholen.«

»Warum? So besonders aufregend war der doch nicht.«

»Ist dein erster Kuss wieder kostenlos?«

»Ich will großzügig sein.«

»Und der zweite?«

»Der ist unerschwinglich, für den ist es zu spät. Darum lohnt es sich auch nicht, für den ersten zu kommen.«

»Ich komme nicht für den ersten, ich komme für den zweiten. Ich habe dir einiges zu erzählen. Aber so viel im Voraus: Ich bin zu jedem Preis bereit.«

22.
Der Bruder

Täglich sitzt Pia im Sessel in der kleinen Kammer hinter dem Arbeitszimmer ihres Vaters, vor sich hin träumend auf den Spuren der Vergangenheit. Bilder ihrer Jugend, beim Tennisspielen mit den Engländerinnen im Schweizer Internat, Ferien mit den Eltern und Brüdern an der Nordsee auf Borkum, ihr erster Aufenthalt in Paris, verschüchtert und neugierig, etwas später die lange Schiffsreise nach Santiago in Chile, die junge Rheinländerin, Tochter des großen Dichters, immer im Mittelpunkt des Geschehens. Zusammenhanglos kommen die Erinnerungen. Sommertage im schattigen Grün des Burgparks, sie an der Hand des Vaters, von ihm verwöhnt und geschützt. Das Glück, ihr Glück, das sich in Gedanken vor ihr noch einmal ausbreitet, als brauche sie nur zuzugreifen.
Unvermittelt platzen die Träume und verwandeln sich in schwere Depressionen, denen sie genauso machtlos ausgeliefert ist wie ihren Erinnerungen. Entwürdigend, ihre Wirklichkeit. Niemand hat sie darauf vorbereitet.
Außerdem der Lärm der Handwerker, seit Monaten schon hämmern sie in dem Burghaus, ein nervtötendes Hämmern und Bohren, und die fremden Menschen, die plötzlich auf den Gerüsten vor den Fenstern auftauchen. Die Burg war gut genug für Pia, was ihr Maria und besonders diese Göre hier zumuten! Der Lärm tobt in ihr nach, wenn die Handwerker längst nach Hause gegangen sind.
Ich hätte die Burg nie verkaufen sollen. Wir wären zusammen verfallen, die Burg und ich, wahrscheinlich wären wir bereits tot.
Marias grünhaarige Enkelin trägt die Schuld, dass Ma-

ria sich weigert, ihren kleinen Haushalt zu führen. Allenfalls einen Nachmittagstee mit Maria lässt sie zu oder einen Gang im Park. So weit ist es gekommen, die Haushälterin aus der Kriegszeit nun als der Mittelpunkt ihres gesellschaftlichen Lebens.

Überhaupt, wie sich dieses Kind aufführt. Macht ohne Rücksicht in dem Haus, was sie will. Und das sollen Kunstwerke sein, diese scheußlich bemalten Gerüste und Bilder unten in dem alten Musiksaal? Das könnte ihr ja gleichgültig sein, aber dann schweißt und hämmert diese Göre nächtelang daran herum, als wären die Handwerker tagsüber nicht Qual genug. In diesem Haus, wo wirklich einmal Kunst entstanden ist. Wo sie hinblickt, steht ihr der Verfall vor Augen.

Unbeschwert fühlt sie sich nur im Arbeitszimmer ihres Vaters. Woran hat er gearbeitet, die Jahre vor seinem Tod, die er täglich hier in diesem Zimmer verbracht hat, während es im Haus ruhig sein musste, um die Gedanken des Dichters nicht zu stören? Die Welt brach um ihn zusammen, während er hier seine Schätze und Erinnerungen aus aller Welt betrachtete oder vom Fenster aus stundenlang die Wolken über dem Park verfolgte. So wie sie heute in tiefster Leere bei ihm verharrt. Seine Nähe bleibt das einzig Fassbare in ihrem Leben.

»Soll ich unseren Tee heute im Dichterzimmer servieren, Frau Fürst?«

Als Maria den Tee bringt, empfindet Pia sofort wieder die Distanz zwischen ihr, der Tochter des Hauses, und dem früheren Dienstmädchen.

»Was gibt es Neues, Maria, im Dorf oder draußen in der Welt?«

»Corinne ist schwanger!«

»Die lebt doch mit einer Frau zusammen, das geht doch gar nicht!«

»Künstliche Befruchtung, Frau Fürst, heute geht alles.«
»Ohne einen Mann, ohne einen richtigen Vater? Es wird immer schlimmer. Du hast ja auch ein Uneheliches gehabt, aber immerhin von einem Mann. Was für ein Licht das auf uns alle wirft. Die kann unmöglich hierbleiben, Maria, sag ihr das, sie muss sofort ausziehen.«
»Frau Fürst, die Burg gehört ihr. Außerdem war das die gemeinsame Entscheidung von ihr und ihrer Partnerin.«
»Ich halte das nicht aus.«
»Sie drängt jetzt mit erhöhtem Druck darauf, dass die Bauarbeiten vor der Geburt beendet werden. Also fürs Nächste heißt das noch mehr Handwerker und Lärm und Dreck. Am besten ziehen Sie die nächsten Monate in ein Heim.«
»Niemals, Maria, die lassen mich doch nicht mehr raus! Ihr wollt mich wohl alle loswerden, aber den Gefallen tu ich euch nicht.«
Obwohl ihr alles immer schwerer fällt. Wegen ihrer Arthrose kann sie nur noch leichte Bücher halten, und bei dem Star in beiden Augen müssen es besonders groß gedruckte sein. Seit Langem nicht mehr die Bücher ihres Vaters. Traurig streicht sie über die Lederrücken seiner Bände. Das Programm im Fernsehen findet sie unzumutbar, je mehr Kanäle, umso weniger gibt es für sie. Und die Köpfe der Politiker, wenigstens muss sie den Kohl nicht mehr ertragen, sie hatte nie verstanden, wie ihr Johannes diesen Mann wählen konnte, aber dafür nun dieser Schröder, mit seinen Frauen, niemand nennt ihn den Kanzler, einfach nur den Schröder. Ohne jedes Format, keiner von denen hat Format, das war vor dem Krieg anders.
Das Telefon ist ihr einziger Kontakt nach draußen. Beim Telefonieren sieht keiner, wie schlecht es um sie

steht, und im Kopf ist sie ja noch klar. Ihr Herz und ihr Kopf sind wie fünfzig oder sechzig, sagt ihr Arzt nach jedem Besuch, nur ihr Körper ist der einer alten Frau.

Sie ruft nie jemanden an. Vor einiger Zeit fing Jens überraschend damit an, sich alle paar Monate bei ihr zu melden, immer mit interessanten Neuigkeiten.

»Wie du weißt, ist mein Bruder Kai ja seit einiger Zeit geschieden. Er erzählte mir kürzlich, er habe auf einem Fest in Köln eine Frau getroffen, die sagte, eine gute Freundin von ihr sei die Enkelin von Hermann Fürst. Das kann doch eigentlich nur die Eva gewesen sein. Was ist aus der geworden?«

»Habt ihr denn keinerlei Verbindung zueinander?«

»Nein, wieso? Ich lebe im Osten. Und der Kai interessiert sich nicht für die Familie.«

»Ein Trauerspiel ist das.«

»Aber jemand gibt da noch mit Hermann Fürst an.«

Das ist ja auch ihre Hoffnung. Sie nimmt sein Bild auf dem Schreibtisch in die Hand, dieser stolze Blick, er wird sie nicht im Stich lassen, sie spürt das heute deutlicher denn je.

Ganz selten besuchen sie Frauen aus dem Dorf, die sie von früher kennt. Nach den Besuchen fühlt sie sich erschöpft und niedergeschlagen. Wenn ich mich nur einfach hinlegen könnte und nicht mehr aufwachen müsste. So was ist doch kein Leben.

Sie hört Schritte auf dem Flur. Diese Handwerker, flucht sie in sich hinein. Die Tür öffnet sich ohne Klopfen. Sie starrt auf einen alten kahlköpfigen Mann. Er trägt einen zu großen braunen Anzug, hält den Hut in der Hand. Ein erwartungsvolles Leuchten liegt in seinen Augen.

»Da hört sich doch die Welt auf! Was willst du denn hier? Du hast mir gerade noch gefehlt.«

»Ich hatte mir eigentlich einen freundlicheren Empfang erhofft.«

»Nach all der Schande, die du über unsere Familie gebracht hast! Als du dich damals einfach davongeschlichen hast, deine kleinen Kinder Jens und Kai und deine Frau ohne Unterhalt in der schwersten Zeit verlassen hast. Und dann meinen Mann beleidigen, er hätte deine Grundstücke schlecht verkauft, er sei ein mieser Geschäftsmann, hätte dich vielleicht noch übers Ohr gehauen! Nein, für mich bist du gestorben, und dabei bleibt es. Verschwinde von hier, zieh ab zu deiner spanischen Saat!«

Pia hält eine Hand abwehrend erhoben, mit der anderen klammert sie sich an die Sessellehne. Ihre Stimme hat plötzlich ihre alte Kraft. Hasserfüllt blickt sie ihn an. Siegfried bleibt unsicher im Eingang stehen, schließlich macht er einen Schritt auf sie zu.

»Pia, es gibt Dinge, die man später bereut oder die die anderen nicht verstehen. Hinter uns liegt ein langes Leben, du und ich, wir sind die Letzten, die übrig geblieben sind. Man muss auch verzeihen können. Lass dich umarmen.«

»Niemals! Und zu allerletzt von dir!«

Ihr dürrer Arm sticht ihm mit gespreizten Fingern entgegen. Er bleibt stehen, wagt nicht, sie zu berühren. Schweigend blickt er sie lange an.

»Bevor ich sterbe, wollte ich noch einmal hierher zurückkommen. Die Burg war auch der Mittelpunkt meines Lebens. Hier habe ich meine glücklichste Zeit erlebt. Für alles gibt es seine Gründe. Ich würde bestimmt einiges anders machen, wenn es eine zweite Chance gäbe, wahrscheinlich würde das jeder von uns. Unser behütetes Leben hier hat uns den Blick für die Wirklichkeit, die danach kam, verstellt.«

»Das Leben ist, was jeder daraus macht. Uns wurden die besten Voraussetzungen dafür in die Hand gegeben. Was dann kam, ist deine Schuld.«

»Wie du hier auf dem hohen Thron sitzt und richtest! Dabei haben du und dein Mann doch nur vom Bestand gelebt, bis nichts mehr davon übrig war. Die Burg gehört jetzt der alten Köchin oder ihrer unehelichen Tochter. Kehr mal auf den Boden der Tatsachen zurück!«

»Woher weißt du das überhaupt?«

»Das weiß jeder hier im Dorf. Aber von der Erika hatte ich es zuerst gehört, vor einiger Zeit, bevor sie gestorben ist.«

»Mit diesem falschen Weib bist du in Kontakt geblieben? Das passt zusammen. Was sie über mich oder meinen Mann verbreitet hat, war sowieso alles erstunken und erlogen!«

In ihrer Stimme liegt plötzlich ein unsicheres Zittern. Die Sache mit der Ampulle, ob sie ihm das auch erzählt hat? Dieser düstere Schatten über ihrem sonst makellosen Leben.

»Erika hat mich immer gut auf dem Laufenden gehalten und seit einiger Zeit tut das mein Sohn Jens. Zum Beispiel, dass du den fränkischen Bauernnamen abgelegt hast und dich nun Frau Fürst nennen lässt.«

»Ich bin Frau Fürst, das steht mir zu!« Sie ist erleichtert, dass er die Ampulle nicht anspricht.

»Die Frau unseres Vaters? Was sind denn das für Verhältnisse!«

»Ich bin die Einzige, die bei ihm geblieben ist. Ohne mich gäbe es dies hier alles nicht mehr. Und damit wäre er endgültig tot, der Dichter der Deutschen. Aber er lebt weiter durch mich.«

»Leben, was soll das? Die Luft hier im Haus ist erdrückend wie in einem Mausoleum. Wenn du stirbst, wird der Schlüssel umgedreht, und aus. Er stirbt nicht noch einmal, er ist seit Ewigkeiten tot.«

Eine blinde Wut erfasst sie. Wenn sie sich nur zur Wehr setzen könnte! Aber sie ist kaum in der Lage, sich aus dem Sessel zu erheben.

»Willst du nun auch mein Leben ruinieren, nachdem du mit deinem versagt hast? Mach, dass du wegkommst, du hast hier nichts verloren. Und lass dich nicht noch einmal blicken!«

»Pia, ich bin in der Absicht gekommen, mich mit dir zu versöhnen, um friedlich aus dem Leben zu scheiden, wenn es einmal so weit ist.«

Siegfried reicht ihr die Hand, aber sie wendet sich schroff ab.

»Für mich existierst du nicht. Und mit dem, was du mir gerade an den Kopf geworfen hast, ist es endgültig aus. Deinen Frieden musst du dir woanders suchen.«

Siegfried rührt sich nicht, als wisse er mit einem Mal nicht, wie er sich verhalten soll. Er wirkt blasser, kraftlos, auch älter. In die gespannte Stille platzt das Trommeln eines Presslufthammers von irgendwoher. Abrupt, ohne ein weiteres Wort, wendet er sich ab, die Lippen dünn aufeinandergepresst. Kein letzter Blick mehr zwischen ihnen.

Pia sinkt benommen in ihren Sessel. Es braust betäubend in ihrem Kopf, sie ist unfähig, ihre Gedanken zu steuern. Ein gespenstisches Schauspiel, der Geist ihres Bruders, aber er war es leibhaftig! Weder Jens noch Erika haben ihr erzählt, dass sie mit ihm in Verbindung standen. Dieses falsche Pack, hinter ihrem Rücken haben sie sich gegen sie verbündet, wie Aasgeier lauern sie auf ihr Vermögen. Aber sie werden sich wundern, sie wird alles dem Kindergarten oder dem Altersheim im Dorf vermachen. Allerdings sind die im Dorf nicht viel besser, seinen hundertsten Geburtstag hat man einfach verstreichen lassen. Man hätte längst eine Straße nach ihm benennen müssen, die Hauptstraße, damit jeder Durchreisende weiß, dass hier die Heimat des Dichters ist. Aber sie weigern sich, die Sozis in der Bürgerverwaltung, als ob ihr Vater etwas mit den Nazis am Hut gehabt hätte. Natürlich stimmt es, dass er ihnen am Ende nach dem Mund geredet hat, aber was blieb ihm übrig? Er war immer ein Mann des Kaisers geblieben.

Pia fühlt sich total entkräftet. Nach dem Überfall durch ihren Bruder aus heiterem Himmel würde sie sich am liebsten ins Bett legen, die Augen schließen, und, wenn das Schicksal es gut mit ihr meint, nicht wieder aufwachen. Wozu lohnt sich noch zu leben? Sie atmet flach und schnell, ihr Blutdruck ist sicherlich nach oben geschossen, erschrocken stellt sie einen ungleichmäßig flatternden Herzschlag fest.

Beruhige dich, flüstert sie sich zitternd zu.

Ihr Blick geht hinüber zum Schreibtisch, das Bild des Vaters, seine glänzenden Augen. Sie sah in ihnen immer seinen Stolz, plötzlich nimmt sie auch eine Milde wahr, als wolle er sie damit in ihrem Elend aufrichten. Von der Tischlampe zieht sich ein Spinngewebe zur Lehne seines Schreibsessels. Ein ausgeprägt schönes Netz, ohne die Spinne, die von irgendwoher im Zimmer das Netz beobachtet.

Ich sitze hier wie die Spinne und halte die Fäden der Fürsts in meinen Händen, ich und mein Vater. Und das gibt meinem Leben seinen Sinn.

Aber wenn ich mich täusche, nicht die Spinne bin, sondern selbst gefangen in dem Netz sitze, das sich immer enger um mich zusammenzieht?

Wenn nur endlich Maria mit dem Tee käme!

Bestimmt wäre alles anders gekommen, wenn Hermann

Fürst den Titel angenommen hätte, den ihm der Kaiser damals für seine Verdienste um Deutschland angeboten hatte. Hermann von Fürst und sie jetzt Pia von Fürst. Aber Hermann Fürst hatte die Ehrung ausgeschlagen, wegen seiner Leser, das »von« würde eine Kluft zwischen ihn und die Leser treiben. Jedoch was der Titel für sie bedeutet hätte, darum hat er sich bei seiner Entscheidung damals nicht geschert.

Pia von Fürst! Damit lägen auch Welten zwischen ihr und der Thomas-Mann-Tochter. Wenigstens hat sie seit einigen Wochen nichts über sie lesen oder im Fernsehen über sie sehen müssen. Ihr Name ist ihr entfallen, Ozeanforscherin, erinnert sie sich noch. Vielleicht habe ich sie schon überlebt. Wenn ich das sicher wüsste, könnte ich endlich auch für immer die Augen schließen.

Überrascht stellt sie fest, dass es draußen zu regnen begonnen hat. Früher fühlte sie sich gerade im Zimmer ihres Vaters warm und geborgen, je mehr es draußen stürmte. Nun fröstelt ihr, die Kälte dringt in ihren schwachen Körper. Sie hat Angst zu stürzen, wenn sie versuchen würde aufzustehen, um sich eine Decke zu holen.

Als Maria mit dem Teeservice den Raum betritt, liegt Pia zusammengekauert mit geschlossenen Augen in dem Sessel, wie tot, aber dann hört Maria den rasselnden Atem. Diese einst so herrische Frau, was aus ihr geworden ist, denkt sie. Sie könnte leicht den schwächlichen Körper in die Arme nehmen und ins Bett im Nebenzimmer tragen. Aber beim Blick auf Pia empfindet sie kein Mitleid. Schwer, ihr Gefühl für diese Frau in Worte zu fassen. Sie kann sich nicht entscheiden, Pia aufzuwecken oder den Tee auf dem kleinen runden Tisch vor dem Sessel abzustellen. Schließlich verlässt sie leise das Zimmer, als hätte sie Pia nie in diesem Zustand gesehen.

23.
Burghochzeit

»Frau Fürst, ich habe tolle Nachrichten! Ende Juni gibt es eine Sommerhochzeit auf der Burg. Die Trauung in der Kapelle und dann eine riesige Feier unten im Ballsaal.«
Pia starrt erschrocken auf das stämmige Mädchen vor ihr. Unverschämt, dass sie einfach in ihr Zimmer eindringt, ob ihr die Burg nun gehört oder nicht. Mit ihren weiten Malerhosen, einigen purpurnen Haarsträhnen im ungepflegt ölig grünen Haar und diesem schielenden Blick. Und dem schwangeren Bauch. Wahrlich keine Schönheit, und jetzt will sie heiraten?
»Also eins möchte ich dir sagen, zwei Frauen, das ist nicht erlaubt, jedenfalls in Deutschland nicht.«
»Ach, doch nicht wir, sondern meine Schwester! Sie heiratet einen Schweden aus Kalifornien. Meine Mutter hat die Burg vorgeschlagen, im Juni sei die schönste Zeit am Rhein. Endlich wieder ein großes Fest auf der Burg, Sie werden natürlich auch eingeladen, Frau Fürst.«
»Mich kriegt man auf keine Hochzeit mehr. Dieser ganze Trubel, furchtbar!«
»Natürlich müssen Sie kommen. Gäste aus aller Welt sind eingeladen, davon erzählen Sie doch immer, dass es so einmal war. Jetzt müssen wir noch mal richtig Druck auf die Handwerker machen.«
»Um Gottes willen, dann wird das Bohren und Hämmern ja noch schlimmer!«
»Der Bräutigam heißt Björn Wiseman. Meine Mutter hat mir erzählt, dass sein Großvater während des Kriegs mit den Amerikanern hier gewesen sei. Er habe sogar auf der Burg gewohnt.«

»Wiseman, ist das nicht der junge Leutnant? Kommt er doch wieder nach all der Zeit, um mich zu erlösen.«

»Sehen Sie, am Ende gibt es eine Doppelhochzeit.«

»Hör auf mit dem Geschwätz! Aber das Schicksal ist grausam, wie es mit einem noch bis zum Ende spielt. Schrecklich, wenn der junge Leutnant mich in meinem Zustand sehen würde.«

»Also regen Sie sich nicht gleich auf, Frau Fürst, er sieht sicher auch nicht mehr so aus wie damals.«

»Und deine Schwester, will die dann auch hierherziehen? Hat die wenigstens einen vernünftigen Beruf?«

»Sie ist Wissenschaftlerin, forscht in der Gentechnologie, Klonen und so, wissen Sie.«

»Klonen, mein Gott, auch wieder etwas Neues, um den Menschen zu verpfuschen. Dass ihr beide nichts Normales machen könnt! Aber wenn schon, vielleicht kann deine Schwester mich klonen, ein zweiter Versuch unter günstigeren Umständen. Oder besser noch meinen Vater, damit er selbst seinen Ruhm retten kann, wozu meine Brüder nicht in der Lage gewesen sind. Also, deine Schwester will ich unbedingt kennenlernen.«

»Den zweiten Versuch gibt es nur aus eigener Kraft.«

»Ich habe keine Kraft mehr.«

»Dann wird es wohl nichts mit der Doppelhochzeit, stattdessen die Taufe meines Sohnes. Alle Stadien des Lebens: an einem Tag von der Taufe zur Hochzeit.«

»Und gleich weiter zum Ende. Vielleicht tu ich euch den Gefallen, dann könnt ihr mich alle beerdigen. Woher weißt du überhaupt, dass es ein Sohn wird?«

»Auf dem Ultraschallbild sieht man deutlich seinen kleinen Zipfel.«

»Was es heute alles gibt. Ich gehöre nicht mehr in diese Zeit. Wenn es nach mir ginge, würde ich das alles nicht mehr erleben. Aber eins muss ich von Anfang an klarstellen: Von meiner Familie wird niemand eingeladen, von denen kommt mir keiner mehr auf die Burg!«

Rob und Deborah stehen am Wohnzimmerfenster seiner Villa im exklusiven Pacific Heights Viertel von San Francisco.
»Damit hatte ich nicht gerechnet, noch einmal nach Deutschland zu kommen«, sagt Rob.
»Dir bleibt wohl keine Wahl.«
»Es war ja nicht aus Prinzip wie bei anderen Juden, die sich nach den Nazigräueln schworen, niemals wieder deutschen Boden zu betreten und die dem *Niemals wieder* bis heute treu geblieben sind. Remagen und die Burg am Rhein sind für mich immer präsent geblieben.«
»Die Mutter von Miriam hatte die Idee der Sommerhochzeit dort. Sie ist auf dieser Burg aufgewachsen, jetzt gehört sie ihrer zweiten Tochter, eine Künstlerin, die dort mit Miriams Großmutter lebt. Sie war die Köchin der früheren Eigentümer, erinnerst du dich vielleicht an sie?«
Rob schüttelt verneinend den Kopf. »Als ob uns eine rätselhafte Vorsehung an diesen Ort fesselt. Immer wieder, in einem entscheidenden Augenblick, weist eine Verbindung dorthin zurück«, sagt er.
»Oder einfach der Lauf des Lebens, nach und nach werden die Pflöcke eingeschlagen, die unser Umfeld bestimmen und unseren Spielraum einengen. Es sind nur scheinbar Zufälle, auch wenn sie uns überraschen, aber eigentlich sollten wir darauf gefasst sein. Darum haben sich Björn und Miriam gefunden, ohne dass wir dies beeinflusst hätten.«
Robs Blick geht an seiner Tochter vorbei auf die Bucht von San Francisco mit der roten Brücke gegen den klaren blauen Frühlingshimmel, über die Eukalyptuswälder

des Presidio hinweg auf die weißen Wellenkronen des Meeres und die braunen Hügel von Marin County auf der gegenüberliegenden Seite der Bucht. Fester kann man gar nicht verwurzelt sein, sein ganzes langes Leben hat er hier gewohnt. Nur Deborah weiß von seiner Bindung an den Ort am Rhein, nachdem sie Teil seiner Geschichte geworden ist.

»Man kommt sich manchmal sehr bescheiden vor, wie eine Figur auf einem Schachbrett. Sonst in meinem Leben bin ich der Schachspieler, der die Figuren bewegt, aber wenn es einen selbst betrifft, bleibe ich Zuschauer wie jeder andere. Jedenfalls kann mein Kapitel damit geschlossen werden, deines steht quasi wieder am Anfang, und Björn wird dann das nächste schreiben.«

»Wirst du ihm deinen Teil der Geschichte je erzählen? Durch die DNA-Analyse nach seinem Unfall gibt es keine Zweifel mehr.« Deborah blickt ihren Vater fragend an.

»Hast du Bedenken, dass er sich nicht ganz als Wiseman fühlt?«

»Er ist adoptiert, und Blut ist Blut. Seine Verwandten aus Schweden werden auch zu der Hochzeit kommen.«

»Die hat er seit Jahren nicht gesehen, er ist ganz in unserer Familie aufgegangen. Es bringt ihm nichts, meinen Teil der Geschichte zu kennen.«

»Und dem Rest der Familie? Mit Vicky wäre es nie so weit gekommen, wenn seine wirkliche Herkunft bekannt gewesen wäre. Fast tut sie mir leid. Die unheimlichen Parallelen zu Friedemann. Und wie damals tun wir es letztlich wieder als Zufall ab.«

»Was sonst!« Robs Stimme steigert sich in eine zitternde Erregung.

»Das Wichtigste ist, er lebt! Sam hat seitdem jeden Kontakt mit mir abgebrochen, die Einladung zur Hochzeit kam ungeöffnet zurück, als ob wir für ihn gestorben wären.«

»Es ist jedenfalls zu früh, die ganze Geschichte offenzulegen. Seltsamerweise bin ich mit mir darüber selbst nie ins Reine gekommen, und das ist doch wohl der erste Schritt. Außer dir weiß niemand davon.«

»Wahrscheinlich würde sich für Björn nichts ändern. Aber dann solltest du es für dich tun.«

»Gib mir noch ein wenig Zeit, Deborah.«

»Du hattest über fünfzig Jahre Zeit!«

»Wer weiß, eines Tages erledigt es sich von selbst, vielleicht ist das überhaupt meine Absicht. Damit wärest du der Hüter dieser Geschichte und kannst darüber entscheiden. Hoffentlich besser als ich.«

»Du sagst also nichts?«

»Maria, erinnerst du dich an den jungen Leutnant? Der Großvater des Bräutigams! Ich sehe ihn vor mir, als ob es gerade gestern gewesen wäre. Wenn mein Vater damals noch gelebt hätte, wäre es mit mir und dem Leutnant auch anders verlaufen.«

»Frau Fürst, Ihr Vater hätte die Amerikaner nach dem Einmarsch so wenig geduldet wie die Franzosen nach dem Ersten Weltkrieg.«

»Obwohl mein Vater die Amerikaner auf seinen Reisen durch die USA immer bewundert hat.«

»Außerdem war der junge Leutnant Jude, jedenfalls hat das jeder gesagt. Da hätte Ihr Vater bestimmt dagegengesprochen.«

»Da hast du recht, Maria, ich möchte ihn gar nicht sehen, wenn er kommt. Am besten sagst du ihm, ich sei tot, wenn er nach mir fragt. Vielleicht bin ich es auch bis dahin. Warum der überhaupt noch mal wiederkommt?«

»Hoffentlich ergreift dich nicht wieder die Torschluss-panik, Björn. Einmal ist genug. Das steht die stärkste Familie nicht durch«, mahnt ihn Deborah.

»Du kannst dich darauf verlassen, dass es dabei bleibt. Dafür habe ich einiges aufs Spiel gesetzt.«

»Wird Miriam ihren Namen beibehalten oder einen Doppelnamen annehmen?«

»Miriam Wiseman, sie meint, das klinge gut.«

»Meine zweite Reise nach Deutschland und ausgerech-net wieder zu dieser Burg. Erst eine Beerdigung, nun eine Hochzeit. Wie sich dieser Ort in unser Leben ge-drängt hat!«

»Hanna hatte erst ziemlich spät bemerkt, dass es sich bei den Investoren aus Kalifornien in der Firma ihres Mannes um unsere Familie handeln könnte. Sicher war sie sich nie, bis Miriam mich vorgestellt hat. Da wird einem schwindelig wegen der Wahrscheinlichkeit, dass alles so kommen würde.«

»Der Rest hängt von euch ab.«

»Du kannst dich auf Miriam verlassen.«

Verblüfft hält Hanna bei ihrem ersten Besuch nach dem Kauf am Einfahrtstor zum Burgpark an. Der Park ist gepflegt, die Rosenbeete stehen in voller Blüte, Hecken und Büsche getrimmt, die alten Kastanien, Akazien und Platanen frisch grün in vollem Laub. Das Burg-haus ist neu gestrichen, ein strahlendes Weiß, gegen das sich in mattem Grün die Zinnen, Fensterrahmen und Balkonvorsprünge absetzen. Das Mosaik im Gemäuer über dem Eingang wurde bunt aufgefrischt. Das neu gebaute Dach über der Empfangsterrasse hebt sich in einem dunklen, kraftvollen Braun von dem Haus ab. Das hat sie echt gut gemacht, meine kleine Corinne, ich sollte ihr mehr vertrauen, denkt sie. Die Burg, auf der sie aufgewachsen ist und wo sich nun die unterschiedlichen Wege ihrer Töchter schicksalhaft kreuzen: Corinne mit ihrem Baby, das jeden Moment kommen sollte, und danach die Hochzeit. Als hätte alles so seine Richtigkeit.

»Frau Fürst?«

Hanna klopft zaghaft an die Tür zum Dichterzimmer, unvermittelt verspürt sie wieder die Scheu von früher. Dieses Gefühl, das tiefer in ihr sitzt als das neue Bewusstsein, die Eigentümerin zu sein. Sie hört keine Antwort. Behutsam öffnet sie die Tür. Pia sitzt in dem übergroß wirkenden Ledersessel und blickt ausdruckslos zu ihr.

»Hallo, Frau Fürst. Wie geht es Ihnen?«

»Ich lebe noch. Aber es ist nicht mehr schön.«

Hanna erschrickt beim Anblick der ehemals gebieterischen Frau. Ein trauriges Bündel Knochen in schwarze Wolle gepackt. Um sie der Geruch des Alters, aber nicht der vertraute Duft der alten Bücher und Möbel, sondern nur jener alter Menschen.

»Ich wollte Ihnen die Hochzeitsanzeige persönlich übergeben. Natürlich müssen Sie dabei sein, die große Dame der Burg.«

»Wie denn, Hanna, schau mich doch an! In diesem Zustand will ich mich niemandem zeigen. Die Tür zu meinem Zimmer bleibt geschlossen.«

Hanna blickt sie an, schüttelt langsam den Kopf.

»Denken Sie doch nur an Ihre glückliche Zeit hier, Sie und Ihr Mann, worum Sie jeder beneidet hat. Von diesen Erinnerungen können Sie nun zehren.«

»Die Erinnerungen verblassen. Es kommt nicht auf das Schöne an, Hanna, sondern auf das Wichtige. Und wichtig für mein Leben war mein Vater, dessen Erbe ich bewahrt habe. Darin allein liegt der Sinn meines Lebens.«

»Aber schauen Sie sich doch meine Mutter an, sie kann wahrlich nicht auf viel zurückblicken, besonders im Vergleich zu Ihnen, und dennoch ist sie zufrieden.«

»Du willst mich doch wohl nicht mit der Maria auf eine Stufe stellen!«

Hanna blickt lange schweigend auf die alte Frau.

»Vielleicht ist das die Strafe des Alterns, festzustellen, dass man sich über den Sinn des Lebens getäuscht hat. Und natürlich wird das Altern selbst zur Enttäuschung, wenn man ein Leben lang einer Täuschung nachhängt.«

Pia blickt sie aus matten Augen an, als ob sie Hannas Worten nicht folgen könnte oder sie nicht verstehen wollte.

»Es ist vorbei, jetzt lässt sich nichts mehr ändern. Jeden Tag bin ich schlechter dran, lange kann es so nicht weitergehen. Nur daran denke ich und an meinen Vater. Wir werden zusammen sterben.«

Rob und Björn blicken vom Park vor dem Schlosshotel Petersberg über das sich unter ihnen windende Rheintal. Deborah beobachtet die beiden vom Balkon ihres Zimmers aus. Nach dem langen Flug von der anderen Seite der Welt wollte sie erst mal für sich sein.

»Ich erkenne überhaupt nichts wieder«, sagt Rob.

Nichts von dem Grau aus Kälte und Nässe, das er auf dem Flug über dem Atlantik aus tiefer Erinnerung noch einmal in sich ausgegraben hat. Vor ihm breitet sich die heile Welt eines warmen Sommers, das Grün und Gold der Pappeln und Weiden an den Ufern des gemächlich treibenden Flusses, auf dem sich Frachtkähne, kleine Boote und Passagierschiffe drängeln. Ein Zug rast wie ein silberner Streif auf der Godesberger Seite des Rheins vorbei.

»Hier hat sich der Zweite Weltkrieg entschieden.« Rob

weist flussaufwärts in die Richtung, wo sich der Rhein in der Kurve zwischen Erpel und Remagen verliert.

»Dort in dieser Gegend muss es gewesen sein, allerdings sehe ich die Brücke nicht. Wahrscheinlich haben sie sie nicht wieder aufgebaut, damit sich die Geschichte nie wiederholen kann.«

»Ich bin froh, dass wir dies nun zusammen unter neuen Vorzeichen erleben. Wo ist denn das Dorf mit der Burg?«

Rob weist unbestimmt rechtsrheinisch in Richtung Unkel.

»In etwa dort, hinter einem der kleinen Hügel. Schwer zu fassen, dass jetzt hier die nächste Phase unserer Familie beginnt. Du hast dir eine gute Frau gewählt, in eurer Verschiedenheit und jeweiligen Selbstständigkeit ergänzt ihr euch hervorragend. Vielleicht hat mir das in meinem Leben gefehlt, aber die Zeiten damals waren anders.«

»Ich hatte bis zuletzt gehofft, dass Sam doch noch kommen würde.«

»Man kann die Dinge nicht erzwingen. Er muss wohl erst mit sich selbst über einiges ins Reine kommen.«

»Ich wollte keinen Keil in die Familie treiben.«

»Entscheidend an einer Familie ist ihr Kern. Solange ein starker Kern vorhanden ist, schreibt sich ihre Geschichte fort. Es bricht laufend an den Randzonen etwas ab, so ist es in jeder Familie, aber von dem Kern hängt die Zukunft ab. Deine Mutter gehört in ihrer Generation zu diesem Kern, daran ändert auch ihre neue Lebensausrichtung nichts. Erfolg misst sich nicht am Vermögen, sondern an Werten. Und du stehst für die nächste Generation. Ich bin immer wieder überrascht, auf wie wenige es letztlich ankommt, damit die Geschichte weitergeschrieben wird.«

Als Deborah vor der Burg vorfährt, kommt ihr Hanna erwartungsvoll lächelnd auf der Treppe der Empfangsterrasse entgegen. Vor über zwanzig Jahren sind sie sich hier begegnet. Eine Schönheit war sie damals nicht, erinnert sich Deborah. Sie ist überrascht, wie Hanna sich herausgemacht hat. Das rostrote Haar kurz geschnitten, ihr gepflegtes Gesicht leicht geschminkt, ohne aufdringlich zu wirken. Schlank in einem eleganten Sommerkleid. Die beiden Frauen blicken sich einen Moment in die Augen, als ob sie zögerten, erst etwas überprüfen müssten, bevor sie sich umarmen. Deborah verspürt bei der Wärme dieses Frauenkörpers plötzlich wieder die Erregung, die sie damals bei Tania erlebt hatte. Einzig mit Frauen aus Friedemanns Leben geschieht ihr das, sonst nie.

»Ein Wiedersehen unter besseren Vorzeichen. Erinnerst du dich, wie ich damals von hier geflohen bin?«

»Ich habe häufig an dich gedacht, aber so hatte ich mir das Wiedersehen nicht vorgestellt. Wir müssen uns bei unseren Kindern bedanken.«

»Oder bei meinem Vater. Er wollte sich heute im Hotel ausruhen, du wirst ihn später kennenlernen.«

»Ich habe manchmal den Eindruck, dass die alte Frau oben im Haus in der Hoffnung auf ihn wartet, dass er sie aus ihrem Elend retten wird. Sie ist die einzige der Fürsts, die noch hier lebt. Sie leidet unter dem Glück der anderen, ich hoffe, sie stirbt nicht am Hochzeitstag.«

Hanna führt Deborah in die für die Feier geschmückten Säle und in die barocke Kapelle, in der die Trauung stattfinden wird.

»Seit der Hochzeit von Frau Fürst vor über fünfzig Jahren fanden hier nur noch Begräbnisse statt.«

»Kommt jemand von dieser Familie zur Hochzeit?«

»Ich habe alle eingeladen, deren Anschrift ich finden konnte. Der Bruder der alten Frau hat zugesagt, und einige der jüngeren, die ich noch gekannt habe.«

»Friedemanns Mutter?«

»Sie ist vor über einem Jahr gestorben, Krebs, es ging ganz schnell. Niemand mochte sie, aber sie hatte von allen wahrscheinlich das beste Leben gehabt.«

»Vor ihr bin ich damals davongelaufen.«

»Ich bin gespannt, wie die Fürsts das empfinden, als Gast auf meiner Burg zu sein und meinen Kaviar und Champagner zu verzehren, den sie sich zuletzt zu Zeiten des Dichters leisten konnten.«

»Und du, wie wirst du das empfinden?«

»Ich empfinde eine einzigartige Genugtuung, bei all dem Hochmut, den sie mir entgegengebracht haben, und so, wie sie meine Mutter immer behandelt haben. Noch heute zucke ich zusammen, wenn die alte Frau Fürst mich einfach als die Tochter der Haushälterin mit du anredet. Das wird sich wohl nie ändern.«

»Es kommt nicht darauf an, was war, sondern allein, was ist, Hanna.«

»Schwer zu verstehen für einen Außenstehenden. Wenn ich darüber in Amerika nachdenke, verstehe ich es selbst nicht. In Amerika steht mir alles offen. Ich, die uneheliche Tochter der Haushaltshilfe, bin mittlerweile im Vorstand der Sinfonie von Baltimore und sonst einiges mehr. Aber hier entscheidet die Tradition, über Jahrhunderte verfolgt man die Spur zurück, um sich bestätigt zu finden. In Amerika sind es flache Wurzeln, das weite Land, die vielen Möglichkeiten, die große Freiheit. Sich selbst beweisen, heute und jetzt, allein das zählt, und nicht, sich ständig auf die Vergangenheit oder die Väter zu berufen. In Amerika, da hast du recht, kommt es darauf an, was ist.«

»Mir scheint es, dass du deinen Problemen mit dieser Familie gewachsen bist«, entgegnet Deborah.

»Hast du deine schwedische Verwandtschaft schon kennengelernt? Was weiß denn Björn?«

Deborah blickt sie erstaunt an. »Was weißt du denn?«

»Du hattest deine Gründe, nach der Beerdigung von Friedemann sofort nach Schweden zu reisen. Er hatte mir damals bei seinem Besuch in New York, bevor er weiter nach Kalifornien fuhr, auch von Schweden erzählt. Und dann Björn und die Verfügung seiner Mutter, er solle dich in San Francisco aufsuchen.«

»Wir haben dieselbe Blutgruppe, und auch sonst, es besteht kein Zweifel an der Verwandtschaft mit meinem Vater. Und mit mir.«

»Und Björn ist informiert?«

»Mein Vater hat in dieser Sache ein gewichtiges Wort mitzureden, und er ist noch nicht so weit. Aber es ist gut, dass du es weißt. Ein Geheimnis verbindet.«

Wie um dies zu bekräftigen, umarmt Deborah sie, wobei sie erneut diese seltsame Erregung befällt.

»Björn hat mir von deinem dramatischen Lebenseinschnitt erzählt. Gratuliere, dazu hätte ich nie den Mut. Sich aus eigener Entscheidung ins Unbekannte zu stürzen und ein völlig anderes Leben zu beginnen.«

»Du hast diese Burg hier gekauft, wenn das nicht mutig ist!«

Hinter Hanna erscheint im Flur eine in dunkles Grau gekleidete alte Frau, die weißen Haare zu einem Knoten hinter dem Kopf zusammengebunden. Sie blickt Deborah mit warmen, neugierigen Augen an.

»Meine Mutter!«, stellt Hanna sie vor.

Maria reicht Deborah ihre raue Hand. Wie recht Hanna hat, denkt Deborah, auch wenn dies jetzt die Schlossherrin ist, hat sie sich auf ihre Art nicht verändert. Es sind nicht nur die anderen, die einen nicht aus dem Gefängnis der Vergangenheit entlassen, am meisten ist man es selbst.

Wenn Pia nur einen Wunsch offenhätte, dann den, das Ende des Jahrtausends nicht mehr mitzuerleben. Aber plötzlich ist sie aufgeregt wie seit Langem nicht mehr. Der junge Leutnant kommt auf die Burg, zurück zu ihr. Aber vergeblich wartet sie, dass es an ihrer Tür klopft, als er die Burg besucht. Er habe unbedingt auf den Turm gewollt, erzählt Maria ihr später, sei im Garten spazieren gegangen, habe sich hinter der Burg beim ehemaligen Gärtnerhaus umgesehen und sei danach hinunter ins Dorf. Er wollte zur Unteren Burg, obwohl sie ihm sagte, dass es die nicht mehr gebe, wo sie einmal stand, sei heute ein Parkplatz neben der Kirche. Ein noch gut aussehender Mann, sie habe ihn aber nicht wiedererkannt nach all den Jahren.
»Hat er nach mir gefragt?«
»Einzig nach Ihrer Mutter hat er sich erkundigt.«
Mit einem Mal fühlt sich Pia, als habe man ihr den Boden unter den Füßen weggezogen. Der junge Leutnant, diese traumhafte Vorstellung, die sich durch ihr Leben zog, mit dem jungen Leutnant wäre alles anders verlaufen. Sie und er, das musste das Schicksal doch im Sinn gehabt haben. Aber nun verflüchtigt sich auch diese eine letzte Hoffnung.
Warum muss ich das noch erleiden?

Am Hochzeitsmorgen wacht Pia früh vom Lärm der Vorbereitungen auf. Sie hat unruhig geschlafen, hat Durchfall und liegt mit einem Heizkissen auf dem Bauch im Bett. Sie antwortet nicht, als es an der Tür klopft und Maria ihr das Frühstück bringt.

»Ich kann nichts essen, Maria, mir geht es schlecht, lass die Vorhänge zu, ich will sie heute gar nicht öffnen.«

»Dieser prächtige Sonnentag, Frau Fürst, das wird Ihnen guttun.«

»Bestimmst du hier oder ich? Und um das nochmals klarzustellen, ich will keinen von meinen Verwandten sehen, die können mir alle gestohlen bleiben.«

»Aber zur Trauung müssen Sie wenigstens in die Kapelle kommen! Es ist alles so schön hergerichtet.«

»Überbring dem Brautpaar meine Glückwünsche. Ich bleibe im Bett, so elend wie heute habe ich mich noch nie gefühlt.«

Pias Stimme klingt kraftlos, ohne jede Substanz. Nach einiger Zeit steht sie mühsam auf, zieht den seidenen rosa Morgenmantel an, den ihr Vater einmal von einer Italienreise mitgebracht hat, und sinkt in den Ledersessel in seinem Arbeitszimmer.

Wenn nur schon alles vorbei wäre! Die lauten Menschen in ihrer Ausgelassenheit machen mich krank. Ich kann das seelisch nicht verkraften.

In den Augen des Vaters auf seinem Foto liest sie einmal mehr sein Versprechen, zu ihr zu halten, sie nicht fallen zu lassen. Jetzt ist der Zeitpunkt gekommen, um den Beweis zu erbringen, sagt sie in sein Gesicht.

Sie hört Autos vorfahren, das Zuschlagen von Türen. Es müssen ja doch viele Gäste sein. Sie schleicht ans Fenster, stützt sich auf die eichene Kante des Schreibtischs und schiebt behutsam den Vorhang einen Spalt auseinander. Ihre Augen müssen sich erst an das gleißende Sonnenlicht gewöhnen. Sie hält den Atem an, als ob man sie hören könnte. Dunkle Limousinen fahren vor. Plötzlich sieht sie ihren Neffen Jens und ihren Bruder Siegfried, die aus einem alten Volvo aussteigen. Dieser Schuft, jetzt kommt er doch wieder in die Burg, obwohl ich ihm das ausdrücklich verboten habe. Und Jens, so ein Verräter, hält zu ihm, obwohl der ihn als Kind einfach sitzen gelassen hat, um mit dem spanischen Weib durchzubrennen. Ich habe mich seiner angenommen, und das ist nun der Dank.

Ihr Bruder und Jens in ihren abgeschabten Anzügen fallen richtig ab, verglichen mit dem eleganten Auftreten der anderen Gäste. Eine Schande ist das. Zum Glück weiß jeder, dass sie die Familienehre aufrechterhält. Alles, was ihre Verwandten darstellen, ist inhaltslose Fassade. Wie die Fassade einer heilen Familie bei den Manns, wie diese Elisabeth Mann, von der sie sich, ob sie will oder nicht, unablässig gefoltert fühlt. Ihr Bruder und Elisabeth Mann, die passen zusammen!

Sie kriecht in den Ledersessel zurück, schwer atmend vor Erregung und Anstrengung. Sie hat versehentlich den Spalt am Vorhang offen gelassen, durch den ein gleißender Sonnenstrahl auf den Schreibtisch fällt. Aber sie bringt die Kraft nicht auf, um erneut aufzustehen und den Vorhang zuzuziehen.

Aus der unter dem Dichterzimmer gelegenen Kapelle hört sie das Rücken von Stühlen, gedämpfte Stimmen. Die Braut trägt Weiß, hat ihr Maria erzählt, ganz traditionell. Das würde sie nun doch gerne sehen, aber im selben Moment weiß sie auch, dass der Anblick der Braut sie nur noch trauriger stimmen würde. Bei ihrer Hochzeit war Krieg, diese Kinder heute wissen ja gar nicht, wie gut sie es haben.

Ihr Atem stockt, als sie Klaviermusik vernimmt, eine Sonate, die sie gut kennt. Sie summt leise die Melodie mit. Haydn, wahrscheinlich, aber sicher ist sie sich nicht. Sie blickt zum Bild ihres Vaters, du musst mir helfen, damit ich das durchstehe. Aber es schmerzt zu sehr, die Gefühle und Erinnerungen, die die Musik in ihr weckt.

Sie hält sich verzweifelt die Ohren zu und drückt sich tiefer in den Sessel.

Sie muss eingeschlafen sein. Als sie aufwacht, ist es still in dem Raum unter ihr, das Geräusch der Stimmen und Menschen hat sich in einen anderen Teil des Hauses verlagert, vielleicht in den Festsaal oder in den Garten zum Empfang mit Kaviar und Champagner. Kaviar war einmal ihr Lieblingsgenuss. Wie lange das her ist, seit Johannes ihr ein Döschen gekauft hat, nachdem sie das letzte der Grundstücke abgestoßen hatten.

Rötliches Abendlicht scheint durch den Spalt im Vorhang. Wahrscheinlich wird unten das Essen aufgedeckt, Maria weiß ja, wie das früher abgelaufen ist, genau so wird sie es veranlassen. Wir Fürsts setzen immer noch die Maßstäbe.

Dieses feine Essen hätte ich sowieso nicht essen können. Ich bringe doch nichts hinunter, außer Suppe, bei der ich mich bestimmt verschluckt hätte, und jeder hätte mich angestarrt. Die Alte, hätten sie geflüstert. Nur gut, dass ich hier in meinem Zimmer geblieben bin.

Dafür spielt sich mein Bruder bei der Feier als Namensträger der Fürsts auf. Eines gebe ich unumwunden zu, jeder der Söhne Mann hat mehr geleistet als meine Brüder. Aber letzten Endes zählen allein die Väter.

Und Jens, dieser linke Typ, womöglich sitzt er sogar neben der Tochter des jungen Leutnants. Komisch, wie die damals vor der Beerdigung von Friedemann einfach verschwunden ist. So was ist doch kein Stil.

Ich bin im Leben nie davongelaufen. Ich bin hiergeblieben, am Sitz der Familie. In diesem Park, dieser Burg und diesem Zimmer, mit meinem Vater. Ich muss endlich diesen Spalt im Vorhang schließen, denkt sie, er hat mich schon den ganzen Tag irritiert.

Unvermittelt ertönt laute Tanzmusik. Das hat mir noch

gefehlt, nimmt denn niemand Rücksicht auf eine alte Frau? Sie blickt hilfesuchend zu ihrem Vater. Du und ich, als ob sie uns beide hier vertreiben wollten.

Der Blick ihres Vaters, zuversichtlich und aufmunternd auf sie gerichtet, hat sie stets ermutigt. Mit diesem Lächeln auf den Lippen. Er hat es ihr erleichtert, den Verfall um sich zu ertragen, weil es nicht ewig so weitergehen konnte. So lag es doch in seinem Blick: Eines Tages komme ich zurück, mit meinen Büchern, und werde alles wieder ins rechte Lot bringen.

Einmal mehr sucht sie bei all der Unruhe im Haus bei ihm nach Liebe und Unterstützung. Aber aus seinem Blick ist jedes Mitgefühl gewichen. Kalt und stolz und abweisend blickt er auf sie. Vergeblich sucht sie seine Wärme, sie sieht nur seine selbstbezogene Überheblichkeit. Er stößt sie von sich, sie, sein Lieblingskind, als wolle er nichts mehr mit ihr zu tun haben.

Warum, was ist geschehen, was habe ich getan? Ich habe doch immer zu dir gehalten, du warst mein Leben! Sie starrt auf das Foto, aus dem ihr nur Ablehnung und Verachtung entgegenblickt. Endlich zeigst du mir deine wahre Seite, schreit sie ihm ins Gesicht. Du hast mich getäuscht, bewusst, über all die Jahre, die ich mich für dich eingesetzt habe. Du hast mir eine herrliche Zukunft versprochen, nur um mich hinterrücks kläglich zu verspotten! Du hast mit dieser Heuchelei mein Leben zerstört!

Sie richtet ihren schwachen dünnen Körper auf, um sich das Bild vom Schreibtisch zu greifen. Ein unkontrollierter Hass wallt in ihr auf. Mit letzter Kraft schmettert sie ihrem Vater die geballte Faust ins Gesicht, ihre Hand durchbricht das splitternde Glas und die Rückwand des Bilderrahmens.

Sie zittert am ganzen Körper beim Blick auf die blutigen

Fingerkuppen. Sie fühlt einen scharfen Schmerz an ihrem Handgelenk. Als sie die Hand aus dem Bild zieht, schneidet sie sich noch tiefer an dem scharfen Glas. Mit der anderen Hand versucht sie die Blutung der aufgeschnittenen Ader zu stillen, aber das Blut quillt neben den Fingern aus ihrem dünnhäutigen, knöchernen Arm.

Ich muss mich hinlegen, bis das Bluten aufhört. Wo ist denn die Maria, wenn ich sie einmal wirklich brauche? Aber erst muss ich endlich diesen Spalt im Vorhang schließen, der mich schon den ganzen Tag gestört hat. Sie stützt sich auf den Schreibtisch, ein roter Handabdruck klebt an der Stelle des Vorhangs, an der sie ihn zuzieht. Unter Schmerzen kriecht sie zurück in den Ledersessel. Irgendwann wird das Blut gerinnen und trocknen.

In Gedanken sieht sie sich in ihrem weißen weichen Kinderbett in rote Rosen gebettet. Sie hört die Musik nicht mehr. Es ist dunkel, um sie herum herrscht eine ungewöhnliche Stille, wie eine wohltuende Befreiung, ein erlösendes Aufatmen. Sie verspürt keine Schmerzen mehr. Sie liegt schwerelos, ist erstaunt, wie sich der Raum um sie erweitert hat.

Wenn ich nur noch einmal von vorne beginnen könnte.

Die Sonne brennt schon früh am Morgen auf das Rheintal. Die Klimaveränderungen, hohe Ozonwerte, im Rundfunk wird von Anstrengungen abgeraten, besonders ältere Menschen werden gewarnt, informiert ihn der Fahrer, der Rob Wiseman beim Hotel Petersberg abholt.

Björn und Miriam sind unmittelbar von der Hochzeitsfeier mit einem Privatjet an die Cote d'Azur zu ihrer Hochzeitsnacht in St. Tropez geflogen. Robs Beitrag zu ihrem Glück. Deborah hat in aller Frühe einen Zug in die Schweiz genommen, um mit ihrer Freundin Karen zusammen von Zermatt aus eine Bergtour über die Haute-Route nach Chamonix zu unternehmen. Sie habe noch einiges von den Bergen zu lernen, verabschiedete sie sich von Rob.

Unvermittelt ist er allein in Deutschland. Er blickt auf den Rhein unten im Tal. Das sommerliche Bild legt sich über die alten Eindrücke. Die Wirklichkeit und der Fluss der Zeit, in der die Erinnerungen ganz allmählich verblassen.

Vor dem Rückflug möchte er ein letztes Mal das kleine verwinkelte Dorf besuchen. Herausgeputzt die weiß getünchten Häuser mit den dunklen Balken des Fachwerks. Nur das Gasthaus am Kirchplatz, wo Timmermann mit seiner Kompanie einquartiert war, sieht mit seinem verschossenen Grau wie damals aus. Die Helden von Remagen, kümmert es heute noch jemanden? Für ihn steht die Antwort außer Frage, es gibt Umstände, da muss man eingreifen, Stellung beziehen, kann nicht einfach schweigend zusehen. Das gilt im Kleinen wie im Großen. Das gilt heute noch genauso.

Er nimmt den kurzen Weg von der Kirche zur Burg. Das Gefühl, das er damals in diesem Park empfunden hat, hat ihn nie verlassen. Noch einmal geht er langsam und in Gedanken verloren um das Rosenrondell, wo er sich mit der Frau des Dichters über die Werte des Lebens und die Bedeutung der Familie unterhalten hat. Und nun ist sein Enkelsohn mit der Familie der Burg verheiratet, nur, dass es nicht mehr die Familie des Dichters ist.

Er kann sich nicht an die Tochter dieser Frau erinnern, die in der Hochzeitsnacht verblutet ist. Glück und Unglück liegen nahe beieinander. Ein Verzweiflungsakt, für den niemand eine Erklärung hat. Sie war tot, als man sie morgens zusammengekrümmt in einem Ledersessel entdeckte. Das zertrümmerte Foto des Dichters lag zwischen den Scherben auf dem Boden.

Die Burg ist menschenleer und verlassen. Etwas Ungewisses hat sie an sich, genau wie die anderen Festpunkte seiner Erinnerung, wie die Brücke von Remagen, die es nicht mehr gibt, oder die Burg unten im Dorf, die spurlos verschwunden ist. Der Zugang hinter dem Burghaus zu dem unterirdischen Verbindungsweg zur Unteren Burg ist zugeschüttet und mit Büschen bepflanzt. Als ob die Kulisse für diesen Akt von der Bühne geschoben wurde, das Ende der Aufführung, man braucht sie nicht mehr.

An alledem gibt es nichts zu ändern, es kam, wie es kommen musste, er hadert mit nichts, mit einer Ausnahme, wo der Ausgang so nicht passt, das Drehbuch falsch ist: das Leben Karl Timmermanns. Er hat Geschichte geschrieben, die sich über Nacht über die ganze Welt verbreitet hat. Aber dann war er nicht stark genug fürs Leben, nur dieser eine Moment, in dem er über sich selbst hinausgewachsen ist.

Rob lehnt sich gegen eine der beiden Platanen auf der Wiese vor der Burg. Sie standen wohl schon hier, als der Dichter unten vor der Terrasse den Kaiser empfangen hat. Stumme Beobachter, die nichts bezeugen. Gestern die Hochzeit, heute der Totenwagen.

Rob blickt sich scheu um, bevor er das Schweizer Armeetaschenmesser aufklappt, das er immer bei sich trägt. Er setzt die große Klinge in Augenhöhe an den Stamm. *BW+MW, Juni 1999*, schnitzt er ein.

Björn Wiseman, das habe ich gut gemacht. Deborah, gesteht er sich ein, nur durch sie hat er die ganze Wahrheit erfahren. Damit sind die Weichen gestellt, die Linie der Wisemans ist abgesichert. Natürlich, endgültig lässt sich nichts voraussagen, das hat diese Familie von der Burg gezeigt.

Er spürt, dass er nicht allein ist, als er sich umdreht, steht Maria auf dem Weg hinter ihm. Sie lächelt verlegen. Sofort kommt ihm sein Gehabe kindisch vor. Jetzt muss er sich mit dieser Frau auch noch unterhalten, die kaum Englisch versteht.

»Wollen Sie nicht vor Ihrer Abreise einen Blick in das Dichterzimmer werfen?«

Rob ist erstaunt, dass sie ihn anspricht, in einer Freundlichkeit und Wärme, die er bisher an ihr nicht bemerkt hat. Sie führt ihn durch die Burg in den mittleren Stock. Die Stille im Haus überrascht ihn, wo sind denn all die Menschen, Hanna und ihre Tochter, die wenigstens Englisch sprechen, denkt er.

Das Dichterzimmer hebt sich in seiner erhabenen Ruhe vom Haus ab. Als gebe es unterschiedliche Abstufungen der Stille. Die Möbel und Regale, der Schreibtisch mit den Erinnerungsstücken, das Leder der Sessel, glänzen sauber und frisch. Der angenehme, leicht süßliche Bücherduft, an den er sich plötzlich wieder zu erinnern meint, hängt in dem Raum.

»Ist sie hier gestorben?«, fragt er Maria mit gedämpfter Stimme.

Sie nickt, aber nirgends eine Spur des Unfalls, kein Blut oder Glassplitter. Wie alles, das an Pia erinnern könnte, aus dem Zimmer entfernt worden ist.

Auf dem Schreibtisch stehen zwei Bilderrahmen. Ein Bild des Dichters, das er sofort wiedererkennt, daneben das Bild einer jungen Frau, die wie der Dichter direkt in die Kamera blickt. Es handelt sich nicht um die Witwe, die er damals hier kennengelernt hat, eher ähnelt es einem Jugendbild von Maria. Verwundert blickt er zu ihr.

Maria geht ohne eine Reaktion an ihm vorbei in den Bibliotheksflügel. Mit sicherem Griff holt sie aus einem der Regale ein in Leder gebundenes Buch heraus und reicht es ihm. Er hält es, weiß nicht, was er damit anfangen soll, wahrscheinlich ein Buch des Dichters, aber er versteht dessen Sprache nicht.

»Öffnen Sie es doch«, fordert ihn Maria auf.

Sein Blick fällt auf ein eingelegtes Blatt Papier. Auf der Mitte des Blattes ein großes Fragezeichen. Als habe Rob plötzlich alles um sich vergessen. Langsam hebt er das Blatt auf, dreht es um und blickt auf das Ausrufezeichen, mit dem er damals geantwortet hatte. Als verspüre er noch einmal die Wucht, mit der er seine Antwort ungestüm auf das Blatt gedrückt hatte.

Er sagt kein Wort. Maria lächelt ihm zu, sichtlich zufrieden über die erfolgreiche Überrumpelung des Amerikaners. Sie geht zum Schreibtisch und bleibt vor den beiden Fotos stehen.

»Jeder hat sein Geheimnis«, sagt sie schließlich.

Er schaut sie an, blickt auf die Fotos. Das kann nicht wahr sein, murmelt er, aber was könnte sie sonst meinen?

»Weiß Hanna davon oder Miriam?«

»Niemand außer Ihnen. Es gab dafür noch nicht den richtigen Zeitpunkt. Aber ich wollte, dass Sie es wissen. In gewisser Weise schließt sich so ein Kreis.«

Sie bietet ihm an, das Blatt, das zwischen ihm und Erika hin- und her gewandert ist, mitzunehmen. Aber er schüttelt den Kopf.

»Das ist bei den Büchern besser aufgehoben, damit die Geheimnisse hier zusammenbleiben.«

Ich danke Frank Lemke, Julia Reinhardt und Susanne Wedewer-Pampus, Lesern, die das Manuskript gelesen und mir wertvolle Hinweise gegeben haben, ebenso wie Christiane Landgrebe für ihre langjährige Unterstützung. Mein ganz besonderer Dank gilt Joachim Unseld und Nadya Hartmann.

© Frankfurter Verlagsanstalt GmbH,
Frankfurt am Main 2018
Alle Rechte vorbehalten
Umschlaggestaltung: Laura J Gerlach
unter Verwendung eines Motivs von © Heimatmuseum
Rheinbreitbach
Herstellung: Laura J Gerlach
Satz: psb, Berlin
Druck und Bindung: GGP Media GmbH, Pößneck
Printed in Germany
ISBN 978-3-627-00250-3